中国专业作家典藏文库

刘俊杰卷

史可法铁血传奇

刘俊杰 著

中国文史出版社

图书在版编目（ＣＩＰ）数据

史可法铁血传奇 / 刘俊杰著. -- 北京 : 中国文史
出版社, 2021.1

ISBN 978-7-5205-2805-4

Ⅰ.①史… Ⅱ.①刘… Ⅲ.①章回小说 – 中国 – 当代

Ⅳ.①I247.4

中国版本图书馆CIP数据核字(2020)第250668号

责任编辑： 方云虎
封面设计： 戚开刚

出版发行：中国文史出版社

社　　址：北京市海淀区西八里庄路69号

邮　　编：100412

电　　话：010-81136630

印　　装：廊坊市海涛印刷有限公司

经　　销：全国新华书店

开　　本：787毫米×1092毫米　1/16

印　　张：31.75

字　　数：500千字

版　　次：2021年8月北京第1版

印　　次：2021年8月第1次印刷

定　　价：78.00元

情系梅花岭

（代序）

　　回眸三十多年的文学创作及新闻采访生涯，我的足迹可谓遍及祖国的名山大川。巍巍五岳，有我攀登时留下的汗水；九曲黄河、万里长江，有我考察时的身影；中国最东端、最早见到朝阳的乌苏里江，有我散文的诗篇；祖国的北极村，漠河留下我和文友的照片……而扪心自问，给我印象最深的是哪里，那就是引起我心灵震颤的——扬州的梅花岭和瘦西湖……

　　那一年，20世纪80年代，改革的春风拂煦祖国的大地，刚刚步出大学的我，在京郊大兴县文化馆搞文学创作，工作之便，使我有缘接触到文史人物，得知明末清初著名民族英雄史可法祖籍系大兴县，县史志办编集小册子《史可法》，又使我接触到大量有关史可法的文史资料，我如获至宝，细读后深深为史可法的爱国主义情怀所感动，加之那年我刚刚发表根据"卢沟桥事变"历史事件创作的电影剧本《卢沟晓月》和长篇历史小说《血染卢沟千古月》，初生牛犊不怕虎，我又开始创作反映史可法抗清的长篇历史小说，经过近三年的努力，洋洋洒洒三十多万言的《兵部尚书史可法——铁血传奇》创作完成，便请著名作家、出版社老编辑吴越指教。他看后大加赞赏，并提出详细修改意见，并建议我去南京、扬州等地实地考察，再做修改。

　　为实现此行考察计划，我节衣缩食，多方节俭，自筹3000元，开始人生第一次远程采访，先是到南京，然后到扬州。那时，意气风发的我，大有腰缠十万贯，骑鹤下扬州的气概。其时，扬州还似没有向外人撩起面纱的姑娘，深藏闺阁，既没有飞机场，也没有火车站。我乘坐一辆老旧的公交车，在狭窄而又弯曲的公路上，嘎嘎悠悠好几个小时，才由南京来到我自幼魂牵梦绕的扬州。下车之后，举目茫然，正在建设中的扬州汽车站混乱不堪，小木板击打冰棍箱的噪声吵成一片。当我打探去市政府怎么走时，一个骑摩托的男子告诉我，要走很远，20多里地，收我50元。第一次来扬州，人生地不熟，只得依他。事后才知被他宰了，穿过一条街就到了，只需5元即可，步行10分钟。

我下榻旅馆后，顾不得洗漱，也没有休息，犹如与思念多年的情人约会一般，急急赶到瘦西湖，爬上梅花岭，扑进那传说中人间天堂美丽的怀抱。当我徜徉在瘦西湖畔，陶醉在初春的百花丛中，我的那颗心，也狂野起来，眼前浮现扬州八怪的身影，还有艺术家们那美轮美奂的作品；当我流连在梅花岭的山麓小径上，耳边似乎轰鸣着清军攻打扬州城红衣大炮的巨响，脑际萦绕着民族英雄史可法怒斥清军统帅多铎气壮山河的声音；当我忘返史可法纪念馆里，恨不得时光倒流，我也是那场震惊中外的扬州保卫战的一名小卒……

风雨沧桑，往事三百多年，历史终于翻过那沉重的一页，但历史没有忘记，三十万蒙难抗清军民的鲜血滋润着瘦西湖的百花盛开；扬州没有忘记：梅花岭姹紫嫣红的景色，是史可法那喷溅的鲜血染红；人民没有忘记：今日祖国的强大，是历代仁人志士奋斗的结果。在中华民族繁衍发展五千年的时间隧道的画廊里，一个个风云人物屈原、苏武、岳飞、文天祥、史可法……写在汗青的史册里。

"数点梅花亡国泪，二分明月故臣心"，清代诗人张尔荩撰的挽联以言简意赅的笔墨，曾使海内外嘉宾赫然领略到史可法"吾誓与城为殉"的凛然正气、飒飒风采。史可法那种"明知不可为而为之"的精神，折射今日一些人道德水准的缺失，他在强敌面前，不畏生死，拒绝诱降的民族气节，彰显千秋。

史可法的精神是民族的骄傲，在中华正气篇上是熠熠发光的一页。他在为官期间，为百姓做了许多好事，现今祠堂两边的楹联上写着：尚张睢阳为友，奉左忠毅为师，大节炳千秋，列传足光明史牒；梦文信国而生，慕武乡侯而死，复仇经九世，神州终见汉衣冠。史可法素以"廉政爱民"为朝野称道。当明末六安城垣倾圮时，他自捐俸禄修葺，"佐以节省之资不下二千金，而不支金帑，不费民财，虽一砖一石，亦目寓而心经焉"。而他自己却"终岁布衣蔬食，约己裕民"。当他看到六安学事废弛，开"礼贤馆，广咨问，以拔才能"，当他看到官吏借"签点法"无偿征收百姓马匹，致使"中人之产立尽"，"百姓苦之"时，他立即改革，永除其弊。他"事无巨细，咸属亲裁，目视、耳听、口答、手批，靡不赡举，而始终无倦，致百废俱兴"。当他巡抚凤阳等处时，大胆"劾罢督粮道三人，增设漕储道一人"。表现了他疾恶如仇，整饬吏治的胆略。

历史的如椽巨笔，记载着史可法率众抗清的英勇事迹：弘光元年（1645年）扬州被围时，清兵至少十万人，扬州守兵仅一万多人，可谓敌众我寡。

清军统帅多铎不断派明降将劝降史可法，史公不为所动，大义凛然道："我为朝廷首辅，岂肯反面事人？"多铎不死心，亲自出马，连发五封书信，史可法都不启封，全部付之一炬。史可法清楚地知道，在扬州这样艰难的情况下，要想取得胜利是不可能的，他只能抗战到底，以一死报国。他首先召集诸将说："吾誓与城为殉，然仓皇之中不可落于敌人之手以死，谁为我临期成此大节者？"副将史德威慨然任之。忠烈喜曰："吾尚未有子，汝当以同姓为吾后，吾上书太夫人，谱汝诸孙中。"接着，他一口气写下了五封遗书，除一致豫王多铎，其余都是给家人母亲、夫人、叔父、兄弟的，二十一日又作遗书给母亲和夫人：……北兵于十八日围扬城，至今尚未攻打，然人心已去，收拾不来！法早晚必死，不知夫人肯随我去否？如此世界，生亦无益，不如早早决断也！二十五日城西北崩塌以后，清兵攻入，城陷。史可法欲以佩刀自杀，部属强行夺过佩刀，拥其走入小东门，清兵迎面而来，史可法大呼："我史督师也！可引见汝兵主。"遂被俘。多铎以宾礼相待，口称先生，当面劝降，许以高官厚禄。史可法骂不绝口，严加拒绝："我为朝廷大臣，岂肯偷生为万世罪人！吾头可断，身不可辱，愿速死，从先帝于地下。"又道："城亡与亡，我意已决，即碎尸万段，甘之如饴，但扬城百万生灵，不可杀戮！"随后，壮烈牺牲于南城楼上，时年仅44岁。史可法壮烈殉国后，其遗体不知下落，义子史德威将其生前穿过的袍子、帽、靴，用过的笏板，埋葬在此，并在史氏宗祠东宅建立"忠烈祠"。

在文明与野蛮、进步与落后的斗争中，史可法用满腔鲜血，谱写了中华民族永远不可征服的壮丽诗篇。由此梅花岭闻名四海，瘦西湖成为人们凭吊先贤心仪之地，也是未谙世事的我，独闯扬州，走南闯北写天下的开端……

孰料，我创作的长篇历史小说，也如史可法的命运多舛，反复精心修改后，准备出版，却因出版社印刷违禁刊物，暂停出版业务，后又投稿到山西古籍出版社，又是在二校时，因改革换了领导，由于市场低迷而终止出版合同，此后……一晃三十年过去，我也由小伙儿，被岁月修理为耳顺之年，今年是史可法壮烈殉国三百七十周年，再次修改旧作，焕发新机而面世。

朋友，当春寒料峭，梅花怒放时节，邀朋携侣再游瘦西湖，踏赏梅花岭，与梅相伴，与梅相处，与梅相交，与梅相恋，千言万语，百感交集，澎湃的心情，以及品味咀嚼句句心灵深处的细语千言，岂是文字所能表达的？

我爱瘦西湖，我爱梅花岭……

目录

第1章
闻威名清兵丧胆
窥旌旗绿林降服

诗曰：

浊世英雄明史公，祖居京畿住大兴。

为师忠义左光斗，安抚黎庶风雨中。

独肩剿抚匡社稷，喝出英名退清兵。

生梦天祥武侯死，誓拒清兵扬州城。

劝降言辞随风去，自断咽喉酬大明。

史公祠内梅花艳，留取丹心照汗青。

一队战败的农民军，沿着山路，如洪水一般败逃，身后一队高举"明"字中军大纛旗帜的官军，紧追不舍。为首的将帅乃为明朝户部左侍郎兼金都御史、漕运总督兼淮安巡抚史可法，他身穿战袍，头戴战盔，在斗大的"史"字旗下，纵马扬鞭，在众多将领的簇拥下，急追不舍。

马蹄嘚嘚，眼看距离越来越近，败逃的农民军慌不择路，逃进一条峡谷。

"史公，我们不能再追了。"史公手下副将史德威一催坐骑，急上前建议。

"为什么？我们不能放虎归山。"史可法纵马赶路。

"前面树林茂密，恐怕有诈。"

"这一带地形我熟，前面不远就有一条大河，这伙人是插翅难逃了。"

"史公英明！"

"驾……"

史可法一催坐骑，挥舞战刀，就要冲向山路。

突然，身后传来一阵急骤的马蹄声，一位朝廷钦差在几名侍卫的护卫下，疾驰而来，快马加鞭，离好远就高喊："史公、史可法听宣，皇上有旨……速传史可法回京复命……"史可法闻言，无奈放松马缰，慢了下来，史德威上前，不解地问："史公，圣上下圣旨干什么？有什么好事吗？"史公一脸无奈，挥挥手："好事？听天由命吧。"

　　却原来，史可法是明末著名大臣。顺天大兴（今北京市）籍，河南祥符（今河南开封）人。字宪之，号道邻。他是崇祯元年(1628年)进士。初授西安府推官，迁户部主事，崇祯八年，迁江西右参议。时农民军张献忠等部出没于河南、湖北之间，史可法自请为池州(今安徽贵池)、太平(今安徽当涂)兵备道，以遏止农民军东进。后明廷改任他为卢象升副使，分巡安庆、池州，监江北诸军。因其与农民军作战有功，崇祯十年，擢升都察院右佥都御史，巡抚安庆、庐州(今安徽合肥)、太平、池州四府。翌年夏，因逾期未能击败农民军，被谴，命戴罪立功。

　　自此，史可法更加奋勉，开府于安庆，四方有警则出击，大顺军老回回马守应军为其所败。崇祯十一年冬，他立营六安以防农民军，捐俸修葺六安城，奏免被灾地方田租，除差马之弊。十四年冬，起为户部侍郎、总督漕运，巡抚凤阳等处。上述书中描写即为他追剿农民军的场面。

　　此时此刻，风雨飘摇的大明王朝，内忧外患，逐渐显现。内忧未安，外患又起。这年冬天来得出奇的早，重峦叠嶂，横亘华北平原东西走向的燕山山脉，绵延着万里长城，犹如一道天然屏障，拱卫着京师及中原的安危。深秋的季节，万木飘零，空寂的山林里，怪石嶙峋，股股寒风，透着瘆人的寒气扫过山路。

　　"嗖——"一支响箭，带着尖利的哨音，掠过空旷的夜空，飞向山路上一匹奔驰的快马，利箭穿甲，入肉钻心，马上一名身穿明代朝廷驿差服饰的男子，凄厉地惨叫一声，栽到马下，当即身亡。山林后，闪出两名彪悍的骑手，他们放马来到死者近前，跳下马，用脚尖把驿差掀翻个身，高个子骑手拍拍矮个子骑手的肩膀，嘿嘿冷笑一声，问："老弟，怎么样？我的箭法还可以吧？一箭正中胸口。"

　　"老兄的神箭谁不知道，爱新觉罗的后代嘛，还能有孬种？"

　　"嘘——"高个骑手用手挡住嘴巴，警觉地四下观望一会儿，见周围无动静，忙从驿差尸体上拔下响箭，又抽出另一支箭，插在驿差尸体的伤口上。

　　"您这是……"小个子骑手有些不解。

　　"这叫嫁祸于人，明军如发现我们这支响箭，必定怀疑驿差是我们杀死，抢走情报的。聪明的明军将领很快就会调整长城一线的兵力布防。现在，咱哥们给他来个偷梁换柱，换上明军的箭，他们就不会怀疑我们偷进长城关隘搜集情报了，让汉人自起矛盾吧。"高个子骑手不无得意地说。尔后，他摘下驿差身上的公文袋，翻拣一通。将几份公文掖进胸前的盔甲内，又把几封普通家书胡乱扔进沟内。然后，开始洗劫驿差身上值钱的东西。

嘚嘚……远处传来马队的铜铃声和说话声。

两名清军一怔，相互一视，二人会意地一挥手，急忙上马，如鬼影一般隐进山林的背后……

史载：明朝末年，权奸当道，政乱无纲，兵燹不断，黎民百姓难以忍受恶霸豪绅、贪官污吏的欺凌压迫，纷纷揭竿而起，斩木为兵。农民起义的浪潮风起云涌。南有张献忠率领的大西农民起义军，北有李自成领导的大顺农民起义军，南北两支起义军遥相呼应，斩关夺隘、攻城陷州，沉重地打击了明朝统治阶级的势力，动摇了朱明王朝二百多年的社稷根基。

与此同时，蛰居在东北边陲的政权满清部落，却也削藩制邦，日益崛起，虎视眈眈，觊觎中原大好河山，趁明朝官军与农民起义军逐鹿中原，无暇北顾之机，屡犯明境，烧杀抢掠，坐收渔人之利。

北京紫禁城内，一名差官急匆匆跑上高高的台阶，高喊："边关急报……"

公元1643年（明崇祯十六年）冬。

凛冽的北风，无情地搜刮着古长城砖缝里的白灰，枯草在寒风中瑟瑟战栗，夜色漆黑得似一口倒扣的大铁锅，无星无月，伸手难见五指。掩映在茫茫夜幕里的长城，似条疲惫的苍龙，在群山万壑中逶迤挣扎，伸向远方。

扼守在城子岭的明军守城士卒，在这个滴水成冰的季节，龟缩在碉楼内，在屋子中间一盆忽明忽暗的炭盆上烤火取暖，他们咒骂着寒冷的鬼天气，丝毫没有注意周围的敌情。

蓦地，暗夜中几只飞爪由城墙下暗处抛出，搭在城沿上，几名清军悄无声息地摸上城墙，闯进碉楼。一阵激烈的拼杀后，几名明军倒在血泊之中，成为他乡之鬼。

偷袭碉楼成功后，一股清军沿马道飞快跑下，来到隘口，又以猝不及防的动作，砍翻守门明军，然后，他们打开关隘紧闭的大门。

此刻，蒙面的清军才揭去头盔，擦拭着脸上的热汗，原来为首的正是豫亲王多铎。此人虽系皇室近亲，却骁勇善战，此次偷袭长城，就是他向主帅多尔衮献的计谋，并主动请战，率队偷袭。

在篝火的映照下他在明军尸体上擦净兵刃上的血迹，见清军已将死尸搬开移走，并已换上明军盔甲，忙吩咐小校："发出得手的信号。"

小校得令，不敢怠慢，忙手捂嘴巴撮起三声长啸。

须臾间，远处山林里也回复三声。眨眼间，两队盔甲齐整的清军人马，出现在长城外蜿蜒无尽的山路上，悄悄地向被明朝统治者自称为铜墙铁壁、万无一失的长城以南进发。

此时，另一队清军也在青山口偷袭成功，悄悄杀进中原。

是年，偏居东北的清廷也在发生着巨变，清太祖努尔哈赤病死，其弟皇太极承袭汗位，孰料皇太极短命，其子继位。多尔衮任摄政王后，野心勃勃，总想移都关内，一统大明的锦绣河山。但碍于明朝数百年的基业和明军的强大，反复商讨后，决定只能利用清军能骑善射，便于长途奔袭作战、机动灵活的特长，骚扰明关。

此次清军统帅多尔衮率领清军主力，没费吹灰之力就抢占了城子岭关口，是他做梦也没想到的。以往，清军每次出征杀进长城都如闯鬼门关，需要付出惨重的代价。即使进关之后也被明军追杀得屁滚尿流，连个囫囵觉都难以睡成。"此次成功，难道苍天怜惜我不成？"骑在马上的多尔衮，仰望天空，暗自祷告。只有马蹄踏在山坡上溅起的火星，才提醒他这不是做梦。

"恭喜主帅。"多铎跑出城门，迎到队前，拱手相告，言语中带有成功后的亢奋。多尔衮把战马向旁边一提，翻身下马，扶起多铎："先锋辛苦。"他站到路旁，马鞭一指关内的大路，发出命令："马不停蹄，人不下鞍，火速进关。"

"喳——"多铎行礼后，跑到队首，跨上一匹青鬃烈马，一挥马鞭，急驰而去。数万清兵，偷袭进关，纷沓的马蹄声在古老的长城城门洞内荡起一阵阵回声，震得灰尘直落。

长城，这座以农耕文明闻名天下的中原先人用于防御外侮的屏障，再也不能阻止强悍好战清兵的进军了。

天近黎明，巡哨的明军赶来，见到劫后惨景，吓得吐出的舌头许久缩不回去。哨长转身，哆哆嗦嗦地问："怎么办？怎么办？"

年长者："事关重大，赶快报官吧！"

哨长："报官就得杀头。"

"那该如何是好？"众人一筹莫展。

哨长："横竖是个死，散了吧！"

"跑吧！"众校尉怪叫一声，四散逃走。

清军杀入长城，噩耗像瘟疫一样，快速蔓延，一百多里外的顺义县城守军，得到消息，赶紧紧闭城门。一大早，几十名欲进城卖菜的农民被关在城外，菜农们吵嚷着："快开城门，我们要进城卖菜，不然，我们的菜就要烂了。"

另一人仰头高声喝喊："快开城门吧，我妈病了，我要进城请大夫。"

"开城门吧，我的孩子病了，也要请大夫……"

城门前要进城的人越聚越多，排成长长的队伍。菜农、商人、赶集上庙的人们呼喊着，要求打开城门。

许久，城门楼上来了两名守军，他们探身呵斥："吵什么？边关吃紧，城门关闭，不许进城。"

"城门关闭，不许进城，我们的菜卖不了怎么办？"

菜农们还欲与城门楼上的守军理论。

"快快闪开，密云的丢失，就是清军化装成做买卖的混进县城，你们赶快回去，不然，我们放箭了。"

吵嚷间，城门楼上果真嗖嗖射下几支响箭，擦着菜农和路人的头皮飞过，乡下人哪里见过这样的阵势，吓得丢下菜担、菜车，四散而逃。

城门外树下，一胖一瘦两位绅士模样的人，观看着四下逃散的人群，满脸忧愁，低声交谈。胖绅士："哎——老哥，听说了吗？清军一个叫什么多尔衮的家伙，率领清军突进长城关隘里来了。"

瘦绅士一脸忧愁："可不，我孩子大姨一家由古北口逃难来了。他大姨夫说，清军老鼻子厉害了，一路分兵直取密云，另一路绕过怀柔，避开关隘哨卡，奔咱们这个方向来了。"

"咳——这些清军好生了得，他们纵马驰骋，连克平谷、三河，直逼北京东南富庶之地呀。"胖绅士一声长叹。

"按说咱们大明朝年年征兵，岁岁纳粮，怎么就打不过那些清军？"瘦绅士发泄着不满。

"袁崇焕被杀，寒了守边将士的心。听说朝廷里还有这些清军的内应，为一己私利，这些势利小人专门为清军通风报信。那些清兵狡猾着哪，他们专门进攻驻防虚弱，被称为软肋的地区。"

"可恨呀，听说清军连下许多县城重镇，已经绕过咱们这里，直逼天津了。"

"那……那……朝廷怎么还不派兵消灭他们啊？"

"我说兄弟，朝廷的官兵什么样，你还不清楚？清军一来，吓得一些明朝地方官吏，早就望风而逃了。"

"我们养的武将呢？朝廷养兵千日，用兵一时，怎么不见他们上阵杀敌？"

"我的傻兄弟！你又不是不知道，那些官军闲散惯了，平常疏于武备，平日见到草民百姓，耀武扬威，而与彪悍的清军骑兵交手，早吓得腿肚子转筋，凉锅贴饼子——蔫溜了。他们个个暗恨爹妈少生两条腿，跑得慢呀，清军逼近天津卫了。"

"哎呀！那可怎么办哪？"

"不仅如此，听说李自成的农民军也快杀进北京城了。"

"这么说，大明朝快完了。"

"少说屁话，小心隔墙有耳。"

此刻，天津守备府前，一名探报飞马来到天津守备府，翻身下马，高喊："急报……"

消息传进紫禁城，这可急煞了明朝崇祯皇帝。

"啪——"养心殿内，满面病容的崇祯皇帝摔下天津守备府的奏折，长叹一声："这是内忧外患哪，这是内忧外患哪！"

面对崇祯的无奈长叹，大殿内的文臣武将鸦雀无声。崇祯站起，巡视跪在面前的文臣武将一眼，气恨地问了一声："面对清军的袭扰，天津守备府采取什么对策了吗？"

跪倒在文臣首位的首辅大臣周延儒，跪前几步："圣上，他们一面奏表呈报京都，请求火速发兵；一面高悬吊桥，严加防备，不敢稍有松懈。"

"尔等有什么高见？"崇祯皇帝高声询问。

"圣上，卑职请求火速调派天朝大军，即可剿灭骚扰大明疆域的清军。"养心殿列班中站出监察御史，高声奏议。他的提议得到响应，朝臣们议论纷纷。

"首辅大臣，你有何高见？"崇祯点将。

"圣上，现在，朝廷正在对李自成、张献忠反贼用兵，关键时刻，抽不出兵来呀。"首辅大臣周延儒回奏。

"那——我们大明朝也不能如此软弱，被小小的清军欺负啊？"监察御史高声反击。

"谁可组织勤王之师，替朕出征，消灭清军，以解天津之危？"崇祯高声喝问。

大殿内外鸦雀无声，文臣武将无人应答。

崇祯连问三声，仍然无人回答，他无力地挥挥手："都是无用之才，散朝……"

崇祯回到寝宫，烦闷异常，坐卧不安。

近年来，他被农民起义军搞得焦头烂额，愁得寝食难安。他心里自知：朝廷哪里还抽得出兵去抗清御侮，他在太监的服侍下，步履蹒跚，来回走动。

身后，周延儒毕恭毕敬跟随而来。看见他唯唯诺诺的样子，崇祯有些气恼。他眼中的这位奇才，近来在一些关键时刻，越来越让他失望。平常时刻，谈古论今，滔滔不绝，兵书战策、琴棋书画，无所不知，而一到有事发生，就没了主意，拿不出奇招妙策，为朝廷分忧。

崇祯斜睨周延儒一眼："散朝了，你还有什么事情？"

"微臣来为圣上解忧。"

"这个时候，清军兵临城下，还有什么绝招妙策？"

"圣上，清军南下，所求不外乎钱财，依微臣看来，还是按方抓药为好。"

"怎么讲？如何按方抓药？"

"请恕微臣死罪。"

"烦人，恕你死罪。"

周延儒趋步近前："圣上……"他微微弓着虾米腰，低声细语起来，密谋起朝廷与清军议和条约。

数日后，明朝议和准备的厚礼，送至清军帐内，狡黠的多尔衮看着成箱的价值连城的珠宝，再看看大帐外成车的绸缎，眼睛眯成一条缝，放着贪婪的蓝光。但他却故作不知，高傲地问："这是什么？"

明朝议和使者一副谦恭的神态："这是我朝议和的诚意。"

"都是些什么呀？破铜烂石头。"

"不！不……都是奇珍异宝，黄金白银……"

"那就报上名单数目吧……"

"黄金一万二千二百五十两，白银二百二十万五千二百七十两，珍珠四千四百四十两，其他物品若干，牲畜三十二万一千多头……"

这时，挤在帐外，向大帐内偷窥的清军将士，煞是惊奇，幕僚之间，议论纷纷："兄弟，奇了怪了，这次明朝怎么这么大方，咱们刚刚与他们打过几次小仗，还没见真章，他们就草鸡了，现在，他们的首辅大臣是谁呀？"

"这你就是井底之蛙了，连明朝首辅大臣是谁都不知道？"

"兄弟不是刚从上京过来嘛，孤陋寡闻呗。"

"你小子倒知趣，我给你透露些消息可以，但不能白忙活，有空得请我喝酒。"

"小菜一碟，没问题。"

"现今的大明朝真的成为扶不起的井绳——草鸡了。一句话：乱了套了。首辅大臣走马灯似的换，新换上来的叫什么来着？"

"你小子，不知道就是不知道，还瘦驴拉硬屎，硬充老大，还想诓我酒喝。真是……倒霉！"说着瘦个子转身要走。

"别走哇，老哥逗你玩。你的酒我肯定喝上了。明朝首辅大臣是谁，他烧成灰我都认识，他叫周延儒。"胖子一拉瘦子说。

"周延儒？"

"他——可非一般人物，他曾任大明朝东阁大学士，字玉绳，号挹斋，宜兴（宜城镇）人。少时聪明，有文名。20岁时连中会元、状元，授修撰。天启年间迁右中允，掌司经局事。不久，他又以少詹事掌南京翰林院事。明崇祯帝即位后，扳倒魏忠贤，召他为礼部右侍郎。这家伙机智敏慧，善于察言观色，曾深得明朝皇帝器重与信任。崇祯二年（1629年）十二月，就被特拜为礼部尚书兼东阁大学士，参预机务，时年仅36岁。次年九月，明朝皇帝又拜他为首辅。但好景不长，崇祯六年六月，因周延儒为官贪鄙，任用私人被谏官弹劾，被温体仁逐出京城，温体仁把持了内阁。当时北京民间有民谣说'礼部重开天榜，状元探花榜眼，有些惶恐。内阁翻成妓馆，乌龟王八篾片，总是遭瘟'。"

"遭瘟？什么意思？"

"什么意思？这还不懂？遭瘟的瘟，是温体仁的温，是同音不同字，形容温体仁是比周延儒还不如的家伙，像瘟疫一样，给明朝百姓带来灾难。"

"会有这种事？这不是黄鼠狼下耗子，一窝不如一窝了吗？"

"小兄弟，你以为呢，现在的大明朝，在咱们眼里，那是已经病入膏肓，气息奄奄了。"

"什么意思？"

"什么意思？说你雏，你还就是嫩，这你都看不出来？他们窝里斗呗。崇祯十四年（1641年）九月，周延儒又被重用，复为首辅，又进吏部尚书、中极殿大学士。再次为相后，他任用东林党人，采取革除所谓的前任弊政，免除战乱百姓欠税，起用有名望朝臣等政策，朝野称贤。其实呀，都不过是为他们的小小利益集团谋利。"

"老哥，你怎么知道得这么清楚？"

"小子，你忘了？我是负责情报的官员，不掌握这些，怎么打胜仗，知己知彼，百战百胜嘛。"

"那周延儒这么精明，又这么受宠，为什么不敢与我们交锋？"

"这周延儒，有个致命的弱点，就是好色贪财怕死。"

"这样的人，还朝野称贤，明朝快完了。"

大帐内，多尔衮见事情出奇的顺利，没费吹灰之力，就得了这么多的金银珠宝，可他还不满足，想再多榨一些油水，猛然站起，高喊一声："送客……"

明廷议和使者一怔："将军，我们的礼物送上，贵军还没有答复是否同意议和撤兵。"

"这个嘛？"多尔衮眼珠一转："你们回去，听候消息吧。"

"将军，我们还没有签订议和条款，你们还没有答应我们的议和条件……"

"议和条件嘛，哈哈……"多尔衮仰天大笑。

再说派走与清军议和使者，周延儒甚为得意，万没想到，自己的建议被皇上采纳，为朝廷又立了一功，自己拔了头彩不说，还趁机捞了一把，正好借机给自己搞个五十寿辰庆典，自己风生水起，正在得意处，哪个官差不拍自己的马屁，正好大捞一把。这天，得到皇帝的圣旨恩准，他即刻命人在府内府外，张灯结彩，请柬喜帖雪片般撒出去，那就是银子、珠宝啊！周延儒心里十分清楚这一点。

首辅周延儒过五十大寿，这在当时的京城，是头等大事，手下的喽啰忙碌张罗着，周延儒是当时崇祯帝驾前最得宠的大臣，所以这个寿诞筹备得极为隆重。甚至连皇后都让自己兄弟周云路去帮他筹办此事，可见周延儒权势之炽。

寿日这天，周延儒身穿大红"寿"字锦缎，满面春风，趾高气扬，站在客厅前接客。前来送礼的人络绎不绝。这时，一位家仆匆匆走进，低声道："首辅大人，边防探马来报：清兵偷袭河北，已经杀进山东。"

周延儒不信，低声喝道："闭上你的嘴巴，不要搅了本官的好事。"

这时，前去清军阵营议和的使者一行，满脸热汗匆匆赶来，看见周延儒，赶忙上前："首辅大人……"

周延儒上前问："议和结果如何？清军答应我们的退兵条件了吗？"

议和使者看看周围喜庆祥和的氛围，欲言又止："啊，这个……"

周延儒脸色一沉："别吞吞吐吐的，有什么话就直说。别搅了我的五十大寿喜庆。"

议和副使满脸献媚，抢先道："恭喜首辅大人，贺喜首辅大人，清军答应了我们的议和条件，您就高高兴兴地庆寿吧！"

周延儒追问："清军怎么说？"

议和副使低声道："多尔衮口信，听候消息。"

周延儒不解："听候消息，这是什么议和条件？"

这时，门外传来喜报："皇亲云路到……"

周延儒一挥手："各位辛苦，都先请入席吧。"他赶忙一路跑出，前去迎接皇亲云路去了。

山路上，一队正在行进的清军，逶迤而行。多尔衮与侄儿多铎并辔而行。

多铎："主帅，我们下一个进攻目标是哪里？"

多尔衮："先锋，你的看法呢？"

多铎：“我们不应在乎一城一地的占领，而应该以多打胜仗，积累战果为主，依我之见，咱们应该绕过天津，直逼山东。以扩大战果，动摇明朝的根基为目的。”

多尔衮赞许：“先锋所见与本帅相同，此次出兵我们的目的不在珠宝，而是明朝的社稷江山。”他马鞭一指，高声道：“兵贵神速，前进！”

其实，此次清军入侵关内，始于崇祯十五年（1642年）年底，在此之前，清军进行了充分的准备，先是采取各种手段安抚周边的部族，笼络朝鲜，然后动员了八旗所有精锐部队，备足粮草，此次入侵为祸尤烈。据《东华录》载，此次清军由多尔衮、岳托率领，分路攻明，自万里长城把守较为稀松的城子岭、古北口、青山口潜入长城，明朝京师得此消息，闭门自守。

于是清军分四路南下，陷真定、广平、顺德、大名等地，直抵山东兖州府。先后杀戮明朝鲁王以下王、将、吏达数千人，攻破明朝三府、十八州、六十七县，降伏六城，大败明军三十九阵，掠得黄金无数，俘获人民三十六万九千口，掠往关外。

而此时，就在明廷酒宴不断，歌舞升平之际，清军养精蓄锐之后，却是凶猛异常。所过之处，村镇一片狼烟，十室九空，百姓惨遭涂炭，纷纷南逃。

这一日，清军先锋大将多铎率领本部人马来到大清河岸边，正欲偷袭渡口，抢占船只，忽闻三声炮响，惊得多铎忙勒住坐骑，四下观看，却见高高的河堤上冲出一支明军，中军大旗上，高书斗大一个“史”字，为首一匹白鬃马上，端坐一位武将，手持大刀，高声喝问：“来将何人，通名报姓，免做刀下无名之鬼。”

多铎年轻气盛，根本不把明军放在眼里，他将马一提，将枪一横，脸一仰，脖子一梗，一副趾高气扬的样子喝道：“我乃大清名将，主帅多尔衮亲封先锋官多铎。你是何人？胆敢阻拦天兵去路？”

“哈哈。”明军武将大笑一声：“小娃娃，你真有眼无珠，怎么连我堂堂户部左侍郎兼金都御史、漕运总督兼淮安巡抚史可法也不认识吗？”史可法轻捋鬓发，用灼灼目光上下打量多铎。

“怎么？他就是史可法？”淮安距此地有千里之遥，怎么飘然而至了呢，多铎暗想，心里吃了一惊。对于史可法他早就有所耳闻。出征前，分析明朝形势，主帅多尔衮就曾叮嘱过：“如与史可法对阵，千万小心。此人武略超人，在明将中属佼佼者。"多铎唯恐有诈，忙掏出小册子，对着上面的画像查看，确有几分相似。而眼前的史可法又比画像英武几分。为防万一，多铎细细观察：却见史可法生得面色黧黑，浓眉重眼，铠明甲亮，座下雪白西宛良马。手持银环铜铃大刀，轻轻一晃，丁零零直响，更增几分威风。

多铎正在观看，却听左侧林中又传出"咚咚咚"三声炮响，侧目一看，却是林中又涌出一队明军，为首的又是一位史可法。

正当他诧异突遭埋伏，未及上前问话之时，右侧、身后又连响三炮，两面又闯出两队明军，为首者又是两位威武雄壮的史可法打扮的武将，呐喊着各列阵势，再看堤内柳林里，黄尘荡起，似有千军万马在调动。

清兵见此，先自胆怯了三分，一时间个个吓得目瞪口呆，眼角偷看先锋官多铎，盼他早做主张。

此刻，多铎也惊呆了。近年来，他虽说征战多地，走南闯北，在尸山血海中几经生死。可眼前的阵势，他却从未见过，额上已冒出一层细汗，心里也咚咚地敲着小鼓。可作为清军先锋统领，不能不战自退，撒腿就跑哇。他壮起胆子咳嗽一声，低声吩咐："听我将令，杀开一条血路。"言罢，高喊一声："杀——"银枪一举，打马向前冲去。

两军阵前，史可法见清军冲来，将马一拨，奔向堤坡。

多铎恃勇直追，刚至林边，却见弓弩齐发，密如骤雨，他忙拨打雕翎，侧目再看左右，中箭士卒已倒地一片，鬼哭狼嚎。

多铎情知中计，大喊一声："退。"拨马便走。

谁料战马臀部已中数箭，未跑几步，咕咚一声战马栽倒，把多铎掀下马来，半边脸栽进泥沙中。

此时，四面号炮连声，杀声震天，两军混战在一起。

副将见多铎摔下马背，死力拼杀，救起多铎，扶上另一匹战马。又是一阵拼杀，这才杀出重围。

一条乡间小路上，多铎盔歪甲斜，膀带箭伤，落荒而逃，身边只有十几名校尉相随。

天黑路生，多铎率领残兵败将一路奔逃，望见清军大寨灯火时，已是半夜时分，主帅摄政王多尔衮放心不下，正倚帐门向远方眺望。他忽见几骑驰进寨门，忙迎上前。

"主帅，可要给我们报仇哇！"多铎哭嚎了一声，滚落马下。

第 1 章　闻威名清兵丧胆　窥旌旗绿林降服

多尔衮一惊，忙追问："贤侄，你这是怎么回事？搞得如此狼狈？"

"我……"多铎一句话没说完，掩住大嘴又哭起来："主帅，杀了我吧！"

摄政王多尔衮见多铎如此狼狈模样，不知缘故，真有些摸不着头脑了。他不免有些生气，斥责道："中军大帐前，难道是私家居室不成？泪洒衣襟，成何体统？"

多铎有些清醒，忙爬起把战败之事哭诉一遍。他担心主帅指责自己无能，在叙述时添油加醋，把史可法吹捧一番。多尔衮听后倒吸一口冷气，退后几步，诧异道："真有此等怪事，那个史可法有分身之术？"

"主帅，末将所言句句属实，不信可查问其他校尉。史可法原在前面，就是太阳落的那面，待他用手一指，南面、北面，又出现两个史可法，这两个还没看清，身后又出现一个史可法。说是假的吧！可那人那马连说话的声音都一样。您说怪不怪！"多铎边说边观察主帅的脸色，以免主帅生疑而遭惩罚。

多尔衮上前扶起多铎："先锋，帐内说话。"

二人来到大帐内，火把燃亮，侍卫林立。

多尔衮忙命人挑灯一看，见先锋官多铎浑身是血，脸色灰白。

"怪啊！"多尔衮眉头紧皱，在中军帐内迈着方步，兀自独语："前不久情报说史可法还在六安，几日之间怎么就赶来了呢？还有那么多的明军又是来自何处呢？"他站在多铎面前问："明军有多少人？穿什么盔甲！"

"明军遍地都是，难以数清。盔甲分黄、蓝、白、黑，各色都有，绝非几万之众。而且侄儿偷看其身后，烟尘蔽日，后援军队正陆续赶到，至少也得有……"多铎说到关口停住话头，思谋着说多少合适。说多了，担心主帅会追查他谎报敌情，说少了会显出他先锋大将的无能。

多铎绞尽脑汁思量时，多尔衮追问道："到底有多少？"

"有……咳——"多铎狠劲儿捶着胸膛，答非所问地说："可恨明军有一种烟弹，两军对阵时就施放此弹，把明军罩在暗处，清军在明处。光吃亏，看不清有多少人。"多铎越说胆子越壮，瞎话编得越圆。他暗打算盘，只有让主帅撤兵，才能掩盖明军的虚实。吃败仗的责任才永远不会被查清。想到此，多铎近前一步："主帅，请再给我精兵三万，末将誓斩史可法于马下，报我箭伤之仇！"

夜晚，河堤上，得胜的明军欢呼雀跃。史可法摆摆手，平息大家的呼喊："各位，我史可法仰仗各位英勇作战，击败前来进犯的清军，取得首胜。下一步我们应该怎么办？"

"我们杀猪宰羊，大碗喝酒，大块吃肉，庆贺胜利。"一名武将率先回答。

"对！我们打败了清军，应该好好庆祝一番，犒赏作战的勇士们。"有人随声附和。

"我们应该首先感谢史公，用真假诸葛亮之计，四面埋伏，打败清军先锋多铎。"震三山提议。

"是啊！没有史公，就没有今天的胜利。"武将们表示赞同。

史可法挥挥手："各位将军，现在，我们还不是庆功祝贺的时候，据探报，距此不远，还有清军的三万精兵，他们一旦探知我们的底细，反攻过来，以我们的实力，实难抵挡，还是早作打算为上啊。"

"什么？清军三万，我们不足一万，击败多铎的先锋尚可，抵挡三万清军，可就难了。"

"什么难了？那是拿鸡蛋碰石头，根本不可能！"

"那怎么办？"

"还能怎么办？趁早散伙逃命去呗！"

众将吵成一团，各说主张。

"各位……"史可法一提战马，跃马到高处，高声道："如果各位将军信得过我史可法，听我一言。"

众将安静下来。史可法手捻胡须道："清军三万，但他们是在我大明的疆土上，他们刚刚战败，对我们的情况不明，加之做贼心虚，而我一万将士，乘胜追击，作战勇敢，保卫家园，以一当十，如果作战有方，必定能够取胜，流芳千古。"

"我们听史公的。"

"好，那我们就用我们的一万精锐之师，攻击清军的三万精兵。"史可法大胆决定。

清军大帐内，多尔衮听完多铎的复仇计划，暗自盘算："三万精兵？"多尔衮自语道："你已损失四五千，连日作战，累计已死伤六千，清军现不足两万，你带走主力，如若史可法前来劫寨，我将奈何？"他连连摇头，否决了多铎的提议，他心烦意乱，在帐内走动的脚步越来越快，犹如笼中的困兽一般。

多铎见主帅犹豫不定、焦躁不安，正欲乘机提议撤兵，忽闻帐外有人喊："报。"

多尔衮停住脚步，转身对多铎摆摆手。

多铎站起，走向一旁帷幕后。

多尔衮对着帐外吩咐："进。"

一个市民模样的细作躬身而进，伏地跪拜道："报告主帅，细作探报：闯王李自成的农民军已攻陷太原，自言统步兵六十万、马兵四十万，向北京进逼。明朝已派重兵前往迎敌。"

"好！太好了！"摄政王闻此消息，喜形于色，以手击额，仰天长叹道："苍天在上，保佑我大清得此良机！"他一挥手："再探再报！"

"喳。"细作施礼退下。

摄政王多尔衮在帐内徘徊几步，刚要唤多铎近前，密授良策。帐外又有人高喊："报，大本营急函到。"

多尔衮一怔，忙走向帐门前。见两名官差正飞身下马，跑近中军大帐门前。

多尔衮传令道："进。"他返身坐在书案后的帅椅上，把烛光移近些。官差躬身而进，咔嚓一声撕开内衣，取出一封鲜红火漆大印的信札，恭送到书案上。多尔衮接过忙扯开，急切看起来，未及看完，脸色已变，不觉轻声念道"……朝鲜边陲反民乘摄政王南进，兵力空虚之机，意欲谋反。望主帅接函后，速返，以释朝野重臣拳拳挂念之心。"

站在帷幕后一侧的多铎，透过帷幕的缝隙，偷窥统帅多尔衮脸上的变化。他闻听信函内容后，心中暗喜，自语道：此次南侵屡见胜仗，偶有失误，也未伤元气。所掠珠宝、粮食、布匹，早已超过损失许多倍，俗话说：见好就收，太贪会适得其反。

他在一旁窥见主帅有思退路的神态，为显示自己的英勇，他忙故作英雄状，大步近前，高喊一声："主帅。"

多铎近前几步请命道："主帅，请再拨末将一万精兵，多则五日，少则三日，定提史可法首级来见，否则……"

"不！"多尔衮摆手道："史可法自有人对付他，何需我们费神。"

"春天一到，我方将士家乡播种季节将到，父母盼儿，妻子盼夫，儿女盼父归家，我们正可班师回朝。"多尔衮说出下一步打算。

"回朝？"多铎一惊。他原想只是避让一番，却未想到回朝，那好不容易偷进长城，逼近中原，不就功败垂成了吗？他上前劝阻道："主帅，以末将之见，避开史可法，乘李自成直捣北京之际，回师北上，与农民军成夹击之势，攻下京都，大明朝就完了。咱们正可与李自成平分江山。"

"不！不……鹬蚌相争，渔翁得利。鹬蚌相争还未见胜负，还不是我们得利的时候，我们还要等待时机，见机行事。"多尔衮连连摆手："平分江山，那是愚人之见，正是李自成求之不得的。李自成何许人也？放牛娃、一介草民。他有何资格与我们平坐江山啊？"言罢，他转对帐外喊："来人。"

"喳。"帐门外跑进传令官，俯首听令。

"去！把明朝送来的珠宝抬进来，再加上黄金二百两，白银千两，战马五百匹，即刻送给京都。就说大清答应他们讲和的条件。"

"主帅，您这是……"多铎越发摸不着头脑了。

"这叫螳螂捕蝉，黄雀在后。懂吗？"多尔衮故意卖弄。

"主帅英明，末将折服。"多铎竖起大拇指称赞。

"哈哈。"中军大帐内传出他俩得意的笑声。

这才是：入侵中原罪恶多，偶遇英雄杀身祸。

后院起火班师去，枉负江山万里河。

欲知史可法命运如何，请阅下文。

第2章
拒馈赠史公隐身
柳林堤主仆受辱

黎明时分，清军整点行装，正欲退去。

忽然，大寨四周号炮震天，战鼓齐鸣，喊声阵阵，似有几十万明军杀向清军。清军顿时乱了阵脚。平时，清军作战能力是很强的，进攻、守寨，号令如一。如今撤退命令已传达，听说退兵，都在悄悄打点私囊，把抢来的金银珠宝衣物等，或缠于腰间，或打包系在背上。忽闻帐外明军杀至，加之先锋军被明军打败的消息传开，军心已动，指挥失灵。兵不听将令，将找不到帅，自奔退路。

为抢道路，清军兵卒们你争我抢，互相残杀，人踩马踏，死伤无计。人言兵败如山倒，果然如此。

指挥明军进攻清军的将领正是史可法。他是听说清军来犯，自率明军前来抵抗的。其实，他率领的"明军"多是四乡游兵散勇或绿林豪强，他带来的兵马只有九千多人，都是些不堪忍受清军侵略的草莽英雄，在他的号令下，聚到一起共同抗清。

白天，史可法在大清河岸边用"四面埋伏"大败清军先锋多铎后，考虑到正可一鼓作气，给清军以重创，就乘夜进军，原想只是鼓噪而进，布下迷魂阵，骚扰清军，使之夜间不得安寝，白天不敢四处抢掠，却不想清军正在撤退，在明军的喊杀声中，清兵自相践踏，溃不成阵，丢盔弃甲，狼狈北逃。

黎明时分，站在山冈上，指挥明军作战的史可法看见清军不战而退，深感意外。初时，史可法恐清军有诈，忙登高远望，仔细观察。

透过淡淡的晨雾，史可法见清军大帐已拔，帅旗、军营路障已撤，车辙凌乱，驻扎在附近各个山头的清军寨基已动，各路清军争相夺路，正是追杀的好机会。

他忙一挥手中大刀，喊一声："追！"一催坐骑，冲向敌阵。身后将士

⑰

见主帅如此英勇，也奋不顾身，拍马冲杀，马嘶声、喊杀声，声震旷野。

在明军的猛烈冲击下，已拔营寨的清军，斗志已无，阵脚已动，很快溃败，清军将领们见主帅已抢先而逃，更无心再战，个个想保全性命和抢来的细软财物，自率本部人马，尾随主帅多尔衮，秋风扫落叶一般败退下去。

清军士卒见将、帅已抢先夺路而逃，又闻明军杀声震耳，也不知来了多少明军，撒腿便逃，包裹、衣物、刀枪，抛得满路皆是。

乡间小路，有些清军骑兵连鞍鞯都没来得及备好，骣马而逃，犹如一股黄尘，浊浪几十里，卷向东北。

明军一气追出四五十里，史可法这才鸣金收兵，沿途收缴清军所弃物品，回到营寨。清点所缴战利品，刀枪堆成小山，战马数千匹，金银首饰、衣物、粮食，足足装了好几十辆马车，牲畜一时无法统计。

一名骑尉快马奔跑而过，高喊："史公严令，所有兵丁、绿林兵勇，不许任何人私藏缴获物品，违令者斩。"

傍晚时分，晚霞再一次抚爱着这块饱经战乱的土地。

树林里一块草地上，一字排开几十张大八仙桌，上摆几十坛陈酒，上贴大红喜字，这是附近村民为犒劳打胜仗的明军送来的礼物。四周站满了明军将士和附近十里八村的村民，人们都在喜笑颜开地议论着白天抗击清军的胜利。

史可法一身明朝将领打扮，他见天色渐晚，把手一挥，高声命人："点火把。"

史可法看看周围，得胜明军，喜气洋洋，他也难抑心中的兴奋，又把手一挥，忙再次吩咐："摆好碗，斟满酒。"

十几名将士上前，倒满一碗碗散发浓郁醇香的陈酒。

史可法站起，他端起酒碗，高举过顶，面对京都方向，虔诚地祈祷："吾皇万岁，仰仗皇威浩荡，微臣率众击败清军，这第一碗先敬圣上，愿圣上龙体安康，社稷平安。"言罢，史可法躬身把酒徐徐洒在地上。

士卒又为他满上酒，史可法又将酒碗高举过顶，缓缓跪下，沉痛地说："这碗酒是祭酒，用来祭奠在这次抗清斗争中英勇牺牲的将士，祭奠在这次兵燹灾难中死难的父老乡亲、兄弟姐妹，愿他们入土为安，在天之灵早些安息！"

史可法又缓缓将酒洒在地上。他神情严肃，俯首而拜，众将领被史可法的真情所动，也依次跪下，周围的士卒、兵勇、乡丁也纷纷跪倒在地，向死于战乱的同胞、英勇战死的将士致哀，祈祷他们的亡灵早归西天。

祭典的人群中传来唏嘘声，他们有失去儿女的，有失去丈夫的，有失去父母的。生者思念亲人，哪个不伤心、不落泪呢！哭声渐大，声传数里。

史可法起身，亲自满上一碗酒，端至一位身材高大，犹如半截铁塔的将领面前，庄重地说："震三山将军，此次大败清兵，赖你鼎力相助。此碗酒是我史可法的一点心意，请将军代手下将士，收下这点敬意。"

"谢史公！"震三山挺身而起，双手接碗，一饮而尽。

史可法又满上第二碗酒，走到第二位将领面前说："陈威将军，可法感谢你率两千将士，远途增援，舍死拼杀。这碗酒是为陈将军及属下将士接风洗尘的，请收下这点薄礼。"

陈威将军十分激动，接碗时手有些发抖，酒溢出碗边。他端起另一碗酒说："史公，末将有一小小心愿，愿与史公共饮此酒。"

"史公，我们愿与您共饮此酒。"众将士同声恳求。他们担心史可法依次让下去，劳累身体，一齐端起酒碗。

"好！"史可法环视众将高声道："今天，能与众位将士相识，十分荣幸。为抗清作战的胜利，干！"他一饮而尽。众人也高喊一声："干。"相继喝下碗里的酒，纷纷亮出碗底。

此刻，附近的树林里，史可法的爱将史德威、史继州看守着大堆、小堆的战利品。他们远远看着正在欢庆的人群，兴奋地议论着。

史德威："这下好了，我们正愁回家两手空空，没有什么礼物去见夫人和太夫人，没想到清军这么草包，史公一出手，就大获全胜，杀得清军人仰马翻。"

"我说嘛，史公是福将，跟农民军作战，农民军不堪一击；跟清军作战，还是如此神勇。可惜呀可惜……"史继州叹道。

"什么可惜呀可惜？你什么意思，我们打了胜仗，还有什么可惜的？"史德威不理解。

"我是为大明朝可惜，史公作战这么英勇，这么廉洁，还被奸臣弹劾，被多次罢官，而那些腐败无能之辈，对内作战，连续败给农民军；对外作战，又连续败给清军，丢盔弃甲，朝廷不追究，反而却升官发财。照此下去，大明朝凶多吉少啊！"史继州不无忧虑地说。

"说什么呢？"史德威不同意他的观点，反驳道："你真是杞人忧天，我们有史公这样的名臣战将，刚刚击败前来侵扰的清军，农民军小菜一碟，也绝不在话下……"

"朝廷心如散沙，各谋一己之私。你再看看眼前这些人怎么对待咱们看管的战利品，就可窥见当下人们的心态了。"史继州手指远方说。

这时，树木里欢庆的人群吵嚷声更大了。

明军的各路英雄豪杰，聚集在树林中草地上，在火把的映照下，个个满面红光，纷纷高喊："史公，快说说，战利品怎么分吧？"人群士卒中，有人急不可耐地催问，眼睛发蓝，闪着幽幽的贪婪之色。

"对，珠宝怎么分？均不上每人一个，就砸开了吧！"

刚放下酒碗，人群中的势利之徒就吵嚷开了："不行！就折合钱分钱也行！"

"那不行！应该按作战功劳大小来分！"南腔北调，士卒们各不相让，高声吵嚷着，不时传来谩骂声。

面对此情此景，史可法脸上的笑意消失了。他脸色严峻，在火把的照耀下，显得更加刚毅。他知道，眼下这些散兵游勇，打仗也好，抗清也罢，多出于私利，只为一个字"钱"。如果处理不当，就会发生因分赃不均而起的火并。不仅要重启战端，给附近的老百姓带来灾祸，还要在国家用兵之际，自损国力，使无数家庭失去欢乐。想到此，他暗自焦急，眉头紧蹙，成为两个背向的川字。他两眼审视着正在喝酒、吵嚷的将士，他一面大声劝酒，一面暗暗思谋着对策。

他的眼前浮现前不久的情景：

此刻，读者还被蒙在鼓里，这些将士怎么这么散漫，没有军纪？众人可能有所不知，却原来史可法手下的兵将都是临时拼凑起来的。前不久，史可法南下视察漕运，巡抚凤阳、淮安、扬州等地，忽接圣旨，说是被政敌弹劾，围剿农民军不力，被罢官赋闲。正在苦闷之际，接到家书，说母亲病重，要他火速赶回。他将家事托于心腹后，整点行装，忙着赶向故里，北京大兴。

这一日，史可法带领爱将史德威、史继州，晓行夜宿，急忙赶路，刚过黄河在密林中行路时，突被一伙强人拦截，要他交出银两。史可法为官多年，素以廉洁著称。别说巧取豪夺，即使俸银，也多用于公事，或接济穷苦百姓，或用于安抚手下士卒。当强人搜完他的行装，发现没有金银珠宝。

强人查问他的身份，史可法无奈说出姓史名可法后，为首的强人头领，当即跪倒在地，请求宽恕。拦路劫持他的强人的头领，不是别人，就是眼前的震三山。原来，震三山对史可法早就有所耳闻，知道他不贪不占，为政清廉，且作战勇敢，是他仰慕已久的大英雄，今天一见，更加折服。

震三山把史可法请到营寨后，以酒宴款待，细问北上之故。史可法言明回家探母。震三山又问为何不带银两、兵器？史可法道："银两系国家财产。目前，国运艰难，身为朝廷命官怎可贪赃；不带兵器？回归故里探母乃为私事，无财产何惧强人？如为财产拼杀，必有所亡，为财伤人，与狗为食而争，有何差异？"

史可法一席话，说得震三山面红耳赤，哑口无言，只是默默喝酒。

席间，细作禀报，一股清兵绕过京都，一路烧杀抢掠直逼黄河岸边。史可法闻讯心急如焚，当即修书一封，派人连夜前往淮安，调遣友人精兵前来迎敌。

震三山被史可法的精神所感动，执意要求自率本部兵马，参加史可法的抗清义军。同时，又联系绿林豪杰陈威，同来抗清。三股人马凑在一起，约有万人，先是采用史公真假诸葛亮之计，大败多铎，后又虚张声势、鼓噪而进，不想多尔衮收到密报，正欲退兵，他率众将乘胜追击，意外获胜。

眼下，这些草莽英雄跃跃欲试，正为大败清兵缴获这么多珠宝而高兴。以往的拦路抢劫，多数获得甚微，况且遭人辱骂。此次抗清，名利双收。既有英雄称号，又获利颇多，均分战利品名正言顺，谁敢不服。

来自各路绿林的英雄，为着各自的利益，吵嚷得更凶了，有人喊叫按战功大小分发战利品，有人喊叫按参战人数分发珠宝金银，酒酣耳热的甚至捋胳膊挽袖子，准备大动干戈。

见此情景，史可法暗自着急，脸上沁出一层油汗。情急之中，他抓起酒碗"啪"一声摔碎在地，高声断喝："别吵了！"

他这一嗓子，声若洪钟，透着威严。

众人一惊静了下来。史可法脸上的怒气未尽，却尽量放缓口气训斥道："诸位，看看你们的出息！你们说咱们是朋友，还是仇敌？"

"当然是朋友！我等是为抗清才聚到史公身边来的。"震三山抢先道，众人也都点头称是。

"是朋友，就得讲义气，有事大家商量办，不能吵吵嚷嚷的，伤了朋友之间的和气！"

"对！同意！"

"既然同意，各位将军先把所部带回营寨，有什么问题坐到桌面上再讲！"史可法斩钉截铁道。

震三山、陈威对视一眼，看见史可法脸上的怒气难消，各自转身，传令把队伍带走。

此刻，史可法更为担心的是：树林里还未分发的战利品，这些昔日绿林豪杰，在他们眼里，没有什么法度、军纪约束，一旦心急，他们人多势众，发生兵变就麻烦了。

好在附近的营寨内，史德威、史继州还在忠于职守，带领侍卫，警觉地看守着战利品，生怕发生什么意外，担心战利品被抢。

史继州走到史德威跟前，早有预感地说："怎么样，我说得没错吧？有时候，打胜仗也不是什么好事。看看，在利益面前朋友可以反目，大明朝的官员都是这德行。"

"打住，这里都不是大明朝的官员，大明朝的官员也不都这样。"史德威不服："眼前这些将士不过是些草莽之辈，英雄也不多，根本算不上大明朝官员。"

"大明朝官员也好不到哪里去，个个贪生怕死……"

"贪生怕死？那史公为什么还带领我们抗击清军，冲锋陷阵？难道史公……"

"史公是个例外，要不我们俩为什么跟着他出生入死呢！"史继州自责道："我的话伤众了，我错了，不过，史公要是能够善处此事，也是不容易的，我就更佩服了。"

史德威一拍胸脯："我保证史公能够善处此事，让你小子心服口服的。"

史继州："那我们打赌，谁输谁请客。"

"打赌就打赌，谁怕谁？不许反悔。"

"君子一言，驷马难追。"

"啪——"二人击掌。

山坡草地上的树林里，慑于史可法的威望，众人吵嚷一阵，渐渐静下来。史可法把各部将领召集到酒桌前，他如炬似电的目光扫了众将一眼，高声道："诸位将军，大道理我就不多讲了，各位有话请当面讲吧！谁有什么高见提出来，大家商定！"

"我们听史公的。这次旗开得胜，是史公指挥英明，我们佩服！"陈威竖起大拇指夸赞。

"言之有理，我们听史公的，您说怎么办就怎么办吧！"震三山眼珠血红，盯着史可法，眼角透出挑战的寒光。

"听史公的！"众人齐声赞同。

"也罢，既然诸位将军推我主事，那史某就直言不讳了。"史可法手捻胡须，思考片刻道："我想诸位大概都愿流芳百世，不愿骂名千载吧！"他如电的目光扫过面前的各位，见大家没有作声，他又说："既然大家同有此意，我看在三天之内，张贴告示，晓谕各户人家，前来认领所失衣物、财产、牲畜。凡附近百姓说上自家财产主要特点者，均可发还。至于贵重珠宝、金银、器皿，非为一般人家所有，绝无有人冒领，一部分变卖后，救济灾民；一部分派人呈送京都。国家有难，正是用钱之际，我等切不可……"

"史公……"未等史可法说完，震三山就拦阻道："史公，兄弟们血战一场，总不能分文不给吧！"

"就是嘛！皇帝老儿金山银山，有的是钱。他整日吃香的，喝辣的；三宫六院七十二妃，不稀罕这点臭钱。"陈威也反对道。

"各位将军，你们有所不知，国家连年征战，国库空虚，入不敷出啊！没有财银，何以养兵？没有兵，何以抗清？又何以剿灭贼乱？"

"怎么，史大人，你……你也称我等为贼吗？"震三山勃然变色道："想当初，我们也都是良家子弟，有不少是良臣后裔，只因魏忠贤陷害忠良，皇帝昏庸，要将我家满门抄斩，这才被迫为盗的。"

"不！我不是这个意思！"史可法也自觉失口，忙好言相劝道："我是说，没有朝廷，光靠我等是抵御不住清军的。"

"史公，前两点我们依你，后一点不妨暂缓，我们把这笔钱筹为粮饷，招兵买马，兵精粮足，开赴边关，以防清兵再度入关，卷土重来。您看如何？"

"好！这个办法好，我们赞同。"众人齐声附和。

史可法沉思片刻，应允道："就这样办吧！既然大家同意，我也不强求。但有一点，各部都应整饬军纪，不得为分发财产发生内讧！"

"遵命！有史公秉公办理，我们放心。"

"不！此事由震三山、陈威二位将军合力负责，我明日即返故里，老母病危，为儿当尽孝道。如果迟缓，恐有遗憾。"史可法言罢，神色黯然。

"这……"众人始料不及，不知如何是好。

树林里，正在看守战利品的史德威得知史可法决策，十分高兴，他"啪——"一掌拍在树干上："妙——史公英明，多么好的脱身之计。"

史继州："好什么好？就是太便宜这些贪财之徒。"

"怎么？你是不是也想分点？"

"我才不稀罕。我没家没业，一人吃饱，一家子不饿，要那些珠宝干什么？"

"干什么？可以买房置地，娶媳妇啊！"史德威开玩笑逗史继州玩。

"不要玩笑！娶什么媳妇，我这辈子跟定史公了。"史继州正色道。

"还假装正经，我看见你对漂亮姑娘总是用眼睛瞟来溜去，怕不是想媳妇了吧？"

"住嘴！再耻笑我、欺负人，我给你告诉史公去。"

"得得！我跟你逗着玩啦。注意，出了差错，可要打板子。"

山坡草地上，绿林豪杰众人得知史可法的决定后，哪里肯干，纷纷反对。

史可法见众人还要劝阻，摆手道："天色不早，快去歇息吧！劳累多日，也该早些安寝。"

他走出几步，又回身嘱托："震三山、陈威将军，你们二位要多派士兵，接管对战利品的看守，严加看管，不得出现差错。"

"遵命。"二位将军对视一眼，齐声回答。

史可法招手领着贴身随从史德威、史继州离开众人，自回营帐歇息。

此时，树林里众将还是无意散去，他们望着夜色中史公的营帐，内心矛盾。对史可法他们又敬又怕。敬他为人耿直，为官廉明，文韬武略无所不知；怕他威严，如有私心为他所知，会遭惩罚。一名副将上前："将军，不能就这样放史可法回朝，如果此后他奏请朝廷，带兵前来围剿，又将如何？"

另一名副将上前建议："杀掉他吧!恐留后患。"

"陈将军，你意欲如何？"震三山征询着同伴的意见。

"咳——好人呢！要是为官的都像史大人这样，我们何至于落草为寇哇！"

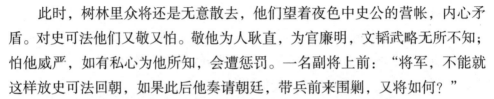

"说这些干吗，我是说眼下怎么办？你我合兵六千，他只有三千，不如……"震三山双手做出合拢的姿势，暗示要消灭史可法的官军。

"不妥！"陈威摆手拒绝。他来回走动几步，徘徊片刻，近前说："我看不妨这样，咱们派人给他送去几箱珠宝。明天，他带走之后，我们事先在半路埋伏截杀，这样既可掩人耳目，又可免启战端，同时，传谕天下，他是贪官，杀之理所当然。"

"哎！你小子真有两下子！此计妙哉！"震三山称赞道。

震三山、陈威二人商量停当，忙派人打点，把珠宝装好几箱，只等深夜实施他们所谓的诡计。

夜深人静，震三山指挥着十几名兵丁，抬着沉甸甸的珠宝箱，悄悄接近史公营帐，放在大帐门口。

震三山、陈威二人站在远处高岗上，将一切按他俩计划谋好，便挥挥手，各自暂回营寨歇息。多日转战劳累，他们二人回到营寨，倒头就睡，没成想这一觉睡得太香了，鼾声如雷，睁眼一看，天色早已黎明。

陈威悄悄爬起，来到帐外，远望史可法官军大寨，一点动静也没有，正在纳闷。

震三山悄步而至，低声道："陈将军，不见动静，一切准备就绪，快去吧！你再去探探虚实，一会儿天亮了。"

陈威点点头，打开寨门。震三山招呼身后的士兵，走向史可法的营帐，来到近前，却见守门人都是稻草扎成，帐内寂静无声，他们知其有变，连忙呼喊三声："史公……"

二人不见回答，急忙进帐察看。

史可法营帐内，早已空荡荡的不见任何人，只留些纸屑、草叶，而那盏油灯，也因灯油将尽，奄奄一息。

他们奔出帐外，茫然四顾，什么也没有！三千人马撤走竟毫无声息，惊得震三山、陈威目瞪口呆。

他们二人复归帐内，命人点上火把，忽见帐柱上挂有一信，揭下急看："震、陈二位将军，请恕不辞之罪。此次倚仗二位将军神力，共破清军，不胜感激。一为民解忧，二为朝廷效力，可喜可贺！临别赠有数言：国运不济靠诸公，拯救黎民水火中。丈夫不念前朝恨，抗清保国救大明。切望二位将军谨记不忘……"

二人读罢，不胜感慨，许久无语。他们悄悄送来的几箱珠宝，加盖封条，完好无损地放在大帐中央。他们庆幸，史可法没有歪心，不然，不要说夺取珠宝，就是取他们的性命，也如探囊取物一般。

震三山、陈威唏嘘愕然之际，正欲派人查找史公踪迹。忽闻帐外探马来报："报告将军，三千明军已撤回淮安。在岔道口，分出三匹马蹄印，往京都方向而去。"

震三山、陈威听后，对史可法敬意更甚，忙面北拱手："史公，我等以小人之心，度君子之腹了，敬请史公谅解。祈愿史公一路平安。"

河北无定河大堤树林中，三匹快马，奔驰在树林里。

史可法归心似箭，他别离陈威、震三山二位将军后，自率本部人马，悄悄拔营。在岔道口，把人马托付副将带回淮安，自己带领史德威、史继州骑着快马，赶奔京都。

这主仆三人晓行夜宿，匆匆赶路。这一日进入河北涿县，再过永定河就是京都大兴地面了。越往家赶，史可法心情越发不安。耳边响起发妻委婉的声音："夫君，别后安好？久不见音信，甚念。今去信，有一事告知，自夫君离家搬京都郊外居住，村落附近常有匪盗之事发生。老夫人为安全着想，意在城内驴市胡同买一座住宅，尚要你给家里筹银三四百两，方可解悬念。"

史可法纵马跃上一个坡路，耳边又出现自己复信的声音："贤妻：买房一事，当即停止。请转告母亲，此时国家贫甚，哪得数百银也。前一段时间，因忙于公务，征战劳顿，居第无常，久未给家汇银，家里大概更加贫寒了吧？匪盗扰民，当告官剿除，以解民忧。夫君常年在外，孝敬母亲，全靠贤妻……"

史可法思家心切，思妻念母，正急急赶路。突见几名骑马者迎头向他们赶来，史德威高喊一声："史公，前面有人……"

话音刚落，突然，从树林中闪出一队官军，拦住去路。

为首一名宦官，手捧圣旨，高声道："史可法接旨。"

史可法忙滚鞍下马，跪倒在地，伏身听旨。

宦官念道："奉天承运，皇帝诏曰：查户部左侍郎兼金都御史、漕运总督兼淮安巡抚史可法，在任期间，贪赃枉法，搜刮民财，乘回归故里探母病之机，转移赃物，现特派东厂校尉前往稽查，所查财物全部没收……"

史可法听至此，不啻被人当头一棒，打得眼黑耳鸣，余下宦官再念些什么，他也没有听清，眼一黑栽倒在地，不省人事。见此，两名随从史德威、史继州急红了眼，扶起史可法又是抚胸，又是捶背，急得眼泪都快要淌下来了。

史德威，山西省平阳人，幼年时外出讨饭冻僵在路旁，被史可法发现抬回家里救活，问他姓名，竟不知晓。史可法就将他收养在家，教他识字、习武，出任官差时，就将他带在身边。他感谢史可法救命之恩、养育之德，起名史德威。小伙子生性刚强，对史可法可谓是忠心耿耿，视为父辈。今见主人被诬陷，怒火中烧，霍然站起，"呛啷"一声，拔刀在手，大喝一声："何方歹徒，胆敢冒充朝廷命官，欺诈我主，拿命来。"说罢，一个猛虎下山，与拦阻去路的锦衣卫杀在一处。

顷刻间，静谧的树林内，刀枪并举，寒光闪烁。

刀剑相碰的打斗声，唤回昏迷中的史可法依稀的记忆，他倚在另一名侍从史继州怀里渐渐苏醒，缓缓地睁开眼，见史德威与锦衣卫打在一起，忙挣扎而起，喝道："德威，有我在此，还不快快住手。"

附近的三岔路口，深为史可法人格魅力感动的震三山、陈威，化装成商人，带着十几名随从，正骑马赶来。他们看见路口的路标，勒住坐骑。

震三山观察一下周围的环境有些困惑地问："陈威将军，这史公回家心切，赶路也太快了，我们紧追慢赶，这都到了涿州地面了，还是没赶上，是不是走岔了？"

"不会，这是进京的唯一道路，别的地方有大河阻拦，过不去。"

"史公是个好男儿，听说他至今无后，可既不娶小，也不爱红楼女子。作为孝子思家心切，也是理所当然。"

"我们还是赶紧赶路吧！"

"驾——"

二人一挥手，率领手下策马疾奔。

树林里，见主公无端遭受东厂特务非难、虐待，正奋力反抗的手下史德威，闻听主人的喊声，内心不服，却也不敢违命，赶忙虚晃一招，跳出圈外，愤愤然将宝刀入鞘，赶回史可法身边上前搀扶。

史可法见锦衣卫手持利刃，步步进逼，明知德威无错，却也要违心责怪手下史德威，给锦衣卫们一些面子，他脸色勃然道："德威，还不快快自缚，向朝臣谢罪!"

"大人!"史德威一愣，委屈而愤然地呼喊道。

在明朝官场摸爬滚打多年的史可法，深知朝廷的规矩，君叫臣死臣不得不死，东厂锦衣卫这伙人，个个心狠手辣，杀人如同捻死个蚂蚁，小不忍则招致杀身之祸。他不忍心再看自己的爱将史德威那哀怨的目光，侧过身扶住路旁的树干，身子晃几晃，险些再次摔倒。他背身摆手吩咐道："继州，你把德威捆上，交给大人们发落吧!"

"大人，千万使不得……"继州、德威跪倒在地，祈望着他们平日崇敬的主人史公，希望他改变主意。如果他吩咐个"杀"字，即使闯刀山、下油锅，他俩也在所不辞。而眼下主公却要委曲求全，把自己的人捆上交给如狼似虎的锦衣卫处置，怎么不感到悲愤呢？

史可法思量再三，权衡许久。他深知：今天如果不服软，锦衣卫这帮家伙绝对不会善罢甘休，争斗的结果，他们不仅会以自己违抗圣命，遭参奏弹劾，还会诬陷自己谋反，不仅自己回家探望老母的愿望落空，还会招致杀身之祸，自己死不足惜，可眼下朝廷风雨飘摇，正是多事之秋，用人之际，再起内讧，怎么对得起自己几十年的追求，为了匡扶社稷的大局，就听天由命吧。想至此，史可法双眼一闭，溢出几颗清泪。尔后，他斩钉截铁挥手道："就、就这样办吧!"

史德威知道：史公多年来追求忠义两全，而今天如为义保全他，就要得罪眼前这几个虎狼般的官吏，难以为朝廷尽忠。他见史公一副万般无奈，十分为难的样子，不忍再伤他的心，一跺脚一狠心，背过手对继州说："你捆吧！我不是软蛋，也不会记恨你，只要史公高兴，躲过此难，死我都不怕。"

史继州心急如焚，想救好兄弟，又无良策。他踌躇片刻，万般无奈，只好上前将史德威捆上。史可法走上前，手牵捆绑史德威的绳头，走至手捧圣旨的宦官面前："大人，恕本官管教下属不严，多有冒犯。请大人开恩，从轻发落。"

"嘿嘿。"宦官冷笑一声："你小子还真识相。不然非告你个抗旨不遵，图谋不轨不可，轻则贬为庶民，重则满门抄斩，挖你祖坟。"他回身招呼锦衣卫："来呀！将这小子捆到树上，重责五十。看他还敢不敢蔑视朝廷，手脚痒痒，动刀动枪的了!"

这才是：抗清不惧生和死，疏财仗义救黎民。

　　　昏君难辨忠与奸，听信谗言陷忠臣。

欲知史可法命运如何，请看下文。

第3章
忆师恩史公蒙冤
十里堡恶犬遭殃

　　堤坡上，得罪了东厂锦衣卫的史德威被捆到树上，东厂特务一是迁怒史可法回家时，一无所有，他们这趟"差"出得没有捞到油水；二是不满史可法的副将，反抗他们的淫威。由此，他们有恃无恐，滥施酷刑，折磨起史德威。

　　一旁的史可法看见手下爱将受到锦衣卫百般折磨，苦苦哀求："各位大人，史某缺少家教，罪在老臣，请免去他的刑罚，一并加罪卑职吧！"

　　"闭嘴！你……你也有你的罪过，来人，先搜搜他的行李再说！"

　　几名如狼似虎的锦衣卫闯上前，扯开包裹、行李，打开衣箱，见里面只有几件随身换洗的衣服，还有银杯两个，折扇十七把，奠章三十二轴，没有像有人奏议的那样：有黄金、珠宝多少，绫罗绸缎多少。宦官见此，目瞪口呆，半晌才问："史尚书，你回家就没带别的东西吗？比如黄金、白银二货什么的？"

　　"大人，我史可法是回家探母，又不是押运国库银两，哪里来的什么黄白二货？"史可法愤然道。

　　"看来，你是不说实话了。"宦官恼羞成怒，挥手道："拷问那小子，看他说不说实话。"

　　为发泄史可法手下对他们这些骄横跋扈惯了的锦衣卫的反抗怨气，锦衣卫们把史德威绑在树林里，凶狠地抽打史德威。他们剥去他的外衣，只留下一个裤头，用鞭子打累了，就折下榆树条，抽出皮，一下下地抽打着赤身裸体的史德威，榆树条打在身上，骨头不疼肉疼。史德威紧咬双唇，双目圆睁，一声不吭。

　　史可法求告无效，史德威被鞭笞时的皮鞭声，一刀刀地割着他的心。史可法面对苍天，默默祷告："苍天在上，本官受诬陷，何以牵连我的仆人呢？"他心急火燎，只觉头渐大，眼渐黑，"扑通"一声栽倒在地，再次什么也不知道了……

朦胧中，史可法似乎看见恩师左光斗正站在面前，用殷切的目光望着他，他惶恐地不敢抬起头。觉得愧对恩师的栽培。

记得那一年，大概是明熹宗元年的寒冬腊月，刚刚二十岁的史可法从河南祥符特地赶回祖籍顺天府大兴县去应试。那时，前往京城应试的举子多住在会馆内，过着饥有佳肴，寒有裘衣的舒服日子。而他却因家境贫寒，衣食无着没有盘缠，只得借住在城外一座破旧的古庙里……

古庙年久失修，缺少烟火，加上正值寒冬季节，很少有人走动。

那一晚，北风呼啸，冻得史可法坐不能读书，寝不能入睡，只得守在一盆炭火旁，倚着松明的烛火读书。夜里，庙外风雪交加，时任顺天府学政的左光斗，微服出访归来，见庙内有亮光闪现，便步入庙门。却见松明下有一书生手捧书本，靠在殿柱上瞌睡着，脚下炭盆里的炭火早已熄灭，旁边的书案上放有一篇刚刚写完不久、墨迹未干的文章。

左光斗悄步近前，拿起文章举到松明前观看，见文笔潇洒，很有见地。左光斗读罢欣喜万分，深为书生的才华所震惊。再看他的衣着，知是贫寒之士，日后如正确引导，将来此人必为国家栋梁之材。他便脱下貂皮大衣，轻轻盖在书生身上，然后，轻步离去。

出得大殿，左光斗又找来看庙和尚，嘱托和尚："庙里借读的学生，虽家境贫寒，却不可轻怠，你们对书生要多加关照。"

"是，谨遵施主的吩咐。"和尚答应。

看见左光斗带领手下走出，一旁的小和尚不解地问："师父，这个人是谁呀？这么大的派头，还敢吩咐您？"

和尚："他呀，说出名来，吓得你睡不着觉。"

小和尚："有这么厉害？那弟子我倒要问问，以免日后失礼。"

和尚："他就是当朝的左光斗左大人。"

小和尚恍然大悟："左大人，他不是东林党的重要成员，当朝的主考官吗？"

和尚："你小子知道得还不少。"

小和尚："师傅过奖了。师傅，这东林党是干什么的？多是些什么人呢？"

和尚："这话说起来，就长了。东林党这些人，多为当朝地主中比较开明的知识分子。他们在无锡建有东林书院，因此而得名。当时，一些朝野人士因不满魏忠贤专权、欺压良善，常常悄悄聚到东林书院，发表一些抨击时弊的言论，陈述一些革除弊政的主张，逐渐发展到与魏忠贤腐朽的阉党势不两立的对立派。东林党主张以贤选人，多为社稷百姓着想，崇祯皇帝继位后，东林党得势，这左光斗左大人就是东林党的栋梁之材。"

小和尚："那他看上的人物，一定错不了。"

和尚："那你还不赶紧去伺候着。"

小和尚连忙揖首："谨遵师命。"

史可法少年立志，匡扶社稷、保家卫国，他每天学习到深夜，清晨，闻鸡起舞。史可法从睡梦中睡醒，发现松明早已燃尽熄灭，自己手捧书本坐在冰冷的殿柱旁不知何时睡着，身上不知何故盖着一件貂皮大衣。

他茫然四顾，店内冷风刺骨，并无他人。他站起奔出殿外，远近遍地洁白，窸窸窣窣正在飘着大雪。

事后，史可法从庙内和尚嘴里得知貂皮大衣是左光斗所赠后，更加勤奋苦读，决心拿出最好成绩，报答恩师的知遇之恩。

果不其然，到顺天府府试开考，堂人唱名时报到史可法的名字，兼任主考官的左光斗十分留意，把史可法看了又看，等他呈上试卷，左光斗阅后十分满意，又传给其他考官审阅，大家都很赞赏。

左光斗提起朱笔，批为顺天府第一名。

会试完毕，左光斗又步行到庙里，请史可法——他的这个得意门生到家里叙谈。

得意弟子前来左府拜访，左光斗喜不自胜，热情接待。在会客厅，师生二人，由晨至午，由午至晚，各抒己见，纵论天下。史可法对时政的见解，深为左光斗赏识。

欣喜之余，左光斗又请出夫人与史可法相见。

史可法言谈豁达，彬彬有礼，喜得左夫人忙着置摆酒宴，款待丈夫的得意门生。

席间，左光斗又唤出自己的儿子，让他们与史可法兄弟相称。

辞别之际，左光斗拍着史可法的肩膀，语重心长地说："可法呀！朝廷正是用人之际，你的几位兄弟你都见了，他们多属甘食平庸之辈，难以有什么作为。看来，日后只有你能继承为师的志向和事业了。"

"恩师，您过奖了！"史可法闻言，犹如一股暖风拂过，心头一热，眼泪险些流出，感动得再次跪在地下。

左光斗扶起他，一直送出门外，快分手时，又塞给他十两纹银说："可法，这些银子你去置办一身衣服，搬到较好些的会馆去住吧！"

"不！不！"史可法推谢道："恩师，学生有书为伴，有您器重，知足不已，怎敢再劳恩师破费。"

左光斗拦住史可法推脱的手说："可法，钱财乃身外之物，不可过分看重，但也须花用些啊！为师所赠，并非让你奢侈，而为糊口，强身健体，日后担起社稷之臣的重任啊！"

"谢恩师器重，日后学生必当效命朝廷，报答恩师知遇之恩。"史可法感动得热泪盈眶，刚欲跪拜，又被左光斗扶住。

史可法恋恋不舍地离开左府，左光斗送到门外，师生二人在风雪弥漫的雪地里，又谈了许久，各抒情怀抱负，在谈到朝廷日渐衰败的政局时，左光斗时而慷慨激昂，时而心情沉重……

史可法也默无他言，更加为朝廷的日益昏聩而担忧……

河坡上，史可法正在昏迷之际，忽觉一滴滴寒意袭来。他微启双目，见史继州正蹲在地上，把自己抱在怀里，默默流泪，泪水滴在自己的脸上。

他艰难地转转头，再看施虐的锦衣卫，早已去向不明。史可法咳嗽几声，低声问："继州，那群畜生呢？"

"史公，他们把衣箱翻遍之后，见无贵重之物，早就走了！"史继州指指散落在周围的衣物伤心地说。

"这些奸佞！"史可法挣扎坐起，艰难站起，与史继州拾捡着被锦衣卫抛撒的行李。

忽而，树林里传来呼救声："史公救我！"

"啊！"史可法闻听惊叫一声，奔进树林。

史可法跌跌撞撞跑进树林，见被捆在树上的史德威，已被打得浑身是血，忙招呼史继州给史德威松绑。他把史德威搂在怀里，轻轻擦拭他脸上的血渍，眼泪簌簌流下："德威，让你吃苦了。"

"史公！我咽不下这口气啊！"

"咳！我知道我知道，投鼠忌器呀！看我的面子，从长计议吧！"史可法好言相劝。好在史德威只是受些皮肉伤，检查上药后，发现没有伤到筋骨，并无大碍。

他们收拾行李，刚要上路，忽闻远处一阵马蹄声响，回身一望，却见几骑快马奔来，为首的正是震三山、陈威二位好汉。

他们二位近前，见史可法主仆如此模样，忙翻身下马惊问："史公，你们何以至此？"

"唉——"史可法长叹一声，没有回答，靠在路旁的树干上，不解地问："二位将军，何故来此？"

"史公，您怎么不辞而别呢？您走后我们放心不下，担心路途险恶，再有差错。所以特此赶来，护送史公平安回家。不想史公行动迅速，我们兄弟马不停蹄，直直赶到这儿，才在此相遇。只是不知史公为何如此狼狈，你们这是……这是……遇见何方歹人……"陈威一脸迷雾，手指满脸伤痕的史德威不解地问。

"二位将军，是可恨的东厂锦衣卫，手捧圣旨，拦住史公去路，说是要稽查什么赃物，翻乱我们行李不算，还打伤德威！"史继州在一旁抢先回答。

"朗朗乾坤，竟有颠倒黑白之事，气死我也！"震三山眉毛倒竖，巡视四下："那伙恶人在哪儿，非扒下他们的人皮不可！"

"多让二位费心了。"史可法拱手施礼，苦笑一声道："我们只是皮肉吃些苦，财物并没有损失什么。"他抬头望望天色，见日光西斜，忙道："二位将军的盛情心领了，只是时候不早，你们也该早些回去了。"

"史公，我们是前来投奔您的，不回去了。"陈威、震三山齐声答道，又说："史公，我们与您相处的日子不多，但史公的言行，却告诉我们该如何做人。我俩愿舍弃绿林生涯，只身相投。"

"这——"史可法闻言一怔，思忖片刻，他上前相劝："二位将军，你们还是请回吧。感谢你们的错爱。只是此次可法归家，只为探视母病，多有不便。况且，可法刚刚被查，凶吉难以预测，怎能再让二位受牵连……"

"史公，不必多虑，遇见那几个狗官，我定杀他个鸡犬不留！"震三山抢先几步，愤愤不平地喝着。

"你们有所不知，母命难违……"史可法缓缓地摇摇头，拒绝了二人的请求，转身吩咐史德威、史继州道："咱们走吧！天快黑了。"

主仆三人拾整好行李，各牵马匹，步上堤坡。

望着史可法等人渐渐远去的背影，震三山被拒后，还是不肯死心，赶前几步再次请求："史公，天色已晚，就让我们送您一程吧！"

史可法闻言深受感动，他站定在堤坡上，转回身说："二位将军多谢了。只是可法一无功德，二无恩惠于你们，就不必烦劳了。"言罢，转身上马，急驰而去。

震三山与陈威怅然若失，他俩相视苦笑，目送史可法渐渐远去，直到他们的身影消失在堤坡树林的尽头，他俩还在眺望着。

无定河，是华北第一大河，上游叫桑干河，源自山西、陕西、内蒙古高原，在河套汇聚后，称为无定河，自门头沟奔出燕山山脉，自西北向东南，经北京西，过卢沟桥流向海河。

却说掌灯时分，史可法主仆三人沿着河堤，来到无定河北岸的一个小村庄前，人困马乏，再也难以赶路，只得寻找客栈歇息。此村乃弹丸之地，紧傍河堤，只有十来户人家，地名牌上名唤十里堡，是防守河堤的河兵歇脚之处。

在村口，史可法他们望见一处院门前的杆子上，高挑着一个红灯笼，上写一个大大的"店"字，便赶了过去。

店门前，史继州上前叩门，迎出来的是位矮胖、和气的店主，他打量史可法主仆三人几眼道："客官，小店上等客房已满，只有三等客房尚空，不知客官肯否屈尊？"

史继州看看史大人，刚过四旬的史公，由于连日征战，加之鞍马劳顿，已倦怠得连抬腿下马的力气都没有了。此时别说床铺，就是草地，史大人躺下也会很快睡去。他点点头，牵马进了客栈。

店主很随和，把他们让到客房，热情招待，端来热汤热饭，待他们吃完饭，店家收饭钱时，史可法一摸兜，脸红了。所有值钱之物，已被锦衣卫搜刮干净，分文不存了。

他赶忙脱下长衫，要做抵押。

店主劝阻道："客官不必多虑，没钱记账以后再还吧！你就是不来，也许我会到府上叨扰。"

当二人攀谈到从何处来，欲去何处时，史可法实言相告。

店主闻听面前就是赫赫有名的史可法时，纳头便拜："史大人在上，您能光顾我这爿小店，实乃是小店三生有幸。别的不敢说，您住上仨月俩月的，我也不收一文钱。"

史可法忙问何故，店主说："我们这地界儿谁不念您的功德？那年发大水，如不是大人拨来赈灾粮，我一家老小早就没命了。"店主说着，又欲再次添菜满酒。

史可法忙上前阻拦，推说劳累，该早些歇息。

店主走后，史可法洗过脚，忙吩咐史德威、史继州早些睡去。

他躺了下来，虽感困倦，却又举起书来，没看两页，便沉沉睡去。

客房内，主仆三人昏昏睡去。半夜时分，史可法忽被吵嚷声惊醒，爬起走到窗边一看，却见村边一家院内火光冲天，喊声不断。

他忙招呼史德威、史继州一声，飞奔而出。

史可法带领史德威、史继州跑出客栈，来到附近着火的农家，近前一看，却见陈威、震三山正气咻咻地捆绑着白天拦截他们的那几名锦衣卫，吓得那几个家伙发出杀猪般的嚎叫，一村民在一旁啼哭。

史可法把陈威拉到僻静处，查问："陈威将军，怎么回事？"

"啊，史公，你怎么也在这里？"

"这个你先别问，先说说这到底是怎么回事啊。"史可法没有正面回答，反而急切地追问。

"这几个畜生、人渣，他们猪狗不如啊！"陈威将军气愤难平。

"不要着急，慢慢说。"史可法安慰道。

陈威将军说："昨天傍晚，这伙人路过此地，遇见了一个十五岁的姑娘翠莲，便起了坏心。他们在村里歇脚后，夜里便来纠缠。翠莲不依，死活不从。可锦衣卫们见翠莲不应，非要强抢不可。恰在此时，我和震三山赶到。路见不平，拔刀相助，与这群锦衣卫杀起来。不料打斗中，锦衣卫踢翻油灯，引燃草房。虽然锦衣卫个个都是高手，但禁不住我们比他们人多，经过几十个回合的拼杀，有的锦衣卫刀下毙命，有的束手被擒。谁料此刻，草房起火，难以扑救。房主呼天抢地，痛悔房子化为灰烬。"

"原来如此。"史可法得知缘由，好言相劝，把房主拉到院外，以免被火烧伤。转眼间，他见人流涌向河堤，忙四下巡视，却不见陈威、震三山的影子。情知不好，忙将房主交给史继州照料，自己领着史德威随着人流，爬上河堤。

无定河大堤上，十里堡是个小村，出门就是大堤。堤坡上密密地生长着一排排柳树。史可法疾步赶来，下内堤再走几百步，就是无定河的主河道，眼下虽秋冬之际，河水也是滔滔而下。

无定河河边，河水湍急，滚滚南下。

此刻，火把点燃，陈威、震三山已命人将擒获的锦衣卫捆得粽子一般，身旁扔着几条麻袋。明朝末年，百姓们对东西厂的锦衣卫们恨之入骨，均因这些家伙在皇宫里取宠宦官，欺瞒皇帝，仗势欺压忠良，稍忤其意，就乱加罪名，横加迫害。在社会上，这伙人坑蒙拐骗，捆绑吊打，滥杀无辜。

平日里，百姓和朝廷官员们对锦衣卫们既怕又恨。怕他们侦得行踪，觅得落脚之地，报告官府，派兵围剿。恨这些人心毒手狠，杀戮忠良。陈威、震三山的祖辈，都是忠良之家，均因被锦衣卫特务们乱进谗言，惨被迫害，走投无路才结伙入草的。

熊熊燃烧的火把照耀下，陈威一指自己喝问道："臭小子，还认识你家陈威爷爷吗？"

"认识，认识……"锦衣卫胡乱点头，继而又胡乱摇头："不认识。不认识……"

陈威高声："你们睁开狗眼看看，我就是被你们这帮兔崽子搞得有家不能回的陈威，想不到吧，你们今天也会落到我的手里。还有那位震三山，也是被你们害得家破人亡……"说至此，陈威声音哽咽，再也说不出话来。

"别再跟他们啰唆，早点把这几个家伙，顺了永定河，去找龙王爷得了。"震三山看着眼前的这几个衣冠禽兽，忆起往日的仇恨。家人们的不幸，历历在目，不觉怒火中烧，怒从心头起，恶向胆边生，决心要斩杀眼前这几个作恶多端的锦衣卫，报仇雪耻，以泄心头之恨。

"不！不……好汉、英雄、将军、大爷、爹、爷爷……今后，我们不敢了，饶我们一回吧。我们有眼不识泰山，冒犯了二位英雄。"被捆的家伙连声求饶。

"叫什么也不成，晚了！早知今日，何必当初。"陈威脱去外罩，只穿件短衫，大步跨到被绑得如粽子般、抖成一团的锦衣卫面前，犹如老鹰抓小鸡一般，将被吓得瘫软在地的锦衣卫拎起，又提起一条麻袋，招呼着身边的随从："来人，撑着口袋，将这几个小子装进麻袋，绑上石头扔进无定河，让他们到水晶宫里找姑娘去吧！"

史德威暗问身边的村民："大爷，他们这是干什么？"

大爷："小伙子，这是无定河边上的规矩，小孩子都知道，将抓到的坏人捆上装进麻袋，扔进河里，叫'顺天河'；结冰后凿开冰窟窿，把坏人塞进冰层，叫'顺冰窟窿。'"

"这是什么刑罚？"

"这是当地民间的土刑罚，跟你说，远近百里的人闻此土刑罚，无不脸色骤变，肝胆欲破啊。"

这时，手下闻听陈威吩咐后，立即上前，将被捆住手脚的锦衣卫装进口袋，扎上袋口。

陈威环视左右说："乡亲们，我这样做一为私仇，二为百姓除害。你们同不同意？"

"同意！"围观的村民们齐声高喊。

只见陈威一挥手，示意手下把口袋扔进河内，手下上前，抬起口袋拖向河边。

恰在此时，史可法气喘吁吁赶到，高喊："慢动手！手下留情。"

史可法赶到陈威身边："陈将军，容我借地方说两句话！"他手拉陈威，来到人群外的树林里。

史可法低声劝阻："陈将军，此举不妥啊！"

"史公，您不要多管！"陈威道。

"那——"史可法摆手道："你想过杀他们的后果吗？"

"这些朝廷的鹰犬，东厂的狗特务，平日作恶多端，罪有应得！后果？管他个屁！"陈威愤愤道。

"陈将军，不瞒你说，我也恨他们这些狗仗人势的家伙，打着圣上的旗号，为非作歹，招摇撞骗，这些祸国殃民的东西该杀，可要杀他们，也该名正言顺啊！"

"他们抢占民女，焚烧民房，还不该杀吗？"

"该杀是该杀，可他们是朝廷命官，治罪也该由刑部发落呀！"

"什么刑部不刑部，他们抓我父亲时，就是夜间，未加审讯，就于堂上杖击而死！"

"将军此言不错，东西厂特务确实枉杀许多无辜。可现在不能一错再错呀！"

"史公，此话怎么讲？"

"眼下，农民军势力渐大，逼近北京，清军刚退，在关外虎视眈眈，朝廷正值多事之秋，内忧外患频起，如你们再将他们杀掉，这里是什么地方？这里是京畿之地，朝廷必然派兵征讨，必起内讧，长此以往，内损国力不说，百姓也永无宁日啊！"

"管他宁不宁！先杀狗日的解解恨再说！"陈威甩开史可法的拉扯，转身欲去。甩出一句硬邦邦的话："史大人，不用您管，俗话说：好汉做事好汉当，我们自有办法！"

"站住！"史可法厉声喝道。他赶上两步，尽量压住自己的肝火，再次好言劝阻，晓以利害："陈将军，你在此杀害奸佞，或可图一时之义愤。但你想过没有，这会殃及一方百姓的。朝廷得知命官被杀于此，必然派军队前来围剿报复，大军一到，你们拔腿走了，而当地百姓又走向哪里？又要有多少人家破人亡，饱尝战乱之苦啊！"

"这……"陈威像被人抽了一鞭，愣住了。

"陈将军，怎么还不动手，还等下崽吗？"震三山从远处跑来咋呼着，陈威抬腿又要走。

"陈将军……"史可法悲切地呼喊道，他扑通跪在地上："既然你们执意如此，我史可法有一请求，请求将军在处罚他们之前，先将我史可法处死！"

暗夜中，这一请求，虽说声音不高，却不啻炸雷滚过陈威的耳边，他如触电一般止住脚步，反身见史可法跪在地上，忙奔上前。震三山也跑过来，二人欲搀起史可法。史可法挥臂拒绝："二位将军，恕可法无礼，如你们不答应本人宽恕他们的请求，我就不起身。可法不能放纵你们的莽撞行为，更不能坐视一方百姓，再遭战火之乱而不顾！"

陈威、震三山被史可法的诚心所动，相互对望一眼，猛击大腿一掌："也罢！史大人，您起来吧，我们答应。"

二人赶忙上前扶起史可法，心里充满敬意。

陈威感慨万分："史大人啊，您这是何必呀！现在像您这样的忠臣义士太少了。"

他俩扑打着史可法身上的泥土说："史大人，我们答应您的请求，我们也有一个小小的请求，求您答应。"

史可法拭去额上的热汗："二位将军，你们给我史某面子，不杀那几个作恶多端的家伙，凡是我能做的，可法将尽力而为。有什么要求，请直言相告，史某决不推诿。"

"谢史公！"二人拱手相谢。

"二位将军就请直言吧。"

"我们只想让您……"震三山刚欲说出，陈威在一旁暗扯他的衣角，插话道："史公，您以后慢慢就知道了。"

史可法见二人似有隐情，此时此刻，人多嘴杂，也不便多问。史可法高声道："算我欠你们一个人情，容当后报。"

"史公言重了。"

史可法携陈威、震三山他们来到河边，命人解开口袋，将被捆绑的宦官和锦衣卫扯出，解开绑绳，推到史可法面前，陈威上前一脚将宦官踢倒在地，怒吼道："还不快谢恩，是史大人讲情，才饶过你们这几个狗东西。"

这几个家伙，别看平时耀武扬威，经过刚才的一阵阴阳两界生死巨变，早已吓得魂飞魄散，尿湿了裤裆，再也没有了往日的威风，为保活命，赶忙跪倒在地，点头如同鸡吃米，连连磕头："谢史大人、谢二位将军。"

"罢了！"史可法摆手道："你们几个身为朝廷命官，却不思报效皇恩，反而抢占民女，焚烧民房，罪责当诛。现饶过你们，放你们回去。但须记住，回禀时就说那几个伤亡的，是因为斗殴所致，不得以实相告，更不得带兵报复危害这一带的百姓！不然，史某还会让你们去钻冰窟窿的。"

"小人晓得……"宦官连连点头。

"是是……"几名锦衣卫更是噤若寒蝉，连连应声。

史可法一挥手："快滚吧！"

几个家伙还要磕头，震三山、陈威上前，一脚一个踢下堤坡。平日里狐假虎威的歹徒，惶惶然如丧家之犬逃走了。

乡民们听说史可法史大人在此，纷纷聚拢过来。

乡民们不解地追问："史大人，为什么放过这几条恶狗？"

"大人，放过他们，他们会加害您的！"几位老者善意地提醒。

"父老乡亲们，我史可法会有办法对付的，你们放心。杀他们是可以暂解一时之恨，铲除几个恶棍，可后果你们想过吗？如果圣上轻信他们同伙的谗言，派兵前来杀戮，到头来，倒霉的还不是这里十里八村的乡亲们吗？"

村民们感觉史可法说得合情在理，吵嚷的众人逐渐静下来了。

沉默片刻，酒店掌柜的上前："史大人，还是您想得周到哇！好人呢！好人！"他连连拱手："我等乡亲，感谢史大人大仁大义、不计前嫌，挽救这一带乡邻百姓，免遭兵燹之乱。"

"谢史大人！"众人纷纷跪倒。

史可法上前，依次扶起百姓。他拍着被害姑娘父亲的肩膀说："乡亲们，他的房子被烧了、家被毁了，眼看到冬天了。大家帮他一把，渡过难关吧！"说着脱下长衫，塞给老汉。

"不！史大人使不得！"老汉连连摆手，往后退避。

"史大人，使不得！"乡亲们上前劝阻。

陈威、震三山深为感动，掏出一把碎银道："这位老哥！我们这儿有些碎银子，请收下吧！"

乡亲们见此，也纷纷解囊相助。

人们的义举感动得老汉连连磕头："史大人，二位好汉，众位乡亲，谢谢你们了。"

此时，东方已绽出熹微之色，天色微明。

史可法又对老汉劝说一番，辞别陈威、震三山，忙赶回客栈，约上史继州备好马匹，草草用过早饭，离开十里堡上路，快马加鞭，向北京进发。

赶出七八里路，太阳快要出来时，他们来到于堡镇时，史可法发现身后有几位买卖人模样的人，押着一辆两轮马车，骑马赶路，不紧不慢地跟在他们身后。

他们快走，买卖人也快走；他们慢走，买卖人也慢走。

史可法觉得蹊跷，悄悄指给史德威、史继州看。

二人也觉得纳闷。走了一程，依然如故。他们暗暗商量后，转过一片密树林，他们忙躲进树丛后。

工夫不大，买卖人赶上来，前后寻找，左右观看，突然不见了追寻目标，忙站到高岗上四下眺望。一个上些年纪的头领自语道："真怪，这么一会儿，眨眼间怎么就不见了呢！难道遁地上天了不成？"

躲在树丛后的史可法猛然转出，喝问道："喂？何路歹人，尾随我们身后，意欲如何？"

买卖人吃了一惊，却很快镇定下来："客官叨扰了。我们前往京师，因路生迷途，正在寻找一柴夫引路。你们要买些什么？我们这有芋头、大枣、陈酒……"

"少废话，快走吧！"史德威呵斥道。

买卖人不便再说什么，招呼一声，拍马而去。

见这伙人远去，史可法招呼史德威、史继州二人一声，岔向小路，急驰而去。

傍晌时分，史可法遥遥望见自家庭院，他激动起来，离家数载，归心似箭啊！再穿过一片槐树林，就是自己朝思暮想的家了。那里有自己年迈的老母，还有结发之妻，这一切都像磁石一般吸引他的心。"走遍千山万水，还是家乡好哇。"史可法的心飞向家乡，飞向亲人。

村头有一条小河。来到河边，史可法勒住坐骑，跳下马，借着河水照照自己的身影，刚四十多岁的人，却苍老得像五十多岁的庄稼汉，头发脏乱地挽着，脸颊瘦瘦的，一边贴上二两肉也不显胖，胡须长长的像个老翁，只是那双眼睛还分外明亮，灼灼发光。他长叹一声："少小离家老大回啊，人家为官都是衣锦还乡，荣归故里，可自己呢？欣慰的是自己没有贪私利而辱没祖宗的名声。"

史可法眼前浮现自己儿时生活的画面：

史可法放牛时，一边读书，一边赶牛。

父亲外出归来，史可法迎上去。父亲拿出几本线装书，史可法爱不释手……

夜晚，史可法在灯下学习，母亲为他轰赶蚊虫……

凌晨，史可法苦练剑法，父亲在一旁指导……

史可法眺望村庄，感慨万千："人生如梦，转眼就是百年。自己少小立志，匡扶社稷，拯救黎民于水火。可是，自己为朝廷劳碌奔波几十年，年过四旬，依然不过如此，乡村更加破败，百姓生活更加困苦，谁之过也？难道自己齐家、治国、平天下的志向错了？治国安邦的理想不能实现了？"史可法有些困惑，他站在桥头，久久思考着……

"史公，咱们回家吧？"史德威提议。

"好吧！"史可法点点头，步上小桥。

忽而，史德威近前低声道："主公，您看那几个买卖人，又跟来了。"

史可法闻言回头一看，见远处大道上果然赶来几匹快马，他们半路遇见的那几个蹊跷买卖人，正尾随而来。

"他们是些什么人？有什么来路？跟踪我们又有什么企图呢？"史可法手捻长髯，百思不解。

年轻气盛的史德威见状，不免气冲斗牛，火气猛然蹿上脑门，拔刀在手："大人，我去杀了他们。"

这才是：施恩善义放虎狼归，生疑虑再恐惹祸一方。

　　　　省亲归家途中遇事，临故里无端生人追赶。

欲知后事如何，请看下文。

史可法回归故里，探视老母，在村口槐树林外的小桥上，突然发现被几名可疑的陌生买卖人尾随，心生疑虑，便迅捷隐身在槐树林中，查看真实。

果不其然，那几个买卖人渐近，赶着马车上了村头的小桥，副将史德威一时性起，操刀在手，就要杀出树林。

史可法急忙上前拦阻："德威，不可鲁莽，如只是偶然相遇，岂不是滥杀无辜，应将他们引来，细细盘问清楚，再做理论。"

此刻，那几位买卖人押着一辆马车，来到村头小桥之上，正为失去跟踪目标感到茫然，翘首四望之际，史可法、史德威、史继州转出槐树林，突然出现在买卖人面前。史可法深施一礼后，上前询问："烦问诸位，欲往何处？"

买卖人见史可法突然出现，略微惊慌之后，马上镇定下来。他们没有回答史可法的问话，为首的大汉只是微微一笑问："史大人，请问此处可是史家庄？"

史可法一怔，正为自己未及开言，对方就已了解自己的姓名身份感到惊讶。

"尔等何人？何以至此？"史可法冷言相问。

旁边的史德威抢步上前道："是又怎么样？你们几个跟踪我们有什么事？意欲何为？"说着，他抢步到史公面前，手握刀把，又厉声催逼道："快说！尔等如有半句谎言，立即砍下你们吃饭的家什儿，叫你们以后再不敢踩着别人的脚印走路！"

买卖人面对史德威的喝问，听而不闻，丝毫没有惊慌之色，反而面露笑容而不答。史可法打量来人的神态，觉出他们绝非一般买卖人，必定有些来历，忙喝道："德威，不得无礼！"他近前几步，低声问道："敢问各位，既知可法的身份、住址，想必有所教诲了。"

"史大人，你客气了。"买卖人说出谜底："我等是陈威、震三山手下部将。二位将军担心史公路上再出差错，特命我等前来护送。"

"啊——"史可法闻言一惊，急忙拱手施礼："感谢诸位，一路辛劳。请各位回去禀告二位将军，就说史某拜谢了。"

史可法约请买卖人来到僻静处，他们交谈着来到村口。直到此刻，史可法那颗悬着的心才放回实处。他手指前面的村庄以礼相让道："诸位，前面就是鄙宅了。请到寒舍一叙吧！"

"谢史大人。"为首的面如重枣，满脸大胡子的壮汉上前道："史大人，我们公务在身，就此拜谢了。二位将军有令，护送史大人到村头即可，不可进庄叨扰，我等在此告别，请史大人查收你们的货物。"

"货物？"史可法闻言诧异道："我们没有什么货物呀？"

为首的大胡子指着停在小桥边上的那辆马车说："车上的货物，二位将军说您已经答应收下，特派我们前来送达。"

"答应收下货物？什么时候？"史可法更摸不着头脑了。

为首者掏出一封信说："史大人，这是二位将军给您的信，并叮嘱说，大人若有什么不明之处，看完信就明白了。"

史可法接过信，展开信纸，低声念道："史大人，蒙您错爱，收为帐前操戈，初战胜多铎，再战多尔衮，力挫清军，疆场扬名。所获财宝，史大

人分文不取，济百姓，馈朝廷，匡扶社稷，我二位深为感动。欲效力史公，怎奈身陷绿林，名誉受损，难以拔足。我等深感史大人恩德，无以回报，特遣心腹，暗中相送。闻大人被奸佞陷害，所带银两，被洗劫一空。困厄之际，我等理应相助，所赠礼物，实非不义之财，乃我二人一点心意，望乞收下……"史可法念完书信，抬起头正想对来人推辞，一看买卖人，早已悄悄牵马远去，不见踪影。

史可法追前几步，极目寻

找，见他们一干人等已跨越木桥，急驰远去。史可法急追几步，高声呼喊："来客慢走，我有话说。"

买卖人打马快行，也不停步，只是回身高喊："史大人多保重，后会有期。"说罢扬鞭催马跃下大路，隐进路旁密林中。

史可法无奈，正欲责备史德威几句，见他正在远处牵着坐骑饮水，只得长叹一声，低着头走向村里，急得史德威在后面大喊："史大人，那辆马车怎么办呢？"

目送那伙买卖人远去，史可法思家心切，顾不上回答，三步并做两步，急急奔向家宅门前，大有"少小离家老大回，乡音无改鬓毛衰。儿童相见不相识，笑问客从何处来"的感触。可令他意外的是史家门庭冷落，不见一个人影。

来到近前，他顿生一阵凄凉。史可法见院墙倒塌多处，残垣败堵，院门前杂草丛生，令人心寒。

史可法到得家门前，他惊呆了，只见那两扇黑漆大门被斜插的黄色封条查封，字迹已模糊难辨，台阶上落满灰尘和兽粪。

怎么会是这样？史可法站在门边，呆呆发怔。他归心似箭的热情，犹如被兜头泼上一瓢冷水，心里拔凉拔凉，寒透了。他茫然不知所去，怔怔地发愣，两眼满含委屈的泪花。人家做官光宗耀祖，日进斗金，三妻四妾，挥金如土。俗话说：一任清知府，十万雪花银。荣归故里时，前呼后拥，衣锦还乡。而他呢？为朝廷保江山安社稷征战多年，只落得一脸倦容，满身灰尘，两手空空。

史可法默站许久，转身回望，茫然四顾。家在哪里？老母在哪里？妻子又在哪里？他步履沉重地走到那株伴他成长的大槐树下，摸着那苍老的树皮，望着门可罗雀的史家老宅，思绪万千。

呆愣片刻，史可法心绪不宁，漫步走来。

街中，路旁一茶馆内，几位年长的乡亲正在喝茶，他们看见在铁锁把门的史宅前徘徊的史可法，十分惊奇。一边喝茶，一边鸣不平。

王员外："哎——那个不是史公史可法吗？"

崔大爷："是啊，这么清廉的官员，家里还被查抄封门，这是什么世道哇？"

刘士绅："你们知道史可法？"

王员外："十里八村住着，谁不知道谁呀？史家这几十亩田产是史可法于崇祯元年（1628年）中进士后，多方筹措资金买下的，上有一小院，修缮后为方便安顿父母妻子在此居住。当时，他还是找我，作为中间人写的文书哪，怎么不知道？"

"史可法可是清官啊……"崔大爷插话："那年，他中举之后，虽说自授西安府推官后，时有外任。由于外任官职，地址时常有变，但在京住所一直未变。他后来历任户部员外郎，郎中。崇祯八年（1635年），又随卢象升参加剿抚各地农民起义军的行动。崇祯十年（1637年），又被张国维推荐升任都御史，巡抚安庆、庐州、太平、池州及河南、江西、湖广部分府县，鞍马劳顿，很少回家享福啊。"

刘士绅故作神秘地问："听说史氏的先人在此居住多年了。你们知道吗？史可法的祖上曾为先皇的锦衣卫，因护驾有功，被擢升为锦衣百户，军阶虽不高，仅统率一二百人。但锦衣百户是护卫皇宫、保卫皇帝安全的锦衣新军军官，曾经和皇帝朝夕相处，关系密切，深得宠爱。后被赐在京建立庄园的。"

王员外："史氏家族虽不是什么名门贵族，但却很是以此为荣的，因而他们史家，世世代代对大明王朝有着特殊的感情，祖孙三代都是清官。"

崔大爷："清官有什么用，这年头，清官就意味着受穷，你看史可法那身穿戴，多么寒酸，肯定没发财，要不然怎么会这副落魄的样子。"

"据说，史可法的祖父史应元因不受新帝赏识，于万历十年被贬到山西省沁州任知府，后改任贵州省黄平知州，官职越做越小，离京都越来越远。"

"嘻——这年头，许多外任的官员在外做官，可家眷一直留居京城，不知什么意思？"刘士绅摇头不解。

王员外："那还不明白？贪恋京城的富庶呗。况且，他们总希望有一天，再次擢升京官，重振祖宗的荣耀呗。"

崔大爷："嗨——天有不测风云，人有旦夕祸福啊。这大明朝廷日益腐败，每况愈下，宦官奸佞当权，把持朝政，官场日渐昏聩，所以，我等退居故里，不愿再为五斗米折腰啊。"

刘士绅："而这史家不同，他们还对朝廷抱有幻想，听说史可法的祖父史应元被贬后，利用机会，经常接触下层平民，了解百姓疾苦，多次奏书朝廷，主张施惠政、轻徭役、简词论，以教化为先。"

"人各有志嘛，那史应元虽遭不公，却在其职权范围克勤克俭，倡导廉洁。知州内事无巨细，均一手操办，颇受当地百姓欢迎，却也难得，值得敬佩。"

"听说史应元因对下不受贿，对上不行贿，不讨上司喜欢，一直未被重用。抱负难得施展。最后被罢黜回乡时，除月俸外，囊无一钱。从贵州返家时，骑一头毛驴，带一名老仆，一路风尘，两袖萧然。根本不似为官多年的知州老爷荣归故里，倒像个老儒生。沿途路遇几次绿林拦截，非但未能截取史应元的不义之财，反而见其清贫，资助他回乡路费。品德难得，清贫史家，书香门第啊。"

此刻，他们净顾着议论史可法的家事，未承想史可法走进茶馆。

几位老者纷纷站起，上前迎接："史大人……"

史家门前，史德威、史继州看见史家如此衰败，大出意外，他们心中不解，徘徊着四下察看，寻找着答案。

史德威暗自纳闷："夫人呢？"

史继州茫然回顾："奇怪了，太夫人怎么也不在？"

史德威："继州，咱们分头找找，看看夫人、太夫人去了哪里。"

"好吧。"史继州答应一声，分头而去。

史可法走进茶馆内，来到茶桌前给乡贤们躬身行礼："众位乡亲，你们好，你们在议论什么？"

"我们在为你鸣不平，述说你们史家世代忠良。"

史可法苦笑一下坐下来，喊来伙计："伙计，再沏一壶新茶。"伙计端上一壶茶，史可法依次给各位乡亲满上茶，饱含深情地说："看来，乡亲们的心里有杆秤啊，我还记得幼年的事，那年，因为家贫，可法向祖父要一串糖葫芦，祖父都未应允，惹得我躺在地上闹脾气，大哭了一场。"

王员外："可不是吗，史可法兄弟，你的父亲史从质一生很是不容易呀！为操持你们这个家，他一辈子没有应过考。按说你们史家，是官宦之家，应该父贵子荣，可因为你的祖父耿直，在外为官，颠沛流离，非但未能给家里带来富贵，反而渐贫，家庭生活的负担，过早地压到你父亲的肩上。他未能读多少书，身体不佳，还要操劳农田，真是不容易呀。"

"是啊！"刘士绅接着说："你年幼时，你们史家家道中落，日渐贫困，忙于糊口，你父亲他也就放弃了应试步入仕途的机会。你的母亲尹氏，上孝公婆，下育子女，还要照顾多病的丈夫。自身也长期患病。老夫妻体质虚弱，更使你们史家困厄。这所宅院，多次面临被卖的危险。到你史可法出仕前，家境已经贫穷到夜无斗米，日无整银的状况啊。"

"乡亲们说的句句是真，可法记得母亲说过，我降生时，母亲曾做了一个梦，梦醒后说："迷迷糊糊的梦境里，她被一巨蟒缠身，正在危急关头，文天祥手持宝剑赶来，殊死相拼，砍死巨蟒。母亲吓得大汗淋漓，大喊一声，我就呱呱坠地了。"史可法回忆道。

刘士绅又道："据传，你祖父史应元得知孙子降生时的这般传说，花二两白银请卜卦先生圆梦。卜卦先生双目微闭，掐指默算，忽而惊叫："奇哉！奇哉！"尔后在纸上写出生辰八字：天祥降此，史家必昌，你爷爷史应元想再看清楚时，卜卦先生竟将此纸放到油灯上燃成灰烬。言之为天机不可泄露，喜得你祖父史应元跑到当铺，当掉自己心爱的折扇，换来几两碎银，跑进酒店，痛饮了一番。"

"可惜呀，谁料事与愿违，你们史家运气不仅没昌，朝廷也日益衰败，每况愈下。"崔大爷发着感慨。

村里，史德威、史继州挨家挨户寻找史可法夫人、太夫人的去向，可问了多家，不是回答不知，就是摇头不语。他们来到村头，看见那辆马车还在，那几个买卖人远远站在树后，看守马车。看见他们来了，那几个买卖人，快速隐去。

"奇了怪了，家里夫人、太夫人不见了，史公正在着急，他们还跟着捣乱？"

史德威跑上前，高喊："喂，你们几个听着，我家史公没有时间跟你们捉迷藏，快把你们的马车赶走，不然丢了、被人抢了，可没人管！"

树林里鸦雀无声，无人回声。

史德威还要喊，史继州上前劝阻："别喊了，喊他们也不会答应，人家是真心送给史公的。要怪就怪咱们史公，那么死心眼，送到手的礼物不收。"

"你不死心眼，你收下。"史德威抢白道。

"我……我可不敢，老爷那个样……"史继州做出怪样，模仿史可法生气拉长着脸。

"那怎么办？总不能放在这里没人管吧？"史德威发急。

"我看还是赶快禀报史公，再作处理吧！"史继州提议。

史德威："可夫人、太夫人还没消息，急死人了。我在这里守着，你赶快去禀报。"

茶馆内，史可法还在与乡亲们拉着家常。

"史公啊，我等属于闲云野鹤，远离朝政，本不该对朝廷妄加议论，可我们也是大明朝的子民呀，也关心天下的太平。天下太平了，我们的买卖才好做；天下太平了，我们的日子才好过。不然最倒霉的还不是我们这些底层的百姓。"王员外心情沉重地表述自己的观点。

"说得有理呀！"史可法不住点头，表示赞同。

那个时代，朱明王朝已如日落西山，走向衰微。

刘士绅说道："史公，你在朝为官多年，听说没有？先帝，是位酒、色、财、气四大全的皇帝，在位四十八年，竟有二十多年不临朝、不见文臣武将、不问国事，却孤意宠信宦官、沉迷道教，疏备边防，不思振作，昏庸糜烂，两次选美女一千三百名，多为九至十四岁少女。并且嗜好用什么少女初潮月经制作所谓仙丹的药丸充饥，荒唐啊，被国人斥为'亡国祸胎'。"

"啊，这个……可法放任外官多年，未曾听说。"史可法搪塞道。

"依老朽看来，现在的崇祯皇帝也好不到哪里去，不仅昏庸，还任用奸臣，致使宦官当权，使得百姓民不聊生，社会矛盾更加显著和深化。"

史可法连忙站起转移话题："各位乡亲喝茶，喝茶……"

"史公，我们就不明白，大明朝200多年，商品物产越来越发展丰富，怎么百姓的日子越来越穷，朝廷王公贵族们越来越富？"刘士绅问道。

王员外道："就是，那些有钱人穷奢极欲地享受，从而加重了对黎民百姓的剥削。加剧了土地兼并，再加上水旱虫灾，整个农村濒于破产，小规模农民起义此起彼伏，大规模农民起义风起云涌。什么张献忠、李自成……"

"还有外患频频发生，边陲少数民族觊觎中原富庶物产，危机日重。西北有鞑靼族屡次入侵，东北有爱新觉罗部族的清军崛起，东南沿海不断有倭寇的骚扰……大明朝的明天会怎么样？"

"你们不要说了，莫谈国事，乡亲们还是不要……不要……"史可法连连摆手。他踉踉跄跄站起，跌跌撞撞走出茶馆。

"史公……"众人站起，一脸愕然。

史可法沿着河边走去，乡亲们的话，听起来刺耳，其实史可法在官场沉浮几十年，耳濡目染，加上自己人生的风风雨雨，他又何尝不知道这些，只是不愿意去思去想罢了。史可法的幼年、青年、成年，都是在朱明王朝这条风雨飘摇的大船上长大的，他暗自告诫自己："史可法，你是朝廷命官，社会栋梁之材，万不可为世俗流言所动摇。古语说得好：天将降大任于斯人也，必先苦其心志，劳其筋骨。目前，正是多事动乱之秋，俗话说，乱世出英雄，你不是自幼就崇拜屈原、岳飞、文天祥吗？那你就该坚持信念，誓死报效朝廷，匡扶社稷，为拯救黎民于水火，万死不辞……

史可法回忆起青年时的理想和抱负……

史可法天资聪颖，自幼苦读经史传记书籍。闲暇时，他曾约好友悄悄前往北京府学胡同凭吊文天祥，瞻仰他英勇就义的地点。祖父、父亲也时常用文天祥英勇抗元的事迹教育他。希望他日后也像文天祥那样，担起拯救日益衰微的朱明王朝的重任。这一切，都在史可法的心里，打下深深的烙印。

为达到日后能够匡扶社稷的目的，史可法自幼抓紧学习。除读"经"外，还兼习"史学"。他有别于当时一般追求功名的儒生，温文而习武。他深知"以铜为镜，可以正衣冠，以史为镜，可以知兴衰"的深刻道理之所在，并在书案前贴上"古砚不容留宿墨，旧瓶随意插新花"的对联，每日提醒今日事今日必须做完，不得懒惰，时刻有危机意识。他的座右铭为：'斗酒纵横廿一史，炉香静对十三经。'多年以来，不论私学，还是为官，都是孜孜不倦，苦诣追求。

与此同时，史可法还认识到：要想治国安邦，光有文韬不成，还需武略。文武兼备，才能担此重任。为此，史可法遍访名师，苦练武艺，熟读兵书，研究攻城破阵，列兵排阵之道。广泛涉猎天文、地理，终于练就文能谈古论今，武能骑马上阵，驰骋沙场。

二十岁时，史可法考中顺天府头名举人。自此，他远离家乡、父母妻室，报效朝廷二十余载，谁料却落得削职为民，抄封家产的下场呢？

史可法正暗自伤心落泪，却见家将史继州赶来："史大人……"他近前低语几句，介绍村头发生的事情。

"德威呢？"史公问。

"他在村边看守着那车货物呢。"

史可法没有再问什么，正欲向邻村亲戚家急急走去，却见远处树林中几个人影匆匆赶来，赶忙迎上前。

原来，史家被查封后，为避免被人骚扰，临时秘密借住在邻村的亲戚家。刚才，守庄的家人看见有人奔宅门而来，忙去禀报借住在杨氏亲戚家的史老夫人。

一名家人急步而入："夫人，太夫人……"

年过七旬的太夫人抱病在床，史夫人正在侍奉史老夫人吃药。看见老家人慌忙而进，史老夫人赶忙挣扎坐起，惊问："何故慌张？"

"禀报老夫人、夫人，老爷回来了。"

史老夫人闻听后，忙命儿媳搀扶："快！快去看个究竟。"

在老家人的引领下，史夫人杨氏搀扶着史老夫人，匆匆忙忙赶往史家庄老宅而来。

此刻，史德威赶着买卖人留下的马车，牵着战马赶来，看见主人宅院如此凄凉，忙放下马车，拴好战马。年轻气盛的他看见史家被封，出生入死、征战劳顿多年的史大人有家不能回，火冲头顶，久压的怒火再也忍不住，愤然道："大人，您忠心耿耿，报效朝廷，却落得如此结果，此气难出，管他何人封查，撞开门再说！"说着冲上前，飞起右脚，就欲踹开史家宅门。

"不得无理！"一声喝喊从远处传来。刚刚赶到史宅门前的史可法转身一看，母亲在妻子的搀扶下，颤颤巍巍赶来，听见母亲的声音，史可法抹去泪花，快步来得近前。

史可法见跟上次回家相比，母亲的容颜显得更加苍老，满头华发，被风刮得凌乱不堪，脸上的皱褶深凹纵横，老眼昏花，下巴尖瘦，被松弛的皮肉包裹着，扁塌塌缺牙的嘴唇半张着，因走路急喘着粗气。衣衫褴褛，一副风烛残年的样子。史可法心里一热，鼻子一酸，热切地呼叫一声："母亲……"他声音哽咽，再也说不出什么话来，快走几步扶住老人。

"你，你是法儿？真的是你？"史老夫人抚摸着爱子的后背，两行浊泪潸然流下。

旁边的妻子见到久别的丈夫，又惊又喜，也掩袖抽泣，流起泪来。

"母亲，您老吃苦了。是孩儿不孝，才使您老人家饱受牵连，备受艰难……"史可法低声诉说着。

"法儿！妈不怪你！只是你那贤良的妻子也与我一同吃苦了。"史老夫人推开儿子，指着站在一旁的儿媳说。史可法看一眼妻子，见她满脸憔悴，衣衫破旧，正凄然地掩面低泣，他心里酸酸的，强忍着泪水才没有流下：

"母亲，咱们一边说话吧。"

史可法搀扶着母亲来到树荫处，找一干净石头坐下，细问道："母亲，咱家是什么时候被查封的？"

"唉，大概是半个月前吧！"

"圣旨所陈如何？"

"哪来的圣旨啊！只见几名锦衣卫簇拥着的钦差一挥手，就把我们赶了出来……"

"母亲放心，孩儿一定上书朝廷，陈明原委，恳请圣上查办这些污吏！"史可法宽释着母亲。

"儿啊！算了吧！好汉不与狗斗。多少人都丧命在权奸宦官手里，你怎么斗得过他们。"史老夫人劝慰着儿子，并为爱子拍打着衣衫上的征尘。

"母亲，皇帝是圣明的。"史可法宽慰着母亲："圣上一旦察知手下这些宦官胡作非为的罪证，是一定要处置他们的。"

"是呀！听说万岁爷夜夜秉烛办公，可怎么总也治不干净这帮黑了心肠的坏家伙呢？"妻子在一旁搭言道。

史老夫人看看儿子倦怠的面容说："法儿，还没有吃饭吧？快！快回家去。让你媳妇快些弄点吃的。"说着母子三人站起。

史可法招手道："德威、继州，快来拜见太夫人、夫人。"

史德威、史继州忙抢步上前，给史老夫人叩头："拜见太夫人、夫人，孩儿们给您请安。"

史老夫人忙步上前，扶起史德威、史继州，擦去他们脸上的汗渍，疼爱地说："孩儿啊！你们也都跟着法儿受苦了。"她端详着史德威的娃娃脸，称赞道："瞧这孩子，眉是眉，眼是眼的，长得多俊呢。"

"谢老夫人夸奖！"史德威再次叩头行礼。

"自家人，不要客气。"史老夫人忙上前扶起史德威。

史可法把史德威、史继州介绍给妻子说："这是我的两名侍从。"又指着史夫人说："这是夫人。"

史德威、史继州二人忙上前施礼："给夫人请安。"

史夫人也忙上前相扶："免礼！"

史老夫人歉然道："人家初次见面，都赏个钱，我们史家清贫，委屈你们了。"

史德威、史继州忙答言道："史大人为人为官都是我们的楷模，我们二人心甘情愿追随史大人，赴汤蹈火，在所不辞！不争名利，更不图钱财！请史老夫人放心。”

“好！这我就放心了！”史老夫人脸上绽出一丝笑意。

天近晌午，史可法与妻子搀扶着母亲，走向史宅北侧不远的三姓庄。

“母亲，我们这是去哪里？”史可法问。

“我们去三姓庄，史家遭封后，我们婆媳等人没有去处，只好暂时借住在三姓庄里你远房杨姨家。”

“三姓庄？有意思。”史德威在一旁插话。

史夫人解释说：“这个小村原是洪武年间由山西移民而来。一户姓张，一户姓崔，一户姓王，三家三姓。怎么起村名也不好起，最后起名为三姓庄。初时叫着不顺口，渐渐地就叫习惯了。”

史老夫人：“三姓庄与我们史家宅院是近邻，相处和睦，平日里常有走动。遇有节日，邻居经常聚到一起，相互饮酒祝贺。灾荒年月，史家接济过三姓庄。现今，史家遭难，三姓庄乡邻也主动前来相助。你杨姨家腾出一处院子，让我们婆媳居住。并不时送些米面过来，接济遭劫后的我们婆媳。有乡亲们的接济，我们的日子还过得去。”老夫人说着，凄然一笑。

史可法看在眼里，心里酸酸的，不是滋味。

史可法来到三姓庄史家借住他人的宅院，他多年为官清廉，不仅隔门缝吹喇叭，声名在外，乡邻们也知晓。他们敬佩史可法的为人，听说史可法回归故里，都纷纷前来看望，叙些旧情。

史可法看见屋内空空荡荡，没有什么礼物招待乡邻，他转问史德威：“外面车上装的什么货物？”

“史公，我没有打开看，但闻着好像是红枣。”

“红枣？”得知买卖人赠送的马车所载货物是红枣后，史可法忙命手下：“快去取些红枣回来，招待乡亲们。”

出去工夫不大，史德威就拿进满满一簸箕红枣来，恭送到乡亲们面前，让众人品尝。尔后，他暗暗扯扯史可法衣袖，抽身退出。

史可法得此暗示，知其有机密事，众人面前，不便言明，忙相机退出。

二人来到屋外僻静处，史可法悄声问：“德威，有什么要紧事吗？”

“史大人，这下我们不用为生活费用发愁了。”史德威兴奋得脸色绯红，口吻中带着喜庆气氛。

"怎么？有什么办法了？"

"这……"机敏的史德威见四下无人，附到史可法耳边，低声道："史大人，那红枣里面装着许多银两，还有一精致木匣，也沉甸甸的。我不知内装何物，没敢开启，特来禀报。"

"哦——"史可法吃了一惊："走！带我去看看。"说完，他随着史德威急急赶去。

马车停在院内南墙草棚下，史继州正在此看守。

史可法近前翻开红枣，里面确实装着许多白花花的银两，打开那个木匣，却见匣内放有一只晶莹透明的玉雕蟾蜍，两只圆圆的宝石眼灼灼发光，实属珍宝精品。再掀开木匣的底层，内放金铸十二生肖动物，个个形象逼真，惟妙惟肖，实属稀罕物品，真可谓是价值连城。

史可法看罢，急忙盖上匣盖，低声嘱咐："你二人切不可声张，这是国宝。如走漏消息，我等不是被朝廷缉拿，也要被绿林搬掉脑袋，非同儿戏。"

"知道了。"史德威、史继州见史可法脸色严肃，情知此事绝非一般，连忙答应。

史可法打量四周一眼，见附近环境幽静，放下心来，低声嘱咐："你二人从现在起，昼夜值班，看守此车，车内的东西一概不能动用，容我思量出一个稳妥的办法。"

"是！"二人答道。手不由自主地摸向刀把。

"你二人千万要小心。这些珍宝，留下我们要掉脑袋；不留，我们也有危险，万万大意不得。"史可法再次叮嘱，移步走开。没走几步又转回身说："你俩一会儿把车赶进东房，要放暗哨，悄悄提防，不得有误啊！"此时，史可法因紧张，额头上已沁出一层细细的汗珠。

史德威、史继州连声答应，诺诺连声。

见史可法转身欲回屋内，史继州上前提议："史大人，老夫人、夫人患病多日，身体虚弱，而你家境困厄，何不取些银两，支付生活所需，暂渡难关。"

"休得胡言！"史可法拦住史继州的话，挥手否决了他的提议。

史可法回到屋内时，乡亲们正在向史老夫人祝贺母子团圆之喜："老夫人，您的苦日子可盼到头了。如今史大人回来，您该享几天福了。"

"夫人，您也该高兴啊！夫妻分离多年，如今相见，也该团聚了，人言久别胜新婚嘛！"

"就是嘛！两口子好好热乎热乎，早生几个胖娃娃呀！"老年妇女说笑着，羞得史夫人脸蛋红红的，低头站在一旁给婆母轻轻地捶着脊背，不敢抬头正视众人的目光。

史老夫人兴奋得眼含泪花："我儿可法四十挂零，至今膝下无子女，史家后继乏人，怎不令我这当妈的焦急呢？说心里话，我老太太盼着抱孙儿，连眼睛都盼蓝了。"今见乡邻们提起话题，史老夫人也觉得开心。抚摸着儿媳垂到胸前的秀发，端详着儿媳绯红的脸蛋，史老夫人感慨地说："是啊！是该为法儿生个一男半女的啦！不然，我死时也难瞑目啊！"

"妈！"史妻羞怯地呼唤婆母一声，低头跑进自己的卧室。

乡亲们见状会意地笑了。

院中，史可法满腹心事，久久徘徊："怎么办！怎么办？震三山、陈威，你们为什么给我送这么多的珠宝、银两？这不是害我史可法吗？朝廷知道，必欲治我贪赃枉法之罪；盗贼知道，必欲兴兵取之。我不给，势单力孤难以抵抗，给吧，又于心不忍，如发生征战，必然是伤及无辜啊！再说，我史可法已经罢官为民，无兵无权，拿什么来守护这些珠宝银两？"

月亮在云朵里穿行，时隐时现，大地时明时暗："苍天哪？此时此刻有谁知道我史可法的心？大地啊，有谁了解我史可法内心的苦衷？"

"震三山、陈威，我知道，你们是要帮我，可我史可法与你们追求不同，道也不同，道不同不相为谋啊！"

史继州经过这里，看见史公仰望天空，时而激愤，时而不语，轻步上前："史公，您怎么了？有什么吩咐吗？"

"啊，没有没有……"

"哪——您这是……是不是在夜观天象？"

"对对，我是在夜观天象，看看最近几天的天气变化。"史可法赶忙掩饰，借坡下驴。

"法儿……"史可法听到屋内母亲的呼唤，精神一振，赶忙步上台阶。

史可法回到屋内，乡邻们见史可法回来，纷纷让座。

史老夫人见儿子脸色发黄，似有什么心事，忙不安地问："法儿，累了吧？该早些歇息。"

"哎。"史可法答应一声，还是未能由焦虑中抽回思绪，一时话语不多，只是闷头思虑心事。乡邻们见状，纷纷告辞。

史可法把乡邻们送走，复回内屋问："母亲，您的病情如何？"

"唉——"史老夫人长叹一声，眼圈又红了："儿啊，你还不知道吗，母亲的病就是思念孩儿你啊！听到外面打仗的消息，我就哭一回。你父去世，就是母亲一个人了。生怕你出现什么闪失。九泉之下，我无颜去见你父啊！"

"母亲，孩儿不孝啊！"史可法缓缓地跪在母亲面前："儿知道，儿行千里母担忧。自几年前父亲去世，孩儿守孝未满，就被朝廷急召赴任，转徙多处，为朝廷东挡西杀，忙于政务、军务，难得有时间回家探望您老人家。孩儿在外为官，把老母、发妻抛在家中，你们一定吃了很多苦啊！仔细想来，孩儿为儿不能尽孝，为夫不能尽职尽责，实在惭愧，该自责啊！"

史老夫人见爱子如此自责，赶忙擦去浊泪，上前扶起儿子说："法儿放心，你在外没有辱没史家名声；做官，你没有贪污受贿；作战，你没有贪生怕死，母亲我就心满意足了！你父九泉之下他也放心了。"

"母亲，孩儿想去父亲的坟墓看看。"

"你刚回来，歇歇再去吧！明日是你父亲的忌日，再去祭祀他吧！"史老夫人恐怕儿子累坏，赶忙劝阻。

恰在此时，史夫人端上来晚饭，放在餐桌上。摆好碗筷，对史老夫人说："母亲，你们先吃吧！我给德威、继州送饭去。"

史可法摆手道："还是你陪母亲吃吧！我去给他们送饭去。我们在一块儿吃饭惯了。"说着，他不容分辩，上前接过妻子手里的饭篮向外走去。

史老夫人见可法执意如此，只得长叹一声，看了儿媳一眼，坐到了餐桌前。

史可法来到西房，见门虚掩，马车停在靠墙僻静处，却不见人影，正在纳闷。忽见从门前一堆谷草中腾身跃起二人，原来正是史德威、史继州二人。他们近前笑嘻嘻地问："史大人，给我们送什么好吃的来了？"

史可法没有回答他俩的问话，放下饭篮，上前帮他们扑打身上的草屑，揶揄道："还能有什么好吃的，家常便饭呗。"

史德威上前揭开篮盖，嗅着鼻子道："太好了，麻花卷子炖猪肉。"

"这是老夫人见你们首次来家，专门由邻居家舍借的，犒劳你俩的！"

"多谢了！"两位年轻人也顾不得洗手，各自在衣襟上擦擦手，端出菜盘，摆放在台阶前，狼吞虎咽地吃起来。边吃边说："好吃！好吃！"

史可法看着他俩那副欢快的样子，郁闷的心情也稍稍好了些，抓起一个卷子就要吃。

史继州上前阻拦："史大人，您别在这吃呀！老夫人、夫人还盼着您回去做伴儿呢！"

"鬼东西，就你话多。"史可法嗔怪一声，端起菜盘，走到院门前的台阶前，坐在门槛上，有滋有味地吃起来。菜盘只有两个，史继州、史德威也赶忙凑过去。三人有说有笑，边吃边聊，暂时忘却连日来的劳累和不快。

突然，由街角胡同后转出一个肮脏的讨饭汉，凑到院门前，伸出一双黑乎乎、脏兮兮的手，乞讨："行行好吧！可怜可怜我吧！"

"去去去！"史德威吃得正香，突见一个泥猴子似的乞丐前来讨食，气就不打一处来，挥手驱赶苍蝇一般呵斥道。

史可法见来人蓬头垢面，敞着怀、赤着膊，衣裳破烂，腿肚子粘着泥巴，模样甚为可怜。他拿过两个花卷子递过，不料那家伙，接过花卷儿并无意走开，伸手欲端菜盘。

史德威眼疾手快，一筷子抽下去，如利刃斩下。

那家伙却敏捷一避，早将菜盘端在手上，闪身欲走。

史可法大怒，正欲发作，忽见那家伙闪身时，衣襟下露出一个黄牌牌，正是东厂锦衣卫腰牌，忙拦住已拔刀在手，正欲冲上前的史德威，暗示他不可鲁莽，招惹是非，引来不必要的麻烦。

孰料那家伙一手托着菜盘子，一手举着花卷儿，正洋洋自得地向前走，忽见街对面房脊上，闪过一道刺眼的白光，一条白链飞下，那菜盘飞起，房脊下飘出一位白衣侠女，稳稳接住菜盘。那家伙惨叫一声，一只手已断掉，疼得翻倒在地，嗷嗷乱叫。

白衣侠女抬脚将那只断手踢给那家伙，声严色厉道："快把你的爪子捡回去，向你的主子报功去吧！"

那家伙虽说疼得龇牙咧嘴，但也不敢顶嘴，更不敢久留。忙不迭捡起血淋淋断手，掖进敞着的衣襟内说："多谢侠姑不杀之恩！"尔后，连滚带爬地逃命去了。

院内，白衣侠女款款走近，将菜盘放回原处，抱歉地说："史大人，那两个花卷儿既为狗爪所染，实难进口，你们三位就少吃些吧！"

这才是：回乡探母是非多，门前罗雀宅门锁。

　　　　仙姑出手惩无赖，泥猴乞丐谢罪过。

欲知后事如何，请看下文。

第5章
讳实情恐惊慈母
辩曲直奏书圣上

白衣侠女蝴蝶一般，飘到院内，转对史可法嗔怪道："史大人，您为官多年，离京遥远，对京都世事可能知之不详。现今圣上刚愎自用，多于猜忌，东、西厂内，爪牙遍地，你们刚进京都地面，就已被监视，行事需小心啊！"

"请问，你是何人？"史可法冷冷地问。

"我吗？"白衣侠女莞尔一笑道："天地之精为我食，日月之光伴我眠。若问我的名和姓，三百年后为人知。"她说着，扫了院内一眼，低声说："马车上的货物不可久留，留久了必招灾祸。"

史可法闻言一惊，正欲追问什么，那侠女却后退几步，抱拳施礼道："史大人，以后如有用到小女子之处，望乞开口。请史大人保重，小女子拜别了！"言罢，白衣侠女转身而去，犹如白云一朵，飘然无影。

史可法紧追两步，急声呼喊："姑娘留步，可法有话说。"

史可法追到门口，定睛再看白衣侠女时，已杳无人迹。

白衣侠女走了，但却留下了一个难解之谜。她是谁？怎么知道马车内的秘密？又为何及时前来相助，惩治恶徒？史可法疑窦顿生，再也无心吃饭。

史可法带着史德威、史继州二人，围着院墙，里里外外仔细搜寻一遍，想找个保险的去处，收藏马车内的货物。无奈乡间农舍，实难有什么好去处，只得作罢，他又再次叮嘱史德威、史继州一遍，严加看守不得大意。这才心情稍释，回到母亲房内。

史可法陪同母亲、夫人，一家三口，坐下来各叙一些别后之事，不觉日落西山。

晚饭后，史可法忙着给部将史德威、史继州安排好住宿之处，派好各自休息当班时间，这才再次转回母亲房间，却见老母正在昏暗的灯火下，缝补着一件旧衫。老人家老眼昏花，哆嗦了半天，怎么也没穿上针线。

史可法见此，忙上前接过针线，将油灯移近些，为母亲将针线穿进针眼递上前。站立在一旁，看见老母一针一针地缝补衣裳，心里感到一阵温暖和心酸。

"法儿，此次回家，你打算待多久？"史老夫人端详着儿子问。又说："其实，母亲的心里很矛盾。没见到孩儿想孩儿，见到孩儿又盼孩儿快些回去。我原想生病时给你写信，你公务繁忙，兴许来不了，没想到法儿真回来了。这下母亲放心了，就是九泉之下你爹也安心了！"

"母亲，孩儿回来，就不走了。"

"傻孩子，母亲再重要，也没有国家重要啊！乡邻们说清兵屡犯边境，你切不可贪生怕死，退居乡里，过上闲散的日子啊！"

"孩儿谨记母训。"史可法不忍说出自己已被罢官的消息，生恐刺伤老人家那颗善良、脆弱的心。他站起来走到一旁，避开母亲那探询、疑虑的目光，凝视着墙上的一幅山水画，宽慰着母亲说："您老放心，等您老病体康复之后，儿就走！"

"法儿！你糊涂啊！那要待多少日子啊！国家危难，正是用人之际。法儿身为臣子，理应为国尽忠啊！"史老夫人后几句，虽为自语，而弦外之音，自然是说给爱子听的。

"母亲，这衣服您就别缝了，我拿去让您儿媳去缝吧！"史可法心生脱身之计，上前将油灯捻弱，服侍母亲躺下。

史老夫人兀自叹道："你媳妇也不容易呀！她常年侍奉我，缝缝洗洗，一日三餐，有稀有稠，不易啊！"

史可法服侍母亲歇息，退出上房。

史可法来到自己的寝室，见夫人已换上睡衣，洗漱后守在灯前，静候丈夫的归来……

见久别多日的丈夫踏进卧室，史妻杨氏的心随着丈夫走近的脚步声渐近，而咚咚跳起来，脸蛋儿也红红的，袭上一层红晕。白日，她碍于婆母的面子和人多，忙乱得没有来得及和丈夫说一句私房话。结婚二十多年了，夫妻在一起相处的日子屈指可数，没有几天呢。往往是丈夫匆匆而来，又匆匆而去。有时连单独说上几句话的空闲都没有，丈夫就又离家踏上征途了。有几次丈夫曾和她商量，要她随官赴任，公婆也曾劝她。可她不忍抛下年迈的公婆。同时，她也深知丈夫公务繁忙，南征北战，东挡西杀，难以抽出时间照顾她，更不愿因自己的私事给丈夫增添麻烦，让他为妻子操心。一晃，已过中年，丈夫的鬓角也出现华发，自己的脸上也过早地出现了褶皱，而多次憧憬的幸福，只能作为往事来回忆。

史妻见丈夫走近，忙把敞开的衣领紧紧，迎上前，为丈夫脱去外衣。

她自己回身坐在床上，倚身靠向一边，给丈夫留下一块儿地方，脉脉含情地注视着丈夫那张满副倦容的脸，柔柔地说："旅途劳累，快早些歇息吧！"

"哎——"史可法答应一声，借着灯光打量妻子。见她只是脸上皱纹多了，而脖颈还是那样的白净丰腴，脸颊红红的，那对杏眼儿含着温情，似乎在渴求什么。他走过去搂住妻子，动情地抚摸着妻子的肩膀，似乎在寻找着往昔的记忆。

"你、你真的要多住一些日子吗？"妻子显然听到了婆婆与丈夫的谈话，轻声询问。

"嗯。"史可法点点头，眼里燃起情爱的火花。

"那就好了！"史妻难以自持，喃喃自语，语气里带着欣喜的口吻。一双细手在丈夫的脸上抚摸着，一边为丈夫宽衣解带，一边喃喃自语："夫君，妻想你！想死你了。"

"我也是！我也想你！"史可法搂着妻子软绵绵、火炭般的身子，手哆嗦着去解妻子的衣扣，随口吹熄了灯，躺在了妻子的身旁。

屋内静下来，皎洁的月光投射到屋内的墙上。

"汪汪……"突然，庄里的狗连声狂吠起来。

史可法一惊，忙推开妻子解衣服扣子的手，挺身而起，忙着穿鞋下炕。

"夫君，你、你去干吗？快来呀！"妻子柔柔地催促着，并拉住丈夫的胳膊。黑暗中，史可法感觉妻子的手热热地在微微发抖。他回身安慰道："你先睡，我去去就来。"史可法拿开妻子的手，提着宝剑悄然而去。

史可法来到院中，夜风习习，吹拂着史可法发烫的脸，他隐身在门前那棵槐树下，察看着院内的动静，谛听着远近的声音。

犬吠声消失了，一切又复归于深夜的寂静。

史可法闪身进了厢房。

史可法步进厢房内，见史德威正隐在门后，两眼瞪得溜圆，警觉地观察着，这才放下心来。过了一会儿，他见院内院外一片寂静，没有异常情况，来到史德威近前，低声说："你睡一会儿吧！我守护。"

"不！史大人！我不累。"史德威推让着："还是您去睡吧！您年纪大，我年轻！"

"你去睡吧！年轻人正是睡觉的岁数！"史可法不容史德威再推辞，把史德威拉到床铺前，为他铺上被褥，强按他躺下，为他盖好被子，轻声说："德威，后半夜再换我也不迟！"

史德威的头刚沾着枕边，腿还没有伸直，就打开了呼噜。史可法笑笑，转到史继州床前，给他扯扯蹬开的被褥，转身走向一旁。

史可法来到窗前，隔着窗洞，仰望着夜空中的星辰，他在繁星中寻找着，他终于发现了那颗北斗星。

蓦地，他忆起了恩师，想起了恩师左光斗惨死在狱中的那难忘的一幕。那一年，史可法24岁，是他考中举人的第四年，也是东林党和阉党斗争愈来愈激烈的一年……

史可法正在沉思，却见史继州走来，上前轻声问："你怎么不睡觉？"

"我睡不着。"

"为什么？"

"我说不清，总觉得这些日子过得憋屈！"

"憋屈？"史可法知道史继州心性耿直，有话憋不住，他这是在暗指这几天发生的事。史可法没有怪罪他，倒是很喜欢他的心直口快，决心利用这个适当机会，开导开导他。怕影响史德威睡觉，史可法看看外面的夜空道："走，咱们外面走走。"

主仆二人来到院中，史可法仰望夜空，久久不语。过了好一会儿他感叹道："是啊，人生在世不称意嘛，可是细想想，人活在世上，又有几个满意的？就连皇上……"史可法说到此，连忙打住："算了，还是不说为好，小心隔墙有耳。来，继州，我教给你怎么夜观天象吧。"

"好哇……"史继州爽快答应。

史可法沉思片刻，仰望夜空，说："天象学，是一门综合学问，它是气象学、星相学、气候学等学问的综合简称，这不是一天两天、一年两年能够学会的，因为这里还包括其他许多知识。今天，我就先告诉你几颗主要星星的名称、位置……"

"谢谢史公。"

"继州，你看那三颗排列在一起的星星，中间的那颗叫牵牛星，一左一右两颗小星星，就是传说中牛郎奔天去找织女星竹筐里挑的两个小孩儿。"

"哪颗是织女星啊？"

"那片白色的亮色，就是我们所说的银河，那颗最亮的就是织女星。"

史继州："史公，他们隔得那么远，一年才能见上一次，活得也够憋屈的。"

"是啊！天上的星星都不能事事顺心，何况我们人哪？"

"史公，我明白了，您吃亏受委屈，一切都是为了大局，为了朝廷。"

"明白就好，孺子可教也。"

"史公，那颗星叫什么？"

"哪颗？"

"就是北边最亮那颗……"史继州顺手指去。

史可法顺着他的手指看去："那颗，那是北斗星。"

"北斗星？是干什么的？"

"北斗星，不仅是指示方位的，还是我的恩师左光斗啊！"

"左光斗是谁？他怎么是您的恩师？"

史可法："这话说起来就长了，天启年间，大宦官魏忠贤把持朝政，排斥异己，想把反对宦官专权的东林党人一网打尽，特此密令手下爪牙心腹为他编纂《东林点将录》。"

"什么是《东林点将录》？"史继州不解地问。

"就是魏忠贤借世人熟知的《水浒传》梁山好汉一百零八将的绰号编排治罪东林党的花名册。"

"是吗？"史继州瞪大眼睛。

"每当朝臣上奏章，魏忠贤暗地里就叫人读《点将录》，对上号的东林党人，必遭他残酷迫害。"

"太残忍了。"

"我的恩师左光斗是位正直的大臣，他知道自己逃不脱魏忠贤迫害的黑名单，他被列为东林党马军五虎将之一，被视为'天雄星豹子头'。当时是天启四年，恩师左光斗已升任右佥都御史，是都察院的主要官员，更是魏忠贤推行弊政的主要障碍，成为阉党专权的眼中钉、肉中刺，就在左光斗上书弹劾魏忠贤，历数他三十二条大逆不道之罪，罪恶当诛，奏章呈上去时，却误落魏忠贤之手。"

"怎么这么巧，这么不如意？"史继州追问。

"咳——"史可法长叹一声："要不干吗说，世事多变呢？"

“那后来怎么样了？”史继州追问。

史可法满脸忧愁：“还能怎么样。”

“阉党抢先动手，利用权势，把恩师左光斗逮捕入狱，削职为民，横加罪名。一时间，朝野之中的大臣，个个惧怕魏忠贤的淫威，朝臣们见面时，都摇手示意，不敢多说一句，更无人敢去狱中探望左光斗。”

“怎么会这样？”史继州追问。

史可法长叹一声：“世态炎凉嘛，也不要怪罪他人。”

“那史公您……”

“当时，我听说恩师遭此横祸，心急如焚。派人多方打听，当获知恩师在狱中的确切消息后，不顾同僚们的善意劝阻，毅然前往监狱探望恩师。”

史可法陷入了回忆：那天下着蒙蒙细雨，街上行人稀少。我来到北京东安门北，司礼太监处关押左光斗的地方。

此地紧靠皇宫，防范极严，任何人都不准随便出入。为了能与恩师见上一面，我想方设法筹集了五十两纹银，暗送狱吏，才被允许探监。

我打扮成乞丐模样，身穿一身破旧衣服、脚趿破鞋、身背粪桶、手执粪铲，化装成清除粪污人的模样，混进监狱，被买通的狱卒领着穿过一条长长的幽暗的通道，带到一个铁门石墙，关押要犯的地方。这里古墙森严，殿宇肃然，透着阵阵杀气和股股腥臭味，令人毛骨悚然。

昏暗的灯光下，狱卒把我带到一间阴气森森、坐北朝南的小房前，打开铁锁，让我进入低矮的牢门。

我弯腰而进，手执油灯，见恩师左光斗正倚靠在墙角，面额焦烂，已难辨认昔日的容貌。看样子，恩师白日刚刚受过炮烙的酷刑，已气息奄奄。

我把油灯移近些，只看恩师左膝以下的肌肉已脱落，淌着脓血，露出森森的膝骨。见恩师惨遭如此折磨，我鼻子一酸，眼泪流下来，忙跪在恩师面前，抱着恩师的断腿低声哭泣：“恩师，恩师，学生看您来了！”

昏迷中的左光斗，双眼已然肿烂得难以睁开，看不清来人是谁。但从哭声中听出是门生史可法来了，就用手拨开眼皮，目光炯炯逼人，怒斥道：“没出息的东西，这里是什么地方？你能来这里吗？”

“恩师，您受罪了。”我哭泣安慰道。

左光斗挥手打掉我手里的油灯，语气严厉地说：“可法，你好糊涂啊！也不考虑考虑，国家大事已然坏到这步田地，我已完了，你还要把自己搭进去吗？如今，你冒险踏入死地，而不明大义，我问以后天下事靠谁来支撑？”

"恩师，学生是想……"我还想辩解。

恩师不容我把话说完，怒声道："你还不快走，与其等奸佞来陷害治罪，不如我现在就打死你！"左光斗说着，抓起地上的铁链，做出就要投出去击打的样子。

我吓得再也不敢作声，边流泪边退出。

最后，昏暗的灯光下，我又回望一眼，把恩师饱受摧残的最后一面牢牢记在脑里，快步跑出监房……

史可法回忆完往事，满脸泪痕。

"卑职明白了，这些年来，您忍辱负重，含冤受苦，都是为了报答左大人的知遇之恩哪。"史继州顿有所悟。

史可法点点头："人生在世，总是应该有所追求的。路漫漫其修远兮，吾将上下而求索，这才不枉为人活一世，草木一秋啊。"

"谢史公教诲。"

史可法拍拍史继州的肩膀："孩子你记住，受人滴水之恩，当涌泉相报。这一切虽然事隔多年，但可法至今难忘。每当政务缠身，忙得浑身倦怠之际，只要步出房门，仰望北斗星，便回忆起恩师对学生的教诲，顿时浑身充满力量，斗志倍增。好了，天色不早，快去睡觉吧。"

史可法与史继州回到厢房，他们正欲休息，忽听房顶上传来轻微的脚步声，史可法精神一振，忙回身捅醒史德威，轻声说："不好，房顶有人。"

但凡是练武之人，都通晓各类武功的奥妙。从夜袭者那么轻微的脚步声，就已知不速之客轻功极好，已达到炉火纯青地步，平常人根本听不出来。那人就像蛇走麦芒，唰唰唰，既轻又快。好在史可法自幼习武，又得高人传授，这才从树叶哗哗的杂响声中，分辨出异样的脚步声。史可法唤醒部将，三人各持兵刃，悄悄来到窗前，用唾沫沾湿窗纸，捅个窟窿向窗外观看。奇怪的是，院中并无动静。

史德威性急，拨开门栓，就要冲向院内。史可法一把将他拦住："小心！"他从地上摸起一条布袋，猛然抽开门，往外一抛。那布袋飘到半空，还未落地，便见嗖嗖几道寒光闪过，几把尖锥形锋利暗器插在口袋上。史德威倒吸一口凉气，要不是史可法拦住他，此刻，他已命丧黄泉了。史可法正欲高声询问来者何人，忽听房顶传来"咕咚"一声，一个人栽倒在房上，把房顶砸得直颤，落下一片灰尘。就听一个山西口音的人怒骂："谁他妈的这么黑心，暗中伤人，小心养孩子没屁眼。"

"浑小子，没要你的命，还不认便宜！小心再残了你的那条狗腿。"答话的是个年轻女子的声音。史可法听着有些耳熟，可一时又想不起此人是谁。

"哎哟！是、是白衣侠女姑奶奶？怪我有眼不识泰山，得罪了。"山西口音男人忙瘸着腿跑走，脚步一轻一重，听得出是一条腿受伤后走路的声音。

史可法稍静片刻，院内没有了动静。他施展轻功，隐身闪到院内，躲在槐树下向房顶上观察，见房顶上空无一人，他纵身上了房。

史可法借着月光，看见房顶上淌有血迹，沿着血迹寻找，一直滴向房后树林里。他正待下房追寻查看，却见史继州拿着那条破布袋，赶上前说："史大人，您看……"

史可法接过布袋，拔下插在上面的飞镖，隐约看见飞镖上铸有"大顺神镖张"字样，他不由得倒吸一口凉气，迷惑不解地自语道："怎么？农民军这么快就知道我回家了？鼻子好灵啊！"

见史可法神态异常，史继州忙问："史大人，大顺神镖张是谁？飞镖的主人您认识？"

"啊！……不……"史可法茫然地摇摇头。他蓦然想起什么，转身催促道："继州，快回去！别中了人家调虎离山之计。"

说完，史可法飞身下房。

史可法来到厢房，却见房门大开。他轻轻呼喊："德威……"连喊几声，不见回声。他情知不妙，大步闯进屋，忙点燃油灯，却见史德威躺在地上，已不省人事。

他忙上前扶起史德威。却见他头上黏糊糊地淌血，似是被人乘其不备，用木棒所击致伤的。

史可法忙将心爱部将搂在怀里，急切呼唤："德威，你醒醒。"

他见史继州也赶来，查看史德威伤情，猛然醒悟过来，一推史继州："快！快去看看货物。"

史继州跑去，失声叫道："史大人，宝匣不见了。"

史可法忙将史德威抱上床，端着油灯近前，却见后山墙被掏出一个洞，洞口处还有散失的银两。他察看遭盗后的情景，懊悔不已。嗔怪自己："太粗心大意了。"除宝匣被盗外，马车上的银两也损失上千两。他急得干搓着两手，不知该如何处理此事。他吩咐史继州先把墙洞堵好，忙急匆匆来到史德威身边，为他在伤口上抹上红伤药，包扎好，这才坐下来歇息一会儿。

居住在正屋的史老夫人觉少，曙色微明，老人家就早早起来，见儿媳屋内尚无动静，误以为儿子媳妇难得一见，贪睡未起，忙着操持早饭。

听见锅碗盆响，儿媳挑帘从侧房而出："妈，您老歇息吧！"

"哟，媳妇哇，你们起来了？我还以为……"史老夫人的话没说完，发现儿媳的眼泡红红的，似是刚刚哭过，不觉一怔，忙问："怎么？法儿他欺负你了？我去找他算账去！"

史老夫人说着就要进屋，却被儿媳拦住了："妈，他、他一夜没有回来！"

"这个浑小子！"史老夫人气愤地骂道："我去找他，问问到底是怎么回事。"史老夫人说完，转身往外就走。

儿媳赶忙上前相拦，也没有拦住。

老夫人拄着拐杖，怒气冲冲地来到厢房，本想推门而入，怒责儿子几句，但当她隔门看见史可法正在给史德威包扎伤口，心里一惊，口气放缓了些问："法儿，你一夜不去媳妇屋里，到底安的什么心，是不是有外家了？"

"母亲，请息怒。"史可法忙把史德威交给史继州，回身道："母亲，儿身系重任，怎能如此不知礼义，辜负您老人家养育之恩呢？"

"那、那你一夜不归寝房，又有何道理？"史老夫人见儿子辩解，气得用拐杖拄着地，发脾气。

"老夫人，史大人夜里……"史继州见史可法被史老夫人错怪，忙上前欲解释清楚，却被史可法暗中用手势止住。

史可法上前道："儿知罪，今夜一定回寝房，您老人家歇息去吧！"

"唉——"史老夫人长叹一声，转身欲走，却又回身问："那孩子怎么了？脑袋上的伤是怎么回事？"

"母亲，他是昨晚吃醉酒了，在台阶上跌伤的。"史可法担心老母亲知道实情后，为他们担惊受怕，故此编瞎话掩饰着。

"这么说，你一夜没回媳妇屋里是照顾这孩子了？"史老夫人问。

"母亲，是这样的。"此刻，史可法无法辩解，只得顺口答言。

"那快给他请个医生看看吧！"史老夫人说着，走到床铺前，抚摸着史德威的头说："苦命的孩子，往后少喝酒，注意点吧！"说着，老太太眼圈儿红了，几乎掉下泪来。

史可法见母亲落泪，内心很是不安，十分内疚，忙上前劝解："母亲，您去歇息去吧！"

史可法扶着母亲走出厢房，送到上房，安置歇息后，这才退出，刚走到院子里，突见老家人进来禀告："史大人，您的信。"

"信？"史可法有些不解，接过信后，见信封上没名没姓，没有来信地址和漆封，忙问："信是哪来的？"

"是刚才在门口遇见一个瘸腿道人给的。他说史大人看后便知。"老人家垂首而答。

"知道了，你回去吧！"史可法挥挥手，待老人家走后，他走向卧室。

卧室内，史可法展开信纸，轻声读起来：

史大人鉴谅：恕本人以此不礼貌方式相见，奈何京畿重地，东、西厂密探如毛，如稍不慎，走漏风声，恐累及家属。思虑再三，决定密函致史公。现"大顺"攻州破县，以势如破竹之势，直捣京师，朱明王朝岌岌可危，明亡之时，如日薄西山可数。

史公或知："大顺军"乃仁义之师。闯王李自成替天行道，拯救万民于水火，所行之处，百官归顺，此乃天意也。天灭朱明，何人能拒？望史大人思之再三，虑之再三。

天归大顺。一统天下，百姓欢迎。大顺军仰慕史公声威，过去我们虽几经征战，但却各为其主。现应尽释前仇，重结盟友。闯王不念史公昔日恩怨，愿与史公联手，鼎力攻明，事成之后，高官任做，骏马任骑，以开国功勋待之。以上拙见，仅供参考。

切望史公审时度势，深明大义，以天为本，体恤民情民意，及早弃暗，如有此意，可于明日黄昏日落前，去无定河柳树滩北槐树林中详谈。

又及：宝匣珍宝、银两，昨夜取走，暂做大顺军需之用。归顺之日，可算大功一件。剩余银两，可资家贫……

大顺军东路先锋　神镖张呈上

读完神镖张来信，史可法默无他语，气得脸色蜡黄，一句话说不出。他顺手把信丢在桌上，思虑一会儿，又拿起详看一遍，心中闷闷不乐。父亲不在人世，遇有大事，应该与母亲说明。想至此处，史可法站起，在屋内徘徊一会儿，犹豫再三，走向母亲的上房。

来到上房，史可法想对古稀之年的母亲说明苦衷，几次张口欲说详细，却又难以启口。

史老夫人见儿子满腹心事，欲言又止的样子，忙问："儿啊！你似有什么难言之事，何不对母亲说明，也好对你有所帮助哇！"

"母亲……"史可法上前欲言，却又止住，深深地长叹一声，转身走向门外。快到屋门口时，听见身后传来史老夫人一声哀叹："咳——儿大不由娘啊！"

闻听母亲的叹息，史可法似被人狠抽了一鞭子，浑身一震，倏地转回身，大步上前，跪倒在史老夫人面前："母亲，孩儿不孝，对不起九泉之下的父亲呀！"说着，史可法两行委屈的泪水，夺眶而出。

"哦？"史老夫人一愣，忙上前扶起儿子，劝慰道："法儿，有话慢讲。"

史可法站起，坐到母亲一侧，将归途上的事叙说一遍。又拿出刚才家人送来的神镖张书信，让母亲看过。史老夫人凝视儿子憔悴的脸许久，才问："法儿，你打算怎么办呢？"

"孩儿一直没有想好，念先皇待咱史家不薄，可法感谢皇恩，为官数载，殚精竭力，对朝廷也算拼尽了全力。可当前，内忧外患，忠臣进直言，反遭陷害，奸佞无能，却受宠被重用。官场一片昏暗，可法已不愿意为官，只愿退居乡里，侍奉娘亲。"

"法儿啊，你怎么聪明一世，糊涂一时呢！"史老夫人连连摇头，否定儿子的想法。她见史可法仍有不明之意，又说："眼下，朝廷正是用人之际，国危日甚。身为七尺男儿，怎能厮守家业，苟活人世呢？"

"母亲，您不明白，实非孩儿对皇上不忠，对朝廷不尽全力。而是奸臣堵塞言路，儿欲报国，可恨没有机会呀！"

"机会？机会就在眼前。只怕你白白错过。"

"母亲，此话怎讲？孩儿不明。"

史老夫人掂着那封信说："大顺军乃绿林草寇，难成大气候。孩儿正可拿着这封信，上奏朝廷，请求皇上命我儿统领大军，擒获贼首。立功建业，取信皇上，再争功名于天下，日后……"史老夫人话说至此，已累得气喘吁吁，有些上气不接下气。

"这恐怕不妥。"史可法搓着手，面呈难色。

"你带回的银两，也一并带去，用以打通关系，买通官吏，让你能面见圣上，以达目的。"

"母亲，这恐怕有所不妥吧！人家大顺农民军把孩儿当作朋友致函达意。假若我如此对待，恐怕有损孩儿的名声。两军交战，应明枪明刀。搞这种告密把戏，乃东、西厂特务所为，为史家所不齿！"史可法摇头拒绝。

"蠢材！兵家云，兵不厌诈。何为把戏！"史老夫人怒道。

"母亲息怒，容孩儿三思而行！"史可法生怕与母亲再争执下去，会气坏老人家，忙告退而出。

一波未平，又起波澜。

史可法来到院中，此时，他急得脑袋嗡嗡作响，怎么也理不出头绪。他步出院子，却见夫人正在篱下择菜，忙上前相助。妻子见丈夫来到，故作不知，只是默默择菜。

史可法想对妻子说几句歉意的话，可一时竟不知该说些什么。

忽然，他发现篱枝浓密处，还有几朵残存的喇叭花，没有被秋霜打蔫，上前摘下，轻轻插到妻子的秀发上。

妻子轻轻挡开他的手，羞怯地说："谁要你这没良心的来献殷勤？夜里都不理人家。"说着，她两颊绯红，瞟了丈夫一眼，背过身去。

"夫人，夫君这厢有礼了。"富有幽默感的史可法，虽学着《白蛇传》许仙的腔调，故意逗夫人开心，其实此刻，他内心有苦难言，但又不便说透，以免妻子为自己担惊受怕，他极力掩饰内心的秘密。一边说着，一边做着滑稽的动作。来家后，虽说麻烦不断，但远离官场内尔虞我诈的人际关系，生活在老母爱妻身边，加之恬静的田园风光，自幼熟悉的环境，使他紧锁多日的心情，舒坦了好些。

"谁要你耍贫嘴！四十多岁的人了，还像个孩子。"妻子脸上露出笑意。

"孩子？"史可法念叨道，又上前为妻子插上一朵喇叭花。笑问："喂，我说夫人，你什么时候生下咱们的孩子？"

"你老不回家来，孩子会从天上掉下来吗？"妻子手指一戳丈夫的前额，嗔怪道，她生气地走开两步，又不再理睬丈夫。史可法知道，妻子还在生昨晚上的气。忙转过一个话题问："夫人有空吗？陪我去父亲的坟上看看？"

"好吧！我把菜篮送回去。"史夫人说着，走进院内。

此时，史继州挑着水桶走出。史可法喊住他问："继州，德威的伤怎么样了？"

"好多了。他已喝过夫人熬的米粥了。"

"你要好好照顾他，我去村西看看。"

"哎。"史继州答应一声，挑着水桶走向井台，挑水去了。

史夫人略作梳洗打扮出来后，史可法随着夫人走出三姓庄。

家乡的景色真美。此时，正值深秋。树叶是黄色的，草也是黄色的。

田野里一片金黄。秋风萧瑟，吹拂着史可法的脸颊。

他感到家乡的一切都是可爱的，那树那叶、那田野那村庄，都使他备感亲切。他由衷地赞叹道："秋天真美啊！"

"秋天景色是美，可人的秋天并不美呀！"妻子望着丈夫的脸说。

史可法听出夫人的言外之意，神情有些凄然。

"唉——"史可法刚高涨的情绪又被妻子的话语破灭了。他感叹道："是啊！人过四十天过午。转眼间，咱们都是人生的秋天了。可还身后无子啊！"史可法的感叹，引起妻子的共鸣，夫妻沉默了许久没有说话，只是匆匆赶路。

夫妻来到一株大柳树下，史妻突然站住，眼圈红红的似有什么心里话要说。突然，她抓住丈夫的胳膊，恳求说："夫君，不行你就讨个妾吧！我实在有愧史家，结婚二十多载，未曾给夫君留下一点骨血，上愧苍天，下愧史家祖宗，更对不起夫君你啊！"

史可法闻言，如遭电击，身体一震，轻轻揽住妻子腰身说："夫人，不要这样！这怎么能怪你呢？我投身仕途，长年漂泊在外，你我夫妻不能长相厮守，在一起的日子短暂而仓促，总共不足几日。再则，贤妻替我侍奉双亲、支撑门户，已使可法感激不尽，哪有半点儿责怪贤妻之意呢？"

"夫君，你就依我吧！我担心，你我百年之后，谁来继承史家宗祠啊！"史妻说着，依偎进丈夫怀里，委屈地啜泣起来。

史可法扶着妻子来到树林里的草地上，他们相互依偎着，望着脚下默默流淌的小溪，追忆着往日逝去的岁月。

树影东移，深秋日短，史可法对妻子说："咱们走吧！到父亲的坟上看看，明日，我就要去觐见皇上了。"

"怎么？夫君刚回来又要走？"妻子拽住史可法的胳膊又搂紧了，生怕她思慕多日的丈夫会突然而去。她用期盼的目光望着夫君，目光里既有温情，又有哀怨。

"国家多难，天下不平，我岂能退居田园？你不是也希望你的夫君顶天立地，做风风光光的伟丈夫吗？"

史可法轻轻拿开妻子的手，站起后拉起妻子，夫妻二人向前走去，穿过树林，来到一片松林前。

夫妻走进松林，秋风掠过，松涛阵阵。史可法夫妻沿着林中小路，来到一座石碑前，面对松林下的阵亡将士墓，肃然起敬。

这片坟墓，是崇祯二年，后金侵袭京都，总兵满桂、祖寿战死，黑云龙、麻登云被捉，京都危急，"天下勤王兵"汇至京师，打败后金兵，解京师濒危之役战死的将士坟墓。史可法辨认着墓碑上字迹、姓名，崇尚英雄的情感在升腾，忘却了将要拜谒的父亲坟墓。

"夫君，时候不早了。"史妻站在一旁催促道。

史可法从碑文上移开目光，回望妻子一眼，见她站在没膝深的荒草中，秋风吹拂着她的衣裙，她秀发蓬松零乱，脸色苍白，似被某种恐惧感笼罩着。他心头一热，眼泪差点溢出眼眶，忙走过去，扶住妻子瘦削的肩头，不安地问："怎么了？你怕了？"

"嗯。"妻子点点头说："我怕！人活着会说会笑，活灵灵的。可死后往这里一躺，变成一堆白骨。荒郊野地的，没人管理，你看那坟堆上的荒漠枣树窠子直抖，多冷啊！"

"有我在，还怕什么！"史可法安慰着妻子："人活着，应轰轰烈烈；人死，应坦然而去。你还记得我给你读过的文天祥的诗句吗？人生自古谁无死，留取丹心照汗青。这里埋的人，都是为保卫江山社稷壮烈殉国的。他们有的身后留名，有的福及子孙。我史可法不图富贵，只图将来……"

"别说了！我怕！"史妻低垂着头，犹如一朵风中的菊花。史可法顿生怜悯之心。他垂下头，轻轻抚摸着妻子的秀发，为她拭去脸颊上的泪痕，摇摇头自责地说："我糊涂，说这不吉利的话干吗？"说着，他挽着妻子，走出松林。

夫妻来到大龙河岸边的柳林里。史可法跪在父亲史从质坟前，欲哭无泪。

妻子掏出一些冥纸，划火点燃，烟雾升腾，浮现出父亲在世时生活的画面……

史可法回想起父亲艰难的一生，多是在清贫中度过。面对秋风中的荒冢，史可法喃喃自语："父亲，孩儿不孝，直到荒冢上长了草，才来看您，可法在您膝下生活二十多年，很少看见您笑过，为生计，您总是愁眉紧锁，为一家人的吃穿发愁。父亲，孩儿记得，您刚四十出头，头发已花白，衰老得似五旬老人。父亲，可法记得，孩儿在外为官这么多年，父亲从未给孩儿去信，要求向家里寄钱。有几次，孩儿主动寄给家里一些银两，父亲都是及时去信，叮嘱孩儿不要惦念家里，专心国事。"

史可法最难忘的，是与父亲那最后一别，那是崇祯十年七月，史可法擢升为右佥都御史，巡抚安庆、泸州、池州、太平四府……

那年，史可法上任前，他抽空回到家里，探望久病多日的父亲史从质。

那天，父亲虚弱地躺在床上，他走到床前，询问病情，父亲死死拉住他的手，久久没有松开。那时，父亲已瘦得不成样子，连坐起来的力气都没有了。

史可法深知肩负皇命，不可久留，他久久凝视父亲的脸，悄悄拿开老人拉扯自己的手，深深地鞠了一躬，转身离去。谁想这一离去，竟是他们父子阴阳相隔的最后一别。

两年后，崇祯十二年，父亲病重。史可法接到父亲病重垂危的家书，星夜往回赶，可赶到家时，父亲已然逝去。

这才是：孝子上坟拜荒冢，糟糠之妻吐真言。

可法探家父离世，自古忠孝难两全。

欲知后事如何，请看下文。

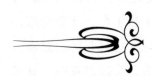

第6章
听实情怒斥奸佞
别故土再踏征程

史可法夫妇久久跪在父亲史从质坟前，回想起往事，泪水蒙面。史可法懊悔父亲临终，自己未能见上一面，终生遗憾呢！回想起自己与父亲的日日夜夜，那难以忘怀的一幕幕，不断闪现在眼前。

今日，史可法跪在父亲坟前，见埋葬父亲时栽下的那两棵青杨树，经过四年多的春夏秋冬，已然长得碗口粗细，坟墓上的荒草也很茂盛，秋风刮过，树叶哗哗飘落，犹如奏起一首哀歌，陡然增添几分寒意。

秋风一阵紧似一阵，卷起阵阵沙尘，摔打在史可法脸上，而他却全然不顾，痴痴地跪在父亲坟前，忏悔着没有尽到孝道的心情。

天近中午，史老夫人做好午饭，却不见了儿子史可法，忙到西厢房去找，见到史继州一问，才知儿子、儿媳前去祭奠丈夫的坟墓去了。等了一会儿，不见他们回来，日头过午，仍不见夫妻回家，史老夫人心中焦虑，担心会出什么意外，忙派史继州去找。

史继州谨记史可法要他照顾史德威看守银两的叮嘱，不便前往，又不好直说，只得百般推诿。

此时，史德威已清醒，强撑身子坐起。听见老夫人和史继州的对话，知道史可法外出未带任何兵器，甚为不安。忙劝史继州前去寻找，由他看守货物。

史继州这才应允，带了弓箭、大刀，沿着家人指给的史家坟方向急急赶去。

史继州匆匆赶往河堤外的树林，他初来此地，地形不熟，刚进河堤外的树林，就迷失了方向。

他东奔西走，寻找方向，正急匆匆赶路，不料脚下被一根猛然蹦起的绳索一绊，摔了一跤。正欲爬起，早被树后跳出的两名壮汉按住，不容反抗，三下五除二被捆粽子般绑起，嘴被堵住，双眼蒙上黑布，被人拽起，转弯抹角，推搡着走了二里来地，来到一个陌生的地方，被绑在一棵大榆树上。

史继州正担心对方不知如何处置自己时，忽听有人说："嗨，小伙子不用害怕，只问你一件事，史可法此次回家，所带银两藏在哪里？"

史继州被蒙住双眼，看不清问话人的相貌，他仰脸面对青天，只求一死。

"你哑巴了？还是怎么了？先锋大人问你话呢？"有人喝喊道。

"妈的！他嘴里堵着东西，让他怎么回答，快给他掏出嘴里的东西！"问话的发着脾气。

"蒙布呢？"

"一块拿掉，净问屁话。"

喽啰们上前，解开蒙住史继州眼睛的黑布，掏出堵在他嘴里的毛巾。史继州强睁着被刺痛的双眼，打量周围。

史继州见附近是一大片密林。四面围着一群手执大刀的兵卒。前面几步远的距离后，一株百年大柳树下，一个满脸络腮胡的黑脸大汉正坐在土堆上，缠裹着腿上的伤口。

"你们是什么人？为何将我捆来？"史继州首先发问。

"好！明人不做暗事。告诉你，老子是'闯'字号的，本人就是东路先锋神镖张。把你请来不为别事，就是要打听明白史可法的情况。"

"你们死了这条心吧！有事情去找老回回马守应问吧。"史继州说罢闭上眼，不理他们。

"嗬！你小子还挺有骨气的。哪壶不开提哪壶，我他妈宰了你！"那壮汉发威，欲上前抽打史继州，往起一站，又跌坐在地，疼得他龇牙咧嘴直呻吟。

一位郎中模样的老者提着药包上前："张将军，再换一次药吧。"

"去去！"神镖张挥着手："没看见我正在审问探子吗？一会儿再说吧。"

"探子？"郎中自语着打量几眼被捆在树上的史继州，心生疑惑，缓步上前，猜测着："小伙子，你，你是哪里人啊？"

"反正落在你们手里，老子就没想活，行不更名，坐不改姓。陕西西安府人，怎么着吧？"史继州高声回答。

"陕西西安府人？"郎中复问一句。

"那还有假？自幼吃小米长大的。"史继州见郎中用异样的目光打量自己，本不想理睬，转念一想，大丈夫死得其所，怕什么？便气哼哼地问："是又怎么样？"

"孩子，你还记得你家门口有棵老榆树吗？"

史继州猛地一怔，暗自思忖道：这郎中是谁？难道他能掐会算？怎么知道俺家的情况？怕不是他在诈自己吧。对！不能轻易上当。他坚决地摇摇头。

郎中失望地叹息一声："唉！我那苦命的三娃，长得很像你呀！这会儿，他不知去哪里了，也不知是死了还是活着啊。"

"三娃？"史继州惊叫道，"那是我的乳名，你是谁，怎么知道我的乳名？"

"我，我是你的老子啊！"郎中上前抱住史继州，父子俩抱头痛哭，泪洒一处。

周围的人都呆了，倒是神镖张反应快，他大喊道："他娘的，天下的事就那么巧！快松绑。"

手下的喽啰们闻令，赶忙上前，七手八脚解开史继州。

大柳树下，失散多年的父子俩各诉心酸。不知不觉，时已过午，树林内染上一层淡淡的金色。

下午，史可法扶着妻子，回到家中，已是午阳西移。

史老夫人看见儿子儿媳回来，喜忧参半。喜者，儿子儿媳平安而回；忧者，史继州去找人迟迟未归。一家人草草吃过晚饭，还不见史继州回来，史可法就坐不住了。

他不时到院门口张望。他忧虑史德威负伤，继州再出差错，剩下他独自一人，遇有危难之事该如何是好啊？史可法在院门前眺望许久，不见人影，只得返回。

回到屋里，他更加坐立不安，去找吧？又怕他刚出去，史继州回来了。这样，张郎找李郎，反而会耽误大事。再说，家里的银两已被盗走一部分，再不严加看守，盗贼要是乘虚而入，岂不错上加错，就是交给史德威守护，他一个负伤之人，史可法也放心不下呀!可不去找，万一史继州迷路，或遇上歹人，他一个外乡人，人生地不熟，又如何对付得了？

就这样，史可法在焦虑中熬过一个下午。

直到掌灯时，焦虑的史可法正站在门口瞭望，史继州才匆匆而回。

"继州，你去了哪里？"史可法不放心地问："我刚要去恳求乡邻，分头去找你。"

史继州搪塞着："大人，让您费心了。卑职奉了老夫人之命，前去无定河寻找史公，不承想我在林子里迷了路，闯进无定河河套，后在好心守堤人的指引下，才又找回来的。"

"以后，人生地不熟，可不许瞎闯了。"史可法见他十分劳累，没有再说什么，忙喊："夫人，快端来饭菜。"

史继州一顿饱餐，这才恢复了过来。

屋内灯下，史可法与母亲、夫人商量起明天的安排。

"母亲，孩儿明天安排伤口未愈的史德威看守家门，自己带上史继州前往京城如何？"

"老爷，你刚刚回家，还没有歇息过来，又去京城做什么？"夫人在一旁听见他们母子的谈话，未等老夫人回答，就抢先发问。

看到儿媳插话，史老夫人有些不快，她白了儿媳一眼说："儿媳呀，你的夫君有大事要做，他进城不是去串亲戚、享福，而是准备拜访一些老熟人、老朋友，活动一番，打通关节，能够面见圣上，申诉被罢官职的委屈。以图圣上开恩，恢复他的职位，使他有用武之地，报效朝廷。"

"母亲，不是儿媳不懂事，妄加阻拦，而是夫君回家时间太短，又发生这么多的事，家里还有受伤的孩子，我觉得……"

"闭嘴，回你屋里去！"史老夫人发火。

见婆婆发怒，夫人不敢再说什么，哀怨地瞟了一眼丈夫，自回寝室。

看见妻子被母亲训斥，走出，史可法心里很不是滋味："母亲……"

"你不要再说什么了，男子汉大丈夫，就应该言必信，行必果。看准的事情就马上去做，不要婆婆妈妈，还跟我们女流之辈商量什么？儿女情长什么也做不成，就这样定了吧，你回去睡吧。"

史可法看见母亲如此坚定，周身热血沸腾，他起身谢安后，走出上房。

翌日傍晚，史可法与史继州一身疲劳走回。

史老夫人迎出来，不放心地问："法儿，事情办得顺利吗？"

史可法摇摇头、挥挥手，史继州自回厢房，他自己步履蹒跚、跌跌撞撞来到上房，史老夫人跟进来，夫人赶忙倒上一杯茶，递给丈夫，自己走出。

史可法跌坐在椅子上，长叹一声："嗐——世事难料，事与愿违啊。"

史老夫人疑惑地问："难道没有找到朋友或熟人？"

"老熟人不是被调外任，就是被罢官。一些在职的老朋友，怕得罪当朝权贵，不是敷衍应付，就是推诿，孩儿奔波一天，毫无进展，只得无奈而回。"

"怎么会这样？"史老夫人一脸茫然。

急火攻心，史可法回到寝室就栽倒了。他又累又急，加上数日来的心火郁结，回到家里，就一头躺倒了。他发高烧、说胡话，急得史老夫人哭哭啼啼，夫人泪湿衣襟。

史德威强撑着，赶到史可法床前，轻声安慰。

村里邻居们也来了。有的还拿来药方，或提供一些土法偏方。喝姜汤水、凉毛巾冷敷等，但都不能使史可法的高烧退下来，一家人上上下下急得团团转。

此刻史继州也正焦灼不安，他在屋中如困兽一般，走来走去。他的内心又比别人多加一层焦虑，暗暗叫苦："坏了坏了，这回糟透了……我怎么办哪？"他自言自语，坐卧不安，原来，自昨天下午，他在树林内与父亲见面后，答应父亲说服史可法大人，前往约定地点去和神镖张会面，可谁料到会面时间到了，史可法却突然病倒了。别说说服史大人，就是史大人的命能否保住，他也没有把握。

史德威前去照看史大人，他留下来看守货物，离不开半步。正在他倚着门框焦灼地谛听房上动静之时，忽然听到"啪——"的一声，一个纸团掉到他的面前。他上前捡起，见是一张巴掌大的纸包住一个瓦片。他打开细看纸片，见纸片上写着一行小字：快去神镖张处请你父亲。

史继州看后心里一动，恰见史德威出来，他忙掖起纸片问："德威，史大人的病情如何？"

"唉！高烧不退，嘴唇烧的都起泡了。"

"那你看守这儿，我去请个郎中吧！昨天，我外出回来时，见西边村边道上挂着行医的招幌。"

"那你快去快回！"史德威闻听能找到大夫，很是高兴，忙进屋拿出两锭白银，交给史继州，吩咐说："你不管对方要多少银两，都要把郎中请来。"

"哎——"史继州答应一声，忙扎紧腰带，把银两揣进怀内，提上钢刀，快步而去。

屋内，史可法的病情越发严重，高烧中他突然坐起，挥舞双手，高喊："我是谁？我是史可法，我不过奈何桥，我也不喝迷魂汤，快走！史德威，拿宝剑来，我跟你们拼命！什么，银两？我没有！珠宝？我更没有。死了这条心吧！我跟你们拼了！"他往后一躺，昏迷过去。

史老夫人守在床前，哭成泪人："法儿……法儿……你可不能这样啊，我们史家还要指望你，朝廷还要指望你……"

史夫人也在一旁侍奉，急得抓耳挠腮，泪水涟涟。

看见老家人进来，夫人起身问："管家，老爷说，他不过奈何桥，不喝迷魂汤，是怎么回事，我们不要违拗他了，老爷不过奈何桥，我替他过；老爷不喝迷魂汤，我替他喝！"

老家人连连搓手："啊，这个……这个……"

"老爷都这样了，我们还不顺着他，快，领我去过奈何桥，带我去喝迷魂汤啊。"

老家人："夫人，你就不要为难老奴了吧？老爷那是高烧中在说胡话，奈何桥是传说中，人要死的时候，索命鬼无常带人的魂灵过的一座桥；迷魂汤是人死后，在冥界阎王爷给人的魂灵喝的一碗水，意思是魂灵喝过迷魂汤，就忘记了前生因果，以后好重新去转换人世。老奴怎么能够做到？"

"夫君呀，你好命苦哇！"史夫人号啕大哭。

"嚎什么？"

史老夫人叱责道，夫人赶忙止住哭声。

恰在此时，史继州领着一位郎中，匆匆走进院门。

"郎中来了。"史继州高喊一声，带着一位老郎中步上台阶，刚到门前，他就高声唱喏，以便屋内的人们得知消息。

史继州领着一位老郎中匆匆走进屋内。这工夫，老夫人、夫人见郎中来了，没有多问，忙着请进屋内。

郎中走到床边，抓起史可法的手腕，摸脉诊视。片刻，转对史老夫人说："老人家，你家少主人病得不轻啊！他是肝火郁闷，急火攻心，多日劳累，郁塞中枢所致啊！"

"那该如何，我儿他不要紧吧？"史老夫人紧张地追问。

"我给他扎扎针，再开几剂药，喝下就好了。此病说不要紧就不要紧，说要紧就要紧。不要紧，闭门静养，加上耐心调养，十天半月也许痊愈；说要紧，如不遵医嘱，不按方吃药，还要争强好胜，难免秽阴浸深，难以治愈，少则三四天难下病床。重则病体难愈，再生其他病症，难以复原。所以说，此病绝不可以掉以轻心，还是安心治疗，静心颐养才对啊！"

郎中一席话说得史老夫人连连点头。郎中把脉、扎针、开过药方，告辞而去。

夜晚的寝室里，烛火摇曳，夜深更静，当史妻把药煎好，服侍丈夫喝药后，史可法出一身大汗，这才慢慢苏醒过来，史家紧张的气氛才和缓一些，各自歇去。

星移斗转，几场秋风过后，树叶已落光，天气渐寒，史可法的病情日渐好转。

转眼年关临近了，史可法的心越发不安起来。他能起床了，就坚持练武。

这一天，史可法锻炼回来，听见老家人进城回来后，正在跟老夫人述说带回的一则消息："老夫人，京城传说，闯王李自成带领农民军攻州破县，接连占领了好几个省，现在京城里的人，人心惶惶啊。"

史可法听后，坐卧不安。

夜晚，史可法来到上房，与母亲尹氏商量许久，直到深夜，母亲屋里的灯光一直亮着……

公鸡一叫，一大清早，史可法从村里找来几个青年，让他们乔装改扮，身藏利刃，把那些银两各自分开，藏在装满干草的小车上，天还没全亮，趁着夜色，顶着星星，他们一行几个人，就悄悄向京城进发了。

田间路上，史继州见周围没人，把史可法拉到一旁，低声问："史大人，这些银两送往何处？"

"不得多问，多加小心才是。"史可法带领众人来到右安门外。前些年，史可法做过几年京官，认得一些把守京城的头领。通禀后，没有费什么周折，便进得城门。多日不来，京城市面上萧条多了。关于农民军的谣传，把市民搞得心神不安，街道上行人稀少。他们推着草车，来到皇家马厩，那里正缺干草，见有人送来。犹如雪中送炭一般，欢喜得那些马夫又是倒水又是端饭。

史可法命人把草车推到僻静处，见四下无人，取出银两，留些在身上，其余的分装在两只木箱内，让人抬着，直奔午门朝房而来。

非常时期，紫禁城朝房内有值班大臣昼夜值班，遇有机密情报和重大军情，可随时向宫内呈递。时值谣言四起，人心浮动，紫禁城更加强了戒备，重兵如林，严加防范，一派紧张气息。

史可法来到朝堂外，启明星刚刚升起，正是人迹寥寥之际。他来得较早，上朝的大臣还没来几个。工夫不大，史可法恰巧看见一位同朝举子吴大人，赶忙拉到僻静处，二人聊了起来。

"吴大人，近期可好？"

"好什么好？伴君如伴虎，哪如你们这些封疆大吏，放任外官的人，天高皇帝远，一人之下，万人之上。"

"瞧你说的，我史可法风餐露宿，征战疆场，结果怎么样？罢官封门，有家不能回啊！"

"是啊，史公确实冤枉，可眼下好了，你史可法时来运转了。"

"吴兄，什么意思啊？"史可法感到意外。

"史公，你还不知道吧？弹劾你的几个佞臣都倒了大霉，该你史可法出头了。"

"竟有此等好事？"

"圣上怎么样？皇上还好吧？"史可法连声问。

"嘻——人说当今皇帝是苦命皇帝。大明王朝传到这一代是快到头了。"

"吴兄，此言何意？这可是掉脑袋、满门抄斩、灭门九族的逆言呀。"

"我这不是只跟你私下说说嘛，难道史公也要去参奏我？"

"不是不是，你误会我了，我是说，我们同为人臣，还是谨言慎行，免得隔墙有耳。吴兄，我们找个地方说话。"

史可法同吴大人一前一后，来到一间茶房内。

"我们都是东林党，什么事我也就不瞒你了，实话告诉你，现在的朝廷已是危机四伏，病入膏肓了。"吴大人四下看看，周围黑漆漆的，没有人走动，低声道："现在，朝野都在议论：圣上登基后，虽说惩治了阉党魏忠贤一伙，重新起用一批东林党人，励精图治，想重整大明社稷。可他……"

"好哇好哇！"史可法连声称赞。

吴大人一拍大腿："好什么好？可谁知圣上登基到今年十六个年头，不管怎样夜不入寝，伏御案办公，劳累而眠，恐怕也不能挽救分崩离析的朝廷颓势了。"

"怎么会这样？怎么会这样？"史可法深感意外。

"史公啊，你是不知道，此前不久，周延儒率军凯旋。圣上亲自迎接这位代他出征，领军奋战，打退清军的首辅大臣，又是握手搀扶，又是慰劳备至。翌日，圣上又赏赐阁臣们洋酒，可万没想到，这都是骗局，做表面文章啊，这些奸佞糊弄皇上，欺骗视听啊！"

"此话怎么讲？怎么回事？"史可法一头雾水。

"你这还不明白？弄虚作假呗。"

"他们怎么能这样？良心让狗吃了？他们这些文臣武将，可是受皇恩食俸禄的呀！"史可法惊叫。

"你听说没有？大约是做贼心虚，觉得没面子，陈演、蒋德璟两人，以'贻我皇忧，方负愧'之由辞谢。没有参加庆功盛宴。"

史可法摇了摇头，一脸茫然问："后来呢？难道没有人察觉？"

"周延儒是谁？猴精！聪明得很，他一看情况就知道自己遭妒了，所以赶紧也一样辞谢，而崇祯皇帝还要坚持为他们赐官。后来，圣上从他们支离破碎的汇报中，断断续续知道他们弄虚作假，欺瞒朝廷的缘由，所以都准了。此后，爱面子的圣上，想继续假戏真唱，以此激励将士，奋勇杀敌，命令礼、吏、兵三部，继续准备阁臣凯旋的庆贺宴席的各项礼仪和事项，这三部两次送上宴会策划书，圣上都不满意，发回要求重写。一切准备就绪后，圣上传谕大小九卿，申刻平台候旨，待众人兴冲冲到齐，准备吃凯旋庆功宴时，圣上却没有出来。"

"此话怎么讲？"史可法一脸焦急。

"那还不明白？此时圣上身边的细作，已经把周延儒弄虚作假的事情告密，揭发了他居城不战，放纵清军杀戮，整日宴请的罪行。圣上大怒，被气得险些吐血，发誓严惩不贷。好在有人抱周延儒大腿，死保他。圣上考虑再三，又改口另处发配。"

"岂有此理？赏罚不明啊！"史可法发泄着怨气。

"你别急，听我说。"吴大人喝了一口茶又说："不多时，有太监出来传口谕道：'周延儒奸贪诈伪，大负朕躬，着议处回奏。'一时间风云突变，依附周延儒势力的大臣们全都傻了眼。"

"活该！不是不报，时候未到。"史可法解恨道。

吴大人摆摆手："其实，这时圣上得到的密报，只是周延儒怕和清军打仗，撒谎报捷而已，再加上又有以陈演为首的不少大臣'公揭救之，延儒席蕙待罪，自请戍边'。圣上犹降温旨，言'卿报国尽忧，终始勿替'。准许他驰驿归居田野，并赐路费百金，以彰保全优礼之意。"

"竟有此事，这不是是非不分吗？"史可法不平道。

"有此同感的不是你史公一人，可及廷臣议上，弹劾周延儒多项罪责，不料圣上竟然包庇他，说什么'复谕延儒功多罪寡，令免议'。周延儒最后终于没有被问罪，而只是罢归家中而已。"

"周延儒误国，圣上心慈手软，怎么就如此了断呢？"史可法气愤得直劲儿跺脚，愤愤不平。

这时，太监再次沏上茶来，史可法为吴大人倒满，端到吴大人面前。

吴大人喝下一口，伸手相让："史公，不必客气，也请用茶。"

史可法愤然："我不喝，他周延儒自幼饱读孔孟之书，通晓仁义礼智信，怎么会这样欺君罔上，败坏朝纲？"

"史公，你别急，更气人的还在后头。"

"吴大人请讲。可法在外多年，信息闭塞，对朝廷内幕，知之甚寡。恳请吴兄坦然相告。"

"好吧，愚兄今天也一吐为快，不然，快憋闷死我了。"吴大人愤然道。

史可法为吴大人再次满上茶，期望他继续介绍下去。

吴大人走到窗前，看看外面没有什么人走动，回身说："俗话说，纸里包不住火，好景不长，马上因一名叫吴昌时的官员贪污公款的案子，周延儒又被牵了出来。"

"这回周延儒他在劫难逃了吧？"

"非也！"吴大人摆摆手："圣上这人，虽然刚愎多疑，脾气不大好，但勤政倒是确实的，聪明也是真的，经常会说些一语中的的话来。当时，在吴昌时的罪状中有'通内''朋比'等语，也就是说他弹劾朝中一些外臣，和内阁的周延儒、宫里的太监串通一气，互相勾结，一起欺瞒圣上，收受贿赂，卖官鬻爵，甚至在替皇上代回奏章票拟之时，营私舞弊等。"

"我的案子，是不是就是被这些人批奏的？"史可法追问。

吴大人点点头："你过年过节不给他们送礼，周延儒庆五十大寿，给你发请柬，你也不睬。周延儒的口头禅是，谁给我送礼，我没有记住；谁没给我送礼，我记住他了。你想，你不给周延儒面子，他能给你好？鸡蛋里面找骨头，找茬治你。你能跑得了？"

"可恨可恼啊……"

"还有比这更甚的呢！史公，你知道'通内''朋比'这两条，是圣上的大忌。可是，有人竟能视之为儿戏。"

“这……这怎么可能？”

“你越是认为不可能的事，在大明朝的今天却就出现了。”

“快说说。”

“那一天，圣上带着太子和定王两个王子，在大殿上亲自审问吴昌时。可这家伙也确实嘴硬，起先非但死扛不认，还指桑骂槐说圣上企图将他屈打成招。圣上大怒，下令用刑，不想却为一些大臣所阻。阁臣蒋德璟、魏藻德，出班奏曰：“殿陛之间，无用刑例。伏乞将昌时付法司究问。”

“圣上正在气头上，怒火不减问道：“此辈奸党，神通彻天，若离此三尺地，谁敢据法从公勘问之？”

“圣上此话，倒可谓是一语中的。”史可法赞同。

“是的，圣上他清楚得很，要不是自己亲自过问，一旦‘离此三尺地’，多半周延儒和党羽就会做手脚，‘此辈奸党，神通彻天’，搞个稀里糊涂，最后大事化小，小事化了，那是正常得很哪。”吴大人附和道。

“后来事情如何发展？”史可法究问。

“可气可恨的是，那两位阁臣欺负圣上软弱，也没有因为碰了皇上的钉子便就此罢休，而是继续拿出祖宗法制来反压圣上罢手。圣上与朝臣顶上牛了。二阁臣奏：殿陛用刑，实三百年未有之事！”

“气死我也！”史可法怒道。

吴大人站起：“可谁知道这个时候，圣上根本不愿意和他们讲道理。圣上喝道：‘吴昌时这厮，亦三百年未有之人！’这让朝廷内文武大臣大吃一惊，再无可对之言。于是两位内阁大臣一时口塞，叩头而退，吴昌时遂在皇宫大殿之上被夹断双腿，一时昏迷不省人事。”

“结局如何？”

“同时被审问的，还有周延儒的门客董心葵和四位随他出征的大臣蒋拱宸、尹民兴、方士亮、刘嘉绩，其中蒋拱宸和吴昌时两人互相攻击，蒋拱宸最后词屈狡辩，被圣上喝声‘打’，司刑者将拱宸当头一下，纱帽为裂倒地而亡。终于，在圣上的主理下，诸人不再敢有侥幸之心，最后全盘招认。”

“这下，可就苦了圣上了。”史可法担心地说。

“圣上被气糊涂了。在听完这伙误国佞臣招供之后，愤恨之极，大怒之下，勃然推倒案几，转身回宫去了，甚至连怎么发落这些人都没来得及交代啊。”

“气煞我也，东林党怎么也会有如此败类？”史可法愤愤然。

"史公，此事看着有点像戏剧中的明君断案，奸佞终于被打倒，着实解气得很。但是回头想想，皇上勤政到如此地步，自己亲自审问几个小小属吏，刑讯逼供，那还要下面那些刑部法司的官儿做什么？"

"在理……"史可法连连点头。

"圣上真是个明君的话，就该管住君政。"吴大人愤愤然："何以事必躬亲，去做那些吏治之事？乃至圣上亲自下令刑讯逼供，罔顾法度，以致授人越俎代庖之嫌。"

"是啊！圣上应该运筹帷幄，决胜千里。事无巨细，丢了西瓜，捡了芝麻。不是本末倒置吗？"史可法发着感慨。

"如此一来，圣上手下的大臣自然就成了摆设，也就难怪他们什么事情都办不了，什么事情也办不成了。"吴大人调侃道。

"圣上，难为你了，奸贼不除，何以抗清？"史可法咬牙切齿。

"不过，圣上所说'此辈奸党，神通彻天，若离此三尺地，谁敢据法从公勘问之'，这话也确实不错。在圣上审问过后，吴昌时等人在皇宫之外，还真没再吃过什么大的苦头。果然离了圣上身前三尺外，就是这群奸党的神通彻天之地。朝政如此，圣上就算再勤劳，大明朝也一样焉能不亡？"

"还是不要妄加定论，大明朝不是还有贤明的圣上，还有你我这一代贤臣吗？"

"独木难撑，大厦将倾啊！"吴大人神情沮丧。

"吴大人，不要这么消沉！皇上是英明的。"史可法感言道。"圣上贤明，事必躬亲。圣上后来不是下圣旨，赐周延儒自缢，吴昌时弃市，同案被杀的还有两位总督范志完、赵光抃，加之以前一起被诛杀的首辅薛国观，从这些措施看来，圣上还是有决心重振朝纲的。大明还是有希望的。这是圣上临政后，剪除魏忠贤逆案外，最严重的两案啊。"

"那……那……袁崇焕一案又该如何解释？"

"这……这……"史可法被问住了，他张口结舌回答不出。

"你看看，你看看，都什么时候了，大臣们还不来上朝，这……还成什么体统？"吴大人发着牢骚："嘻——此案以后的阁臣们，则基本上都已心灰意冷，不办实事，无论在朝廷上，还是和圣上私下的商议，都坚决秉持只讲大道理，不拿实际方案，只喊口号，不做实事了。"

"可悲呀，枉食皇粮！"史可法跺脚发狠道。

吴大人发着感慨："由此圣上几乎成为孤家寡人。两起大案，涉案官员众多，圣上曾感慨'文臣个个可杀'，又说'朕非亡国之君，诸臣尽亡国之臣尔'。"

"圣上的话，固然有过于刻薄自负、偏颇之处，但也不无道理呀。"史可法表示也有同感。

"哎——史公，你今天来此，有什么事吗？咱们到朝房去谈吧。"

此刻，天气渐亮，朝房内陆陆续续来了几位上朝的大臣。"吴大人，可法有一事相求。"史可法近前，把自己返家探母病，路上遇到清军犯境，他半路组织绿林联军抗清及被贬官、封门的经过，细细述说一遍，吴大人深知史可法是正直之人，加之国家危急关头，正是用人之际，他对史可法的品德、才能很是敬佩，对他的遭遇深表同情，答应为他面奏，并要他亲书奏折，面呈圣上。

"吾皇万岁……"史可法依吴大人所言，饱蘸浓墨，刷刷点点，写起奏章："……法自幼感皇恩，图报社稷。出仕以来，治西安府、败草寇，整饬六安、惩贪官，申法度。虽未功德圆满，却也小有政绩。颇为六安百姓厚爱……"

"……想老臣可法离别六安时，黎庶相送数十里。言盼法再复其职。后得知，法辞六安后，乡人为建生祠。由此，可略见其政绩并非平庸。实乃为皇上分忧，臣所为实属皇恩浩荡，法尽效全力所致也。"

"……今岁七月，臣受皇恩，被授为南京兵部尚书职，参赞机务后，也算竭尽微尘之力，请吾皇明察。深秋之际，法巡抚安庆山东之际，闻母病微臣归乡探望，路遇清兵侵扰，自提精兵迎击，曾大败清军。归途中，不料被锦衣钦差相拦，降旨，免法为民。并被封门，有家难回。

法思昔日之过，实觉冤枉，臣可法唯恐圣上为奸臣所蔽，非皇上旨意，思虑再三，法上疏此章，请圣上体谅。法非为官所争，非为名利，实愿效命朝廷，确保圣上社稷一统江山。"

"愿圣上龙体安泰，抗清兵，再败草寇，重振神威，使大明社稷万代相传，坚如磐石。微臣所言实出肺腑，恳请圣上详察。

臣可法叩拜"

此时，文武大臣已陆续来到朝房，准备上朝。史可法与朝臣一一相见，拜托此事。朝臣们传阅史可法写的奏章后，纷纷抱拳揖手："史大人，我等一定面奏圣上，为你申明正义。"

史可法——铁血传奇

"谢各位大人。"史可法忙着还礼，连声道谢。

吴大人等来到大殿前，圣上上朝，此刻，鼓乐奏响，朝臣们各整衣冠，列队上朝。望着朝臣们衣冠楚楚，怡然自得，迈着方步步出朝房的身影，史可法心里很不是滋味。做官做到请求他人为自己申诉，也够窝囊了。他见朝臣们进得午门，这才拿出一些银两，打点史继州及其他仆人去吃早饭。

在朝房等候的时刻，史可法心事重重。他既盼朝臣们早些出朝，告诉他喜讯；又担心奏章触犯龙颜，加罪自己。此时，他才深切地感到仕途的艰难。忽而，他感到肚子隐隐作痛，大概是清晨赶路急些，又喝了些凉风，大病尚未痊愈所致吧！他转身出了朝房，向门口的侍卫打听厕所位置。侍卫指给他后，他急急地向厕所奔去。

史可法感觉肚子越来越痛，下坠得快要憋不住了。他收紧肚皮，夹紧双腿，踮着脚尖，急迈小步，跑向厕所。

史可法疾步来到厕所外，还有十步、八步……他跑上台阶，伸手推开那扇小门，刚要进去，一把大刀挡住去路，一个御林军阴沉着紫茄子般的脸，瞪着他。

"借光，我肚子疼，要拉肚。"

"不行！"御林军士兵粗暴地拦住他，伸出两个手指，暗示他向口袋里给他掖些什么。

史可法明白了，这是在敲诈他，让他掏银子。要是在别处，他会立刻杀死这个可恶的家伙。可这里是皇宫禁地，任何鲁莽的行为，都会带来不堪设想的后果。史可法气得七窍生烟，强忍怒火，掏出一锭银子，塞进那家伙口袋里。

那家伙平举的大刀放下了，拍拍口袋，得意地走了。

"呸！"史可法冲他的背影狠狠吐了口唾沫，推门进了厕所，上厕所还要行贿。他想哭：为崇祯皇帝，为大明社稷，更为自己。

宫前听命

等待是焦虑的延续，期待是希望的开始。史可法心情复杂，在朝房内坐立不安，内心十分焦急。

傍午明分，朝臣们下朝，回到朝房。史可法忙迎上前，询问奏章一事。朝臣们冲他微微一笑道："史大人，今天圣上心情很好，一会儿可能召见史大人，定有喜事。"

"多谢各位大人的保举。"史可法连声感谢。

恰在此时，宫内传出高喊声："宣史可法觐见。"

这才是：进皇宫可法知内情，被贬官觐见谢同僚。

　　　　皇宫入厕需行贿赂，世风日下可见一斑。

欲知后事如何，请阅下文。

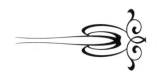

第7章
柳树镇计胜义军
宿兵营夜访书生

皇宫内朝堂外大殿前，喊声刚落，勤政殿前，随从内侍高喊："史可法上殿觐见。"

史可法一喜，忙整衣冠，在内侍的带领下，迈步走进紫禁城那道高高的门槛。来到勤政殿前，随从内侍高喊："史可法上殿觐见。"

史可法轻步来到勤政殿前，忙跪倒在地，口呼三声万岁，伏在地上，静候皇上的旨意。

"爱卿请起。"

史可法起身后，侍立一旁。他偷眼一看，见崇祯皇帝坐在龙椅上，满脸病容，头缠黄绢帽带，身披龙袍，脸色黄瘦，一副劳累不堪的样子。

"史爱卿……"崇祯皇帝道："奏折已阅，日前罢免爱卿官职之事，朕实不知有此事，想是奸佞之徒借朕神威，假传圣旨所为，事后朕一定严加追查、惩处，眼下，国难日重，望史爱卿全力辅佐社稷，以释朕之悬念。"

"微臣愿效犬马之力，虽肝脑涂地，在所不辞！"史可法十分感动，眼泪都快流了下来，他再次跪倒在龙案前。

崇祯皇帝在御案上拿起圣旨："史爱卿，朕即刻恢复你南京陪都兵部尚书之职，着你即日速返南京，统领三军精锐之师，火速北上，以勤王之师的身份，前来护驾，保卫京城。"

"臣领旨。"史可法接过圣旨，再次叩谢。

上朝多时，崇祯皇帝已觉体力不支，晃了两晃，被内侍扶住，扶进后宫。

"谢主隆恩……"史可法眼含热泪，躬身退出勤政殿，顿觉精神倍增，一扫久病之后精神状态。俗话说：人逢喜事精神爽。史可法走路步子迈得又大又快。他命人把带来的银两上交银库后，即刻赶到兵部。

史可法经过通禀后来到兵部，向尚书出示圣旨之后，兵部尚书立即下令：拨给史可法二百名骑兵。并命副将前去办理，副将不敢怠慢，立刻带史可法火速前往校场，挑选二百名骑兵归史可法统领。

傍晚时分，史可法统领二百名骑兵回到三姓庄，向母亲详细说了进城觐见皇帝的经过，史老夫人十分高兴。

听说丈夫官复原职，妻子兴奋得眼珠发亮，忙里忙外，照顾史可法休息。史可法哪里坐得住，立即命人开启被查封的史家宅院。

经过一番打扫后，史可法把母亲、妻子迎进自家宅院，合家欢喜，冷落多日的院内又有了笑声。忙毕，史可法来到上房。

史可法进屋看见史老夫人坐在中堂佛龛旁，赶忙掸掸衣服，跪倒在地，准备辞别母亲。他跪在史老夫人面前，难离难舍，似有千言万语，却又不知该从何说起。

史老夫人知道儿子的心情，强抑情感，挥挥手道："法儿，你放心吧，圣旨在身，耽误不得呀！"

"母亲，孩儿不孝，您老珍重吧！"史可法哽咽着，似有千言万语，都还没有来得及诉说，就要匆匆离去，他怎么忍心，又怎么放心得下呀！可王命在身，身不由己啊。

母亲上前扶起他："法儿，你什么都不要说了，你是官人，吃着朝廷的俸禄，就要为圣上分忧，为天下的黎民百姓做事。朝廷有难，孩儿快快上路吧。"

"母亲……"史可法热泪盈眶，在这样知晓儿子心事、大仁大义的母亲面前，史可法觉得，说什么都是多余的，他只是再次跪倒，给老人重重磕了三个头，毅然爬起，拜别母亲，起身走出屋门。

史可法经过堂屋。北方的房子，一般堂屋居中，左右各有两个门，东面为上房，为家里老人和家里主人住，西侧为下房，是晚辈起居生活的房间。通过堂屋，可去上房，也可去下房，下房是他和妻子住的地方。

史可法在此放缓了脚步，他想去妻子房里辞别，又担心母亲笑话自己，老夫老妻，还缠绵什么？此刻他渴盼妻子迎出门，询问他去哪里，以便夫妻相别。可妻子没有出现，他迟疑着望着西屋，放慢脚步，双腿似有千斤重，但他没有去妻子屋里，他怕妻子伤心，想日后再写信说明此事。

但当史可法步出院门时，回头眷恋地回望时，分明看见妻子倚靠在屋门上，眼巴巴地望着他，眼泪一串串地流下来。史可法的心软了，停住脚步，想转回去，跟妻子再说些什么，忽听远处传来一阵马队的"嘚嘚"声。

夜色中，他打了个寒噤，想起圣命压身，好男儿志在四方，怎能儿女情长，放纵自己的儿女私情。他咬紧牙关，狠狠地跺跺脚，头也不回，大步走出院门。

史可法来到宅门前，接过史德威递给他的缰绳，翻身上马，刚要去追赶渐渐远去的骑兵队，却见妻子扶着母亲，气喘吁吁赶出来。

史可法忙翻身下马，迎上前问："母亲，您老人家还有什么嘱咐的吗？"

"法儿！"史老夫人由儿媳手里接过一束含苞欲放的蜡梅花说："你此去责任重大，远离故土，远离娘亲，远离你那贤惠的媳妇。你就带着这束蜡梅花吧，看到蜡梅花，就看到家乡亲人了。"

"母亲，孩儿遵嘱！"史可法双手接过蜡梅花，深情地望了妻子一眼，转身跨上战马，疾驰而去。

夜幕四合，将远山近景笼罩进苍穹之中，在去往京南无定河大堤的官道上，一队骑兵正在疾驰，为首的正是儒将打扮的史可法。

"吁——"突然，史可法勒住战马，史继州近前问："史大人，有什么事吗？"

"今天是什么日子？"史可法问。

史继州抬头望望渐渐升起的明月，猜测道："可能是腊月十七吧！"

"对！神镖张前些天给我写信，要我病好后，于腊月十七去柳树镇约会。我何不趁此机会，率骑兵奇袭柳树镇，将神镖张一伙儿一网打尽，以绝京都后患。"史可法咬牙切齿地说。

史继州听后，顿觉后背袭上一股凉气："史公，这个恐怕不妥。"

"为什么？"

"对方情况不明，具体什么位置，有多少兵马，我们都不知道。"

"我们不知道他们，他们也不知道我们，我们有了二百骑兵，兵者，贵在神速，我们打他个措手不及。"

"史公不妥！"史继州极力阻拦。

"还啰唆什么？"

"史公，大顺军东路先锋神镖张写信约您去柳树镇做什么？"

"他约我去柳树镇共商反明大计。"

"史公，神镖张写信约您去，是把您当朋友，您去是客气，不去是本分，咱们去偷袭人家，日后传出去，会被天下英雄耻笑的。"

"兵不厌诈，胜者王侯败者贼，为了大明，我顾不了这些了。"史可法决心已下。

"史公……"史继州还欲再说什么，却见史可法已掉转马头，只得相随而去。

刚刚受到崇祯皇帝恩宠的史可法，急于立功表现，为风雨飘摇的大明朝，打气输血，以此报效圣上的知遇之恩，突然萌生奔袭柳树镇，消灭大顺农民军先锋神镖张，解除京畿附近隐患的念头。

史可法突然的决定，急坏了部下史继州。

骑在马上赶路的史继州，眼前出现前些日子的情景……

他为寻找史可法时被神镖张的义军捉住，就要在被杀之时，被在义军中担任郎中的父亲认出，神镖张顾念他们父子难得相聚，免他一死。

老郎中向史继州介绍了农民军的情况。他得知农民起义已如燎原之势。父亲劝他暗中做策反史可法的工作，要他归顺农民军。史继州先是不应，却耐不住父亲死劝活说，神镖张又以砍头相威胁，最后才被迫应允。

后来，史可法病重，史继州受高人点拨，请父亲给史可法看病，保住了史可法的性命。可史继州一直没有机会吐露实情。在史可法养病的日子里，老郎中不断去给史可法看病，通过观察了解，认为史可法耿直不阿，没有与大明朝许多贪官污吏同流合污，不同于朝廷的一般官吏。他正直善良，没有泯灭良心，爱护百姓。见他病愈，神镖张才命郎中给史可法捎去书信，要他审时度势，约定时间去柳树镇见面，共商大计。

谁料情况突变。史可法进京，再度受到崇祯宠信，利益面前，史可法反复掂量，改变初衷，欲要偷袭大顺农民起义军。火烧眉毛，这可怎么办呢？这可难坏了史继州。俗话说，两方交战，必有伤亡，伤了父亲，史继州不忍。退一步讲：就是伤了其他义军兄弟，神镖张也会加害父亲的；伤了史可法，他对自己有救命之恩，又待自己不薄。他暗暗自责：我史继州暗中背叛，良心何在？

正在史继州左右为难，拿不定主意时，身后传来一阵急促的马蹄声。他回头一看，见史德威策马而来，忙迎上前问："德威，你不在史家庄养伤，好好侍奉老夫人，要去哪里？"

"史大人在哪儿？"

"他在队伍前面，说是要率队奔袭柳树镇，消灭神镖张他们。"

"哎呀！"史德威惊叫道："你怎么不阻止史大人，这太危险了。"说着，史德威一勒马缰，奔向前面。

史继州纵马奔跑一会儿。暗想：我还傻呵呵地跟在后面干吗？快去报信，让神镖张带人躲起来，不就免了这场厮杀了嘛。就在他与史德威搭讪说话这工夫，他已渐渐落在后面，见无人注意，他一拨马头，上了岔路，沿着林间小路急奔。

永定河原名无定河。无定，就是没有固定河道，固定河堤之意，遇上洪涝年月，从燕山山脉上和陕北、西北高原冲下来的河水，夹带大量泥沙，猛兽般冲击华北平原北部。泥沙沉淀，淤塞了河道，河床渐高，河水逐年增高，河底比两岸外面村庄的房顶还高。每年洪峰下来，漫堤而流，河道五年一大变，三年一小变，受灾区域遍及几百里，两岸人民深受其害。直到上游修建卢沟桥后，才由皇帝赐名永定河，意为河水在一处固定之意。其实，由于战乱频繁，河道两侧虽说筑起高堤，可还是不断决口，出现许多弯道和岔河，史继州独自骑马走这样的近路，去给神镖张送信。

这些日子，他在三姓庄住久了，渐渐熟悉了这一带的地形、地物，也基本上了解了河两岸的情况。此时，他知道时间的宝贵，早到一分钟，就可避免一场血战。史继州心急如火，虽然黄骠马已然鬃毛爹起，翻蹄亮掌飞奔，可他还是不断地一鞭接一鞭地抽着胯下的坐骑，恨不得黄骠马腾身而起，飞到父亲身边。

与此同时，密林里，史德威也一跑急赶，终于渐渐超过骑兵队，赶到队前，与史可法并辔而行。他高声喊道："史大人，您这是去哪儿？"

史可法侧脸一看，见史德威赶上来，没有回答他的问话，却诧异地问："德威，不是说好了，要你留下吗？"

"史大人，您走后，老夫人不放心，特地要我赶来，伺候保护大人来的。"

"嘻！我留下你，是考虑到战乱不断，匪盗横行。老太太、夫人要有忠实可靠的人照顾。"

"谢谢史大人器重，可我……"史德威说到此处，把话顿了一下，又说："我不能离开您。这是老夫人、夫人的意思。"

"听话！别耍孩子气！回去！快回去！"史可法拉住史德威的马缰绳。两匹战马奔跑的速度渐渐慢下来。

"史大人，要我回史家庄可以，但您也得听小人一次忠言。"史德威恳求道。

"噢？"史可法转身盯住史德威，让他讲下去。

"史大人，小人有几句肺腑之言，对不对请您多包涵。"史德威说着，把身子往前探了探，离得近些："史大人，小人追随您多年，视大人为亲生父亲。而依小人看来，大人为人耿直，赤胆忠心为皇上，可朝廷对您并不信任。所赐官职，实为空职，此次您到南京，哪一支兵、哪一支令，有人肯听您的？又有几位手握重权的人物肯服您调遣？小人还望大人三思。还有，大人理应识时务，顺应潮流，不可树敌过多，应广泛联系各方面朋友，也为日后再图他路，做好准备。"

"不要你多嘴！我自有主张。"史可法见手下劝阻自己的军事行动，有些恼怒，他挥挥手，低声斥责道。然后，一拉缰绳，策马跃前，那匹雪花青战马猛然一奋，跃出十几丈远，把史德威落在后面。

"史公慢走！"史德威再次赶上前，不放心地再次追问："烦问史大人，去南京组织勤王之师，大人为何不向南行，反而北进？"

"我要先除掉神镖张，以绝京都后患。"

"史大人，此行不妥，尚需三思而后行啊！"史德威劝解道："试想如您杀掉神镖张，定激怒李自成，他必亲统大军，为爱将复仇。京师遭灾不算，恐怕老夫人、夫人也难以幸免呢！同时，神镖张人多势众，大人剿他未灭，那就要延误军机，有违圣旨，也是下策中的下策啊！"

听着部将的分析，史可法渐渐放松马缰绳，他陷入沉思之中。蓦地，史可法问："怎么不见史继州，他怎么还没有赶上来？"

"他？刚才我在后面碰见他，他说肚子疼，可能方便去了吧！"史德威回答不出，忙编谎言搪塞史公。

"哦。"史可法放心了。他转对史德威说："这样吧！你先回史家庄去吧！我会见机行事的。当可不动手就不动手！"

"史大人，小人告辞，请您多多保重！"史德威勒住坐骑，让骑兵队依次过去。直到最后一匹马走过，他也没有见到史继州，不免暗暗着急起来，史继州去哪了？怕不是独自一人再迷路了吧？

骑兵的马蹄声渐渐消失了。史德威拨马赶向史家庄，可他的心却越发难以平静了。赶回史家庄的路上，他不时地回头观察，心里挂念着史可法此行的吉凶和好友史继州的安危。

在一条路边多树，杂草丛生的乡间土路上，史继州顶着夜色，单人独骑，策马扬鞭，奔驰在无定河堤岸的土路上。

主人连连加鞭，战马被激怒了，眼睛血红，两耳竖起，穿林越丘，驮着主人向目的地狂奔。

当他纵马驰骋到达柳树镇村头时，那匹战马"咕咚"一声栽倒，浑身抽搐，口吐白沫，再也没有力气爬起来。骑在马上的史继州一下子被摔下马来，摔进路旁沙沟，半个脑袋扎进沙土里，他爬起来不顾疼痛，划落几把脸上的沙粒，一边拍打身上的沙尘，一边跑向柳树镇。

无定河东岸的柳树镇，因柳树多、树大而得名。

柳树镇，坐落在无定河左岸，是京西南远近闻名的码头，又是这一带百里之内商贾云集之地，堪称京南永定重地。这里原是历代河兵聚集居住的地方。俗话说：有男人就有女人，沧桑变迁，柳树镇繁衍为上千户的大镇。这里既有本分的庄稼人、摆船人、小商贩，也有有钱时喝几两酒，吃几口香的、辣的，没钱了卖老婆、典衣服的土混混。还有闯荡江湖，摆船弄滩的亡命徒。

柳树镇地处三县边缘，属于三县都管也都不管的地界，遇有杀人越货的勾当，三县互相推诿，遇有征粮纳税，三县又都伸手。然而，柳树镇地域环境复杂，加上此地流动人口多，三教九流，人员构成复杂，抢劫杀人，越货偷盗、嫖娼卖淫，时有发生，一般人很少在此抛头露面，连官吏都惧怕此地三分。遇有重大节日，朝廷摊派税捐，地方官吏都要结帮成队地来，且大多是白日来，晚上走，生怕在这个多事之地丢了脑袋。

史继州虽说与神镖张的义军有过联系，但柳树镇从未来过。他跌跌撞撞地来到镇东头，按照父亲曾叮嘱过的话，找到街边的大柳树，柳树很粗，要四五个人才能合抱过来。史继州来到近前，果然见树杈上高挂着两个斗大的红灯，灯下有几间饭铺模样的铺面。

匆匆观察一番，他快步迈上台阶，一个伙计迎上来招呼道："来了你的？脚湿脚干？宿阴宿阳？"史继州知道，他这句是问黑话。脚湿，意味不能走了要住下；脚干就是吃一顿饭，不住宿；宿阴就是有妓女相陪，宿阳是独自一人睡单间。史继州不便回答，只是近前低声道："顺风刮百里，均闻柳芽香。此来非饭菜，急见掌柜杨。"

这是暗语，伙计一听，知道这是道上的人，有急事，耽搁不得，忙一拽他的衣袖，带史继州闪进一扇红漆小门，沿通道走向后院。

连走几条胡同，拐弯抹角，他们来到一处僻静小院。

原来，这个酒店是大顺农民起义军在京的秘密联络点。神镖张等人白日隐藏在此，不断地刺探京都各种情报，源源不断送往义军。

史继州被带到后院一处僻静的房门前，那伙计高喊一声："客人到。"尔后推开屋门，示意史继州进去。

史继州迟疑片刻，迈步而入，却见屋内已摆好一桌酒席，佳肴、美酒摆了一桌。神镖张与一位四十来岁掌柜模样的人正在聊着什么。见史继州迈步而进，二人站起，笑吟吟地问："怎么样，史可法来了吗？"

"来了！史可法来了。"史继州声音急促，有些慌张。

"怎么样？杨掌柜，我神镖张没看错人吧！史可法是个人物。"神镖张很是得意，满脸放光。

"张先锋有勇有谋。这一步棋算是走对了。"杨掌柜竖指称赞，显得格外高兴，他对外面喊："准备上菜，贵客到了。"

看到神镖张、杨掌柜准备迎客的热情劲，史继州急得连连跺脚说："错了！史可法不是前来赴宴约会的，是带领二百多骑兵剿杀你们来了。"

"啊？"屋内的人们闻听此言都愣住了。

神镖张和杨掌柜对视一眼，感到事出预料，有些愕然。

"不会吧?史可法不是这样的人！他是一个君子，应该言而有信，怎么会这样？"神镖张仍是不信，他跨前几步，追问前来报信的史继州道："小兄弟，怎么回事……到底是怎么回事啊？"说着，摆手让其他人等退出。

"张先锋，是这么回事……一言难尽呀。"史继州焦急，一时间无法用简单的几句话说清楚。

"史可法……他……他怎么会这样？"神镖张惊叫道。

河堤路上，史可法策马扬鞭，高声呼喊："快！快！"

二百骑兵在他的带领下，如同刮过一阵旋风，队伍过后荡起一阵阵烟尘。

"张将军……"史继州喘过一口气说："史大人上朝，众大臣力保他重新出仕。皇上恢复了他的官职，为京南陪都兵部尚书。要他火速奔赴南京，组织勤王之师，前来京城护驾。"史继州说到此，觉得口干舌燥，忙端起桌上的一碗白开水一饮而尽，又说："傍晚，他率二百名骑兵赶往南京，突然忆起张先锋约他今日赴约之事，决定杀个回马枪，欲把你们消灭干净，以除京都隐患。"

"完了！"杨掌柜两手一摊，跌坐在椅子上，哀叹着："我的买卖毁了。"

"哈哈。"神镖张不以为然地摇摇头，大笑两声，轻蔑地说："你一个小娃娃的戏言，何以让我神镖张相信？想那史可法官至兵部尚书，半生征战，久驰疆场，声名显赫，岂不知信义乃人生之本。我神镖张不曾负他，他也必不负我。为区区小利，失信天下，日后必为天下豪杰耻笑。"

"张大人，本人所言千真万确，我是念父亲在您帐前听令，得知史大人意图后，才悄悄退出，舍命前来报信的。"史继州见神镖张不相信自己冒险送来的消息，急得满头大汗。

"哈哈……"神镖张又得意地大笑几声，摆摆手道："说你小孩子戏言，你还不信。再说，想那史可法半生征战，你作为他的心腹爱将，你突然不在他身边，他必有察觉，也就不可能再来了。"

"啊！"史继州也愣住了。他见一时难以说服神镖张，只得说："张先锋，史大人的秉性您可能还不了解，信带到，我心也尽到了。如何做您自己掂量着办吧！这会儿，恐怕他已快到柳树镇了，您好自为之，还是多加小心为妙，本人告辞。"史继州说着，转身出屋欲走。

杨掌柜追出来，拿出两锭五十两白银，塞给史继州说："小兄弟谢谢你，这些银两只做一点心意，拿去买壶酒喝吧！"

史继州接过银两，又放在窗台上说："银两我拿过，就算为我所有。现在，我将此银两转赠大顺军，愿大顺军旗开得胜，长驱直入，直捣北京，建立新的江山社稷，为天下的百姓造福。"言罢，史继州拱手而别，转身快步离去，他的身影很快地消失在暗夜里。

"义士！好人啊！"杨掌柜赞叹道。

神镖张见史继州远去，勃然变色，把手一挥："快撤！"说着领着手下向外就走。

人们来到院内，杨掌柜被突发的情况弄蒙了，一时转不过弯来，追着神镖张问："怎么，你们真、真……"杨掌柜很为神镖张诡异的举止迷惑不解，赶上前欲劝阻。

"不走干吗？等死！老回回马守应就是教训，咱们斗不过史可法。"神镖张忙着紧袍束带，做出发转移的准备。他见杨掌柜还是不明白，又说："史可法有勇有谋，又带着二百骑兵，我们岂是他的对手。三十六计，走为上计。"

"那这些酒，这些菜怎么办？"杨掌柜拉住他，意思是让他们吃完了再走，不然白准备半天，不吃就糟蹋了。

"以后吃！以后吃！"神镖张甩脱杨掌柜的手，急忙向外走去。此时，起义军的将士们已聚在院内，待命出发。

神镖张不愧是一员猛将，他向手下人一摆手，飞身上房，带领着义军兄弟翻出院墙，隐身进入树林之中。

神镖张带领十几名义军，穿过树林，奔下河滩地，打声呼哨，枯苇中驶出几只小船，撞破薄薄的冰层，驶向岸边。

义军跳上小船，正待离岸，忽听一声呼哨，顿时，亮出数十支火把，火光下，二百名骑兵围住几只小船，个个弯弓搭箭，剑拔弩张，瞄准小船，准备在一旦遭到反抗后，将义军全部射杀。

火把下，史可法头戴银盔、内穿素甲，外披猩红大氅，威风凛凛。他骑在马上，得意地一笑："神镖张，你没想到吧？"

经过片刻惊慌之后，神镖张很快镇定下来。他把头一仰，蔑视地说："是的！我是没想到。世人言：史可法忠正勇武，谁知也是鸡鸣狗盗之辈。先不说在你高烧昏迷，生命垂危之际，是我神镖张派郎中救你一命。单说我大顺义军待你以信义，在柳树镇摆下宴席，本想为你史大人接风叙旧，一吐情怀，谁想你堂堂七尺男儿，不敢赴宴也罢，反用诡计欺我。"神镖张越说越激动，越说越气愤。猛地站起来，手指史可法，厉言道："史可法，你不应忘记世人交往的原则，买卖不成仁义在。即使你不择新林，仍愿重蹈旧路，也不该用此种奸诈之计对待朋友啊！如世人知道你史可法如此不讲信义，谁不讥你连蹲着撒尿的妇人都不如啊！"

"混账，快与我拿下！"史可法被巧舌如簧的神镖张讥讽得有些恼火。喝令身边的武士。武士们翻身下马，蜂拥而上，跳上未曾离岸的小船，将神镖张等人捆起，拉下小船，拴成一串，押上河堤。

漫漫长堤上，骑兵押解着神镖张等人赶路，行军速度迟缓了许多。

此时，史可法看着这些跌跌撞撞走路的战俘，倒真有些后悔了。杀掉他们吧，有些不忍；不杀吧，送给朝廷，必激起公愤。如结怨他们，自己的母亲、妻子都远离自己，日后如真被义军报复，自己鞭长莫及，无暇照顾；押着吧，又太牵累，行动迟缓，耽误勤王圣旨，要遭杀头之罪；放了吧，走漏消息，皇上怪罪下来，也非同小可。当初，悔不该不听部将的劝阻，揽上这个累赘的包袱。

史可法想到此，放缓马缰，等待驮放着被捆的史继州的马过来。

原来，史继州刚出柳树镇，就撞上了史可法。他的惊慌举止被史可法看出破绽。仔细一盘查，史继州难以隐瞒，只得和盘说出全部实情，气怒之下，史可法命人把史继州绑起来，由两名骑兵看押。史可法见那匹马过来，他跳下战马，拉住那匹马，亲手将史继州抱下来，为他解开捆绳。

"史大人，小人莽撞无知，得罪主公，愧对您的栽培，杀了我吧！"史继州满面泪痕地请求道。

"这是什么话！"史可法捂住他的嘴："你还小，不懂事，我不怪罪你。"

"大人……"史继州哭泣着跪下来。

"快起来！"史可法忙上前相扶："让人看见该笑话了。"骑兵队渐渐远去，把他俩落在队后，史可法看看左右没人，附在史继州耳边低语几句什么。

"史大人，小人不敢！"史继州又要跪下去。

"听话！这是老夫要你去做的。只要你不说，老夫绝不会怪罪你。"史可法拍着胸脯保证道。

"史公说真的？"史继州还是有些怀疑。

"千真万确，军中无戏言。"

"好吧！"史继州从史可法的语气中，感到这是一件非同小可，而又要他必须去办的事，他点头应允。他拍拍身上的沙土，牵过战马，扶史可法跨上马背，他这才飞身上马，二人策马追赶队伍去了。

半夜时分，骑兵队宿营在河堤旁的一家客栈里，寒风一阵紧似一阵呼啸着，吹得窗纸哗哗直响。夜深了，人们都已经入睡，史可法在房间内侧耳谛听一会儿，见无动静，他捅捅身边的史继州，装作假寐又侧过身睡去。

史继州爬起，装作解手的样子，轻轻拉开房门，溜了出去。

史继州从客栈里走进院墙下的厕所，小解完出来，见四下无人，他躬着腰像猫一样轻步走向南侧一间上着铁锁的房间。

守卫因劳累正在打盹，史继州悄悄靠近，躲在暗处掏出一块破布，正欲去堵那卫兵的嘴，忽见对面房上飘下一人。他忙闪身躲在一堆柴禾后，眨眼工夫，一位身披白斗篷的年轻女子轻步而来，她转到上风向，从衣袖内抽出一块手帕，对着卫兵的鼻子抖抖，那卫兵"扑通"一声，犹如一条面口袋栽倒在地。

躲在暗处的史继州把这一切看在眼里，他正在为白衣侠女的不期而至感到纳闷，猛然忆起初到三姓庄那一夜，神镖张去盗银两，被白衣侠女在房顶上打伤之事。今天，她又来干什么？史继州往前探探身，借助朦胧月光，他见白衣侠女闪身进屋。

白衣侠女手持宝剑，轻移莲步，来到土牢内。灯光昏暗，火舌摇曳，神镖张看见有人进来，暗中一阵兴奋。她做个手势，上前用剑挑开捆绑神镖张的绳索，低声道："别出声，快走！"

"你那天打伤我，为什么又来救我？"神镖张迷惑不解地问。

"日后你自会明白的，快些逃命去吧。"说着，白衣侠女一点神镖张的嘴巴，神镖张再也说不出声。白衣侠女依次挑开被捆绑的义军，低声催促："快！把他架走！"

寒风吹拂枯叶的哗哗声，掩盖了神镖张等人的脚步声。很快，客栈内恢复了寒冬之夜的寂静。

躲在柴禾堆后的史继州，如不是亲眼看到这一切，他做梦也不会相信这是真的。使他百思不得其解的是，白衣侠女到底是什么人？又为什么前来解救神镖张等人？他活动着被冻麻木的腿，走回房间，躺在了史可法的身边。

黎明时分，土牢外的守兵被冻醒，一看牢门大开，被关押的人犯踪迹皆无，吓得尿湿了裤子，连滚带爬跑进史可法房间，胆怯地低声说："报，报告史大人，人犯夜间逃跑，小人失职，请求治罪。"

史可法勃然变色，大喝一声："来人，把失职放走人犯的笨蛋拉出去，抽二十马鞭，从重发落！"

负责看守人犯的士兵，感念不杀之恩，连连磕头，被执法的士兵架了出去。

无定河码头上，甩掉了包袱，史可法精神飒爽，迎着喷薄的红日，牵着战马，登上摆渡的大船，向南岸驶去。自此，史可法再次离开家乡的那片热土，开始他人生更为艰难的征战。然而，令他做梦也没有想到的是，这竟是他最后一次告别家乡的热土，由此，史可法成为抗清主将——踏上了民族英雄的不归之路。

史可法看见史继州站在船头欣赏风景，他走过去，看看左右无人，轻声问："继州，夜里的事情进展还算顺利吧？"

"大人，小的正要向您汇报……"

"汇报什么？"

"是这么回事……"史继州附在史可法耳边，低声细语起来。

"白衣侠女放走了神镖张？他们是什么关系？怎么知道我们的行动和意

思？"史可法感到愕然。

史继州摇摇头，一脸茫然。

"不管她，我们尽快赶路。"史可法一挥手："我们这次没有杀神镖张，但也给农民军一个下马威，发出一个信号，使他们不可小觑我史可法。"

"史公，这叫杀鸡给猴看，杀一儆百。"史继州表示赞同。

"继州，你不会对我再有二心了吧？"

"史公，我错了，我那样做，实出无奈，我是为了我爹，这回好了，我保证死心塌地跟着您，您就是我史继州的再生父母。"

"你小子就是嘴甜，老夫不希望你们什么甜言蜜语，真心待你们，也不图什么回报，只图你们对老夫诚心实意即可。"

"史公……"史继州眼睛一热，纳头便拜。

"这孩子，快起来！"史可法扶起史继州："继州，我们此去，任务艰巨，不得有丝毫的大意呀！"

"史公，我们此次去哪里？"

"陪都南京。"

"陪都南京？那是个什么样的地方？"史继州一脸稚气地问。

史可法审视着岸上的冬景，介绍说："南京历史悠久，早在数万年前就是人类聚居之地。南京的建城始于春秋时代。而在东汉后的三国，孙权据此以建国立都，史称孙吴。自此，南京便成为中原举足轻重的都城，更是一座拥有珍贵历史文化的名城。在孙吴之后，陆续有东晋、南朝（宋、齐、梁、陈）、隋、南唐、明朝前期在此建都，史称六朝古都。你到了，就会发现，南京所以号称金陵，不仅处处可见那尚未消退的六朝古都繁华，还有着王者风范。可历史的岁月，并不曾带给南京沧桑的色彩，反而四处可见昔日繁华的余韵啊。"

"史公，到南京后，听说可以感受历朝历代文人的悠闲气氛，陶醉于秦淮河畔的旖旎风情，欣赏婉约可人的南京佳丽。据说游客能够在此彻底地明了'江南佳丽地，金陵帝王州'这句诗的深刻含义！"

"我们此去，圣上皇命在身，可不是去享受。"

"史公，这我知道。"史继州表示，然后又问："听说南京有过好几个名字？"

"历史上南京的名字也不断变化，如金陵邑、建康、建业、江宁、集庆、上元、南京。因为地理环境的优势，历代南京皆为军事或商业重镇、首都，所以宫殿遗址极多。早在吴王夫差所建时称为冶城：越王勾践灭吴，建越城，算是最早的古城。楚灭越，建'金陵邑'。'后涵东'吴建业城：就是金陵邑的前身。东晋时，南朝改名'建康'。隋代南唐又改'江宁城'。明代改名'南京'——相对于'北京'，太祖创建大明王朝，定都南京后，改集庆路为应天府，直隶中书省，南京成为世界上最大的一座设防城市。永乐十九年明朝迁都北京，金陵遂为留都。"

"何谓留都？"

就是成祖皇帝迁都北京之后，担心人们骂他不孝，有违祖制，故此在南京照样留下皇宫，大臣、太监、文臣武将一批人马，可是有其职无其权。此举虽然博得一些好名声，安抚了一些旧朝老臣，却也给明朝二百多年的历史，留下许许多多隐患啊。"

"隐患？史公，这么说南京作为留都，也是有利有弊呀。"

"嘻——说来话长，在大明朝，南京是仅次于北京的第二大城市。明太祖建明之初，定都南京。并以南京为立足之地，向北拓展，削邦平藩，一统大明江山。并于定鼎全国后，在南京大兴土木，一面拓建城池，一面修建皇宫。直到永乐十九年，公元1421年，成祖才迁都北京，改南京为陪都。南京地处中原，交通水利皆便，加之沃野千里，更有长江天险为屏。自古号称虎踞龙盘。意味着只要占据南京，进可以攻江北，退可以守江南，上可以取川陕，下可以辖浙江。南京自古至今，都是兵家必争的重地。"史可法走到地图前，招手让史继州过去。

"兵家必争的重地？"史继州审视着地图，自语道："有道理，要不，圣上何以派史公来此组织勤王之师呢？史公，您是兵部尚书，北京还有一个兵部尚书，你们俩谁官大？谁听谁的？"

"哎——这是一个糊涂账，说不清啊。大明朝的一个奇特之处，就是在永乐年间迁都北京之后，在南京居然还保留了一整套的皇宫班子。机构设置完全跟北京一样，有六部和各个监寺。据传说永乐帝心里愧疚，不得不在孝道上做足文章，国都实际上已经迁到了北京，却保留南京政府，以示不改祖制。当然，南京政府虽然部门齐全，但基本上无事可做，管辖范围只限于留都（南京）所属的州县。即使如此，还要受到北京政府司礼监的干涉。所以，人们称在南京做官为'仕隐'，意思是做着官的隐士啊。"

"那——史公，您到南京组织勤王之师，有人听您号令吗？"史继州表示担忧。

"是啊！一切都是未知，可不来南京，又到哪里调兵呢？"史可法眉头紧锁，一脸阴云。

公元1643年（明崇祯十六年）。史可法统领二百名骑兵，昼夜兼程，向南京进发。一路上，他不断目睹因朝廷的弊政，使得村镇凋敝，田园荒芜，为江山得不到整饬而担忧。这一日，他率队来到南京城下，为慎重起见，他把骑兵安顿在城北军营后，不顾自身劳累，带着史继州前往城内谒见督抚，以求得到他的帮助。

此时的南京，早已是一番衰败景象。南京军备荒废，当权者只知挥霍，终日醉生梦死，歌舞升平，人言天高皇帝远，深居北京紫禁城内的崇祯皇帝，被农民起义军的浪潮吓得惶惶不可终日，自顾不暇，根本照顾不到陪都南京之事。

故此，南京的督抚，不思边备、不理政务、不虑国运，被称为"三不管"督抚。致使南京成为风雨中的一条船，稍有风吹草动，就会乱成一团。

早晨，天阴沉着，飘着零星雪糁。南京街道两侧的酒楼舞榭，披上薄薄细雪，更增几分迷人之处。史可法急催战马，全无心情欣赏南京的雪景。

春红听雨

光阴似箭，他离开南京，巡抚江淮一带，出发时尚为满目葱绿，自从接到家书，探望老母，大病一场，已是万物凋零的冬季了，雪花打在脸上，被热汗一蒸融化，又淌进盔甲里，内衣凉冰冰的，粘在身上，十分难受。他和手下更不堪忍受的是连日骑马，已把屁股骔破，结痂后被马鞍颠簸又破，流血流脓，钻心般疼痛，时间紧迫，圣命在身，他们只能强忍着，四下奔波。

一大早史可法、史继州二人来到督抚府，见大门紧闭，阒无人迹，不觉一怔。

这才是：进皇宫讨封得宠，袭柳镇急煞副将报信。

别家园再踏征程，驰夜路略施小计释人。

欲知后事如何，请阅下文。

史可法对史继州摆摆手，示意他上前敲门。

史继州上前使劲儿拍打那扇朱漆大门两下。等待许久，一扇大门开启一缝，里面探出一个家人枣核般的脑袋，瞪起圆鼓鼓的眼珠，狠狠地瞪了史继州两眼，恶声恶气地问："干什么？大雪天也不让人清静。"

史继州和颜悦色地说："劳驾，请您给通禀督抚大人，京师……"

史继州下面的话还没有说出，"哐当"一声，门缝合闭。史继州好不生气，他又"咚咚……"地使劲儿地擂打大门。

门内传出恶声恶气的声音："督抚大人正在早睡，不通报。"

史继州回望史可法一眼，见史公正焦急地在门前踱步。他只得更加用力地拍打大门，足足有一袋烟的工夫，旁边的小门启开一条小缝，那个家人的脑袋又探了出来，凶神似地问："干什么？找死啊!"

"干什么？老子要你狗日的小命。"史继州再也忍不住，抓住那人衣领，像抓小鸡一样把他拽出，按倒在地，挥拳要打。

站在台阶下的史可法见此，赶忙喝道："继州，不得无礼！"他快步上前，将那家人扶起，安慰道："小兄弟，本官是从京都赶来的兵部尚书史可法，前来拜见督抚大人，请给通禀一声。"

"兵部尚书史可法？"家人自语着，惊异地打量着史可法。这家人是新来的，还不知道从服饰上识别来客的身份。一时间，他被这突然而来的情况搞迷糊了，有些茫然地摇摇头，不知该如何处理此事。

"浑蛋，你面前站的就是史尚书大人。你还有什么怀疑的吗？"史继州呵斥那人道。

史可法摆摆手，示意史继州不必性急。他掏出一个帖子，递上前，那家人看过帖子，又审视史可法两眼，闪身进入旁门。

史继州从没有关严的门缝中看见，那家人边往府里走，边不时回头张望。脚下的步子却越来越快，最后撒腿奔跑起来，奔进督抚的卧室。

此时，督抚大人正身穿睡衣，在寝帐里搂着爱妾沉睡。朦胧中听见一阵急促的脚步声奔向卧室，翻身坐起，喝问："大胆!谁敢在此惊扰本官？"

"报……报告大人，史可法、史尚书在门外求见！"那家人吓得声音都变了，带着颤音。

"胡说！"程督抚呵斥道。他身体肥胖，起身都感困难。待他撩起纱帐，慢腾腾把那双白馍似的胖脚伸进鞋窠里时，那家人已跪倒在寝帐前，双手高举着那份名帖。

程督抚睡意未退，哈欠连天，呆滞地转动着那双金鱼似的眼珠，他接过名帖一看，吓了一跳。官场上的人，都知道用名帖的样式、质量、规格，来分辨来访者的身份、官职，程督抚在官场混了多年，宦海沉浮，自知内中奥妙。他一眼就认出这种名帖，非是一般朝廷命官所能有的。

刹那间，他的胖脸上就沁出一层细汗，赶忙站起，斥责家人道："蠢材！为何不早早通禀，快传我的令，全府出动，恭迎史大人！"

"是！是！"家人连声答应，忙起身退出。

此刻，站在督府大门外的史可法，翘首以盼，还在等待。

史继州显得有些不耐烦，他来到史可法近前，轻声问："史公，这个程督抚您认识吗？"

史可法颔首："这个程督抚上任不久，他原是陪都掌管钱粮的地方官。平生无有大志，只会两手：一是请客送礼，二是阿谀奉承。他特别擅长搜刮各地珍宝，送往皇宫及有权有势的朝臣，虽说是胸无大志，官却越做越大。因其既贪又懒，被世人称为'鼠猪'督府。鼠，指其性贪，只要是有用的，什么都搜刮，什么金银布帛，一概收之不拒；猪，指其性惰。除去搜刮民财之外，政务很少顾及，酒足饭饱之后，就知睡觉。养得肥头大耳，一身肥膘。久而久之，官场里私下很少有人称其姓名程致仁，都唤其绰号'鼠猪'。"

"这等蠢材占着茅坑不拉屎，真是可恨。"史继州愤愤然。

"这程督抚也有可爱之处，他对其绰号不遮不盖，遇有别人讥讽他，他大嘴一咧道：鼠猪怕什么，都是十二属相里的动物，好些人都是由鼠、猪变的，怕什么？官场仕途中，他继续我行我素，贪性、惰性，一点不改，该吃该睡，毫不让份儿。"

"那——我们干吗来找他，不是白耽误工夫吗？"

"哎——你有所不知，程督抚虽说胸无大志，可是没有害人之心。我们前来拜谒他，一是先摸摸情况。离开南京这么久了，不知已发生了什么变故。情况不明，贸然行事，是兵家一大忌呀！二是投石问路，探探虚实……"

"史公，卑职明白了。"

"明白就好，一会儿见到程督抚，还要以礼相待，不可造次。"

寝室里，程督抚还在忙乱准备。此刻，他并不知史可法前来的目的，只听说史可法前不久回家探视老母，路遇清军侵扰，打了一仗大胜，可不知何故却被免去官职。今天，突然又以兵部尚书的身份来访，其中必有缘故。他不敢怠慢，忙寻找衣服。不料，一旁的爱妾搂住他的粗脖子，撒娇道："大人，急什么呀！再睡一会儿嘛。"

"去去去！"程督抚掰开爱妾的手，把她推开，拎着鞋奔出，忙着整理梳妆，衣服扣都没来得及扣全，便急步走向大门口。

此刻，家人早已把督抚府大门敞开，院内家人忙着打扫庭院，喷洒清水，迎接贵客的到来。

"史尚书……什么风把您刮过来？"程督抚呼喊着跑出大门，赶忙上前施礼。

"程督抚，一向可好……"史可法也忙着还礼。

二人执手。"史尚书——请。"程督抚做出请进的手势。

史可法在笑容可掬的程督抚陪同下，步入大门，史继州紧随其后。

府内，史可法扫了院内忙碌的家人一眼，笑问："程大人，这么紧张、忙碌，莫非有什么贵客要来？"

"哪里哪里?贵客就是你史大人啊！史尚书远道而来，程某本该出迎十里，可程某实属不知，若有怠慢之处，还望多多海涵。"程督抚又使出看家本领，阿谀奉承，满脸堆笑，一时间脸上的肥肉堆到一处，在脸颊上凸出肉瘤，恰似腮帮上贴上两个黄橘子。

步上会客厅台阶时，程督抚又抢前一步，亲自为史可法推开门，掀起棉布帘，显得十分殷勤。

程督抚哪里知道，刚才一时忙乱疏忽，只顾让家人打扫庭院，却忘了命人收拾会客室。

史可法被请进会客室后，见会客室内虽说布置高雅，挂有许多名人字画，摆有许多稀世珍宝，但却到处布满灰尘，脏乱不堪。

程督抚见此情景，十分尴尬，他脸上的肥肉哆嗦着，没有笑意。连连说："史大人见笑，程某忙于政务，家里乱成这个样子。"他转身呵斥身边的家人道："来人，还不快快收拾，都是些吃白饭的！瞧瞧这会客室里，脏成什么样子？猪窝一样，怎么让史大人落座！"

程督抚手指旁边的一扇小门说："史大人，这里多有不便，还是到程某书房里一坐吧！"说着，他打开小门，半躬着腰，恭请史可法先行。

史可法面沉似水，从踏进程督抚府门的第一步，就看出程督抚是个名副其实的蠢材。真如他的绰号一样，是个靠朝廷俸禄贪赃枉法养肥的鼠猪，一个连家人都管理不好的贪官。此刻，史可法心里明白，这些人虽然无能，却得罪不起，此次要完成组织军队，北上京师勤王的目的，还得依靠这些人。如果这些地头蛇从中作梗，就是你有天大的本事，短时间内，也是不可能训练出高素质的军队的。眼下，孤家寡人根本没有用武之地。离开这些地头蛇，纵然有再大的本事，也根本拨转不开，别说组织十万勤王之师，恐怕连一兵一卒也带不走啊！史可法暗自忍耐着，压制着内心肝火的升腾。

慌乱之中，程督抚忘记了由会客室去书房要穿过卧室。小妾刚刚起床，还在梳洗，正裸着半截身子照镜子，听见门响，猛一回头，见门口站着这么多的陌生男人，吓得怪叫一声，钻进纱帐，躲在被窝里瑟瑟发抖。程督抚憋得满脸涨红，进不是、退不是，站在门口发愣。

史可法用锥子般的目光狠狠瞪了程督抚一眼。不无揶揄地讥讽道："程大人，你在搞什么把戏呀？咱们是不是走错门了？"说完，眉头紧锁，也不告辞，回身便走。

"史大人留步……"程督抚呼喊着急步追出。

在庭院里，程督抚赶上史可法，拦住去路，惶惶然道："史公，事发突然，程某准备不足，多有得罪，请求海涵。大人登门，不知有何见教，请言明后再走不迟。"

"程大人，史某此来，身负重任。请程大人速速转告陪都各位同僚、总兵及督领、文臣武将，朝廷命官，于明晨八点在总督府议事，务必到齐。如有不按令而行，抗命不遵者，当按朝廷律令，重刑处之。"史可法说着，抱拳拱手道："程大人，打扰了！免送，告辞！"说罢，史可法转身，拂袖而去。

"完了！舒服的日子结束了。"程督抚望着史可法远去的身影，痛悔地长叹一声。他呆呆地见大门关闭，转身又走向卧室。

天色越阴越沉，雪花越飘越紧。史可法心情沉重，他带领着史继州来到陪都南京的皇宫外，见处处大门紧闭，瓦脊房檐间的枯草，在风雪中瑟瑟发抖，毫无生气，给人以凄凉、荒芜之感。

史可法又转到昔日的兵部，见这座昔日威严的官府，现今也门庭冷落，除门匾上的那几个模模糊糊的字迹外，再也难觅昔日的风采，史可法在兵部门前徜徉了许久，往日的情景一幕幕涌入脑际……

"史大人，天色不早了，我们回去吧！"史继州在一旁看见雪花越来越大，生怕史可法多日劳累的身子耐不住风寒，轻声催促道。

史可法长叹一声，收拢马缰，缓缓而去。

主仆二人策马而行，快要出神策门时，史继州忽然发现身后似乎有人盯梢，他一指身后，悄声提醒："大人，咱们后面似有人跟踪。"

史可法回头一看，果不其然，不远处有一军士模样的人，不紧不慢地尾随其后。他一挥手道："不管他！我们快走，甩掉他。"说着，一拍战马，和史继州出了神策门，甩开跟踪的尾巴。

回到城北兵营处，已是掌灯时分。史可法简单用过晚饭，见士兵们已睡下，忙命史继州摆上笔墨纸砚。他在屋内踱来踱去，想写点什么，可又思绪纷乱，理不出一个头绪，白天的所闻所见，实在令人忧虑。

南京虽是明太祖时就把元朝时的集庆改名为应天府，并建为明朝的京城，成为朱明王朝的两京之一，在全国的政治、经济和文化上，都占有重要的地位，但眼下的陪都南京的各派势力错综复杂，豪门之间，各存己见，争斗频繁，如何在短时期统一政见，组织起一支勤王之师呢？

史可法徘徊思虑许久，也没有想出一个良策。

他铺好纸，润好笔，是抒发自己的忧愤呢？还是抨击时政？史可法一时拿不定主意，他又放下笔。

字写不下去，读一会儿书吧！史可法展开书卷，刚看几行，书页上的字就模糊起来，脑际又不时浮现出程督抚那张愚蠢得令人发笑的胖脸，他气恼地拍打着脑袋，愤然合上书卷，步出房门。

史可法心绪不宁，他缓步来到院内，抬起头仰望深沉的夜空几眼。

雪停了，可天没有放晴的征兆。

他心情郁闷，沿着兵营内的小径，缓缓散起步来。不知不觉，他来到军营外……

史可法踏雪而行，猛然，他看见街对面有间窗户还亮着灯光，便走上前，隔着窗洞，偷眼一看，见屋内有位书生打扮的青年男子，正在书案前练字。

书生眉清目秀，悬腕挥毫，竟有几分飘逸的仙气。史可法看得入神，正在暗自赞叹，忽听屋内书生说："窗外何人造访，既是有缘相逢之人，何不来此一叙？"

史可法一怔，随即上前敲门。

书生高声道："门开着，请自进。"仍然练着他的字，也不来迎接。

史可法忖道：此人真是狂傲，哪有客来主不迎之礼。他心里这么想，嘴上却没说，只得硬着头皮走进去。

史可法走进屋内，扫了一眼，见家具简陋，像是贫寒书生的书房。

书生看见史可法进来，也不让座，头也没抬，像见到久违的老朋友似的边练字边招呼："既有相逢之缘，必是天意。来！指点一下我的笔法。"说着，拎起那张墨迹未干的宣纸送到客人面前。史可法接过一看，字为柳体，笔锋遒劲潇洒，气势磅礴，再一细看内容，暗吃一惊。史可法的眉头皱起来，轻声念道：

"未曾相见心相识，敢道相逢不识君。

一切萧何今不明，有赃抬到后堂分。

肯怜我等夜行苦，坐者十三行十五。

若谓私行不是公，我道无私公悉取。

君倚奉公戴虎冠，谁得似君来路宽。

月有俸钱日有廪，我等衣食何盘桓。

君若十五十三俱不许，我得持强分廪去。

驱我为盗宁非汝？"

史可法念完，再看书生，书生挺胸抬头，傲然挺立，嘴角略带几分嘲讽，挑战似地望着史可法微笑。借着灯光，史可法细细打量书生，见他生得眉似卧蚕，眼如秋水，鼻直口方，秀发高挽，却有几分灵气。从服饰上，史可法看不出他的身份，但从气质上，暗自揣度此人绝非平庸之辈。史可法内心佩服他的文才，脸上却不动声色，沉吟片刻问："此诗是你所作吗？"他觉得此诗似在哪见过，一时又想不起来了。

"不是我作的。但我敬慕诗的作者李贽，故此抄写。怎么？此诗有什么不妥吗？是不是要报官治罪？"

史可法摇摇头，把诗稿放回书案上，来回踱了几步："文字狱的年月过去了。本人不主张因一首诗、一句话，就治一个人的罪。只是……君子当讷于言，敏于行，有志为国为民者，当在采取切实行动上，不该只是发发牢骚而已呀！"

"客官是……"书生闻听有些激动，忙搬过一把木椅，让客人落座，欲探问史可法的姓名。

史可法身着便服，也不便说破身份，忙接过话茬说："李贽是个才子，但他的一些观点也有些偏颇之处。我认为才气不是发牢骚的资本，乱世出英雄，君子应当千古留名，该做几件于国于民有益之事才对啊！"

"多谢先生赐教！"书生从史可法的谈吐中，似乎悟出什么，忙躬身施礼。

"夜深了，早些歇息吧！"史可法说着告辞退出。

书生执意相送，被史可法婉言拒绝，掩上门后，书生才肯作罢。

院内，史可法踏雪而归，他回到兵营房间，见史继州正靠在床前打盹，他扯过一条棉被给他盖上，自己却睡意全无。他走向书房……

来到书房，史可法全无睡意。从那个书生身上，史可法似乎看到了大明社稷内忧外患，官逼民反，民不聊生，朝廷岌岌可危，社会不安定的因素。可眼下如何阐明自己匡扶社稷，挽危局于狂澜的主张，让朝廷采取一些有益于百姓生息繁衍的政策呢？回想自己多半生的坎坷经历，他百感交集，铺好宣纸，饱蘸浓墨，一气重新写下《六安署病中感怀》的诗句。

"等理犹烦苦抱疴，公于侧枕奈如何？

民饥由己嗟艰食，兵悍逢人欲弄戈？

抚字无能先布德，催科宁忍复为苛！

白云交瘁燕山下，国手谁怜妙剂多！"

写完之后，史可法弃笔桌上，双手抱头仰靠在椅背上，闭目细思。自己虽几经沉浮，可受命于朝廷危难之际，圣上对自己如此器重，怎样才能不负皇恩，尽快组织起勤王之师呢？

忽而，一阵急促的脚步声传来，史可法忙起身迎向门口。只见兵营门卫惊慌而入："史大人，门口有两位女子求见。"

"她们是何人？"史可法有些惊奇地问。

"她们说是奉程督抚之命，前来侍奉大人的。"

"不见！赶她们回去！"史可法挥挥手，门卫退下。

史可法静下心来，把今日思考的问题理出个头绪，铺好纸张，开始草拟奏章："奏行更新八事：一、选练士兵，奖励'才用'；二、裁汰老弱，核实军饷；三、接收西方技术，研制火枪；四、禁戒军内各衙门索贿之风；五、招纳贤士，精选人才；六、惩治贪官，以扬正气。七、……"

史可法草拟初稿后，拿出奏折，正准备再按奏章格式誊写，忽听门外响起一阵杂乱的脚步声，房门大开，两名歌伎不顾门卫的拦挡，急匆匆走进来。

史可法愕然惊起："怎么回事？"

"大人，我刚才转告她们，说大人夜间忙碌概不见客，可她们说是奉程督抚之命，一定要来伺候大人，小人拦她们不住，就闯了进来。"门卫说着，胆怯地瞟了二位歌伎一眼。

"哟！我的史大人，夜这么深了，还在操劳呢？程大人怕史大人初来南京，夜里寂寞，让我们姐俩给大人做伴来了。"说话的这位女子怀抱琵琶，轻摆杨柳细腰，身穿杏黄色绸缎宽袖服，肩披银狐皮披肩，风一样飘近，人没有到，温馨已弥弥漫漫过来。

史可法正欲呵斥门卫无能，不料，身穿淡绿色女装的那名歌伎挥手对门卫说："这里没你们的事了！下去吧！"

那门卫连声答应，转身就走，不料转身时，裤口袋刮在门上，咔嚓一声，撕开一个口子，掉出一锭碎银。他怕被史可法看见知晓，脚下轻轻一踢，踢到暗处。

史可法明白了：这是两名歌伎买通门卫，演的一场苦肉计。社会风气日下，连兵营门卫均如此，更不要说官场仕途了。

门卫退出，两名歌伎胆子更大了："史大人，我们姐妹是秦淮姑娘，慕名而来，夜深无酒取乐，大人就陪我们姐妹玩一会儿吧！"穿绿色女装的这个歌伎是苏州女子，肤色白嫩细腻，虽说脸上施些淡粉，却也楚楚动人，犹如西施再现。

两位女子款款上前，不待史可法分说，暗送秋波，就去拉扯史可法的衣袖。

史可法从未遇到过这种场合。他后退躲闪着，不知该怎么应酬才好。慌乱中，只听"啪"的一声，袖口将墨砚挂翻，墨汁淌出，浸湿了他刚刚草拟出来的"奏行八事"奏章，史可法脸色骤变，猛地一拍桌案道："大胆，不知廉耻，还不退下！"

史可法一声呵斥，把在内屋睡觉的史继州吓醒了，他一个激灵，抓刀在手，一个虎跳，奔到书房门口，刚要推门而进，却听屋内有女子嘤嘤哭泣之声，忙停住脚步，隔门缝望去……

书房内，史可法面对歌伎的挑逗，慌乱中碰翻砚墨，弄脏了奏章，不禁大怒，厉声道："休得放肆，如再不规矩些，我将喊来侍从，将你俩拿下，投进囚牢。"

两名歌伎见史可法气得剑眉倒竖，脸色铁青，眼射寒光，忙后退几步，颤抖不止。她们都是烟花女子，整日轻歌曼舞，听的多是打情骂俏之词，哪听过久经沙场的战臣武将的严厉呵斥，早已魂飞魄散，双腿一软，跪倒在地，连声谢罪："大人息怒，奴婢该死！"说着以衣袖掩面，嘤嘤哭泣起来。

史可法虽说熊肝虎胆，烈性男儿，不似公子哥儿那样怜香惜玉，温柔多情，可毕竟不乏人的善良、同情之心。见寒冬之际两位如花似玉的年轻女子跪在面前低泣，也不禁动了恻隐之心，口气放和缓些问："你们是什么人？为什么来此？快快从实招来。"

"大人，奴婢都是误入烟花柳巷之女。她叫秋菊，我叫春香。我是苏州人，她是扬州人。她十七岁，我十九岁。都是七年前，家乡闹水灾，流落到南京，为糊口才不顾廉耻，被迫如此的。可我们姐妹并非故意扰乱大人，是程督抚用花轿把我们二人抬来的。他说如服侍不好大人，轻则就要打我们的板子，重则砸了我们的饭碗，要了我们的小命呀！"穿淡绿色女装的春香哭泣着说。

史可法听罢，肝火上升，一拍桌案道："这还了得！身为朝廷命官，荒废政务，却总想靠黄门、红门保官，此等贪官，不惩治如何得了！"

内屋，史继州见史大人没有生命危险，悄悄把刀插回刀鞘内，回身走开。

走了几步，史继州又停住脚步："不可，千万大意不得，情况千变万化，女子来路不明，大人还是不安全！"想至此，他又回身，来到门口，注意观察屋内的情况……

书房内，两名女子还在苦苦哀求："大人，千万不可！"春香、秋菊跪爬几步，恳求说："史大人，您有所不知，如程大人得知奴婢服侍大人不好，稍有怪罪，不仅奴婢自身受苦，而且还要殃及家人和众姐妹的。求求您了，史大人。"

史可法气愤地在屋内来回踱步，而后，他站定在门口说："你们回去吧！时候不早了！"

"不不！如大人不答应奴婢的请求，我们就是跪死在您面前，也万万不敢起来。"秋菊以额点地苦苦哀求。

"惩治贪官污吏，是本官的职责，与你们有何相干，快快退下！"

"不！大人，您有所不知，程大人不但在南京势力雄厚，掌管军政大权，辖治江淮，而且与圣上有嫡亲关系。他的两个表妹都送到宫内，贵为嫔妃。此外，他还多次遴选江南美女三百余人送入皇宫，深受圣上宠爱。奴婢深恐大人不知陪都官官相护这层水的深浅，稍有不慎，毁了大人的前程。"秋菊泪水涟涟仰望史可法，忠言相告。

"这……"史可法听罢，着实吃惊不小，以往只听说程督抚贪惰，不解为何此等人品，却能仕途风顺，连连直升，今日才解其中奥妙。

他暗自忖道，多亏烟花女子把话点明，否则，轻举妄动，必然误了朝廷大事。史可法刚欲上前，扶起春香、秋菊，感谢她们的提醒，忽而转念一想，此等高级烟花女子，经常接触达官权贵，对陪都官吏内幕想必略知一二，自己何不从她们嘴里探知一些详情，做到知彼知己呢？想到此，史可法脸色一板，厉言道："你等妇女之见，何必多言，何虑什么程大人。想我史可法数年征战，斩将夺帅，攻关守隘。可曾惧怕任何人？此气不出，难服人心！快快退下。"

"大人……"春香、秋菊双双跪爬，近到史可法面前，流泪诉说："史大人，您离南京多日，陪都变化可能知者不多，还是小心为好啊！"

"是啊！"秋菊接着说："奴婢素闻大人声名。如秉公执法，整治程督抚，南京百姓无不拍手称快，可大人想过没有？您惩办一个贪官，能把南京所有的贪官都惩办得了吗？能把朝廷的污吏都革职法办得了吗？"

史可法沉默了，面对两位烟花女子的反问，他回答不出，在屋内缓缓踱步，思索着眼下这些难以解决的问题。

内屋，史继州听到此，不免心中一动，暗道：这些女子，却也有些眼光。他本想进屋，说服史大人听从女子的建议，不要轻举妄动，参奏程督抚等贪官，以免惹来不必要的麻烦。又一想，史大人是什么人？那是国家的栋梁之材，深谋远略，何必要他操心？史大人这样做，必然有他的道理和考虑，自己还是不要打扰他们，保卫史大人的安全才是自己的职责所在。

想到此，史继州悄悄退出，来到屋外，找个僻静处隐身侍立，警卫史大人的安全。

书房内，秋菊还在诉说："大人，听程督抚说，您此次前来，身负皇命，是来组织勤王之师的。如果您搬兵不至，京城无兵保驾，京都一旦有失，大人何以面对圣上，面对百姓？"

"啊……这个……"史可法闻言一怔。

"史大人，世人多说：商女不知亡国恨。其实，这是一种世俗偏见。我们这些烟花女子，其中也不乏爱国善良之人。她们大多出身寒门，只是生活在社会的底层，各种压力，致使她们的品质变迁，她们其中一些受到污染，更世俗一些，但也不乏远见多识之辈，时刻关心着天下的安危和百姓的痛苦。"春香表白道。

"是啊，社会都在变，自己是不能用世俗的眼光看待面前的两个烟花女子。"史可法感慨万千，暗自赞许："春香、秋菊，你们就属此类有些见地的女流之辈。你俩的一番肺腑之言，说得老夫暗自佩服啊。"史可法心中不禁敬佩道："看来，男子也有龌龊之辈，女子也有栋梁之材，巾帼也有英雄在啊！"

史可法刚要说些什么，却见春香一把抹去泪痕道："史大人，反正说出要死，不说出也要死。不如说出，心里痛快。现在南京的军务大权，都掌管在兵部侍郎马士英与胡仁贤胡都帅手中，这二人均为程督抚的换帖兄弟。他们上瞒朝廷、下欺百姓，被人称为二虎一熊。二虎是指马总兵、胡督帅，一熊是指程督抚。这三人独霸陪都。大人动一人，难动三人，如三人联手反您，不是要出大乱子吗？"

秋菊："史大人，目前，社稷危如累卵，再起内讧，犹如火上浇油，抱薪救火，反为贼人所乘。大人一负皇恩，二负黎庶苦盼之心，三负大人平生所志，四负……"

"姑娘请起。"史可法听到此处，再也难以自持，忙上前将春香、秋菊扶起，搬过椅子，让她们坐下，并沏上香茶，端到二人面前，慌得春香、秋菊赶忙站起还礼。

"史大人，春香、秋菊我们虽为烟花柳巷女子，但似我等，日常接触的多是官场权势之辈，对其内幕，或枕边私语，或道听途说，或酒后茶余闲聊，知道的不敢说了如指掌，却也八九不离十。加上经常与文人墨客、仕途失意书生交往，受其针砭朝政言辞的耳濡目染，故此，我二人视大人为知己，斗胆陈述己见，谈出自己的一些见解。"

史可法打量着春香、秋菊，对她们有了新的认识。暗自忖道："均言头发长，见识短，其实，男人里面有庸才，女人里面有能人啊！"他渐渐地思谋出一个整饬军务的方案。

东方渐白，天色渐亮，史可法欲劝二位姑娘去歇息，忽听门外传来说话声，似是史继州和来人的争吵声。他忙附在秋菊、春香耳边低语几句，她俩忙起身走进内屋。史可法隔窗向外望去。

院内，史继州拦住急于进屋的程督抚："程大人，请留步，史大人还没有起床呢！"史继州看见程督抚不顾大门口侍卫的拦截，大步闯入，赶忙上前高声拦截。

"哦？没关系。本官正好前往请安。"

程督抚拨开史继州拦阻的手势，不顾门卒的劝说，几步闯进屋门。

史可法系着衣扣从内室走出，程督抚不怀好意，忙上前问候："史大人，夜间休息可好？"

"多谢程大人关照，可法十分满意。"史可法说着走到书案前，把昨晚上写的奏折和笔墨收起，吩咐史继州道："继州，程大人一早赶来，快快看座！"

史继州搬过椅子，放到程督抚近前，程督抚扫了两眼，却无意落座，他装作欣赏墙上的字画样子，转到内室门口，侧脸往屋内窥视。史可法早已猜透程督抚此行的目的，走到内室门前推开门，对里面招呼道："秋菊、春香，快出来给程大人请安。"

秋菊、春香久经这样的场面，深得逢场作戏的要领。听到史可法召唤，忙装出刚刚起床，衣衫不整，故作忸怩的样子，飘然而出，给程督抚躬身施礼道："程大人，奴婢给您请安了。"

"史大人，艳福不浅呢！真是金屋藏娇啊！"程督抚故作惊讶道。

"哪里，这还不是承蒙您程大人关照吗？"史可法摆摆手微笑着说。

"啊……这个……哈哈。"程督抚见诡计被史可法点破，显得有些尴尬，随即仰头大笑，掩饰自己的窘态，满脸堆笑道："史大人离京数日，奉圣命组织勤王之师，一路劳累，本该如此！"

"程大人，那就多谢了！"史可法手指椅子道："程大人请坐！"接着转身对春香、秋菊吩咐："快给程大人上茶。"

"是！"春香、秋菊答应一声，迈着轻快脚步，走进内室。

书房内，史可法、程督抚落座。

不一会儿，春香、秋菊二人各自端着陶瓷托盘，摆放着两只江西景德镇所产白底蓝花精制盖碗茶，分送到程督抚、史可法面前，待二位大人端起碗茶，她们侍立两旁，静候吩咐。

史可法挥挥手，春香、秋菊轻步退下。

"程大人，您的耳目好灵啊！昨日史某不曾言明住处，您怎么知道史某住在这里呢？"史可法开门见山，追问。

"唉！都怪程某糊涂，没有替史大人准备下榻的府邸。您身为朝廷命官，怎么能住在兵营这乡间小店里呢！我已派人去打扫、整理兵部旧府了，一两日内就可搬过去！至于如何了解史大人的行踪嘛，那就更方便了，我昨天派了耳目，跟您绕了大半个南京城，才得知史大人住在这里啊！"程督抚并不掩饰，半是表白，半是献殷勤地说，神态很是得意。

"噢！"史可法明白了。他这会儿才知道，为什么昨天被人跟踪，他扫了程督抚那张胖脸一眼，心中暗想：这家伙干别的不行，干贿赂朝臣，巴结权贵的事情还是很在行的。

他心里这么想，脸上却没有任何表示。他把椅子移近些道："程大人，本官身负圣命，不敢多有耽搁。眼下，应尽快组织勤王之师，北上护驾，以释圣上望穿秋水，满朝文武挂念之意，不知程大人有何打算？"

"一切听史大人差遣，只是陪都兵力匮乏，所辖各营，多日亏发银两，要在近日内组织起勤王之师，难呢！"程督抚头摇得拨浪鼓似的，胖脸上袭上一层愁云。

史可法知道：程督抚是有意在要挟他，目的无非是想借此多赚些军饷。

只是此刻，史可法还未摸清程督抚的底细，还想借助他的势力，早日组织起勤王之师，因而不便当面点破他，赶快表示："程督抚，你尽管放宽心，军饷不成问题，只是不知留都南京所辖水陆两军，共有多少人马？如能今日呈递表册，本官也好向朝廷申报粮饷。朝廷用兵之日，何虑无饷？"

这才是：访督府权贵显劣迹，赴陪都欲挽狂澜。

居兵营夜写"八事"，生意外奏章染墨。

欲知后事如何，请阅下文。

第9章
巧用计可法戏督抚
服兵痞三娘显绝技

书房内，史可法将计就计，询问程督抚陪都目前有多少兵马可以调度，尽快组织勤王之师。

"这个……"程督抚顿时语塞，眨动着肉眼泡，推敲着回答的具体数字："根据在下所知：兵部侍郎马士英所辖庐州、凤阳军务，部下约有二十万人马，胡督帅所辖南京各营，约有五十万人马，还有水军三十万，总计约有百万之众吧！"

"太好了！陪都有精兵百万，朝廷何忧李自成、张献忠之辈？又何虑满清南侵之患？"其实，史可法略知陪都南京周围的兵力部署，哪有什么百万军队，今见程督抚夸口，冒报人数，正可一锤定音，敲定组织勤王之师大事。他将盖碗茶放在书案上，站起来说："好！程大人，请转告马总兵、胡督帅，三日之内，我要在留都校武场举行阅兵式，誓师北上勤王。"

"三日之内，这么快？"程督抚脸上的笑意消失了，脸上的胖肉神经质地抽搐着，哭笑不得。他原想多说点人数，一可显示自己的功绩；二可冒额领饷。当听到三日后要在校武场检阅勤王之师，心中不免暗自着急起来。他掀开盖碗茶儿，轻吹两口，却无意喝茶，强压不安神色道："史大人，这个期限恐怕太近些，马总兵远在凤阳，胡督帅身体不适。还有，陪都的精兵大都布置在外防，少则几十里，多则几百里，防备李自成自陕南下，恐怕一时抽调不齐啊！"

"程大人，京都告急，圣上有难，你我身为朝廷命官，深知军令如山，怠慢不得呀！如有迟延，圣上怪罪，你我都担待不起呀！"史可法语气加重，一字一顿，字字千钧："程大人，你手下百万大军，用于防备不假，可抽调十万二十万，该是不成问题的呀！莫非程大人对军情不了解，怕不是谎报，欺骗本官吧！"

"不！不！本官只是、只是……"程督抚慌乱得连连摆手，连话都说不成句，脸上沁出一层热汗，虽是冬天的早晨，却冒着热气。他忙不迭地说："程某知晓，只是时间紧了点。"

恰在此时，史继州走进："史大人，该进早饭了。"

"端上来……"史可法吩咐："再加一副碗筷，我与程大人共进早餐。我请客！"

"是。"史继州答应一声，快步走出。

"这个，就不必了吧？"程督抚站起欲走。

史可法急忙拦住："程督抚，不要走，史某还有话说。"

程督抚站起准备离去，史可法在门口拦住去路："程大人，你对史某不薄，连夜送来小美人相伴，史某无以回报，吃顿便饭，小小意思。程大人不会因早餐简单，就谢绝史某的好意吧？"

程督抚进退不是，只得走回餐桌旁。

这时，史继州端来早饭，放到桌上说："史大人、程大人，早餐准备好了。"说着，把一盘炒萝卜、一盘炒青菜、一小盆米饭、两个馍端上来。

程督抚探头一看，妈呀！饭菜就这么简单，怎么吃呀！还说请客，我还是见好就收吧！他赶忙站起身道："史大人不必麻烦，程某告退！"

史可法伸手相拦道："程大人，这就是你的不是了。本官邀你共进早餐，实属好意，想程大人不会因饭菜简单，而不给史某这个面子吧！"

"啊！这……"程督抚进退不是，只得又坐下来。

俗话说：饿了吃糠甜如蜜，饱了吃蜜都不甜。碗筷摆上，史可法虽然一夜没睡，却仍精神百倍，忙着搬座摆筷。

程督抚见事已至此，不好再推托，只得坐到桌前，拿起筷子。此刻，他没一点胃口，菜没夹、饭没吃，闻见味儿，就感到恶心。平日，他即使不受请赴宴，在家里也是顿顿鸡鸭鱼肉、海鲜山珍、鲜菜热汤，何曾咽过这样的粗茶淡饭。

程督抚眉头紧锁，夹起一口萝卜，放进嘴里，咽药一般难受，感觉到那萝卜丝光在嗓子眼打滚，难以下咽。他又伸脖子又瞪眼，一狠劲儿咽下去，刚咽到肚子里了，便觉翻肠倒肚，不是滋味。

史可法劳累一夜，吃得香甜可口，真是狼吞虎咽，不管是馍，还是菜，都吃得津津有味。他见程督抚慢慢腾腾，不夹菜不吃馍，以为口差，忙热情相让："程大人，快吃啊！"

"吃！吃！"程督抚眉头拧成疙瘩，一副苦不堪言的样子，手举着筷子，眼瞧着史可法，却不去夹菜，暗暗收紧肚子，刚才咽下去的那口萝卜丝，在肚子里一阵阵翻腾，似要呕吐般难受。

"程大人，怕有什么不舒服吧？"史可法见他一副难受的样子，忙给他一个台阶，让他面子上过得去。

程督抚一听，恰中下怀，赶忙撒谎道："程某喉有小疾，实难奉陪！"

"噢？既然如此，程大人就请自便吧！"史可法放下碗筷，招呼一声："来人，收拾了。"

史继州走进来，撤去餐具，献上茶来。史继州一边忙活，一边暗自发笑。

史继州来到外屋，还在窃窃发笑，看见他笑眯眯的样子，春香姑娘问："这位将军，你叫什么？"

"姑娘，我不是将军，我是史大人手下裨将史继州。"

"你笑什么？"

"我笑程督抚，你看他那个样。又胖又蠢，还耍什么计谋，怎么样？偷鸡不成蚀把米，你们看……"史继州顺手指去。

春香、秋菊望去，饭桌旁的程督抚，如坐针毡，一脸油汗，二人也发起笑来。

此刻，饭桌旁的程督抚屁股如长毛刺一般，再也坐不住，忙起身告辞："史大人，程……程某公务繁忙，恕不奉陪！"说着起身就走。

"走好！现在时辰尚早，程大人回去好好准备，上午咱们同去督帅府共商国是。"

"对对！"程督抚连声赞同。

此刻，他恨不得一步迈出这个房间。初来时的那种得意、诡秘的心情，早已荡然无存。

史继州一边干活，一边高兴。看见程督抚的狼狈样，他觉得十分开心，史可法的借坡下驴之计，可为他出了一口恶气。想起昨天他们去督抚府，在雪地里等了那么长时间，冻得手脚发僵，他就生气。今天，一报还一报，史可法给他报了仇，怎么不开心？

"将军，昨天，你们大老远地前往督抚府，程督抚连茶水都没请你们喝一口，可今天，史公史大人非但没有慢待他，还请他吃早餐，你还高兴，是什么缘故？"

"姑娘，你们有所不知，程督抚派你们来，是想把姑娘你俩当刀使。"

"把我俩当刀使？我们怎么成为刀了？什么意思，杀谁呀？"春香、秋菊不解地问。

"当然是杀史大人了。他们这叫借刀杀人。"史继州跟随史可法多年，耳濡目染，也学会了遇到问题进行分析，他见春香、秋菊听得十分认真，又说："我这只是比喻，可能不恰当也不准确，可大概是这个意思。你们想想，男子汉最注重什么？名节。程督抚派你们来，就是要败坏史大人的名声啊。"

"这个家伙真坏，肠子、肚子、心肝肺，都烂了。"春香诅咒。

"将军，那你还笑什么？"秋菊一脸稚气，还在追问。

"程督抚原设想史大人为保全名节，必遮掩与你们进行所谓厮混之事。"

"哎呀，羞死了，史大人何时与我们厮混了，他连正眼都没有看我们一眼。"春香抱怨。

"就是，史大人正人君子，连我们的手都没摸一下，哪像那个程督抚，抱着我们姐妹，又搂又啃，恨不得马上脱衣上床。"秋菊害羞地说。

"程督抚这样做，不是要给史大人泼脏水吗？"春香鸣不平。

"程督抚的目的，就是这个。他既可择机点破，用以威胁逼使史大人就范，又能抓住所谓的把柄在手心里攥着，胁迫史大人必须听从自己的调遣，没想到史大人光明磊落，毫无掩饰之意，且指出你俩所来系他程督抚所派，受他威胁而来。朝廷怪罪，世人议论，定要首先牵连到他程督抚，使得苦心设计的圈套落空。"

"活该！这叫搬起石头，砸自己的脚。"

"走！我们找他算账去。"春香站起，就要闯入屋里。

此刻，程督抚后悔得肠子都青了。特别是看到史可法简陋的住所、办公条件、简单的早餐，更让人觉得此人有股阳刚之气，神圣不可侵犯，更担心自己言多语失，被史可法抓住把柄，所以，急忙借故退出。

史可法见程督抚意识到诡计败露，没有捞到稻草，占到什么便宜，丧气而归。暗想：何不一不做，二不休，在他伤口上再撒一把盐，让他知道：天下为官的并非都似他那么工于心计，谄上媚官，贪高官厚禄，而尽做非人之事。他转对内室召唤："秋菊、春香，程大人要回府，还不快来送客。"

屋内，秋菊、春香正藏身在门后，偷看程督抚吃饭的难受丑态。听见史大人召唤，忙整衣而出，来到房间，施礼道："程大人慢走。""谢程大人！"二人说话声音婉转、甜润，自带喜悦之意，而那目光，又似夹带嘲讽之意。

程督抚暗生闷气，心里骂道："小骚货，本官一念之差，却让你们称心如意了。日后再说，看我怎么收拾你们。"他心里这么想，脸上却没敢表示出来。他暗自担心这两位烟花女子，得到兵部尚书的宠信后，给他吹些不利自己的枕边风。自己虽说有皇上做靠山，可对史可法的人品，还是惧怕三分的。再说多一事不如少一事，何不把人情送到家。

他见春香、秋菊送出，假意嘱托道："二位姑娘要好好侍奉史大人，不可辜负本官的一番好意啊！"程督抚原意是讨好史可法，不料话说得太直，说心里话，作为男人，把这么漂亮的小美人送给史大人，他是不情愿的。

此刻，他的心里既酸楚，又懊悔，自己的狐狸尾巴还没掩饰好，又露了出来。细细琢磨，此类蠢举，自己吃了大亏，真似哑巴吃黄连，有苦说不出。他也越琢磨越觉得不合适，忙转身走向门口。

"程大人放心，奴婢一定尽力，不让程大人失望。"二人对视一眼，齐声回答，一直把程督抚送出大门。

程督抚来到屋外院内，一头钻进轿子，气恨恨地吐出两个字："回府！"

坐在轿子内，程督抚这个气呀！恨得直咬牙根。"啪啪……"连打自己几个嘴巴，大清早，正是搂着美人睡觉的时候，自己却跑到这里受罪受辱，遭人奚落不算，还吃那么粗糙的饭菜，还什么早点？呸，猪食不如！

他暗骂自己是老糊涂、老浑蛋。

秋菊、春香两位姑娘，那是十里秦淮风月场的名伎，不拔头筹，也是名流，自己掏钱请歌伎，反遭羞辱，自己打自己嘴巴。

真是赔了夫人又折兵，猪八戒照镜子，里外不是人啊！他这个气呀，恨不得一头撞死。

此刻，史可法送走程督抚，站在门口，也愤愤然，心里不平："这个蠢材，大明王朝的社稷江山，就毁在这些贪官污吏手里。"史可法怅然地望着程督抚的轿子渐渐远去，直到感到有些寒意，才赶忙一摆手，带领前来送别的手下，回到屋内。

史可法回到屋内，吩咐道："继州，快些取些银两来。"

史继州拿出二十两银子，史可法转对秋菊、春香说："二位姑娘，这些银两不多，却也够暂时生活一年半载的了。你俩快些回家去吧！纺织种田，侍奉父母，过个太平的日子，寻个厚道人家，生儿育女，也好享受天伦之乐！"

秋菊、春香跪倒在地，秋菊摆手道："史大人，您一没听奴婢唱的歌，二没听奴婢弹的曲，三没沾奴婢的身子，奴婢怎能收您的银子呢？"

春香接着说："史大人的一片情我们领了。可我们已陷身烟花柳巷，不说有家难寻，就是找到家，老鸨也会派人追到家里。那时，祸及父母，殃至乡邻亲友，又当如何呢？"

"唉——"史可法长叹一声，扶起二位姑娘，感慨万千道："四海之大，难容良民安身。可法身为朝廷命官，却难救二位姑娘于水火！可叹可怜呢！"说到此处，他在屋内来回踱了几步，思虑片刻后说："这样吧！本官眼下军务繁忙，难有闲暇照顾你们。二位姑娘先暂回歌伎馆，待本官率勤王之师安顿京都后，把你们带到北京，亲自为二位姑娘在军中选婿择夫，成全你们。这样如何？"

"多谢史大人！"二位姑娘再次上前欲跪，却被史可法扶住，他挥手道："免礼，你们回去吧！本官还有些公事要办。"说着，他坐回到书案前，秉笔办公。过了一会儿，史可法抬头一看，春香、秋菊还静候在一侧，没有离去。他诧异地问："二位姑娘，为何还不离去？莫非还有什么话说吗？"

"大人。"二位姑娘抢步上前，跪倒在书案前，"史大人，奴婢不愿离去，愿今生今世当牛做马，侍奉史大人身旁。"秋菊姑娘眼含热泪，情真意切表示自己内心的感激之情。

"程督抚已知奴婢在史大人屋里，虽说史大人清白无瑕，但已然为程督抚授以口实。我们二人走后，倘若有人诬陷史大人，您有口难辩，恐对大人前程不利呀！我们姐妹不敢存什么奢望，只想留在史大人身旁，虽不能为大人鞍前马后，征战沙场，却也能夜弹小曲，为大人解忧。实在难行，就是为大人洗衣煮饭，奴婢也心甘情愿呀！"春香说罢，两行断线般的泪珠，顺着香腮淌下。

睹此情景，铁石心肠的男儿也会心动，产生怜香惜玉的缕缕温情。

史可法被春香、秋菊的话语打动，他搁笔书案，站起身走向二位姑娘。一阵晨风吹进来，将书案上的奏折吹起，飘到史可法脚下，他回望一眼，蓦地脑际浮现老母严厉的目光，妻子渴望的神情，皇上病容焦虑的面容。他停住脚步，又缓缓踱回书案前，强压自己的情感，手捻胡须说："二位姑娘，不必多虑。本官主意已定，请即刻退下！"言罢，他缓步走到墙上挂的一幅翠松绿柏山水画前，背身面墙站立，再也不看春香、秋菊一眼。

"史大人……"二位姑娘凄切地呼喊一声。

史可法果断地一挥手，制止她们再说下去。

春香、秋菊见史可法主意已决，不可更改，忙掩面而出，低泣着跑走了。

史继州推门而进说："史大人，时候不早了，该准备去督帅府了。"他见史可法面色阴沉，以为史公还在为刚才的事郁闷怅恨，忙劝解道："大人，快些准备吧！为两个烟花女子，何必如此动情？俗话说：女人如衣衫，去了披红的还会来挂绿的！还是要以大局为重啊！"

"继州啊，你还年轻，千万不可小看女人。要不是刚才离去的两位姑娘点破，本官险些做出鲁莽之举啊！"史可法感慨万千，忙着收拾书案，又问："继州，去督帅府怎么去！"

"给大人准备了一顶小轿，我骑马。"

"正合我意，我得在轿子内睡一会儿，不然打不起精神，要坏大事的。"他走到史继州近前，低声叮嘱道："继州，今天你要机灵些，到时，你就这么办……"史可法附在史继州耳边，低声说起计划。

史继州听后，眼睛发亮，连连点头。

史继州与副将并马南京街头缓缓而行，身后是两排骑兵。中间是一顶小轿，史可法居中，左右各有侍卫保护，再后是殿后的两队骑兵。

史继州："副将，听说你是南京人，督帅府位居什么地方？"

副将："督帅府在南京皇宫洪武门左侧，右侧为六部，是留都朝廷政府机构所在地。"

"现在建设得怎么样？"

"马马虎虎吧！只是明都北迁之后，年久失修，督帅府与南京的皇宫一样受到冷落，墙皮已碱化，房檐塌陷，屋顶长满枯草。据传，皇帝怕陪都权力过大，生出变故，担心陪都与北京分庭抗礼，割据南北朝，隔江而治。所以，对于南京的建设，一直未给予实质性支持，倒是挟制多于地方。"副将发表自己的见解。

史继州："噢——有这等怪事？"

"听说历代圣上都对南京采用怀柔政策，别处揭发出的贪官污吏，为杀一儆百，朝廷有时还惩办几个民愤极大的贪官，以泄民愤，而皇上对陪都的官吏，却睁一只眼闭一只眼，对迷恋酒、色、贪、占之徒，采用默许政策，以消磨其志。对忠正直言者，皇帝非但不奖赏，反治其罪，并在南京大建酒肆歌楼，发展丝绸业和用金线、彩色丝线交织而成的金缕彩装，生产带褶纹和妆花的银喉纱，以及彩色妆花、花罗和云绢等高档丝绸佳品，刺激官吏们的消费、享受，消磨他们的意志，使他们少生异心。在留都，溜须拍马、阿谀奉承是一种风气啊。"

"嘻，北京也好不到哪里去，世上都是这么传说。"史继州随声附和。

"大概基于这种阴暗心理的考虑，朝廷在选用陪都官吏上，圣上的择吏标准是能用庸才，不用贤才。你看程督抚，那样的蠢材，为非作歹，贪污腐化，鸡犬升天了。"副将鸣泄着不平。

"天长日久，南京就成了消费城市。不管天下战乱多么频繁，虫害多么肆虐，南涝北旱多么严重，你看南京城内，都是处处有酒香，夜夜有歌声，是个尊崇享受，崇尚钱财的地方。"副将用手一指街边，发着感慨。

此刻，靠在轿子内小憩的史可法也没有眯着，他随军征战，睡觉少，而且浅，稍有响动，就睡不着，处于亢奋、警觉状态。加之这些年他饱尝人世间沧桑冷暖，且廉明从政，他对南京的达官贵人，在民族危亡之秋，朝廷岌岌可危的关键时刻，仍然过着尔虞我诈、纸醉金迷，今朝有酒今朝醉的日子，怎不感到厌恶呢？他坐在轿内，闭目养神休息一会儿，进入繁华街道后，突被吵醒。

他从轿帘缝中往外看，见街巷两侧商贾林立，红男绿女行如蚁聚，笙歌缭绕，歌声袅袅，他愤然叹道："真是秦淮男女不知亡国之恨呢！"他见天色不早，忙着催促轿夫急行。

轿子来到督帅府门前，史继州挥挥手，轿子停下。

史可法挑起轿帘走出，见偌大个督帅府，门前竟十分冷清，守卫大门的侍卫身着戎装，手持长枪，冷冰冰地望着门前过往行人，脸若冰霜，竟如泥塑石雕的一般。

史继州早已抢在前面，向侍卫说明，侍卫忙向府内通报。

工夫不大，府门打开，胡督帅忙着迎出。史可法上前深施一礼："胡大人，今日可好？"

"史大人，路途劳累，有失远迎，失敬失敬。"胡督府也赶忙还礼："府里请。"

"胡大人，京城吃紧，圣命在身。可法星夜赶路，昨天到达，人马劳累，未敢过府打扰，还请胡大人多多原谅啊！"

"不必客气，史大人请！"胡督帅伸手相让。

"请。"史可法以礼相还。

胡督帅与史可法来到府内，二人边走边聊，十分亲热。

身后，史继州与副将跟在后面，看见他们亲热的样子，副将有些不解："这史大人与胡督帅还挺熟，交情也不错嘛。"

史继州："这你就不知道了吧？史大人与胡督帅同年考举，曾有同窗之谊。胡督帅为人忠厚，不善钻营。更少刁滑之念。故被皇上看中，前来据守陪都南京。"

"可我听说，胡督帅有职无权，实权掌握在南京地方派手中，他只是空架而已。"

"难得糊涂啊。"史继州感叹："好在胡督帅看破红尘，与世无争。才得以饱食终日，好几次，程督抚等人想合伙搞掉他，又担心新派来的新督帅不似胡督帅这么老实，摆弄不了。故此，没有下手整治他。"

"这胡督帅是个好人、老实人，没有坏心眼。他整日读书，研究老庄哲学，深得养生之道，被世人称为糊涂官。"

"是啊，你看胡督帅的块头，人高马大，加上他与世无争，养尊处优，保养得当，都到了这个年纪了，骨头不长肉长，块头肥胖，像个大狗熊。"

副将："据传，有一次他坐轿，四个身强力壮的轿夫，抬他没走一里地，就累得趴在地上爬不起来，呼呼喘粗气。"

"呵呵……"史继州与副将窃笑起来。

史可法听见笑声，侧过头，狠狠瞪了他们一眼。

史继州与副将赶忙停止议论，做出一个鬼脸。

庭院内，史可法边走边与胡督帅交谈："胡大人，你生活的环境不错，水榭亭台，犹如仙境，兄台的福气不错啊！"

"唉——马马虎虎，一言难尽呀！"胡督帅连连摆手，一脸愁苦。

来到厅堂，二人分宾主而坐。

史可法打量厅内的摆设，与程督抚的会客厅形成鲜明的对比。

迎面竖个大屏风，乃紫檀木所做，漆成栗色，上雕百兽图，造型生动优雅、栩栩如生。再看书房内家具，也为楠木镂刻佳品，古色古香，都堪称上品，桌角案头，各摆名花、盆景。墙上高悬名家字画，也都价值连城。胡督帅见史可法打量厅内摆设，微呈诧异之色，忙一挥手道："雕虫小技，让史大人见笑了。"

"来人，上茶。"胡督帅命人摆上香茶，待侍女退下，他把盖碗儿香茶向前推推，笑眯眯地问："史公此来，怕不是观光赏景，恐有重命在身吧？"

史可法点点头，往前探探身子道："胡兄，你我同窗，说不得半点客套，此次前来征调勤王之师，还望胡兄鼎力相助啊！"

"这个胡某理当尽力，不过我是聋子的耳朵——摆设呀！调兵遣将之事恐怕得程督抚、马侍郎做主啊！"

"这好办，我已请程督抚转告马侍郎来帅府议事，想必快到了。"史可法宽慰胡督帅。心里暗想，朝廷怎么看上了这样的草包官，枉拿俸禄。他不便再说什么，装作欣赏名人字画，起身逐一看去。字画多为养性修身之道的内容，史可法不感兴趣：只是为消磨时光，史可法把字画看过一遍，回头再看胡督帅时，已靠在椅背上，睡得正香。

史可法肝火升腾，身为朝廷钦差，来南京已快两日，组织勤王之师的事情还没有任何进展。这还得了！他几步跨到胡督帅面前，猛击桌案一掌，厉声道："胡大人……"

"啊！"胡督帅猛然一惊，抬起睡眼，迷茫地望着史可法，揉着被压出许多印痕的胖脸问："这是哪儿！史公什么时候来的？"

史可法这个气呀！差不多把鼻子气歪了。

胡督帅迷迷瞪瞪地打量厅内一眼，这才明白是怎么回事，搓搓胖脸说："史大人，请恕胡某无礼，不知怎么，养成习惯，每日上午都困，困得都睁不开眼，真是的！"他起身伸个懒腰说："史大人，您也歇息一会儿吧，里面很方便！"

"胡兄，你好糊涂啊！圣命在身，我何以能睡？"

"是呀是呀！可程督抚、马侍郎不来，咱们不也是纸上谈兵，无济于事吗？"胡督帅望望门外，哈欠连天，他心不在焉地抱歉着，鼻涕眼泪一块儿淌下来。尔后，又劝解道："史大人，急也没有用啊！人言着急吃不上没火的饭，急又有何用呢？"说着，胡督帅又坐回到椅子上，眼皮又打起架来。

史可法急得脑门子冒火。要是往日，管你什么老同学、胡督帅，先拉出去抽二十鞭子再说。可眼下在人家督帅府上，连说话也要讲究分寸啊！居人屋檐下，不敢不低头啊！此时，史可法才痛切感受到了寄人篱下的痛苦。他转身欲愤然离去，走两步又觉得不合适，拱手道："胡督帅，可法告辞，日后得空，再来拜访！"

此刻，正微闭双目养神的胡督帅听见史可法说要走，惊慌站起："啊！史公请留步，胡某已备下丰盛酒宴，款待史公，为史公接风洗尘，畅叙你我同窗之谊。"说着急步上前，欲拦阻史可法。

"不必了！可法重任在肩，寝食难安。告辞！"史可法言罢，急步走出大厅。

督帅府大门口，胡督帅急步相送，追到督帅府大门口时，见史可法已坐轿远去，他站在台阶上呆呆发愣，担心史可法愤然离去，会在圣上面前参上一本。又一想，挥手道："嘻！管他妈的明日鸟事，回去睡觉！"

离开督帅府，史可法闷坐轿内，心情急躁，可一时又无良策，愁眉不展。手托下巴，苦苦思虑心事，忽闻一阵鼓乐之声，他掀起轿侧窗口布帘，见正经过丝绸市场，只见街道两侧布满绫绸缎庄、染料坊、布店的招幌，他正观看间，忽见几乘精致华美的小轿，与他乘坐的轿子擦肩而过，内有一贵妇模样的阔太太也正掀开轿子侧窗，打量他乘坐的轿子，二人正巧四目相视，似曾相识，又说不出姓甚名谁。

二轿擦肩而过之后，史可法对骑马走在一旁的史继州说："继州，你快去打听一下，刚才过去的几乘小轿所属何家，我怎么看着眼熟？"

轿子继续前行，没走多远，史继州骑马赶上来，在轿窗口低声说："史大人，那几乘小轿是南京最大的绸缎店瑞祥庄女总管铁三娘乘坐的。"

"铁三娘？是她？"史可法眼睛一亮，忙对轿夫吩咐："快！掉头去赶

第 9 章　巧用计可法戏督抚　服兵痞三娘显绝技

125

上那几乘小轿！"

史继州不解道："大人，您这是……"

"不必多问！快快赶上去！"史可法语气坚决，不容更改。轿夫们闻令赶紧掉转方向，急步追去。

轿夫抬着轿子，在南京街道上一溜小跑，急赶直追，渐渐地望见了那几乘小轿的后影，史可法这才放下心来。

坐在轿内，史可法忆起往事，对铁三娘的记忆也逐渐清晰起来。他低声呼唤："铁三娘……许久没有你的音信了，今天倒是巧遇了。"

"史大人，您与这铁三娘认识？"骑在马上的史继州低声问。

"说来话长了……"史可法以实相告："铁三娘，这不是她的真名实姓，只是其绰号。她原名铁玉芯，乃为将门之后。其父铁岩石，原为戍边大将，坐镇南域，在疆域的开拓戍边上，屡建奇功。曾被圣上封为镇南铁将军，赐予战袍。后得罪宦官魏忠贤，被其陷害，满门抄斩，只有一女子铁玉芯逃得性命，流落江湖，被江淮侠女絮飘收养教习武艺，抚养成人，后与其夫崔啸天肆行江淮。"

"您是怎么与她认识的？"

"只是偶然结识。那年，史某开府六安时，在一次剿贼作战中俘获了她，可法念铁玉芯是忠良之后，没有立斩，而是动之以情，晓之以理，劝其归顺，并为其奏明圣上，为其父铁岩石平反昭雪，恢复其镇南铁将军赐号。铁玉芯、崔啸天夫妻自此弃暗投明，放弃绿林生涯，远走南京，没想到她办起绸缎行瑞祥庄，其夫崔啸天办起造船厂，几年工夫，成为南京首富。只是多年来，忙于政务，与其不再有任何交往。"

"大人，那今天……"史继州还欲问。

史可法："程督抚、胡督帅都指不上了，我们可否借助一些民间力量，再想一想其他办法？"史可法眉头一皱，逐渐思虑好一个较为妥善之策。说话间，轿子突然停住。

史可法掀起轿帘，史继州在一旁轻声说："大人，那几乘小轿进了前面的瑞祥绸缎庄，我们怎么办？"

史可法手捻胡须沉思片刻，轻声说："我们贸然进去，必然有些不便。倘若以兵部尚书的身份前往，也恐惊扰绸缎庄伙计，不妨微服前往更为稳妥。"

"大人所言极是！"

史继州立即命轿夫把轿子抬进街旁小巷内。

小巷内，轿子停在僻静处，史可法脱去官服，打发轿夫回去。然后，史可法与史继州主仆二人，又低声商量一番后，这才悄悄溜出小巷，走进瑞祥绸缎庄的大门。

在这条街上，瑞祥绸缎庄煞为气派，分三层，一层为临街铺面，经营丝绸、绣工、布匹等，买卖很红火，顾客摩肩接踵，络绎不绝，真可谓是日进斗金。二层为"祥瑞"饭店，张挂的招幌十分醒目，窗户都向外挑着雪白的遮凉棚，给人以惬意、爽目之感。三层为天乐园，不时传出琴瑟歌舞之声。集穿、吃、玩于一地，看出经营者不同于凡人的胆识。

楼后还有一座很深的宅院，虽说是在冬季，越过院墙，也可看出院内是柏青、松绿，显示主人不同芸芸众生的气派。

史可法刚进门厅，家人即刻迎上来，笑问："请问这位客官，你找谁？"

史继州抢步上前，刚欲说明身份，史可法抢先说："老人家，我们要拜见贵府崔夫人。"

"请问先生姓甚名谁？从哪里来？又有何贵干？"精明的老家人上下打量着史可法一行，不放心地盘问。

"你就说，六安姓史的老乡亲来了！你家主人自知分晓！"

"老乡亲……"老人家迟疑片刻，而后答应道："好吧，我去给您回禀一声，主人不见，老朽我可就没办法了！"家人说着，急步赶进院里。

工夫不大，老家人连脚跑出，堆满一脸笑容，伸手相让："请！怠慢之处，还请海涵。"

说话间，铁三娘在两名侍女的陪伴下，急步走出，忙上前行礼道："恩公前来，小女迎接来迟，恭请恩人原谅！"

"不必客气，路过此地，鲜见尊容，特来拜访！"史可法见三娘如此客气，也忙抱拳还礼。

三娘把史可法请到客厅，分宾主坐定。

侍女献上香茶，三娘摆摆手，侍女退下。

史可法细细打量面前的这位贵妇，见她虽已是三十多岁的年纪，却还风韵犹存，秀发高挽，略施淡粉，鬓插玉簪，耳挂金耳环，身着粉红贵妇衫，

铁三娘

腰间紧束月白腰带，胸部高耸，细柳纤腰。虽身着华丽，但却举止敏捷，谈吐爽快，看得出是个习武之人。

史可法虽只是把三娘粗略扫了一眼，但却从她的眼神中捕捉到一缕哀思，还想再多看几眼，却见三娘已屏退左右，低声问："史大人，听人传说您圣命在身，前来组织勤王之师，为何还有这份闲心微服私访故人呢？"

史可法被问得一怔："怎么？你也知道我来南京的特殊使命？"

"嘻！史大人不瞒您说，我江湖上有几个朋友，消息还是蛮灵的！"

"唉！"史可法见隐瞒不过去，长叹一声，把来到南京组织勤王之师的经过诉说了一遍，没料到铁三娘听后，非但没有表示任何同情，反而微微地笑了。

"你笑什么？"

"我笑史大人你太迂！像崇祯这样昏庸的皇帝，你保他干什么？再看看朝廷上下，贪官污吏横行!百姓民不聊生，这样的朝廷还值得保吗？"铁三娘说到激愤处，把香茶碗"砰"的一声蹾在桌子上又说："我笑史大人你不明时事，死命所保之人竟是免你官职，抄你家产之人。"

"怎么？这些事情你也知道？"史可法有些愕然。

"我还知道你把三万两白银上缴国库，还知道你智胜神镖张，还知道你……"

"住口！"史可法见被铁三娘奚落，很是恼火。他愤然站起，拍案断喝道。

"史大人，发什么火啊？难道三娘我说的不是事实吗？"

史可法强压怒火，看看左右，又坐了下来。叹喟一声："不错，你所说均是事实。这些问题，我也是反复思量过。但有一点必须言明，我保圣上不假，但我非是为个人，而是为百姓。目前，天下动乱，倘若李自成进占北京，清廷必要插手。李自成乃草寇，坐天下必然不稳，清廷乘虚而入，大明社稷如被外族侵占，中原必遭涂炭，黎民百姓不是要受其辱吗？所以，只有保住大明的社稷，才能与清廷抗衡，否则，后果不堪设想啊！"

史可法一席话，说得三娘默无他语。思虑片刻，史可法又说："三娘，你身为将门之后，虽说朝廷曾亏待过你，但眼下你这片家业，如没有圣上恩赐，也是不可能的，再若，如大明危急，你的家业能保得住吗？你眼前的富贵能保得住吗？"

"是啊！此话或许有些道理。"三娘点头赞许，又问："那么，依大人之见呢？"

"依我之见，摒弃个人恩怨，以社稷、民族利益为重，为平定内乱，抵御外辱，做出贡献，流芳千古！"

"这个，还需要三思啊！"

"再犹豫，李自成就进了北京；再寡断，清军就占了中原。你还犹豫什么？"

"三娘愿听吩咐！"铁三娘是何等聪明之人，蒙在眼前的窗户纸一点即破，她被史可法晓以大义之后，眼前豁然开朗，果断地表示。尔后她又问："史大人，三娘浑沌，谢恩公再次拨开迷雾，使三娘重见光明，只是眼前该做何事，还望大人多多指教！"

"我欲借贵庄的名义，在此宴请陪都朝廷命官，晓以利害，尽快组织起勤王之师！不知三娘是否愿助老夫一臂之力？"

"三娘愿为大人效劳，一切听从大人吩咐！"三娘上前，恭手听命。

"好！请速速把请柬准备好，由我填写。你可命人准备酒宴，定于今晚……"史可法附到三娘耳边，如此这般吩咐一番。

铁三娘连连点头应允，并暗自佩服，忙着准备。

史可法来到书房内，侍女送上请柬、笔墨，史可法不顾劳累，给陪都南京的朝廷命官，写起请柬。

蓦然，老家人满脸惊恐之色地急急走进，禀报道："夫人，不好了，一群兵痞酒后滋事，在三楼宴宾厅打起来了。"

史可法闻言辍笔而起，铁三娘也由内室中走出，伸手相拦："史大人不必出面，也不必惊慌，待三娘会会这几位野小子！"说罢，铁三娘一摆手，带领两名侍女奔向宴宾厅。

此时，械斗的兵痞们已把宴宾厅打得一塌糊涂。

顾客们躲躲藏藏，有的钻到桌下，有的躲进厕所，几名男侍被兵痞们一阵拳脚，打得个个鼻青脸肿，躺在地上光"哎哟"爬不起来。

铁三娘急赶几步，抢进宴宾厅，拦住正欲往里闯的兵痞，厉声道："各位壮士，且慢动手，有话好说，何必行此无理之事？是歇脚还是喝茶？是缺金子还是少银子，都可以商量。"话语中外柔内刚，透着一股寒气。

"滚开！臭婆娘！"兵痞中一个为首的黑汉抢步上前，挥着毛森森的胳膊喝道。壮汉身高九尺有余，面如锅底，满鬓络腮胡须，身穿肥大皂衣裤褂。站在那儿，犹如半截铁塔。那气势，恨不得一下把站在眼前，比他矮一头的铁三娘捏个粉碎。

"壮士，我劝你还是识相点，此处既不是荒野中的绿林，更不是你肆无忌惮的下等酒店，这是南京城的瑞祥绸缎庄。"铁三娘冷言相劝。

"大哥，别跟这个臭婆娘磨牙斗嘴，先碎了她！"旁边一个长得像烧鸡似的精瘦汉子，说着抢步上前，动手一个冲天炮。铁三娘侧身躲过，挥手一掌，那汉子躲过，不提防铁三娘又飞起一脚，正中那人前腹，只听"哎哟"一声，那瘦汉子滚到一旁。

"上！"黑汉子低喝一声，抢前一步，劈胸一掌，带着风声，直逼三娘前胸。三娘不惊不慌退后一步，闪开黑大汉的攻势，见黑大汉身子抢过来，用臂肘下压，直攻黑大汉眼睛，黑大汉见势不妙，慌忙跳开，却被铁三娘一个扫堂腿，咕咚一声，摔在地上，砸得楼板直晃悠。三娘喝一声："绑了！"男侍们上前，三下五除二将黑大汉绑起。兵痞们见头儿被抓，发一声喊，争相逃命而去。

这时，史可法赶来，厉声责问："大胆狂徒，为何不守军法，滋扰市面？"

"常年不发军饷，老子用什么养家？"黑大汉仰面答道，全无半点惧色。

"还不快跪下！"铁三娘断喝一声。

"跪！俺的膝盖骨没那么软。俺上跪天地，下跪父母，似你臭婆娘，猪狗不如，如何跪你！"黑大汉鄙夷地望着铁三娘，并不屑地吐上一口唾沫，以示轻蔑。

"你！好你个狗杂种，满嘴喷粪。不教训你，也不知道我铁三娘的厉害。"说着抢过侍女手里宝剑，直照黑大汉双腿打来，这一剑挟风带力，似有千斤，如若砍下，黑大汉就是保住命，也得身腿分家。

"三娘手下留情。"史可法高喊一声，抢步上前，眼疾手快，攥住铁三娘的手腕："三娘，看在我史可法的份上，就饶他一命吧！"

黑大汉听说前边的官员是史可法，不仅救了自己的命，还保住自己的腿，赶忙"扑通"一声，跪倒在地，连声告饶："史大人在此，小人知罪。"

见史可法求情，三娘只得作罢。此刻，看热闹的渐渐聚来。三娘恐为外人知晓，忙对男侍们一挥手道："把这几个家伙弄到后面，先关起来，其余的乱棒打出。"

"慢！"史可法伸手相拦，走到三娘耳边，低语几声。

"好吧。"铁三娘点头应允："看在史大人面子上，每人发五十吊钱，让他们吃顿饱饭吧！"

被解绑的兵丁们闻言，纷纷跪倒，谢恩离去。

史可法见宴宾厅安静下来，忙回到书房，将请柬写好，派人给被邀请的宾客们送去，这才放下心来。

他踱到窗前，见铁三娘正在安排晚膳，不禁暗自忖道："人言铁三娘心狠手辣，杀人如麻，如今弃恶从善，却也侠肝义胆。看来江山易改，本性难移的话，实有偏颇之处。人的善恶是可以转化的嘛？今天如不是当面所见，何以信之？"

史可法收回目光，这才觉得浑身酸懒，似有困顿之意袭来。

他靠在软椅上，闭目养起神来。

这才是：南京城尚书勤王碰壁，观街景苦思妙策。

绸市街巧遇史公故人，催轿赶路救英雄。

欲知后事如何，请阅下文。

书房内，劳乏多日的史可法，见组织勤王之师的愿望，有了眉目，犹如长跑运动员，跑到了终点，心理上有了松懈感，进入朦朦胧胧的困顿中。猛地，史可法忆起被捆着的黑大汉，睡意全无，忙起身，穿过侧门，来到后院。

后院很深，房屋连着后花园，史可法正欲寻找关押黑大汉的房子，忽闻身后传出一阵笑声，他回头一看，见铁三娘换上一身华贵浓妆，略施粉黛，正站在月亮门后，暗自发笑。

"史大人，此处乃三娘后花园，犹如闺房一般。而今，大人私闯闺阁，咱们是私了还是公断呢？"

"啊！这个……"史可法一怔，难以回答。他上前深施一礼道："三娘，请恕史某无礼，史某是无意之中转到此处的，想看看那个黑大汉，实在是……"

"哈哈。"铁三娘朗声大笑："瞧把你吓的！似你一样谨小慎微的男人，也太胆小了！"

"三娘，你把那黑大汉弄到哪去了，莫非……"

"嘘——"铁三娘用手挡住嘴巴，示意他别声张。她走近些说："史大人，我的身份在南京还没有几人知晓。你或许还不知道吧？去年，有些仇敌告到刑部，买通宦官，朝廷又在重开杀戒。现在，摆在大人面前两条路，一是把三娘缉拿归案，使你扬名天下；二是装作你不知、我不晓，你我只以朋友相称。我呢，帮助你史公组织完勤王之师以后，三娘因已暴露，只得远走他乡，另觅生路。前者呢，大人你说个话，发个令，我自缚投案，决不反抗。后者呢……"三娘顿住话，不再说下去，坦诚地望着史可法，察看他的脸色。

史可法犯难了。怎么也没想到会节外生枝，出现这些难题。身为朝廷命官，理应效命圣上，把被朝廷通缉的要犯捉拿归案，可这样做似乎太不近人情。再说，自己眼下急需三娘的帮助，如一分心，将功败垂成，后果难以设想。他沉吟片刻，没有直接回答三娘的话，却说："三娘，做人要走自己的路，还是请你自己拿主意吧！这么说吧，可法在外闯荡多年，仕途坎坷，宦海沉浮，许多可法认为好的都坏了，认为坏的都好了！阴阳颠倒，难辨曲直。不过，三娘，你如能帮助可法早日率师北上，勤王护驾有功，可法一定在皇上面前给你奏上一本，赦免你的死罪，封侯授爵，也好早出苦海。"

"这倒不必！"三娘不以为然："史大人你看，在职的官宦人家，有几位刚正不阿之人？多是争权夺利，尔虞我诈之徒，又有几人能寿终正寝？我劝大人还是把功名利禄看得淡一些为好。不过，目前社稷安危，内忧外患，也急需像史大人这样的栋梁之材辅佐朝廷。"

"是非难辨，人妖不分啊。"史可法喟然长叹："早些年，可法把功名看得有些过重。到南京之后，可法才知世事艰难。可又有什么办法呢？倘若你也不扶君，他也不扶君，那国何以有安宁之日？百姓又如何生活？君再糊涂，也是君呢，军中无帅自乱，国中无君又当如何？"

"唉！史大人说这些干吗？还是先看看黑大汉去吧！"铁三娘见一时难以说服史可法，赶忙岔开话题，手指北侧的一间小屋说。

他俩来到近前，借着窗口一看，黑大汉鼾声如雷，正在沉睡。

三娘欲唤醒黑大汉，被史可法拦住："算了，让他睡吧！这种人，倒也自在！"

二人离开窗口，沿着甬路走着。三娘一指东侧一幢杏花小楼说："史大人，那楼就是三娘的寝室，到上面坐一会儿吧！"

"谢谢三娘错爱，重命在身，可法不敢有片刻疏忽，到前厅歇息一会儿便可，不便叨扰。"

"也好！人各有志，不便强求。不过人言：人无千日好，花无百日香啊！"三娘不无惆怅地说。她放缓脚步，再一次柔柔地唤一声："史公……史大人……"

史可法似乎没有听见铁三娘的呼唤，他没有停步，也没有回头。他知道：身后正有一双柔情似水、火辣辣的眼睛望着自己。他不敢回头，不能担保自己那颗世俗凡心，不被热切的目光搅乱啊！他在心里叮嘱着自己："镇定、镇定。"转过一个墙角，加快脚步，逃也似离去。

再说史继州率领手下送完请柬，回到兵营吃过午饭，躺在床上，静思近日之事，总觉得主公史可法到南京后的举动有些反常。

昨夜，不知屋里怎么进去两个姑娘。上午，又去了瑞祥绸缎庄，要搞什么宴请？以往，史大人素以廉洁著称，从不搞这些乌七八糟的东西，近来这是怎么了。要不，给史老夫人写封信，告诉老人家史大人在南京的情况，让她写信劝劝史大人？唉——史德威也不在身边，那小子心眼多，点子来得快，或许能劝阻史大人。

史继州这样想着，再也躺不住了。

他起身来到史可法居住的书房，铺好纸，拿起笔，给史老夫人写起信来，内容为：史老夫人、夫人：近安。小人史继州自随史大人离别京城后，一路平安，已抵达南京多日，望宽心。只是史大人近来……写至此，他一时难以措词，写不下去。是啊！史大人近来怎样？他说不出所以然，理不出头绪。他拿不准，是说明白些好呢？还是说得含蓄些好？是说淡些好呢？还是说厉害些好？他拿不定主意，手托腮颊沉思起来。

室外传来一阵马蹄声响，他站起走到窗前一看，一名钦差在十几名骑兵的簇拥下，跑进院子，史继州忙起身迎出屋门。

"史可法接旨。"钦差站在院中高声喝喊。

"史大人不在，前去……"史继州想说明史可法的去处，又担心钦差得知史大人的处境后，转奏皇上，使史大人的半世功名毁于流言。他的机灵劲儿促使他转口道："史大人巡视城防，不知去往何处，各位辛苦，先卸马歇息，等我派人找到史大人，再宣圣旨如何？"

"说得轻巧，皇上立等回奏。如有耽搁，定斩不饶！"钦差擦着头上的热汗，揉着骑马酸疼的屁股说。

"这样吧！你们先在此喂喂马，吃点饭，喘口气，我一会儿即刻带你们去找史大人怎样？"

"也罢。"钦差等人跑得人困马乏，正急需喘口气，见史继州说得在理，只得依他的意见来办。

史继州边安排钦差等人进餐，暗中找来随队骑兵一精明小校，如此这般，细嘱一番，命他立即去瑞祥绸缎庄，转告史大人，让大人有所准备。

那人走了，史继州的心才放下来，他来到书房，看见那封没有写完的信，忙坐下来，唰唰地写起来："史大人在留都南京……"

傍晚时分，史可法在瑞祥绸缎庄书房的软椅上一觉醒来，已是满窗暮色。

他忙草草洗把脸，正待出去查问晚宴准备情况，适逢男仆进来禀报："史大人，已有官员到了，请您前往会客。"

"知道了。"史可法答应一声，忙着换上官服，外面又罩上刚才穿的便服，出门后，他来到三楼鸿宾厅。

站在鸿宾厅门口，但见里面已布置一新，灯光通明，两排八张大圆桌，上摆茶点，已有不少官员在座。众人不知史可法已来南京，又有许多人不认识他。所以他走进时，里面的宾客照样谈笑不止。

史可法刚欲找个座位坐下，却见门口一阵骚动，程督抚、胡督抚身穿大红绸缎官服，腰束玉带，头戴官帽，脸带笑意，迈着方步而进，众人忙站起迎接。程督抚一眼看见史可法，抛开寒暄的官员，急步上前："史大人，真是抱歉，来到南京，我等本当尽地主之谊，何必让史大人破费呢！"

时至此时，史可法只得把戏唱下去，还礼道："程大人，史某备此薄宴，意在结识诸位好友，联络感情。还请程大人多多捧场。"

胡督抚也挤上前，表示谢意，说些官场上的应酬话。

"他就是史可法？就是威震疆场，驰名遐迩的史尚书？"一些新上任的官员见南京的头面人物程督抚、胡督抚都如此敬重史可法，也不敢怠慢，赶忙上前施礼。史可法与他们一一相见，寒暄不止。

忽然，一阵响亮的脚步声，由楼梯处传来，外面有人高喊："马侍郎马总兵到。"

史可法站起迎向门口，见屋门开处，马士英在数名贴身侍卫的簇拥下，身穿盔甲，大步走进。几步之外，马士英便笑吟吟地问："啊！史大人，人言你一向清廉，怎么今日破费许多，想起请客来了？"话语随口说出，却透着疑心、试探。

"马总兵，我们北方人有句俗话：以酒会友。今到此陪都南京，你马总兵的一亩三分地，欲结交马侍郎马大人，无以厚礼，难以登门拜访，只得在此备下薄酒一杯，结识一下新老朋友。"史可法知道，马士英生性多疑，犹如老虎不吃死物一样，不问明缘由，是不会轻易下嘴的。同时，他也知道，现在还不到揭锅之时，火候不到，过早说出目的，会坏大事的。

"依我说呀！今朝有酒今朝醉，咱们早该聚聚，喝个痛快了！"胡督抚在一旁咧着大嘴说。

"各位大人同僚，可法虽任陪都南京兵部尚书职，实无才德，还望各位勠力同心，辅佐朝廷，以不负圣上知遇之恩。初到此地，今晚特备几道便菜，邀请诸位来此品尝，畅叙友情。请入座！"史可法伸手相让。

"请！"众人纷纷落座。八仙桌上摆满上等美酒佳肴，散发着诱人的香味。这些人也不谦让，按照级别各围一桌，倒酒举箸，开怀畅饮。大概贪官多由贪吃、贪喝、贪占所致。既是白吃，岂肯落后，个个争先，人人努力，深恐被旁人落下，比他人少吃一口，少喝一杯。

史可法坐在首桌，不时地为同桌的马士英、程督抚、胡督抚满酒布菜，他自己却很少动筷子。他表面镇定，内心却心急如焚，哪里吃得下去呀！他一边应酬，一边寻思着如何当众宣读圣旨，完成圣命。

"要是史继州在身边就好了。"史可法暗想。

此刻，兵营内的史继州也在着急。他写好给史老夫人的家书，来到饭堂，见钦差等人已吃饱饭，忙将书信暗中托付一年老官差，要他带去，并暗暗塞给他十两纹银，老官差慨然允诺。

史继州看看天色，估计那送信的小校，已把消息送到史大人所在的瑞祥绸缎庄，这才带领钦差一行，向南京城赶来。

史继州等人刚刚到城门外，"哗啦啦……"吊桥扯起，城门关闭。

史继州隔着护城河，喊干嗓子，守城士兵就是不理。急得他勒着马头打转，也没有办法。

北门关闭，西门或许没关。他想到此，拨转马头，带领钦差护卫一行，向西城门飞驰而去。

一路上，气得钦差破口大骂，发誓不斩守城士兵，誓不罢休。

史继州一行跑到西城门，胯下坐骑已是汗水淋淋，马腿"嗦嗦"发抖。

近前一看，也是吊桥高悬，大门紧闭。

呼喊数声，也默无应声，史继州暗暗叫苦，和钦差商量后，又拨马奔向南门。南京城不比一般小城，那是陪都，环城跑一周，足足好几十里，战马跑着跑着，前腿一软，栽倒在地，把史继州摔出去老远。

试想从北京到南京，数日奔波，还没喘口气，又来这么远路程的急奔，什么样的战马受得了？弓弦绷得太紧，就会断的。史继州爬起后，跑到战马前一看，那马踢蹬着四腿，翻着白眼，快要咽气了。

后面的骑兵跟上来，再看他们的坐骑也是顺毛流汗，四蹄乱颤如筛糠一般。

钦差下马，惊问："史将军怎么样？受伤没有？"

史继州摇摇头，牵过一匹战马跨上去，拉拽抽打，那匹战马再也不肯迈前一步。

正在焦急间，史继州忽然看见城墙上有一处已破败的砖墙塌了一截，中间长出一棵碗口粗的枣树。

他心一动，转向身旁的骠骑兵问道："你们谁带着绳子呢？"

四人摸摸腰间，都失望地摇摇头，史继州看见死马的缰绳，几刀割下。又对其他人吩咐道："快！把缰绳割下系在一起。"

几个人手忙脚乱地忙起来，五根马缰系起，足有两三丈长。史继州游过护城河，让他们把缰绳和包裹甩给自己，来到城墙下，把绳头挽个大疙瘩，顺手扔上去，绳疙瘩卡在树根上，拽拽很牢靠，回身对钦差等人大声说："你们快转回城门去，我打开城门，你们再进去！"说完，他急步赶到城墙下，拽着绳子，攀上城墙。

"有人偷城。"城外巡城的骑兵发现了他们，呼喊着飞马而来，几名护卫忙举刀相迎，厮杀在一处，余下的护卫保护钦差跑向城门。

此刻，史继州已攀到城墙的半空，上不着天，下不沾地。他知道自己如果被巡城的骑兵抓住，凶多吉少是小事，史大人见不到圣旨是大事。他不顾护城河外的生死拼杀，胜败如何，一点点爬上去，渐渐地接近了那棵枣树。

四名骠骑兵护卫虽然凶悍，但怎奈孤狼也被众犬欺，哪里挡得住几十名巡城士兵的围杀，不一会儿，就一个个倒在血泊里，命丧在南京城外。

忽而，不知谁喊了一声："城上还有一个人。"

领队的侍卫头领听到喊声，抬头见史继州已接近那棵枣树，他摘下牛皮强弓，由箭壶内取出雕翎箭，扯弓搭箭，看准爬城人射去。

"嗖——"雕翎箭带着响声射向史继州，眨眼之间，就要射中史继州后心。

恰在此时，城墙上一道白光一闪，一把锥形暗镖飞来，恰把那支飞箭击落。

头领见自己射出的飞箭快要射中爬城人之时，却跌落在地，心中纳闷，他又搭上一箭，用力射去，又是快到那尺寸时，被暗镖击落。待他再搭第三箭之时，史继州已三下两下攀上枣树，几步登上城墙的缺口，消失在黑夜里。

"妈的！碰见鬼了！"头领骂骂咧咧地涉过护城河，来到城墙下，捡起自己的箭，失声叫道："妈呀！"他手拿被从箭头与箭杆相接处齐刷刷斩断的残箭发呆，脸色都变了。

回到护城河外，头领命士卒打扫战场，发现杀死的都是京城御林军的骠骑兵，情知闯祸不小，忙命人把尸体扔进护城河，打发走手下的士卒赶回营房，他忙脱下战袍，悄悄扔进河内："我呀，凉锅贴饼子——溜吧。"趁着黑夜逃走了。

史继州爬上城墙，却迷失了方向，辨不清东南西北了。

城门在哪儿？史大人在哪儿？瑞祥绸缎庄在哪儿，他两眼一抹黑，不知该往哪儿走，忽见前方有一火把在跳跃，忙跟了上去。他想打问一下路，却怎么也赶不上去，奇怪的是燃烧的火把，总在不远不近的距离内跳跃。

他暗自发狠：娘的！是不是鬼魂我都要撵上你。他脚步加快，穷追不舍，赶了一程，忽见灯光闪烁，遥遥望见了一座黑魆魆的城门楼。

史继州快步上前，找到把守城门的士卒，说明缘由，听说有钦差前来传圣旨，士卒不敢怠慢，忙放下吊桥，打开城门。

钦差进得城门，见士卒们恭迎两侧，不由得火起，上前打了为首头领两个耳光，愤然骂道："妈的！耽误大事，杀你全家，鸡犬不留！"

守城士卒哪敢回言，手捂火辣辣的脸颊，垂手而立，不敢抬头。

史继州赶忙上前相劝："大人不要跟他们生气，还是快走吧！"

钦差火气难消，挨个抽打士卒每人两个耳光，这才上马，悻悻离去。

史继州策马引路，直奔瑞祥绸缎庄的三楼鸿宾厅而来。

此刻，鸿宾厅内，酒过三巡，菜过五味，史可法正焦急万分。原来，酒兴正酣时，史可法被侍从喊出，在僻静处，他见到了史继州派来的捎信的人，得知圣上又降圣旨，不禁喜上眉梢，借此朝廷陪都命官都在，正可一鼓作气，促成此事。

他命人打发捎信人回去后，又步回宴席，依然不露声色地应酬众人。

等了一会儿，不见史继州的到来。

又等了一会儿，还不见踪迹。

这会儿，客人的酒已喝得差不多了。

宴席上杯盘狼藉，已是残席剩酒，为稳住众人，他又暗暗吩咐上了几道以人名命名的菜：东坡肉、贵妃鱼、西施鸡等。众人的肚皮已撑得快圆了，见又端上名菜，个个眼馋肚饱，再也难以大口咀嚼，只是小口品尝，消磨时光。

马士英已不知是第几回暗中松动腰带了，只觉得酒足饭饱，难以下咽任何美酒佳酿，他摇摇晃晃地站起说："史大人，告辞了！"

史可法暗自着急，却苦于没有良策。他只得上前，将马士英按坐在椅子上："来，马总兵，你我再干一杯！难得一醉！"

"不！不喝了！"马士英头重脚轻，手一晃，衣袖将酒杯碰倒，滚到地上，"啪！"酒杯摔碎，酒香四溢。

众人一惊，纷纷站起，乱成一团。

"圣旨到。"门外一声喝喊。

厅内顿时鸦雀无声，有的呆立，有的跌坐在椅子上，有的酒杯停在半空，喝不是，放不是，各呈丑态。

史可法精神一振，脱去外衣，露出兵部尚书的官服。

他命人撤去酒宴，置备香案，率领众人跪接圣旨。

钦差大步跨入，展开圣旨念道："奉天承运，皇帝诏曰：陪都南京兵部尚书史爱卿可法鉴知：闻爱卿星夜离京，赴陪都调兵勤王，甚喜。而又忧，近闻李自成自陕提兵二十万，北逼京畿，朝野震动。朕日夜寝食不安。现朕再传调军金牌，责令史爱卿传令陪都大小官员知晓，火速整饬勤王之师，北上护驾，马总兵朕待他不薄，理应效力。程、胡二位督抚也是朝廷重臣，更应尽责。朕命史爱卿督查所有官员，如有渎职或抗令不遵者，先斩后奏！朕不为怪！

人言："社稷危而朕忧，君虑而臣急。朝廷养兵千日，用在一时。望众爱卿尽忠尽职，辅佐朝廷，早日挥师北上，安宁朝野动荡之势。钦此。"

钦差读着，声音渐低，不禁潸然泪下，史可法也神情黯然。他爬起唱喏一声："臣领旨。"他上前接过圣旨，坐到书案后，咳嗽一声，正色道："诸位，圣上已言明，如有渎职或抗令不遵者，先斩后奏！以前，咱们是朋友、同僚，从现在起，军令如山。如有怠慢军务者，类同此盅！"史可法抓起酒盅，摔碎在地，酒盅破裂的声音，犹如皮鞭抽在众人身上，不由得各自战栗了一下。

"马总兵、程督抚，责令你二人于三日内，各备精兵五万，听候调遣！"史可法厉声道。

"遵令！"马士英、程督抚慑于圣旨威力，哪敢再提半个"不"字，接过令箭、令牌，退回队列。

钦差赶来，巧宣圣旨，颁布军令，震慑了陪都南京的文官武将。这意外结局，实在出于被宴请宾客的意料之外，待他们纳过闷来，这才深知史可法的厉害。

再看鸿宾厅，已不见史可法的身影，想要诉苦、抱怨、提条件，已没有对象，望着书案前写有圣旨字样的黄绸布，高悬的尚方宝剑，许多人似经霜的茄子，再也提不起精神。佳肴美味再也唤不起食欲，各自默默散去。

史可法离开鸿宾厅，陪同钦差来到书房，简要叙说前来南京的经过及这几天的遭遇。为避免圣上担心，他把困难说得平平淡淡，并请钦差转告圣上，他史可法决不负皇上知遇之恩，将尽快组织起勤王之师，择日北上。然后，史可法又详细向钦差询问了京都的情况，听到京都谣言四起，圣上忧虑成疾，史可法心情郁闷，长吁短叹。

"来人，安排钦差大人早早歇息。"

钦差站起，抱拳施礼道："史大人，圣命在身，需火速赶回京都禀报，不便耽搁！"说罢，钦差站起，走向门外。

史可法见此，不便久留，命史继州找来几匹好马，给钦差等人换上，直送到街上，才辞别而归。

送走钦差，史可法更觉内心焦虑。军令虽已颁布，可他心里总觉得似坐在无底轿内，没有把握。他沿着庭院小路，走向客房，仰望满天寒星，他默默祷告："圣上，仰仗您的威名，臣已将圣谕传下，数日内即可挥师北上，解京师之危。望圣上不必过虑。保重身体啊！"

蓦地，他又想起老母，想起妻子，北风萧萧，寒意阵阵，北方早已是冰雪封门，数九寒天了，你们可好啊？史可法缓步而行，苦苦思索：下一步该怎么办？

夜深了，临街铺面的喧嚣声渐息，楼内窗口透出的光亮也已渐熄。

院内静悄悄的。史可法没有急于回到客房的愿望，他想在冷清清的寒夜，仔细梳理一下自己杂乱的思绪。考虑好日后的行动方案，他正漫步间，忽见史继州迎面而来，他忙上前，夸奖道："继州，今天你立了一大功！"

"大人，客人都走了！您也早些歇息去吧！"史继州走近低声说。

"嗯。"史可法答应一声，拍拍部将的肩膀，爱惜地说："你也累了，早些歇息去吧！"

"史大人，今天有些事，没有来得及得到您的允许，小人就办了，不知道对不对？"他想把下午给老夫人、夫人写信一事，告诉史大人，听听他的意见。说着，史继州低下头，感到有些内疚。

"你办得对！今天要不是你把钦差大人及时领来，当众宣读圣旨，还不知道该怎样收场呢？见机行事，灵活处理，这是为将治军理政的法则！"史可法安慰着史继州，误以为他检讨的是指未经允许就把钦差带到瑞祥绸缎庄来之事。

见史大人赞许，史继州也就不想再细说什么。他猛然忆起进城时爬城墙被救，火把引路之事。他走得更近些，低声把晚上进城时遇到的情景讲了一遍。

闻听手下史继州的叙述，史可法暗自一惊说："竟有此等怪事，看来南京不愧为陪都，真乃藏龙卧虎之地呀！你我更需小心为是啊！"

"知道了！史大人。"史继州点头应许："大人，我去给您准备卧具。"说罢转身欲走。

"不！"史可法拦住部将道："我们去向三娘告辞，立即赶回兵营。"

"城门已闭，出不去了。"

"那——你我也要搬到别的地方去住。不然，日后有口难言呀！"史可法语气沉重，带有浓郁的忧思，低声吩咐："继州，你马上去结账，如银两不够，可让账房先记账，日后如数偿还，有欠有还，人家才欢迎你啊！"

"是。"史继州答应一声，转身走向前院。

史可法来到后院红楼前假山后，正欲上前向三娘告别，忽而，听到假山后传出低低的细语声。夜这么深了，天气又这么寒冷，是谁还在此细语？

史可法忙隐身在树后，侧耳倾听，却是两位女子在说话。

"三娘，如此我就放心了。侠妹我从京城赶来，深恐史大人在南京人地生疏，孤掌难鸣，故赶来暗中助他一臂之力。谁知三娘已仗义相助，侠妹深表敬佩。"

"侠妹，说这些客套话干吗？你我都是武林之人，社稷江山大事难以参与，可这谁好谁坏，谁忠谁奸还是能分清的。人活一世，不做些积德之事，那还有什么意思啊！"

听见两位女子正在议论自己，史可法觉得奇怪。

他转过几棵树，借着从红楼窗口射出的一线微光，看见假山旁的古藤下，有一张石桌，几个石凳，石桌旁站着三娘，还有一位身披雪白斗篷的女子，光线暗淡，难以看清那女子的脸庞，但隐约之中，仍可看出那是一位俏丽的女子。

暗影中，铁三娘又说道："侠妹，你的年纪不小了，怎还不找个如意郎君，别等人老珠黄，似那秋后残菊，再也招不来蝴蝶了。"

"唉——"白衣女子一声长叹道："三娘啊！如今世道艰难，难以找到心上人啊！武林之人，多是世俗之辈。功成之后，或为富豪保镖护院，或跻身权贵门下，争名夺利，成为浑浊之物；富户豪门的子弟，又有几个能仗义行事，多为酒色之徒；卑贱之士，终日忙忙碌碌，为生计奔忙，难以有共同语言。侠妹我今生已铁了心，不嫁则已，嫁就嫁个心上之人，否则，终生独处。"白衣侠女说到凄凉之处，不觉暗自伤情。

"侠妹，你这死妮子怎么竟有如此想法，想三娘我俏丽之时，曾与你崔三哥比翼齐飞，不想你崔三哥误中奸计，命丧他乡，三娘我的心就冷了，我想再过个十年、八年，三娘我削发为尼，遁入空门，与世无争，了此残生罢了。"三娘说着，用脚尖踢着脚下的枯叶。

突然，三娘扬起脸颊搂住侠女的胳膊，低声说："侠妹，三娘我为你物色到一个如意夫君，只是不知你中意不中意？"

"三娘，你不要戏耍小妹了吧！"侠女摇着头。

"真的！"三娘把侠女揽到身边问："你看史可法大人怎么样？"

假山后，史可法见三娘和侠女谈话，突然提起自己，自己甚为不安。又想离开，又想听下去，内心十分矛盾。

这时，他又听三娘和侠女继续说起私房话。

闺蜜夜话

石桌前，三娘和侠女谈兴正浓。

"他？"侠女怔住了。

"对！"三娘见白衣侠女没有生气，又说："你知道，史大人是岁数大些，已年过四十，可他多年在外，漂泊不定。据说他家的妻子并未给他生儿育女。"

"三娘，史大人位及尚书，官拜三部九卿之列，怎么可能看得起咱们这些平民百姓。"白衣侠女说着，羞怯地背过脸去。

"这不用侠妹你操心，三娘自有办法。"

躲在假山后暗处的史可法听到此处，不觉得脸红心跳，耳根发热。脸颊似刚刚喝下半斤白酒一般，呼呼冒火。

他暗自思忖道：身为朝廷命官，偷听他人私语。日后如被世人知晓，必遭耻笑。想到此处，史可法悄悄退后十几步，轻声咳嗽一声，把脚步踏得响亮，大声呼喊道："老板娘……"

假山后，正在石桌旁和白衣侠女说话的铁玉芯，听到史可法的呼唤，忙一推白衣侠女说："史大人来了，你先暂时回避一下，待我探探他的口气。"

"不！三娘别说！"白衣侠女十分羞怯，伸手相拦。

"侠妹不用操心，三娘我自有主张。你快去吧！"三娘把侠女推到暗处，闪将出来，迎上前问："史大人，钦差送走了吗？"

"送走了！"史可法来到近前，低声道："三娘，蒙你热情资助，可法已将圣旨传下，组织勤王之师已具眉目。可法前来告别。今日破费，三娘可一笔笔记清，可法班师之日，一并付清。"

"史大人，这就是你的不是了。三娘既然已言明：宴客费用算三娘支持你，何需再谈账目之事。人言：君子一言，驷马难追。三娘虽为女流之辈，算不上什么君子，可三娘我的为人，想必你史大人也该略有所知吧！为人之道：言必信，行必果。否则，日后你我何以再见面呢？"

"此话欠妥！可法素知三娘的为人。只是三娘劳累多日，所积钱财，乃辛勤劳作、智慧血汗积蓄，实属不易。人说：杀人偿命，欠账还钱，此乃天下人之常理。可法已非三岁儿童，岂能不知这等道理。"史可法说到这儿，隐约看见藤萝后的白衣侠女，只是不愿把窗纸捅破，故作不知。上前躬身施礼道："三娘，可法辞别之际，有一事相求，不知三娘应允不应允？"

"史大人客气了！别说一事，就是三件事，只要是三娘能做到的，三娘也愿为恩公效命。"三娘担心史可法还要纠缠偿还宴客费用之事，今见转移了话题，说有一事相求，以为他准是要她为自己物色女眷，忙连声应承。

"三娘，今晚部将史继州在带领钦差大人往南京城里护送圣旨之际，因城门关闭，呼唤城门不开，只得逾城墙而入，突遭巡逻骑兵袭击，多亏暗中有义士相助，才得以顺利打开城门，把钦差带至府上，及时宣读圣旨，解去可法燃眉之急。可法至此不知义士名姓，想拜托三娘，日后悉心探访，如遇此人，烦请权代可法表示谢意。"

三娘听罢，暗自发笑，刚才侠女已将她如何进城、相助史继州的经过叙说了一遍，今见史可法再次说起此事，暗想这真是巧合，何不唤出侠妹，当面说清事情缘由，也有了恰当话题。仔细一想：且慢，过早说破此事，反而不妥。思量片刻，三娘才说："史大人放心吧，虽说江南武林，人才济济，但只要三娘悉心探访此事，还是不愁找不到那位义士的。只是三娘不知，倘若找到他，大人又当如何酬谢呢？"三娘逗趣道。

"三娘如能荐举此人，自当论功行赏。可给赏金，也可赐官位。具体可交吏部办理，可法一时也难以说清。"

三娘哈哈一笑道："此人远在天边，近在眼前。"她手指藤萝后面："史大人您看……"

三娘随即轻声呼唤："侠妹，快出来与史大人相见。"喊过之后，并无回声。

三娘诧异，走到藤萝后一看，却空无人影。正自纳闷，忽闻东房顶上有刀刃相击之声，抬头望去，见白衣侠女正与一蒙面人战在一处。

房顶上，侠女性急剑快，将蒙面人逼得连连后退，嘴里发狠道："窃听之贼，拿命来。"

蒙面人并不答应，几剑拼出圈外，撒腿便跑。

白衣侠女在后面紧追，片刻之间不见了踪影。

看到这一幕，三娘的兴趣已无。

史可法也不便再说什么，告辞道："三娘，后会有期！"说完转身而去。

望着史可法渐去的身影，三娘似有心里话没有说完，她追前几步高喊："史大人，您就这么走了？没有别的事了吗？"

史可法猛地停住脚步，以手击额道："瞧我这记性，险些误了大事。"他反身来到三娘面前说："三娘，可法还有一事相托，下午捉住的那个黑大汉，请三娘看在可法的面子上，放了他吧。并请三娘转告他，社稷正是用人之际，欢迎他到可法帐前效力。"

"就这些！没别的了？"闻听史可法的叮嘱，三娘有些沮丧，她呆住了。

这才是：送圣旨继州攀高墙，遇危难暗中助神镖。

宣圣谕众官服可法，颁军令烈马暂入辕。

欲知后事如何，请看下文。

第11章
勤王之师艰难北上
颁军令史公问苍天

　　铁三娘原以为史可法会说些友谊、再会、保重之类关心她的话，却没有想到史可法说的这些，都是与感情风马牛不相及的琐事。顿时，多情女子的满腔热情，骤然冷了下来，冷冷说道："大人放心，三娘照办。"

　　史可法转身走了，他的身影消失在寒冬的夜色里。

　　三娘呆望着史可法离去的方向，犹如寒冬吃下一个凉柿子，冷上加冷。

　　她缓缓地跌坐在冰凉的石凳上。

　　夜色中，史可法回到兵营。他深知：自己受命危难之际，承担着匡扶社稷、拯救风雨飘摇大明社稷江山的重任，奉圣旨在陪都南京组织勤王之师。这副担子重啊，犹如万斤重石，压得他喘不上气来，虽说在瑞祥绸缎庄巧计宣圣旨，震慑了陪都的大部分朝廷命官，可史可法的心情并不轻松。

　　第二日，他冒着小雪，察看了南京周围的几座兵营，沿途所见，情况十分糟糕。兵营内既听不见训练的喊杀声，也看不到操练的队列，冷冷清清。士卒们有的回家过年去了，有的去逛大街了，只有几个老弱病残的士卒躲在营房里，烤着炭火，发牢骚骂大街。

　　史可法忧心如焚，他和史继州带领着从北京赶来的二百骑兵，策马来到大西营，前来迎接的只有几个看守兵营的将校。

　　史继州把他们召集起来，看到他们松松垮垮的样子，史可法十分不满，挥手一指："继州，你去问问情况。"

　　史继州跃马来到队前："你们的主将哪里去了？"

　　"主将聘闺女，回家休假了。"

　　"副将呢？"

　　"副将给他妈做寿去了。"

　　"兵营里还有多少人？"

"报告，中午吃饭的不足一千人。"

"花名册多少人呢。"

"花名册九千人。"

"这是兵营吗？简直就是集市，食国家俸禄，吃百姓纳的粮，不操练，不训练，怎么打仗？"

"我们好几个月没有发军饷了，老婆孩子怎么糊口？"

"还敢嘴硬，来人，把他们绑了，军法从事！"史继州发火。

史可法摆摆手："将士们，现在，闯王李自成正在攻打北京，北京危险了，圣上要我们留都马上组织勤王之师北上救驾。现在，我宣布，从即日起，取消一切休假，马上投入准备，三日后，在北大营举行誓师大会，挥师北上。"

史继州："你们还不快感谢史公不杀之恩。"

"史公？他就是史可法？"众将马上跪倒："谢史公不杀之恩！"

史可法："将士们，养兵千日，用兵一时。以往的事情，咱们就此打住，既往不咎。从现在起，再有胆敢玩忽职守、抗命不遵者，军法从事，格杀勿论！"

史可法一面责令有关将校，整饬军队，一面留下几名亲信在此监督。

史可法、史继州为组织勤王之师带领着手下奔波赶路，在南京各处寻找突破瓶颈的办法。

路上，史继州问："史公，我们下一步去哪里？"

史可法："我们这样没有目标地瞎跑不成，还是应该做到有的放矢。时间越来越紧了。"

"史公，您都累瘦了。"

"顾不上了，我……我们要学习诸葛亮，对朝廷、对圣上要鞠躬尽瘁，死而后已。"

"要不，您写封信，我替史公送去，您回去休息？"

"不啦，我们现在去拜访一个大人物，他要是肯出力，勤王之师一定能够尽快组成。"

"大人物叫什么？我认识吗？"

"他叫高弘图，曾任兵部右侍郎，现为户部尚书。"

"高大人啊，他可是个好人。"

"怎么？你认识他？"

"认识说不上，只是略知一二。"

"呵呵，还略知一二？"史可法笑了。多少天来，他还很少这么高兴。他要借机考考手下对社会、对现实的了解情况："那你说说，高大人是个什么样的人？"

"说起高弘图，那可是个赫赫有名的人物。"

"走，路边有个茶馆，那里说话。"

史可法一摆手，与史继州下马走进路旁的茶馆。跑堂的端上茶来，史继州给史大人和自己满上热茶，喝了一口："史大人，那卑职就鲁班门前卖斧子，有什么不对的地方，您多加指教。"

史可法："嘀，还学会客气了。"

"高弘图，字子犹，号经斋，胶县王台镇人。万历三十一年（1603年），高弘图考中进士，授中书舍人。当时朝廷内爆发了李选侍谋害熹宗案，出现派系斗争。高弘图主张稳妥平和处置，被指为包庇之罪而夺俸两年。后来，高弘图任陕西监察御史，严厉处置西安秦王府太监张清欺压百姓案，他不听从说情，奏请斩杀张清，但被权臣包庇下来，气愤之下，他称病隐退，誓不与志不同者为伍。"

"行！继州长大了。"史可法称赞："还有吗？"

"天启六年（1626年）春，大宦官魏忠贤为延揽人才，提议给高弘图复官。高弘图看破魏忠贤的把戏，复官后不肯依附魏党，仍坚持自己的宽刑狱等主张，最终再次惹怒魏忠贤，高弘图再次被削职。"

"你还知道什么？"史可法问。

史继州："崇祯元年（1628年），魏忠贤被杀，高弘图官复原职，继续同魏党残余较量，获胜立功，任太仆寺少卿，后任右金都御史，升左都御史，改任工部右侍郎。宦官张彝宪企图联络高弘图结为私党，被高弘图多次婉言相拒。有时，高弘图称病缺席侍郎议事，逐渐背离圣意，又被削职，闲居长达10年。"

"嗐……高大人也是耿直之人，一生多难，与可法相似啊。"史可法感慨。

"更为难能可贵之处，是清兵攻至胶州，高弘图变卖家产，筹资招募义兵抗衡。并不顾生死，协助知州郭文祥登城坚守，不计昼夜，力保城池不丢。圣上获悉，次年召见高弘图任南京兵部右侍郎……"

"有见地，继州知道的不少，进步很快，将来必是将帅之才。"史可法称赞。

"史公过奖，可恨的是当朝宦官当政，腐败横行，高大人焦虑万分，上疏言事，力主兴利除弊，但没被采纳。高大人心灰意懒，上疏乞休，圣上不准反而给他加封，授予四世封诰，荫其孙为中书舍人，令人钦佩的是高大人力辞不受。"

"这就是他为人的操守，品德高尚啊。"史可法感慨万千，"走，咱们赶路，去高府。"

几经打听，他们找到高府，通禀后，得知史大人前来，高弘图立即在会客室接待了史可法。

二人分主宾坐定。史可法开门见山说明来意："高大人，您想必有所耳闻，李自成这个反贼，成了气候，正在率兵进攻北京，圣上颁圣旨，要可法组织勤王之师，克日北上勤王，高大人，您有什么见解？"

"这些我都听说了，圣命难违，我全力支持，只是不知道史公要我高某做什么？"

"高大人，有您这句话，我就知足了。"听见高弘图的表态，史可法十分感动："高大人，我知道，历年来，朝廷待您不厚，您前半生历经磨难，可您不计前嫌，一旦朝廷有难之际，您毅然多次挺身而出，实在令史某感动。"

"唉——说这些干吗？你史大人不是也被罢官、抄家、封门，可你还不念旧恶，主动请缨，组织勤王之师。人嘛，总得顾全大局，你我蒙难，不在朝廷，不在圣上，都是少数权奸作祟，我们怎么能像他们一样，计较个人私利呢？史公，要我做什么，请直言相告，我高弘图别说卖房子卖地，就是搭上老命，也要力保大明江山。"

"好！看来，不仅老夫，就连我的爱将史继州也没有看错您。"

"爱将史继州也没有看错老夫，什么意思？"

"高大人，刚才在来的路上，老夫和手下谈起您，他对您的经历、人品说得头头是道，十分赞赏您。"

"啊哦，有这种事，有机会老夫倒想结识你的这位手下，我高弘图竟有这样的知名度？看来，百姓心里有杆秤啊。"

"高大人，留都的情况恐怕您比我史可法更清楚，单靠我史可法，难以在短期内组织起勤王之师，可眼下又火烧眉毛，耽误不得。我史可法独肩难挑重担，想聘您做我的副帅。"

"啊……这个……"高弘图感到有些意外。

"高大人，请您不要推辞，您曾经为留都的户部尚书，对南京不说了如指掌，可也是轻车熟路，还望您为了大明的江山，不要推辞，可法有礼了。"史可法说着，离座就要下跪。

高弘图连忙相扶："使不得、使不得……"

"高大人……"史可法执意要跪。

"好！高某舍去身家性命，答应与你共组勤王之师。"高弘图欣然答应史可法的请求："史公，我还可联系姜曰广姜大人，我等共同完成组织勤王之师的圣命。"

"谢谢高大人，时不我待，三日后，我们在北兵营举行勤王之师北上誓师大会。"

"好！我们各自准备。"

马不停蹄，在南京街头，史可法不顾劳累，拜访了高弘图之后，又前往姜曰广等人府邸，拜见一些忠君爱国正义之士，争取了留都各方实力人物支持，以免孤掌难鸣。

那个年代，虽说信息不畅，但作为留都，他们还是可通过各种渠道、方法得知北京的消息，大凡留都的富有正义感之人，均被史可法赤诚的报国精神所感动，立即行动起来，纷纷以不同方式，协助他组织起勤王之师。

转瞬之间，三天期限到了。这一日清晨，史可法早早来到南京城北的北兵营大校场。他热切盼望：十万雄师齐整整走进大校场。他帅旗一挥，人马出动，挥师北上。不料等到日出，仍不见各路人马的出现。

直到太阳升到一竿子高时，才陆续出现几路人马。首先到达的是高弘图率其好友崔将军，带领一万骑兵赶到，给焦虑万分的史可法些许安慰。

高弘图得知史可法受命组织北上勤王之师，并担任副帅后，力排众议，自筹粮草，前来准备勤王护驾。史可法赶忙迎上前，与高大人热情寒暄。

"怎么样，姜曰广姜大人来了吗？"高大人热切询问。

"还没有。按他的为人，他是不会爽约的。"史可法回答。

这时，一旁的史继州问："高大人，这姜大人是文官，他能够带兵打仗吗？"

"文官？这姜曰广可不是一般的文官，他是文武全才。万历四十七年

（1619年）姜大人中进士，选庶吉士，授编修。天启六年（1626年）20多岁的他便以一品冠服'正使'身份出使朝鲜，去时不带中国一物，归时不取朝鲜一钱，口碑极佳。为此，朝鲜人特立'怀洁碑'纪念他。姜大人曾奉旨阅视绿林毛文龙所部，上疏赞其为豪杰。收编他们归顺朝廷。不料，天启七年（1627年）夏，魏忠贤视其为东林党人，罢其官职，废弃不用。"

史可法："当今圣上英明，继位后扳倒魏氏阉党，姜曰广复职，初起为右中允，后官至吏部右侍郎。但又因他仗义执言，得罪宦官，被贬为南京太常卿。于是，姜曰广心灰意冷，借病辞归。后又被起任詹事，掌南京翰林院。圣上常言：'曰广在讲筵，言词激切，朕知其人，每优客之'。"

"看来，今天是英雄聚会，共组勤王之师了。"史继州十分高兴。

这时，又有一支队伍开来，高弘图看看说："可能是姜大人的队伍到了。"

史可法一挥手说："走，高大人，咱们去看看。"

北兵营大门口，史可法、高弘图刚刚赶到，门外就有一队人马赶来。一问果不其然，是姜曰广携其侄子，带领八千步兵赶来，这又给史可法焦虑不安的心情再添些许安慰。

史可法迎上去："姜大人，久违了。"

姜曰广相貌堂堂，面如重枣，长得人高马大，看见史可法迎过来，马上下马施礼："史公，姜某不才，未能组织更多人马，只和侄子带来家乡八千子弟兵，听候史公调遣。"

"十分感谢，时间这么短，能组织这么多的人，已属不易。"史可法上前一手拉住姜曰广的手，一手拉住他侄子的手："感谢你们叔侄，得知京城危急，可法奉旨组织勤王之师，不念旧怨前恨，舍命前来参加勤王之师。"

"报效朝廷，理所应当。"

三人久未相见，在此晤面，除感叹世事艰难之外，更多的话题是忧国忧民，担心京都的安危，挂念皇上的健康和社稷的稳定。

日头逐渐升高，而马士英、程督抚的人马却不见人影。史可法正在着急，却见一校尉飞马而来，近前后滚鞍下马，禀报道："报告史大人，程督抚病重，不能莅临校场。"

"那他组织的五万人马呢？"史可法厉声问道。

"卑职不知！三日前，程大人夜间外出受请，酒醉而归，进府门时，被绊一跤，摔断两根肋骨，至今未能起床……"校尉回答。

"唉……"屋漏偏遭连阴雨，史可法脸色阴沉，一句话也说不出。

"我看这程督抚，就是臭豆腐，关键时刻提不起来，白吃朝廷俸禄。"史继州抱怨。

"唉——"史可法沉吟一声做个打住的手势，史继州不再作声。

恰在此时，忽见远处来了一队人马，大旗上写着"马"字。

史可法见庐凤总兵马士英率兵来了，心里才稍稍宽慰些，到得近前一看，史可法的心又凉了半截。队伍中的士卒衣衫不整，盔甲不齐，年老体弱，个个在寒风中缩手缩脚，打不起精神。

史可法的火气"腾"地上来了，他几步赶到骑在高头大马上的马士英面前，厉声责问："马总兵，本帅这是组织勤王之师，不是为你看家护院，你将部下的这些老弱士卒带来，岂不是为了搪塞敷衍了事的？"

看见史可法发火，马士英不急不恼，他满不在乎地活动一下，跳下马来两手一摊："史大人，本总兵也是迫不得已呀！你想，这些年朝廷不许陪都招募士兵，原有的精锐之师又被派去与农民军作战。朝廷又多日不发粮饷，巧妇还难为无米之炊呢，你让我有什么办法？"

"你……"史可法的肺都快气炸了。他明知道马士英为保存实力，不肯把精锐之师调派给他，可又拿不出理由驳倒他。

马士英见史可法被问住了，扫一眼校场上的队列，抬高声调又说："史大人，本总兵还有一事禀报，这五万人马是调派齐了，可粮草本总兵无力解决，只带三日粮草，请史大人早做准备。"

"马士英，你贻误军机……"史继州愤然道。

"有人至今没到，又当何罪？有人身负圣命，未能如期组织起勤王之师，又当何罪？"马士英仗着人多势众，对史可法的责问，反唇相讥。

"你这叛将，蔑视朝廷命官。来人，将这叛将速速拿下，推出斩首。"史可法的脸被气得变了形，高声命令道。

"呼啦"一声，史继州率领身边的侍卫闯上前，就要动手。

"拿我开刀，谁敢？"马士英不甘示弱，退后一步，身后的八名贴身护卫，"唰——"地抽出腰间佩剑，逼上前来。

一场厮杀，迫在眉睫。

勤王之师未能组建，再发生内讧，这不是火上浇油吗？见此恶况，高弘图、姜曰广急忙上前："史大人，不可性急，出师未捷，就要火并，实乃不利，此事还需从长计议呀！"

"是呀！马总兵虽说不该顶撞史大人，可在这么短的时间，组织起五万人马，也属不易，他也有难处啊！"姜曰广为息事宁人，也在和着稀泥。

史可法仔细一想，也觉得刚才的举动有些失当。他点点头说："马总兵，今天之事，本帅宽恕于你。但你也要知晓，圣上待你不薄，如有不尽心效力之处，日后查出，一并治罪！本帅命你，速回凤阳，筹粮筹款，陆续押送北上。"

马士英也怕闹将起来，日后不好交代。今见史可法给了台阶，乐得顺其自然。他演戏般地把胸脯一挺："马某愿听帅令！"说罢，翻身上马，召唤侍从策马而去。

有兵无粮，怎能出征？史可法扫一眼马士英甩给他的这五万人马，眉头皱起了大疙瘩。

议事厅内，史可法把高弘图、姜曰广召集到了一处，又细细地商量起来。

史可法："这东拼西凑，还不足七万人马，还差好几万呢，怎么办？"

高弘图："马士英的老弱残兵，怎么打仗？"

姜曰广："俗话说，兵马未动，粮草先行。可这马士英……这手够毒的。"

史可法："还有，年关临近，将士思乡心切，都不愿出征，这可怎么办？"

"史公，依老朽看来，勤王之师不要轻易出动，还是先训练好了，再出发为上策。"高大人建议。

"可圣命难违，北京危急呀！"

"再急，我们也应该准备好了再出发，似这样乌合之众，还不是以卵击石，一触即溃。兵者，不打无把握之仗，这才是上策啊！"姜曰广坚持己见。

"二位大人，怕就怕机会难得，贻误战机呀！"史可法急得团团转。

"史公，依老夫看来，不如这样，我们一方面加紧训练现在的七万人马，一方面再从其他地方抽调一些，情况稍有好转，少则七日，多则十日，我们随时出发，怎么样？"高弘图大人提议。

"高见。"史可法竖起大拇指称赞。

高弘图与姜曰广正在校场外的小路上散步，他们看见史可法忙忙碌碌的样子，很是焦急，二人悄声议论。

高弘图："这几天，可把史公忙碌坏了。"

姜曰广："是啊，自那天校场未能如愿组织起勤王之师，史公吃不下、睡不着啊。"

高弘图："史公见南京周围再无兵可调，急忙传檄南方各省，迅速调集精兵强将，无奈南方张献忠的农民起义军，为配合李自成北逼京师战略，四下出击，搞得各州府处处不得安生，难以自保。再加上朝廷派驻围剿义军的统帅督抚，多次征调围剿义军的部队。一些州府的名将、善战之师都派上用场，一时抽调不出来呀。"

"嘻——雪上加霜啊。"姜曰广随声附和："还有南方人畏惧北方天寒心理。各地见到征调令箭，不是相互推诿，就是叫苦连天，使征调北上勤王之师的进度不尽如人意，一推再推啊。"

高弘图："这才仅仅几日啊，史公就因为焦虑，人累瘦了一圈。他一面忙于派遣重兵，整训马士英带来的老弱病残五万人马，还要操练我们俩带来的两万军队。"

"急死人啊，朝廷催逼发兵圣旨一天一个，催促勤王之兵火速上路，我们下发各地州府的快报，火速派往各地，调兵前来集合，可收效甚微啊。"

"难道天要亡我大明不成？"高弘图仰天长叹。

"嘻——高大人，不吉利的话，还是不说为好。"姜曰广提醒。

忽然，远处史继州快马而至："二位大人，速回校场大帐，史公找二位大人有要事相商。"

在稀稀拉拉的鞭炮声中，留都南京过了年关，又拖了十多日，转眼到了元宵节，秦淮河两岸，家家挂起红灯笼，人们似乎忘记了危急中的北京、焦虑不安的圣上，沉浸在节日的气氛中。

街上，史可法、高弘图、姜曰广正在散步。看见人们忙碌、喜庆的身影，史可法十分感慨："二位大人，勤王之师至今没有眉目，你我哪里有兴趣逛什么秦淮河呀？"

高弘图："国难家仇，使您淡忘了冬去春来，还是早些回兵营吧。"

姜曰广："唉——既来之，则安之，你们回兵营怎么样？不回又怎么样？勤王之师，不会由天上掉下来的，难过的日子天天过呀。"

他们来到一座庙前，看到庙前的柱子上写着两行字："大肚能容容天下难容之事，开口便笑笑世间可笑之人。"

"史公，你是不是难容天下难容之事啊？"姜曰广问。

"那你们是不是也没有做到笑口常开，笑天下可笑之人啊？"他们说着话，进到庙中，看见大肚弥勒佛，开怀大笑，正在目空一切地注目着尘世……

突然，史可法一拍大腿："哎呀——我们就是天下可笑之人呢！"

"史公？什么意思？"

"你我把组织勤王之师的希望，总是寄托在马士英、胡督帅、各地总兵的身上，不是异想天开吗？先不说他们有兵马没有，就是有，他们也不会轻易让我们调遣，我们与他们志不合、道不同，他们根本就不希望组成什么勤王之师，也不想护驾，他们恨圣上还来不及，哪里还肯出力保护朝廷，他们都在自顾自地发财、升官，扩张自己的实力啊！"

"对啊，我怎么没有想到这一点，还是史公聪明。"高弘图顿悟。

姜曰广："史公，那我们怎么办？"

史可法："天上不会掉馅饼，我们不能把命运交给别人，我们要自己救自己，靠我们自己的力量，招募勤王之师。"

"好！我们各自回去，马上开始招募兵马的事情。"

雪花纷纷，天地一片洁白，史可法、高弘图、姜曰广疾步返回。

经过十天的招募、准备，史可法才凑足了十万人马，备足一个月粮草，史可法、高弘图、姜曰广等，这才再次议定誓师北上勤王的日期。

这一天傍晚，忙完军务的史可法顿觉浑身疲惫，仰靠在军中大帐书案后的座椅上，闭目养神。忽闻帐外有人禀报："高大人到。"

史可法强打起精神，起身相迎。高弘图身披雪花，走进大帐："史大人，深夜打扰，还请多原谅！"

"哪里话，高大人请坐！"史可法敬重高弘图的人品，忙搬过一把椅子，让高弘图坐下，侍从也忙端过一杯热茶，让高弘图暖暖冻僵的双手。

高弘图喝过一口热茶，放下盖碗后，巡视帐内一眼问："史大人，北上日期已定，不知大人如何行动？"

"高大人有什么见教吗？"史可法见高弘图深夜踏雪而来，定有要事，忙把暖火盆移近些，笑问道。

高弘图在暖火盆上烤着双手，沉思片刻道："史大人，依我之见，不搞什么誓师仪式。一来省去不少银两，二来悄悄行动，如行动快，大军突然出现在京都，给皇上一个惊喜，如搞誓师，虚张声势，若是李闯的密探得知，必是火速前去报告，倘若李闯有备，极有可能派兵拦截，迟缓勤王之师的进程。不知大人意下如何？"

"哦？这倒是个高见。不过，可法已将请柬发下，这又如何是好？"史可法在帐内踱着步，思考着对策。

"这倒不必忧虑，大人可一面速速派人通知被邀之人，不要前去；一面提前一日行动，言说军情如火，提前出师，这就顺理成章了。"高弘图成竹在胸，说出解决的办法！

"高大人果然略高一筹，好！就这么办吧！"史可法拍案定论。他转对帐外招呼："来人，摆上酒菜，我要和高大人喝上两杯！"

"不了！"高弘图站起来，"时候不早了，史大人多日劳累，该早些歇息了，喝酒以后有的是时间！"说罢告辞，走出大帐。

史可法把高弘图一直送到军营门口，天上雪花纷飞，寒气袭人，直到高弘图与侍从骑马远去，消失在风雪交加的夜色里，他才转回身走向中军大帐。

北风呼啸，米粒大的雪糁摔打在脸上凉凉的，针扎一般，史可法顿觉精神大振，睡意全无。

史可法转身回到帐内，燃明烛火，摊开地图，又思考起北上勤王的行动路线。

清晨，北兵营内勤王之师悄悄开拔，离开南京，渡江北上。

一路上，史可法自率五千精兵，充当前锋，逢山开路，遇河搭桥。

同时，委派高弘图为副帅，率队殿后。大军浩浩荡荡，逶迤北上，一路晓行夜宿，经过几天的急行军，这一日，来到黄河岸边。

天色渐晚，史可法传令扎住营寨。

未及歇息，他即率领随从来到堤岸上，面北而立，巡视河面，思考渡过黄河的办法。

此刻，天色阴沉，一股寒流袭来，寒风凛凛冽冽，吹在脸上，小刀割肉般疼痛。

不少将士畏惧北风寒冷，恨不得把脑袋缩进腔子里，不敢让寒风吹到脸上，弯腰曲背在寒风中瑟瑟发抖。

史可法让史继州找来几条渔船，划到对岸，再划回来，计算来回速度，载人多少，推算渡过十万人马所需多少船只和时间。

天寒风冷，河边结成一层薄冰，被北风吹起的波浪，又把浪花泼溅到薄冰上，岸边渐渐堆起二三尺高的一道冰凌，渔船需凿开岸边的冰坡才能靠岸。

史可法见状，忙命传令官喊来先行校尉，命他率人凿冰，开出码头。以便渡船靠岸。

此校尉乃是马士英手下亲信，今见寒风呼啸，顿生怯意，支吾再三，不肯前往。原来，这些兵爷，平日懒散惯了，既不懂带兵之法，又不肯身先士卒。今见差事寒苦，推诿不肯上前。

史可法为帅多年，深谙带兵之道。他知道对手下，抚爱重于严惩。爱兵如子，才能战无不胜。不愿出师之初，便开杀戒。

他又唤来一将，命他率众凿冰。此将畏惧天气寒冷，仍不肯向前，史可法不免恼火，喝令一声"升帐"！

工夫不大，中军大帐已在岸边草草支起。

史可法步进大帐，面沉如水。他端坐在主帅位上，书案上摆着圣旨、帅印、令箭筒，背后，高悬"帅"字大旗，尚方宝剑，高悬空中。案前两侧，左为文臣，右为武将。将士们看见主帅恼火，顿生怯意，个个垂首而立，生怕主帅犀利的目光看到自己，点兵布将命令自己率部去凿冰。

史可法巡视帐内文武几眼，高声断喝："本帅奉旨北上，渡河不容迟缓，现河边因天寒结冰，急需先锋凿冰开出码头，以便渡船靠岸，确保大军顺利渡河，谁愿前往？"

他连问三声，帐内无人应声，将士们屏声敛气，木雕泥塑般站立，听得见人们那沉闷的呼吸声。平日，那些出口成章，滔滔不绝的嘴巴，眼下却都双唇紧闭，贴上封条一般沉默不语。

静默片刻，武将中闪出一位又矮又胖的将官，上前施礼道："主帅，非是我等不愿尽力，我们川兵不习水性，都是旱鸭子，末将建议，让马总兵的水兵去凿冰最为合适！"

"胡说！我们水军只善射箭，发射火炮，凿冰通路，恰是川军的绝活！"那位刚才推诿，不愿前往的校尉狡辩道。

"水军合适。"川军呼喊道。

"川军合适。"水军反驳道。

帐内吵成一片，两方各不相让。争到激烈处，竟各自拔刀在手，准备拼杀。

身为主帅的史可法，被眼前这种相互推诿的情景气得七窍生烟，他这才感到问题的严重，勤王之师是临时凑集起来的各个督抚的兵将，虽经短暂

史可法——铁血传奇

整训，也远远不够，缺乏纪律，怕吃苦受累，畏惧风险，遇上渡河这样的难题，尚且畏寒不前，如遇两军交战，又当如此？与敌交战，那还能打胜仗吗？这种军队生死危急关头，将士难以合力同心，何以奋勇上前？遇有势均力敌之际，与强敌拼杀之际，队伍难以形成整体合力，必然争相逃命，自相残杀。史可法想到此，猛地一拍帅案，厉声喝道："住口！"他抓起一支令箭道："樊将军！本帅令你带领一千人马，四下收集船只，明晨前务必准备下大小船只五百只，不得有误！"

"史大人，这……"长得五大三粗，满脸络腮胡的樊将军面呈难色，抢步上前，欲说什么。

"啪——"史可法不容辩解，一把将令箭甩到帅案前，眼射寒光，一字一顿道："军令如山，违令者斩！"

"遵命！"樊将军不敢再说什么，上前捡起令箭，躬身退出中军大帐。

"崔将军……"史可法又抓起第二支令箭。

一位膀大腰圆、犹如铁塔般的黧面将军闪出列班，上前躬身听令。

"本帅命你，速带两千人马，即刻上堤，务必于明晨日出之前，将南岸冰坡凿出五里长水面，以备大军渡河！"

"主帅，天寒地冻，没有专用工具，用什么凿冰？"崔将军抢前数步，还想恳求什么。

"废话！什么都有，要你何用?还不退下！"史可法疾言厉色，把令箭摔到崔将军脚下。

崔将军无奈捡起，走向大帐门口，快出帐门时，回身又想说什么，见史可法回身摘下尚方宝剑，灼灼目光，如电射来，他迟疑一下，只得悻悻退出。

军令如山，帐前一派肃然。史可法站起，扫了帐内一眼，威严地说："众将听令，除后勤造饭士卒外，其余将官，一律随本帅上堤，凿冰疏通水路。"

言罢，史可法摘下宝剑，绕过帅案，在文臣武将之间，大步走去。将官们面面相觑，紧随其后赶往河边。

黄河岸边，日落之际，北风骤急，浊浪犹如发疯的猛兽，一浪高过一浪，拍打堤岸，溅起的水花，顷刻间冻为冰碴冰坡。岸边堆起的冰坡越来越高，恰似一道难以逾越的冰墙。

岸边，人们凿冰运冰，掉下的冰碴搬动时，融化了的冰水，又迅速结成冰，冻成冰层，滑溜溜的难以立脚。

史可法迎风而立，傲立在堤岸上，寒风钢针般扎着他的脸，撩起他的战袍。他难以站稳，望着宽阔的河面上波涛汹涌的恶浪，他的心里犹如压上一座座大山，喘不过气来。

他暗自仰天感叹道："苍天哪！你睁开眼吧，难道你真的要灭掉大明江山二百多年的基业吗？"

这才是：骤寒风堤岸结冰，颁军令将士畏寒。

喊苍天祈求神灵，祈风止安渡王师。

欲知后事如何，请阅下文。

史公探河

第12章
开冰河主帅遇险情
平兵变可法施恩惠

寒风中，史可法站在岸边，仰天长叹："圣上，臣知道，京师危急，可您知道组织勤王之师的艰难吗？历经坎坷啊！臣知道，圣上一定怪罪勤王之师出发的日期一拖再拖。可您知道微臣举步维艰的苦衷吗？眼下再迟延时日怎么得了？贻误圣命，可法丢官掉头事小，京都倘若有失，我史可法岂不成千古罪人？可眼下又能怎么办？别说船少，不能将十万人马渡过河去，就是船多，不能靠岸，人马不能上船，也是枉然呢！再者，如果明晨河面结一层薄冰，不能行船，又不能搭桥，更不能踏冰而过，待到冰化之日，岂不贻误了战机，苍天哪！你睁开眼吧！"

史可法暗暗祷告，祈求苍天的保佑。

暮色中，史可法心情沉重，望着北风肆虐下哗哗作响的"帅"字大旗，思谋着军情。这几日，朝廷的战报雪片般飞来，要他率队日夜兼程，赶往京师，圣旨虽未说明李自成的起义军具体攻势，但从圣上言辞的口气来看，京师危急。国家社稷，悬于一线。他这个近受皇封的兵部尚书，怎能不心急如焚呢？可他再急又能如何？这些战况，他不能也不敢让手下知道，深恐这些临时凑集的各路人马，意志涣散，各怀心思，未战先逃。考虑到这一点，他只好不顾劳累、身体不适，亲自前来督战。

黄河南岸河边，寒风萧瑟，崔将军已将人马一字排开，分下地段，下达凿冰军令，只见几个性急的士卒手举刀斧砍去，刀刃所砍之处，冰碴飞进，只留下道道白印。

远近之处，不时有士卒因踏在冰碴上，脚滑摔倒的现象发生。

史可法见有的士卒畏惧寒冷，不敢上前，缩手缩脚，很是恼火。

他拔剑上前，拼命砍着冰凌，开始他还觉得有些冷，渐渐地竟暖和了，工夫不大，额头浸出热汗。

159

主帅上前，将士哪个还敢怠慢，个个争先。

一顿饭的工夫，岸边的冰坡被削去，冰块运到岸上空地上。人们靠近河边，渐渐地将堆积在河面上的冰凌也削了下去。

冰面上的人越来越多。突然，咔嚓一声，连接堤岸的冰面裂开一道长缝，不知谁惊呼一声："不好了，冰裂了。"

士卒们争相逃回岸边，狭窄的冰面难以负荷超重的人群，崩溃了。

许多士卒脚下一滑，跌入河水里，哭爹喊娘，乱成一团。

史可法站立冰面上，别人惊慌而逃，他却没有动，刚欲返身阻止士卒的混乱，却见脚下的冰面已漂离堤岸，顺流而下。岸上的人见状，惊呼道："主帅，快！脚下的冰漂走了。"

求生的本能使史可法一时慌了手脚，不知该怎么办？他摇晃几下尽力站稳，没有摔倒。这工夫，冰面已漂出二三丈远的距离，再想上岸已经迟了。冰块随着水势起伏，风吹水浪，浪涌冰面，冰块上下浮动，史可法立脚不稳，摔倒在冰面上。

岸边的将士们惊呼着，却也束手无策。正值万分危急关头，忽见一大汉，分开众人，冲下堤坡，大喊一声："史大人不必惊慌，我来也。"

只见大汉抢步到堤边，双臂用力，举起一只小船，奔向水边。

岸边上的士卒纷纷避让，闪出一条道路。

那大汉奔到水边，将小船放置在水上，飞身一跃，跳上小船。奋力滑动双桨，很快接近浮动的冰块，手牵小船的缆绳，利用轻功，晃晃悠悠地跑到浮冰上，又是燕子点水，飞步来到史可法身边，抱起史可法，一溜翻滚，来到小船旁，先将史可法放到船上，然后，他用力一蹿，也扒上小船，顺着水势，奋力把小船划向岸边。

风大浪急，小船几次靠岸，却被浪头撞回。

将士们呼喊着，追赶漂向下游的小船。

此刻，已有几个胆大的校尉，将绳子拴在腰间，让岸上的人牵着，他们手持长杆钩枪，爬到水边，当小船再次被浪头推近堤岸时，几根长杆钩住船帮，拼力将小船拖住。黑大汉这才将史可法抱住，跳上堤岸。

岸边将士见主帅遭此险情，恐受惊吓，将士们纷纷上前探问。

史可法抖抖被河水打湿、结成薄冰的战袍，转对众人吩咐："诸将不必惊慌，快命人弄些沙土，撒在沿岸的冰面上，以防再有人跌入河中。"

"史大人，您的盔甲都结冰了，快回营帐内换换衣服吧！"崔将军过来相劝。

史可法不为所动，分开众将，如电的目光，继续巡视堤岸。

堤岸上，史可法巡视着凿冰情况，他见仍有不少士卒依然畏缩地躲在堤岸远处，观望不肯向前。不禁大怒，厉声喝道："两军未及交战，就有畏难惧死者，这还了得！崔将军，快快督率将士凿冰，延误时间，小心你的脑袋。"说着，史可法分开侍卫，愤然走向岸边。

"北方佬，你不怕死，你去凿冰吧！大爷我才不过这个鸟河！"士卒中，一个操着四川口音的士卒喊道。他的牢骚引起一片骚动，周围有十几个赞同之声："奶奶的娘，老子也不干了！回家搂老婆孩子去啊！"

"渡什么河？去他娘的吧！"

这些家伙说着，纷纷抛下凿冰工具，转身纷纷离去，呼喊着欲走。

天寒地冻，士兵畏寒不前，军中已显出兵变的迹象。此时，如有人呼喊一声："不给他们卖命了，反了吧！"那就会发生难以预想的可怕后果。

史可法见此，内心焦虑，眼喷怒火，他冷静地思虑片刻，猛然"哐啷啷"一声，拔剑在手，厉声叱问："哪个敢有怨言，畏死不前，如同此桩！"他飞剑将堤岸上拴船缆的木桩砍为两截，又转身喝令："史都尉，传令全军，如有胆怯畏难者，即刻斩首示众！"

"遵命！"兵听将令草听风。

史继州招呼一声，率领十几名校刀手，奔向几个抛弃凿冰工具的士卒，士兵们畏怯主帅的威严，又悄悄捡起凿冰的工具，不情愿地走向堤岸。

傍晚的夜空，远近又响起凿冰的叮当声。

见局势暂时稳定，出现转机，史可法这才来到黑大汉面前，上下打量他一眼，问："壮士，怎么称呼？为何不惧生死搭救本帅？"

"史大人，本人姓张名虎，是瑞祥绸缎庄铁三娘，让我前来投奔史大人来的，大人不认识我了？"

"噢？"史可法这才明白，此人就是那日在鸿宾厅滋事被抓获的那位黑大汉，他走上前拍拍他的肩膀说："好，本帅收留你，就留在帐前听令吧！"

"谢史大人！"张虎退后一步，单腿跪下谢恩。

堤坡上，夜幕笼合，寒风更急，巨浪拍击堤岸的涛声，如同千百饥饿的野兽，发出瘆人的嚎叫。十几里以外就能听到。伫立在寒风中的史可法，才站立不到一袋烟的工夫，往前迈步时，觉得笨拙，走路时发出呼啦呼啦的响声。仔细一瞧，战袍上溅湿的河水，被寒风一吹，已结成一层薄冰。

他浑身战栗，冻得直发抖，牙齿嗝嗝地打着架，身边的侍卫见此，多次劝他进帐歇息。史可法没有理睬，继续巡视堤岸，督促将士们继续凿冰。

寒风冻得史可法鼻尖发酸，两行委屈之泪流下，他感到凉凉的，冷到了心里。面对京都方向，他默默祷告："苍天啊，帮我史可法一把吧!给我勤王之师北上的机会吧。"尔后，史可法暗咬钢牙，横下一条心，暗自发誓："圣上，只要可法有一口气在，就要尽快渡河北上，以微臣血肉之躯，赤胆忠心，酬谢圣上的知遇之恩。"

他迈步登上堤坡，不料脚下一滑，身子重重地摔倒在冻得坚硬的土地上。如不是身边的侍卫，抢先几步搂抱得快，他又险些滚到河里。

不知过了多久，史可法醒来时，发现已躺在中军大帐内临时架起的床上，床前站着许多将士，正焦急地观察、探视着他的病情，他转脸看看左右，急切地问："渡船准备怎么样?河水结冰怎么样？船工找到没有？"见众将无人应声，史可法一急霍然挺身坐起，头一沉又昏了过去。

当史可法再次苏醒时，是被争吵声吵醒的。帐外传来侍卫的喝令声："不行！大帅不见客。"

"我不是客，我是他的朋友。"一个陌生男人高声道，意思是在让帐内的史可法听见。

"朋友也不行。告诉你吧，史大人身体欠安，概不见客！"侍卫坚决地回绝道，并传来撕扯衣服的声音。

"闪开！让我进去！我就是来给史大人看病的！"那人声音更大，似有些恼意。

"看病？他是郎中？还是……"史可法顿感蹊跷，转对床前的史继州吩咐："去看看帐外何人喧哗，快将那人带来问话。"

"遵命。"史继州答应一声，走出帐外。

史继州来到帐外，见一游士打扮的书生正在与侍卫争吵，忙上前喝问："来者何人，有何公干？"

游士挣脱侍卫的手说："本人采日月之精，取五岳三山之神，云游四海，积善为本，布恩施德，今闻史大人贵体欠安，特来问候！"

"特来问候？告诉你，这里是军营，勤王之师的大帐，不是你行骗的地方。"

"这位将军，可不许口出污言秽语，你看我是骗子吗？"

史继州上下打量游士一眼，见此人身着月白长衫，脚踏皂靴，气宇轩昂，手持羽扇，头扎纶巾，虽是帐门灯火只映出来人影影绰绰的轮廓，却也透着一股仙风道骨的气概，气质不同凡人，必有些来历。

史继州一摆手，对拦阻在帐门口的侍卫吩咐："让他进来吧！"

在史继州的带领下，游士来到帐内。那人也不客气，径直来到床榻前，深施一礼说："史大人，别来无恙呀？"

史可法定睛一看，却见游士正是初来南京那晚，在兵营外驿馆内书写李贽诗词的那个书生，忙挣扎坐起问："壮士为何如此打扮？"

"史大人请原谅，不如此进不了大人的中军大帐啊。"游士说着缓缓走到史可法面前说："史大人你满脸愁云，眉皱两山，目光迷茫，莫非遇到什么为难之事吗？"

"唉……"一声长叹，道出史可法多日积压在胸中的郁闷，他扫了帐内侍从一声，挥挥手，示意左右退下。

"史大人……"游士见帐内只剩他和史可法两人，走到床前，低声道："大人所患病症和当年周瑜周公瑾所患病症相反啊！"

"啊！"史可法见被人识破心事，猛然出了一身的冷汗，挺身坐起，直视着游士的眼睛，想从中看出什么。

"大人不必惊慌，所忧者无非一个字：'水'也。此风昨夜子时骤起，今夜子时当停。俗话道：早五晚三，半夜起风只一天。虽只有一天，但此风来势凶猛，风后水静浪平，当结薄冰，架桥难以涉水，渡船难以靠岸，大军难以渡河呀！"

"那、那又当怎么办？"史可法急切地追问，额上急出一层冷汗。

"大人，要我说出谜底并不难，但须依我三件事。"游士扳着手说道。

"愿闻高人指教。"史可法下床、穿鞋，亲自为游士搬过一把椅子说："请坐！"

"第一，请大人速速下令，将凿冰将士撤回，各回营帐安歇；第二，将搜寻各家的船只如数退回，如有损失照价赔偿；第三，整饬军纪，不得加害百姓。如大人做到以上三条，晚辈确保勤王之师明晨顺利渡河！"

"此话当真？"史可法将信将疑地问。

帐外，史继州带领十几名武士，隐蔽在帐外暗影处。

低声吩咐："你们记住了，如果史大人发出号令，你们立即进帐，听候吩咐，将帐内狂徒拿下。"史继州一挥手，发出命令。

"遵命。"

"要是史大人没有号令呢？"

"没有号令，你们就在此埋伏，如有风吹草动，立即进帐，保护史大人的安全。"

"是。"

"你们小点声！不要惊扰帐内的史大人。"

"遵命。"武士们声音还是很大。

"小点声。真是一群笨蛋！"史继州拍拍他们的肩膀。

河边训兵

帐内，史可法与游士还在攀谈："军中无戏言，本人甘愿拿项上人头担保。"游士语气铿锵，目光坚定，使人难以怀疑他的担保。

史可法闻言之后，还存疑虑，他定定地审视着面前的游士，沉吟片刻，猛地勃然变色，转对帐外断喝一声："来人！把这狂妄之徒推出去斩了！"

将令兵行。"呼啦"一声，帐外闯进几名彪悍的侍卫，上前架住游士，不容分说，连拉带拽推向帐外。游士先是一怔，随即仰天哈哈大笑三声。

"你笑什么？"史可法怒问。

游士仰脸而笑回答："我一笑你史公聪明一世，糊涂一时；二笑我自己有眼无珠，前来送死；三笑圣上不辨曲直，命你史可法组织什么勤王之师，别说没到京师，就是到京师，也于事无补。"

"此话怎讲？"

"人言史可法足智多谋，文韬武略，无所不精。今日见之，也不过平庸之辈。在突发困难面前，既不会顺势利导，也不会出奇策、用妙计，统领大军过河。而只是一味地靠匹夫之勇蛮干，强令将士凿冰。备受风寒之苦不说，白白浪费军力。再则，我一草芥之人，为成全史公的功业，挽大明江山于狂涛恶浪之中，顶风寒冒风雪，不顾危险，前来献策。"

"那又怎样？"史可法发问。

游士脸一扬，嘴一撇，不屑一顾地说："不承想你史可法疑心重重，不奖我也就罢了，反要杀我，把我的好心当作驴肝肺，听不得进谏之言，岂不可笑。还有，你史可法自称忠臣，可你枉负皇上对你的信任。此时此刻，李自成进逼北京，皇上望穿秋水，盼你携辅社稷，重整江山。而今，你史可法所率勤王之师中途被阻，迟滞于路途之上，连条河都过不去，这不是空负圣上一片苦心吗，此情难道不可笑吗？"

"这……"史可法无言答对，垂下头走向一边。

"史公，不仅如此，我还知你为何杀我。"游士毫无惧色，又说。

"临死之前，有话请当面讲清，免做我史可法刀下的蒙冤不白之鬼。"史可法拦住武士，近前几步喝道。

"第一，你不满我所提三条，并认为我伤害了你的自尊。第二，你认为把渡船归还船主后，渡河无望，故生疑心。第三，你欲用我人头，震慑部下。"游士一番话语，说得史可法哑口无言，低头踱步，沉思不语。

游士仰天一声长叹，"谋事在人，成事在天。想我一腔热血，前来献策，欲助你史可法率勤王之师渡河北上，驰援京都。孰料计策刚刚出口，未曾实施，便要做刀下之鬼。罢！罢！罢！"游士言毕，一甩乌发，走向帐外。

帐内，史可法紧张思考，犹豫不决，还在观察游士的举动，思考决策："难道此人真有妙策，帮我渡河，难道他并非江湖骗子，前来诓我？也许……"史可法想到此，忙赶前几步，高声道："先生请留步。"

"怎么？难道你史可法、史尚书、史大人恻隐苍生，放我一条活命不成？告诉你，我可不领这个情。"游士高声讥讽，并未停步，大步走向帐外。

"哪里哪里？本帅是在考验你！"史可法上前用手势示意武士退下，亲手解开捆绑的绳扣，把游士扶坐到椅子上，解释道："圣命在身，关系重大。

还需先生体谅可法的苦心啊！"

游士没有理睬，侧脸一边，不理史可法。

史可法对游士的不理不睬没有生气，稍一沉吟，又转到那边，深施一礼道："先生，请恕可法的无礼，我也是不得已而为之啊！"

游士仍是一脸傲气，对史可法的施礼视而不见，又把脸掉向一边去。史可法肝火升腾，怒火直冲头顶，恨不得大骂几声，出口恶气。可为军之帅，此时发火能解决问题吗？能讨出渡河的妙策吗？

他强压怒火，又转到游士面前，欲说什么忙又打住，转对帐外吩咐："来人。"

帐外闪出史继州，近前几步，躬身听命。

"速命崔将军，把搜集起来的船只送还船主。同时，传令全军各部速回营帐休息，并每人加赏白酒二两，猪肉一碗。并传谕所有将士，严查各部，如有骚扰百姓者，处以极刑。"

"得令！"史继州答应一声，转身奔出帐外，执行军令去了。

河堤上，寒风呼啸，雪花飘飘，世间万物，畏惧寒风的凛冽，都在发抖。

夜色中，远近军营大帐内，灯火时明时暗。

来来往往巡逻的将士们在寒风中，弓腰曲背，瑟瑟而行。

中军帐内，又只剩下史可法、游士二人。帐外寒风呼号，不时把帐篷吹得一凸一凹，雪花飘入，帐内寒气逼人。

帐内烛火闪烁，二人心情各异，很长时间没有说话，史可法脚冷，跺了几步，来到游士面前，心一横，扑通一声跪地："先生，帮我史可法一把吧！"

游士正在闭目养神，突见史可法施此跪拜大礼，大吃一惊，赶忙跳起来，上前欲扶起史可法："史大人，何必如此呢！"

"先生不说出渡河妙策，史可法跪到天明也不起来。"史可法执拗地说，他晃着膀子，拒绝游士的搀扶。

"史大人请起，受此大礼，折杀晚生的阳寿啊！大人请坐起，晚生一定详言告之！否则，晚生也陪跪在大人面前。"游士见史可法执意不起，也连忙跪倒。

史可法无奈，答应起来就座。

二人相互搀扶起身，坐到椅子上。史可法起身，端过一杯香茶，恭递上前：“请问先生，明晨我数万大军何以渡河？”

“哈哈……”游士一阵大笑，拍着胸脯道：“天助史公也。”

“天助我史某？笑话说不得。帐外天寒地冻，寒风呼啸，滴水成冰，要船没有，要桥没有，十万大军，何以过河？先生还说天助我，不是戏言吗？”

“大人放心，一切包在我身上。”

“愿听赐教……”史可法一脸疑云，仍是不解。

“史大人，自古言：世间万物，应顺其势，因势利导。切不可逆势而行啊！”游士喝一口香茶又说：“眼下寒风猛烈，史大人不思顺其自然，反而逆风凿冰通水路。不说结冰有船难行，有桥难架，即使把岸边结冰全凿净又当如何？试想冻冰凿去一层，天冷风寒，还会再结一层，但将士体力有限，如此行动，既违人心，又逆自然法则。结果必然事与愿违，事倍功半啊！”

“有道理，依先生高见呢？”史可法对游士的分析颇为敬佩，不断颔首赞许，又急切地问。

此刻，为过河的难题，忧心发愁的不仅仅是主帅史可法，还有勤王之师中怀有正义感的众位将领。附近副将营帐内，众将吵成一团。

天气寒冷，崔将军等人睡不着，议论着白天的事情。

“将军，都说史可法用兵如神，可今天河边一见，也不过如此。”

“这个季节，还刮这么大的寒风，下这么大的雪，邪了门了。”

有人提议：“依我们的意见，不如散伙回家。”

“就是，咱们这叫什么勤王之师，东拼西凑，还没训练几天，就要北上，还要作战，这不是瞎胡闹吗？”

“我看，这黄河咱们就过不去，瞧瞧下午的阵势，不等过河，就得都让史可法杀光了。”

“崔将军，你是我们的主心骨，可要为我们做主哇！”

“你们睡觉去吧，史公待手下不薄，不要妄加猜测，王师是一定能够渡过黄河，北上勤王的。”

“等过十天半月，黄花菜都凉了。”

“崔将军，依我们意见……”营帐内，吵成一团，各不相让。

中军大帐内，虽说已是夜深人静，史可法还在与游士探讨着强渡黄河的计划和方法："以晚生之见，史大人应审时度势，顺应自然，以柔克刚，方为策中上策。"

"何为策中上策？"史可法前倾着上身，躬身讨教，虔诚得犹如学生在听老师讲课一般。

"顺其自然，因势利导，方为策中之上策。史书记载，此时黄河结冰，实乃百年难遇。此次骤寒，确属偶然。据我推测，今夜子时风停浪止，河面上必结一层薄冰。大人可派人多找些木板，铺成桥面。这样，形成多条冰路，大军过河时，各成一字长蛇阵，相互之间，拉开距离，或可通过。如木板稀少，大人也可选派一些弱小身轻士卒，在河面上凿冰取水，泼于冰面上，泼一层冻一层，使冰层加厚，这样，人马踏上，也可顺利过河呀！"

"好主意！妙策！"史可法满口称赞。猛地，他又摇头道："此法似有不妥。据老人讲：黄河结冰、封河之时，当在隆冬时节。而今，隆冬已过，冰薄且脆，人马踏踩，如何承受？"

"史大人此话不假！可史大人难道不知，事有偶然吗？据晚生所查，这个季节有文字记载的黄河封河只有七次。而每次都是倒春寒天气，寒流南下，肆虐中原，半夜风停之时。观地势，黄河地处中原，虽受寒流影响极强，但除去大风寒流后，短暂结冰外，一般不会结厚冰。而此次风起，又与那七次所记载的征兆一样。因而，据我推算，此次，百年封河之遇恰被史大人赶上。所以，请史大人立即号令后续部队，火速向岸边靠拢，明晨踏冰过河。如稍有迟疑，春汛一到，水深流急，错过时机，大军过河时间，必被推迟，错过佳机，就将终生遗憾了。"

"谢先生指教。"史可法顿首再拜。他被神秘游士一席高谈妙论的言谈所打动，深感钦佩。施过礼后，史可法上前恳请道："先生，可法才智平庸，虽有一颗报效朝廷之心，却无匡扶社稷之才。如先生不嫌弃，何不效法诸葛孔明，出山辅佐刘备，挽救大明？如有不弃，恳请先生留在军中，助我一臂之力。"

"谢史大人错爱。晚生才疏学浅，难有治国之智，且半生游历，早已心猿意马，难以定性。虽说追随史大人是许多人梦寐以求之事，可晚生实难胜任。就此告别吧！"书生言罢，起身走向帐外。继而又停步回身道："史大人，临别之际，晚生只有一言相告：杀人易，服心难。望大人三思而后行啊！"

"先生请留步！"史可法伸手相拦，转对帐外招呼道："继州，速取黄金五十两，白银二百两，给先生买双鞋穿吧！"

"买鞋穿？哈哈……"游士大笑着，闪过史可法的阻拦，快步走向帐门口。

等史可法从史继州手中接过金银盘子，追到帐门之时，早已不见游士的踪影。

望着夜空，史可法呆站了许久。

突然，史继州上前禀报："大人，北风小了。"

子夜时分，果然北风渐止。史可法忙传令各营挑拣瘦小士卒，自带斧凿、脸盆工具，来到河边，但见，河边冰层加厚，已牢不可破，河面上也已结冰，足可站人。史可法忙传令带队校尉，让他们依游士所言，督促士卒凿冰取水，泼洒冰面，隔十几丈远铺一条冰道。

布置好这一切，史可法又命崔将军，立即赶往后营，敦促高弘图发兵河边，只等天色黎明，踏冰北上。

史可法回到寝帐内，深感疲惫，正待靠在椅背上歇息一会儿，忽听帐外喊声连天："着火了！着火了！"不时夹杂着人喊马嘶之声。

事发突然，史可法倦意全消，他挺身而起走向大帐门口。

原来，就在史可法与游士探讨解决强渡黄河的策略和方法时，兵变的危险也在悄悄临近，在大帐不远处的营帐内，一场阴谋正在谋划之中。随军出征的马士英部下，嫌弃勤王之师的生活艰苦，害怕北上勤王，会丢掉性命，准备谋反。

史可法送走游士，正待查问兵营起火的原因，却见几名侍卫慌张跑进大帐，大声报告："史大人，有人纵火焚营，并率人杀向中军大帐而来。大人快快躲避一下吧！"

"呛啷——"一声，史可法拔出佩剑，全无惧色道："你们不必惊慌，我自有办法对付他们。"他走到帅案前，收拾好帅印、文件，从容地装进公文箱，交给侍卫道："你们带好这些重要东西，先躲出帐外，我看他们还能反了天。"

"史大人，您走吧！我们保护您杀出去！"

"不！他们是冲我史可法而来的。不见我必然四下寻找，这样势必影响全军。军心混乱，明晨就不能渡河了！"史可法不容侍卫再辩解下去，把他们从侧门推向帐外。

"史大人，我们也留下，与叛军拼了！"侍卫们说着，齐刷刷跪下，请求主帅让他们留下。

"起来快走！帅印、公文关系到军中大事，万不可失！保护帅印、公文要紧！本帅命令你们赶快离开！"史可法见事情紧急，杀声渐近，他高举宝剑，厉言道："谁胆敢抗命不遵，本帅立斩！"

侍卫们见主帅动怒，再也不敢说什么，纷纷站起，退出帐外。只有张虎仍跪伏在地没有动。

"你为什么不走？"

"史大人，小人愿与大人同生死！您杀了我也不走！"张虎眼含热泪表白心迹道。

"哦？"史可法上前将张虎扶起，眉头一皱："也好！咱们这样办。"他附到张虎耳边低语了几句。张虎心领神会，依计而行。

史可法穿上圣上赐予的大红官服，冠袍束带，端坐到帅案后，右手执笔，宝剑放在左手，边批阅公文边谛听着帐外的动静。听见奔跑的脚步声渐近，他高声对张虎吩咐："来人，把烛光拨亮些，我史可法倒要看看，是谁吃了熊心豹子胆，胆敢谋反不成？"

张虎依言行事，将灯烛拨亮，手握钢刀，侍立在主帅身旁。

帐外杀声迫近，火光冲天，纷乱的脚步声冲向帐门。

营帐内，崔将军正在瞌睡。突然，史继州带着一名川籍士兵跑进来："崔将军，不好了，一伙儿庐凤总督马士英的部下，发动暴乱，杀向中军大营，史公危险。"

崔将军挺身坐起："你怎么知道？"

"刚才，末将前去巡视兵营，听见他们正在谋划，我已派人知会史公，又赶紧来到这里，向崔将军报告，请求将军前去保护史大人。"史继州以实相告。

"怎么可能？他们白天畏缩不前，没有按军法杀他们，已经是网开一面了，怎么能忘恩负义造反呢？"他说着，忙着穿盔戴甲。

史继州："崔将军，这伙暴乱的士卒，多是前不久还占山为王的草寇，危害一方的土匪，被马士英收编后，稍加整训，就被派来北上勤王。他们见向北进军，冰天雪地，远离故土，加之勤王之师军纪严明，北上征战，没有什么油水，这些人心中已有不满，加上马士英亲信私下传言煽动，谋乱之心日增。"

"这还了得？没有军纪了吗？"崔将军反问。

"还有，昨天傍晚，他们畏寒不听军令，就欲谋反，后被史大人威严震慑，才没有得手。夜半时分，这伙人见河面结成薄冰，架桥渡船无望，与其在此受累冒险，不如抢先一步，先下手为强，想趁机叛乱，杀掉主帅，另立山头。"旁边，另外一个士卒插话汇报。

"听说他们这伙人，还私下议论，眼前的黄河，河宽水急，风大浪高，根本过不去。不如以冻结薄冰为由，返回江南，或再次上山落草为寇，或回家种地。"史继州又说。

"反了他们，军人上战场，就是有危险，没有危险，要军队干什么？"说话间，崔将军披挂整齐，一挥大手："走！"

此刻，一伙暴乱的狂徒为眼前的私利冲昏头脑，乱嚷狂叫着冲到中军大帐门口，为首的掀开帐帘一看，却大出意外，不由得一怔，脚底生根一般，僵在大帐门口，进退不得。

只见中军大帐之内，烛火通明。帅案后，主帅史可法身穿大红帅袍，巍然端坐。左手握剑，右手执笔，神态自然，一脸正气，正在伏案办公。再看中军大帐之中，既无手提利刃的侍卫，也无剑眉倒立的将军。

帅案旁，只有一黑大汉手持钢刀侍立一侧，叛兵们顿觉蹊跷，止步在大帐门口，你推我挤，无人再敢迈前一步。

"咄！何部大胆狂徒，敢来私闯本帅的大帐？"史可法猛然将手中的狼毫笔掼在桌上，挺身而起，厉声喝问："尔等不守营寨，来此做什么？"

"大、大人……"一个满脸胡须的老兵，被史可法的威严所震慑，结巴着说不出话来，使劲儿往后坐着屁股，想躲到人群后面去，惶恐地望着史可法，生怕罪及自身。

"老子反了！"一个满脸横肉的家伙，挤上前高喊一声，并用刀指着史可法，咬牙切齿道："弟兄们，咱们别听他的!杀了他，咱们上山入伙。"

史可法细细一看，此人正是昨天傍晚发牢骚，鼓动士卒不满的那一个。他一拍帅案道："反了？说得轻巧。你们已经登记造册，家庭、姓名、住址一应俱全，你们反了，庄稼谁收，土地谁种？你们图一时痛快，家里的父母怎么办？妻子儿女靠谁？"

"这——我们……"叛乱的士卒被问得目瞪口呆，回答不出。

见叛兵一时被问住，史可法转到帅案前，迈虎步，大步走到大帐门口，又厉声断喝："试想各位谋反，无非对我史可法不满。可你们谁能指出我史可法何时可曾临阵逃脱？还是哪位能指摘我史可法在哪里有过贪赃枉法？你们造反，是因为我史可法克扣了你们的军饷呢？还是强占过哪家民女？我是欺君罔上了呢？还是虐待过哪位将士？谁能指出？"史可法步步紧逼时，叛乱士兵步步退缩。

"天寒地冻，过不了河，圣上怪罪怎么办？"有人高喊。

"圣上怪罪，有我史可法一人承担，与尔等何干？"史可法厉声喝问。

"你怎么承担？"

"我是主帅，兵部尚书……"

"都是这家伙煽动的，找你姥姥去吧！"刚才结巴的那个老兵，挥刀将煽动闹事的那个家伙一刀砍翻。"扑通"一声，跪倒在地，叩头谢罪道："主帅大人，饶了我们吧！我们家里都有妻儿老小，是这家伙胁迫我们来的呀！"

"是啊！史大人饶了我们吧！都是这家伙害的，我们一时糊涂啊！"众士兵说着上前，义愤填膺，一阵乱刀，将怂恿他们兵变的叛贼劈死，砍为肉酱。

史可法见叛军已被制服，心里坦然了一些，为防再出意外，他又开导这些人道："你们好糊涂啊！勤王大军，十万余众，凭你们几个人能闹翻天吗？本帅是不愿加害尔等。否则，不等你们进得中军大帐，早已将你们剿灭杀死！"

"我们糊涂！"众士卒以头触地，诺诺连声。

"起来吧！你们有什么困苦，一个个诉说！"史可法上前，搀起那个老兵。

"史大人，不麻烦了！您公务繁忙，我们就不打扰了。"老兵说着一挥手道："弟兄们，咱们回去吧！"众士兵纷纷后退，涌出帐门。

"且慢！"史可法伸手相拦道。

众士卒一惊，老兵走上前，心有余悸地问："史大人，莫非你收回成命，不再宽恕我们了？"

"哪里话，为人之道，以信义为本；为帅之道，令出既行，岂能言而无信。众位放心，史可法绝不食言，不会加害你们。喊住你们，是另有一事。"

"另有一事？"众人不解地望着史可法。

史可法见众士卒精神紧张，挥手笑笑道："本帅曾经掌握酿酒的方法，尚有陈酒一坛。今日天气，你们带回去，分而饮之，或可活血御寒。"他一摆手，示意侍卫把酒坛送到老兵面前。

"史大人，您的情我们领了。可这坛酒我们不能收！您留下用吧。"老兵深受感动，摆手拒绝。

"收下吧！将士一家嘛！你们不收，反而把我史可法看成外人了！"史可法说着，硬将酒坛塞给老兵。

老兵跪倒，将酒坛高举过顶说："多谢史大人。"

众士卒再次跪倒："谢主帅不杀之恩！"

恰在此时，帐外高喊："主帅不杀乱贼，我崔将军饶不了你们。"崔将军带领本部人马，旋风般把大帐围得里三层外三层，水泄不通。

史可法掀开帐帘，看见帐外火把通明，崔将军在史继州的带领下，包围了中军大帐。

"主帅，放他们不得，放他们回去，犹如放虎归山。"史继州提醒。

"什么话，他们是我史可法的兵，前来与我叙旧，怎么放不得，放虎归山，勤王之师个个都是老虎，还愁李自成不被消灭吗？"

"史公，我听说……"崔将军上前，还欲解说。

史可法拦住他："你听说什么？刚才还有人禀报，你和部下私议本帅。这有什么过错吗？你们关心勤王之师，关心本帅，才这样热议的。本帅不怪罪，时候不早了，回去睡觉吧，明早还要出发呢！"

"谢主帅……"

史可法挥挥手吩咐："各回营寨去吧！"

士兵们议论纷纷，自责自己的莽撞，称赞史可法的大度，各自散去。

平息叛乱后，史可法有惊无险，转危为安，中军大帐内静下来。史可法拭去额上的冷汗，跌坐在帅椅上，他感到很累很累，浑身的骨头像散了架一般。

天将破晓，史可法步出大帐，爬上堤坡，极目远眺，但见东方天地相接处，呈现一线鱼肚白，几缕亮色穿透灰蒙蒙的天际，投射到河面上。

果不其然，一夜之间，黄河封河了。河南岸、河北岸被冰层连接起来，又是一番冰封河面的奇异景致。肆虐的狂风犹如一只疲惫的野兽，再也威风不起来，就连那标示风力强弱的"帅"字旗，也不再飘动，犹如折断翅膀的雄鹰，难以再振翅腾飞。

史可法看到，河面上仍有些人在蠕动。一些士兵还在汲水破冰，那些散落的黑点，大概是夜里被冻死士卒的尸体，在白晃晃的冰面上分外扎眼。多么好的士兵！多么可爱的将士啊！日后，就是再遭多么大的难，受多少委屈，自己也要善待手下的士兵，不能亏待他们啊！

史可法观看许久，手脚被冻得发疼。他正欲返回营帐，却见史继州匆匆跑来："史大人，副帅高弘图大人已率队集结在南岸堤坡下，他向主帅请示，是否立即过河？"

这才是：遇寒流巧识书生，过黄河幸结冰层。

纳妙策泼水厚冰，观晨景可法动心。

欲知后事如何，请阅下文。

史可法蜡像

闻听副帅高弘图大人的请示，史可法一怔，忙问："高大人什么意思？"

"高大人的意思是，队伍连夜赶了几十里路，十分劳累，还是让队伍歇息一下再过河。"

"不行！立即过河！太阳出来，天气暖和，冰化后就不能走人了。"史可法果断命令道："你马上转告高大人，丢掉一切辎重，轻装过河。"

"是！"史继州答应一声，牵过战马欲走。

"且慢！"史可法喊住史继州又吩咐道："你通知樊将军、崔将军，命人多烧些姜汤水，多放些胡椒粉，放到岸边，供过河部队饮用。此外，要将战马铁蹄包上，以免在冰上行走时滑倒。"

"得令！"史继州答应一声，翻身上马，挥鞭而去。须臾，他又打马而回，来到近前。

"还不快去，你怎么又回来了？"史可法不解地问。

"主帅，夜里有人叛乱，您为什么不以军法治罪？还宽大了他们，依末将之见，不如渡河之前，将叛乱士卒全部杀掉，以绝后患！"史继州悄声建议道。

史可法听后，十分恼火。他脸上阴沉，没有回答，转身走向一侧。史继州跟上前，还欲再说什么。

史可法挥手道："还不快去执行命令，此事本帅自有主张！"

史继州见被主帅拒绝，张张嘴，把顶到嗓子眼的话咽回，转身上马，拍马而去。

史可法回到中军大帐，立即传令击鼓升帐。

"咚咚咚"战鼓鸣响，工夫不大，两厢文武各分左右站定。

史可法扫一眼两旁将尉，清清嗓子，高声道："各位将军，你们有所不知，昨晚本帅急于完成北上勤王的使命，命令你们冒风凿冰欠妥，使诸位及广大士卒吃了不少苦。今天，本帅在此向各位道歉。"

主帅话刚出口，犹如惊雷响过，帐内文武大吃一惊，从戎多载，从来没听过主帅给下级道歉的，今见史可法如此坦诚，顿觉话语如春风一般，使人备感亲切。

"主帅，我等也有不够尽心之处，还请史大人多多谅解。"崔将军跨出列班，躬身而答。

"末将该死，约束部下不严，夜里竟有士卒乘卑职不在之机谋乱，私闯大帐，惊扰了主帅。"樊将军也抢前一步，向史可法谢罪。

"士兵叛乱，实属当诛。但可法身为主帅，也有责任。现在，本帅再次重申，各部以往纪律松懈之事，既往不咎。但从即刻起，严明军纪，如有再犯，严惩不贷！"史可法语气严厉，字如千钧，震得帐内人们的耳鼓发疼，使人们铭刻心头，大帐内一片肃然。

"苍天有眼，不灭大明，天助王师，寒冷封河，各路兵马即刻拔营起寨，踩冰过河！"史可法言罢，抓起两支令箭，高声喝道："崔将军、樊将军，本帅命你们二位，各为左右开路先锋，将队伍拉开距离，每人各距十步，成单线向北岸出发。"

"遵命！"二位将军齐声应诺，上前接受令箭，转身大步跨出中军大帐。

史可法又依次布将派兵，秩序井然。

完毕后，侍卫端上早餐，他草草吃过，急忙奔出大帐。

此时，天光已大亮。

河堤上，旗帜招展，刀枪相碰，人喊马嘶，使寒寂的河套，充满征战的气氛。结冰后的河面上，铺展着凸出冰面的冰道，犹如条条银龙，横架河面，腾飞向北，一队队士兵或牵马或步行，成单线拉开距离，奔向对岸。

后续部队陆续到达岸边，副帅高弘图骑着雪白色战马，在侍卫的簇拥下，跃马奔上大堤，十几步远之外，高大人跳下战马，挑起大拇指，高声夸赞道："史公，神人也。"

史可法迎上前，挽住高弘图的手，连连摆手："高大人过奖了，此次能踏冰过河，乃天助王师也。"

俩人亲热地说笑着，步向岸边。不到两个时辰，前锋部队已安全踏冰过河，后续中军也按部就班，依次向北岸进发。

在军队通往河岸的河堤上，一拉溜几十口大锅升腾着热气，熬着姜汤，等待过河的士卒饮用御寒，将士们三五成群，端着热气腾腾、飘散着香气的姜汤水碗，温暖着冻得发僵的手指。

一碗姜汤水喝下去，寒风中战栗的身子顿觉暖和起来。大锅旁，士卒们熟识的都相互聊起来，除去军情，也说些家长里短，南腔北调，甚为热闹。

为防人多拥挤，冰面难以承受超重的压力，史可法早早吩咐：在每条冰道的起端，加派两名佩剑的侍卫，拉开五六步距离，一字长蛇阵，依次顺序过河，阳光初照，银光闪闪，史可法一指北岸京都方向："高大人，请过河吧！"

高大人应诺，一抖马缰，史可法陪伴着副帅高弘图，步下了河堤，徒步向河北进发。

冰面上，面对着千军万马踏冰过河的壮观场面，史可法心情很好，一扫昨日一筹莫展的郁闷心情。忽而，史可法诗情大发，走了几步，回头笑问："高大人，久闻您是江南才子，琴、棋、书、画，无所不通，特别是您的诗作，更是家喻户晓，妇孺皆诵。眼下，面对如此壮观场面，您何不吟诗一首，以此纪念今日之壮举呢？"

"史公言过了，宏图年轻时，是曾有过这方面的雅兴。而今，政务繁忙，早就荒疏了。不行了！老了，我是光有诗兴，而无诗才了！"高弘图连连摆手，以示歉意。尔后，他故作顿悟状道："史公，您才是名副其实的文人骚客，大名鼎鼎的儒将呢，何不吟诵几句，以助雅兴？"

"好！咱俩各吟一首，如谁作不出，到黄河北岸，就罚谁请客如何？"史可法提议道。

"妙哉！"高弘图兴致盎然，表示赞同。他笑着对同行的幕僚们说："诸位，你们可作证啊！这是主帅在敲我的竹杠，可不是我真心请客啊！"

一句话，引得冰面上一片笑声。

"请史大人先作榜样，愚兄也好效仿啊！"高弘图采用激将法，一锤定音地倡议道。

"行！可法脸皮厚，先献丑！"史可法心情愉快，慨然允诺。他手捻短须，眯起双眼，凝望着浩渺的天际，沉思片刻，高声吟诵道：

"黄河恶浪寒风吹盔甲，

冰桥飞架天险凭君渡。

长剑倚天挥戈指京都，

拯社稷男儿再展宏图。"

"好诗！真乃千古奇诗！有气魄！不愧大家气度，势如江涛拍岸！"高弘图赞不绝口，手抚胸膛道："愚兄惭愧，不能和诗，诸位见谅见谅!"

　　"高大人过奖，实不敢当！真使可法无颜见人！如冰有缝，也当自藏啊！"史可法见高大人称赞，连连摆手，以示谦虚。并再次真心相邀："高大人，也请吟诵一首，也好让可法欣赏杰作啊！"

　　"既如此，就胡诌几句吧！"高弘图见史可法一再相邀，盛情难却，沉吟片刻，轻声吟诵道：

　　"水流水水水通大海，

　　冰冻冰冰冰结天路。

　　生与生生生各不同，

　　死与死死死皆吹灯。"

　　高弘图刚吟完，不慎脚下一滑，"扑通"一声，摔个仰面八叉，从冰道凸处滑出挺远，跌倒在冰道下的薄冰处。经他一砸，冰面破裂，嘎吱吱冰层裂开缝隙，周围的将士一片惊呼。

　　众所周知，黄河地处中原，虽说天寒时节河水结冰，但一般也多是在水面宽阔，水流缓慢平稳地段。而河面狭窄，水流湍急，能冲起浪花处，很难结冰，冰封河面，可载人踩马踏更属罕见。遇上寒流南下，也只能结冰二三寸厚，如不是凿冰汲水，泼水厚冰，谁能踏冰过河呀？高弘图身宽体胖，足有一百八九十斤，这一砸又加倍冲力，加之他摔倒的地方，恰在汲水冰洞之间，故此，将冰面砸裂。他年纪过高，手脚笨拙，挣扎几下，均因冰滑而未能站起，前后几名侍卫见状，抢步上前，想搀扶高大人。

　　史可法见高弘图猝然摔倒，先是一惊，但很快镇静下来，他大喝一声："站住！"他知道，如不拦住莽撞的侍卫，几个人聚到一块，负重加大，冰道难以负载，冰层断裂，到那时，高大人葬身冰河不算，还不知道要有多少将士沉入水底。更可怕的是一旦冰道被毁，河水溢出横流，涌上河面，淹没冰道，到那时，踏冰过河将成泡影。想到此，史可法喝住前去救援的侍卫。命令士卒分散继续前行。他探着身子，安慰高弘图说："高大人不要着急，你挺住，容我想办法救你。"史可法挥着手，厉声呵斥："诸位将士听令，谁也不准停留，保持距离！快步过河！"

　　此刻，河水已从冰缝中溢出，浸湿高弘图的衣服，他又喊又叫，抽动着双腿，却因冰滑未能爬起来。

　　史可法见高大人身处险境，焦急万分。他一边思考着营救办法，一边告诚高弘图道："高大人，先别急着站起来，快将身子放平，再动有危险！"

"不动？不动我就冻成冰块了！"高弘图嘟囔着，求生的本能，使他笨拙地撅着屁股。

史可法心急，遍寻周围并无长杆枪或绳子之类工具，他三把两把脱下官服，并脱下内衣挽成结，只有一丈多长，他又呼喊："张虎，快把腰带解下，扔过来！"

张虎及附近的士卒纷纷解下腰带，扔过来与史可法的腰带连接系起，奋力抛过去，不料，用力过猛，风一吹飘到一边，远离高弘图二三尺远，他伸手也没抓到。

史可法把腰带抽回来，再次抛过去，又因心急没有掌握好手劲儿，还是未能抛到高弘图面前。情况越来越危急，冰缝溢出的河水越来越多，高弘图的身体渐渐下沉，下半身已浸泡在冰冷的河水里，冻得他的牙齿"嘚嘚"地发抖打架。

危急时刻，史可法深吸一口气，躬着腰，轻移脚步，把稳姿势、风向，第三次把衣带绳抛过去，高弘图这才抓住绳头，他犹如觅到救生的稻草，拽着绳头艰难地爬过来。为防意外，史可法不顾寒冷，坐在冰道上，前探着身子，缓缓收拢腰带绳，一点点把高弘图拖出险境。受伤后的高弘图再也站不起来，他双眉紧锁，紧咬着发青的嘴唇，痛苦地呻吟着。

史可法上前把官服给高弘图披上，轻声安慰他："高大人，你不要惊慌，忍着点，我们不会有事的。"然后，扶起他一步步向河北岸走去。

河面上干冷干冷的，高弘图这把年纪，骨节发脆发僵，腿断后活动更不灵活，着水的身子越来越重，裤腿上已结了薄冰，慢慢地连抬腿的力气都没有了。他呼呼地喘着粗气，每迈一步都感困难。衣服单薄的史可法，也被冻得有些发抖，他身后几步远的距离，跟着彪形大汉张虎，他见史可法搀扶高弘图十分吃力，多次恳求道："史大人，让小人替您搀扶高大人吧！您太累了。"

"不！你身子重，高大人身子也重，加在一块，就更危险了。"他们一行小心翼翼来到主流河道，听得见冰层下哗哗的流水声。此时，他们才真正体验到了足履薄冰的心情。心急却不敢快走，脚步不敢迈大，还要试探着投足。

走了一段冰道，史可法见冰道旁遗弃着一块门板，大概是夜间汲水的士卒用过的。史可法把高大人放下，轻步过去，拖过门板，将高大人扶坐在门板上，用那腰带结成的绳，拴住一头，他试着拉了几步，较之刚才，轻快了许多。史可法放下绳结，对身后的张虎吩咐："张虎，你拉着高大人，可要小心，不得出半点差错。”

“主帅放心！有我张虎在，担保高大人万无一失，平安到达北岸。”

史可法放下绳结后，向前走去，张虎把战马交给身后的侍卫，轻步来到木板前，绕过高大人，来到前面，抓起绳套，向前拉去。

惦念着高大人的安全，史可法走在薄冰上也不放心，他不时回头观望，叮嘱着张虎。有冰碴时，他用脚扫净；光滑处，告诫张虎该怎么绕过去，感动得高弘图热泪盈眶。

快到北岸时，史可法见冰面上倒卧着几具僵尸，心情更加沉重了。他知道，这是夜间凿冰汲水泼道时冻死的士卒。尸体倒卧在冰面上，静静地死去，战乱，给百姓、士卒带来多大的苦难啊！

史可法默哀片刻，对身后的侍卫们吩咐：“你们把这几位弟兄的尸体带上，不能让他们死后不能安葬。查清他们的姓名、籍贯，每人发银二十两抚恤费，让家人把尸首领回去吧！”

侍卫们答应一声，各自上前，把尸体放到遗弃在冰道旁的木板上，或推或拉，拖向北岸。

史可法步上黄河北岸时，依傍在河堤上的弹丸小村，已是晨炊袅袅。

站在高高的堤岸上，他回首千里长河，但见数里宽的冰面，几十条冰道上，数万兵马正逶迤而行。河岸两侧，战旗林立，浩浩荡荡，宛如巨龙翻腾。蓦地，他胸中涌上一种骄傲的自豪感。是的！自己的志向就是统率千军万马，东征西杀，创建奇功伟绩，看来离那神圣时刻已不太遥远了。

“李自成，你一个放羊娃也会带兵？张献忠啊，一个草莽之人也配称帅？满清部落也敢南侵？哼！有我史可法在，你们统统是我的手下败将，在我的铁骑打击下，都将一败涂地！”史可法心情豪迈，脸上绽出许久难见的笑容。

侍卫们牵来战马，他换上新战袍，跨上乌龙驹，挥鞭遥指，好不威风，真有一世英雄豪杰、指点江山的气派。

张虎背着高弘图过来，打断了他的遐想。张虎近前说：“史大人，高大人有话说。”

史可法翻身下马，近前躬身问：“高大人，有何吩咐？”

“史大人，老朽年迈，本想追随史大人建功立业，也好后世留名。谁想老夫心比天高，命比纸薄，出师未捷，腿部先伤。恐怕有负史公厚望。宏图自感此次遇难，即使保住老命，其身也残。但值得欣慰之处，就是自己是在勤王途中所伤，而非为谋私利所致。故而，老朽毫无怨言。只是老夫身残之后，难以追随史公上阵拼杀，多有不便，请主帅准许弘图告老还乡，以免分散精力。"高弘图强忍疼痛，吃力地说完这番话，已是满头热汗。

"高大人，您安心养伤吧！"史可法察看高大人伤势，果然不轻，膝盖下腿骨已断。他安慰着高弘图，不愿他离去，以免刚刚出征，就换副帅，造成不必要的混乱。他近前替高弘图把要掉下的靴子穿好，又说："军中之事，大人不必操心，我自有安排。张虎，快送副帅去中军调治。"

张虎答应一声，背着高弘图快步离去，走出十几步，高弘图回头见史可法还在关切地目送着他们，回身高声逗趣问："史公，刚才老朽所吟歪诗如何？"

"此诗妙处，玄机皆在老、庄之上。只是可法愚顽，一时没有琢磨透，不敢妄加评说，尚须再三揣度，才知道其中奥妙之所在啊！"

"史公，我懂了。"高弘图倦怠地伏在张虎背上，合上眼皮。

张虎背着他，赶往中军大帐，望着他们远去的背影，史可法苦笑一声，暗道："这老兄真有意思，腿都断了，还有心开玩笑，真有些让人琢磨不透啊！"

此时，后续部队陆续登上北岸。

"史公……"见远处有人召唤自己，史可法忙带领侍卫，跨上战马，急驰而去。

傍晌时分，勤王大军渡河完毕。

史可法站在堤岸上，见士卒因多日劳累，脸带倦意，便与众将商量，传令安营扎寨，并派出多路探报，前往京都方向刺探情报，打算得知确切消息后，再作决定。

勤王大军过河之后，屯兵北岸。史可法一面整饬军队，严格训练，一面等待粮草的到来。人言：人马未动，草料先行。

出乎史可法预料的是，高大人腿断之后，不能严格监督后备粮草的运输，粮草迟迟不到，多次派快骑催逼，也不见效，急得他寝食不安，望着河南岸愁眉不展。与此同时，各种流言接踵而至，勤王之师人心惶惶。

翌日清晨，史可法为等粮草的消息，身穿便服，带着史继州来到河堤前的码头，望眼欲穿，苦等许久，不见官差模样的人。

看见不远处有一小饭铺，史继州提议："史公，我们到那里吃点早点吧？"

"你去吧，我吃不下。"

"史公，您看码头上南来北往的客商很多，您吃不下，也可和他们聊聊，探听一下北京的消息。"

史可法点点头，与史继州来到小饭铺。

小饭铺在码头一侧，虽然不大，却很热闹，南来北往的客商，很多在此上船下船，有的在等船时，就在小饭铺驻足打尖，里里外外十分热闹。

史可法、史继州走进小饭铺，伙计赶忙上前："客官，二位吃点什么？是要河南的烩面，还是要北方的煎饼果子、油条？"

史可法没有说什么，史继州回答："一样一份，外加两个鸡蛋、一份小咸菜。"

伙计唱喏："河南烩面，北方煎饼果子、油条一样一份，外加两个鸡蛋、一份小咸菜。"伙计一边喊着，一边倒上早茶。

史可法望了饭铺内外一眼，询问道："生意怎么样？"

"还可以，大部分是北方逃难的。"

"逃难的？北方怎么了？"

"客官，你是真不知道？还是装不知道？李自成快要占领北京城了。"伙计喊道。

"啪啦——"史可法一惊，手中的茶碗掉在地上。

史继州连忙说："伙计，我们赔，我们赔……"

伙计的话，引起共鸣，一旁的食客议论纷纷。

客商："你们知道吗？大明王朝真的快完了。听说李自成已集结精锐之师，向北京发动了最后的猛攻。"

"早就听说了，自去年秋季，李自成渐成气候，他率领大军北上，与朝廷主力决战。九月初，在西北渑池与明军遭遇，由于仓促应战，朝廷初战小胜。不想这李自成还挺能，他调整战略，在郏县与朝廷对垒，时至秋雨绵绵，日日阴雨，狡狯的李自成遣轻骑出山西汝州，截断官军粮道。"

"这招儿够狠的。"一旁有人插话。

"可不是吗，官军军中无粮，忍饥数日，大多逃散。李自成乘机进攻，一举歼灭官军主力四万之众。再加上朝廷腐败，部分将帅贪生怕死，主力被歼，军无斗志，溃不成军啊。"

"我还听说总兵孙传庭的求援报告，像雪片似的。那告急文书在圣上的御案上堆起一堆，布满灰尘。他也顾不上看一眼啊。"

"是啊，就光朝廷里不顺心的事情，就够圣上糟心的了，这清兵还捣乱，南方还有张献忠……"

"别插话！"客商拦住插话的伙伴："这可急坏被困死守的孙传庭，他虽说骁勇善战，无奈势单力薄。十月，李自成攻破潼关，孙传庭战死。十一月，李自成率大军再破西安，分兵取甘肃、宁夏。此时，农民起义军已成气候，一举由守势转为攻势，在兵力人数、军事实力上，已占绝对优势，朝廷灭亡已成定局，只是时间早晚之事。"

"我看不一定，西北丢了，只是局部失利，朝廷还有几十个省，几十万军队，还可与李自成一拼。"

"李自成是有野心的，听说他改国号为'大顺'，称'大顺王'。改元'永昌'。并以西安为南京，扩大中央政府组织，还设什么大学士，六部尚书等爵位，他还大封功臣，并开科取士，废八股，改用策论，一切具有开国建业的规模。"

"不仅如此啊！"又一食客插话："听说了吗？农民军军事实力逐渐强大，号称有步兵40万，骑兵60万，形成全国起义的中心力量。他们攻入山西，占领太原后，已经北上，直逼京师了。"

"据说他们沿途还发布檄文，指斥朝廷王公贵族的罪恶。檄文云：公侯皆食肉，而持为负心。臣官悉龁糠券豚，而借其耳目；狱囚累累，士无报礼之恩，征敛重重，民有皆亡之恨……"

"嘻——你还咬文嚼字背它干什么，卖弄啊，这里不是书堂，是饭馆。"

"那你说，饭馆怎么了，还不让人说话了，真是的。"被打断说话者愤愤不平。

"说就说，传言说：一路上，农民军斩关夺隘，攻州破府，号召贫民起义，起义军队伍日益强大，势如破竹啊。"

"还听说，那放牛娃李自成，不是一般的聪明，他派细作探知，京都京南、京西防守严密，就兵分两路，一路攻娘子关。暗中却亲统精兵绕道北上，破宁武，占雁门，攻大同，陷宣府，大同总兵江壤，宣府监军杜勋迎降。起义军轻骑奇袭，直逼京都北大门居庸关。你们猜怎么样？"

"快说吧，别卖关子了！"

"直到此刻，崇祯皇帝慌了手脚，接连派出钦差南下。督促史可法发兵北上。你们猜怎么样？"

"啪——"史可法再也听不下去，愤然站起，摔碎茶碗，愤然离去。

"嗬！这位爷脾气还不小，他是谁呀？"

史继州道："他就是组织勤王之师的史可法史大人。"说着，掏出饭钱放在桌上，快步追出。

"啊！他就是大名鼎鼎的史可法？"众人愕然。

回到中军大帐内，史可法心绪更加不宁。小饭馆内虽属道听途说，但他却由此得知北京的一些消息，虽说是没有确切情报，但他的心情更加焦急。他担心得不到起义军的确切情报，但各种谣传不时传来，会使军队中人心慌乱，可能会发生逃亡事件。通过渡黄河，他发现这支临时抽调前往京师勤王的军队，虽经整顿后，仍军纪涣散，不懂战术。他暗自思考后，认为此乃军家大忌：不知己不知彼，情况不明，军心不稳怎么打仗？反复思考后，史可法决定，与其现在这样仓促上阵，不如稍加整顿后，再发兵为好。否则，上阵后接敌即溃，败局就难以收拾了。为此，他把将校聚集到中军大帐，颁布整饬各部的军令。

"诸位，兵家均知，兵不在多而在于精，散沙之兵，空费钱粮，两军交战无疑自败。眼下王师状况，各位自明，不知有何高见？"史可法高声发问。

大帐内沉默片刻，樊将军抢先站出说："主帅，士卒中十中有三四为老弱病残，别说上阵厮杀，就是行军走路，也气喘吁吁，这样孬兵怎么带呢？"

"樊将军言之有理，更可气的是许多士卒，多为临时抽调或找来的饥民，滥竽充数的多，虽说整饬几次，却不彻底，我听他们私下议论，见到敌兵就准备脚底抹油，溜之乎也！"崔将军也十分气愤地说。

话匣子打开，大帐内乱成一团，有人说兵器不足，有人说粮草缺乏，有人说盔甲陈旧。

吵嚷一阵，史可法见火候已熟，一拍帅案道："诸位听令，本帅现颁布整饬各部军令。"他站起来迅疾地扫了各位一眼，抖抖事先起草好的条款，高声念道："一、年龄不满十八岁，超过四十五岁者；二、患有慢性疾病，难以治愈者；三、身有残疾，行动不便者；四、入伍前犯有劣迹者；五、对军事一窍不通者；六、贪妻恋子者；七、胆小怕事者；八、家中独子者，一律遣散回家。此项任务，明日开始，三日内必须完成。"

"遵命！"将校门高声应诺，准备离去。

"主帅，此令行不得！"帐门口一声高喊，犹如晴空响起一声炸雷，人们一惊，扭脸望去，却见高弘图肩挂拐杖，在两名侍卫的搀扶下，一步一步，艰难赶来。

史可法心里一热，赶忙离开帅案，迎上前扶住高弘图，安置在椅子上落座，不解地问："高大人，可法军务繁忙，没有来得及前往探望，还请见谅。您腿好些了吗？怎么来了？"

"哼——!你还有空儿看我！"高弘图十分气恼，厉声责问："主帅，你想过没有，如若实行你的整饬法，会有什么样的后果吗？"

"精兵强将，所向无敌呀！"

"嘿嘿。"高弘图冷笑两声，"恐怕是十去七八，只剩两三万人马吧！"

"哦？会有那么严重吗？"

"史大人，整饬军队我赞成。如果说前四种裁减，我没意见，可后四种人，经过作战培训是可以上阵的呀！眼下兵员缺乏，倘若都以胆小，独子为借口，逃避兵役，将者统领何人？帅者又何以统领千军万马？"

"依高大人之见呢？"史可法见高弘图所言有理，心里犯开了思量。

"整饬对象为前四种人，后四种士卒一律编进所在营队，严加训练。目前，即使难以上阵，也可作为预备队，以备后患，待机而用。"

"高大人所言极善！"史可法转对校尉吩咐："诸位，整饬对象一律改为前四种人，后四种人依高大人建议，整编后严加训练！"

"遵命！"将校们散去。

寝帐内，史可法扶起高弘图，让他躺在自己的床上，细细地查看他腿上的伤势。伤势虽重，但经过治疗，轻微活动却也无妨。

"高大人，你的腿伤都是为可法所害呀！"史可法心情沉重。

高弘图摆摆手："史公，此言差矣，老夫的腿伤是冰上所摔，怎么是你史公害的呢？"

"高大人，如不是为我史某所请，本可以在留都享福，何以到军中受这鞍马劳顿，也不至于把腿摔伤。"

"哎——话不能这么说。"高弘图摆摆手不以为然，"大丈夫生在人世，就应该驰骋沙场，建功立业，流芳千古。再说，我们受皇恩，食俸禄，朝廷有难，我们自当尽力，报效朝廷，岂可贪生怕死，畏缩不前？"

"有高大人这句话，我就放心了。"

"就叫你我做患难兄弟吧！"高弘图握住史可法的手，二人心心相印，相互用眼神鼓舞。

史可法很高兴，忙命人端上来香茶，服侍高弘图歇息，他这才悄悄退出。

翌日，史可法开始全面整饬军队。他一面组织将校学习战略战术，一面选拔精锐士卒，教练鸳鸯阵。

队列前，史可法威严挺立，讲解排兵布阵，两军对阵时的厮杀要领，他讲道："兵者，利器也。这个利器，就是要有好的兵器、好的阵法。才能在战场上保护自己，消灭敌人。你们练习的鸳鸯阵，是抗倭名将戚继光发明的。具体内容为：集综合兵器于一个战斗小组，组成短距离搏斗的阵法，以十二人为一队，居前者为队长，次二人持盾牌，圆、长各一，再次二人持狼筅，再次四人持长枪，后次二人持短兵器，内有一人为火兵，持火枪，不作战，关键时才开枪，专事樵苏……"

队列前，史继州继续再讲："与敌对阵时，二牌平列，狼筅各跟一牌，长枪每二支，各分管一牌一筅，短兵防备长枪进逼太近，不能拼杀时，即刻补上，各有章法，筅以救牌，长枪救筅，短兵救长枪。这就是独特的戚氏长短兵器选用法。现在，开始操练！"

鸳鸯阵在以后的抗清作战中，发挥了重要的作用。

这一日，史可法正在操场上指挥操练，忽见两队催粮的校尉，快马而来，十几步开外，滚鞍下马，跌跌撞撞到了近前："报，主帅，粮草……"

史可法从其神色上，已感不妙。深恐大庭广众之下泄露实情，对军事行动不便，忙高声喝道："住口，你们没有看见本帅正在操练，有什么军情禀报，待到中军大帐再说！"

催粮官离去后，史可法抽身回到大帐内。

见到主管粮草的校尉，史可法屏退左右，急切地追问："粮草准备得如何？何时到达？"

"主帅，现在，人心惶惶，各地官员都在观望，粮草催不上来。"

"怎么会这样？"史可法面沉似水，他猛然拔刀在手，怒喝："是不是尔等玩忽职守，敷衍了事。做事不尽责？导致粮草征收不利，至今迟迟不到？"

"小的不敢，我们身为军人，知道粮草的重要，再说数万勤王之师北上，迫在眉睫，就是借给小的几个胆儿，也不敢贻误军令。"校尉连连摆手，吓得瑟瑟发抖。

史可法把尚方宝剑递过去："你等拿着尚方宝剑，立即返回，到各府、各县征讨粮草，再有拖延不办者，先斩后奏！"

"遵命！"校尉接过尚方宝剑，转身离去。

史可法询问了催粮的情况后，心情越发沉重了。原定明天出发北上，可粮草至今没有着落，军中无粮人心自乱，别说作战行军，就是操练也难以进行。

傍晚，史可法心情郁闷，带领几名侍卫，走向高弘图的住处：农家小院。

为照顾高大人养伤，没有让他住在军中，专门在附近村落租用一所农舍。农舍位居村头，三间茅屋坐北朝南，很是幽静，院内收拾得也很齐整。

他进得院门，早有侍卫前去禀报。

屋内土炕上，高弘图强撑坐起。史可法走进屋内，见高弘图的腿上还打着夹板，深感愧疚，关切地说："高大人，伤情如何？渐轻些了吧！"

"谢谢主帅关心，快请坐！"高弘图抚摸一下伤腿，长叹一声："史公，作为副帅，我本当尽力协助你，可我……"高弘图气恼地狠捶自己的腿一下，没有再说什么。沉默片刻，他抬起头，见史可法眉压愁云，心事重重的样子，不安地问："主帅，莫非有什么事吗？"

"圣上连发金牌，催促我部快速向京都驰援。可军中粮草所剩无几，不足三日耗费，怎么驰援啊！"

"没有派人催吗？"

"今日两批催粮官都空手而回，他们说：'胡督帅左推右挡，叫苦连天，声言无粮可派呀！'"

"这头蠢猪！都什么时候了，还不为朝廷尽力！"高弘图愤然骂道。

"贪官污吏，误国害民！"史可法说到愤激之处，双手叉腰，手指南京方向，高声喝骂。

屋内静了下来，两人各思心事，忧虑着社稷的命运。

"史公，整顿后，王师还有多少人马？"静默片刻，高弘图问。

"步兵三万，骑兵两万。"

"史公，听说李自成号称百万，用五万去迎击百万，凶多吉少啊！"

高弘图声音不高，史可法却听得十分清晰，诧异道："高大人，什么意思，莫非胆怯了吗？"

"哈哈。"高弘图朗声大笑，"胆怯就不来了。我的意思是知己知彼，乃是兵家之常识。与其孤军驰援，不如组织起强大的勤王之师，号令天下，才能做到马到成功。如眼下贸然急急赴京，无疑是杯水车薪，难解京都之急啊！"

"高兄的意思是……？"

"依老朽之见，主帅在此屯兵稍候，我亲往南京催粮、调兵，然后，两军会同，兵发京都。"

"不！高大人的腿伤未愈，本帅怎能再让高大人操心费力！"

"那军中无粮，如何解决？"高弘图坚持自己的观点，说罢强欲站起，一阵疼痛使他立脚未稳，趔趄一下险些栽倒，史可法忙上前扶住，安慰道："高大人，你千万动不得，我自有办法。"

史可法安顿高弘图躺下歇息后，见高大人仍不放心地望着自己，在屋内踱了几步，思虑一会儿，站定在炕前说："高大人的见解，是有道理的。如果我们仅以五万之众前往京都，很难说能解京城之急。再则，我们没有粮草，也难以持久。这样吧！高大人费心主持军务数日，可法火速赶往南京，一方面催逼粮草，一方面再调遣一些精兵强将，等两军会合后，再定进兵京都之事。"

"如此甚好！我定当竭尽全力。"高弘图表示道。

史可法上前拉住高弘图的手，"高大人，可法拜托了！"言罢，告辞后，他走出屋门。

当夜，史可法挑拣几十名亲信侍卫，离开大帐，离别大营，乘小船悄悄渡过黄河，连夜赶往南京城。

又是一番奔波，又是一番磨难，粮草虽说是陆续发回一些，但要组织起一支十万人马的勤王大军，谈何容易，真可以说是磨薄了嘴皮，跑细了腿，东奔西跑，累得几次吐血，才又组织起一支十万人马的军队，部队集结在南京江北的浦口，待命出发。

史可法疲倦地靠在帅案后的椅子上，刚欲合上眼皮，史继州轻步走进。看见史公疲乏的样子，史继州停住脚步，转身欲退出。

"继州，今天什么日子了？"

"史公，现在三月初了。"

"时间过得真快呀，有什么消息呀？"

"史公……"史继州欲言又止。

"说说吧，是不是北京又来人催了？"

"不止这些，高大人来信说……"

"说什么？"

"说驻扎在黄河以北的高弘图所部，已急得眼睛发红，盼望大军北上会合。他们两天一次快信，三天一次探报，询问史公什么时候出发？"

"难为高大人了。可我无奈被烦事缠身，没有分身之术啊。"

"史公，您一次次许愿，却都未能如愿。高大人会怪罪的。"

"没有办法！每次只草写几行书信答复，搪塞高大人，惭愧呀！"

他们正说着，却见张虎飞马赶来，在院内滚鞍下马，慌慌张张跑进来。

史可法忙迎上前问："张虎，有什么情报吗？"

"朝廷火急催报。"张虎说着，向外一指，院内涌进好几拨身穿钦差服侍的朝廷官员，这些人神色疲惫，犹如灾区的饥民，满脸汗渍，衣服不整。史可法见状，急步赶至门口，步下台阶。

史可法急步而出，未等史可法开口，钦差们就争先喝喊："史大人，圣上有旨！"

"圣旨下……"

"兵部尚书史可法接旨。"

史可法也顾不上什么礼节，摆着手道："别急，一个个来。"

史可法把钦差迎进堂内，摆设香案，跪拜圣旨。

好一通折腾，史可法的心头，又压上了一块块重石。

传旨的钦差们进得帐后，个个犹如刚从水里捞出，顺着鬓角往下淌汗，人人像背个小笼屉，腾腾冒着热气，脸色煞白，一个个像患了贫血症，早已没有往日的站相，有的跌坐在椅子上，有的斜靠在柱子上，有的蹲在地上。

未等史可法将香火点燃，一位小个子钦差，就趔趄着走上前，有气无力地喊："史可法听旨……"

史可法未等仆人将铺垫放好，赶忙率众将跪地，伏着听宣。

"奉天承运，皇帝诏曰：宣陪都兵部尚书史可法，火速率师北上，勤王护……护驾！"钦差没有念完，犹如竞赛中跑到终点的运动员，筋疲力尽，"咕咚"一声，躺在地上，昏然不醒。

第二位钦差，强撑着身子，手举圣旨哆哆嗦嗦，抽羊角风一般，嘴里似含块热豆腐，支吾不清地说："火、火速……，火、火速……"史可法再听下去，没词了，抬头一看，那钦差犹如醉汉一般往下一出溜，四仰八叉，躺在地上，只有喘气的份儿，没有了说话的力气，圣旨飘落在地。

史可法认为圣旨没有宣完，静等一会儿，不见回音。他爬起来拿过圣旨一看，上面除去几个断断续续的火速之外，再无别字，连加盖皇帝印玺也没来得及，可见圣上已惊慌失措，顾不得什么章法了。

史可法一摆手，侍卫们把东倒西歪的钦差架出去，安置歇息。

史可法心急似火，再也静不下来，他眉头紧锁，在帅堂内来回走了几步，暗自私忖：军情紧急，不能再耽误下去！明晨应火速开拔，会同黄河北岸的高弘图所部，即刻驰援京都。

主意拿定，他转对堂外吩咐："传令升帐！"

须臾之间，鼓声骤响，各位武将闻令而动，来到帅堂，分立两侧。

从接连三道圣旨的到来，史可法已揣测出局势的严重，各种谣言、消息的盛传，佐证了他的揣测。他想到自己有负圣命，多日不能率师北上，心情沉重，脸色铁青，一拍帅案喝道："各位将军，圣上有旨，命本帅火速驰援。各部集结、整训就此结束，明日在校军场，誓师北伐！"

他迅疾地扫视两侧文武一眼，见众人没有异议，高声喝道："张虎将军听令。"

"在！"张虎声若洪钟地答应一声，抢步上前闪出列班。

眼下，他已身穿将校盔甲，气色不同以往。他叉手而立，倾听帅令。

"你带两千人马，充当先锋，明晨三更造饭，四更拔营出发，逢山开路，遇水架桥，不得有误！"

"得令！"张虎接过大令，转身大步而去。

"各位速回本部！整饬军务，按令而动。"史可法转对各位将尉吩咐道。

"遵命！"众将官答应一声，步出帅堂。

帅堂内静下来，史可法的心却不能平静。他心里乱糟糟的，六神无主。

他仰天长叹："圣上，不是可法有意违背圣恩，而是微臣力不从心啊！微臣恨不得立即兵发京都，赶到皇上身边，一仗击退农民军，解去圣上的忧虑。可这谈何容易呀！要是自己能有那么大的本事，早就飞骑到京师勤王去了。可眼下，微臣力不从心，有苦难言啊！"

史可法一边自责，一边哭诉自己的心声："圣上啊，一个人本领再大，也阻挡不住农民军势如蹈海的巨浪啊！一个人太渺小了，像片树叶，小溪也能漂走，而由树叶结的大树，却不是溪水所能冲走的啊，大树多了，就能阻挡巨浪的冲击。可法一个人的力量，又当如何呢！"

这才是：组王师浦口熬艰日，书檄文帅堂费心机。

闻噩耗尚书心如焚，急煞人主帅言心声。

欲知后事如何，请看下文。

帅堂上，史可法难抑激情："是啊！勤王之师必须有千军万马才成，可组建千军万马的勤王之师，并非我史可法一人之力所能啊，也不是我想怎样就怎样啊！冰冻三尺，非一日之寒呢！朝廷昏聩，奸佞当道，并非个把个清官廉吏所能左右得了的呀！"

史可法半躺在帅椅上，望着屋顶发愁。他挺身而起，在帅堂内徘徊着，犹如笼中困兽一般，焦急不安。

他真有些怀疑，自己是否错了？如早些发兵就好了。一拖再拖两三个月过去了，没有遵旨勤王，倘若事后圣上怪罪，是要掉脑袋的呀！眼下，只有号召天下，组成强大的勤王之师，火速北上，才能解去京城之危，或可将功折罪，报答圣上的知遇之恩。

天色渐渐暗下来，史可法点燃烛火，酝酿一遍《讨逆檄文》腹稿，凝神静气，提笔写起檄文……

写完《讨逆檄文》，时候已不早，史可法用毕晚饭，挂念着出征前的准备情况，他睡不着，刚欲步出巡视各营，却见史继州神色慌张急步而来。

史可法心中一怔问："继州，为何神色这么惊慌？"

"大人，外面来了许多饥民，传言京城丢了。"

"丢了，什么意思？"

"主公，你怎么不明白？咳——就是……就是让李自成占了呗！"

"胡说！谎报军情，小心你的脑袋。"史可法厉声喝道。

史可法步到院内，仰望夜空，但见朦胧月色中一片镰月，斜挂天中。天上浓云翻滚，渐渐遮住弯月的亮色。顷刻间，书写檄文时那点激情散去，史可法的脚步又沉重起来，他走向营门，忽见侍卫架着一个衣衫破烂的人过来，忙迎上前问："他是什么人？"

"报告史大人，他已不能说话。"侍卫答。

"史大人？"那人听到这三个字，顿时似饱吸一支旱烟来了精神，猛然抬起头，吃力地说："史公……史、史大人，我是德威呀！"那人挣扎着扑向史可法，被两旁的侍卫架住。

"德威？"史可法闻言一惊，抢步上前，扶住站立不稳的史德威，"你、你怎么来到这里。"

侍卫见史大人认识此人，忙松开手。史德威刚迈前一步，"扑通"一声，头重脚轻栽倒在地，半边脸被摔破鸡蛋大的一块皮，沁出血渍。

此时，站在一旁的史继州忙上前扶住史德威。主仆三人分别多日，今日意外相见，万没想到会是这番情景，情同手足的兄弟，泪洒一处。

"快！快扶进帐内抢救！"史可法吩咐着。

侍卫们一阵忙乱，与史继州合力把史德威抬进帐内。

史可法秉烛上前，见史德威蓬头垢面，脸颊黑瘦，皮肤粗糙得如同树皮，嘴唇干裂无数小口，冒着血珠，结成大大小小的血痂，酷似"路倒儿"。

史可法鼻子一酸，忙把烛火交给侍卫，他把史德威搂在怀里，接过史继州端过的热水，一点点地灌进史德威的嘴里。

过了一会儿，史德威渐渐苏醒过来，他一眼看见史大人搂着自己，犹如做梦一般，惊起，抓住史可法的手问："史大人，我还活着吗？"

"活着。"史可法手指周围的人说："你看看周围这些人，我和继州不是都在吗？怎么没活着呢？"史可法安慰史德威一番，忙问："家里情况怎么样？老夫人、夫人如何？京城又怎样？"

"哇——"史德威再也忍不住，一头扑进史可法怀里，放声痛哭。

"到底是怎么啦？你快说呀！"史可法用力地摇着史德威，急切地催问。

"京城、京城完了。"史德威大嘴一咧，又要哭。

"完了，什么意思？那、那圣上呢？"史可法脸色灰白，颤声问。

"圣上、圣上走投无路，吊死在后宫煤山上的槐树上了。"史德威悲切地哭诉说。

"啊！气死我也！"史可法大叫一声，顿觉胸腔内一阵灼热，眼前金星乱舞，一切景象都模糊起来，他一把扶住书案，才没有一头栽倒。

"那老夫人、夫人呢？"一旁的史继州追问道。

"老夫人……派我进城打探消息，得知圣上遭遇，痛不欲生。命小人前来报信，现在下落不明。"史德威说着，泪水又如断线珠子一般淌下。

这噩耗，不亚于晴空一声惊雷，突然炸响在史可法的耳边，他顿觉双腿发软，心里发热，胸腔灼热，一股黏腥咸味液体涌上喉咙。他一张嘴，"哇——"地一口鲜血喷出，"扑通"一声，栽倒在地，不省人事。

史可法突然闻此噩耗，急火攻心，口吐鲜血，昏倒在地。

这可急坏了众将领，史继州高喊："军医官……"

一旁的侍从跑出，找来随军医官，又是抚胸，又是捶背，忙活了好一阵子，史可法才呼出一口闷气，悲怆地呼喊一声："气死我也。"

"史大人，咱们不能就此罢休，要赶快起兵讨伐大顺农民军，报仇雪耻啊！"史德威半跪半蹲在史可法的床前，低泣着请求。

"李自成啊李自成，你这放羊娃，老夫与你誓不两立！定要一决雌雄！"史可法偎坐在侍卫的怀里，怒指京都方向，双眼冒火，咬牙切齿发狠道。他挣扎着想站起来，还没站稳，双腿一软，又险些摔倒，侍卫忙搀扶他又躺下来。

史继州上前，给史可法轻轻擦去嘴角上的血迹，轻声安慰："史大人，保重身体要紧啊！"

医官将药煎好，服侍史可法服下，并劝退杂人。

直到天明时分，史可法才勉强睡着。

黎明时分，晨雨淅淅沥沥，如絮似柳不紧不慢地飘着，令人心闷。天气阴暗，浓雾笼罩着远近的景物，能见度很低，几十步以外一切都看不清了，在京都陷落、先帝罹难阴影的影响下，人们心情沉重，再也没有了往日的欢歌笑语。

各路人马都知道：国难家仇，把主帅逼急了，再有差池，会掉脑袋的，将帅们一改往日拖沓敷衍的风气，有些纪律性了。按照史可法的帅令，参加勤王之师的各路人马，纷纷由江南集结到陪都南京兵部江北的浦口校场上。

尽管天气恶劣，各部还是按时到齐。

站在校场检阅台上的史可法见此，稍稍释然些。他身着雪白帅袍，强撑着病体，挺立于帅位上，检阅着一队匆匆跑过来的将士。

就在史可法刚要坐上主帅座位时，忽听一阵铜铃响，侧目一看，见一辆四骑马车，在身骑高头战马侍卫的护卫下，急急跑来。来到近前，马车停下，侍卫们掀开车门帘，高弘图在侍卫的搀扶下，艰难地走下来。

史可法一惊，赶忙赶上前："高大人，你怎么来到这里，前军可好？"

"主帅，将士们盼北伐忧心如焚，特推荐老夫前来，约请主帅，兵合一处，快快北上。"

"那军中之事……"史可法还是有些放心不下。

"史公放心，我已将重任托付姜大人的侄子，此人忠勇可靠，主帅尽管宽心。"高弘图扫一眼校场上的将士，焦急地问："主帅，你今天这是操练，还是阅兵。"

"高大人，今天是浦口誓师，动员勤王，这是即将发布的《甲申（崇祯十七年）讨李贼布告天下檄》，您看看，马上就要举行誓告天地仪式，大人来得正是时候。"史可法说着一摆手，示意侍卫撑起雨伞，在伞下展开檄文。

"好！正合我意。"高弘图脱口赞道。他扫一眼檄文上的笔体，就猜出这是史可法所书，忙摆手道："别耽误时间了，以后有空闲再看吧！"

史可法赞许，转对传令官道："传令勤王之师，开始祭告天地。"

帅旗之下，史可法率领文臣武将，肃立默哀。尔后，史可法迈前一步，面对京都方向，跪在湿漉漉的土地上，高声发誓："苍天在上，黄土在下。臣等受皇恩，吃俸禄，突闻京都被贼人所破，圣上蒙难，肝胆欲裂，尔等本欲追随圣上前赴黄泉。但为国家计，我等对天发誓……"

众将悲愤的誓词，声传四野："誓与李贼不共戴天，为保大明社稷，赴汤蹈火，在所不辞……"

绵绵细雨中，十万将士随着史可法的声音高声盟誓，声音悲壮、洪亮，闻传数里。

浦口誓师，军威大振。史可法率领勤王之师火速北上，一路上，不断有各地兵马前来归附。

王师北上，行动速度比上次迅速了许多。

多日的劳累，史可法又黑又瘦，加上精神上的压力，使他身体虚弱了许多，时常吐血，军医一张张地开着药方，这才勉强维持着史可法没有病倒。

翌日，史可法率领将士来到黄河北岸，与前队会合，合兵一处，两军欢喜，各自交谈别后情况。

一直忙到半夜，史可法才拖着疲惫的脚步，来到下榻的帐篷中。

可能是坐船渡河时，着些凉风，他自觉身子发重，脑袋发昏，喝了几口酒，才昏然睡去。

第二天，史可法早早爬起，就觉得头重脚轻，浑身无力。刚欲走出大帐，一阵头昏，摔倒在大帐门口。这真是：屋漏偏遭连阴雨，船到中流底漏水。

史可法病了，得了伤风重感冒。

史德威扶起他，悄悄一摸，额头烫人。

史可法低声道："不许声张！"

史可法摇晃着走出中军大帐，来到战马前，挥手道："传令三军，即刻开拔！"言讫，他抬腿上马，竟然浑身发抖，几次没有跨上马镫，多亏一旁的侍卫扶住，他才没有摔倒。

史德威抢步上前，将他扶上马背。他策马前行，没走两步，身子一歪，又栽下马来，众侍卫飞步上前接住，才没有摔得严重，史德威等人忙把他扶到一旁坐下。

"史大人，先歇息一会儿再走吧！"此时，高弘图已坐着马车过来，见史可法精神恍惚，脸黄得像张黄皮纸，没有一点儿血色，猜测他病得不轻，忙上前相劝。

闻此言，史可法十分震怒，别人相劝犹可，副主帅劝他，这不是涣散军心吗？他刚欲申斥高弘图几句，见他也哭得眼泡红肿，满脸泪痕，冲到嗓子眼的话，又强咽回去。只是紧抿嘴唇，挺身而起，抓紧缰绳，跨上了马背。

高大人见史可法面沉似水，知道自己的话，没有打动史可法，命人把车往前推了几步，拦在史可法的马头前，真切地相劝道："史大人，值此万分悲痛之际，作为三军的主帅，应再三冷静为是啊！李自成得胜之兵，正值骄横之际，如以我们十几万人马前往征讨，与他六十万大军相对，无异于以卵击石啊！"高弘图双眼祈求地望着史可法，希望他能冷静待事，三思而后行。

"高大人，京都失守，圣上蒙难，你我身为朝廷重臣，还有何脸面苟活人世啊？别说以卵击石，就是赴汤蹈火，又何惧哉？"史可法说到悲愤处，一勒马缰，战马往前一蹿，一下子又把他摔下马来，众人惊呼着跑上前扶起主帅，见史可法的半边脸已抢破，鲜血直流。

史德威、史继州、高弘图等人围成一圈，急切地呼唤道："史大人，史大人，您醒醒啊！"

随军郎中也闻讯赶来，忙着抢救。

"气煞我也。"史可法高喊一声，许久才缓过一口气来。他目光呆滞，痴痴地巡视着周围，像是个从冥界转了一遭又回来似的人，不认识地打量着众人，喃喃地自问："我是在哪儿？我随圣上去了吗？"

　　"史大人，为国家社稷大业，您切不可过分悲伤啊！"见史可法如此悲伤，高弘图的眼泪又唰唰流下来。他宽慰史可法几句后又说："主帅，咱们应该立即聚帐议事，商讨北上勤王具体方案后，再兴兵征讨！如此或可打败李自成，收复京都，再立新君。"高弘图见史可法不为所动，又说："史公你为将为帅多年，怎么不想想，似此散沙一盘，单靠咱们孤军而入，反而适得其反啊！"他见史可法似有所动，又进一步劝解道："史大人，您自幼饱读兵书战策，何以不知身为将帅者，当节哀自制，审天时，度地势，以破敌兵为当前大业啊！"

　　史可法愣愣地望着高弘图，许久才说："高大人，我心里这口气出不来呀！"他狠劲地捶着胸脯，脸憋得紫紫的，待喘息稍渐平息之后，才问："若依高大人之见，眼下又该当如何？"

　　"依臣之见，先埋锅做饭，让兵士休息。我们商议出一个稳妥的方案，再伺机行动。否则，即使我们疾驰赶往京都，也要四五天的时间，似此我军疲劳之师，农民军以逸待劳，胜败难以预料啊！再者，天下各路勤王之师此时也可能在路上，也可能在组织之中，如果将各路人马联合起来，共讨大顺军，这样不就兵多将广，有把握了吗？兵家云：当断则断，方为明智之师。当断不断，乃为兵家之大忌也。"

　　高弘图一席话，说得史可法频频点头。他也确实感到目前这种状况，别说是上阵交战，就是赶路也难啊。他沉思半晌道："高大人所言极是，就依高大人所见，暂时宿营，商讨出下一步行动方案再说吧！"

　　高弘图走后，史可法被抬回中军大帐床上，歇息一会儿，仍是神志恍惚，浑身疲乏无力。他正欲站起，见侍从端来饭菜，强打精神抓起筷子，饭菜摆桌上，他看了一眼，一点也引不起食欲，他夹了一口煎鸡蛋，放到嘴里，咬了一小口，又放了回去，挥挥手懒懒地说："端下去，你们吃了吧！"

　　"史大人……"侍卫欲劝说几句什么，史可法摆摆手，合上眼皮，倦怠地睡去。

　　侍卫端起饭盘，刚走出大帐，恰被史德威遇见。他将刷洗战马的刷子，扔在一旁，赶上前问："史大人怎么没吃？"

　　"史大人他……"侍卫说着回头望了四周一眼，低声说："史大人不思茶饭，这可不是小事，我要去请示高大人来劝。"

　　"给我吧！"史德威接过托盘，走进大帐。

史德威来到史可法面前，双膝跪地，高举着托盘，轻声唤道："史大人，请用餐吧！"

史可法听到声音亲切，睁眼一看，见史德威跪在面前，张嘴欲说什么，抽动了一下嘴角，什么也没有说。无力地摆摆手，把脸侧向一边。

"史大人，看在小人跟随您多年的情分上，就吃几口吧。"史德威起身，端着托盘又转到另一侧，跪在史可法面前，用哭音恳求道："为了社稷，为了百姓，就请您吃一些吧！"

昏睡中的史可法勉强撩撩眼皮，疲乏地再次掉过脸，他不忍心再瞧见心爱副将恳求的样子。

看到主帅脸色蜡黄得像张黄皮纸，史德威心如刀绞，泪水夺眶而出，他哭泣着跪爬到另一侧，泣不成声道："史大人，为勤王之师的前途着想，您也该保重啊！"

此刻，附近的侍卫、幕僚，相继跪在史德威身边，齐声请求道："史公，为勤王之师，您要保重。"

看到这一幕，史可法被深深地感动了，他挣扎爬起，喘息一阵，艰难地说："诸位请起，本帅非是不吃，实在是吃不下，身子倦怠，不思茶饭，睡过一觉便好，你们各自歇息去吧！"

"史大人，请看在众将面上，为朝廷、为史老夫人、为您夫人，您也该吃饭呀！"史德威跪爬几步抱住史可法的大腿哀求道。

"是啊！主帅您不吃饭，如果病倒，何以北上勤王，您要为国家社稷，节哀自爱，留身为全军士卒啊！主帅如有差池，何人统领三军啊！"幕僚侍卫齐声进谏。

"史大人，您不答应，我们就永远跪在这儿。"众人围成一圈，环请史可法进食。看到部下臣僚如此热情、真诚，史可法心里热乎乎的。心中暗道：自己身为主帅，无有寸功寸德，何以让众臣这样操心，在这寒冷的天气里，跪在冰冷地上。

想到此，史可法感动得热泪盈眶，抓起筷子，连声说："诸位请起，我吃！我吃……"说着，两行热泪顺着脸颊簌簌淌下。

傍晚，临时搭成的讨逆大军祭奠大帐内，一片肃然。

史可法身着重孝，由两名侍卫扶持着坐到帅椅上。

他头戴孝帽，身穿孝袍，显得脸色更加苍白，他扫一眼两厢站立的文臣武将，个个也头戴白纱，腰束素带，默立两侧，垂眉敛目，静候主帅发话：

"诸位，这几日噩耗终被证实：京都失陷，圣上吊死，我等众人都觉心情沉重。但是，我们要化悲愤为力量，讨还血债，誓报弑君夺都之恨。"史可法振奋精神，猛然一拍帅案，愤然道："李自成以下犯上，杀君弑父、陷我大明都城，尔等朝臣命将，当与之誓不两立！本帅命令，各部军队，明晨全军披麻戴孝，誓师北上，尔等有什么高见？"

帐内鸦雀无声，无人答话。

"有何高见快讲，言错者不究过。"史可法如炬的目光扫过帐内众人一眼，催促道。

"主、主帅大人。"崔将军看看左右，鼓足勇气站前一步。他有些紧张，脸涨得通红，也有些结巴，见史可法目光暗含着鼓励。他抹抹脸上的汗水，又怯怯地说："依、依末将之见，大、大明江山气数已……已尽，虽说圣上贤、贤明，可手下贪官惨无人道，却也可恶。不、不如早做打算，以保、保一方百、百、百姓。"他急得满头大汗，又恐遭主帅的呵斥。说话时，不时抬头紧张地观察着史可法的脸色。

他的一席话，犹如一枚石子，投进一潭死水中，众人哗然，议论纷纷。各执己见，相持不下，史可法此刻却不动声色，观察着众将的反应。

"叛臣贼子，人心不古啊！"有人反对。

"主帅，这可不行！"樊将军高声喊道。他气愤地挥着拳头道："贪生怕死，还未拼杀，就存异心，真乃老鼠胆子，妇人之见。"

"住口，你竟敢骂人？"崔将军跨前一步，手指着樊将军的鼻子，气愤地问："何为叛臣贼子，朱明王朝的江山还不是从元朝社稷抢来的！这叫审时度势！"

二位将军吵在一处，各不相让，唇齿相讥，激烈处，意欲拔刀相斗，灭了对方才觉快意。

"咄！"史可法见要发生火并，气得一拍帅案道："本帅是让诸位对北上讨贼发表见解，没有讨论其他问题，重申一句，谁敢再言其他，军法处置！"

见主帅动了盛怒，争执的双方只好作罢，各回本位，只是仍然怒目而视而已。

此刻史继州、史德威站在僻静处，隔着大帐的帘缝往里看。

史德威："继州，你看史公气的，手直哆嗦，嘴角直抖。"

史继州："是啊，史公怎么会料到，耗费他好几个月心血，训练多日的勤王之师，还未与农民军交战，就已有投降的论调。"

"刚才散布投降论调的那个浑蛋将军是谁？史公怎么不宰了他？"

"史公投鼠忌器。"

"什么意思？"

"那家伙是马士英手下的，勤王之师多是他的部下，十几万人马，他的部下占一多半，所以他敢于这么胆大妄为。"

"原来如此，史公早就该削了他的兵权。"

"他不就是仗着有马士英做后台，兵多将广，才敢这么肆意妄为吗？史公没有这么做，就担心弄不好他反手一刀，北伐化为泡影。"

"那该怎么办，史公难啊！"

"就是！史公这个主帅当得难啊！"史继州感慨："身为主帅，处处捉襟见肘，当得憋气，使唤丫头拿钥匙，当家不主事啊。"

"可眼下又有什么办法呢？"

"看来，史公只得采取怀柔的策略，稳定军心了。"

"我们俩要是能为史公担忧分愁就好了。"

此刻，中军大帐内的史可法犹豫不决，确实为难：他暗中思忖："崔将军，你小子敢在这种场合散布投降论调挑事，如果身后没有人为你撑腰，就是吃了熊心豹子胆，也没有这个勇气啊。要是以往，本帅早已将你推出斩首，以伏军法了。可眼下，老夫还又不敢把你怎么样，咱们走着瞧！"直到此刻，史可法才感到他这个统帅不好当啊！可眼下再难，他也要挺身上前，朝廷危亡，身为臣子，他义不容辞啊！

他见两厢不再有人说话，把胸脯往上挺挺，提高嗓音说："诸位知晓，朝廷危难之际，国家需兵用将，我们食朝廷俸禄，当共扶社稷，大顺军虽攻下京都，但他们立足未稳，又损兵折将，短粮少衣是他们一大不利。况且全国大多数省份还在朝廷手里，各地很快就会选派精锐之师赶赴京都，一旦各地勤王之师赶到，别说李自成的几十万游兵散勇，就是清军的骑兵又有何惧哉？"

"主帅所言极是。"高弘图在侍卫的搀扶下，蹒跚走进大帐，高声赞同道。他是刚刚得知大帐内正在召开商议北上讨逆大事的消息赶来的。

"来人，搬过软椅。"史可法忙命人搬过椅子，让高弘图坐下。

高大人屁股沾沾椅子又站起说："诸位，我们勤王之师，都是好男儿，优秀江南子弟，从江南赶往江北，一仗不见，就言投降，岂不被天下人耻笑。将来，有何面目去见家乡父老？老夫建议，明晨誓师北伐，与大顺军誓争高低！"

史可法见副帅高弘图在关键时刻助了自己一臂之力，心中暗喜，巡视帐内一眼，决定就此发令布兵。他猛然站起，抓起令箭，威严地说："各位，朝廷养兵千日，用兵一时。众将听令，今晚所议之事，就此告结。军令如山，不得再有异议，如有抗命，那就别怪我史可法不顾情面了。"史可法说着，霍然转身，摘下挂在帅案后的尚方宝剑："呛啷"一声拔剑出鞘，灼灼逼人，厉声道："到那时，我史可法认识你，尚方宝剑可不认识你！"

两厢文武肃然，主帅史可法铿锵有力的话语，透着一种威严，其中几个胆怯者，他们感觉脖颈后似吹过一股凉风，直穿骨髓，吹得脖颈处发麻。暗中几个胆小的校尉，没有上过阵、打过仗的，竟不寒而栗，双膝瑟瑟发抖。

帐内烛光忽闪几下，险些熄灭。

翌日清晨，一声炮响，勤王大军拔营起寨，向北进发。

帅旗飘动，旌旗猎猎，全军举哀。将士们素盔素甲，头戴白纱，腰束素带，一片肃然。只闻马蹄嘚嘚，脚步唰唰。主帅史可法身披雪白披风，胯下战马头缨上也挂着白纸花，腰披白布单，时而引颈长嘶，引起其他战马共鸣，甚为悲壮。人急马快，一气赶出四五十里。

中午时分，人困马乏。史可法命令就地歇息。

他刚跳下战马，在一处树荫处坐下来，就见督粮官孙琦将军大汗淋漓地赶来，扑通跪倒，变颜变色道："报告大人，末将该死，我们的粮草被一伙身份不明的人劫去。"

"那你回来干什么？还不快去组织人马抢回来。"

"遵命。"孙琦将军转身而去。

话未完了，一匹战马箭似而来，一名浑身是血的校尉从马背上滚落在地，附近侍卫忙上前救起，校尉微弱地说："史大人，运粮的船被……被贼人给烧了！"

史可法听罢，顿觉被人猛击一棍，数万大军不可一日无粮，无粮则军心不稳。他急命大军就此扎营，一面派将士四下筹粮，一面派人速回江南，急催各地官府，火速运粮到前线，以保军需。

史可法率军北上，沿途所见，村落荒芜，十室九空，连年战乱，百姓饥馑，哪里去筹粮？北行数日的勤王之师，只得半饥半饱，走走停停，往北进发。

史可法望穿秋水，苦盼江南运粮车队的出现。

勤王之师处此窘境，史可法也无良策，苦熬时光，转眼五月初，仍不见江南粮车出现，史可法只得再次派人去催。

这一日，军营外来了大批饥民。史可法暗自疑惑，正欲派人打探，却见史继州领着两个饥民奔进来，急步近前道："史大人，不好了，李自成兵败撤出北京，清军已攻占京师，正派大量清军，向南杀来。"

"胡说！"史可法厉声呵斥道。他做梦也不会相信，李自成的大顺农民军刚刚占领北京这么几天，就会被清军打败。

"大人不信，可问问这两位兄弟。"史继州手指身后衣衫不整，满脸惊惧之色的饥民说。

"史大人，我们亡国了。"几位饥民见到旗杆上高挑的"明"字大旗，找到朝廷勤王的大军，如遇上久别的亲人，加上他们早已耳闻过史可法的名字，今见史可法、史尚书亲提大军而来，真比见到亲生父母还亲，刚说一句话，就跪倒在地上，号啕大哭。

史可法忙上前，将他们扶起，安慰他们道："有话慢慢说。"

一个年纪大些的饥民渐渐停止哭泣，抹去泪痕，断断续续地说："史大人，这是真的，传闻山海关总兵吴三桂降了清军，引清军杀进关内，李自成领兵迎战，被清军所败，退出京都后，向山西、陕西方向去了。"

"啊！"史可法惊叫一声，犹如五雷轰顶，顿觉一股寒气袭入头皮，从头顶一直寒到脚底。

安顿好报信的饥民，史可法面对崇祯皇帝的画像，喃喃自语："圣上，您的命太苦了，您前有农民军造反，后又有清军的觊觎，朝廷腹背受敌，怎么得了？圣上，您说说，是谁害死您的？是农民军？还是清军？圣上，您后悔吗？在对待清军的政策上，您是主和，还是主战，不是微臣埋怨您，您的耳根子太软，生性多疑，连袁崇焕那样的忠臣，都被您杀了，您到底是主战，还是主和？为君之道怎么能左右摇摆，态度不定呢？哪面风硬哪面倒，到头来，害了自己，丢了江山，还害了百姓。"

烛光摇曳，史可法跪在画像前，还在忏悔："圣上，您主战，没有错，可您用错了人啊！周延儒，这个贪生怕死之辈，您却让他带兵打仗，还封为什么首辅？误国误民误朝廷啊！圣上，农民军攻破京都，逼死圣上，此仇未报，清军又大举入关，占据京都，涂炭生灵，我史可法绝不能善罢甘休。现今朝廷内忧外患，国恨家仇，系于一身，圣上啊！我该怎么办？您说，您说呀？"

史可法遭受一连串的打击，身心疲惫，一个个噩耗如晴天霹雳，炸响在耳边，坏消息接踵而至，个个让他心惊肉跳，怎不使他忧心如焚？他像突遭电击一般，身子晃了晃，险些晕倒。

史继州走进大帐，赶忙上前扶住他："史公，你要节哀呀。"

"继州，是你呀。外面情况如何？将士们情绪怎么样啊？"

"史公，外面人心惶惶，各类消息和各种传言，早已像瘟疫一样蔓延。将士们议论纷纷，希望史公尽快做出决断，挥师北伐。"

史可法扶住桌案站起，定一定神，挥手道："快！快把高大人找来！"

大军扎住营寨，侍卫们忙着把中军大帐支好。

史可法传令，紧急召集文臣武将，商讨对付清军的应急策略。

史可法："将军们，众所周知，清军与大顺军不同。清军多为骑兵，战斗力更强，也更为彪悍；大顺军多为步兵，战法与明军相似。故此，根据作战对象的不同，战法的差异，我们必须及时调整战略战术，不然，我们在遭遇清军时，是会吃亏的。"作为久经沙场的战将，史可法深谙此道，详细分析着敌情。

而此时，明军中许多人有恐清症，得知清军占了京都，人心已散，将领们惶惶然各持己见。史可法连拍三下帅案："不要争吵……"才将喧哗不息的武将们平息下来。

如何收聚众将之心，同心抗敌呢？史可法苦苦思索着最佳方案，沉思许久，也想不出来良策，急得他手心里出了一层冷汗。蓦地，史可法忆起一代枭雄曹操，为整军纪，自罚自身的故事。看来，自己眼下要说服众将，非效法曹孟德不可。想到此，史可法缓缓站起，摘下官巾，解下玉佩，捧出帅印，推至案前，手扶案角，提高声音说："诸位，此为国丧期间，一切礼节从简。但有一条，为整肃军纪，可法恳请诸位，从速将可法军法从事，以谢天下。"

史可法初始讲话，帐内还有人低声嘀咕，大帐内渐渐地静下来，人们为史公恳切的言辞而感动，当他讲到要众将把自己军法从事时，众人不解，齐声问道："史大人，这是何故？"

大堤上，史继州跑来："德威，你快去吧！"

"怎么了？没看见我在统计战马吗？"

"史公要自罚自身。"

"什么？自罚自身？什么意思？"

"笨蛋，这还不知道，就是自己惩罚自己啊。"

"有这事？史公是不是急糊涂了？"

"走吧！快去劝劝他。"

"走！"二人飞奔而去。

大帐内，史可法还在严词自责："诸位，可法身犯当斩之罪，罪责有三。"

史可法屈指述说，他心情沉重，情真意切地陈述着："可法身为主帅，受命圣上钦点，为兵部尚书，率军驰援。怎奈时局维艰，可法才疏智薄，督师不利，行动迟缓，致使圣上惨遭逼宫之变，命丧煤山。这是可法罪责之一；身为大明臣子，不能为民解忧，为君效忠，这是罪责之二；统领勤王之师，身为主帅，食朝廷俸禄，饮黎民膏血，却内不能拒贼，外不能御寇，致使国破君亡，这是罪三。似此罪责当诛之辈，可法何以见父老？何以见百姓？何以见青天？九泉之下，何以见圣上？似此三罪，可法当诛百次有余啊！"说到这儿，史可法声泪俱下，痛击自己前额。

帐内文武百官，见主帅声悲意切地自责，也各自垂首思过，唏嘘不已，各自伤神流泪。

"啪——"史可法猛地一击帅案，往后一甩长发，厉声喝道："刀斧手何在？"

这才是：王师望秋水苦盼粮草，可法思对策寝食难安。

述实情主帅感动将士，副将找挚友急去救主。

欲知后事如何，请看下文。

第15章
肃军纪史公断手指
书檄文讨逆扬正气

此刻，中军大帐内，气氛肃然，鸦雀无声。

史可法高声喝喊："还不速将罪犯史可法推出斩首，以正军纪！"说完绕过帅案，跪倒在地，伏首听候处治。

恭候在帐外的武士听到主帅召唤，根本没听清将谁正法，便迅疾奔进帐内，见帅案后无人，帅案前却是主帅本人正引颈受戮，顷刻全傻了，个个如同中了定身法，止步不前，木雕泥塑般地呆站着，茫茫然不知所以了。

史可法猛然抬头，对侍卫怒喝道："尔等还不动手，等待何时？"

"主帅不可！"高弘图上前两步，与史可法同跪在一起，众将官幕僚也相继跪倒，恳求道："史大人，使不得啊！"

"史公，你要罚就罚我们两个吧，是我们让史公失望了。"德威、继州冲进中军大帐，跪倒在地请求。

"史大人，小人该死！"刀斧手也一个个抛下大刀，跪倒在一侧请罪。

"史公，天有难测风云，人有旦夕祸福。圣上归天，京都被占，此非主帅作战不力所致，此乃天命也，绝非大人之过，如果史公引咎自责，似此我等……"高弘图手指帐内、帐外跪倒的人群说："都是罪责当诛啊！"

史可法："那——眼下又当如何？"

高弘图："依老夫之见，眼下正是举国哀痛之际，用人之时，只有重整军兵，励精图治，匡扶社稷，才为上策啊！"

"史大人，我等愿随主帅效死疆场！"中军帐内的将官们被史可法的赤诚所感动，齐声请求道。

高弘图起身扶起史可法，挥挥手，命刀斧手退下。

"也罢，本帅宣布：暂且保留史可法的项上人头，要他戴罪立功，如有再犯，定斩不饶。"史可法缓缓站起，威严地扫视跪在地上的文臣武将一眼，上前将他们一一扶起，然后他又坐回到帅案后，诚挚地说："诸位，你们的盛情我领了，可法为治军者，执法如山，非同儿戏，虽然大家诚言相劝，但身为主帅，决不能法不责己。大家都知道三国时的魏主曹孟德以发代头的故事吧！今天，本帅以一指代罚！"说着，史可法转身摘下墙上的尚方宝剑，由剑鞘内"呛啷"一声抽出宝剑，将左手放在帅案上。

"史大人，不可！"德威、继州惊喊。

"史公，使不得！"未待高弘图站起扑上去阻拦，众将还没有纳过闷来，早见寒光一闪，史可法一剑将左手无名指砍下。话说十指连心，痛得他险些昏倒过去，宝剑落地。

史可法用右手攥住左手，紧皱眉头，一字一句地说："来人，速将手指传谕三军，以昭可法抗敌之心，御辱之志。"

"主帅……"高弘图抢步上前，扶住史可法，冲帐外高喊："郎中，快传郎中！"

霎时间，中军大帐内鸦雀无声，将官们心情肃然。

高弘图挥挥手，示意散去，文臣武将们个个悄悄退出大帐，可他们谁也没有走远，都聚在大帐门口，探头探脑，探寻地望着帐内，期待着主帅安危的消息。

在侍卫们的引领下，随军郎中匆匆跑来，奔进大帐，人们的心情更紧张了，把心提到了嗓子眼。

此刻，史可法由高弘图扶住，靠在帅椅上紧咬牙关，不使因疼痛喊出声来。他脸色更加苍白，像骤然遭到一场风寒的柳树，苍老了许多。

郎中忙给他敷上止血红伤药，包扎伤口，服下止痛的药丸，这才悄悄退出大帐。

随军郎中暗暗抹去脸上的冷汗，悄悄走向帐外。

中军大帐外，史继州抬头望望天，已是晚霞满天。西山日落处，只残留下一片余晖，他这才长长地呼出一口气，偷偷拭去额头上的汗水。

将尉们见郎中出来，忙上前探问："主帅伤情怎么样？"

"好样的，关公第二，哼都没哼一声。"郎中竖指称赞，口气中充满敬佩之意。

天色渐晚，将尉们仍聚集在大帐门口，没有散去之意，焦灼地期待着主帅的消息。

史可法躺在帐内主帅椅背上，浑身发软，长时间地奔波、劳累，几乎耗尽了史可法的体力。

圣上驾崩，京都陷落，使他精神上接连遭到沉重的打击，断指失血的疼痛，又使他备受摧残。郎中上过药后，他时而昏厥，时而清醒，直到半夜时分，药力见效，伤痛减轻，神志才清醒了些。

望着寒夜中摇曳不定的烛火，他挣扎坐起，命人取来文房四宝，把书案移到床前。他命侍从用枕头倚住后背，半躺半坐，将灯盏移近些，抱病书写《讨清檄文》，他将狼毫笔在砚墨上饱润许久，思虑再三，提笔愤然写道：

"大明兵部尚书史可法晓谕天下：

华夏疆域，大汉世代居住，明太祖开创大明基业二百六十载有余，素与邻邦结为友好睦邻，主张与邻国各守疆域，世袭祖业责赐。

然满清民族，早已向大明称臣纳贡，却于近年来，穷兵黩武，中原土地，多次遭其侵扰。此次乘人之危，发悍兵强占我京都，实乃背信弃义之举。大明朝廷内外，闻之无不义愤填膺，痛心疾首。凡有爱国之心者，均不甘心华夏锦绣河山，拱送他人之手。

法虽无才德，奈仰圣上临危授命，赐尚书职。现号召天下英雄豪杰，共举义旗，死拒清兵，光复中华，图我大明社稷……"

史可法刚写到此，一阵刺心疼痛，使他身冒冷汗，断指处，殷红的血迹浸出，滴在檄文上，握笔的右手瑟瑟发抖，额上冒出大颗大颗的冷汗。

一阵头昏，史可法伏身在书案上，紧抿嘴唇，不使自己哼出声来。俗话说：心连十指，静坐的时候都一跳一跳地疼，别说再做事了。而写字之时，却是脑想眼看手写，动一发而牵神经，无一处不紧张，特别是在幽愤中的史可法，更是如此。况且，写字时右手怎么摆动？怎么写？都要左手配合，忽儿一阵更钻心的疼痛袭来，"啪——"笔杆落在地上，惊醒了睡在一侧的高弘图。他睁眼一看，忙起身扶住史可法，急切地问："史公，你怎么了？"

史可法弯腰捡起毛笔，摇摇头苦笑着说："不碍事，高大人歇息去吧！"

高弘图见史可法实在难以坐稳，忙扶他躺下，回身看见书案上墨迹未干的《讨清檄文》上面血迹斑斑，忙借着烛光读起来，读着读着，泪水淌了下来，呜咽着再也读不下去。好一会儿，他才忍住悲愤的泪，走到床前，轻声问道："史大人，您好些了吗？"

"唉——"史可法长叹一声，沉吟许久才说："高大人，外伤可治，心病难愈呀！"

高弘图听罢，深有感触地点点头："史公，你我外面走走如何？"

大堤上，月色中，史可法与高弘图相互搀扶，沿小路来到河堤树林里，史可法扶住一株老柳树驻足凝思，高弘图伸手握住史可法的手说："史公，你我生不逢时啊！"

一句话出口，叩动两个人的心扉，俩人的泪水又流下来。

"高大人，可法自幼就想建功立业，留名青史，可国运日衰，你我前途未卜哇！"史可法说到这儿，疼痛又使他眉头紧锁，倒吸一口凉气。

"史大人，别想那么多了。时候不早了，早些休息吧。"高弘图拍拍史可法的手，爱怜地说着，扶着他，起身欲走。

史可法一把拉住他恳求道："高大人别走，你我再说几句知心话吧！"

"这……"高弘图瞧瞧帐内帐外，有些疑惧。

"高大人别怕！这儿没有东西厂的耳目。"待高大人挨着树边坐下来，史可法又攥住他的手说："高大人，人说诸葛亮精通文韬武略，堪称一代豪杰，然而志如鸿鹄，却事业未竟，此何故也？"

"这……"高弘图手捻胡须，静思片刻说："自古说法不一，有言后主阿斗昏庸所致，有言此乃天意也，不过依老夫看来，却是二者兼有啊！"

"依高大人看来，大明衰败至此，国破君亡之祸，又是何故呢？"

"这个、这个嘛……"高弘图语诘，迟疑不答。

"其实高大人不说，可法也已看出，皇帝虽自诩较为贤明、勤奋，登基之初，处治阉党，任用贤明，励精图治，确也有些作为。但圣上生性多疑，日益刚愎自用。似此远贤臣而近小人之举，导致朝臣离心离德。"

"是啊，更有势利小人，浑水摸鱼，蒙蔽圣上啊。"高弘图也有同感，"近年来，东西厂的特务与宦官相互勾结，横行霸道，贪官污吏鱼肉百姓，将民逼至死境，焉有不反之理？"

"所以……"史可法忧愤难以自已，越说越激愤，声音渐高。

高弘图忙伸手捂住他的嘴，低声告诫道："史大人，言多有失，隔墙有耳啊！"他环顾左右后又说："史公之意我已明了，眼下，政局动乱，事情未见分晓，有些事情，切记只可意会而不可言传啊！"为转移视线，高弘图站起身，一指大帐："史公，刚才书案上的檄文什么意思？"

"圣上被逼自杀，北京被李自成的农民军攻占，后又被清军占领，我们这些朝廷臣子，怎能袖手旁观？"

"难道史公书写讨清檄文，就是为发兵攻打京都？"

"高大人所言正是！"史可法见说到"讨清檄文"，顷刻精神大振，热切地望着高弘图问："敢问高大人有何高策？"

高弘图起身，徘徊了几步，站定在史可法面前说："主帅，恕我直言，老夫认为，此时须谨慎处之为佳啊！"他屈指数说道："清兵入关，锐气正盛，以我们数万之众，怎抵百万清兵，似此以坏土而抗洪水，你我战死沙场事小，大业不能光复事大呀！"

"依高大人之见呢？"史可法急切地问。

"依老夫愚见，当下之计，宜先回师南京，择立新君。人曰：军中不可一日无帅，国中不可一日无主。无帅之兵当为散勇，无君之国当是亡国。无帅无君何以号令天下？史公如在南京立稳脚跟，择立新君以后，联络南方各省几十万明军，那时，兵精粮足，发兵北上，清兵又有何虑？况且，眼下清军与大顺军交战，似此两虎相斗，必有一伤，我们坐收渔翁之利，挥戈北伐，不要说夺回京都，就是直捣清军老窝，又有何惧哉？"

"可是……高大人，弑君之仇不报，为人臣子，有何脸面苟活人世？"

"君子报仇，十年不晚。"

"可法……这口恶气不出，枉为五尺男儿！"

"留得青山在，不怕没柴烧。"

"高大人，你容可法再想想。"

这时候，史德威近前："史公，高大人所言极是！"

"我们的谈话你也听到了？"

史德威一指远处："继州和许多将军都听到了。"

"将军们的意见呢？"

"暂避锋芒，从长计议。"

史可法挺身而起，精神为之一振："好！我们回帐再做计议。"

众将聚集在大帐内，议论纷纷。史可法侧耳细听，各有利弊，待大家都发表完意见后，他缓缓站起，目光依次扫过众将领的脸，声音凝重地说："刚才，众将对时局发表了很多看法，各有利弊，显示了各位将军对朝廷、对黎民百姓的关心。本帅和高大人会根据众将的看法和要求，结合实际，早些做出决断。"

众将闻言，十分高兴。

史可法随即又说："不过，你们也别高兴得太早，我们必须打一胜仗，打出我们勤王之师的军威。"

众将群情振奋。

史可法站起，愤愤然道："清兵如此猖獗，视我中原无人，不杀他一个片甲不留，何以平我心中之愤啊！"

"史公此言差矣！先回留都，稳定大局为重，主帅就是打一仗，消灭几万清兵，对大局还是无济于事呀！"高弘图说着，走到书案前，指着那支即将燃尽的忽明忽暗的烛火说："清兵入关也如烛火，初燃时，烛油多而火自明，然而待其快燃尽时，油熬尽而烛火枯，区区北疆清兵，与大明争雄，最后还不是缚茧蚕茧，飞蛾扑火，自食其果吗？"

"好！高大人一席肺腑之言，高策妙论，使本帅顿开茅塞。"

恰在此时，烛火突然熄灭，帐内一片黑暗。

高弘图刚欲命人换上烛火，史可法拦住他："好了，高大人歇息去吧！时候不早了。容我再好好地想一想吧！"

高弘图走后，史可法疲乏地躺下，眼皮打架，困乏得厉害，他却怎么也睡不着。暗夜中，史可法思前虑后，苦思冥想，是督师北上呢？还是回戈南下？他久久得不出满意的答案，直到鸡鸣天亮时，才迷迷糊糊地睡去。

天刚蒙蒙亮，史可法就被帐外的吵嚷声惊醒，他披衣走到帐门口一看，见大批难民涌到军营门前，吵嚷着要求进营躲避，士兵拦阻，双方吵成一团。

史可法穿好衣服，步出帐外，向北一望，大吃一惊，成千上万的难民，如云似雾，向南方蜂拥而来。动乱年月，兵荒马乱，饥民衣单肚饥，破衣烂衫，奔逃哭嚎，时有倒毙路旁。

路上，那些骑马的、坐轿的、赶车的富豪，却横冲直撞，随意践踏羸弱妇幼，全无一点怜惜之意。

饥民呼天喊地，哀声遍野，声传数里，即使是铁石心肠的人闻之，也会落泪。

"唉！亡国之民，犹如丧家之犬呢！"樊将军不知啥时也站到了营寨前，深有感触地长叹了一声。

史可法见此情景，又气又急，气恨那些富户只顾赶路，全然不顾同胞手足的死活；急的是难民缺吃少穿，在风雨中受苦。他思虑一会儿，转对樊将军传令道："樊将军，速令全军将士，将不曾穿用的衣服聚集起来，送到营寨门口，接济难民。"他又转对史继州吩咐道："继州，快把帐中那几匹绸布，全数取出来，仅做一点心意吧！"

"史大人，那是您给老夫人、夫人预备的礼品！"史继州提醒道，站着没动。

"快去!"史可法语气严厉地催促道:"身为朝廷命官,哪有见百姓饥馑而不动心之理?"

史继州不好再说什么,忙噘着嘴不情愿地走进大帐。

史德威拎着一件战袍赶来,披在史可法身上,轻声劝慰道:"大人,天气寒冷,您还是到大帐里暖暖身子吧!"

史可法却没有理会他的劝说:"德威,给你二百士兵,在路旁多设锅灶,熬些稠粥,暂解难民一时之饥吧!"

"遵命!"史德威答应一声,转身就走。

史可法步上山冈,考察地形,寒风阵阵,蜿蜒的土路上,时时扬起一阵阵沙尘,打在史可法的脸上,生疼生疼的,寒风冻得他手脚冰凉。

面对背井离乡,成群结队逃难的饥民,史可法的心头像系上一块重石,沉甸甸的,很是难受。他沉痛地吟诵道:

"国破山河乱,

民失家无居。

睹景谁无泪,

犹如割法心。"

正在史可法面对着饥馑中的难民暗自伤神之际,史继州急急地由帐内跑来,近前低声地说:"大人,此有一信,放在书案上,不知何人所为。"

"噢?"史可法深感诧异,接过一看,见是黄表纸,上写四句诗,他轻声读着:

"当断则断定国策,

纳言班师挥兵戈。

高计暂宜择新主,

策出安邦偏江隅。"

史可法读完,不明何意。又看了一遍,见每句头一个字的下面,都点了一点。将四个点着重号的字连起来,读成"当纳高策"。再看落款为,狂野书生所赠。

史可法顿悟:这是一首藏头诗。他忽而忆起,南京浦口驿馆写反诗,黄河边寒夜献计,均是他所为。他究竟是什么人呢?自己一直站在大帐门口,怎么没见他何时进去呢?他又为何不愿与自己见面呢?

史可法满腹疑问，欲问史继州什么，却见远处荡起阵阵烟尘，只道是清兵追杀所致，忙传令三军准备迎战。

乡间土路上烟尘渐近，骑者荡起沙尘散尽，显现的并非清军旗帜。

他们在几十步开外，勒住战马，为首两员大将翻身下马，史可法忙命史德威上前问话，不一会儿，史德威回禀道，骑者不是别人，却是久违的震三山、陈威二位将军所率部下。二人远远看见"史"字大旗，松了一口气，提出要拜见史可法。

史可法闻报后，命人把二位将军请进营寨。

史可法回到大帐内，刚刚坐定，二位将军就躬身而进，见到史可法，忙躬身施礼道："史大人别后可好！"

"二位将军好！"史可法忙迎向帐门，抱拳回礼，回身招呼一声："来人，看座。"

待分宾主坐下，献上茶后，史可法探身相问："二位将军，何以至此？"

"唉——"震三山长叹一声说："清军占据京都，几次招降我部，均遭我们拒绝。我们偷袭清军数次，小有胜利。前不久，我部在京南霸州一带与清军交战，寡不敌众，被清军所围，我俩合力拼杀，才得逃脱。兵没了，将也没了。"

"史大人，您看我们这副惨象。"陈将军抖抖自己破烂的盔甲，一副凄然，欲笑笑不出，欲哭没有泪。

"二位将军，眼下意欲何往？"史可法问道。

"史大人，我们虽是败军之将，亡国之人，可宁可走到天涯海角，死也不归顺清军。"陈威握起饭碗大的拳头，表示自己的决心道。

"对！以前我等被逼落草为寇，与朝廷抗礼，被捕被杀，均为内部之事，而今清军亡我家园，不共戴天。我俩准备东山再起，招兵买马，誓死抵抗清军到底！"震三山将军说到此，将刚端起欲喝的茶杯蹾在桌上，愤然而起。

"这才是中华好男儿！"史可法高声称赞。

至此史可法心中暗喜，暗自忖道：国家正是用人之际，何不就此收下二人，为国效力。他挥手示意帐内侍卫回避，将椅子移近些，低声说："二位将军，本帅帐前正是用人之际，二位将军如不嫌弃本帅无德无才，就在帐前听令如何？"

震三山、陈威二位将军闻声站起，退后一步，伏身跪拜："谢史大人收留之恩。"

史可法赶忙上前，扶起他们说："二位将军请起，折杀老夫也。"

"史公，先给我们搞点吃的，填饱肚皮吧！"

"好说好说！"史可法答应着把二人带到饭堂，要了几个炒菜、一盆猪肉炖粉条，五斤花卷。

震三山、陈威二位可能饿了好几天，真是饿极了，一阵狼吞虎咽，风卷残云，桌上一片狼藉。

史可法坐在一旁看着他们吃饭，似乎在欣赏着什么。

"史大人，您怎么不吃？"

"我不饿，你们吃吧。"

"那——我们就不客气了！"二人端过史可法面前的饭碗，三下五除二，又扫荡干净："我这肚子，是草包肚子，吃得撑了，还想吃。"震三山大嘴一咧，毫不客气地说。

"你那叫眼馋肚饱，贪得无厌。"

"别说我，你也好不到哪里去，吃一看二眼观三。"二人边吃边斗嘴，史可法看着他们微笑。

"史大人，您笑什么？"震三山有些不解地问。

"我喜欢你们的性格，无拘无束，天老大，我老二。"史可法坦言。

"史大人，您说对了，我们就是天老大，我老二，什么都不怕。哪像您，史大人，给金银珠宝都不要，我们送给您，您送给崇祯老儿，结果怎么样？还不是又落到清军手里，这个世道就这样，弱肉强食……"陈威高声大论。

看到他们对圣上的不敬，史可法皱起眉头。

震三山暗拉陈威的衣袖，收敛了狂野神态。低声说："史大人肯纳降我们二位，实为幸事。但末将出身草寇，日后恐怕对史大人的名声不好！"

"二位将军不必多虑，你们均为良将之后，实为贪官所迫才落草的。想朝廷危在旦夕，各界应不记前仇，而应以抗清大业为重啊！"

"史大人，我们愿追随您左右，鞍前马后，效命疆场！"

"好！咱们大帐内谈。"

史可法带领震三山、陈威来到大帐内，二位将军再次跪倒，给史可法叩头谢恩道："主帅大人，末将参拜史公，愿瞻史公马首，报效朝廷；效犬马之劳！"

"使不得，使不得！"史可法忙将二位将军扶起，待二位将军坐定后又说："为免口舌，二位今后可改名，震三山将军改为震南将军；陈威将军改名为震北将军，严嘱部下，不必多对外人讲起从前之事，待局势稳定之后，本帅再申报朝廷，为二位将军追赠封号。"

"谢大人！"二位将军又欲站起行礼，被史可法按住肩头。

史可法坐定后问："敢问二位将军，身后可有清兵追赶？"

"史大人，实不相瞒，我们之所以这样落荒而逃，确有一支清军尾追在后，距我们只有百八十里之遥，据传是清豫亲王多铎统率。我们实在不解，清军何以下这么大力量，追杀我们这支残军。"改名为震南将军的震三山不解地问，一脸忧愁。

"是啊！多铎为何穷追不舍呢？"震北将军陈威也不解地自语道。

史可法沉思片刻，以手加额，在帐内转了两圈，踱到二位将军面前说："依本帅看来，多铎之所以不惜血本追杀你们，其意有二，第一你们曾与本帅在大清河边大败多铎，他这人记仇，必欲将二位将军斩尽杀绝，以儆其他绿林好汉，根绝清军进攻农民军的后患；二是欲借道二位将军，在前引路，轻车熟路，他们直抵黄河岸边。"

"啊——这家伙够歹毒的。"震南、震北将军惊叫道。

"来，咱们到地图前，你们介绍一下清军的情况。"史可法伸手相让。

简易的地图前，震南指点着介绍："史公，我们在这里，霸州以北的固安与清军遭遇，并打了一仗。"震北将军接着说："我们一直往南退，一直退到这里。霸州，又退到这里河间。"

"看来，无意之间，你们把清军引到了黄河边上。"史可法在地图上，指点着说。

"惭愧呀，我们怎么起到了引狼入室的作用？"震南将军怒问道。

"好狡猾的多铎，抓住你，非剜出你的眼珠当球泡踩不可！"震北将军手指北方吼叫道。他在史可法的点拨下，识破清军的诡计后，气得七窍生烟，眼珠瞪得灯泡似的。

"二位将军息怒，本帅今有一计，既可报二位将军之仇，又可杀杀清军的锐气，只是不知二位将军，是否还有胆量引狼上钩？"史可法采用激将法，激发他们抗清的勇气。

"史大人此话怎讲？大将效命沙场，岂有畏惧之理，如有用得着末将之处，甘当效命。如有二话，当天诛地灭！"震南将军挺身而起，梗着脖子仰着头，一副天不怕地不怕的劲头。

"谁要是孬种，是蹲着撒尿的。"震北将军也霍然而起，拍着胸脯保证道。

"哈哈。"史可法一阵大笑说："想不到二位将军还是这么火暴脾气，好！好！"他拍着二位将军的肩膀说："二位将军即刻回去，带领人马，绕过大营向南败逃，待天黑之后，绕道急转向北，赶到多铎的前锋部队前面，就在他们营寨前歇息，并让他们探知你们的消息。明晨，你们主动攻打他们的营寨一番，然后撤出，逗引清军追赶。注意'逗引'清兵上火，打得他又痛又痒，明午把清军引至后面的河套苇塘内后，见大火燃起，反身杀回，明白了吗？"

"史大人，我们马上杀回即可，何以要绕过主帅营寨，还要南行呢？"震北将军不解地问。

"二位将军有所不知。难民中必混有清军奸细，如他们看见你们由大帐内出去杀向北面，必有所疑，多铎得知此信，必不敢前往。"史可法低声解释道。

"主帅所言极是！"二位将军至此心服口服："末将以前只知拼杀，不知用计。看来为帅者运筹帷幄，用谋使计。这恐怕就是将帅的区别啊！"

二位将军告别史可法，刚欲出帐。

大帐门口，史可法勃然变色，赶前几步，厉声喝道："无名败将，还不快快退下！"

二位将军闻言一怔，回视史可法，见史公正冲他们微笑，情知这是在用计，跨出帐门时，也高声做戏高喊道："逞什么威风？有种的清兵来了别跑！"史可法赶出帐外，对手下厉声道："来人，快将他们轰出营寨。"

侍卫们闻令而去，推推搡搡，把二位将军赶向营寨之外。

营寨门口，震南、震北二人，被士兵轰赶出来，他们骂骂咧咧，愤愤然跨出明军营寨，又回身高骂几声，率领那几百残兵败将，绕过明军营寨，择小路落荒而逃。

大帐内，高弘图、史德威、樊将军等人匆匆赶来。他们闻知史可法轰走震南、震北二人之事后，忙步进中军大帐，想劝慰主帅几句。进得大帐，见史可法面色阴沉，正在暗生闷气，刚欲说几句什么，史可法却手指樊将军道："快！快传令，即刻拔营后退，清军数万大兵，正追向这边，我军营寨不保，快快拔营。"

"主帅，这……"樊将军有些丈二和尚摸不着头脑，懵懵懂懂地站在那儿，迟疑未动，史可法发火道："还不快去！速令拔营后撤。"

"史大人，兵士们正埋锅造饭，是不是饭后再拔营。"高弘图上前劝阻。

"高大人，军情如火，如拖延一刻，二十万清军追至，这里既无高山可守，又无河流可用，不等于全军覆灭吗？速传帅令，有违令不遵者，斩！"史可法板着面孔，果断地挥手命令道。

"大人，那刚捐好的衣服，还有粥锅怎么办？"

"还管那些，快退！"史可法厉声呵斥道，转身手忙脚乱地收拾行装。

大帐外，众将见主帅退意已定，也不敢再说什么，忙着散去各自收拾行装去了。唯独高弘图还一时转不过弯来，定定地站在帐内，冲史可法发泄着怒气："史公，难道你胆怯了吗？"他的声音发抖，带有颤音。

"高大人，有话以后再说吧！"史可法迟疑一下，很想对高弘图解释清楚，却见周围兵丁忙着拆营帐，正待将高大人拉到一个僻静去处时，看了半天，也没有理想之地，又欲暗示高弘图几句，而高弘图却因气愤已极，不等史可法再说什么，厉声责问："史可法，你平日抗清保国，喊得比谁都响，怎么今日刚一听'清军'两字，就望风而逃呢？这不有损你昔日的声望？有损大明社稷重臣的人格吗？"

"高大人息怒，有话慢慢说嘛。"史可法放下手中的笔筒，欲上前好言相劝。

"别靠近我，我厌弃你这人面兽心，两面三刀的家伙，臭！"高弘图被气炸了肺，破口大骂。

高弘图这一闹，反而引来许多人相劝。这一下史可法反而更不便说清实情了，只得忍辱负屈地强忍着。

"史可法，你这胆小鬼！你走吧！我不走！你这怕死鬼！"高弘图被气昏了头，跳脚地喊。

史可法情知高弘图身体不好，生恐事情闹大，把高大人气个好歹，忙对帐外喝道："来人，把高大人扶走。"

假戏真做，高弘图这一番举动，感动得史可法眼泪差点淌下来。他摆摆手，武士把高弘图架出帐外，高弘图的呼喊声、叫骂声，被将士们劝解着，吵嚷着才渐渐远去。

明军营寨前大军拔寨，开拔后退，犹如溃军一般，慌不择路地向南退回。

扎过营寨的地方，遗留下许多刀枪箭盾，破鞋烂袜子，还有许多没有来得及吃的饭菜，冒着浓烟的锅灶，一切都给别人仓皇败逃的迹象。

路旁，正在发放赈济衣服的士兵听到号令，扔下没有发完的衣服，随队匆匆撤去，一拉溜十几口大锅里冒着腾腾蒸汽，熬好的粥还没有盛完，饥馑多日的难民蜂拥上前，争抢起来，打成一团。

此刻，躲在难民中的几名清军密探，把这一切看在眼里，笑眯眯地向北报信去了。

明军南行路上，史可法为蒙蔽清军耳目，佯装败退，率领本部人马，一气就退了五十多里。以往行军，别说丢弃刀枪器械，掉个布丝也得捡起。如今可好，人多道窄，败退又急，踏平路旁许多耕地，路上遗落许多破衣烂衫，旧刀破枪。

主帅史可法对此混乱局面却视而不见，只顾策马急驰。

史可法率队来到雨落宽河高坡上时，他策马跃上一个高坡，勒住坐骑，四下观察这里的地势。此处地形对埋伏极为有利，北高南低，两侧隆起，呈簸箕形。

方圆几十里都是大片大片的芦苇。由于战乱，盖房织席的人少，虽已开春，去年的芦苇还没割净，一簇一片，向南绵延，一眼望不到边。

所谓的雨落宽河，根本就没有河，只是个硕大的洼地，雨季降雨，三面高处的雨水都淌到这里，成为一片小湖，湖里长了许多耐涝喜水的植物，形成现在的芦苇荡。眼下正值早春，荡里没有水，正好埋伏，也正是厮杀的好去处。

史可法把这一切看在眼里，喜在心上，他正筹划埋伏的计划，后面的大队人马赶了上来，他命史德威把众将聚在一处，他策马过去，众将瞧着主帅，一言不发，不明他为何勒马不行。史可法扫了众将一眼，半开玩笑地问："诸位将军，你们愿立奇功吗？"

"主帅，我们还没有看见清兵，就已望风而逃，败得一塌糊涂，何言建奇功？"崔将军不满地嘀咕。

"是啊！史大人，我们是仰慕您的名声，才志愿在帐前听令，哪有不见一仗，就败退五十里，岂不被天下人耻笑？"樊将军也不满地嘟囔道。

这时，高弘图骑着一匹白马，由两名侍卫扶持着，也爬上堤坡。史可法见高大人面色阴沉，眼角低垂，一副愤愤不平的样子，忙催马迎前几步，双手抱拳笑问道："高大人，别来无恙乎？"

高弘图撩起眼皮，扫了史可法两眼，鄙夷地哼了一声，侧过脸，拍马欲走。

史可法忙上前拦阻道："高大人，且慢！"他转对众将说："各位，现在本帅发令：崔将军，你率本部五千兵马，埋伏在东北那片杨树林内，见苇塘内火起，即刻带兵抢占北面的小土岗，多设路障，多备弓弩，如放走一个清军，提你的人头来见！"

"得令！"崔将军躬身施礼欲走。

高弘图大惑不解地问："史大人，你这是……

"哈哈。"史可法仰头一笑："此乃本帅瞒天过海之计。各位将军，本帅估计，明天中午，将有一股清军至此，请各位将军，到时用清兵的首级领赏！"

史可法言罢，一阵忙碌，他排兵布阵，要在此芦苇荡内大败清军。

"得令。"众将各自领命而去。

"史大人，这不会是你跟老夫在开玩笑吧？"高弘图对眼前发生的一切，还是将信将疑，仍有些懵懂。

"高大人，咱俩打个赌吧！"史可法开着玩笑。

"所赌何物？"

"如清兵前来，大败多铎，你将家财输给我一半。如清兵不来，可法将一半俸禄全部归你，怎么样？"史可法乐呵呵地问。

"此话当真？"高大人一副认真的样子。

"君子一言，驷马难追。"史可法一脸严肃。

观察完附近的地形、地貌，一个报仇雪恨的计划逐渐成熟。

大战在即，史可法站在一棵大柳树下，居高临下，再次仔细观察地形。

高弘图策马而来："史公，你为什么躲我？"

"躲你？没有哇！"史可法有些不解。

"没有？那刚才你与老夫说的有关打赌的话还算不算？"

"军中无戏言，怎么不算？"史可法一副认真的样子。

"好！不许反悔，你我都不是小娃娃，何以戏言？"高弘图与史可法较上了劲儿，一板一眼，十分认真。

这才是：战争离乱百姓遭涂炭，可法仗义施粥济难民。

　　　　将帅用谋巧布迷魂阵，弘图被瞒大帐辱无辜。

欲知后事如何，请阅下文。

第16章
芦苇荡用智退清兵
返南京遇险遭刺客

一望无际的芦苇荡内，高岗处的一株大柳树下，高弘图追问史可法。

"好！我答应你。"史可法拍着胸脯，爽快答应。

"不行！咱们还是按老规矩办，口说无凭，立约为证才好！"高弘图也是饱读诗书之人，迂腐劲儿上来，十头牛也拉不过来，说着，他由马鞍旁的皮囊内掏出纸条要写。

"啊——这个……"史可法见他昔日的好友，今日的副帅真的较起劲儿来，倒有些犹豫，忙上前相拦："高大人，就不要写了吧！"

"为什么写不得？君子一言，驷马难追！你说的。"高弘图大声道，他仕途几十载，加之也是才子，刷刷点点，将契约写好。

史可法又欲上前相拦，高弘图用脚后跟一磕战马，马负痛转圈，不让史可法靠近。须臾之间，两张契约写好。

高弘图在笔尖上沾点墨迹，自己先按上手印，又递给史可法。

史可法为难了，一句戏言，不承想高弘图老夫子竟认真起来。不管赌注输赢，后果都不好，严重些两人可能因此结怨。

"高大人，你我为主帅副帅，年纪加起来过百，还当真玩这种儿童的把戏，会被人笑话的。"他担心为此引起不良后果，还要再次劝说。

"话出口，就如石头凿坑，不可毁约。"高弘图严肃地说："如清兵前来，史公能大败多铎，别说一半家产，就是全部家资，哪怕连老夫妻妾输与你，也心甘情愿。画押！我的史大人！"说着，他硬是把契约塞到史可法手里。

"这个，言重了。史某不才……"

"不行！签字！"高弘图坚持。

军中无戏言，周围的人把目光都定定地望着史可法。史可法再也不好推诿，只得在契约上草草按上自己的手印，一式两份，各自收好。

史可法带领众将转到苇塘又一高岗处时，此时，天已傍晚。史可法转命史继州道："你带五百兵丁，到远处树林里，多砍些树杈，放置在苇塘内，排成三道，然后把路上的足迹扫掉，速到南面的那个小土岗后找我。"

"遵命！"史继州领兵欲走。

"站住，本帅再次重申：为隐蔽需要，各部队不得搭建帐篷、不得吹号角、不得打旗帜、不得生火、不得埋灶做饭，违令者斩！"

"遵令！"史继州大步离去。

史可法再一次巡视周围的地形。起风了，漫无边际的芦苇如同海面一样，波浪起伏，涛声阵阵。

他抱拳拱手，面对夜空，仰天祷告："苍天助我史可法也！"

布置好伏兵，计划好明天各部队联系、厮杀的信号，史可法派兵传谕各路埋伏的人马知晓。就这样，一阵忙碌之后，勤王之师在芦苇荡内埋伏下来，张好口袋，等待清军前来。

芦苇堆旁，已是下半夜，繁星满天。史可法躺在刚刚割倒的一堆芦苇上，望着满天的繁星，想着心事。

近日来的遭遇，如浮云般在脑海里飘过，不远处传来阵阵窸窸窣窣的苇子响，那是小解的士兵在走动。经过一冬一春的风吹日晒，芦苇很干，躺在上面热乎乎的，干草的清香味，使他昏昏欲睡。他猛然忆起，还没来得及向史德威问清家里的情况。

他爬起身半弓着腰，来到史德威身边。

星光下的沙坡上，史可法见史德威睡得正香，嘴角嚅动着，似乎在咀嚼着什么美味。

史可法紧挨他坐下，细细审视着自己心爱的部将。他的睡态很好看，鼻子微翘，带有一股顽皮劲儿，就是眉眼也甜甜的，给人刚毅和谐的感受。他要是自己的儿子就好了，史可法暗想，又使劲儿摇摇头，否定了自己的想法。

近些年，只要是闲下来时，史可法就感到寂寞，一种难以诉说的悲哀袭上心头。自己已是四十挂零的年纪，至今无子，膝下无欢，总觉得有些不是滋味。特别是看到别人携妻带子地游玩，看到同龄人享受天伦之乐时，他的心里就酸酸的。是妻子不生育？还是自己绝后？要不就是两人在一起的时间太少了。孔子说：不孝有三，无后为大。

他静下心来，思索往事，不时有些后悔。妻子杨氏几次提出要跟他出来随军，享受一番夫妻之乐，他都拒绝了。那时战乱，率军征杀，飘忽不定，

第 16 章 芦苇荡用智退清兵 返南京遇险遭刺客

加上父母身体多病，需留妻子照顾。难道这是理由吗？四十无子，怨他还是怨妻子？还是怨生不逢时，赶上这个战乱年代？他说不出。他拿起一截苇秆，放在嘴里细细咀嚼着，感到一丝甘苦味，溢进心田。

猛然间，史可法心头一动，前去诱敌的震南震北将军，不知怎么样了？他们的成败，可是明天芦苇荡伏击战的关键啊！

村外，一所破庙内大殿前，震南震北坐在篝火旁，他们一边烤火，一边议论白天的事情。

震南迟疑片刻：“兄弟，你说史公说的事情有谱吗？”

“兄弟，你什么意思？怀疑史公交给咱们的任务完不成？”震北问。

“我是说，咱们刚逃离清军的追剿，明天再绕回去，到清军门前去引诱他们进史公的包围圈，这是不是有点悬？老虎嘴里拔牙，险啊！清军的骑兵太厉害了，那速度、那劈刀，还有……”

“得得，你是不是被清军吓破胆了？”

“别说我，你不是也跑得不慢吗？就连李自成的百万大军，在清军面前，不是也不堪一击，顷刻间，土崩瓦解了吗？”

“兄弟，要我说，农民军不是被清军打败的，是被吴三桂这个吃里爬外的家伙出卖的，还有就是农民军不争气，他们纪律松懈，内部争权夺利……”

“好好，咱们先不说农民军，先说我们，要是被清军缠上怎么办？再说史可法的勤王之师，都是什么人啊，老弱病残‘杂八凑’，我看明天凶多吉少。”

“你什么意思？是不是反悔了？昨天，你可吃了人家史公的饭。俗话说：‘吃人嘴软，拿人手短，可不兴做贪生怕死之辈，被老娘儿们耻笑。’”

“你急什么？我不是在跟你商量吗？”

“有什么好商量的，吐出的唾沫砸个坑，不许反悔！上次，在大清河边上，史公带着我们一万人，打败清军三万人，这次也一定能大获全胜！”

“中！这么说，我爱听，我听哥哥的。”震北站起来。他忽而又问：“哥哥，你说现在史公在干什么？”

芦苇荡内的沙岗下，史可法也在浮想联翩：多年的为官、仕途生涯，使他得到许多幼年不曾想到的名誉、地位，由一般仕宦子弟，擢升为国家的栋梁：兵部尚书。可为此，他失去的东西也太多了。他失去了做父亲的欢乐，也很少体会到做丈夫的滋味，更没有体味到儿女们呼唤父亲时的喜悦之情。"唉——"暗夜中，他长叹了一口气，眼角淌出几颗清泪。

后半生，自己的后半生怎么办？老了不能为官时，自己躺在病榻上，有人给口水喝吗？有人给口饭吃吗？倘若自己战死沙场，有人为自己收殓尸骨吗？每年清明节时，有人替自己烧几枚冥纸钱吗？想到昔日他看见战场的累累白骨，暴尸郊野，被野狗叼来衔去，不得归宿，他感到阵阵心寒，进而竟有些战栗了。

白驹过隙，人生在世，只不过那么几十年。你争我斗，争权夺利，有何必要？死后还不是一场空啊！要是自己早些悟出这些，也许更好些。前半生他遇到过不少风流女子，向他献媚争宠，可他没动心，连正眼瞧她们一眼也没有。要是早些依妻子之意，再讨个女人、纳个妾，或许也该有儿有女了。可当时，当时他没答应啊！"唉！晚了！晚了！"史可法搔着鬓角的白发，暗自懊悔。不想几滴清泪滴到史德威的脸上。

史德威惊醒后，看见史公坐在一旁暗暗流泪，心里一惊坐起，忙问："晚了！什么晚了大人？"

想到厮杀在即，史可法怎么可能因自己的儿女情长动摇决心，让儿女私情占据自己的头脑？他忙将史德威按倒，安慰他说："你睡吧！没事！"说罢起身欲走。

"史大人，晚了！真晚了。"史德威猛然挺身坐起，又翻身跪在地上说："史大人，是晚了！我有罪，请大人饶恕我！"

"什么晚了！"史可法也被闹糊涂了，疑惑地问。

"史大人，老夫人的家书。还有，还有一封是朝廷转来的信函！"史德威说着，从怀里拿出两封揉皱的信，双手相托，递到史可法面前，低声请罪道："小人并非有意拖延，实属忙乱遗忘啊！"

史可法拿过书信说："德威，我并没有责怪你，你历尽千辛万苦，把书信带到，我感谢你还来不及呢，岂有怪罪之理？"

"那大人说'晚了，晚了'，何意！"

"唉——那不是一回事！"史可法抖着袖子不便说明，上前把史德威扶起，吩咐道："快给我找个亮来，切记不要露出火光。"

史德威答应一声，在沙岗下僻静处坑洼的地方，挖了一个坑，忙将两个马鞍扣在一起，又用一件衣服将北面遮上，在扣起的马鞍内点燃一根小蜡烛，成为地窖子。

书信已经皱巴巴的，曾多次被汗水浸渍过，史可法半趴半蹲在马鞍前，拆开母亲的来信，细细看下来。

史可法越看脸色越难看，竟至脸儿涨红，轻声念道：

"……法儿，为官者以清廉为本；为人者以忠义为本。忠，上对圣上、朝廷而言，下对黎民百姓而言；义，指豪侠仗义，扶危济困，宽厚待人。此二字实为做官为人之根本，切不可忘之。近闻法儿在南京改弦易辙，将祖宗遗嘱抛之脑后。辜负亡父一片苦心，眠花宿柳，与贪官称兄道弟，沆瀣一气，在瓦肆勾栏，大宴百官，挥霍民脂，实属不忠不义之举。母望法儿，以儒教为矩，改邪归正。不然，母宁死黄泉，再不愿与逆子相见！又及，你妻杨氏在家空守多年，侍奉母亲，如闻儿劣迹，使之又有何面目见天日？望法儿虑之！虑之！再虑之！老母嘱之！"

"母亲这是什么意思？错怪儿了。孩儿何曾有此劣迹？又是谁写信告知老夫人这些的呢？"史可法读罢老母的来信，内心好生蹊跷。老太太出于好意，错怪自己也情有可原，言辞激烈也不足为怪。可自己在南京的事儿是谁告诉老母的呢？怪啊！怪啊！

他苦苦思索，也想不起何时给家中写过信，提起南京之事。他由马鞍前抬起头，问坐在一旁芦苇上的史德威："德威，我和继州离开史家庄后，有谁以我的名义，给老太太写过信吗？"

"没听说啊！只有一次，有几名朝廷中的官差，说是从南京来，见过老太太。具体情况说不清。那天，我正在院子里打扫，听他们临走时埋怨，'偌大的兵部尚书，家里这么穷，大老远送信也不给个赏钱！'"

"哦……"史可法似乎明白了，心里却在暗骂："这帮该死的东西！不拉人屎，净会暗中造谣挑拨。"

借着微弱的烛火，他又扯开第二封信，信是他堂弟史可程特地写给他的。没看两句，就气愤地扔在地上。

一旁的史德威看见，忙上前捡起，轻声问："史公，谁的信？让您这么生气？"

史可法："还有谁？我那个不争气的堂弟史可程来的。"

"堂弟史可程？怎么没听您说起过？"

"他是我二伯家的长子，比我小十岁。多次仕举不中，曾经多次找到我，我就托人让他参加了明军，后编入吴三桂部下守边。不料，前不久，吴三桂那个软骨头降清受重用，他也获得了提拔。此次，他受吴三桂之托，特写书信来招降我，真是气煞我也。"

"史公，人各有志，您何必为此势利小人着急生气？"

"他不是姓'史'吗？辱没祖宗啊！"史可法把信递给史德威："你看看，连封信都写得错字连篇，狗屁不通，还要考什么举人、状元，不是笑话吗？"

史德威借着快要熄灭的烛光，吃力地把这封被称为狗屁不通的劝降书看完。

史可法指着信说："书信内容抬头为：堂哥可法大明兵部尚书鉴谅。这一句就文理不通。既称私人关系，何又称官衔。二者杂糅，官私不分，真让人气破肚皮。"

史德威皱皱眉头又耐心看下去。轻声念出："久违多日，思念堂兄如妻思夫，每每念及你的大德，感激涕零，泪湿前襟，令（今）我主三桂再三叩恩，让为弟书上两语三言，传达堂兄。朱明王朝气数已尽，犹如僵尸，且有回天之术，也死马难医。而大清却犹东海旭日，光照环宇。念堂兄为大明，可谓披肝沥胆，却落个抄家封门罢黜之罪。弟劝为兄不如弃暗投'明'（明字被划掉后面又写上个'清'字），日后也可封妻荫子，世享荣华，如贤兄有意，拙弟愿效犬马之劳，只是贵赫显达之日，莫忘愚弟联络之功！切记！"

"混账东西，真是辱没祖宗！"听罢，史可法双眼瞪圆，一把将信攥皱，想撕得粉碎，又强忍住，气得连连跺脚。如不是军纪所约束，他恨不得大骂一顿。他紧紧抿着嘴唇，嘴角抽搐，流出丝丝鲜血。

他狂狮似的在地上来回走了几步，一脚将马鞍踢翻，抱头蹲在地上，而肩头却在瑟瑟发抖，气恨得他连连捶打自己的头部，"小人，无赖！卑鄙无耻！"

史德威见把主帅气得这样，轻步上前说："史大人，小人不该在大战前夕的关键时刻，把书信交给您，分散您的注意力，有什么烦事，就责罚小人一顿出出气吧！"

史可法拳头攥得咯吧咯吧响，直视着黑黝黝的夜空，他的心在一滴一滴地淌着血。他摇摇头问："德威，没你的事，你要出恭吗？"

史德威一愣，大人何必问起这等琐事，只得摇摇头，胆怯地望着史可法，像只小羊羔那么可怜。

"畜生！"史可法低低地骂道："你没有，也要出恭。给，给你手纸！"他把史可程的来信抛到史德威的脚下。他的无名火怎么也压不下来，就像有人用尖刀在挑着他的太阳穴，一鼓一鼓的胀痛，史可法双眼喷火，狠狠地骂着：

"败类！孽种！"

史德威从未见主人发过这么大的火，也不知是在责骂自己，还是在责骂别人。生怕他忍不住，鞭打自己，忙捡起那揉皱的信，悄步而去，刚走几步，就听身后"扑通"一声，回头一看，史可法栽倒在地，他忙抢步上前，扶起主帅，见他口吐白沫，四肢僵硬，牙关紧咬，从鼻孔中向外喷粗气，昏厥过去。史德威年轻，哪里见过这种情况，吓得大叫："来人哪！来人哪！"

周围的人围上来，高弘图把史可法揽在怀里，军医又撅腿又弯臂，狠掐人中。许久，史可法才呼出一口怒气，哭泣道："猪狗不如，气死我也！"

"史大人……您切不可因一时想不开，而损伤贵体啊！两军将要交锋，主帅身体欠佳，会动摇军心的。再者，国家正是用人之际，请大人千万要以社稷江山为重，切不可因小失大！"高弘图说着，泪水淌下来，周围的人均为史可法的义举所动，莫不伤情。

史德威半跪在史可法面前，边垂泪边说："大人，是小人之过，是小人之过呀！"

高弘图一把揪住史德威的衣领，喝问："你说，史大人何以这样？"

史德威颤巍巍拿出那封信，高大人接过，士卒忙展开战袍在怀前燃上小蜡烛。高大人急急扫过，将信掖起，轻声安慰史可法道："史大人！君子胸襟坦荡如海，区区一封家书，何足挂齿！杀退清兵，再与小贼人算账也不迟！"

此时，天色微明，史可法渐渐苏醒，见众人围在一起，恐为清兵发现，忙挥挥手说："各位散去吧！没有大碍，我在此歇息一会儿就好了！"

众人关切地看了史可法一眼，各自离去。

黎明前的芦苇荡，犹如碧波荡漾的绿海，十分静谧。

清晨，刮起一阵北风，芦叶摇曳，似浪花飞逐，苇叶哗哗作响，远近犹如涛涌之声，这使远近几十里的芦苇荡内更增添几分寒意。而谁会想到，在此芦苇荡内，掩藏着明军十几万精兵，即将在此展开一场厮杀呢！

太阳一点点地移动，终于由东方转向南方。等待是寂寞的，也是难熬的。

芦苇荡内，蜿蜒曲折的羊肠土路，漫无涯际，向着远处延伸。明军埋伏在青纱帐内，虽有蚊虫叮咬，可也没有士兵抱怨，饥渴难熬的上午终于过去。忽而，从北方传来了一阵急促的马蹄声，掩蔽在芦苇荡内的将士们紧张起来，屏息敛气地期待着，个个提刀在手，箭搭弓弦。

一匹匹战马，也静静地卧在各自主人的身边，不时眨动眼皮，望着主人的神态，随时准备应声而起，冲入敌阵。

"哒哒……"马蹄声渐近，几个黑点闯入人们的视线，黑点渐多，大概有几百名骑兵，溃不成军，一路奔逃。

掩蔽在居高位置的史可法逐步看清，来者正是震南、震北二位将军的队伍。他们跑得盔歪甲斜，战马喷着一股股热气。他们跑上高岗，扫了空荡荡的芦苇荡一眼，看见明军埋伏好的信号，他们才放下心来，忙隐蔽在树林里，弯弓搭箭，等待清兵的到来。

工夫不大，一阵闷雷似的响声滚滚而来，数万清军骑兵，犹如黑云一般遮天蔽日，像股狂风刮来，震南将军见清军追近，未等清军发觉，喊一声："放箭。"

雨点般的雕翎箭射向清兵，当即有几十名清兵中箭落马。待清军后退慌乱之际，震北将军发喊一声，带领残兵冲出树林，逃进芦苇荡内。

他们避开大路，只沿着苇草稀疏的地方跑。

骑在马上的清军统帅多铎策马追来，看见被追的明军把他们引到这里，他勒住战马，观察地形，眼前突然出现个这么大的芦苇荡，是他没有想到的，他这个气呀！眼珠都快瞪出来了。

副将用手一指高喊："主帅，这伙明军要钻芦苇荡。"

"主帅，天还没亮，这伙人就偷营攻寨，闹得我们半宿没睡好。"偏将诉苦。

"主帅，大清早，您就率我们追赶他们。这些明军滑得很，现追出好几十里，也没抓住个人毛，我们却损失了好几百名手下。"副将抱怨。

"主帅，眼下这伙人要是钻了芦苇荡，那就更是脱手的泥鳅，没抓手了。"副将再次建议。

"追！"多铎令旗一挥，率兵追下来。

埋伏在芦苇荡东西两侧高岗后的明军，正为潜伏一宿，半天没见清兵的影子而焦急，有些人正怀疑主帅史可法用兵埋伏泡汤之时，说声清兵来了，转眼到了眼前。

"我的妈呀，清军这么厉害？"掩蔽在芦苇荡中的崔将军看傻了眼。

一旁的史德威介绍："知道不？清军作战，均以骑兵为主，犹如狂风一般，所到之处，树叶飘落。所以屡次攻明，胜多败少，他们不仅征服附近的藩邦，还对大明构成灭亡的威胁。清军的骑兵，速度快，便于突袭，机动灵活，打胜则战，打不胜则退。所以，有些明军初次作战，最惧怕清军的骑兵。了解了他们的特点，就不怕他们了。"

"你们不怕？"

"我们才不怕呢！去年在大清河，史公带着我们八九千人，打败了清军三万多人。"

"是吗？"

"那还有假？"

"这次，我们十多万包围他们三万，必胜无疑。"

"可听说，这次正在追赶明军的这批清军，十分骄横，自杀进中原，占领北京后，可以说所向披靡，连战皆胜。与他们作战，取胜我们有把握吗？"

"没问题，怕他个屎！"史德威表示。

"李自成的几十万军队都被他们打败了，我们还是小心为妙啊……"崔将军心里还在打鼓。

"我们有史公的神机妙算，怕什么，你没看见史公与高大人打赌吗？没有把握，史公是不会这么做的！"

"这倒是真的，我们相信史公。"

"相信就好，一会儿看到号令，就勇猛冲杀，包你打胜仗！"

"好咧！"

芦苇荡内羊肠小路上，策马扬鞭的清军先锋多铎，这个恨啊，看见眼前这股明军，骚扰他们多日，可以说被他们打得落花流水，毫无还手之力，真可谓是到手的鸭子，猛地看见他们要钻进一望无际的芦苇荡，如果溃逃的明军逃进茂密的芦苇荡，就会如同鱼归大海，这还了得。

多铎勃然大怒，急忙号令手下追赶。孰料，猛然连人带马跌入陷马坑内，后面的士卒勒马不住，纷纷冲进断路上一条宽八尺，深丈余的大沟内。多铎情知不妙，急喊退兵。

可急驰的战马，猛然间哪里停得住，前面的往后跑，后面的往前冲，乱成一团，死伤累累。

此刻，史可法一声令下："点炮！"

"咚咚咚"三声炮响，芦苇荡内三面竖起史字大旗。

"嗖嗖……"弓箭如飞蝗，射向清军。

芦苇荡内，道路狭小，不便清军骑兵展开，中箭的清兵犹如割倒的麦捆，纷纷落马。

清军前锋拨马便走，后边的继续前冲，自相践踏，各夺逃路。突然西北火起，埋伏在两侧的明军冲向清兵，双方激战在一起，敌我双方，杀在一处。

明军以逸待劳，且是三面夹攻，清兵远道而来，又不清楚明军情况，斗志先自怯了三分，没有几个回合，清军阵势已乱，多铎指挥不灵，率领几员大将，向西北着火处冲去，冒火拼杀，冲开重围，刚欲奔上土岗，岗上闪出张虎将军。

张虎一抖手中大刀，劈雷似的喊了一声："清贼，哪里走？拿命来！"撒马放缰，冲向多铎。

多铎哪里还敢恋战，拨马便逃，两员清将迎战张虎，厮杀在一块。

刹那间，沙岗上马蹄腾挪，刀光剑影，兵戈相交，喊杀声震天。

震南、震北二位将军也已掉转马头，杀向清兵。他们遍寻战场，不见多铎，正在寻觅之际，忽见火光中，一骑人马落荒败逃，忙打马追去。

正与两员清将杀在一处的张虎，越战越勇，只两个回合，挥手一刀，将一清将刀劈于马下；另一清将胆怯，拨马欲逃。他一提战马，紧步赶上。二马并辔相交，张虎探手将清将老鹰抓小鸡一般抓起，往地下一扔，喝一声："绑。"

刀斧手拥上，将清将捆上。

此刻河滩上，张虎再找清军主帅多铎，见已逃了很远，忙催马追去。

多铎在前面跑，震南、震北在左后面追，张虎在右后面追，敌对双方成品字形。多铎纵马奔逃，时时躲避飞箭，到底多铎马快，渐渐将明军追将甩在身后。

张虎见追不上多铎，只得勒马而回，恰与震南、震北二将打个照面，互道姓名后，怅恨而归。

芦苇荡内的厮杀声，已近尾声，清军大部被歼，少数还在顽抗。三人忙奔过去杀入阵中。

身披银白大氅的史可法，手持令旗，指挥将士用鸳鸯阵与清兵交战。

史可法传令："投降者免死。"

明军士兵齐喊："投降者免死！"残余的清兵，见大势已去，纷纷抛弃刀枪，跪地请降。

樊将军跑来报告："史公，经过两个时辰的激战，三万清兵，大部被歼灭，我军大获全胜了。"

多少天来，屡战屡败的明军终于出了口恶气，史可法精神大振，跃马来到高岗上，高喊："勤王之师，首战告捷。将士们，辛苦了！"

"史公英明！"芦苇荡内，一片欢腾，旌旗招展，喊声震天。

史可法下马，跪在地上面对北方祷告："圣上，可法不才，带着勤王之师，为您报仇了……"

众将士："圣上——报仇了……"呼喊声传遍旷野。

史可法来到高岗上，高声吩咐："崔将军，赶快命人清点战利品，登记造册。"

"遵命！"崔将军喜气洋洋，领命而去。

史可法："樊将军，令你部深掘大坑，将清军尸体掩埋，对明军阵亡将士登记造册，按花名册发放抚恤金。"

"遵命！"樊将军应诺一声，大步离去。

史可法步下高岗，沿着厮杀过的战场巡视，到处是尸体、血迹、马匹，灰烬遍地，到处弥漫着焦煳味和血腥气。他见此心里很不是滋味，既没有战胜后统帅的欢娱之情，也没有趾高气扬的骄傲感，只觉得心里沉甸甸的，他长长叹出一口闷气，随口吟出四句诗：

"沙场行顷鲜血流，惜怜征夫几人愁。

空对尸骨怅恨泪，谁觉农夫盼春秋。"

史可法正在为战死沙场的将士惆怅，忽听有人喊他，转身一看，见是高弘图气喘吁吁地跑来，忙迎前几步："高大人……"

高弘图近前深施一礼说："史大人，老夫昨天多有冒犯，还请主帅多多见谅！"

"哪里……"史可法忙收回愁思，回礼道："高大人，本帅还须向你赔罪。昨天，本帅用计，未来得及与大人商量，还望大人海涵！"

"史大人言重了，身为副帅，本应洞悉敌我态势，为主帅分忧解愁。主帅设计，下官本应看破，哪里还需言明，看来老夫愚钝，真乃朽木不可雕也！"高弘图说着，从怀里掏出那张打赌契约说："史大人，咱们言必信，我在南京有座四合院，就算输与你，望你把史老太太、史夫人接来，就住在此吧！"

史可法听后哈哈一笑道："高大人，昨晚打赌乃戏言，你我兄弟何以真的赌输赢，如大人认真，日后史可法怎么在世为人。同僚、朋友一场，怎能用输赢玷污咱俩的关系呢。"说着，他掏出那张契约，咔咔几把撕碎随手一扬，纸屑在沙场上翻飞。

"史公，你真把契约看成废纸？"高弘图惊问。

"那有何异？钱财均为身外之物。"史可法手指尸横遍野的芦苇荡说："你看看这些战死沙场的人，他们留下什么，又能带走什么？生者应把钱物看得轻些，朋友间更不能以钱财衡量关系的深浅啊！"

"史大人，你这是说到哪里去啦？老夫不过是想借打赌为由，赠你一些家财，哪有真心打赌之理？这是老夫的一点心意啊！史公既然这么小看我，咱们再见！"高弘图说完，愤然转身而去。

"史公……"远处传来呼喊声。

史可法还欲再说什么，却见震南、震北二位将军赶来，忙迎上前招呼道："二位将军，你们辛苦了！"

"主帅辛苦！"二位将军施礼后道："主帅，我们是来请罪的！"

"请罪，你们何罪之有？"

"大人，我们未能抓获多铎，实乃憾事。特来向主帅请罪！"他俩说着，跪倒听任发落。

"二位将军请起。你们以疲劳之兵，将清军引诱到此，已立奇功。多铎逃走，乃本帅故纵之计，意在让他宣讲明军威力，使之不敢轻易南下，二则他是败军之将，必为多尔衮所不容，即使此次逃脱，回去之后也会被严办，此为离间之计。如不是故意纵他，别说一个多铎，就是十个多铎，也难生还。"

"主帅英明！"震南、震北二位将军更加佩服史可法锦囊妙计，棋高一筹，齐声赞道。

史可法见他们二人神色疲惫，吩咐道："二位将军，你们多日劳累，打扫战场之事，就不必操心啦！快些歇息去吧！"

"遵命！"二位将军答应一声，即刻转身奔赴本部人马，自找僻静之所，歇息去了。

傍晚时分，芦苇荡内的高岗上，支起中军大帐。史可法站在大帐门口，仰望随风飘曳的勤王之师大旗，心情坦然。这时，樊将军跑来报告："史公，打扫战场告一段落，缴获战马两万四千多匹，刀枪器械无数。"

史可法点点头，他看一眼堆成小山的战利品，没有说什么。

"史公，您真是神机妙算，我们服了。"崔将军上前夸奖。

史德威："崔将军，你还担心吗？"

崔将军："德威，你别取笑我了。我现在是心悦诚服了。"

"哈哈……"众将大笑。

明军打了个大胜仗，将士个个欢天喜地，眉开眼笑。见到史可法，人人竖指称赞。自此，军威大振。

此刻，史可法的心情并不轻松。明军的粮草已所剩无几，出发时所备粮草已快用完，而南京方面的粮草又迟迟没有运到。没有粮草，军心自乱。如果多铎搬兵赶来，没有粮草的明军怎么迎敌。这些问题困扰着他，使他坐立不安。

人无远虑，必有近忧。史可法边巡视战场边揣度明军的动向，直到走得双腿发酸，浑身疲乏，也没想出个最佳方案来。

忽而，他听见一阵吵嚷声，忙奔过去，见是樊将军和崔将军正为一匹战马争执，见是主帅来了，他们才各自闭口，愤愤地散去。史可法没有搭理他俩。此刻，他心中还在琢磨着怎么和高弘图和好的事呢。

史可法巡视战场，忽见几匹快马自南向北箭打而来，经人指引后，直向帅字旗下的史可法驰来。史可法迎上前，为首的一个跳下马来，躬身施礼后，从怀里掏出一封信说："史大人，这是江南几位名士给大人的邀请信！"

史可法一挥手："各位，帐中请。"

刚刚支起的中军大帐内，一切十分简陋。

史可法接过邀请信，安顿信使落座，他扯开信件轻声念道："史尚书台笺，军务繁忙，多有打扰，我等有重要事情相邀。北京城破，圣上驾崩，举国致哀，痛定思痛，有志人士均为振兴明室勠力同心。近闻尚书又与清兵鏖战，我等十分钦佩。然天不可一日无日，国不可一日无君，此乃江山大计，不可等闲视之。凡大明朝臣，莫不焦虑。我等几人联袂相请，邀尚书共同匡扶明室，共商立君之事，如被他人抢先，于国于民于臣均不利。望尚书速返，切切为盼。

邀请人：张慎言、姜曰广、刘宗周、郑三俊。"

看完信，史可法就在脑子里盘算开了。是继续兴兵北拒清兵，还是回师江南迎立新君呢？他边想边命人赏赐了送信之人。送信之人见史可法眉头紧蹙，在帐内来回踱步，犹豫不决。走近轻声说："史大人，请恕小人多言，我们在渡江时，听说马士英马总兵已暗暗派人，手拿空头诏书到江北，日夜守候，说不论先遇见哪位到南方去的王，只要碰上，就在空头诏书上填上该王的名字，抢先迎立，到南京立为新君。"

"胡闹！"史可法听罢，火从心起："迎立新君，是国家大事，岂可草率行事？又不是买件衣服，今天穿，明天不穿，随随便便，应是谁贤立谁！"

史可法刚刚因打胜仗脸上出现的一点喜色又消失了。他的心又揪起来，高弘图的建议，不明来路的柬帖，联袂相邀，都是要他回兵江南，择立新君，看来这已是大势所趋了。

"你们先歇息一会儿，容我考虑考虑。"史可法安顿信使道。

傍晚的苇荡内，被晚霞涂上一片金色，史可法策马而行，他是在借巡视战场的时机，梳理纷乱的头绪，内心反复掂量，面对空旷的芦苇荡，他高声呼喊："苍天作证，我史可法实在不愿卷进朝廷党争的纠纷之中，只愿亲领大军戍边抗清，将清兵赶出长城，匡复大明江山。"

他如诉如泣，喃喃自语："可严峻的现实不允许呀！阉党和东林党，两派相斗，几起几伏，使多少忠臣义士命丧权奸之手。你争我斗，各不相让，结果朝廷毁在党争之手，江山毁在党争之手，民族的发展几次被外族侵扰，不都是内部不和，相互削弱，给外人以把柄，受制于他人的吗？"

踏着芦苇荡上被鲜血染红的沙土，嗅着焦煳的血腥气，看着疆场上士卒的尸骨。史可法百思不解，喝问苍天：人为何争权夺利？何以自相残杀？又何以刀兵相见？人活着难，再自相杀戮，不就更难了吗？可是眼下，面对这么复杂的环境，自己该怎么办呢？

夜色暗下来，笼罩了血雨腥风的战场。

夜幕暗下来，吞噬了正在沙场上走动的人们。

没有星光，没有号音，没有笑声，只有战马的嘶鸣声和残火的光亮。

史可法转回到主帅旗下，仰望着夜空中徐徐飘动的"史"字大旗，像是得到某种启示和慰藉："人活一世，草木一秋。大丈夫就应该横刀立马，建功立业。人过留名，雁过留声，功名一世；好男儿上效朝廷，下敬父母，以谢国人，也该知足了。"

想到此，他转身吩咐传令将官道："传本帅将令，各部饱餐战饭，犒赏有功将士，明晨班师，向南京进发！"

翌日清晨，史可法率领得胜明军浩浩荡荡，返回江南。

行了几日，越往南走，景色越怡人，到处茵绿，景致盎然，与进军北京时的肃杀冬景相比，成鲜明对照。人曰：奔家心盛，勤王之师的士卒多为江南贫苦农家子弟，今见班师，正为春播季节，人人喜悦，回归乡里，既不误农耕，又可以打败清兵，向父老妻室吹嘘一番。俗话说：人逢喜事精神爽，脚底似抹了油，走起路来特别轻快。

史可法与高弘图并辔而行，路旁桃红柳绿，油菜花漫山遍野，麦苗青青。史可法见高弘图默默赶路，他故意引起话题，指着路旁的桃花问："高大人，你喜欢什么花呢？"

"桃花。"

"什么原因？"

高弘图闻言一愣，随即答道："桃花娇艳，棱骨弱柔，文人骚客历来把桃花喻为女色，但凡正人君子者，都言不喜桃花，却喜什么菊花、牡丹等。如老夫看来，菊花、牡丹再好看，也只是供人观赏而已。而桃花虽质弱，却能结果，既能观赏又可食果。桃花有何不好呢？再者，把桃花喻为女子，也很恰当。人生如有一娇艳女子相伴，也是一大快事啊！"

史可法频频颔首，赞许高弘图的见解。

高弘图侧脸问："主帅，不知你喜欢何花？"

"我？"史可法沉吟片刻说："凡是世间万物，没有毒的花，我都喜欢，花的物种犹如人的出身，无所谓贵贱。即使最低贱的人，也该有自己的幸福；最低贱的花也是一种生存本能的体现。然而本官最喜的是梅花，梅花不畏严寒，生性孤傲，不慕权贵，能耐寂寞，即使在冰天雪地，也能迎风独立，孤芳自赏，独显其坚贞铁骨。"

"说得好，人各有志！"高弘图称赞道。

江水滔滔，渔帆点点，自然景色虽美，可身处改朝换代旋涡中心的前朝老臣，心事浩茫，不免有些茫然。

高弘图缓步走近，随即轻声又问："史大人，你对迎立新君有何高见吗？"

这才是：设巧计主帅用谋奇，败清兵明军大班师。

闻危局弘图心如焚，话天下林中论梅花。

欲知后事如何，请阅下文。

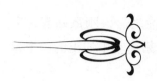

史可法率领勤王之师，行进在南返陪都的路上，他与高弘图并辔河边，二人一边赶路，一边商量着建立南明朝廷下一步的计划。当问及迎立新君人选时，不谙宫廷内斗的他，直言相告："啊！这个嘛，史某还没考虑。"

"火烧眉毛，圣上驾鹤，朝廷不可一日无主。史公还是早作打算为好。"高弘图着急地说。

"高大人，本官认为，择立新君，应以朝廷的社稷江山为本，要唯贤而立，万不可图自身的富贵，而立昏君啊！"史可法亮明自己的观点。

"老夫也这么想，历代亡国的惨痛，都是因君昏臣庸所致呀！据了解，桂王比较贤明，他是神宗皇帝的孙子，崇祯皇帝的堂兄弟，论亲论贤都可立为新君。"

"哦？"史可法没有多说什么，只是抽了坐骑一鞭，加紧赶路。

高弘图赶上来问："史大人，你认为新君的人选，谁更合适呢？"

"这……"史可法迟疑一下说："我还没有来得及考虑，只是吏部尚书张慎言、兵部侍郎吕大器，来信推荐潞王常芳，说他最近流落到淮安。潞王也是较为贤明的，他是神宗皇帝的侄儿，崇祯帝的叔父。"

"看来形势复杂了。"高弘图忧虑地说。

"更复杂的还有呢！"史可法想起昨晚送信人传说马士英派人带空头诏书到江北寻找新君之事，眉头皱得更紧了。

"那么史大人的意思呢？"高弘图又追问一句。

队伍行进到一片树林中，顿觉凉爽了些。

史可法坚持己见："我还是那句话，谁贤立谁！"说着话，俩人并辔来到一片绿草如茵的高坡前。

蓦然，史可法忽见树上枝叶摇曳，鸟儿惊飞，知有刺客，大喝一声："高大人，快躲避！"说着飞身扑过去，将高弘图推落马下。

说时迟，那时快，"嗖嗖嗖"，三支利箭射在马身上，战马"扑通"一声倒地，将高弘图压在马下。

史可法一个仰面倒地，就地十八滚。

几支利箭射在他站立的地方，史可法在避开利箭之后，刚欲站起，突见有数道寒光飞来，情知暗器来了，忙往上一纵身，攀住空中伸出的一个树杈。

此时，侍卫已拔刀上前，与刺客打在一起。

狡猾的刺客见没有得手，"呼哨"一声，逃进密林之中。史可法捡起地上的飞镖，审视许久，不见什么字迹。暗自疑问：何人下此毒手，欲置我于死地呢？

史可法上前扶起高弘图，命人给他换了一匹坐骑。见没有伤着高大人，心中暗喜，内心有了些许宽慰。寒暄几句，又忙于赶路了。

勤王之师还未到京，在路上就遭人暗算，可见时世的艰难与凶险。

二人再也高兴不起来，默默无语，反复琢磨刚才树林里突发的事件。

沉吟半晌，史可法说："高大人，刺客虽未留下任何蛛丝马迹。其实，刺杀你我的意图已很明显，必是怕你我回南京后，在迎立新君上于他们不利，才暗下毒手，以减少来日的许多麻烦。"

"可你我多日不在南京，没有结怨什么人啊？"高大人百思不得其解。

"一定是担心你我对他们拥立新君不利的奸佞小人，才暗下毒手的。"

"卑鄙无耻，老夫思量也是这个原因。"高弘图附和道："你我为官多年，光明磊落，未曾得罪何人，结下任何冤案，今被人截杀，实在蹊跷。猜想必是政敌所为。"

"速返南京，迎立新君，以此断绝这伙小人的恶念。"史可法斩钉截铁地说。他挥下手，对传令官命令道："传令三军，火速急行！三日路程，改为二日。"

勤王之师加快速度。

公元1644年农历四月，经过十几天的行军后，史可法率军抵达南京长江以北燕子矶。

此时，南京城内乱成一锅粥，谣言纷起，人心惶惶。他将三军布置在防守南京的各渡口、要道，当即赶到为兵部尚书收拾准备的临时兵部帅府。

史可法水还没来得及喝一口，就有侍从禀报："大人，有两位客人来访。"

"来者何人？"

"这是他们的名帖。"侍从递上来客的名帖。

"吏部尚书张慎言、兵部侍郎吕大器。"史可法接过名帖扫了一眼。

"见。"史可法忙把刚端起的茶碗放下，迅速脱下战袍、帅服，换上宽长的会客儒士服，步进会客室。

会客室布置得典雅、大方，一色的栗色家具，配有精雕细刻的图案花纹，奇鸟怪兽，甚为精巧。那副折扇式屏风，也为硬木精制而成，图案饰以展翅的鹏鸟。配以青松翠柏，山石小溪，给人以栩栩如生，恍若仙境之感。史可法看到这一切，为之一愣，转向家人道："此套贵重家具，需费多少银两？"

家人是位五十来岁的老侍从，今见史大人话语里似有不悦之意，忙赔着小心道："大人，不费一文一钱。"

史可法一愣："怎么回事？"

"禀大人。"家人把腰弯得更低些，近前轻声说："这是凤阳总督马士英马总兵所赠。不仅如此，府上的一切，都是按马总兵的吩咐布置的，连府上用膳的粮食、蔬菜，也是马总兵关照过的。马总兵可好了，他对大人……"

老家人还要啰唆下去，史可法摆摆手，制止他再说下去，快步迎出去。

来访的宾客已到院外，脚步已踏上台阶。史可法忙迎上去，见吏部尚书张慎言、兵部侍郎吕大器匆匆而来。

张慎言年已半百，虽是华发渐染双鬓，但精神矍铄，走路时的脚步还是重重的，像个小伙子。吕大器闻其名而知其人，身高八尺有余，面如重枣，浓眉重目，恰似三国时的莽张飞再世。

他俩见史可法迎出门，最后那几级台阶，都没有一步一级走上来，一步迈两级台阶，只两步迈上来，躬身相问："史大人可好？"

"托二位的洪福！"史可法还礼道："二位大人可好？"

"好！"寒暄完毕，史可法伸手相让道："二位请！"说着推开了会客室的门，掀开竹帘。

张慎言、吕大器也不客气，迈步进了会客室。

屋内，落座后，史可法一抱拳道："二位大人请谅，前不久，可法两次南京搬兵，恰二位不在，未能请教，请谅！请谅！"

"咳——"张慎言一摆手道："史公哪儿的话呢？该是我们请史大人原谅，身为朝廷命官和朋友，在史公危难之际，却没能帮上你的忙，真是惭愧。"

"史公，听说你巧用一计，把陪都的贪官们都制服了。佩服啊！"吕大器脱口称赞。

"吕大人过奖了，那只不过是不得已而为之啊！还望二位大人体察可法的苦衷，采用如此不光彩的做法，实非可法的本意啊！"

家人端上茶来，茶具是一套青花白底的景德镇瓷器。

"奇怪……"张慎言审视着盖碗茶的瓷盖，暗自诧异道："这套茶具怎么与马士英送到我家的那套一样啊！"

"是啊！马士英也送了我一套。"吕大器也在纳闷。

史可法闻罢，火从心头起，气向脑门冲，"啪"地将手中的盖碗摔得粉碎，愤然而起喝道："来人！"

老家人躬身而进，瞧着脸色铁青的史可法轻声问："大人，有什么吩咐……"

"从实招来，这套茶具哪里来的？"

"啊——"老家人再也不敢隐瞒，忙跪倒在地，惶恐地说："是……是……是马总兵送的。"

"又是马总兵！"史可法怒不可遏，抓起盖碗，摔碎一个骂一声："又是马总兵！"

"史大人，请息怒！"张慎言站起，他暗暗对老家人摆摆手，示意他退下，将椅子移近些说："史大人，您有所不知，上次马士英被撤职后，花重金买通宦官，没过多久，就又官复原职了。近些天，他又由凤阳跑到南京，大肆活动，想在新朝建立之前，谋得更高的官位。现在，要想阻止他野心的实现，只有尽快择立贤明的君主，根绝他将来挟天子以令诸侯的痴想。古人云：君贤则国安，国安则民强。君昏则国弱，国弱则民反。如让马士英抢先，迎立新君。于国于民，于你于我都不利呀！"

"是啊！"吕大器也点头赞许道："此次，我等几人联袂相邀史大人，请尚书速速回朝，主持迎立新君之事，意在早早断绝马士英的私念。马士英给我们送东西、赔笑脸，是有所贪图的，目的是堵住我们的嘴，支持或默许他的胡作非为。所以，在下看来，如让他掌握朝廷大权之后，不仅咱们三位要倒霉，东林党人要遭殃，更为可怕的是大明恢复无望啊！"

"史大人，你德高望重，决不能袖手旁观啊。"张慎言忧心忡忡恳求道。他站起在室内走了几步，又站定到史可法面前说："史公，此次回朝，组阁重任你义不容辞。如是史公组阁，我等甘愿效力。如是马士英组阁，我等决心誓归乡里，决不入仕。"

史可法倾听他俩的肺腑之言，不断颔首，却没有表态。此刻，他担心马士英一伙儿，也在加紧活动，意在抢先迎立新君。

果不其然，马士英府邸内，也是暗流涌动。

装饰豪华的府邸内，马士英身穿高档绸缎衣服，躺在柔软雕花春秋椅上，一边喝着香茶，一边听着小曲，身边一左一右，两个侍女给他揉着筋骨："哎呦，这儿疼，哎哟，这儿酸……"

心腹管家走进，附在马士英的耳边低语几句什么。

马士英挺身坐起，咬牙切齿道："这个蠢货，怎么又失手了？叫他进来。"管家走出，他一摆手，侍女退出。

一名黑衣人悄步走进，马士英看也不看他，低声问："怎么回事？连番多次失手？白拿钱了？你还能干点事情吗？"

"大人，上次失手，是有您的对手暗中捣乱。这次实属意外，是姓史的运气好，不然……"黑衣人辩解。

"本官不要解释，要结果，要史可法、高弘图的人头。"

"是，卑职再去，这回一定……"

马士英打断他，厉声问："算了，你没留下什么把柄吧？"

"没……没有，我用的飞镖都是市面上没有的。"

"那就好。叫你们按名单送的礼都送去了吗？"

"送去了。不过……"

"不过什么？"

"马大人，你这么做，浪费多少钱财？有些人已经告老还乡，无职无权，还给他们送东西干什么？"

"你不懂，这叫漫天撒网，广种薄收。说不定哪网有鱼，钓鱼还需要鱼饵呢。"

"钓鱼？鱼饵……"

"你不用担心银子，一个士兵少发一两，就够咱们花不清的。本官怎么吩咐你就怎么做。现在，本官再交给你一个任务。"

"什么任务？杀谁？还是宰谁？"

"你们都是猪脑子？就知道打打杀杀！做事情，要用脑子，有计谋！"

"请马大人吩咐，愿为马大人效劳。"

“这回，你这么办……”马士英招手让黑衣人近前，声音低下来：“下一个目标，是兵部的史黑子、史可法……”

“还是他……”黑衣人惊叫。

兵部会客室内，史可法手捻胡须问：“你们二位知道，史某多年在下边州府任职，从未与他马总兵共过事，也不曾与他结怨，他何故要加害史某呢？”

“马士英这种人，不是你结怨不结怨的问题，他是人品太差，嫉贤妒能，凡是他认为你能超过他，给他的利益造成妨碍，或者是竞争对手的，他是一定要加害的。”张慎言道。

吕大器：“我有一个同事是马士英的老乡，略知他的底细。这家伙坏得流水。自幼读书时，以嘎屁著称。背不下书，老师打他手板。他就在老师座椅上拉上屎，并在纸上写‘我拉的’三个字盖在屎上。老师发现后，让学生来认，谁念就打谁的竹板。轮到马士英时，他却推说不认识上面的字，气得老师翻白眼，只得另找理由惩治他。”

张慎言：“还听说，马士英考中进士后，被任命做过巡抚。在与农民军交战中，他贪生怕死，不敢与农民军接近，只靠屠杀无辜百姓来邀功请赏。”

史可法站起，忧心忡忡：“我初次来到南京搬兵时，听说他刚花大量银两，贿赂太监王坤，恢复原职，升任凤阳总督。这次京都失守后，他又带巨款跑到南京活动，图谋更高的职位，这个马士英不简单！”

“光这个马士英倒没什么，他孤掌难鸣，就是听说他最近与阮大铖勾结，两个人沆瀣一气，在南京兴风作浪。”吕大器插话。

“是啊！”史可法再也坐不住了，他站起思忖片刻说：“目前看来，光是马士英倒不足惧，如果再加一个阮大铖就麻烦了。”

说起阮大铖，在座的人心里都沉重起来。张慎言自语道：“狼狈为奸，那家伙可不是个省油的灯。”

豪华府邸内，马士英酒足饭饱，站起打着酒嗝，看看院内，院内飘起小雨，远近一片朦胧。

“来人哪！”他吩咐。

心腹管家过来俯首听命：“大人，有什么吩咐？”

“叫你们去请阮大铖阮大人，你们去了没有？”

心腹管家："去了，家人拿着您的帖子，一早就去了，只是现在还没有回来，是不是因为下雨，拖延了时间。"

"这个阮大铖，给他脸面，还不要，还扛起来了。"马士英有些不满，"再去催！"

"是！"管家转身欲走，又停步，近前低声道："马大人，听说这个阮大铖可是个反复无常的小人，您可要……"

"本官知道，在南京阮大铖是一个臭名昭著而又赫赫有名的人物。他于万历四十四年中进士。天启初年，由行人擢给事中，不久，因不满朝政，退居乡里。这小子是个才子，曾经列籍东林党名单。他为高攀，自称龙弟子。并与同乡左光斗是东林在宪司的领袖人物。"

"阮大铖是东林党的人，您干吗还与他来往？"管家不解地问。

"他是东林党不假，可他是东林党的叛徒，这年头，有奶便是娘，他也是我们这条线上的人物。"

"这么复杂，不明白了。"管家一脸茫然。

"这个阮大铖……"马士英站起，走到窗前，一边欣赏雨景，一边介绍："在打倒我们的政敌方从哲、史继偕等人的'斗争'中，曾经立下过头功，因此名列东林党骨干，在魏忠贤的点将录中，绰号为'没遮拦'，是阉党必欲除之的目标之一。"

"那——他怎么今天还活着？"

"这小子命大呗！还是个倒霉蛋……"马士英洋洋得意："天启四年春甲子，吏科都给事中出缺，左光斗通知阮大铖来京递补。而此刻赵南星、高攀龙、杨涟等一伙人，因为与左光斗发生内讧，因此圣旨批'以察典近，大铖不可用'，而准备改用有着东林闯将之称的魏大中。"

"那这小子又是怎么爬上高官的？"

"有意思的是，经过一番内部交易，等到阮大铖至北京时，赵南星一伙人使之补工科。吏居第一，而工居最末。本来按资历递补，应该轮到吏科的阮大铖了。此时，魏忠贤出现了，为离间东林党的关系，他让阮大铖得偿心愿。由此得罪了东林党。"

"这——不是离间计吗？"

"就是，由此阮大铖里外不落好人，东林党嫌弃他，阉党怀疑他。日子不好过了，官没能做多久，就在阮大铖上任未及一月，屁股还没有坐热时，便滚蛋弃官逃回老家了。从此啊，阮大铖就与东林党反目决裂了。"

"原来是这么回事，他是猪八戒照镜子，里外不是人。"

"还不止这些，魏忠贤当权时，阮大铖被召回京城，为太常少卿。他深知自己是东林党出身，现在又当上了反东林党的楷模，估计是两面难讨好，因此行事十分小心。一段时间后，他又退归乡里，打算观望形势。"

"如果阮大铖不受此羞辱，他倒可以是左大人的左膀右臂。"

"要说这小子，还算有点狗屎运。"

"怎么讲？"

"魏党事败，他又看到生机，悄悄上书，指出东林与阉党都属'党附宦官'，应该一起罢去，并暗中悄悄准备了两本不同的奏章，一起送到朋友杨维垣处。其一专为弹劾崔、魏之阉党。其二'以七年合算为言，谓天启四年以后，乱政者忠贤，而翼以呈秀，四年以前，乱政者王安，而翼以东林'。但杨维垣出于私心，因为正和东林党敌对，因此没有按照阮大铖的嘱托'见机行事'，而上奏圣上第二本。"

"结果怎么样？"管家急问。

"然后，他应诏上京任光禄卿。不久又得罪圣上，名列逆案被罢官，避居安庆、南京，招纳游侠，谈兵说剑，结成文社。中途，他又幻想与复社和东林党讲和。因此，在复社领袖张溥为其师周延儒复相而奔走活动时，他慷慨解囊相助，表示愿意重归东林党。东林党内，他的宿敌反对周延儒报答他。因此，崇祯一朝，阮大铖终未如愿得仕。不过，他举荐老夫由此登上高位，才有了今天。"

"看来，他对大人有恩，可看他咬过这个，又咬那个，像只疯狗，还是防着点，小心为上。"

"就因为他是疯狗，本官才用他。目的就是一个：咬人。"马士英眼露凶光。

"阮大人到！"院里传来唱喏。

马士英站起："请！"

兵部会客室内，史可法等人还在为新朝的时局发展而担忧。

"阮大铖要是和马士英联手，狼狈为奸，一文一武，事情就麻烦了。"张慎言不安地搓着手。

"传说农民起义军进入安徽，阮大铖怕死避居南京。他广召勇士，当时复社中名士顾杲、杨廷枢、黄宗羲等人，憎恶阮大铖的为人奸诈，说什么阮大铖：其恶愈甚，其焰愈张，歌伎舞女充溢后庭，广厦高轩，照耀街衢，日与南北在案诸逆交通不绝，恐生多端啊。"吕大器补充道。

"这么说来，阮大铖这个人不简单，很有心机啊！"史可法感慨道。

沉默许久，张慎言忧心忡忡地说："是啊！听说阮大铖城府很深，他最近活动得很频繁，整天坐着轿子，走东家，串西家地游说。昨天，有人看见他派人把诚意伯刘孔昭抬到马士英那里，整整去了一天。也不知密谋些什么。"他的脸上堆满了乌云。

"有这事？"史可法背着手在室内踱着步，心上的石头越压越重："二位，你们的担心不是没有道理的。我了解阮大铖犹如了解自己的手掌一样，他也是恩师左光斗的学生，是我的师兄弟。可这个人老谋深算，南京又是他的老巢，也是他势力最强的地盘。他在此苦心经营多年，熟悉南京各方面的门路。对付阮大铖，难啊！"史可法感到有些棘手。

"史公，听说阮大铖与你的恩师左光斗是同乡，曾对左光斗很尊重。因而才骗取左光斗的信任，并曾以超群的才华，被左光斗招引到京城加以荐举。"张慎言询问。

"是啊，由于升官发财的目的没能实现，成为泡影。阮大铖就丧失良心，出卖恩师左光斗，依附魏忠贤。恩师的惨死，就是阮大铖一手操纵的。魏忠贤倒台后，阮大铖名挂'逆案'。曾被圣上判为充军，是他花了数万两银子，才赎罪为民的啊。"史可法感慨万千。

"史公，你与阮大铖师出同门，左光斗怎么培养出这么一个败类？"吕大器愤愤不平。

"林子大了，什么鸟都有，龙有九子，子子不同。这有什么奇怪的。"张慎言表示理解。

"要说我的这个师兄弟，也是个人才，自崇祯元年被贬，闲居南京达十七年之久。虽被废斥，他却不甘寂寞，野心勃勃，曾扬言要学越王勾践卧薪尝胆，以图东山再起。"史可法依次给张慎言、吕大器满上茶，又说："听说他还在自家大门上贴了这样的对联：有官万事足，无子一身轻。"

吕大器插话："闲居期间，他还舞文弄墨，写了《燕子笺》《春灯谜》《牟尼合》《双金榜》等传奇戏剧，私人花钱办戏班子，传授演习，趋奉权贵，巴结名流，以期广交厚友，待丰满羽翼，渴盼再爬上去。"

张慎言："此人实属墙头草，没有脊梁骨，哪面风硬随哪面。同时，在对付东林党和其他团体及复社的名士上，他也是见风使舵，免遭攻击。有的人识破阮大铖的诡计，满城张贴起《留都防乱公揭》，公开揭露他的鬼把戏，并声言要把他赶出南京。"

史可法："结果呀，现在留都的人们都传说，阮大铖不思己过，更加仇视东林党人了。"

"京都失落后，天下大乱。阮大铖以为蛰伏的时期已过，该是活动的季节了。多次联络马士英，投其所好。"张慎言补充说。

"奇怪了，阮大铖一个舞文弄墨唱戏的，马士英一个凤阳总兵，他们看似隔着行，应该是道不同，怎么会搞到一起呢？"吕大器百思不解。

"这有什么奇怪的？臭味相投呗，可能一拍即合，他们加紧活动，看来他与马士英不外乎想在迎立新君上做些手脚。"张慎言肯定地说。

室内静静的，三人谁也没有说话，每个人都感到了事态的严重。忧国忧民，忧君忧天下。这些问题，使三位社稷老臣感到了肩上担子的沉重，心情怎不郁闷呢？

窗外起风了，天际滚来隐隐约约的雷声，雷声渐近，室内的空气更加闷热起来，望着窗外灰蒙蒙的天空，三人脸色越发严峻。

"啪——"史可法一拍桌案："怕什么？兵来将挡，水来土掩，几万清兵面前，史某都没眨过眼，还怕他马士英、阮大铖做什么？他们又不是老虎！是老虎，我们就是打虎人。"

马府内，马士英与阮大铖见面后，相互施礼，走进书房。

落座后，油头粉面的阮大铖，打扮得风流倜傥，一副阔佬的打扮。他的一对小眼左顾右盼，不住打量着客厅的布置："发财了吧？马大人。这处宅子不是上次我去的那个府邸了吧？"

"马大人，怎么姗姗来迟呀？我可是在此久候了啊！"马士英没有直接回答阮大铖的问题，发泄着不满。

"初次拜会马总兵新府邸，总不能空手而来呀，总得有些见面礼。"阮大铖不愧久在官场混的老油条，马上抛出诱饵，争取主动。

"见面礼？我马士英不缺金不缺银，你能给我什么礼物啊？"

"听说马总兵由凤阳来时匆忙，没有带家眷，我阮大铖在南京最熟的是梨园，特地挑了几个小美人带来，为马总兵消愁解闷。"

"哈哈，知我者，阮大人也。来人，上茶！"马士英哈哈大笑。

"慢！马大人还是欣赏欣赏我带来的小美人吧，要是不满意，我这茶喝着可是惭愧！"阮大铖说着，轻轻拍了三下掌，门外十名歌伎鱼贯而入，犹如飞进一群蝴蝶，满屋生辉。

"姥姥……"马士英猛然站起，大步上前，依次上下打量这群美女，呆呆地看不够，不住点头，喃喃自语道："姥姥……姥姥……"

"英雄爱江山，更爱美女。马大人，你看我们南京秦淮河的美人，比你们凤阳的美女怎么样？她们的肤色、相貌，还有眼神……"

"姥姥……"马士英围着美女转圈，像蜜蜂缠着花朵。他有个毛病，也是口头禅，要是高兴或是喜欢，就随口叫姥姥。

"什么？老了？要是马大人嫌弃她们老了，我阮某带回去了。"阮大铖逗马士英开心，站起欲走。

"姥姥，全部留下。来得走不得！"马士英高喊："阮首辅，请坐！"

阮大铖摆摆手，歌伎们下去。他关上门，神秘地问："马大人，刚才您喊我什么？"

"怕什么？这是我马府。你拥立新君有功，就是新朝的首辅。"

"那，你马大人呢？"

"我嘛，自然是保护你阮大人和新君的武备阁僚了。"

"好！我们一文一武，在南京创建一个新朝廷！就是怕史可法、高弘图、吕大器、张慎言、姜曰广他们不服！"阮大铖心有余悸地表示。

"他们敢！南京是我马士英的一亩三分地，谁敢不服，我马士英灭了他！"

兵部书房内，史可法等人谈兴正浓，还在热议当下的时局变化。

一阵夜风吹来，烛火忽闪几下熄灭。家人悄步而进，点上蜡烛之后，又蹑步退出。

"史大人……"吕大器打破屋内沉闷的气氛说："我看在没有具体确定择立新君人选之前，我等不能袖手旁观，坐待时机。我们要一面派人多方寻找崇祯皇帝的皇太子，也要做别的打算，前回信中向史公推荐的淮安潞王常芳，不知意下可否？"

史可法站起，手拈胡须思忖片刻道："这个容本官再斟酌一下吧！"

"也好，史大人，我再等几天！"张慎言站起近前道："马士英、阮大铖等人有意要迎立福王，这是万万不可之事。福王朱由崧虽说是神宗皇帝的孙子，崇祯皇帝的堂兄弟，论伦序关系比潞王亲近。但福王不贤啊！"说着他从怀里掏出一张纸递给史可法道："这是我和姜曰广联名发起的通告，历数福王七不可立！"

"哦？"史可法眼前一亮，颇感兴趣地望着张慎言问："何谓七不可立？"

"一福王不孝。"张慎言扳着手指数说道："二虐下，三干预有司，四不读书，五贪，六淫，七好酗酒，通告文书上有详细事例，大人要详察。"

"张大人历数福王七不可立，难道不怕日后掉脑袋吗？"史可法把通告文书卷起放在书案上问。

"掉脑袋？"张慎言激动起来，猛地站起，走了两步，望着窗外的夜空道："与其做亡国之臣，卖身投靠之辈，毋宁以死相谏，以图复兴明室，也博得名留青史。"

"史大人，我等之所以邀你主持迎立事宜，是素来仰慕史公正直、廉洁、不媚权贵啊！"吕大器也表示道。

"来！"史可法一手拉住张慎言，一手拉住吕大器说："让我等同舟共济，为复兴明室努力吧！"

"唰——"一道耀眼的光亮划破夜空，照亮屋内。

蛇形闪电过后，一声沉闷的响雷在屋顶炸响。窗外"哗哗……"暴雨骤降。

张慎言、吕大器站起走向会客室门口，告辞道："史大人，一路征途劳乏，早早歇息吧！"

"二位大人慢走，本官已设便宴，吃过再走吧！"史可法挽留道。

"不了！史大人，待迎立新君之后，咱们再畅饮不迟！"

二人说着，已步进雨中，家人们忙撑起雨伞赶上去。

史可法望着庭院中冒雨疾步而去的张慎言、吕大器，心里热乎乎的，涌起热浪。

史可法把他俩一直目送到院门，才转身回到客房，将蜡烛拨亮些，细细看起张慎言送来的通告文书。

窗外的雨越下越大，房檐的流水连成一片。天地间灰蒙蒙的，渐渐地将一切都吞噬了。

夜近子时，雨声渐小，自然界的一切都像玩累的孩子渐趋平静。

书房内，夜深了，伏案读书的史可法因多日劳累，上下眼皮困倦得直打仗。

蓦地，他听到大门外传来争执之声，忙强打起精神，侧耳谛听。

大门口，隐隐约约传来争吵声。"不行！史大人已经休息了。"这是老家人的声音。

"老人家，您就回禀一声，小人有重要事情相求。"这是一个陌生男子的话声。

"多重要也不行！"老家人坚决地拒绝道。

"是马士英马总兵让小人来的，有要事……"那人高声喊道，意在让屋内人知晓。

"马总兵？牛总兵也不行！"

史可法听至此，忙起身冲外喊："德威，看看大门外是谁，带他进来。"

"哎——"史德威睡意蒙眬地答应一声，趿着鞋走向院子，那鞋底踩在积水上，"啪啪"的响声渐远。

是谁深夜来访？有什么重要的事呢？关键时刻，马士英派人找我有什么事呢？史可法的困意全消，脑子里飞快地思考着这些问题。可这一连串的疑问，都像难以破译的谜语一样没有答案。

工夫不大，史德威领进一个身量不高，脸上没有疤记，普通得令人转过脸就能忘记的年轻人。

史德威一指史可法说："这就是史大人，有话快说吧！"

年轻人未及说话，先"扑通"一声跪倒在地，施礼道："史大人，马总兵马大人，让小人给史大人请安，并向史大人问好！"说着连连叩了三个响头。年轻人不但彬彬有礼，说话也甜，只是尽量低着头，把脸隐在暗处。

史可法忙上前相扶说："年轻人，你叫什么？为何深夜到此？"

"小人贱姓吴，名哲人，在马总兵手下当差。马大人原想今晚前来拜访史大人，因雨大未能前来，特差小人前来问候史大人。同时……"他斜睨了史德威一眼，示意史可法让他退出去。

史可法一挥手说："你讲吧！他是我的人。"

"史大人，您见没见到吏部尚书张慎言等人的通告文书……"他说到这儿一侧脸，正看见书案上放着文告，手指着说："对！就是这样的文告。马总兵也反对立福王，赞成福王'七不可立'，同意立潞王。马总兵说：立君原是应选贤明的，不应拘泥于伦序问题。"

史可法深感意外，险些脱口问出"此话当真"四个字。他背着手在屋内徘徊了几步，近前问："年轻人，还有什么事吗？"

"史大人，马总兵的意思，是让小人最好讨您个回信。"年轻人诚恳地说："大人最好写成文字。小的回去好交差，也省得空费口舌，或者词不达意，耽误大事。"

"也好。"史可法表面上冷静，内心却很激动，骤闻马士英也拥护迎立潞王，实出意外。看来在国破家亡之际，马士英也已放弃党派之争，准备为复兴明室做些有益的事了。

史可法站起走到书案前，史德威忙着把笔墨纸砚摆好，将蜡烛往近前移动些。史可法坐好，挥笔写道：

凤阳总督马总兵台鉴：

悉闻马总兵派人言明主见。可法甚喜，也赞成"七不可立"。福王确实寡义多恶。恐怕日后难以承担复兴明室的责任。也少为君之德，更乏为君之贤，缺为君之才，故而可着手迎立潞王之事。

史可法叩拜

史可法将回信写好，折起装入信封内，交与年轻人。

来人讨得回信，眉梢上挑，面带得意之色，连说话都带脆萝卜味，嘎巴酥脆。施礼道："史大人对小人还有别的吩咐吗？没有的话小人告辞了！"说完转身就走。

"回禀马总兵，说我有空儿再前往拜访！"峰回路转，史可法十分高兴，一直把那人送至门口。

他万万没想到，正是这封信，给马士英留下口实，险些招来杀身之祸。

夜深人静，史可法踱到院子里，凉爽的夜风一吹，睡意全消。

此时，雨过天晴，繁星满天。他仰望浩瀚无际的天空，思虑着刚才之事，甚为兴奋。啊！人生多么奇妙，富于变换。

下午，他和张慎言、吕大器等人还在为能否迎立贤君而焦虑，没承想马士英竟然也愿意迎立潞王。若如此，两派力量联合起来，何愁不能重整军备，誓师北伐。到那日，自己亲率百万雄师，直捣京师，把清兵赶出山海关。恢复中原后，再命人在山海关再修一座碑，纪念这一伟大的壮举，题词作赋，镌刻碑上，千秋万代，让后人瞻仰！

想到兴奋处，他轻声呼唤道：岳鹏举啊，文天祥！你们一生追求的目的都已付之流水，看来，唯我史可法能独创伟业，大展宏图！

史可法活动几下拳腿，忽觉肚饿，忙奔向书房。

史可法吩咐史德威道："备酒！"

"备酒？"史德威一愣："史大人，深更半夜的。"

"快！多炒几个菜！"史可法催促道。

"好咧！"史德威从史可法脸上看出了史公很高兴，答应一声，跑进厨房。

史可法激动得难以自已，饱蘸浓墨，想要写些什么，润好笔又放下，在书房内踟蹰几步，站定在书案前，手抓大笔，挥腕写道：革除弊政，匡扶明室，大任于斯，舍我其谁！

十六个大字，笔走龙蛇，遒劲潇洒，豪情壮志跃然纸上。他挺立在书案前，凝视着饱含心胸大志的墨迹，脸上浮现出欣慰的笑容。

"史大人，酒菜备齐。"史德威端着放满菜肴的托盘进来，轻声招呼。他走到餐桌前，摆上酒具和散发着浓郁香气的菜盘。史可法掌灯近前一看，呵！油煎大虾，鸳鸯鱼，红烧肉，清焖香酥鸡，他不由得脱口称赞道："好菜！好菜！怎么这么快？"

"这是为大人准备的晚膳，您没吃，热热就端上来了。"史德威边摆放筷子边说。

"再备一副酒具。"史可法吩咐道。

"大人，不就您自己吗？"

姐妹夜访

"不！还有一个。"史可法开着玩笑。

"谁？"史德威遍寻屋内，寻找着。

"傻孩子，你呀！"史可法指着他的鼻子笑着说。

"我？小人不会饮酒！"史德威推诿着。

"哎——陪陪我嘛，不然，我孤单只影，自斟自饮，多没趣。去！再拿一套酒具来！"史可法向外推着史德威道。

"再拿两套酒具来，我们姐妹陪史大人喝几盏。"窗外传来一位女子的说话声。

史可法闻言一惊，厉声问："何人敢在檐下偷听？"说着抓起桌上的筷子，照窗外抛去。"唰——"，窗外飞进一把飞镖，将筷子斩断，掉落在地。

飞镖落在饭桌上，正扎在两个菜盘的空当里。

史可法抢步走到墙前，抓起剑鞘，抽剑在手。

"哈哈，史大人好健忘啊！不想吃了我瑞祥庄的菜，喝了我瑞祥庄的酒，倒把我三娘忘得一干二净，竟听不出我的声音来啦。"窗外那女子冷冷地说，"侠妹，咱们走！这会儿的史大人不是被罢黜回家，你在房上飞镖救他，也不是他在柳林镇错抓神镖张那会儿，更非调兵不动，举措无招儿借我瑞祥庄摆宴那会儿了。眼下人家是朝廷命官，兵部尚书啦！"女子用冷嘲热讽的口气挖苦着史可法。

史可法忙将宝剑插入鞘内，迎向门口，歉意地说："三娘，恕我耳拙，请进吧！"

"哟，就请我一个人，不请你的大恩人，我的侠妹呀！"三娘阴阳怪气地说。

史可法走到门口一看，廊下还站着一位美貌女子，身着雪白大氅，乌发高挽，腰佩二剑，侠女一般，忙笑着邀请："二位请。"

待她们二人进得屋来，史可法转对史德威说："再添几个菜，备两副酒具。"

史德威转身出去，向外走时，不住地打量这两位突然而至的女子，心中好生纳闷。史大人何时结交了这些绿林女流？怪不得史继州私下跟他嘀咕史大人在瑞祥庄如何，他还不信呢！看来真是无风不起浪啊！

史德威满腹狐疑，来到厨房，一边忙碌新添的菜，一边耳朵却在谛听着书房里的谈话声。

他先拿了两双碗筷、酒盏送过去。

见史大人正与两位女子说什么，见他进去，就停住了话头，待他放下酒具退出屋后，他们又低声说起来。

"史大人，何故深夜独斟自饮呢？"书房内，铁三娘追问。此时，她脱去外衣，只穿了件簇新的小褂，上绣朵朵荷花，在淡绿色藕叶的映衬下，更觉娇媚。看上去她要比实际年龄年轻十岁，面敷淡粉，犹似桃花一般，一束浓发在脑后挽个髻，显得干净利索。

"莫非史大人深夜独居，深感寂寞，借酒消愁？"白衣侠女坐在侧面，借助三娘的暗影，挡住灯光，双眼却暗暗瞧定史可法，暗送秋波故意挑逗道。

"非也。"史可法摇摇头，依次给她俩满上酒说："你俩可猜三次，猜不准罚酒吃。"

"我猜……"三娘抢先道。

"三娘，让小妹先猜！"白衣侠女握住三娘举起的纤手，探出半个身子，离史可法更近些。

"好，让我侠妹先猜，谁让她比我漂亮呢！"三娘嗔笑着向后闪着身子。

"一是史大人班师回朝，二是史大人乔迁帅府，三是史大人……"白衣侠女说到此，羞红脸不好意思说下去。

三娘抢先说道："史大人又有了艳遇。"

史可法摇摇头道："非也！罚酒罚酒。"他说着端起酒盏，递过去。三娘站起拦住道："且慢，我还没有猜呢！待我也猜不中，一块罚酒吧！"

"依你。"史可法心情愉快，慨然应允。

"我猜一为史大人大败清军，二为史大人家眷平安，三为史大人新近擢升……"三娘的话还没有说完，史可法已踱离饭桌，边走边摆手说："不中，看来天下知我史可法者，少也。"史可法心情愉悦地说。

"史公，此话怎么讲？"

尔后，史可法走回到桌边，端起酒盏，一饮而尽，一亮盅底说："二位，实不相瞒，家里老太太、夫人由于战乱，至今下落不明，这是本官一直忧心之事。而二位所猜均非我意。范仲淹曰：不以物喜，不以己悲。这才是仁义君子的风度。身为胸怀天下的男子汉，要先天下之忧而忧，后天下之乐而乐。可法之所以要深夜饮酒，实为国家社稷着想啊！"

这才是：奸臣弄权，尚书忠义吐真言。

侠女猜谜，男儿不解风月情。

欲知后事如何，请阅下文。

史可法——铁血传奇

兵部书房内，史可法见二位故友来访，十分高兴，他再次端起酒盏，一指三娘、白衣侠女面前的酒盏，招呼道："来，让我说出喜事，为大明社稷的复兴有望，干此一盏。"

三娘、白衣侠女相继站起，手端起酒盏道："史大人请讲！"

她俩见史可法慷慨激昂，气度不凡，胸怀天下，有以天下为己任的雄心壮志，顿生敬佩之情，再无半点轻浮玩笑之意。

"二位有所不知，江南实力最强的马士英马总兵表示拥护迎立潞王，准备和东林党人合力匡扶明室，此乃天下大幸，不该庆贺吗？"

"砰……砰……"史可法此话刚说出口，白衣侠女和三娘手中的酒盏相继落地，白衣侠女失声叫道："史大人……"

史可法见她俩闻言相继失色，酒盏落地，神色慌张，忙问："三娘，何故惊慌？"

"史大人，你上当了。"白衣侠女惊叫道。

三娘忙插话道："史大人，人言史公足智多谋，文能定国，武能安邦。如今怎么真假难辨，把豺狼错当绵羊呢！史大人，您摸摸脑袋还长在脖子上吗？"

史可法听出她话中有话，惊问："三娘，何出此言？"

"史大人，马士英他……"

白衣侠女急欲说破，被三娘一把拉到身后说："侠妹，先不要说破。"她转对史可法道："史大人，我等虽是女流之辈，可也有满腔爱国之情。实话相告，我们今夜来此，也是有要事相告的。"

"请三娘直言！"史可法急于知道内情，恳求道。

深夜，史德威摸黑走进偏将住宿的寝室，惊醒史继州。

250

"德威，史大人书房里还亮着灯，你怎么不陪着了？"史继州问。

"嘻——大人高兴，原本让我陪他喝点，不想来了两个女子……"

"两个女子？"史继州翻身坐起："什么女子？姓什么？叫什么？"

"瞧瞧？来劲儿了不是？人家跟大人喝酒，你一个下人兴奋什么？"史德威讥讽道。

"不是，我是说……"史继州欲辩解。

"不是什么？像咱们大人这么廉洁，不近女色的朝廷命官吧，不多见。你看有些官员，看见女人，那眼光，刀子似的，恨不得把女人身上的衣服扒光；那眼神，像锥子，恨不得扎进……"

"哪来的废话。"这工夫，史继州穿衣下床，抓刀在手，往外就走。

"你去干吗？"史德威拦住问。

"深更半夜，两个陌生女子，夜闯尚书府，你又擅离职守，大人独自一人，来者要是刺客，危及大人安全怎么办？"史继州埋怨道。

"大人与她们很熟的，称兄道妹，不会有问题。"史德威强调。

"那——我问你，怎么连她们的姓名都不知道？"

"一个叫三娘，一个叫侠妹。"

"三娘？侠妹？"史继州停住脚步。

书房内，三娘站起："对不起！适才大人让我们姐妹猜您喝酒的缘由，无非戏要我们姐妹。现在也请大人费费脑筋，猜猜我俩夜闯尚书府的目的吧！"

"三娘，不要为难史大人吧！"白衣侠女求情道。

"侠妹你别管。"三娘厉声道："大人也可猜三次，猜不准，咱姐妹两个山字叠一块儿：'出'门走人。"

霎时间，史可法脸上的汗水下来了。他万想不到三娘竟用这一手回报他。思忖半晌说："三娘，我猜之前有一事相求，恳请三娘应允。"

"请讲吧！"三娘答应。

"二位绿林巾帼，人传史可法如何如何英雄，足智多谋，其实均为虚名。可法也是一肉体凡胎之人，并无何能，更非仙身，只凭一颗报效朝廷、拯救黎民的良心做事，竟得百姓错爱，实在有愧，可法既属凡人，孰能无过。所以，还需三娘相助，不管猜对与否，最后都请三娘真言相告。至于刚才的玩笑话，且当北风吹过吧！"史可法一席肺腑之言，说得白衣侠女心里暗自称许。此刻，她倒有些怪罪起三娘，何必在这当口难为史可法啊？

史可法略微思索一会儿道："三娘来此，缘由不外有三：一是闻知史某班师，前来贺喜；二是上次酒钱未付，前来讨还；三嘛……"他瞟一眼白衣侠女转身道："三是续做月下老人，以成全可法……"

"侠妹，咱们告辞！"未等史可法把话说完，三娘拉起白衣侠女拔腿就走，愤然道："史大人，你也太小看我们姐妹了。五月十五瞧灶爷，拜错了门神。"

"三娘留步！"史可法赶上前相拦。

"三娘，实话告诉大人吧！"被三娘牵着衣袖走向门口的白衣侠女回望着史可法，请求道。

偏将寝室内，二人还在争执不下。史继州："德威，走！害人之心不可有，防人之心不可无！"

"怎么？你有什么预感吗？"

"德威，那个侠妹，在京都史家庄就曾暗中保护过大人，咱们在来南京的路上，又多次出现，就连我在城墙上迷路，我都怀疑是她暗中相助；那个三娘，也不是一般的人物，在瑞祥绸缎庄，她大摆宴席，协助史公巧颁圣旨，在帮助组织勤王之师上，也出过大力。你说，她们是不是看到大人凯旋，前来讨要报酬的？"史继州苦思冥想，寻找着她们前来尚书府的理由。

"啊——不知道！"史德威摇着头。

史继州在屋里走来走去，进一步分析："你说，要真是这么回事，大人好多日子没领薪俸，钱袋子空着，拿什么来还她们的人情？"史继州努力回忆着近些日子的事情，分析着。

"对呀，我怎么没有想到这一点，咱们去圆圆场。实在不成，就叫大人先给她们写张欠条，先欠着，日后再还。"史德威拍着脑袋，似有所悟。

"走吧！咱们看看去！"史继州提议。

"去可以，会不会搅了大人的好事？"德威又停住脚步。

"你当大人是你，见到漂亮女人，就走不动步？"

"你说谁？"

"哪来那么啰唆！"

"继州，咱们还是不要莽撞，小心为上。"

"是！我的哥哥，小心为上，见机行事！"

二人吹灯，小心翼翼走出寝室。

书房内，三娘停住步，回脸看看烛光下急得满脸油汗的史可法，问："我说侠妹，你就那么心软？"

"史大人征战劳乏，哪有心思考虑这些。再者大人忠厚，怎么会想到有奸诈之徒骗他。"白衣侠女低声说。

三娘看看白衣侠女，看看史可法，长叹一声说："史大人，今晚我是陪侠妹而来。她对大人可谓是一片痴心，三娘只求大人答应一事，侠妹说完后，大人可不要空负她一片苦心啊！"说着，她扭动细腰，和侠妹袅袅婷婷，风摆春柳一般，转回桌前坐定。

白衣侠女细声细语问："史大人，刚才马士英可派人前来传话？"

"有过。"史可法感到惊讶："你怎么会知道？"

"史大人，这是个圈套……"

"何以见得？"

三娘道："晚上，马士英前往瑞祥庄游逛玩乐时，被站在窗口的我看到，趁他们不注意，我悄悄走近，偷听了他们的谈话。

"当时，有一亲信匆匆来到马士英近前，低声回禀：'大人，按照您的计划，已经派人去了兵部，行事顺利，史可法写了回书。'

"马士英接过亲信递上的回书，看后乐得眼眯成一条缝。暗暗咬牙：'史可法呀史可法，你的小辫子攥在我手里，看我怎么捏你！'他当即赏那亲信白银五十两。

"旁边侍从低声问：'马大人，为何这么高兴？'

"马士英喝得半醉，说了实话：'告诉你们，这是连环计。我的如意算盘是：如立潞王，我马士英有参与定策之功；万一不行，又可推得一干二净，不落把柄。同时，我已暗中派人四下散布消息，说准备迎立桂王，讨好高弘图大人。其实，这都是假的。本总兵已暗中派人到江北，寻找京都而来的大宦官卢九德，联络拥有军事实力的将领高杰、黄德功、刘良佐、刘泽清等人，准备迎立福王。'

"恰在这时，侠妹前来找我，我们就赶到这里来了。"三娘补充道。

回忆完……

书房内，史可法听罢，犹如一瓢凉水，泼在他炭火似的心上。他变颜变色道："啊！有这等事？"他紧咬钢牙，暗骂一声："马士英，你这狡猾的老狐狸。"

屋内的人们，做梦也没想到马士英这么奸诈。此时，史可法倒有些懊悔："我怎么这么糊涂！这么幼稚！这么轻信！不该轻易同意把言有福王七不可立的回信，交给捎信人啊！"为此，史可法暗暗叫苦不迭。

躲在屏风后偷听的史德威、史继州转出来说："大人，不必担心！小人即刻前往，杀死马士英，夺回那封信！"

史可法摇摇头道："马士英身为凤阳总督，武艺高强，防范又严，你二人非是他的对手。"

"那——我们也要抓住那捎信人做人质。日后让他证明：马士英曾经传过话，反对迎立福王！"史继州着急地说。

"这倒是个主意！"三娘赞同地说。

"那人叫什么？长什么样子？奴婢也愿意与史将军共同前往，抓回那捎信人。"白衣侠女咬牙切齿道。

"那人叫什么来着？"史可法问史德威。

"他叫吴、吴、吴哲人。"史德威努力回忆着："对！他说叫吴哲人，在马总兵手下当差！"

"吴哲人？无这人。"三娘自语道，忽而拍腿叫道："咳！这不是他的真实姓名，是假名！无这人，根本没这个人！"

"他长得什么样？总该有什么面部特征吧？"白衣侠女催问道。

"德威，捎信人长得什么样？"情急之中，史可法又问道。

"烛光暗，小人没看清！"史德威嗫嚅而答。

"史大人，您看清没有？"白衣侠女发起急来，竟忘了说话的礼节。

史可法眉头皱成川字，苦苦思索，急得他在屋内来回走动。

众人都注目他迈动的脚步，期待他说出捎信人的相貌特征，即刻火速前往。担心夜长梦多，或者潜逃异地，或者被马士英杀人灭口，到那时，死无对证，就更棘手了。

"梆梆……"街上传来报更时，已三更天了。史可法仍未忆起捎信人的任何特征。急人呢！急死人呢！史可法手捻胡须苦思冥想，直到东方发亮，也没忆起捎信人的丝毫特征。

黎明时分，史可法失望地跌坐在椅子上，望着昨晚吃剩的残羹剩饭发呆。

空旷的街道上，一顶四人抬的小轿急急赶路，轿夫一脸汗水。

轿帘掀开，高弘图露出头，连声催促："快！快！"

轿夫奔跑起来。

尚书府门口，小轿未落稳，高弘图抢步下轿，飞跑步上台阶："快……快去禀报，我要见史大人……"

院内传来急促的脚步声，老家人跑进来禀报："史大人，高弘图高大人前来拜访。"

史可法一愣，猛然站起，高弘图此时来访，莫非又发生什么意外？他吩咐道："快……快请！"他摆摆手，对三娘、白衣侠女道："你们姐妹俩，先到里屋回避一下吧！"

史可法刚把她俩送进内室，高弘图就已风风火火地奔进来，他左脚跩着一只鞋，只穿白布袜，官服没穿，只是披着，刚进屋，见到史可法就着急地喊道："史大人，大事不好了。"说着，掩面大哭起来。

仓促中，史可法忙起身迎接，却见高弘图急急走进，刚进屋就连声呼喊："完了！完了！"身子如绊蒜似的趔趄着，满脸油汗，一副惊慌的神色。

史可法大吃一惊，忙抢步上前，扶住高弘图，不解地问："高大人，这是怎么了，有话慢慢说嘛。"

"史大人……"高弘图撩起前襟擦擦眼泪说："今晨，马士英得到密报，说是大宦官卢九德拥戴福王已到浦口。"

"他的消息，怎么如此灵通？"史可法有些怀疑。

"耳目众多，有钱能使鬼推磨呗！"

"马士英有什么动作吗？"

"他这个家伙，动作可真快。即刻前往，迎接福王。"

"找到了吗？"史可法急切追问。

"刚才，老夫接到探马快报说，马士英不仅找到了福王，并且抢先在空头疏笺上填上福王的名字，并马上写短信，派飞马探报，遍示南京的重臣、武将。"

"这家伙腿倒够快的，他想干什么？"

"那还用说，讨好新君，争宠入阁呗！"

"狼子野心，昭然若揭。"

"同时，马士英还声言：他已拥戴新朝福王而来，并已统领三军。要各大臣于上午十时，前往皇宫祭告天地，准备迎立福王。"

"这，这么快？好些事情还没有商议，不可能吧！"史可法疑惑地问。

"唉——"高弘图急得一跺脚说："都什么时候了，史公还把他马士英想得那么好！"高弘图说着，从腰间摸出一纸短信，递给史可法道："史大人，这就是探报送来的，史公没接到？"

"没有。"史可法摇摇头，他上前接过那页短纸，看罢犹如当头一盆凉水，泼得他浑身发冷，自言自语道："探报怎么没给老夫送来呢？"

"唉——这还不是秃子头上的虱子——明摆着的事吗？"高弘图站起跺脚道："没给大人，是明显排挤你史大人！祭告天地时大人不去，马士英一来可以省去很多麻烦，二来也好以你迎接福王不热心，对新君不敬不恭，而弹劾你。"

"啊！"史可法闻言猛醒，气得牙齿咬得咯咯响，暗自骂道："马士英啊马士英，你也太歹毒了！"他走到衣架前，摘下官服穿好，激愤地拔腿向外就走。

院中，高弘图追上史可法，上前相拦："史大人欲去哪里？"

"老夫去找马士英，责问他为何言而无信，一会儿说立潞王，一会儿说立桂王，转瞬又说立福王？立君乃是匡扶明室的根本，何以能朝三暮四，一会儿一变，视同儿戏？"史可法愤愤然，气得胡须乱颤，眼喷怒火。

"史大人且慢！"高弘图抢到门口，拦住去路说："此事虽已有风吹草动，但幸未生米煮成熟饭，还有挽回的可能。"

"高大人有何见教？"史可法停住步而问。

"史大人，适才我细细思量一番，大人如草率而去，反而于事无补。"

"高大人有什么见解？"史可法请教道。

高弘图站起："试问大人手中，可有什么扳倒马士英的把柄吗？"

史可法摇摇头。

"倘若没有，真正闹起来，反而有损史大人的威名。"高弘图分析道："如果再让福王知晓，必认为马士英效忠新君。我等被疏远，排挤在新朝内阁之外。"

"高大人的意思是……"

高弘图迟疑片刻："依老夫看来，马士英之流这样朝令夕改，不外乎他们感到阉党力量薄弱，想在此事上抢先，争宠于新君。而细算之，在南京的朝野大臣中，还是东林党这派力量雄厚。"

"此话怎么讲？"史可法探问。

高弘图屈指算来："史大人你看，在陪都南京，除你我之外，还有姜曰广、张慎言、吕大器、郑三俊、刘宗周、崔宗等。最主要的是大人身为兵部尚书，掌有实权。而马士英只为区区凤阳总督，职位、威望，都在大人之下，不可同日而语啊。"

史可法被点醒："这么说，还没有定盘，我们还有扳回来的可能？"

高弘图："史公，即使做最坏打算，就是迎立福王，只要不让马士英之流进入内阁，他也是萤火虫的屁股，没有多大亮。再者，福王既立为君，也该权衡一下利弊，用奸臣？用忠臣？可涉及他的宝座是否牢靠哇！"高弘图一席肺腑之言，说得史可法火气略小了些。

"那眼下之计呢？"史可法脑袋里乱糟糟的，理不出头绪："大人，书房里说话。"

"我说呢，也不能让我这老头子站着说话吧。我跟你说，勤王之师北上过黄河的时候，我在冰上可是摔断过腿……"高弘图发着牢骚。

"就是就是，可法确有失察之过啊！抱歉抱歉！"说着，史可法连连施礼。

他把高弘图请回到书房，命家人献上茶点。

"眼下，咱们也只好先稳住阵脚，联络各方有识之士，看看局势，再行定夺！"高弘图一时也拿不出好主意，只得暂且安慰史可法说。

早饭时间已到，史可法彻夜难眠，竟无倦意。他命人给高大人准备早点，转到外厢，暗问："德威，那两位女客呢？"

"禀大人，她俩偷听了高大人和您的谈话，按捺不住自己的急性子，说是截杀马士英去了。"

史可法听罢，暗暗叫苦不迭。此事如出疏漏，于全盘不利啊！他狠狠责怪史德威道："无用之人，为何不阻拦她们！"

"史大人，小人我……"史德威想辩解几句，史可法猛地一甩衣袖道："快！快命史继州前往探访，追回她俩，一有消息，即刻回禀。"

"是！"史德威见史可法脸色铁青，面带焦急之色，没敢再说什么，忙跑向后院。

草草用罢早膳，史可法、高弘图就分乘两顶轿子，赶往南京皇宫内的天坛。

河边街道上，两乘小轿匆匆赶路。行走在史公官轿一侧的史德威轻声问："大人，咱们去哪里？"

史可法："去皇宫。"

"大人，那一处高耸的建筑是什么地方？"

史可法掀起轿子一侧的窗帘一看，回答："天坛。"

"北京有天坛，南京也有天坛吗？"史德威惊喜地问。

史可法："有！"

"两个天坛？哪个修得早？"史德威孩子似的，天真地问。

"当然是南京的天坛修得早了。相传三国时代东吴在南京建都，就在此修建了天坛，作用和北京的天坛一样，用于皇帝登基时祭拜天地，祈求丰年，祷告风调雨顺，五谷丰登。"史可法解释。

"这么说，遇有重大节日或大礼的仪式，也在天坛举行了。"

"那当然了，只不过南京的天坛没有北京的气派，也没有北京的建筑宏伟，故而没有北京的天坛闻名了。"史可法介绍道。

"新鲜，南京、北京都有天坛。"另一侧的家将感叹。

史可法："明初，明太祖定都南京后，又重修了皇宫、天坛，后来成祖将京都北迁，而南京作为陪都，也一直保留原来的风貌。历经二百多年了，也不知道怎么样了？"

此刻，意外落寂的留都南京天坛附近的皇宫，却已是十分热闹，当轿夫抬着史可法、高弘图两乘小轿，赶到皇宫时，门口比市场人还多。史可法、高弘图看见，这里已聚集着当时南京的许多达官显贵，人们三个一起、五个一块儿，议论着什么。

对这里，史可法虽不是初次来，但对这里的许多人却也觉得陌生。多年征战，戎马倥偬，他哪有闲暇余兴到此凭吊、观景呢？眼下树长高了，草长深了，院墙剥落，房檐低垂、破旧，显得凄凉、冷落，像幅陈旧的油彩画，斑驳陆离，甚为凄凉难看。

史可法由轿子上下来，举步来到祭坛大殿前，见一群人正围住一个书案，争执着什么。见史可法来了，人们闪向两旁。张慎言上前施礼相迎："史大人来了？您来给评评这个理。"

史可法回礼后，扫了围观的臣僚们一眼问："怎么回事？"

"史大人，您说说，在没有确定迎立谁为新君时，马上就让大家北拜画押，向福王效忠。这合乎朝廷的典章礼节吗？"姜曰广抢先愤愤不平道。他生得身材高大，头戴儒士冠巾，身穿进士衣袍，显得精明、干练，说话连珠炮般的有力、干脆，不给人以回嘴的机会。

"谁的主意？"史可法如炬的目光掠过众人的脸问。

"本官。"身穿淡红官服，丹眉凤目的一个白面书生挤上前，看了史可法一眼，忙避开他的目光，施礼后禀报道："下官南京守备，司礼太监韩赞周便是。"

"噢!"史可法抱拳回礼道:"久闻大名,今日相见,幸会!幸会!"他近前上上下下打量韩赞周一眼问:韩大人,此举老夫不知是你的主意,还是哪位明白人的高见呢?"

"是马……"旁边一个瘦得像个燎糊了老玉米的儒士欲答,被韩赞周一扯后襟,止住话头退到一旁。韩赞周嘿嘿一笑,满脸堆满谄媚的笑说:"是下官的主意,是本着自愿的原则,绝不强迫!"

"不经商议,就这样做,太草率了吧。迎立新君,需经朝臣商量定夺,岂能随心所欲,任意胡为。"姜曰广喊道。

史可法蹀到桌前,见一张大红纸上写着:效忠福王,迎立新君,愿者签名。上面密密麻麻地写了许多人的名字,旁边放着笔砚。当他正欲细细察看都是哪些人签名时,韩赞周近前,脸堆笑容说:"如史大人觉得不妥,下官收起,下官收起!"说着,他卷起签名的红纸,低头弯腰地钻进人缝溜走了。

"哈哈哈。"众人望着退走的韩赞周大声嘲笑。

史可法抬头望着日头,见天色已不早。他遍寻众人,不见马士英的人影。暗自思量:马士英为何没来?莫非让三娘给杀了?还是……阮大铖怎么也没来?怕不是又出什么变故,还是他们又在设什么圈套?想到这里,他越发忐忑不安起来。

"时辰已到,各位大臣各入班列,准备祭告天地。"礼司高声呼喊。

听到有人招呼,聚在大殿前的朝臣各自整衣束带,涌入大殿,各按朝班站好,在礼司的带领下,面北行完九叩三礼。史可法一侧脸,恰巧窥见史继州躲在一个大圆柱后,暗中向他招手示意。他忙乘众臣跪地叩拜之际,悄悄退到柱子后。

史可法蹀步来到西北角松林里的僻静处,史继州着急地喊道:"史大人……"

史可法忙手掩嘴唇,示意他不要声张,以免被人发现。

史继州满头大汗,近前低声说:"史大人,三娘和白衣侠女找到马士英,见他防范太严,难以下手,只得作罢。但她们要我速速禀报史大人,不要在这儿祭告什么天地了。马士英已悄悄把福王接到府上去了,要大人早想办法,使福王脱离他的巢穴,免听他的谗言。"

"怪不得!怪不得!"史可法这才悟出马士英把大家聚到此处,而自己却不来此的奥秘。他低声道："知道了，你快回府上去吧！我自有处置。"

史继州答应一声，转身就走，又猛地停住脚步，猛拍脑门道："瞧我这记性！瞧我这记性！"他又跑到史可法身边低声说："史大人，刚才有个叫阮大铖的，乘轿赶到马士英府上，说是有位韩太监写了一个什么效忠信，让大臣们签名，说只有姜曰广、张慎言、高弘图和大人不肯签名，马士英听后乐得屁颠屁颠的。"

"无耻至极！他们还说了什么？"

"马士英还说，说什么这个回合的斗争，既有史公不同意迎立福王的效忠信，今天又不肯签名，这几个人在社会上最有名望，相处得最好。有这两条，扳倒他们，就易如反掌了。他们既可以把你们几个打成异党，除去政敌，又显出马士英劳苦功高了！那家伙说着，还拿出一张信，让姓阮的看，乐得俩家伙直流眼泪。"

"这都是真的？"史可法简直听呆了，有些不相信自己的耳朵，惊问。

"句句是真的。我躲在马家的阁楼上，看得真真的。我还见姓马的拿的那张信纸，好像就是大人的亲笔信笺呢！"史继州没有注意史可法的脸色，真诚地表白自己的心迹。

"嘻——大意失荆州，多半辈子征战沙场，没想到无意间被小人给算计了。"史可法感到一阵晕眩，暗暗扶住旁边的树干，赶忙定定神。他挥手示意史继州近前，叮嘱道："快！将兵部卫队拉来，守住皇宫。"

"遵命！"史继州快步跑走。

史可法缓步徜徉在走廊上，这里虽是水榭亭台、假山真水、峰回路转，风景很美，但史可法无心欣赏："人心叵测，世事艰难啊。"史可法重重地叹息一声，步履沉重地走向大殿。

面对陪都南京瞬息万变的政局，史可法感到太疲乏了，他有打了败仗之感。在党争这方面，自己为何连连败北呢？为何有类似被马士英之流工于心计的小人算计的感觉呢？自己为何不明不白就中了他们的诡计呢？他连连自问自责，他不明白：这些奸佞之徒为何总跟自己过不去？他们为何总是把自己的聪明才智，用于算计自己的同胞手足呢？为何不能为恢复明室，振兴国威，做一两件踏踏实实的事情呢？

"唉——我们这个民族啊！她既哺育了屈原、岳飞、文天祥这样的民族英雄，也滋生出了秦桧、马士英这些民族的败类啊！"史可法步履沉重，思虑许久，找不到答案。

史可法想到这些，感到阵阵心痛，像有人在用麻绳勒住自己那颗滴血的心。他强打精神，回到大殿前。

刚到侧门，就听大殿里面人声鼎沸，吵成一团，像蛤蟆坑似的乱糟糟的，他心一紧，加快了脚步。

大殿上，一个尖细的嗓子喊叫道："史可法可杀！"

史可法闻言一愣。隔着门缝望去，叫喊的是明朝勋贵、魏国公徐弘基。只见他高挽着袖子，伸张着双臂，歇斯底里，仰头大喊："史可法勤王迟缓、延误军机，劳而无功，为何返回南京？"

"一派胡言！"姜曰广上前，怒指徐弘基的鼻子道："照你此说，为什么真正握有兵权的人不去勤王？难道没有勤王的人，就没有活下去的权利吗？"他手臂一挥道："众所周知，史大人初到南京，奉命搬兵，求告无门，不是也找到你魏国公的门上，你也闭门不见吗？史尚书忍辱负重，自筹粮草率兵勤王，图求明室复兴，首战即大败清军，如若杀他，岂不是自毁长城？"

"史可法嫖娼宿妓，有损朝臣之名！"徐弘基鼻尖上沁出冷汗。

"卑鄙！"张慎言怒骂一声："徐弘基你莫要血口喷人。史大人磊落光明，谁不知晓，上次瑞祥庄摆宴，乃形势所逼而为。尔后，史大人从未再踏进瑞祥庄之门，而你除三妻四妾之外，招蜂引蝶，又在南京街包下暗房，难道还要本官指出姓名吗？"

"这……"徐弘基哑口无言，退后一步，脸上的肌肉抽搐着，搜肠刮肚寻找着反驳的理由，脸憋得紫红，像鸡冠似的那么难看。

"你们这些势利小人！"姜曰广言犹未尽，愤言道："想当初，史大人受到先帝重用时，你们这些人怎么奉承，简直把史公说成神人。而今，一旦史公不能按你们的眼色行事，就要一脚踢开，这是无耻小人的行为啊！"他伸开双臂面北大呼："太祖皇帝啊！你在天之灵应当听到这些话啊！"说到激愤处，他须髯尽张，满目悲愤。臣僚们见他如此激动，都面面相觑，哑口无言。

须臾间，大殿内鸦雀无声，死一般沉寂。

"你们都哑巴了？"一声狼似的嗥叫之后，人群中闪出给事官李沾，他半疯半癫，装疯卖傻，扑到祭告的灵位前，伏地哭嚎着："事到如今，你们还不肯立贤德的福王，让奴才撞死在这里吧！"说着，他装模作样，用袍襟蒙住头，就要向柱子撞去，却早被徐弘基拉住。

"拿宝剑来，我们大家死！大家一块死！"侍郎刘孔昭趁火浇油，煽动着人们的情绪。

躲在门外的史可法把这场闹剧看在眼里，气在心头。他只觉得头重脚轻，眼冒金花，双耳轰响，要不是扶住门框，早就晕倒了。

忽而，他听到身后有脚步声，忙转身躲到暗处，见是个细作模样的人鬼鬼祟祟地走来，不时探头探脑，一对鼠眼四处乱看。那家伙贴身到大殿的窗前，像个窃贼似的在悄悄偷听。

史可法轻步绕到那家伙背后，探手卡住他的脖子，低问道："来者何人？竟敢在此偷听！"

史可法双臂一用力，把他拖至十几步以外的一间空房内，像扔麻袋似的，往地上一掼。

"大、大、大人饶命。"细作哆嗦道，纳头便拜，话不连声地说："小人是、是、是福王，不！不！是马总兵派来的，听、听、听……"

"滚！不要让老夫再见到你！不然，就摘掉你吃饭的人头。"史可法低吼一声，一脚把那家伙踢出门外。

那家伙像球一样，翻了几个滚，抱头鼠窜而去。

史可法再也按捺不住满腔怒火，他抢步走向大殿。

史可法大步来到大殿上，声严色厉地喝道："何人在此闹事，此为祭告天地之所，神圣庄严，岂容不懂法理的混账之徒在此喧哗？"

此刻，他隐隐听到殿外传来士兵奔跑的脚步声，知是史继州已率卫队赶到，胆子更壮了，断喝一声："殿外武士听令，再有哄闹殿堂者，即刻推出斩首。"

史可法这一喝喊，有如洪钟撞响，加上殿内回音，瓮声瓮气，震得人心发颤，神情肃然。

殿外武士听到召唤，齐应一声："遵命——"殿门大开，奔出两排彪悍武士，侍立门口两厢，各自手持兵器，虎视着争执不休的朝臣。

朝臣们全吓傻了，个个屏声敛气，自回本班，不服气的只是干瞪眼，怒目而视，却不敢开口。

史可法见此招儿真灵，已经震慑这些势利小人，暗想：眼前这些人大多是贪生怕死之徒，都怕皮肉吃苦。自己何不以兵权——兵部尚书的职权，敲山震虎，再吓他们一吓。既可杀一儆百，振振威风，又可令阉党不敢小觑自己，给那些觊觎权力狂妄之徒，造成心理压力，使之不可肆意猖狂。

想到此，他跨到书案前，猛然一拍案角道："大胆狂徒，先帝蒙难，新君未立，值此国家动乱之际，更需前朝老臣竭心尽力，辅佐朝纲，以图明室复兴。而眼下有人暗弄机谋，欺蒙前朝老臣，趁社稷之危，渔人得利。所以，本尚书在此宣布：自即日起，谁敢再造谣生事，播弄是非，一律从重从严处罚！绝不宽贷！"

武士们喝起堂威，刘孔昭、韩赞周等瑟瑟发抖，垂眉敛目，不敢正视史可法如电似炬的目光。

史可法咳嗽一声说："迎立新君，关系明室大业。此乃朝廷重事，不是哪个人说立谁就立谁，而是有章法、有规矩的！要朝臣们商量着办。"

"史公言之有理。"张慎言、姜曰广不断颔首，以示赞同。

几乘华丽的轿子，在一群官差、几十名士兵的簇拥下，浩浩荡荡来到天坛外。

骑在高头大马上的阮大铖，看见皇宫外站着许多兵部的将士，倒抽一口凉气，转对一旁的马士英低声说："我们这步棋还是晚了，史可法抢先了一步。"

"怎么回事？"马士英也感到意外，茫然四顾。

"马总兵，怎么办？"阮大铖有些惊慌。

"什么怎么办？咱们有他——"他指指身后轿子："那个活宝，福王做后盾，怕什么？"

马士英上前，高声道："福王，前面就是天坛了，请福王准备下轿。"

"我的妈呀！赶路为什么这么慢？屁股都坐疼了，腰都酸了，骨头都要散了。"

"那……那……还被人抢了先。"

"谁这么大胆？敢抢在朕的前面，朕还没上殿，他们就上朝！"

"福王，您还没登基哪，先别称孤道寡。"

"怕什么，你们不是都拥立本王吗？"

"可还有姜曰广、吕大器、高弘图、史可法等人没有签字画押，拥立福王。"

"是吗？我杀了他们！"

"不！我们不要着急，要一步步来，史可法派兵部的将士包围了天坛皇宫，我们不宜莽撞行事！"马士英老谋深算，劝解着福王。

"包围了天坛皇宫？那本王不去了，回去！"

"不去天坛皇宫去哪里？"

"还回你的总兵府！"

"不不！福王，有我马士英在，保您平安！"

"见到史可法说些什么？"福王讨教道。

"说好听的话，安抚为上。"

一旁阮大铖一竖大拇指："马总兵，高明啊！"

大殿上，史可法见众臣已被震慑住，口气又放平缓些："诸位朝臣，都是食前朝俸禄的，现在自当用力。朝廷现在正值内忧外患之际，切不可因一己之私，而遗恨终生，各位都静下心来仔细想一想，究竟择立哪位王为君，才对社稷有利，切不可因贪私利，而置朝廷、百姓于不顾，只为自身谋算啊！"他还想再说什么，忽听殿外有人高喊："福王驾到。"

史可法暗自一惊，忙挥手撤掉武士。

大殿内朝臣们一时乱了营，交头接耳，议论纷纷，人们谁也没有料到马士英会有这手，众臣忙跪倒，齐呼："恭迎福王。"

第一个进殿的是马士英，嗬！这家伙挺着胸脯，梗着脖子，三角眼像两盏小灯笼，滴溜溜乱转，身着崭新总兵盔甲，一副趾高气扬的神态，他进殿后扫了跪倒在地上的朝臣们一眼，又把腿退了回去。这小子聪明着呢，生怕成为众矢之的。他再威风也深知，有君从君，无君从王。切不可因一时气盛犯了规矩，招来非难。他退回站在大殿门口，深施一礼，半躬着腰，伸手指着殿内说："福王请！"

福王虽有些胆怯，但在马士英等人的簇拥下不再谦让，一步跨进殿门。他身穿大红蟒袍，三十七八岁。因平时过于贪恋酒色，显得比实际年龄大些，微黄的肤色，两只眼皮耷拉着，带有几分倦意，像是永远不能睡醒的样子。

他进殿后，不像以往君王见到下臣那样盛气凌人，居高临下，而是抢前几步，依次将跪伏在前排的朝臣扶起，嘴里连声说着："免礼！免礼！"此刻，羽翼未丰的福王心里明白着呢，京都失陷，朱明王朝大厦将倾。自己要想多享几天福，坐上皇帝的宝座，还得依靠这些朝臣效力。他走到史可法面前时，拍拍史可法的肩膀，称赞道："披肝沥胆，朝廷栋梁啊！"

走在福王身后的马士英听到此话，极为不快，赶忙上前，搀住福王的胳膊，献着殷勤："福王劳累，快请龙案后歇息一会儿。"

侍卫们搬来软椅，放在书案后，福王坐在书案后，巡视各位一眼，招手道："众爱卿请起！"

朝臣们齐呼："谢福王！"

福王扫视殿内众臣一眼，似是自语，又似说给众人听道："谁说我朝无人，殿内不都是重臣贤士吗？"他见大家对他笼络人心的话语反应不大，又提高嗓音道："众爱卿，本王志大才疏，虽有鸿鹄之志，却也须仰赖众臣辅佐，如本王复兴大明江山，朕决不忘众臣的功劳。"

大殿内还是无人应声，人们对他许诺的话谁也不信。对于朱明王朝的历史，大家太清楚了。明太祖朱元璋打下天下后，还不是良弓藏，走狗烹。

一旁的马士英最会来事，见无人应声，回顾左右一眼，率先跪倒，口呼："福王圣明，臣等愿效死力，报效新朝，虽肝脑涂地，在所不辞！"

马士英跪拜称臣，许多人都认为这是邀媚取宠，讨好福王的时机，也都纷纷跪倒。众人一时竟忘记福王尚未登基，尚未面南背北称帝，不该称孤道寡。

史可法、张慎言、高弘图等人见状，也只得跪伏在地，倘不如此，不仅于事无补，反遭福王忌恨。

此刻，福王心里这个乐呀！真有点肉包子骑驴，乐颠了馅了。他做梦也没想到，择立新君能轮到他的头上，更没想到坐新君的宝座，竟这么容易。在马士英的府邸，他的心情还惴惴不安，几次推辞，不敢前来。是马士英好说歹说，生拉硬拽把他抬来的。不然，再借给他俩胆儿，从未征战沙场、未见过大世面的他，也不敢在朝臣面前这么威风。

"众爱卿平身！"福王站起，做出手势。

"谢圣上！"大殿内，台阶下众文武大臣高声齐呼。

"且慢！诸位，现在就行君臣参拜之礼恐有不妥吧！"史可法高喊。

这才是：新朝内争迎新君，马士英天坛媚福王。

　　　　旧臣夺利争入阁，史可法殿内斥阉党。

欲知后事如何，请阅下文。

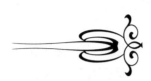

第 19 章
谒监国苦心再相谏
话天下孤诣定君心

　　大殿上，史可法高声道："各位大人，你们想必知道，没有举行登基大典之前，就称孤道寡，这是朝廷礼制所不许的，是被视为犯上作乱，是要杀头的，也就是要掉脑袋的，甚至殃及家族，满门抄斩的。"

　　"嘻——咱们这是演习，不必当真。"马士英辩解。

　　"就是，先帝驾鹤，新帝没有登基，这是非常时期，练习练习也非不可。"阮大铖在一边敲着边鼓。

　　"就是，难道本王学习学习也不可以吗？"福王一脸的不服。

　　"不行！"史可法断喝："学习是在特定的场合，由礼部官员教习才可，不可乱用。而且，参加的人选要严格挑选，君臣、主次，长幼、内外，文武……都要经过挑选，合乎礼数，不能让乌七八糟的人参加。"

　　"对对对……"福王马上见风转舵，表示支持史可法："史爱卿说得对，本朝妇孺皆知，'孤''寡'二字只有皇帝才能用，是圣上的专有名词，除此之外，谁用这个词，都要以大逆不道，图谋篡位被处死。本王知错必改，从现在起，不许再用'孤''寡'二字。"

　　此前，福王在用这两个字之前，也是思量许久，是马士英给他打了半天气才仗胆用的，说时也是胆战心惊，头冒虚汗，没有底气，生恐有人提出异议，难以收场。福王见众臣都朝拜自己，心情坦然些。他微笑着离开座位转到书案前，将朝臣们一一扶起。

　　马士英见大功告成，更是傲气，脸颊微仰，七个不睬，八个不忿，俨然以定策的功臣自居。他站的位置比别的朝臣突出好几步，比左右丞相的位置还靠前。

　　福王又转回书案后坐定，转问各大臣道："众位爱卿，眼下当务之急是什么？"

　　"福王登基称帝。"马士英抢先答道。

"对！国不可一日无君！"刘孔昭附和说。

殿外，史德威看看大殿内乱哄哄的朝臣，跟史继州低声议论："这福王生性如此懦弱，如何堪称大任！"

"是啊，什么都不懂，怎么当皇帝！"

"人家不是龙种吗？种好呗！"

"什么种好？陈涉、吴广早就喊出了'王侯将相，宁有种乎'。"

"呵！你小子行啊？都知道陈涉、吴广了？还知道'王侯将相，宁有种乎'？不简单！"史德威称赞。

"书上学的，可我还不明白，那马士英、阮大铖非要立福王——这么个花瓶当皇帝，干吗？"

"你小点声，傻东西！这还不明白，立没有本事的傀儡当皇帝，他们好糊弄，叫什么挟天子以令诸侯！"

"这不是说曹操呢吗？"

"他们要真有曹操的本事就行了！可惜呀可惜！"

"可惜什么？"

"你瞧着吧，好戏刚开始！"史德威说完，挤挤眼走向一旁。

"好戏刚开始？什么意思？"史继州不明白。

大殿内，史可法看了张慎言、姜曰广一眼，出班施礼道："福王，臣认为，称帝之事不宜太急。想当年，高宗皇帝就是采用朱升的策略：高筑墙，广积粮，缓称王才消除藩邦，一统大明江山的。臣认为，为今之计，应速招天下名流贤士！以收国人之心。当下之计应整饬军备，联络江南各省明军，兴师北伐。不以偏安江左一隅之地为满足，等待时机，养精蓄锐，图复京都，澄净关陕，以归合盛。报我杀君弑父之仇哇！"

"史大人所言极是！"姜曰广抢先奏道："福王明鉴：如草率称帝，而无功德于天下，必遭天下人耻笑。况且各路王对此情尚未明了，倘若闻讯前来兴师问罪，明室必将再起内讧，反于清人有利呀！"

"福王，不要听信他们的危言耸听，称帝后，方可名正言顺，号令天下。否则，一盘散沙，何以光复明室。"马士英气急败坏地喊道。

两派又争执起来，吵得不可开交。公说公的理，婆说婆的理，烦得福王双手捂住耳朵大喊："别吵了！别吵了！"他万没有想到形势会急转直下，刚才还明朗晴天，转瞬急风暴雨。待大殿内平息下来，他转换了和缓口气说："本王也没有说即刻称帝，可也得有号令天下的权力呀！"

"福王，这个不难！"高弘图出班奏道："福王，可传檄天下，以监国身份统领天下！"

"什么什么？监国？监国是什么官，干什么的？"福王没有听懂，他一时不明白"监国"为何官衔，忙问："监国为何职位？和福王比谁大？"

"福王，当然是'监国'大了。'监国'是行使监理督查全国军政要务之职，而福王只是一地受封之王，何以比得上监国之职！"高弘图耐心解释道："称监国，福王就可以统领南到海南，北到奴儿干都司，东起定海，西至乌斯藏明的广大疆域，万万臣民，何人敢不从，还可以……"

福王听得眉开眼笑，心花怒放，未等高弘图说完，插话高喊道："我要监国！我要监国！马总兵……"他转对马士英说："监国也不错嘛！本王不妨先干几天监国再说，怎么样？"

"这……"马士英一时语塞，沉吟片刻，只好说："臣从命。"他顿时像遭风霜抽打的麻叶蔫下来，再也无话，只是板着的腰慢慢弯下来。

福王侧脸看看窗影，脸上呈现出焦躁的神色："众爱卿，时已过午，本王，不！本监国肚子疼，是不是……"他有些饿了，寻找借口，想去进餐。

恰在此刻，偏有不长眼的李沾近前说："福王，还是先定下内阁大臣再进午膳吧！"

"咄！不识抬举的东西！"福王变色道："本王已荣任监国之职了，还敢当众戏称监国旧职，蔑视本监国。来人！拖下去脱鞋掌嘴五十。"

殿外，史继州听到福王的号令，十分高兴，暗自拍手："掌嘴？这个戏好看！"他很讨厌李沾这个尖嘴猴腮的家伙，看不惯他的一副奴才样。

史德威走进来低声问："你小子眉飞色舞的，有什么好事？"

史继州："你说的，好戏开始了！"

"我说的，好戏开始了？"史德威早把刚才的话忘了，有些丈二的和尚摸不着头脑："什么戏？"

史继州努努嘴，一指大殿内。

史德威顺着他的目光看过去……

大殿内，正在上演一出闹剧。"脱鞋掌嘴"这是家法。可福王糊涂得还认为这是在他受封领地的家里，喝令执行这个刑法，逗得史可法差点笑出声来。这当儿，早有两名武士进来，一人抓住李沽的胳膊，向后一翻，手掐脖子，另一个武士扒掉他的鞋子，"啪啪……"左右开弓，打得李沽号啕大叫，口喷鲜血。

兔死狐悲，李沽挨打，同伙马士英暗自着急。既埋怨他不长眼，看不出个眉眼高低，又不敢过分袒护，只得打掉牙齿往肚里咽，自认晦气，可到这节骨眼上，也该力保一下呀！他上前深施一礼道："监国大人，谅李沽也是出于好意，虽言出不妥，看在本总兵的分上，饶他一次吧！"

福王却装作没看见，仰着脸，望着太阳要打喷嚏，一时又打不出来，鼻子发酸，眼流泪，十分难受，许久，才"阿嚏！"一声，打出喷嚏，唾沫星子喷了马士英一脸，他揉着鼻子问："马总兵，适才所言何事？"

"监国大人，李沽虽出言不逊，冒犯监国大人，但念他是前朝老臣，一贯忠心，原谅他一次吧！"马士英再一次恳求。

此时，被掌嘴的李沽已鼻歪眼斜，口鼻流血，不省人事。

福王朱由崧摆摆手说："罢了，看在马总兵的面子，饶你不死！不然，非打烂你的狗嘴不可！"

饱挨一顿鞋底子，李沽被打得只有鼻孔出气，连血块儿带鼻涕，哈拉子一块儿流淌，翻着白眼，不省人事，马士英低声提醒："快谢恩！快谢恩！"

李沽却似死人一般，不能作声，武士架着他给福王磕了三个头，像拖死狗似的把李沽架了出去。

武士架着被打的李沽来到殿外，看到史继州走来，忙问："都尉，把这个家伙放到哪里？"

史继州："还问什么，出恭的地方最合适，让他闻闻'仙'气去。"

"遵命！"两名武士架着李沽走向厕所。

看着他们远去的背影，史继州心里这个乐啊。

史德威走过来，一拍史继州的肩膀："喂，你小子又玩什么坏？"

吓得史继州一哆嗦："我的妈呀，你吓死我了！我以为是史公呢。"

"瞧瞧，做贼心虚了吧？快说！又玩什么坏？"

"没有没有，我只是让武士把刚才挨脱鞋掌嘴的那个家伙，拖到出恭的地方去闻闻仙气。"

"啊？出恭的地方？那不是厕所吗？"

"你以为，禁闭他这种奴才会有什么好地方？"

"怎么还没完事？我的肚子都叫了。"

"刚才那个李沾挨打，就是搅了福王去进膳的局，所以挨打。这会儿，福王又不饿了，邪了门了！"史德威望望大殿，有些不解。

李沾挨打：被脱鞋掌嘴，使许多人看到了党争的残酷，大殿内平静下来，福王的火气也消了些。他觉得无论是作为福王还是未来的新君，初与朝臣见面，就因一时怒气，刑罚大臣，恐怕今后给朝臣留下不良印象。他眨动着黄眼珠思虑片刻，放缓口气说："马总兵，你说他出于好心，那就趁众爱卿都在，议定一下内阁人选吧！"

朱由崧话一说出口，马士英就暗自着急起来。他根本没有想到福王会立即设定内阁人选，他还未与阮大铖商定好方案。再者，殿内多是东林党的人。他感到势单力孤，加上刚才李沾被掌嘴，表面给人福王宠信东林党人的印象，这就会使中间大多数持观望态度的朝臣偏向东林党人，局势会对自己不利，对东林党有利！

马士英刚欲提出理由，推迟推荐内阁人选的时间。此刻，张慎言已躬身近前："监国大人，本官荐举前朝重臣史可法入阁。他身为兵部尚书，政绩廉明，善于带兵。特别是多次与清军交战，前不久又以少胜多，重创清军先锋多铎，使之不敢南下牧马，小看我大明无人！"

他的话音刚落，吕大器又上前奏道："监国大人，下官推荐一人，高弘图，他生性谨慎，治政有方。不久前，他随同史可法尚书兵发江北，多出奇谋，况且乐善好施，生性豪放，可堪重任。"

站在前排的马士英蒙了。他知道：按一般规矩，入阁大员不得超过四人。转眼间东林党入阁了两位，即使阉党也入阁两人，也是二比二平，两派势均力敌，办事就不那么顺利了。此刻，他恨手下党羽脑袋一根筋、发傻，转不过弯来，没有人及时提及自己入阁，却被他人抢了先机。眼下，要不自己提自己？脸面上又不好看。提别人？又没想好谁能堪此重任，他瞧瞧左面的史可法，又看看右面的高弘图，准备提出异议，驳斥张慎言、吕大器的提议时，忽听后面有人高喊一声："本官提一个。"

随着声音，挤出一人，大家一看，却是吴巡按。他一推姜曰广，把他推出朝班行列一步说："本官提名姜曰广入阁。"

此刻，站在后排的刘孔昭急了，卷起袖子伸出胳膊喊了一声："我……

我也提一个。"

此时，马士英的心凉透了。出乎他的意料之外的是，他为迎立福王费尽心机，谋划这么久，竟无人提及自己。忽听刘孔昭喊，他也提一个，心快跳到嗓子眼，眼巴巴望着他，希望提及自己，也好在福王面前找回点面子，不至于丢人丢到家呀！他侧耳谛听着，渴望刘孔昭嘴里迸出"马士英"三个字，但他失望了。

刘孔昭挥着胳膊，挤出朝班，连声喊："我提一个，我提一个……"可他一急竟没想好该提谁、不该提谁，急得他脸红脖子粗。

福王饿得肚子咕咕叫，巴不得有人快点提出第四个人选，好去吃饭。他扳着手指，数说道："史可法一个，高弘图两个，姜曰广三个，你……你……倒提谁啊？"他催问刘孔昭道。

刘孔昭脸红脖子粗，心急嘴拙，一咬牙一跺脚道："我提，我提刘孔昭。"

"哄——"殿内一阵大笑。讥讽刘孔昭不自量力，脸皮太厚，竟自己提自己，想挤进内阁。

马士英这个气呀！真恨不得狠狠抽刘孔昭两个嘴巴，阉党的人全让他丢尽了，真是衬衫没穿自破，让人戳脊梁骨给戳破了。他恨恨地骂道："草包！笨蛋！蠢驴！"

"监国大人，这怕不合适吧！"胡督帅持反对意见道："大明自开国以来，没有勋贵入阁的先例啊！"

"就是嘛！新朝也应以旧朝的规矩为准绳啊，切不可自坏本朝阁臣入选制度呀！"许多人反对道，都觉得刘孔昭的提议不妥。

"我、我这是毛遂自荐。"刘孔昭在朝臣们的冷嘲热讽下，臊得无地自容，脸涨得红布似的辩解一句，再也说不出什么。此刻，他真恨不得变只老鼠找个地缝钻进去。他如同溺水将亡之人，抬头求救似的寻求同伴的支持，忽见马士英暗中向他使眼色，暗示他提自己。他脖子一梗，怒气冲冲地叫嚷："我不行，马士英、马总兵总可以吧？"

福王早想结束这场令人心烦的争吵，听到有人提马士英的名字，当即扳起第四个手指说："好了！够了！马士英马总兵入选内阁。"

马士英这才一块石头落地，悬着的心复归本位。但他还觉得势单力弱，孤掌难鸣，忙躬身施礼道："谢监国大人，本朝初建，政务繁杂，只靠四位入阁大臣恐怕力所不能及，本官启奏，可否起用一些罢黜官员，既显我朝皇恩浩荡，又不至埋没人才，让他们为朝廷效力。"

"马总兵的意思是起用哪些人呢？"福王没有明白马士英的目的，以为他是真心为他分忧，故而探问道。

"这个……"马士英迟疑一下，旁顾两旁的大臣们一眼说："监国大人，臣曾向您引荐的阮大铖阮大人，他是文韬武略，皆有所长……"

"阮大铖不行！"史可法抢前一步阻拦道："监国大人，阮大铖是崇祯皇帝亲自定下的阉党逆案，不容异议。"

"监国大人，阮大铖可以起用！"马士英喊道。

"监国大人明察，阮大铖逆案在身，不能起用！"史可法严正地说。

"可用！"

"不可用！"

史可法与马士英吵成一团，一个声音比一个声音高，各不相让，都想压倒对方。

"监国大人，史大人言之有理，阮大铖实在不可用！"吕大器、高弘图、张慎言、姜曰广等正直大臣上前奏请。

刘孔昭等阉党人物也上前相争："监国大人，阮大铖可以起用。"

福王左瞧瞧东林党这面，右望望刘孔昭阉党这面，左右为难。他气恨地用双手捂住耳朵，连连摇头："不听不听！以后再议，散朝！"他说着，双手抱头，还未等侍卫上前搀扶，径自退出大殿。

殿内只剩下怒目而视的两派，马士英两眼瞪得牛眼似的，眼珠血红，恨不得把史可法生吞下去。

史可法目光灼灼，像两把利剑逼视马士英，似要透视他的骨髓和五脏六腑。相持许久，史可法一甩衣袖，愤然道："马总兵，咱们后会有期！"言罢，倒剪双臂，大步出殿。

马士英也不示弱，正正衣冠叫嚣道："咱们骑驴看唱本——走着瞧。"也扬长而去。

剩下的朝臣见两派主将走了，也自觉无趣，揉着站疼跪麻的膝盖，各自散去。

此时，日头已偏西，午时已过，争吵过后的人们这才忆起，饥肠辘辘。争吵饿了，该去哪里吃饭？每个人都意识到了这个息息相关的问题。

史可法回到兵部，草草用过午膳，因昨晚一夜没睡，觉得困怠，自去后房歇了。刚欲沉沉睡去，猛地一惊，暗自告诫自己：不能睡！上午虽说将入选内阁成员议定，于马士英不利，但他会不会利用福王耳软心活的弱点，再进谗言呢？如把内阁成员的首辅定了他，可就坏了大事了。不行！睡不得！得立即觐见福王，向他言明利害，以绝马士英的谗言之道。想到此，他翻身爬起，来到外房，吩咐："备轿！"家人答应一声，忙着备轿去了。

临跨出房门时，史可法又犹豫了。人言福王又贪又淫，想在他手上办事，不送礼讨欢心是什么也办不到的。可送礼又送什么呢？贱的他瞧不起，贵的自己又没有。他扫一眼空荡荡的屋子，以手加额，在屋内来回走了几步。猛地，他忆起震南、震北二位将军赠送给他的珍品，玉雕蟾蜍和金铸宝牛，忙冲外面喊："史继州。"

"大人，有何吩咐？"史继州答应一声进屋问。

"去年咱去京都拜见先帝时，带去的玉雕蟾蜍、金铸宝牛上贡没有？"史可法把他拉到帷帐后，悄声问。

"大人请恕罪，小人该死！"史继州"扑通"跪倒，叩头请罪。

此举倒闹得史可法有些丈二的和尚摸不着头脑，嗔怪道："这孩子，怎么啦？"

"大人，那次您让我去给内宫送去，我到里面转一圈，管此事的太监没在，我就回来了，想等大人闲下来时再禀报，可一直忙，就给忘了。"

"眼下东西在哪？"史可法急切地追问。

"还在小人的行囊之中。"

"快去取来。"

"是。"史继州答应一声，转身就跑。不一会儿，他手托着一个黄绸布包赶来，双手呈献到史可法面前。史可法接过，放到书案上，打开仔细察看一番，又包好。抬起头，见史继州还跪在地上，正眼泪巴巴地望着自己，他一惊忙问："继州，何故还跪在这里？"

"大人，小人知道，身为奴仆没有按照大人的吩咐办事，罪该斩首。所以，小人在此请大人治罪。"史继州说着，眼角滚出两颗泪珠，俯首于地，听任发落。

"哪里话？本官非但不追究你罪过，还要奖赏你呢！"他上前扶起史继州说："你可帮了老夫大忙了！走，跟老夫去拜见监国。"史可法说着，将那布包揣进怀中，走向门外。

史可法出得府门，家人已把轿子准备好。他坐上轿子，吩咐一声，直奔当时陪都南京的最高府邸，监国府而来。

监国府内，此刻，福王已酒足饭饱，正斜躺在卧榻上，高跷着二郎腿，拍着节拍，眯着眼，欣赏陪都名妓牡丹红在唱小曲。忽听侍从来报，史可法拜见，心里老大的不高兴。可他再一想：自己称帝坐江山还得靠这些人，得罪不得，忙挥手示意牡丹红从侧门撤走。他懒懒地爬起，紧紧衣袍，吩咐侍从道："会客室里见。"

史可法步入会客室，真有些眼花缭乱了。铺金镶银，家具均为红丝楠木，他还未曾见过布置得如此富贵豪华的客房，他正疑惑是否走错了屋子，福王由侧门出来。史可法纳头便拜："微臣可法叩请监国大人，身体泰安！"

福王却不拘礼节，摆摆手道："罢了！罢了，这又不是在宫里，自家的地方，随便坐吧！"

"有监国大人在此，老臣不便就座！"史可法谦恭地说。

"来人，赐史尚书坐！"福王招呼道。

侍从搬来一把椅子，放在史可法身旁。史可法坐下笑问："监国大人，一路由淮安至此，旅途辛苦吧！"

"哎哟！这个路哇！难走极了！马总兵催得这个急呀！差点没颠得让我吐血！哎哟。"朱由崧说着，一摸屁股，龇牙咧嘴，呻吟一声说："屁股都磨出血来了。"

他瞟一眼史可法问："史尚书，此来有何贵干？不！不能用这个词，从今日起，我们已是君臣关系，该问：'史爱卿，此来有何奏本呢？'"

"监国大人。"史可法站起，近前两步说："目前北方的朝臣和贤士正陆续流落到南方，正是召集天下名士，广纳人才之机。而眼下的南京，一切都还很混乱，有待整饬。所以，老臣以为，宜迅速宣明入阁大臣的职位，使其各有其职，各负其责，也好早日为监国大人分忧！"

福王闻言站起，背手在屋内溜达几步，走到史可法面前，无奈地摊摊手，一脸愁苦道："本监国初到此地，马总兵又不在……"

史可法从怀中掏出黄绸布包，打开双手送到福王面前说："监国大人，老臣情知监国来南京时，匆忙赶路，不便带些小玩意儿，这是老臣身边珍物，赠给监国大人，以解小忧。"

福王上前接过，解开布包，打开木匣，看见那玉雕蟾蜍和铸金宝牛，欣喜万分，眼笑成一条细缝，连声叫道："珍品！珍品！"他将木匣举到眼前，细细审视，像顽童初次看到稀有的小动物那样惊喜，所不同的是眼睛里放射着贪婪的攫取的目光。

史可法见福王只顾把玩欣赏玩物，似乎忘记了自己的存在，有些失望，深施一礼道："监国大人，老臣告退了！"说着，转身欲走。

"且慢！"福王伸手相拦。他盖上木匣，像放鸡蛋那么小心，放在桌上，又在屋内漫无目的走了几步，自语道："史可法、高弘图、姜曰广……"他记不起还有谁，苦思一会儿问："那第四位是谁！"

廊下史继州一边站岗，负责警卫，一边打量监国府。

"我的妈呀！真阔气！"史继州感叹道。

这时，几个家人抬着一个竹筐走来，里面传出呱呱叫声。

史继州十分好奇："敢问老哥，你们抬的什么？"

"蛤蟆。"

"要这么多蛤蟆做什么？"

"这是马总兵送给监国大人的晚膳。"

"晚膳吃这么多的蛤蟆干什么？"

"瞧瞧，少见多怪了不是，这是滋阴壮阳的大补。"

"滋阴壮阳的大补？"史继州吃惊不小。

这时，一个家人脚下一滑，跌了一跤，竹筐落地，瞬间，蛤蟆跑了一地，两个家人赶忙手忙脚乱抓起蛤蟆。

此刻，监国府会客室内，福王还在苦思冥想："那……那第四个是谁来？"

"马士英，马总兵！"史可法以实相告，提醒道。

"对！是马士英！瞧朕这记性！不！瞧本监国的记性，怎么把他给忘了。"朱由崧后悔地拍着脑袋。

"史尚书……"朱由崧毫无顾忌道："跟您说，我这脑子，被驴踢过，自小就不好，有人说，就似我的名字，办事稀松。记性不大，忘性不小。有一回，我和小伙伴玩耍，在林荫小路上挖个陷脚坑，里面拉上一摊屎，上面支上点小棍，篷上树叶，盖上鲜土，想谁在此路过，陷谁一下子，也算嘎屁的恶作剧了。不料，不一会儿，我就忘了此事，伙伴们走路时都记着陷脚坑的标记。我记不住，一脚上去，踩了一脚屎不算，还崴了脚，气得我大骂：'哪个狗日的拉的屎？'你说逗不逗？"

听到这，史可法苦笑一声，心里犹如打翻了五味瓶，说不出是什么滋味。

"还有哇！"福王像是记起什么："这只是我性格的一面，更主要的是活了三十多岁，长这么大，没着过什么急，似乎也没认真办过什么事，有人说我办事大多是虎头蛇尾，不了了之。可苍天有眼，我命好，生在帝王之家，有福，要不怎么叫'福王'？还有，你们还要辅助我做皇帝，这不更是福大命大造化大吗？可我不知道自己是不是当皇帝的料，刚才念叨着四人的名字，竟忘记了一个。"

"监国大人，没有什么事，本官告辞了。"此刻，史可法心灰意冷，心里凉了半截，这样的人，被马士英、阮大铖推举为皇帝，他还能说什么？

"哎——别着急走哇，本监国还有重要的事情没说呢……"掂量片刻，福王转对史可法说："这样吧，本监国任命你为东阁大学士兼兵部尚书，主持朝政；高弘图为东阁大学士兼礼部尚书，一并入阁办事；姜曰广仍兼旧职，也入阁办事；马总兵同为东阁大学士兼都察院左都御史，仍总督凤阳军务！"福王说完，转对屋外道："记事官，记下来，速传榜文晓谕天下。"

史可法忙跪地施礼："谢监国厚爱提拔！"

"哎……"朱由崧摆摆手道："谢什么，这还不是上下嘴唇一碰，舌尖动动而已！史爱卿，往后有什么稀奇物多送点来，本监国不会亏待你！"说完，他捧着木匣，笑眯眯地进了内室。

史可法傻了，像被人当头一棒，打昏了头似的呆站在那，竟不知再说什么，木木地站在那儿发愣。

数日后，在陪都府的朝房内阁议事堂内，福王召见入选内阁大员。

史可法早早而去，想在朝房内静下心来，把自己的奏折再斟酌一番。刚进朝房，却见高弘图、姜曰广在此恭候，他忙迎上前问候："二位大人早！"

"史大人也不晚呢！"高弘图兴奋地说。自宣布他入阁议事以来，他像年轻了许多，精神很好。五十来岁的人，脸上竟也泛起红光。他拖过一把椅子，让史可法坐下，微笑着说："史公，朝廷重用我等，咱们一定尽力尽心，史公为首辅，老夫从左相助，姜大人从右相助，为你的左膀右臂，定能做些大事的。"

"此言极是！"姜曰广也赞成道："只要我等三人抱成一团，看他还能把谁的屎咬下来不成！"

"哈哈。"说到高兴处，二人都开怀地笑了。

史可法心事重重，满脸愁云。

"史公，你我三人，入选内阁，史公为首辅，我二人为左膀右臂，怎么不见史公高兴，反而忧心忡忡？是何缘故？"

史可法一怔："这个……还是……"他此刻能说什么？又敢说什么？只是苦笑一声："可能是身心疲惫了吧。"

"监国召见史大人、高大人、姜大人、马大人。"侍从站在朝房外呼喊着。

史可法回顾朝房内，却不见马士英的身影，心中暗自疑惑，又不便言明，只得步出朝房，随着侍从来到内阁议事堂。

所谓议事堂，是由过去贵妃们小憩的一处庭院改建而成，红门楼内，迎面是面影壁墙，上面描画着昔日贵妃宫女春天捉蝴蝶的情景。转过影壁墙，是个不大的庭院，两侧各栽有一棵古槐，方砖铺墁，甬路两旁，摆有十几盆花卉，倒也清静、幽雅。北房三间，新近粉刷过，窗明柱亮，步上台阶，两扇朱砂小门轻启。福王身穿大红色蟒袍，背北朝南，正对着门口，坐在一张高背太师椅上，见史可法等三人进来，欠欠身子。三人忙躬身施礼道："给监国大人请安！"

监国朱由崧摆摆手："众爱卿罢了。"他招手示意他们近前说："三位老臣，本监国上任以来，可谓是励精图治，不敢有丝毫倦怠之意。"说到这，他低头看了袖中的小本一眼又说："这几日，不知众爱卿对本朝大计谋划的怎么样了？"

"监国大人。"史可法抢前一步，施礼后说道："数日来，我等几位入阁朝臣日夜为监国分忧，后经反复协商，认为监国该由这三方面下手，着手恢复明室的大业。第一，臣等主张撤去东西厂、锦衣卫、南北镇抚司等特务机构，以杜绝告密，整肃官纪，安定人心，使天下心向监国，认为此乃明主之举！"

"这东西厂撤去，如官吏不听监国的命令，图谋造反，该当如何？"朱由崧对史可法刚提出革除弊政的第一条就提出异议，脸上老大的不高兴，那对肉眼泡垂下来，将下眼皮盖上，甚为难看。

"监国大人有所不知吧？历代明君治国，均以法律治之，辅之以仁政，才使江山坐得久远。试想一个朝代，一个君王，如靠特务治国，靠别人告密来监视官吏，岂不证明这个朝代人心涣散，危机四伏了吗？"高弘图解释道。

"是啊！监国大人，先帝就是重用东西厂、锦衣卫，才把社稷搞成现在这个样子，惨痛教训切不可忘记啊！"姜曰广感叹。

　　见三位内阁老臣都提议撤去东西厂，朱由崧也只得作罢，摆摆手说："这一条就依你们所奏！这第二条呢？"

　　鱼塘边，马士英在几名歌伎的陪同下，坐在岸边悠闲自得地钓鱼。

　　一乘小轿匆匆赶来，轿子还未停稳，阮大铖急忙下轿，三步并作两步来到鱼塘边："我说总兵大人，您不去参加监国召开的内阁大臣会，却有如此雅兴跑到这里来钓鱼？江山丢了怎么办？"

　　"放心，丢不了，丢不了，一切都在我的掌握之中。"马士英不急不慌，搂搂身边的姑娘，捏捏她们的脸蛋。

　　"还吹牛呢！前几天还说让我做首辅，结果连内阁也没进了。现在又贪恋女色，连内阁会议都不参加！"阮大铖十分不满。

　　"别急！笑到最后，才是胜者，我不像史可法他们，爱江山，不爱美人；我是爱江山，更爱美人，是不是？"说着，马士英又开始抚摸身边的歌伎。

　　"讨厌！"歌伎们惊叫着散开。

　　"马总兵，我心里没底，咱们能赢吗？内阁中他们三个，你只一个。"

　　"一个？我顶十个。"

　　"真的？"

　　"那还有假，说不定，史可法马上就要滚蛋。"

　　"去哪里？"

　　"扬州。"

　　"那里可是虎穴狼窝，到那里干什么？"

　　"你管他干什么？只要他一离开南京，就是我们的天下了。准备做你的首辅吧！"

　　"那现在史可法他们？"

　　"现在，他们正头疼呢。"

　　议事堂，史可法抖抖奏本道："第二方面，臣等主张裁去南京内外守备、参赞等空费粮饷的虚衔，遵照成祖以来北京的旧制度，设立京营府卫，把侍卫和锦衣卫等官兵全部编入队伍。不然，江南地方褊狭，却发放两套官吏的银饷，恐怕朝廷财政难支。而把节省下来的银饷，用于招募精壮义勇，充实京营，岂不两全其美。"

"这个……这个，本监国也依你们。"朱由崧夜里睡得太少，刚坐下这么一会儿，就上下眼皮打架，困意难禁，他连连打着哈欠。

忽而，门外侍从喊："报！江北急件。"

史可法转到门口，从侍卫手里接过急件后，双手递到朱由崧面前，"监国请过目。"朱由崧接过，胡乱翻了两下，扔给史可法："爱卿念念吧！"说着一个哈欠下来，鼻涕哈喇子都流了下来。他双手抚摸着软松的脸皮，微闭双目，养起神来。

史可法见状，血往上涌，气往下冲。哪朝哪代见过这样的君王？阁臣启奏时，君王应神情专注，辨析真伪，以定裁夺。军情要事，此种神态，岂不耽误了大事？他真想将奏本摔在朱由崧脸上，拂袖而去。

"不可！史公不可！"站在一旁的高弘图，暗扯他的衣角，示意他不要发火。

姜曰广也用脚尖轻轻踢他，暗示他要克制。

史可法忍而又忍，捡起急件，念道："监国大人台鉴：扬州巡抚黄家瑞急奏：形势万分火急，高杰数万大军逼向扬州，其势如泰山压顶，刘泽清部也已进占瓜洲，虎视扬州；黄得功则率兵陈兵仪直，刘良佐也在调兵遣将，意在图谋扬州，四镇兵马剑拔弩张，一场火并迫在眉睫。望监国大人早拿定夺，千万千万！切切盼望……"

急件没念完，史可法的手就开始哆嗦起来。

姜曰广："如果四镇兵马真的火并，那正好对清兵有利。"

高弘图："四镇兵马不管谁胜谁输，都等于自相残杀，而扬州一乱，就等于江南门户洞开，清兵可长驱直入，南京危矣！"

史可法念完急奏件，抬起头想看看朱由崧的反应。嘿！他头靠椅背上，呼呼睡着了，不时还打着呼噜，像吃片汤似的吸着鼻涕，嘴角流出一道哈喇子，快由下巴处滴下。

史可法再也忍不住，扑通跪倒："监国大人，扬州都快打起来了，您怎么还这样安泰呀？"他急得眼泪都快流下来了。

高弘图、姜曰广见史可法动了情，也都同时跪倒，痛切地叫道："监国大人！"

朱由崧被惊醒，揉着惺忪的睡眼问："啊？怎么了，下雨了吗？"

俗话说：有人欢喜有人愁。鱼塘边，听完马士英的计谋，"哈哈……"

阮大铖得意地笑了："马大人，不愧足智多谋，推出一个棋子，就叫史可法大惊失色。"

"还不止这些，我的每步棋，都够史可法他们招架的，弄不好，他们就丢了命。"

"可是，要是监国大人向着他们我们就不好办了？"

"怎么可能，朱由崧贪财贪色，他就是我们这盘棋上一枚棋子，他不听我们的，随时……"马士英做了个杀头的手势。

"马大人，英雄也。"

"别那么咬文嚼字的，还有没有漂亮点的别把你玩剩下的丫头给我！"

"不敢不敢，哪能呢！"阮大铖诺诺连声："马总兵，我有一计，保证能找来漂亮女子。"

"啊哦……姥姥……"马士英眼睛一亮。

"我们何不打着为监国选妃的旗号，发一笔小财。不是既可讨监国的欢心，又可网罗天下的美女吗？"

"好主意，我说你们这些文人，怎么那么酸臭，敢情肚子里的肠子都黑了。"

"彼此彼此嘛！"

二人大笑，突然，阮大铖惊叫："快！鱼儿咬钩了。"

议事堂内，看见监国如此倦怠，史可法心急火燎，移步上前道："嗐！我的监国大人，扬州四镇快打起来了，您怎么这么宽心呢！"史可法急得眼泪都流下来了。

"嗐——我说什么大不了的事，打就打呗！谁横打谁。"朱由崧嘟囔着，站起身来伸着懒腰。当他回身时，见他们三人都跪着，不解地问："众爱卿，你们……你们跪着做甚？快起来！"

"监国大人，要想恢复大明社稷，大人可要振作呀！切不可荒于酒，疲于色啊。"高弘图声泪俱下，情悲意切地劝谏道。

"振作！振作！振作！"朱由崧伸张着胳膊，走动着。他又打了一个长长的哈欠，自我解释道："昨晚批阅奏折太晚了，下半夜才睡。众爱卿请谅。"他摆摆手说："都起来吧！有本快奏，无本退下。"

"监国大人，四镇争夺扬州之事，该怎么处置呀？"史可法探问道。

"这里怎么这么热？"朱由崧被逼问，拿不出主意，他一把抹去脸上的汗水："众爱卿，要不，咱们到外面凉快凉快？"

亭子上，"是呀！好日子还没开始，怎么就打起来了？该怎么处置四镇火并好呢？"朱由崧也犯起愁来："他们四镇拥戴本监国有功，总不能太严吧！"他转对史可法问："众爱卿有什么高见吗？"

"监国大人，老臣现有一策，可使四将安心。"高弘图近前道。

"请讲无妨。"朱由崧应允道。

"四将相争，都欲进占扬州，无非为名利所驱！"高弘图分析道："而眼下政局不稳，朝廷难以拿出实力，解决他们的纷争。最好用安抚之计，可以暂时封给他们官爵，以安四将之心。"

"这倒是个良策，不过怎么个封法呢？"朱由崧进一步追问道。

"老臣以为，在江北设四个藩镇，作为南京的屏障，封黄得功为靖南侯，高杰为兴平伯，刘泽清为东平伯，刘良佐为广昌伯，各踞领地，屯兵练马，以备朝廷调用。"高弘图说完，期待地望着朱由崧，等待回复。

朱由崧这会儿还真动了脑子，可考虑半天，也没想出个所以然来。只得转向史可法道："史尚书的意见呢？"

"老臣没有想好！"史可法犹豫着。

"姜爱卿呢？"朱由崧嘴巴很甜，善于笼络人心，他一句话，就可使手下人高兴得眉飞色舞。

姜曰广眼珠转转，也思虑不出上策，只好附和道："臣以为，高大人所言，可做暂时救急应变之策，制止四镇火并是当今大事啊！"

"史尚书意下如何？"朱由崧进一步催问。

"史公的意见呢……"高弘图、姜曰广一时也没有好办法，把眼光瞧定史可法，希望他早出高策。

"本监国头疼，就由你们商量着做主吧！"说罢，朱由崧一甩衣袖走了。

这才是：四镇争利扬州危急，监国问计忠臣真言。

　　　　总兵施威民女受害，内阁议事总兵缺席。

欲知后事如何，请阅下文。

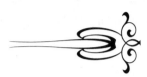

亭子上，决策权的皮球又被踢回到史可法脚下。此刻，史可法知道：这几个人，都是文官，写写文章，斗斗嘴还可以，要真是遇上军国大事，一时半会儿也拿不出什么妙策。

见此，史可法咳嗽一声："监国，请留步！"

朱由崧只得停步，又被史可法请回。

史可法道："监国大人，这个问题老臣以前就考虑过。不过老臣有一虑：人言四镇跋扈，主弱必叛，敌强必降，主敌两弱，则自制自为，而互相兼并。大则自封，小则挟王。不胜者复溃溢而为盗也，老臣所虑者：担心四镇加封，会造成尾大不掉之势。更担心如不加封，四镇火并或为敌所用啊！"

史可法一番肺腑之言，说得满座皆服，连朱由崧也不禁频频颔首，以示内心的称赞："依史尚书之言，还有更好的方法吗？"朱由崧急问道。

史可法摇摇头，忧心忡忡地说："眼下江北局势复杂，四镇领兵各有出身，都不是省油的灯。可以说是针尖对麦芒，各不相让。处理稍有不当，都可成为导火线，导致对新朝不利的战乱！"

朱由崧再也坐不住了，来回在亭子内徘徊，急速走动，焦急地自语道："这可怎么办？这可怎么办？"

"监国大人。"史可法沉思半晌又说："眼下只好暂时采纳高大人分封之策。稳住四将，同时可物色人选，在给四镇划分既定的防区后，设新朝督师前驻扬州，居中调停四镇矛盾，调遣指挥，作为新朝收复中原的进取之地！"

"好！众爱卿还有什么妙策吗？"朱由崧询问道。

高弘图、姜曰广摇摇头。

史可法却又上前奏道："老臣建议，火速由户部调拨出白银四万两，派兵部元外郎万元吉到江北去安抚四镇将军，各镇先给一万，劝说他们以大局为重，以新朝社稷为重，要他们服从监国指挥，不要扰害地方！"

"史公所言极是！"朱由崧脱口称赞道。当即命人取出文房四宝，圣旨玉玺，草拟圣谕，派侍臣火速执行。打发走了差人，朱由崧已觉疲劳，有意前往寝室休息。

史可法却又高声道："监国大人，人言人活一世，草木一秋。要想留名青史，就该有所作为。"

朱由崧转到门口，又停住回身相问："史尚书还有什么高见吗？"

一艘漂亮的游船漂荡在秦淮河上，一名歌伎在弹奏苏州评弹，几名舞姬在翩翩起舞，马士英、阮大铖等几名官员，边喝酒边欣赏着表演。

"阮大人，这秦淮河不管哪朝哪代，谁是皇帝，都是销魂之处哇！"马士英眺望着两岸的美景，搂着怀里的歌伎，志得意满地说。

"那说明，人的本能都是一样的。"

"本能？高深，我这武夫不懂，就知道酒好喝，肉好吃，小姐嘛，好玩！"

"哎——这就是本能？爱美之心，人皆有之嘛。"说着，他也在歌伎脸上亲了一口，惹得一阵浪笑。

突然，春红由歌伎队伍中站出来，高声道："不对，你们这是强奸民意，人的本能是要讲忠孝节义、仁义礼智信，哪像你们这些酒肉之徒，就知道搜刮民脂民膏，中饱私囊。"

"呵呵，这个小姐是谁？姓什么叫什么？还敢来给你大爷上课？"阮大铖脸色大变。

马士英上前一步："姥姥，强奸民意？你马总兵爷爷先强奸你！"说着，老鹰抓小鸡一般，猛扑过去，众目睽睽之下，抱住春红，往肩上一扛，进了船舱。春红又抓又挠，高声喊叫，歌伎连声惊叫，现场一片混乱。

亭子上，史可法还在侃侃而谈，阐述自己的施政理念："监国大人，老臣适才所奏只有之二，还有之三呢。"史可法心想：一不做，二不休，索性把话说清楚，或可打动朱由崧。使他振作起来，以图新朝的振兴。

"时候不早了，有本就奏吧！奏本应该言简意赅才对。"朱由崧只好耐下心来，又坐回太师椅上。

"臣等认为，新朝还要加强沿海防务实力，防止倭寇乱中取利，可命熟悉水道的户部郎中沈廷扬以海舟防江务，监管粮饷；再派总兵吴志葵驻守吴淞，以保南京侧翼安全。这是强兵之计。而欲强兵，必先富国。"史可法娓娓道来。

"何以富国？"朱由崧被史可法的策论吸引，急切地探问。

"富国需要有两条：一是张贴榜文，晓谕天下，倡导召集江北流亡百姓，使之在荒废田园定居，开垦屯田。二是制定新税法，废除练饷及各种不合理的杂派，实行地亩制。三是恢复海运、江运，解决南北交通。这样多则五年，少则三年，监国大人就可以统领百万雄兵，荡平中原，夺回京都，将清兵驱除关外。"

"那么长，本监国等不了。"

"俗话说，着急吃不得没火饭，一锹挖不出甜水井。"

"三五年，就三五年吧，可别再长了，再长本监国就等不及了。"

"到那时，监国大人就可面南背北，号令天下。成为历史上的强人，非是秦皇、汉武、唐宗、宋祖可比呀！"

"监国能有此日？"朱由崧心花怒放，他被史可法滔滔不绝的话语所打动，更为功名所驱使，脸上的皱纹也舒展了，耷拉的眼皮也撩开了，连坐的姿势，腰板都挺直了些，前倾着身子，伸张双手，像要抓取什么。

"监国大人，天已降大任于斯人，何需多虑。老臣细观近日之现象，一切都是吉象啊！"高弘图也在一旁捧场助威，劝谏监国，振其志气。

"监国可知，我大明虽京都被清兵所占，但黄河以南广大地区及黄河以北许多地区，都未被清占领，均属监国统辖。就兵力而说，南京守军和江北四镇的明军，共有三十四万，再加上武汉地区左良玉的八十万大军，总数不下一百二十万，福建郑芝龙等南方将领的军队未计算在内。而据探马报，清兵满汉八旗总数只有十万多人。"

"可他们清军，善于骑射……"福王心有余悸。

"我们大明军队也不是吃素的，我们以十对一，岂不绰绰有余？到那时，监国旌旗所指，所向披靡；号令所至，众民岂有不揭竿而起之理。王师所到之处，万民岂不箪食壶浆，恭迎监国？谁敢不竖指称赞：监国功盖万世，名垂青史！"史可法引经据典，旁征博引。一席慷慨之言，使得朱由崧热血沸腾，睡意全消，浑身全舒坦开了，心里就跟夏天吃了凉柿子似的那么舒服。

他眼射欣喜之光，脸带笑意。史可法的话刚讲完，他就站起，冲等候在门外的侍从喊："准备午宴，我要和众爱卿共进午餐。"

"谢监国大人！"史可法、高弘图、姜曰广见朱由崧终于被打动，心里也觉高兴，忙以叩礼谢恩。

朱由崧忙上前相搀道："史公平身！"他挽着史可法、高弘图的手说："走，同监国共进午膳去！"

走廊内，朱由崧居中，史可法等人随后，沿着走廊而来。

朱由崧边走边说："众爱卿啊，本监国无心无肺，以前或以后，有什么不对的地方，还望众爱卿以实相告。日后，匡扶明室，均需仰仗众爱卿呢！"

俗话说：人敬一句话，佛烧一炷香。朱由崧的几句话，就使史可法的眼泪差点流下来。君臣能有这样几句推心置腹的话，实属难得呀！看来，人言福王昏庸的话也不可全信啊！

丰盛的午宴前，朱由崧举起筷子。

忽而，他像忆起什么，转身问史可法道："史爱卿，怎么不见内阁大员马士英马总兵啊？"

游船上舱内，马士英兽性大发，正在对春红施暴。

春红拼命反抗，又打又抓。马士英脸上、胳膊上好几处红伤。

马士英十分气恼："姥姥！老子想睡谁，还没有敢反抗的，你一个黄毛丫头，敢冲撞你大爷不算，还挠伤你家马爷爷，姥姥！我今天非让你知道马大爷的厉害。"

"野兽、强盗……"春红不从，极力抵抗。

"咔——"春红的衣服被撕开，裙钗被脱掉……

马士英把嘴凑过去，春红左躲右闪，不让马士英亲吻。

船舱外，秋菊和姐妹们含泪跪在船板上哀求："阮大人，求求你，跟马总兵求求情，饶过春红吧，她不懂事，冲撞了大人。"

阮大铖坐在太师椅上，喝着香茶，一边听着船舱内马士英施暴春红的声音，一边听着众歌伎的求饶声，无动于衷。

"阮大人……"秋菊爬前几步，抱住阮大铖的腿，连声求饶。

"阮大人……"众歌伎跪求。

游船舱内，马士英不顾外面的求情声，继续施暴。

"啪——"春红誓死不从，她一把抓向马士英的眼睛，马士英一躲，闪开身。春红跃起，几步跑向船窗，站在高处："马士英，我就是变成厉鬼，也不会饶过你。"

"你……你要干什么？"马士英喝问。

"人间不公，春红要去阴间告你。"

"不不……别这样……我是真心喜欢你……咱们商量商量。"马士英害怕了，他还是第一次见到这么刚烈的女子。

"跟你这样的豺狼，有什么可商量的。你……身为总兵、新朝阁臣，国家危难之际，不思如何训练军队，报效朝廷，而是在光天化日之下，纸醉金迷不说，还强暴民女，该当何罪？"

"你——一个歌伎，何以说出这等言语？姥姥！谁是你的后台？你有什么背景？"马士英惊问。

"我虽然只是一个歌伎，但我良心未泯，不像你们这些狗官，就知道发国难财，鱼肉百姓。你们也不想想，如果朝廷不保，你还给谁当总兵？"

"姥姥！我不想这些，只想做大官，发大财。嘿嘿……看不出你一个女流之辈，卖色为生的歌伎，竟然教训老夫，你知道我是谁吗？我是马士英马总兵、马内阁。"

春红投江

"再多的头衔，也是徒有虚名，猪狗不如！不错，在你们眼里，我们是歌伎，是以卖色相为生，可我们付出的是劳动和肉体，而你们——"春红手指马士英，愤怒地说："是出卖灵魂、出卖祖宗的败类！骂名千载、遗臭万年。"

"你……你敢骂我？姥姥！我宰了你！"马士英说着，摘下一旁的宝剑，冲向靠窗的春红。

"呸——"春红毫无惧色，一口唾沫喷出，吐在马士英脸上。

马士英一愣神，"扑通——"一声，春红转身跳进秦淮河。

"有人投河了。"游船上一片惊慌。

监国府内餐厅内，史可法被福王宴请时，福王问及马士英的去向时，史可法迟疑片刻，只得以实相告："老臣不知。"

"这老家伙，又搞什么名堂？"朱由崧有些不悦道。他伸手夹起一箸海参道："不管他，咱们吃，谁吃饱了谁不饿。"

"是啊！马士英怎么没来呢？他又在搞什么鬼？"史可法心里升起一团疑云，画上了一个大问号。

兵部大门口，史继州正在检查哨位，史德威由外面匆匆走来。

"德威，一大早出去，这么晚才回来？忙什么？"

"嘻——我还能忙什么？大人交付的事情呗！"

"天气热，喝口水！"史继州说着，端起桌上的一碗凉茶送过去。

史德威也不客气，接过一气喝干，放下碗抹抹嘴唇说："还得说是我兄弟，总是关心我。谢了！"转身欲走。

"德威，别走，这里凉快，咱们哥俩老没在一块聊聊了，挺想你的。"

"我也是，来到南京，人生地不熟，没有几个说说话的。"

"德威，北边怎么样？"

"近日来，由北方传来的消息日渐多起来，搞得南京城内人心惶惶啊。"

"真的？我这老憋在兵部里，消息闭塞，什么都不知道哇！"

史德威看看左右，一指那边："那边说话。"

假山旁，史德威与史继州低声细语聊了起来："详细的我就不说了，听说吴三桂带领清兵，一路追杀李自成进了潼关，李自成兵败，在湖北通山县九宫山被杀了……"

"啊？李自成怎么败得这么快？这么惨？"史继州愕然失色。

"还不止这些，还有什么传言李自成出家隐居当了和尚，什么清兵侵占北京，凡明朝官吏，一概赦免，听说几十万清兵杀向江南……这些消息每每传来，搅得人心惶惶啊。"

"也不知道我爹怎么样了？"

"你爹？你爹在哪儿？"

"我爹……我爹在……"史继州没有说出父亲在农民军的秘密，只是搪塞说，"我爹在北方。"

"我们家也在北方，只可惜早就没有人了。"史德威神情黯然。

"大人知道这些消息吗？"

"知道，我天天回来向他报告，这不正要去向大人禀报。"

这时，门口突然传来女子的声音："我要进去，见兵部尚书史可法。"

"不行！没有关牒，没有公文，不许进去！"

"我有重要消息，我是史大人的故人……"

"什么故人新人，什么人也不成，就你这样的歌伎，还会是史大人的故人，笑话！走开！不然，没你的好果子吃！"

"你行行好，就给通禀一声，说是秋菊姑娘要找史大人。"

"秋菊姑娘？"史继州自语一声，似乎想起什么，一拉史德威："走，有人来找大人了。"

近日来，史可法与高弘图、姜曰广、张慎言等人忙于整饬朝纲，布置城防，筹措粮饷，忙得团团转。这一日傍晚，他正在兵部批阅奏文，渐感肩膀酸痛，只得辍笔，换上便服，刚欲喊来史继州，就听门外脚步响，史德威、史继州与一女子走进来，只见那位女子还未进门，就声悲意切地哭诉道："史大人，可要为我那苦命的姐姐报仇哇。"

史可法一愣："姑娘，怎么回事？你是谁？"

"史大人，我是秋菊呀！"

"秋菊？"史可法还是一头雾水。

"史大人，前些日子，在江北兵营。"秋菊提醒。

"江北兵营？"史可法还是没有想起什么。

"史公，就是咱们初来留都时，住在江北兵营时，胡督抚送来的那两个姑娘……"史继州在一旁提醒。

"啊哦——"史可法想起来了："姑娘，请坐！那位春红姑娘……"

"咕咚。"秋菊跪在地上："史大人，我那苦命的姐姐投水自尽了。你可要为她报仇哇！"

"啊？怎么回事？姑娘起来说话。"史可法上前欲搀扶秋菊，看见史德威、史继州在此，只得停步。

"大人不答应为春红姐姐报仇，小女子就不起来了。"

"啊——这——"史可法感到为难，一摆手，示意史德威上前，史德威一怔，又摆摆手，低声吩咐："继州……"

史继州上前，扶起秋菊，暗示史德威一眼，二人悄步退出书房。

街道上，微服的史可法带着史德威、史继州出得兵部后门，漫步到城内最繁华处，溜溜步，以此消除疲劳。

"大人，春红姑娘就那么死了？"史继州问。

史可法心情沉重："春红是个刚烈的姑娘，不堪忍受马士英的凌辱，跳进了秦淮河！"

史德威咬牙切齿："马士英，这个禽兽，早晚会遭报应的！"

史可法："人做事，天在看，作恶者，必遭天谴，这是任何人也逃不脱的自然法则。"

"但愿秋菊姑娘，平安无事吧。"史继州自语，暗自祷告。

一旁的史可法看了他一眼，似乎看透他的什么心事，刚欲说什么，史德威一指前面，提醒道："大人，秦淮街到了。"

夏日傍晚的秦淮街，又是一番迷人的风景。

虽是战争动荡年月，十里秦淮却也人头攒动，街道上行人不少，店铺大开。做买卖的商贾都在高声叫卖，招徕顾客。近日来，北方的难民陆续涌来，他们大多要添置些家什、衣物，正是做买卖的好机会。

史可法沿街赏看两侧的招贴、匾额、题字、酒幌，耳朵谛听着南腔北调的乡音、议论，当他们来到大市街时，蓦地，史可法发现一北方汉子，正由一条小巷内闪出，神色慌张，两眼东张西望，专拣僻静的墙根处走。史可法暗捅史德威、史继州一下，两人忙悄步跟上去……

史可法等人跟随那可疑之人转过一条小巷内，窥见那人停下来，回顾左右，忙闪身在墙角后面，他们发现，那家伙鬼鬼祟祟，见近处无人，从怀里掏出一张写好的文告，抹上浆糊，就要往墙上贴。

躲在墙角的史可法看得真切，低声吩咐一声："抓住他。"

史德威、史继州由墙角后闪出，扑上去，与那人厮打在一起，没几个回合，那人被史德威打倒在地，史可法奔过去怒喝道："捆起来，押到尚书府。"

史德威押着那人走了，史可法上前揭下那张没有贴好的榜文，却是清摄政王多尔衮颁布的政令。怎么？清军细作把政令贴到南京了？史可法大吃一惊。

史可法边走边看，政令写道：大清摄政王多尔衮晓谕天下：本王率兵进关剿贼，协助朝廷打败大顺军，仁义之师所到之处，天下降服。现本王布告天下：一、厚葬崇祯帝，令所有臣等戴孝十天，并报请大清皇帝恩准，追念崇祯皇帝为怀宗瑞皇帝，墓号思陵。二、明廷所有降服官吏，均各升级任用。明朝历代革职官吏及山林隐士，凡愿为清廷效力者，一概录用，仍袭旧职。三、为选拔贤能之士，定乡试、会试年份，各省乡试、殿试如期举行，凡被黜革举人，仍准会试。会试中第者，不论出身，一概录用。四、文武衣冠，暂袭明制，剃发命令，暂缓执行。五、地亩钱粮，按照明朝万历会计；录租税额，从顺治元年五月一日起按亩征收……"

史可法越看越气，没有看完文告，三把两把扯得粉碎，破口大骂道："清人奸诈，骗人之计，收买人心，卑鄙无耻！"他把文告撕碎，扔进路旁的地沟里。

工夫不大，史可法急急回到尚书府。史德威已在门口守候，迎住问他："史大人，在哪审问？"

"甭审了，清军奸细，拉出去砍了。"他气咻咻地挥手道。

史可法急步回到书房，却一时又想不起该做些什么，激愤的心情再也难以平静下来。清廷采用的怀柔策略，确实棋高一筹，于南京新朝不利。这些年来，明朝历代君王任用权奸，宠任宦官，处置许多官吏，积怨甚多啊!清朝收买人心此举，怕要有不少趋炎附势之徒，归顺清廷。如此看来，清朝必有贤能之士，为之出谋划策，笼络人心。可眼下该怎么办呢？

家人端上晚饭，他看也没看，挥手命家人端下去。此刻，他哪里吃得下去呢？书房内暗下来，家人掌上灯，他面对孤灯，沉思默想，思虑着如何整饬这混乱局面。许久，他站起招呼道："来人哪！"

史德威进得书房，垂首听命。

"传兵部的命令，自明日起，各城门再加双岗，严格盘查外来之人，凡有清军嫌疑之人，一概扣留！"

"是！"史德威答应一声，转身出去。

史可法在屋内踱了几步，将灯盏拨亮些，铺开奏折底纸，正欲给监国朱由崧汇报这些日子整饬朝纲的奏折，忽闻城西北方向炮声隆隆，他心里一惊：是清兵来了，还是江北四镇发生了火并？史可法走到窗前，眺望江北，内心惴惴不安。

史可法坐卧不安，正欲命人前去探询，忽听院内有杂沓、急促的脚步奔来。他忙起身，迎向门口，猛见万元吉头发散乱，满身泥水，脸淌鲜血，跌跌撞撞跑进来，扑通跪倒，连声叫道："史大人不好了，不好了！"最后这三个字，是带着哭声喊出来的。

"万大人，怎么回事？"史可法扶起万元吉不解地问："你怎么搞成这个样子，到底怎么了？"

"史大人，马士英反了。"万元吉哭诉道："我率人押送安抚四镇的银两，前往江北，刚一出浦口，恰巧遇上马士英的部下，他们二话不说，把押送银两的士兵捆绑起来，扣住了银两。"

"胆大妄为，他们要反天了吗？"史可法气恨地问。

"不仅如此，在拷问我时，他们还大骂史大人，说是史大人抢了他们马总兵的相位！而且还听他们扬言，马士英气不忿，悄悄回到凤阳，欲要带领全部人马，兵船一千二百艘，由淮入江，现已占据浦口，陈兵江岸，狂言如不让他为相，将要兵发南京城。"

"啊？"事出意外，史可法也有些着急，可面子上却故作镇定，安慰万元吉道："万大人，莫慌莫慌！他马士英兴不起三尺浪来。"

"史大人，马士英诡计多端，你可要早些拿主意呀！"万元吉哭泣着提醒道。

"万大人速回兵部，传我的将令，召集所属将领随时候令，要他们加强城防，所有将卒士勇各回营寨，原地待命。"史可法吩咐："我马上去觐见监国，由他出面制止马士英的非分之举，老夫不信，他马士英能反了天！"

"史大人，你的安危可要注意呀！要防备马士英之流暗下毒手哇！"

"我知道，放心吧！"史可法宽慰着万元吉。

万元吉还不放心，又叮嘱几声，爬起擦掉泪痕，急步走了。

史可法送走万元吉，忙换上官服，叫上史德威，带上侍卫，骑马直奔监国府而来。

刚走到半路，在街道上，史可法正遇上姜曰广、高弘图相约而来。

见面后，三人寒暄几句，忙向监国府而来。

快到监国府门前时，史可法勒住马说："高大人、姜大人，此事咱们三人同去，似有不妥，如言语不周，监国翻脸无情，怪罪下来，我等三人都下野，恐对新朝，对江南百姓都不利啊！老臣以为，可法一人出头，如有什么意外，还有二位大人在！这样回旋余地也大些。再者，三人同去，恐监国疑心，我等串通预谋好了，挟持他一人，反生异念。"

"史大人，由老臣出面吧！"高弘图请求道。

"不！高大人，我去更合适！"姜曰广争道。

"二位大人，马士英所嫉恨者可法也！况且，二位谁去，都多有不便。请回吧，二位大人！"史可法言罢，一提战马，跨前几步，反身抱拳行辞别礼道："二位大人保重！"

"史公保重！"话说到这份上，高弘图与姜曰广不好再争，忙揖手施礼，祝史可法平安而回。

街巷内，马蹄在寂静的街道上，清脆地敲击着。蓦地，史可法望见监国府门前有几十名兵士，牵着战马在等候什么人，忙冲身后一摆手，拐进一条小巷，隐身在街角暗处，窥视着监国府门口的动静。

工夫不大，就见马士英和阮大铖说笑着由大门内出来，二人攀谈了几句什么，各自骑上马，率领侍卫，打马离去。

史可法暗生疑窦：他们是何时来的呢？又在谋划什么阴谋呢？他顾不得多想，提马转出胡同，奔向监国府门前。

史可法在监国府门前滚鞍下马，让侍卫通禀门卒进去，好一会儿才回话道："监国大人说了！他累了，明天再说吧！"

史可法见监国拒绝觐见，暗自着急。他近前几步，见那门卒已年过半百，就放缓口气恳求道："老人家，你就再劳累一趟，说新朝兵部尚书、东阁大学士史可法紧急谒见监国大人，事关新朝社稷大业，不敢有片刻延误！"

"这……"老门卒面呈为难之色。

"老人家，史可法拜托了！"

史可法的真诚感动了老人家，他答应一声："好吧！"再次进去通禀。足有一顿饭的工夫，老人家才眼泡红肿地出来，凄切地说："史大人，卑奴求说半天，监国大人不允，大人请回吧！"

史可法闻言火冒三丈，愤然道："老人家再通禀一声，说监国大人如再不纳见，老夫便辞职回家！"史可法说着，毅然解下玉佩腰带，双手呈送给老人家。

"啊？大人使不得！"老人家还想再劝说几句，见史可法脸色铁青，须发尽张，没敢再说什么，忙颤巍巍接过玉佩，像托着千斤重石似的走进府内，不一会儿，老人家出来，低声道："史大人，监国大人请进。"

史可法借着灯光，见老人家脸颊红肿，似有五个手指印。猜想老人家一定是为自己通禀之事，受到责罚，他见此后淌下两颗心酸的浊泪。

史可法掏出一锭十两的银子，悄悄地塞到老门卒手里。老门卒坚决地推回来说："史大人，您太小看人了。要是别人，别说十两，一百两银子，我也犯不上受这个窝脖气呀！大人快请进吧！不然，监国大人又该怪罪小人了。"

史可法收起银两，步进监国府的大门。他的双腿，像灌了铅似的沉重，迈不开步，上台阶时连抬腿的力气都快没有了。

夜晚，在侍卫的引导下，史可法来到会客室。等了许久，朱由崧才迟迟而来，他的脸上还残留着女人亲吻时的胭脂痕迹。他满脸怒气，眼皮垂下，像谁欠他二百两银子似的。进屋后，他用牙签剔着牙，正眼也没看史可法一眼，坐在椅子上说："史尚书，有话快讲吧！"

"监国大人，马总兵扣留了犒赏江北四镇的饷银，陈兵江岸，图谋不轨……"

"我可不愿听什么马总兵、牛总兵的！那还不是你们逼的！你们兵部，总不发给马总兵粮饷，你让他们怎么活？史尚书，朕只告诉你一句话，福王我要称帝了。"

"监国大人。"史可法急忙跪倒，恳求道："这可使不得！那样会树敌太多，树大招风啊！"

"朕再不称帝，恐怕就有人立别人为帝了吧！什么潞王啊！桂、桂王啊！"朱由崧嘴角哆嗦着，飞溅着白沫。

"监国大人，这话怎么讲？"

"这还问我吗？"朱由崧一抬手，"啪——"的一声，他把史可法雨夜被黑衣人所骗，写给马士英赞成福王七不可立的信，扔在他的脚下，一甩袖子，冷冷地说："史尚书，你自己看看吧！"

说完，朱由崧径自进了内室。工夫不大，内室又传出男女的打情骂俏声和评弹的演唱声。

史可法知道，他被马士英抢先告了御状，朱由崧听信了马士英、阮大铖的谗言，望着那封信，史可法傻了，他最担心的事情、最害怕的情况发生了。

望着地上那封信，史可法的大脑一片空白，浑身犹如置身数九寒天的雪地里，冰凉冰凉的，他张不开嘴，迈不开步，泥人一般，进退不得……

这才是：史公夜闯监国府，生死不惧奏忠言。

奸佞专权害忠贤，监国不辨信谗奸。

欲知后事如何，请阅下文。

第21章
赤子心负屈辞朝纲
慈母泪再洒湿衣襟

监国府会客室内，史可法夜谏朱由崧，非但没有丝毫进展，反遭朱由崧责难。被他将误写给马士英的信笺掷在脚下，独自而去。

史可法站在厅内，忧愤交加，一时竟不知如何是好。他紧咬嘴唇，摘下玉带，脱去官服，"扑通"一声跪倒在地，决心夜跪厅堂，冒死相谏。

烛火熄而复明，也不知道换了几次蜡烛，此刻的侧室内，弦乐齐奏，名伶歌伎弹琴奏鼓，轻启樱桃小口，唱罢一曲又一曲，时而频频起舞。

朱由崧坐在软榻上，怀搂酥胸半敞的名伎，喝着香茶、品着美酒，在内侍的陪伴下，撒娇佯嗔，寻欢作乐。

会客室内，史可法双膝着地，面北而跪，情悲意切，神色凄然。

由此路过的侍从们见此情景，无不掩袖低泣，暗自同情史可法，但却无人敢去禀报。时间也不知过了多久，嫔妃中有一名叫牡丹红的，大概是玩累了，无意间转到会客室内，猛不丁见地上跪着一人，吓得尖叫一声转身就跑，不小心撞倒烛台。

朱由崧听到尖叫声，忙奔过来，命人重新备置烛台，点上蜡烛，搂着牡丹红的肩膀问："小宝贝，怎么了？没吓坏吧？"

牡丹红颤颤巍巍，用手一指跪在厅堂里的史可法："那——吓死人了！"

朱由崧转头一看，这才看到跪在地上的那个披头散发的人，心中不由得大怒，抓起挂在墙上的鞭子，大步赶上前，猛地举起鞭子："奴才——！"

此时，史可法猛地一甩头发，仰望着朱由崧，毫无惧色，迎着皮鞭，梗起脖子，挺直腰杆，两眼直视着监国大人。

"是你……"朱由崧不由得一愣，举在半空的皮鞭猛地停住，倒吸一口凉气，后退一步问："史，史尚书……你……你在这里做什么？"

他收起皮鞭，见周围有许多人在观看，不由得发起火来："看什么看？

都滚出去！"

史可法眼含热泪："监国大人……"

朱由崧不解地问："史尚书，你在此做甚啊？这是何故？深夜不回府安寝，跪在此有什么事情吗？"他这贪恋酒色之徒，早把史可法冒死觐见的事情忘到九霄云外了。

"监国大人。"史可法又热切地呼唤一声："法不才，有许多过失。但法请求监国大人听我一句话，马士英忠厚不够，奸诈有余！望监国大人远之，以免被他的谗言蛊惑……"

"知道……知道……"朱由崧不耐烦地挥着手："你们这些人呢，不是你告我，就是我告你，有什么意思啊？"他拉长声音，示意不愿再听史可法说什么马士英不好的话。他上前拉起史可法说："有什么大事明天再说，也值得深更半夜跪厅堂，有事明天再说吧！"说着，他转身又要走。

史可法近前一步："监国大人，这称帝之事，还望……"

朱由崧猛地挥下手，打断史可法的话："称帝之事，孤意已决。此事不能更改。登基之日，孤免不了要请你们捧捧场的啊！"

他走了两步又说："史尚书，孤这人也够宽宏大量的吧？你和高弘图、姜曰广反对拥立本王，孤对此既往不咎。大人不记小人过，仍准尔等入阁为相。可尔等也不要欺人太甚，蹬鼻子够脸，有话明天朝廷上再去说吧！"

言罢，朱由崧一甩袖子就走了。

史可法还想再说什么，可一句也没有说出，一下子瘫坐在地上。

两名侍卫上前轻声说道："史大人请回吧！不然监国大人怪罪下来，小人吃罪不起呀！"两人说着，架起史可法走向门外。

月光如银似水，洒在南京静悄悄的街上。史可法心灰意冷，骑在马上，任凭战马信步而行。

一旁的爱将史德威见主公这副心灰意冷、神不守舍的神态，不便多问，只是小心侍候，警觉地巡视左右，防范着刺客。

战马蹄声嘚嘚……

人影时长时短……

街巷没有尽头……

史可法心苦命苦……

孤灯、独马，踽踽而行……

史可法——铁血传奇

夜色中，史可法在史德威的服侍下，病病歪歪回到尚书府门前，久候在此等待消息的姜曰广和高弘图二位大人，早已迎出大门，急切地问："史大人怎么样啊？监国大人怎么说？"

"奸诈小人，棋高一招啊！可法忠厚，无力回天。"史可法无力地摇摇头，再也没有说什么。浑身像散了架一般发软，瘫倒在史德威的怀里。

"史公……"

"史大人，你醒醒……"

众人呼唤着，七手八脚把史可法抬到寝室，扶持躺下。

高弘图、姜曰广见状，面面相觑，不便再问，忙告辞而归。

史可法一病数日，转眼到了农历五月十八日。这一日，史可法拖着病体，勉强参加了福王登基仪式。

仪式在陪都南京的皇城内的英武殿举行，从大清早开始，直到傍晌，才告结束。史可法病未痊愈，行完九叩八拜、十三套大礼后，已经累得气喘吁吁，腰酸腿疼，刚刚在殿外站定，殿内又传话说：新帝弘光皇帝召见入阁大臣。他只得强打精神，随众臣步入英武殿。

朱由崧今日更神气了。大红锦袍，上绣九龙图案，发鬐高挽，头戴皇冠，端坐在龙椅上，身后悬挂着一幅巨大的旭日东升图，面前的龙案上摆着国宝玉玺和印章，旁挂尚方宝剑，甚是威风。他面带喜悦之色，接受朝臣们的叩拜。

礼毕，朱由崧环视众臣一眼道："众爱卿，朕今日登基，面南背北，实属天意，万民同乐。可朕知道，新朝面临困境，内忧外患频频不断，实望众爱卿勠力同心，替民解忧，为朕解难。不要辜负朕对众爱卿的殷殷厚望啊！"

"皇上放心，臣等遵旨！"朝臣们再次跪倒。

僻静处，马士英、阮大铖站在一旁，东瞧西看，嘀嘀咕咕着什么。

远处，史德威看见，悄步走近些，躲在墙角细听。

阮大铖发着牢骚："马总兵，这新朝立也立了，朱由崧的皇帝也当上了？怎么史可法还是兵部尚书？我怎么没有成为首辅？"

"你小子，急什么，你没看，我们在演戏吗？"马士英满不在乎。

"演戏？演什么戏？"

"这你都不懂，刚才咱们干什么来着？九叩八拜、十三套大礼都行完了，不就是演戏吗？亏你还是搞文化、搞戏剧的，人生就是戏，你我都是演员。"

"你我都是演员？"阮大铖自语着，突然像悟出什么："精深！精辟！只是这结局不太理想，没有按我们设计的情节发展……"

"急什么，这不就是你们编剧所说的什么'伏笔'吗？下一步是发展、高潮。"

"伏笔'？下一步是发展、高潮？"阮大铖不解。

这时，殿内有人高喊："上殿了。"

"怎么样？发展了吧，等不了多久，高潮就开始了。"马士英胸有成竹道，他一拉阮大铖，走向英武殿："走！咱们演戏去！"

史德威一头雾水，暗自琢磨："演戏？'伏笔'？下一步是发展、高潮？"

英武殿内，朱由崧坐在高高的龙椅上，居高临下，高声道："诸位爱卿，朕现所虑者，除清军威胁外，江北四镇争执不休，宜速派督师前往调停，不知众爱卿中，谁能堪此重任呢！"

殿内无人应声，史可法正在发烧，浑身发冷，手有些发抖。

"众爱卿，谁愿意为朕分忧，领此重任，前往江北？"朱由崧又问一声，殿内仍鸦雀无声。

"圣上，奴才荐举一人。"内监韩赞周近前说。

"噢？举荐何人？"朱由崧转脸问。

"臣以为马相公马总兵雄才大略，文能治国，武能安邦，且与四镇关系甚密，足堪任督师重任。"

"哦——？"朱由崧感到有点意外，可当着众人的面，也只得装腔作势道："马爱卿的意思呢？"

此时，马士英把头低得比别人矮半头，生怕有人荐举他。没想到枉费心机，躲半天还是被内监韩赞周提名出任督师，心里这个恨呀！牙根痒痒，暗暗骂道："这个贼杀秃驴老儿，看我日后怎么收拾你！非得再给你阉割一刀，扫扫茬不可！"他正暗自诅咒，却见弘光皇帝点名道姓，询问他的意思，忙上前施礼，脸上堆起笑容道："啊！圣上，韩大人这么看得起老臣，实乃三生有幸啊！可老臣年迈体弱，恐有负众望，也枉对圣上重用的一片苦心呢！"

他停顿一下，撩起眼皮看了朱由崧一眼，见弘光皇帝并无反感之意，似在鼓励他继续讲下去。他顿个稽首道："圣上大概也知，老臣近些年来数次征战，捉杀反叛朝廷的总兵刘超，围剿老回回的人马，吃了很多辛苦，多次负伤。如今，微臣已日感疲惫不堪，恐怕难胜此任，再也难有什么建树了。"

"那么……马相公认为谁能堪此重任呢？"朱由崧反问。

殿外偏房内，坐在桌案旁的史德威，还在苦思冥想，自言自语："'演戏，伏笔'？下一步是'发展、高潮'，什么意思？"

专心想事的史德威，全神贯注地思索着，一点也没留神史继州由后面蹑手蹑脚溜进来，猛地一拍他的肩膀："你小子，嘟嘟囔囔，想什么呢？"

正在全神贯注想心事的史德威被吓了一跳，猛地跳开，抓剑在手，就要开打。

"嗨——看看清楚，我是你兄弟，不要乱杀无辜，是我史继州，想什么呢你？"

"哟——你怎么来了？快来帮我想一想，什么是'演戏？伏笔'？下一步是'发展、高潮'，什么意思？"史德威看见史继州，像是找到了老师，请教道。

"'演戏，伏笔'？下一步是'发展、高潮'，这是谁说的？好像是什么计划，或者是什么什么的？"

"什么什么的？把话说清楚。"史德威走近史继州，低语几声。

"什么？是马……是阮……"史继州双手做着手势："这个高深了，弄不好是什么诡计、阴谋。"史继州来回走动几步，"咱们学问太浅，要不问问史公？"

"史公不是不在吗？要不怎么会把你当神仙？"史德威不以为然。

"不是问问，是马上报告史公，采取对策！"史继州回答。

"可新帝正在英武殿接见内阁大臣，我们进不去呀。"

"赶紧写出来，传进英武殿，交给史公不就得了。"

"好主意！快写！"

英武殿上，马士英巴不得弘光皇帝问这句话，把球踢给他，不免心中暗喜，老奸巨猾的他却不动声色，故作沉思状，考虑片刻说："老臣眼拙，恐怕荐才不准！"

他转脸望望左右，手指史可法道："老臣认为……兵部史尚书史可法史大人镇守安徽城池多年，屡建奇功。淮安士民久仰史公的恩德，如久旱甘霖。江北督师，除了史公，莫谁能属啊。只是啊……"

"只是什么？有话直说。"朱由崧催问。

"微臣担心，史大人身体欠佳，难以前往！"马士英这几句话，意在一箭双雕，既向弘光皇帝提示，应该把史可法打发出朝。前往江北督师，以免妨碍圣上的享乐，也可除去政敌，当众将了史可法一军。

"圣上，这恐怕有所不妥。"文臣中一声高喊，众人侧目一看，却是姜曰广出班启奏。

朱由崧："为何不妥？"

姜曰广："史公安静宁一，堪任陪都居守，而马相公历任凤阳总兵，带兵有方，正可前往督师！"姜曰广看出马士英此举的意图，为削弱东林党的实力，欲将史可法早早排挤出朝的野心，抢先出班启奏。

龙椅上的朱由崧没有再作声，马士英曾多次私下在他耳边嘀咕，说姜曰广、高弘图、史可法三人穿连裆裤，如不将他们拆散，日后必生肘腋之患。加上他对史可法印象不佳，最怕看他的黑脸蛋子，巴不得史可法出朝，少个管事的人，自己想怎么办就怎么办，想怎么快活就怎么快活。

想到此，朱由崧却故意玩个花招儿，刺激史可法道："言之有理。马相公，此话欠妥吧！史爱卿年事已高，近闻身体欠佳，朕怎能忍心让史尚书再受鞍马之劳呢？"

史可法几次要出班奏请，都被身后的高弘图拉住衣角。

高大人暗中叮嘱："史公不要作声。你看不出来吗？朱由崧和马士英二人在唱双簧。"

姜曰广："是啊！史公，他们一个唱白脸，一个唱红脸，做成套子让你钻。"

史可法暗自伤心，又一想："不钻又怎样？马士英此次带兵入朝，扬言与自己势不两立。与其在朝中做无谓的权力之争，还不如到前线为朝廷、为百姓做些切实可行的事，或许可以促使四将转化，以保江北的平安。"

"史公，千万不可草率行事，我们再商量一个万全之策为好。"高弘图暗中悄声劝阻。

"哪里有什么万全之策？你们没有看出来吗，新君昏庸，忠奸不分，对我史可法已有成见，恐难再采纳我的任何建议了。"

史可法想到此，不顾劝阻，他上前奏道："圣上不必多虑，只要圣上信任微臣，可法愿前往江北督师！"他转对马士英旁敲侧击地说："马总兵适才所言过奖了，也太言过其实了。可法自二十岁中士，就已经将血肉之躯献给朝廷。东征西战，南讨北伐，只要圣上派遣，从不犹豫，岂能贪生怕死、存一己私念知难畏险呢？又怎能损害朝廷防务而长仇敌气焰呢？幸蒙马相公荐举，微臣情愿肝脑涂地，愿受此重任。"

他又转对龙椅方向说："圣上，微臣告辞出朝了！"史可法叩拜谢礼后，起身欲去。

"慢！"弘光帝伸手相拦道，手拍前额考虑一会儿说："这么着吧！朕加封你为英武殿大学士，仍兼兵部尚书，授督师之权，即日赴前线督师，代朕行职。"

"谢圣上。"史可法忙跪倒谢恩后，起身与诸位大臣告别。

史可法缓缓走向英武殿门口。

这时，一名侍卫悄步近前，把一个纸条塞进他的手里。

史可法迟疑一下，展开纸条，见上面歪歪扭扭写着几个字："警惕：'演戏、伏笔'，下一步是'发展、高潮'！"史可法一看，就知道是史德威的笔迹，他苦笑一下，掖起纸条，走出殿外。

身后，正直的东林党人还在力争。"史公督师江北，圣上，这……这怕不妥吧！"高弘图高声启奏道。他的声音急，急得快要哭出来了。

"圣上，请三思啊！史大人留守南京，振朝纲饬军备，更合适啊！"姜曰广也急了，跪爬到龙案前乞求道。

"圣上，再斟酌一番吧！"众臣纷纷跪倒启奏。

"史尚书不去！你们谁去？"朱由崧厉声问道。

众臣都知道自己的斤两，没有那金刚钻，谁敢揽这瓷器活？再也不敢作声，面面相觑，不知如何是好。

"散朝！"朱由崧一甩袖子，殿内喝起朝威："圣上起驾。"

史可法辞朝督师的消息，很快传遍了南京。

南京朝野大哗，许多有识之士纷纷上书，请求弘光皇帝改变圣旨，奏请皇帝留人，留下史可法在南京主持朝政。而此刻，史可法心里明镜一般，对留守南京的幻想破灭，这一切都漠然置之，认为不可挽回。

他由皇宫回到府上之后，即刻吩咐手下人："德威、继州，你们二人收拾行装，准备上路。"

史德威："史公，我们的纸条……"

史可法："我收到了。"

史继州："大人，'演戏、伏笔'？下一步是'发展、高潮'，是什么意思？"

史可法："什么意思现在意义也不大了，就让马士英、阮大铖他们演戏、伏笔、发展、高潮去吧！"

"那我们……"史德威不解。

"我们去扬州，为新朝再做些力所能及的事情吧！"

"大人……"史德威、史继州还欲劝解。

史可法摆手："我意已决，不必多言，速去准备吧！"

傍晚掌灯时分，高弘图、姜曰广、张慎言，一些同僚好友纷纷来此相劝。

史可法把几位大人让进客房之后，待他们坐定，献上茶后说："各位大人，劝阻的话就不要说了。圣上已有旨，再说我前往江北督师，虽非出自本意，细想之后，也确有益处。"

"史大人，你怎么就不考虑考虑，淮安、扬州是门户，京城是厅堂。门户有人而厅堂无人，可以吗？"高弘图发急道。

"厅堂不是有你们吗？怎能说没人呢？"

"嘻！史大人，你好糊涂啊！"姜曰广急得脸上直冒汗说："马士英、阮大铖唯惧你三分，别人他们都不放在眼里。有你在，他们尚且收敛些；你不在，他们会更加有恃无恐。南京岂不是马士英、阮大铖的天下了吗？"

"姜大人，你们不要把事情想得太糟。如江北不去个能压住阵脚的人，守住门户，京城的日子恐怕也不好过呀！"

"史大人啊史大人。"张慎言急切地呼唤道："人言史公太忠厚，果不其然啊！试想奸臣秦桧在内，忠臣岳飞在外，事情能成功吗？史公辞朝督师，新朝的国运不可知了！不可知了！"言罢，张慎言仰天长叹，泪眼蒙眬。

"各位大人放宽心，大可不必以可法一人辞朝为重，宜谨记新朝大业，切不可感情用事啊！"史可法正劝解着众位大臣，忽听门外人声嘈杂，正欲前往探问，家人飞步而进，禀报："史大人，门口有好几百名太学生求见。"

史可法转对各位大臣说："诸位大人，请稍候片刻，可法去去就来。"

史可法安顿好众位同僚，急忙举步赶到尚书府大门口。此时，大门外挤满了太学生，正议论纷纷，探头探脑地往府内观看。

见史可法出来，太学生们静下来。史可法见领头的是他的得意门生陈方策、卢渭等，忙迎上前责问："尔等不在书堂温书，到府上有什么事吗？"

高高瘦瘦，一脸书生气的陈方策跨前一步说："史大人，学生前来挽留您不要辞朝。"说着，他展开一张红纸说："史大人，这是我等太学生的联名申请，要求弘光皇帝收回成命，督师之任另派他人，史大人继续主持朝纲。学生念一下，史大人同意后，我等准备去皇宫请愿。"

陈方策说着，他让两名太学生各持红纸一角展开，他朗朗念道："弘光皇帝吾皇万岁：日间忽闻史尚书辞朝，受任出使督师之职，众心惶惑，不知所措。圣上明察，虽然扬州、江淮系南都门户，但朝廷毕竟是天下根本。我等以为，若史尚书在朝，则出师命将，可直取燕云而复帝都；固本安民，奚但保江淮而全半壁。扬、淮虽急，圣上宜择一别臣督师，而使史尚书从中调度，则兵粮着落，应付自如。然史尚书出朝，虽身任督师，而中枢已更别局，实战、守事、政事纷扰圣心。日后再起难矣，即若有善图，而前功无变废，机会一失，局面尽移，此江南士民旦不保夕，圣上也有所虑也。臣之所请，民之所奔走呼号，不能不伏阙衷吁者也。请圣上虑之察之思之，慎行为佳！"

"大人，您看如何？"陈方策念完转问道。

史可法抱拳拱手道："众位太学士的盛情难却，实令老臣感动，只不过圣意已决，恐难变更。所以，可法奉劝诸位还是请回，去读书吧！"

"走啊！到皇宫向圣上请愿去！"卢渭招呼一声，率先向皇宫方向奔去。

街道上，众太学生群起响应，潮涌而去，边走边喊："还我史公！"

"惩治秦桧。"

"还我江山！"

"惩治腐败！"

"……"

史可法追赶一程，见拦阻劝说无效，急得连连跺脚，可又离不开身，赶上前去劝阻，忙转对身旁的史德威吩咐："快！快带人赶上去，劝他们不要莽撞，不然要吃亏的！"

史德威答应一声，一摆手，带着几名侍卫追去，史可法在后面叮嘱："注意，要好言相劝，不要动武。"

站在路边，望着太学生们渐去渐远的背影，史可法的眼睛潮湿了，心里酸酸的，很不是滋味。

他正待转身进去，倏地发现街对面的胡同内，走来两位妇人，直向帅府大门而来。他暗自诧异，是谁家妇人来此呢？莫不是有冤情前来告状的吧？

渐近些，史可法才看清，原来是两个讨饭的妇人。那老年妇人，手挂一根竹竿，臂挽一只脏得快要辨不出颜色的竹篮，满头银发，衣裳破烂，仅能遮体，那年轻些的脸呈菜色，脚步蹒跚。

二人看似婆媳，相互搀扶，恰似快要饥饿路倒的乞丐。

史可法正待上前相问，一旁的老家人催促道："大人，快回吧，几位大人都等急了。"

史可法转身向兵部尚书府大门口走去，刚迈两步上了台阶，忽听身后传来一声熟悉的乡音："大人，打问一声，这儿可是史可法尚书的府上？"

史可法闻言一愣，刚才因天色渐晚，他没看清乞讨人的相貌，这会儿听声音，可听出这是母亲的声音，他急忙转过身，仔细一看，他像木桩似的怔在了那里。眼前的婆媳二人，正是生身老母和妻子杨氏，他抢步上前，扶住老人："母亲。"

"法儿——"史老太太一声痛切的呼唤，道出了自己多少心酸，倾诉了多少母爱和思念。

史可法母子俩在帅府门前抱头痛哭，站在一旁的夫人杨氏也泪洒前襟。

战乱年代，国破家亡之际，她们婆媳由北京流落到南京，沿途两千多里地，乞讨为生的婆媳，饱受了多少风寒和苦难？从她们的衣衫、黄瘦的面孔，就可想象她们历尽了难以诉说的艰辛。

史可法把母亲搀扶到府内。

书房内，史可法将母亲、夫人介绍与在座的各位大人相见。

众人见史老太太如此凄惨，见史氏婆媳已沦为乞丐，唏嘘感叹许久，洒下几颗同情的泪水，说些安慰庆幸的话，再也无心议论什么朝政，忙起身告辞。

史可法把同僚们送到门口，依依惜别。

史可法回到客房，家人早已拿来干净衣服，让史老太太、杨氏换上，并端来热茶，恭送到史老夫人面前说："母亲，您老人家受苦了，先喝点茶吧！"

"法儿，你把我们婆媳都忘了吧？"史老太太只说了这么一句话，眼泪又流下来。

"婆母大人……"夫人杨氏再也忍不住，扑到史老太太怀里啜泣起来。

史老太太抚摸着儿媳的散发，低泣着说："法儿，你翅膀硬了，可以不要你的母亲。可你结发的妻子，你不应该抛弃呀！"

"母亲，此话怎说，孩儿不曾做什么错事啊！"

"呵呵！"史老太太冷笑一声："你高官厚禄，嫖娼宿妓，还不曾做什么错事？"

闻听母亲的责备，史可法更慌了，他嗫嚅道："母亲错怪孩儿了！"

"错怪你？不孝的孽障，还不跪下！"史老夫人越说越气，猛地一拍桌子，呵斥道。

史可法这个委屈呀，真是无法说清。他原想询问母亲发火生气的缘由，安慰妻子的话语全消失了。他见母亲动了肝火，不敢再说什么，忙跪倒在地。

史老太太一把鼻涕一把泪地哭诉道："法儿，自你离家后不久，李自成就打下了京城，追查、拷问赃官。虽没找上史家门，可也吓得我们婆媳胆战心惊呀！"

史继州端上一杯热茶，史老夫人喝下一口。

老夫人哭泣着又说："清兵入关，见东西就抢，见人就杀，我们娘俩儿逃出家门，身无分文，只靠讨口剩饭度日啊！就我这把年纪，这双小脚，走这几千里，是爬过来的呀！儿呀！你想想，你们骑马还要走十几天，像我们这样的妇道人家，走这么远，受的罪、吃的苦，比长江的水还多呀！"

"婆母。"夫人杨氏哭泣着说："让老爷他起来吧！"

"让他跪着吧！"史老太太的火气丝毫没减，抚摸着杨氏憔悴的脸说："你媳妇，来史家几十年，福没享，净受罪了，可你……"

"母亲，您冤枉孩儿了！"史可法辩道。

"冤枉？"史老太太的火气更大了，掏出一封信，扔给史可法，厉声道："这信里说的是你吧？"

史可法接过展开这封已磨损得不成样子的信，扫了一眼，更觉不解，茫然自问，这封信是谁写的呢？原来信上面的落款已磨损得看不出原样，史可法暗暗纳闷，揣测这封道听途说的信是谁写的，出自谁的手笔，什么目的。

史继州前来倒茶，见史可法拿着那封信，满脸疑色，史老夫人和杨氏正在流泪伤情，已明白几分，忙跪倒在地，请罪说："史大人，小人该死，信是小人写的，是出于好心呢！"

史老夫人火气未减："孩子，没有你的事，不要为他开脱。"

史继州又跪爬几步，抢到史老夫人面前："老人家，信真是小人写的，意在提醒老夫人规劝史大人，谁知史大人是为勤王之师难以组织所迫，被逼无奈采用的计谋呢？并非实情啊。"他抬起泪眼又说："史老夫人，您怎么处治小人，小人都心甘情愿，绝无怨言。那天，信捎走了，小人就后悔了。可……可……"史继州再也说不出，失悔得以头触地，赔礼道歉。

此刻，史老夫人见状，已渐渐明白自己冤枉了儿子，她起身扶起史继州道："孩子，知错就算了，既是没有那类事，就当我老糊涂了。你为人忠心，仗义执言，规劝主人，也是本分之内的事嘛！"她上前拉起史可法，抚摸着儿子的肩膀说："法儿，母亲错怪你了。"

"母亲，只要您老的身体健康，孩儿就放心了。"

"是啊！国破家亡，祖坟没了，这回咱母子见面就不分开了。"老夫人瞧瞧儿媳一眼说："这回，你再不给我生个胖孙子，我可不饶你们了。"她一手拉住史可法，一手拉住杨氏说："来！法儿，咱们快一齐吃顿团圆饭吧！"

稍事梳洗，史可法忙照顾婆媳二人吃饭。史可法夫妻扶着母亲来到饭厅，在餐桌前坐下，侍从端来饭菜。

史可法亲自为母亲盛上热汤面，老夫人招呼史可法："法儿，坐这里。"

"哎。"史可法答应一声，坐在母亲身边，对史继州吩咐道："继州，再加几个菜。"

史老太太在吃饭时，左看看儿子，右看看儿媳，不时地为他们夹菜，目光中充满了慈爱："法儿，过两天，你抽空陪你媳妇到南京街上逛逛。这些年，咱家守着北京城，她都没进过城，不知北京啥样儿，不逛北京，逛逛南京也可以。"

"婆母，您老吃饭吧！过几天让他陪您老去逛吧！您这么大把年纪再不逛，就走不动了。孩儿年轻，逛街的日子在后头呢！"烛火的映照下，杨氏脸红红地说，她不好意思地瞧瞧丈夫，赶忙埋头吃饭。

听到母亲和妻子的对话，史可法心里如长江的水面，难以平静。母亲、妻子来了，史可法又喜又忧。喜的是母子、夫妻相聚，在战乱的年代，她们婆媳颠沛流离，吃尽无数难言之苦，才得以平安相见，可谓是人生一大喜事；忧者，母亲、妻子哪里知道自己在南京的处境，明天又要离京前往督师，母子、夫妻又要分离。想到这些，史可法再也吃不下，放下碗筷，忙着去倒水，想在离别之前，多给母亲、妻子一些温暖，使她们那颗饱受苦难的心灵，多多得到一些安慰。

"法儿，我们来时听说，南京跟北京一样，十分热闹，你就腾出空来陪你媳妇去逛逛吧！"

"嗯！"史可法答应一声，强忍就要溢出的泪水，佯装去提水，退出厨房餐厅，他站在庭院里，望着黑蒙蒙的夜空，叹喟人生的不平。

夜已经很深了，史可法和妻子杨氏还没有入睡，夫妻窃窃私语，各自诉说别离后的思念。史可法轻抚着妻子的头发，借着灯光，把那几根白发一根根地拔掉。

杨氏用粗糙的双手，在史可法的脸上缓缓地轻轻地舒展着，想抚平丈夫脸上的皱纹；史可法抚摸着妻子终日操劳的手，除去筋骨，就是皱褶、茧子，还有老皮。结婚这么多年，史可法竟没有机会仔细地打量过妻子。年轻时回家，多是黑夜来，白日走，来得匆忙，走得急促。夫妻双方在各自的印象里都是淡漠的。离别后，竟难以描绘出各自的相貌特征。只知道他是自己的丈夫，她是自己的妻子。而今，转瞬间，他们老了，才感到夫妻生活的可贵，感觉到对逝去年华的留恋。"咱们睡吧！"妻子催促道，慢慢脱去衣服。

"不！让我再看看你！"史可法托住妻子的脸，凝视许久，问："你，你不恨我吧？"杨氏摇摇头，垂下了眼帘，渴望着丈夫的温存。

"你受苦了。"史可法看着妻子那张布满皱纹的脸颊，心里酸酸的，眼窝里已盈满泪花。

妻子又摇摇头，轻声说："我们女人，都希望嫁个男子汉。我总觉得对你不起。人家都说，英雄配美女，你是堂堂正正的男子汉，是英雄！可我不是美女，我不配你！"

史可法捂住妻子的嘴，温和地说："这些年，你代我侍奉双亲，可法对这一切都刻骨铭心，永世难忘。"

"可我没有满头乌丝，没有细皮嫩肉，没有杨柳细腰，没有樱桃小口……"

"不要说了，我是一个朝廷命官，没有照顾好你，也没有孝敬娘……"

"可我们一晃都老了，也没有为史家留下一男半女……"

"不要说这些，我们夫妻是心心相印。"

"可你看我的腰，我的脸，还有……"

"不要说了。再说夫妻间，以恩爱为上，何以相貌论长短。你的贤惠是最高尚的，最美的！"他和妻子相继躺下，相互依偎搂抱着。

杨氏吹熄了灯，沉默一会儿问："哎——你在外面真的没有那事？"

"哪事呀？"史可法抚摸着妻子的肩头问。

"那事，就是史继州信上说的那事呀。"

这才是：动荡岁月酿真情，夫妻相敬会南京。

相思更是男女泪，明朝离别何日逢。

欲知后事如何，请阅下文。

史可法纪念馆

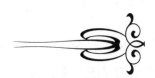

第 22 章
别慈母尚书痛割爱
离南京督师辞君臣

　　寝室内，面对爱妻杨氏的盘问，史可法据实相告，他连连摇头道："没有，没有，我敢对天盟誓。"

　　"瞧你那样！"妻子嗔怪道，扑到丈夫怀里，抚摸着他的胸口："老爷，你不要怕，其实呀，我、我倒希望你有那事。"

　　"你……你怎么会这么想？"史可法感到愕然，他爬起来，看着妻子的脸，想探究她是否在说心里话。

　　"你躺下，我跟你说。"杨氏抚摸着丈夫的手臂："这些年，我时常想，你在外为官再忙，也该考虑一下自己的事。为妻现年四十有二，婚后二十余载，膝下并无一儿一女，将来你老了，谁来给咱们养老送终，我真心希望你在外面结交个姐妹。或明媒正娶，或暗中来往都可以，只要能生个一男半女，你我老死有靠，史家后继有人，为妻死也心安了。似此，妻亡以后，怕要被打入十八层地狱啊！人言：不孝有三，无后为大呀！"

　　杨氏说着，把脸贴在丈夫的胸上，轻声啜泣起来，一颗颗泪珠滚落在史可法的胸脯上。

　　史可法托起妻子的泪脸，为她轻轻地擦去泪花，劝说道："别难过，膝下无儿，错不在你。可法清楚其中原委。男子为人一世，英雄一生，应以建功立业为根本，怎能以儿女情长为重呢？日后，你还能生育的。即使不能如愿，抱个娃娃，也是可以养老送终的！"

　　"不！为妻跟你一辈子，当牛做马，毫无怨言，别无他求，只求你一事，不知当讲不当讲。"

　　窗外，皓月当空，一轮明月在云海中时隐时现。

　　塘边，蛙声不断……

　　树上，蝉儿鸣叫……

似乎在为这个美丽而寂静的夜晚伴唱。

寝室内，一对分别多日，饱受苦难的夫妻团圆后，还在低声细语。

"当讲！当讲！"史可法连连应允。

"为妻只求你，日后如有合适的，再纳个妾吧！为妻绝不会有半点怨言。不然为妻总觉得对不起你，死也不瞑目啊！"杨氏的泪又流下来，紧搂着丈夫低声恳求。

"咱们睡吧！夜深了。"史可法推诿着。

"不！你不答应，为妻不让你睡！"杨氏说着，挣脱丈夫的搂抱，跪在史可法身旁，坚决地说："老爷如不答应，为妻就一直跪在这儿，决不起来。"

"唉——"黑暗中，史可法长叹一声，扶起妻子说："我答应！我答应。"

杨氏猛地扑进丈夫的怀抱，夫妻相互搂抱，低声哭泣，感叹多半生的艰难和苦痛。

妻子睡去了。史可法却睡不着，大睁着两眼，思考着新的难题。

他穿衣下床，缓步来到院中，他看看母亲睡觉的屋子，轻步来到窗前，侧耳细听，母亲睡着了，她老人家太累了，也太苦了……

万籁俱静，月光如水，史可法在月光下久久徘徊，该怎么跟母亲说起辞朝出京，前往江北督师的事呢？

值夜的史继州走来，看见史可法还在月下踯躅，愧疚地说："史大人，那封信……"

"继州，我不怪你，你写信，证明你的好心，对我忠诚！"

"谢史公！"史继州如释重负，脚步轻快地走了。

史可法心情依旧，沉思不语。

史德威走来，看看老夫人、夫人的窗口："大人，还没有睡呀？"

"睡不着哇！"

"大人，您跟老夫人、夫人刚刚团聚，要不，您跟圣上请个假，过些日子再出朝……"

"圣命难违呀！"

"那……那该怎么办？"

"你先去睡吧，我再考虑考虑。"

三星正南，直到天蒙蒙亮，史可法也没想出个万全之策。

清晨，史可法早早吃罢饭，来到书房内，忙着整理衣箱，翻箱倒柜，忙个不停。

史老太太看见儿子的举动，大为不解，几次欲问，看见儿子郁闷的脸色，又把话咽回。史可法从一只樟木箱中找出一幅旧画，展开却是《岳母刺字》，他命人高挂在厅堂上，铺开纸，研好墨，刚要写什么。

史母进来问："法儿，你这是做什么？为娘看你好像有什么心事。如没有什么公务，还不陪你媳妇上街，也好给她买两身衣服。不然，总让她穿着粗布衣服，怎么好与客人见面呢？"

"母亲，孩儿忙完就去！"史可法思虑再三，再也不忍心贸然将实情禀告老母亲，刺痛她老人家的心，决心想个稳妥的方法，再一步步逐渐把自己辞朝督师江北的事告诉老母亲。他生恐年迈的老母亲再也经受不了这意外的打击，会出什么难以预料的事。他铺开宣纸，稍一沉思，饱蘸浓墨，挥笔写下文天祥的浩气长诗《过零丁洋》。

初写时，史可法笔墨酣畅，笔锋如笔走龙蛇，后来越写越激愤，竟难以自已，狂草行书，借以抒怀。当写完最后两句"人生自古谁无死，留取丹心照汗青"时，他已经泪洒宣纸，继而辍笔在案，低声饮泣。

史母颤颤巍巍走进书房，见状忙上前，审视着史可法的脸色问："法儿，从你的目光中，从你忧郁的神色中，母亲看出来了，似乎有什么难言之事瞒着我。"史老夫人抚摸着儿子的头说："法儿，你有什么难事就说出来吧！母亲不会怪罪你，儿子有话不对母亲说，还能对谁说呢？"

"母亲，孩儿对不起您呀！"史可法抬起泪脸，轻轻搀扶史老夫人坐到椅子上，一指那幅画说："母亲，这幅画儿是二十多年前，儿率军出征时您送给儿的。要儿像岳飞那样，精忠报国。而文天祥这首《过零丁洋》，是儿幼时，您就教会儿背诵的，手把手写会的。母亲啊！如今，孩儿就要学岳飞辞朝，率师抗清，就要像文天祥那样，兴兵抗敌去了。"

寝室内，杨氏早已起床，整理好床铺，梳洗完毕，拿出铜镜，照照自己的脸，经过一夜安歇，自己的脸色好了许多，还有了些红晕。杨氏发现鬓角几根白发，小心翼翼地拔去。

忽而，她隔窗看到家人出出进进，忙忙碌碌地走动，感到诧异，仔细一听，又听到书房传来说话声，心生蹊跷，赶忙收好铜镜，走出寝室。

在门口，杨氏遇到史继州，喊住他问："继州，你们在忙啥呢？"

"夫人，我们老爷……"史继州正欲回答，看见不远处史德威在给他暗中打手势，赶忙岔开话题说："夫人，我们正忙……正忙……"扭身溜了。

"这孩子，说话支支吾吾……"杨氏一扭脸，看见史德威，上前喊住："德威，你过来……"

史德威欲走，已经来不及，杨氏来到眼前："德威，你们在忙什么，好像要搬家？"

"夫人，不是……我……老爷……"史德威语无伦次，不知该回答什么好。

杨氏见此心里更加起疑："孩子，你好像有什么事情在瞒着我？"

"夫人，小的不敢说，您还是去问老爷吧！"史德威满脸通红，憋了半天，说出这么一句。

"好吧！你去忙吧，我去问老爷。"杨氏挥挥手。

"夫人，您千万不要说我让您去的呀。"史德威叮嘱。

书房内，史可法告知母亲：他即将出师离开南京，赶赴扬州督师江北的决定。

"好事！好事啊！"史老夫人激动地拉住儿子的手说："法儿的心思，母亲全明白了，你是担心咱们母子刚刚见面，又要分离，母亲我受不了吧？"

"母亲所言正是。母亲养孩儿这么大，寸恩未报，刚刚相见又要分手，孩儿于心何忍呢？"史可法痛苦地站起身走开，面对墙壁上的岳母刺字的画像说："人言，儿行千里母担忧。其实，孩儿远离慈母儿更愁哇！"

"法儿，你该走就走吧！母亲不留你！俗话说：儿大不由娘啊！其实，不是儿大不由娘，那是朝命在身呢！你走后，我们婆媳就搬到乡下去。不！法儿，为娘只求你一件事，让我独自住到乡下，你带上媳妇走吧！"

史老夫人说到这儿，忽听门外有哭泣之声。循声望去，却是儿媳杨氏站在门外掩袖啜泣，听到婆母最后一句话，奔进屋来，扑到史老太太怀里说："婆母，儿媳不离开您老人家呀！"

史老夫人捧起儿媳的脸，为她擦去泪花说："傻孩子，我老了，不能再牵连你们了！你随夫征战，虽不能上战场厮杀，为他出谋划策，却也能为他缝缝连连，奉汤侍饭，再说，这一走，不知啥时再见面。总不能为我一个老婆子，让你们夫妻再分开吧！"

"不！儿媳不去！只愿陪伴婆母！"杨氏依偎婆母更紧了。

"母亲，孩儿此次出任督师，非同以往，恐怕行、住，都没有规律，带上她恐有不便，还是让她代儿侍奉母亲吧！"史可法将画收起说："母亲！这幅画儿您替儿保管，待孩儿凯旋之日，再转给孩儿存念吧！"他走到书案前，收起写有《过零丁洋》诗稿的宣纸道："这首诗，孩儿带走，让它陪伴孩儿，激励斗志吧！"

史德威匆匆走进来，低声说："大人，都准备好了。万元吉大人催您上路呢！"

"怎么？今天就走？"史老太太和妻子闻言站起，老人家关切地问。

门外，史德威、史继州相向而立，二人泪水涟涟。

史德威："我们史大人怎么这么命苦，母子、夫妻历经千辛万苦，刚刚团聚，又要骨肉分离，世上还有比这更凄惨的吗？"

"刚才，你为什么不要我告诉夫人，依我的性格，就是要告诉夫人，闹出动静，要史大人找圣上收回成命，他们母子、夫妻在南京住上一段日子再说！"

"大人的脾气你不是不知道，他决定的事情，九头牛也拉不回。你告诉了夫人，不是白让夫人着急，大人生气吗？"

"可我咽不下去这口气！"史继州愤愤然。

"咽不下去也得咽！忍辱负重，朝廷为重，社稷为重，这就是我们老爷的性格啊！"史德威哭泣着说。

书房内，史可法安慰史老夫人："母亲，朝廷为重，社稷为重啊！您不知道，江北四镇为争夺扬州，随时都可能发生火并。情况危急，孩儿再也耽搁不得，您老放心，一切事情，都已托付高弘图大人料理，他会照顾你们的！"

"法儿，你就不能再陪娘几天了吗？"

"母亲！您就再原谅孩儿一次吧！儿身负朝命，不敢延误啊！"史可法的眼泪又要流下来了。

"哪怕一天也好啊！为娘还有许多话要说呢！"史母上前，紧紧拉住儿子的手，生怕他会长翅膀飞走似的，昏花的双眼可怜巴巴地望着史可法，眷恋地挽留道。

"母亲，您就骂孩儿不孝吧！不然，您老人家就打孩儿几下吧！"史可法被母亲眷恋儿子的几句话说得心里酸酸的，再也止不住感情的闸门，热泪夺眶而出，跪在母亲的面前，抓起母亲的手抽打自己的脸。

"婆母，儿媳求求您，就让他走吧！"杨氏也跪下来，眼巴巴地渴望着婆母。她不忍心让丈夫左右为难，也不忍心再伤丈夫的心，更不忍心婆母再受母子离别的痛苦和折磨。而此刻，她的心，却似刀割锥扎般的难受；她的心又恰似被什么东西慢慢咀嚼似的，那么艰难而无奈。

史德威、史继州再次进来："大人，要不，我们就晚去几天，你和老夫人、夫人再团聚几日吧！"

"你们糊涂，军令如山，军情如火，岂可儿戏？还不退下。"史可法申斥道。

史德威、史继州无奈，相继退出。

兵部大门口，一匹快马跑来，传令官翻身下马，跑进兵部大门，一路奔跑，来到院中，高喊："报——史大人，万大人率领人马已恭候在校场门口，等候开拔。"

书房内，离别的时刻到了，母子相依，史老夫人一推儿子："法儿，你走吧！你走吧！你走吧！"

史老夫人一声比一声高地喊着，猛地一推史可法，转身跑向内室，儿媳杨氏赶忙追了进去，劝慰婆母。

史可法站起又跪下，冲着母亲跑进的屋子，"砰砰……"磕了三个响头，泣别道："母亲，孩儿走了，您多保重吧！"他缓缓爬起，毅然转身，走向门口。

兵部院内，史可法走得很慢，似乎要把这里的一切，都印记在头脑里。

他就要奔赴沙场去了。何时回来？他不知道，也回答不出。

"法儿……"

"夫君……"

两声凄惨的喊声传来，他转回身，见羸弱的母亲在发妻的搀扶下，正颤巍巍地追出屋门。他的心一热，转身奔跑几步，扑向母亲的怀抱。他想迎过去，搀扶母亲，十几步之外，却见母亲脚下一绊，重重地跌倒在青砖墁地的甬路上，妻子杨氏脚下一绊，也跌倒在一旁。

史可法大喊一声："母亲……不要……小心。"

他伸张着双手，飞步上前，想扶起母亲，却见母亲已然跌得满脸是血，脸皮抢破一大块，往外浸着鲜血。史可法几经努力，想搀起母亲，老人家挣扎几下却未能爬起。史可法撩起裙摆一看，却见母亲因年老骨酥，右腿膝下骨已跌断，瘦骨棱棱的膝盖下迎面骨处，骨尖由皮肤内凸起，老母亲痛得晕了过去。

史可法扶住母亲，急切地呼唤："母亲，母亲！"

妻子杨氏也已爬起，见婆母摔得这么厉害，早哭成泪人，痛悔地揪着自己的头，自责道："婆母，都怪我！都怪我呀！非要给夫君送什么别。"

史可法急得满头大汗，一边将母亲搂在怀里，一边招呼家人："德威，快去找郎中，快去！快把南京城内最好的郎中给我请来。"

"遵命！"史德威答应一声，飞奔而去。

此时，兵部大门口又传来呼喊声："报——！"一名家人慌慌张张跑进来禀告："史大人，圣上听说史大人要今日离京督师，现已起驾离宫，前往北门给大人送行，特遣御林军到府上送信。"

史可法一听，顿时急得头冒火星。他原想悄悄而去，以免惊动亲朋好友，增添麻烦，今见惊动圣上，前往送行，而老母又跌断腿骨，这如何是好？他忙对身旁的史继州吩咐道："继州，快赏给报信人一些银两，让他们即刻回去，奏明圣上，言说可法改日出师！"

"是！"史继州跑向帅府大门。

史继州快步来到尚书府门口，刚要上马，却又见几乘快马，已飞驰而来，人还未下马，就高声叫喊："圣旨到。"

史可法忙将躺在怀里的母亲交给妻子，自己起身迎向门口。

为首的传旨太监正是韩赞周，他下马后，近前高声喊道："史可法史大人请听圣旨。"

史可法忙整衣正冠跪倒，垂首听宣。

韩赞周展开圣旨宣读："奉天承运，皇帝诏曰：朕闻重臣史可法出京督师江北，不胜欣喜，为嘉奖朝廷忠臣劳苦，朕特意前往北门送行，命史爱卿接旨后即可前往，不得有误。"

"臣领旨。"史可法唱声喏，爬起来，手指府内说："韩大人，老母昨日才来，刚才为老夫送行时，不慎跌断腿骨，不能动弹，眼下生死未卜。恳请韩大人在圣上面前，保奏明白，容老臣将老母料理安顿好，再离京不行吗？"

"啊，这个……"韩赞周面呈难色，一时语塞，未敢明确答复成与不成。

史可法的恳求打动了他，隔着门栅栏，他也看见史老夫人还躺在院内等待急救，即使铁石心肠的人也会心动，他怎会不动怜悯之心？他近前几步低声说："史大人，这全是马士英的鬼点子。他大肆渲染大人离京辞朝，意在告诫东林党人，想以此证明他马士英的厉害，现在他已身居相位，大权在握，警告他的政敌，堂堂的当朝首辅都被排挤出京了，剩下的更要当心些。"

"谢谢关照，韩大人，可眼下老夫实在走不开，有些为难呢！"

正说话间，又有几匹快马驰来，几名御林军侍卫飞鞍下马，单膝点地："报——史大人，圣上已在北城门外等候多时，请大人速速前往。"

史可法急得团团转，怎么办？怎么办？一边是皇上催促上路的一道又一道的圣旨，一边是跌晕过去的老母。到底该怎么办？他上前深施一礼道："韩大人，请您即刻赶往北门，向皇上陈言可法的处境，请求圣上宽恩，今天不离京了。"

史可法说完，转身奔向府内，跪在母亲身旁，轻声呼唤道："母亲、母亲……"

史老夫人多日劳累，年老力衰，加上母子相别，腿又摔伤，急火攻心，一阵晕眩，一阵清醒，当她听出儿子的呼唤后，长长地出了一口气，搂住儿子的脖子，母子俩脸贴在一起，泪洒一处。

史德威浑身透湿，领着一名郎中跑来，郎中上前，一捋一拽一捏，将史老太太的断腿伸直，让断骨处接上骨缝，找出夹板固定住，敏捷地包扎好。

那年间，没有麻药，剧痛难忍，史老太太几次昏厥、几次醒来，疼得老人家头上的汗珠像泉水般冒出，花白的头发湿得一绺绺的。目睹古稀之年的老母亲的痛苦神态，史可法心如刀绞，紧紧将母亲抱在怀里。

史可法为母亲刚刚包扎完，又见太监韩赞周风风火火跑来，满头大汗道："史大人，老臣刚刚赶到半路，又遇见前来催行的侍卫，说是皇上在北门已等得不耐烦了。"

史可法正欲把母亲交给妻子照看，转脸却不见了杨氏的影子，心中正急，忽听屋内传来家人的惊叫声："夫人！夫人这可使不得！夫人上吊了！"

史可法一惊，忙将母亲交给郎中照顾，自己跑进屋内，见两个老家人扶住杨氏，正把她由吊在房梁的绳套上解下来。

见丈夫奔进来，杨氏一头扑进史可法的怀里，哭天嚎地地哭诉道："天哪，这可叫我怎么活呀！"

史可法的眼珠都红了，一把推开杨氏，左右开弓，扇了妻子两个嘴巴，怒道："贱人，什么关头，还添乱！"他吩咐老家人道："看好她！"说完又跑向院内。

此刻，躺在院中的史老夫人，神志稍稍清醒，老人家知书达理，深明

史可法——铁血传奇

大义，知道儿子此时的难处和肩负的使命，拉住史可法的手说："法儿，去吧！国家大事要紧，朝廷的江山要紧，清兵杀过来，别说老身这样，就是年轻人，恐怕也难活命。去吧！不要记挂母亲，去吧！去吧！"史老夫人用力地推着史可法，挥手赶他走。

韩赞周在旁急得直跺脚，催史可法走不是，不催他走也不是，生怕皇帝怪罪下来担待不起，给马士英弹劾忠良大臣留下话柄和口实。

"母亲！恕孩儿不孝吧！"史可法从韩赞周脸上焦急的神色，看出了事态的严重性，不敢久留，深施一礼，毅然转身离去。

有诗为证：

母子别，

相思泪。

何时再相会？

难聚首，

分离难，

何时再团圆？

情何堪？

意难断，

瓜藤相依恋。

史可法连头也没敢回一下，他知道身后，老母亲正用热切的恋恋不舍的目光望着他，为他祷告，为他送行。

尚书府门外，战马早已备好，侍从牵过一匹战马，史可法飞身上马，转过身来，隔着没有关闭的大门，他见老母亲正被仆人抬进屋，而老人家的头向上仰着，仍注视着大门口。

房檐下，妻子杨氏也在两个老家人的搀扶下，翘首远望。

"母亲，对不起了，恕孩儿不孝！"他在马上冲老母亲、妻子抱拳揖别，施过礼后，拨转马头，在马屁股上狠抽一鞭，策马而去。

南京城北门，人头攒动、旌旗飘飘。

街道两侧，挤满欢送的队伍。

黄罗伞下，弘光皇帝身骑一匹雪白逍遥马，左有马士英，右有高弘图、姜曰广等新朝显贵、文臣武将陪同，后有手持长把扇的美丽侍女伴驾，好不威风。

此刻，弘光皇帝早已等得不耐烦了，要不是左有马士英煽风点火，右有高弘图、姜曰广等人好言相劝，早就起驾回宫享福去了。

"圣上，微臣没有说错吧！史可法骄横，居功自傲，连圣上也不放在眼里。这不！左催右等不来，真是岂有此理。"马士英阴险的目光，不时在弘光皇帝的脸上扫来掠去，察言观色，讨着圣上的喜欢，那对小眼珠滴溜乱转，盯着史可法来的方向，在弘光帝耳朵旁吹着阴风，点着鬼火。

弘光皇帝脸呈焦躁神色，嘟囔道："这个史黑脸，也着实可恶，让朕苦等这么久。要不，在宫里怎么会受这样的罪？"说着，他狠狠抹一把脸上的热汗。

"圣上有所不知，史可法老母、发妻，昨晚刚由北京流落至此，恐怕母子、夫妻相别要有许多话要说呢。"高弘图劝慰着弘光皇帝。

"家长里短，老夫老妻有何话说？女人有的是，再娶一个好的不就得了。"弘光皇帝的胖脸垂下来。

"圣上，大庭广众之所，说话应该注意礼法啊！"姜曰广提醒道。

忽而街道上的人群一阵骚动，一名细作模样的人由人群中悄悄挤近。

凡有侍卫相拦，他就微微撩起衣襟，让侍卫看看腰间。

他的腰间别着一张锦衣卫的腰牌，他凑到马士英的身边，低语几句什么。

马士英脸色大变，忙附到弘光皇帝耳边低声地说："圣上，有人见到崇祯帝的太子慈烺已到了南京。"

"啊——！"弘光皇帝惊叫一声，神色骤变，险些由马上跌下来。

马士英忙扶住他。弘光皇帝定定神忙问："老马，此事如何是好？"慌乱中，堂堂的圣上竟忘了君臣之礼，叫开了"老马"。

"圣上，是认他为太子呢？还是不认？"马士英面带杀机，狠狠地问。

"认他怎样？不认又能怎样呢？"弘光皇帝早已慌了手脚，拿不定主意，生怕被他人抢走了自己的皇位。

"认他为太子，就把他请进皇宫，养起来，等他羽翼丰满，圣上让位于他。"

"那要不认呢？"弘光皇帝低声问。

"不认，老马自有道理，轻则打入死牢，重则嘛……"马士英没有再说下去，立起手掌劈下，做出杀头的手势，察看着弘光皇帝的脸色，而后，他忙又补充一句："圣上放心，我老马一切听从圣上的旨意。"

　　这才是：再别离史公赴重任，尚书辞朝赴江北。

　　　　　泪慈母孝子离帅府，昏君街头动杀机。

　　欲知后事如何，请阅下文。

史可法画像

街道上，弘光皇帝朱由崧惴惴不安，他看看左右，没有人在意，低声说"老马！你瞧着办去吧！"弘光皇帝不放心，叮嘱道："只不过别弄得满城风雨就是了。"

"老臣知道！"马士英讨得弘光皇帝的口风，答应一句，暗自退下，拉着那细作，走向僻静之处，细语几句，然后走向不远处的阮大铖。

华罗伞下，睡眠不足的弘光皇帝感到有些倦意，他瞧着城门发呆，感到有些扫兴，霜打的茄子一般。

阳光越来越足，人们没有了开始的兴奋，情绪逐渐低落。

树荫下，身穿内阁大员服饰的阮大铖，趾高气扬，他见马士英走过来，忙迎上前，看一眼华罗伞下的朱由崧，不解地问："马总兵，圣上怎么似乎不高兴？"

马士英嘴一撇："那傻东西，除了女人，谁都不会令他高兴。他原想出宫兜兜风，一来显示一下圣上对朝廷老臣的器重，使他们为新朝卖命尽力。二来梦想遇见一位年轻貌美的姑娘，选进宫里，也可消愁解闷。"

"怎么？他对我们选进宫中的姑娘不满意？"阮大铖紧张地问。

马士英："还提你选的什么姑娘。圣上说了，他对你阮大人什么都满意，就是对你选进宫的女子不满意。什么梨园弟子，歌舞名伶，不是奸滑刁钻、巧言善辩，就是性格孤傲，故做忸态。让人看着舒服，玩起来失意……"

"那……那些民间淑女呢，也不合圣上的口味？"

"圣上说了，不是相貌不佳，就是发呆，使人没有快感。"

"怎么会这样？"阮大铖惴惴不安。

"我说阮大人，你写书唱戏是内行，选美怎么就不成了？什么眼光啊！"马士英抱怨。

史可法——铁血传奇

"马大人，好的姑娘是不是让你自己留下来，金屋藏娇了？"

"你怎么知道？"马士英一惊："我没留下多少，不到一半……"

"原来如此……"阮大铖顿悟。

呆坐在华盖伞下的朱由崧，确实被马士英摸准了命脉。此次出宫，他决意自己亲选一两个美女，或者一见钟情，或者花些血本，追求一番，也富于诗意。唐代的杨玉环，汉代的貂蝉，貌美出众，历代传为佳话。可今天，黑脸史可法久候不到，又引出什么"鸟太子"，使他不痛快，兴致全无。

弘光皇帝正想起驾回宫，突见街对面的御林军一阵骚动，一个披头散发的女子，冲过侍卫警戒线，向黄罗伞下跑来，口里呼喊："夫君，你不认识奴家了？"

弘光皇帝正在疑惑，这女子喊谁为夫君？又是奔谁来的？还未容他看清，那女子转瞬间已跑到逍遥马前，"扑通"一声跪倒，哭诉道："夫君，你真不认识奴家了？奴家是河南开封周王府的宫女童氏啊！夫君，你忘记咱俩在后宫院内鸳鸯戏水，奴家为你夜绣兜肚，你为奴家梳理秀发，相依到天明……"

弘光皇帝定睛一瞧，吓了一跳。可不！真是童氏。

一旁的内侍太监以极低声提醒："圣上，前些年在河南开封府时的那段日子，你是落魄公子，怕寂寞才找了个宫女，打发时光的。"

"那现在怎么办？不认不好吧？"朱由崧犹豫不决。

"圣上，现在你是新朝皇帝，一国之主，万民之上，岂能再娶低贱的宫女为妻呢？"

"可我们那段感情？困难时候，人家帮助过我……"

"圣上，你要三思啊，眼下的童氏，再也没有昔日的风韵，你看她破衣烂衫，腹部隆起，怕不是身怀有孕，快要分娩了吧！"

"那可是我的骨血……"

"圣上倘若认下童氏，日后怎么办？谁为正宫？谁为西宫？要是让世人皆知新朝皇帝曾与什么宫女私自苟合，岂不被世人耻笑？"

"那……那怎么办？"弘光皇帝没有了主见。

"不认！拿下押进大牢。"内侍太监咬牙切齿，出着阴招。

听到此，弘光皇帝不再怀有慈悲之心，他不说什么，决心已下，他脸色一板，厉声道："哪里来的泼妇刁民，敢来惊驾？武士们，还不速速与我拿下！"

树荫下，马士英正在发脾气："蠢猪，笨蛋，你们御林军干什么吃的？让一个女子冲到黄罗伞下，惊了圣驾？"

御林军校尉战战兢兢道："总兵大人饶命，适才不是我们御林军大意，防守不严，是那女子童氏声称是弘光皇帝的原配夫人，无人敢拦。士卒担心如得罪娘娘，弘光皇帝认下她，日后还不掉脑袋？所以她能冲破侍卫，抢步到黄罗伞下的。"

马士英："知道了，严格保卫，不许再出差错！"

"卑职明白。"

黄罗伞下，侍卫们见弘光皇帝发话将童氏拿下，早有武士闯上前，架起童氏，拖向一旁。

童氏哭喊着："夫君，圣上，你不能这样啊！你忘了你说的话了吗？你饿倒在雪地里，是奴家用身子暖活了你，才有今天。你不能这样无情啊！你可不能不认肚子里的孩子，那是你的亲骨肉哇！"

武士拽拖着童氏，她挣扎着，呼喊着："朱由崧，你伤天害理，不得好死！你不要你自己的孩子，天打五雷轰！"

绝望了的童氏再也不顾忌什么，高声咒骂。她被武士拖走了，呼喊声渐渐消失。可在人们的心里，却留下了浓浓的暗影，压得朝臣和武士们喘不过气来。

"回宫！"弘光皇帝火冒三丈。

骑在马上的弘光皇帝这个气呀！他先暗骂马士英为他出个什么为朝臣饯行的馊主意；又骂史可法抗旨不遵。

正待发火，却见史可法由城门方向打马而来。

弘光皇帝本想发火，一想史可法马上就要代他出朝，社稷正是用人之际。再者，他见史可法双眼红肿，泪湿襟袍，心也就软了下来，没有再说什么。

史可法在弘光皇帝面前翻身下马，近前施礼道："吾皇万岁，臣可法让圣上久候，罪该万死，请求圣上从重惩处微臣。"

"嘻——"弘光皇帝一摆手道："史爱卿言重了，你代朕出征，事关社稷，朕当出城十里相送。今日草率，只是略表寸心而已！"

僻静处，姜曰广看见弘光皇帝不寻常的态度，大惑不解："嗨——太阳由西边出来，圣上今天没有生气，也没有发火，奇怪！"

高弘图："新君朱由崧这人最大的弱点，也是他最可爱之处就是没有脾气，说发火就发火，过后就忘。"

"难得！真难得！"姜曰广感叹。

张慎言："难得个屁！作为平常之人，这种和事佬性格尚且犹可。而作为一国之主、一代君王就不行了。帝王应该文能治国，武能安邦，他能干什么？又会干什么？"

高弘图："是啊，他的性格太懦弱，为人处事就像泥捏的，别人这么说就这么办，别人说那么办，咳！就那么办。哪面风吹来，就向哪面倒，没有自己的主见。这样的人怎能当皇帝？整个一个蜀国的阿斗啊！"

"就是……"张慎言："再说，朱由崧的志向也并不在富国强兵，开疆拓土，建功立业上，而在酒色享乐之上。把这样胸无大志，目光短浅，心胸狭窄的酒囊饭袋立为皇帝，可见马士英、阮大铖之流多么愚蠢！"

"哎——"姜曰广摆手："依老夫看来，马士英一伙也许正是看中了朱由崧这一点，好摆布，才立他为皇帝的。"

高弘图："有如此昏庸的皇帝，还不把咱们这些刚直的大臣气疯？新朝的社稷江山危矣。"

此刻，史可法跪在华罗伞前，隐隐约约听见高弘图、姜曰广、张慎言的议论，他暗中摆摆手，制止住他们的窃窃私语，轻步上前。他见自己来迟，弘光皇帝并没有怪罪，反而善言相抚，自是感恩不尽，道："圣上过奖，老臣有何功德，蒙圣上错爱，惊动众臣，前来为老臣送行。"

"史尚书此次出朝，实非朕的意愿。但朕思虑再三，唯史爱卿为最佳人选。所以，朕只好忍痛割爱了。"

"圣上言重了……"

弘光皇帝摆摆手："史爱卿督师江北，调停四镇纠纷。朕还命你着意派人寻访崇祯皇帝的棺椁，有此准信，速报朝廷。此外，还要着意寻找太子和永王、定王两个皇子的下落，找到以后，即刻派重兵护送到南京，不得有误！"

"谨遵圣旨，绝不怠误！"史可法连连承诺。

弘光皇帝言至此，心虚地偷眼观瞧两侧文武，见他们没有任何反应，才略微稳住神，生怕有人发觉自己言不由衷，说谎时狂跳不已的心。他悄悄从袖内抽出一张纸，暗中扫了一眼，忙又收起，说："史爱卿，如有可能，你一定抽空前往安徽，代朕祭祀凤阳、泗州两处明朝祖陵，替朕祷告上苍，保卫我明朝江山，万代久长。"

"一定一定！可法定当效全力！"

弘光皇帝："还有还有……就是请求祖宗英灵，庇护我新朝社稷，武运传世。再替朕多烧些纸钱，以示朕之孝心。"

僻静处，高弘图纳闷："这是怎么回事？新帝不糊涂啊，想得还挺周全。"

"真是奇怪！圣上这三斧子不简单呀！"张慎言也觉得纳闷。

姜曰广："我看这三点一定是马士英一伙儿，早就拟好行文，由朱由崧背下来的，怕他忘记，还事先拟好提纲，藏在袖口内，以备随时察看。"

"有可能，此次为史公饯行的目的，是想让天下人知晓，他弘光皇帝是开明贤德的君主。"高弘图猜测。

"还有，对先帝崇祯的灵柩，只是谣传已南下，而传言清廷早已号令为崇祯皇帝厚葬。我就不信，一夜之间，新帝这么贤明了？"张慎言对此不屑一顾："至于新帝叮嘱史公寻找太子，弘光皇帝本已知道找不到，即使找到，马士英一伙也要杀掉，他岂能容太子与他再争帝位。什么拜谒帝陵，也只是言辞所托，沽名钓誉而已。"

"我们还是不要妄加猜测，但愿弘光皇帝从此贤明起来吧。"高弘图暗暗祷告。

华罗伞前，忠厚的史可法与高弘图等忠厚大臣一样，静听弘光皇帝所言，都信以为实。忙躬身而答："微臣谨记，请圣上宽心，一有佳音，老臣将派忠实可靠之人，星夜驰报。圣上，还有什么旨意吗？"

"赐酒！"弘光皇帝传旨后，一位眉清目秀的侍童手端金盘，盘内放着两只金边小瓷碗，一只高腰细颈烫金酒壶，款步近前。弘光皇帝端起一杯酒，侍童又移步走到史可法面前，把金盘献上，史可法也端起酒碗。

弘光皇帝招呼道："来！史爱卿，朕与你同饮此杯酒，为史爱卿饯别送行！"说着，弘光皇帝一饮而尽，亮出碗底。

史可法端起酒，躬身缓缓洒在地上，起身一亮碗底说："圣上赐微臣酒，替微臣壮胆，此第一碗，法上敬苍天，下敬圣上，臣愿将自己的满腔热血，如同这碗酒一样，洒在大明的土地上，酬谢圣上知遇之恩。"

侍童又倒上一杯酒，史可法又端起酒碗，洒向空中，说："此酒祭奠微臣的亡父，告慰微臣的老母，可法虽说身为朝廷命臣，然而血肉之躯，乃受之于父母。愿亡父在天之灵，保我史可法出师报捷，愿可法老母身体康泰，静候佳音。"

此刻，三军肃然，旌旗不动，全体将士目睹如此壮烈的饯行场面，无不心情沉重。

侍童又倒上第三杯酒。史可法高举过顶说："此酒为圣上所赐，可法愿代三军将士，饮尽此酒，以保我朝天兵，所到之处，旌旗所指，所向披靡。"言罢，史可法一饮而尽，抱拳拱手道："圣上，微臣告辞。"

"且慢！史督师，老朋友还没有敬你一杯呢。"马士英不知啥时，又转回弘光皇帝身旁，阴阳怪气地说。看得出，他的脸上洋溢着得意之色。

"对！尔等每人都要敬史尚书一杯。"弘光皇帝挥着手，对两旁的大臣们吩咐。

侍童把金盘端到马士英面前，他斟满一杯酒，走到史可法的面前说："史督师，你在外，我在内，这可真中了'巧儿爹碰见巧儿妈，巧极了'！来，干了此杯，这是老夫为你壮胆的酒。"他的话，暗地里隐藏讥讽，脸带嘲笑之意。

"老夫领受了。"史可法端起酒杯，一饮而尽。

高弘图也满上两杯酒，送给史可法一杯，自己端起一杯说："史大人，恕老夫不能与您同行。"

"高大人，老臣将老母、妻子都拜托您了。"

"史大人放心，有我高弘图在，就有她们婆媳饭吃。"

姜曰广上前也满上一杯酒说："史大人，别的我也不说了，咱们路遥知马力，日久见人心吧！"

"点炮。"弘光皇帝一声令下。

三声炮响，鼓乐齐鸣，史可法辞别弘光皇帝和众位臣僚，率领本部三千兵马，离京而去。

弘光皇帝起驾回宫，一些正直的大臣送出很远，直到浦口，才依依不舍地告别，洒泪分离。

前往扬州督师的路上，坏消息一个个传来，探报走马灯似的前来禀报江北的消息。

"报……清兵已经越过黄河。"

"报……刘良佐派兵逼近扬州。"

"报……扬州请求驰援。"

......

　　形势越来越令人忧虑，史可法一刻也不能耽误，星夜赶路，他们辞别南京后，迅速出浦口，经燕子矶，过栖霞，穿龙潭，由瓜洲上，赶往扬州。

　　史可法率领督师越六圩，绕水田，走小路，达施家桥直抵邗江，后直逼扬州。沿途所见，到处疮痍满地，难民不绝，田园荒芜，兵乱频繁。

　　游兵散勇军纪败坏，骚扰百姓。一派凋敝凄凉景色。

　　这一日，史可法统领人马来到一个江北小镇前，见天色已晚，即传令安营扎寨。他布置好哨卡的值勤卫队，忙命人摆开书案，准备秉烛办公。

　　临时书房内，史可法批阅几份公文后，渐觉倦怠，他站起身，活动着几下手脚。

　　正在此时，忽见帐内飘进一道白影，定睛一看，恰是白衣侠女飘然而至。

　　史可法惊起，诧异地问："姑娘为何至此。"

　　"大人，小女子此来，是给三娘报丧来的。"侠女说着，声音悲切，泪水顺脸颊流下。

　　"三娘？三娘她怎么了？"史可法惊问。

　　"三娘，她……"侠女再也说不下去，泪水潸然流下。

　　"怎么回事？细细说来。"

　　"嗨——苦命的姐姐啊！"侠女感叹一声，好一会儿，她才止住泪水，低泣说："那日，三娘得知大人被排挤出朝，气愤不过，与小妹夜闯马相府，刺杀那个奸贼。谁料到那贼武艺高强，又有侍卫相助，三娘战他不下，只得败走。"

　　"后来怎么样了？"史可法焦急地问。

　　"谁知遗下一只手镯，被老贼认出，他带兵抄了瑞祥庄，三娘与老贼拼杀，受伤被捉。老贼酷刑拷打，要三娘供出是大人指使。"

　　"结果如何？"

　　"三娘至死否认，最后被老贼凌迟处死。"

　　"马士英……"史可法怒不可遏，气得手脚乱抖。

　　"事发前，三娘要小妹将此事告知大人，要大人对马士英多加防范。事后，马贼提起此事，推说不知，以免授柄于贼！"

　　"三娘啊！三娘！巾帼英雄也！"史可法闻知此信，忆及三娘在他困危之际，鼎力相助；忆及三娘对他的一片痴情；忆及三娘对他的敬重及热心为他报信的义举，再也坐不住了。他拍案而起，在帐内急速走动，对屋外高声吩咐："德威，立即摆设香案，焚香行礼，我要祭奠三娘的亡灵。"

工夫不大，香案摆好，史可法恭立于前，口中喃喃自语："三娘，可法在此超度你的亡灵，望你早归天堂。你在人间饱尝冷暖；在天堂上，就享些清福吧！三娘，可法为你行礼了。"

史可法说着，对着点燃后冒着缕缕青烟的香火深鞠三躬。

院外树下，史德威愕然地问："什么？你说那个白衣侠女又来了？"

史继州点点头："这个白衣侠女不简单，咱们到哪儿她都知道，而且暗中多次帮助咱们，好像……好像……"

"好像……好像什么？说话吞吞吐吐的。"

"好像对史大人有点那个。"

"哪个呀？还站着尿尿的老爷们呢，说话时嘴里像含块热豆腐，含含糊糊，说不清道不明的。"

"他们俩的关系就是含含糊糊，说不清道不明的。"

"真的？会有此事？"史德威不信。

"信不信由你，反正我感觉有。只是一个冷一个热。"

"谁冷谁热呀？"

"那不是秃子头顶上的虱子，明摆着的，史大人冷，白衣侠女热呗！"

"这就麻烦了，这叫剃头担子一头热。"史德威搓搓手："白衣侠女此次前来，有什么事情吗？"

"嗐——报丧来了，三娘死了。"史继州说着，眼泪也流了下来。

"三娘死了？怎么回事？"

香案前，侠女也在祭奠好姐妹铁三娘："史大人，小妹我代三娘向史大人谢恩了。"侠女说着，给史可法深施三礼。

"姑娘，你日后怎么办呢？"史可法探问道。

见史可法关心自己的未来，白衣侠女一阵心动，低着头，羞怯怯地说："史大人，三娘事发前，叮嘱小妹，让我实现她的愿望，要小妹追随史大人，为朝廷效力，侍奉史大人。"

"使不得！使不得！"史可法连连摆手："可法效命朝廷，不知何日血洒疆场，实在有愧三娘及姑娘的厚意，还是请姑娘自寻他路去吧！"

"史大人，此去扬州犹如羊入虎穴，还是把小女子留在大人身边，为大人端汤递水，消愁解闷吧！"白衣侠女恳求道。

"不！不可！千万不可啊！侠女！你不知道，可法生性粗鲁，常年征战，戎马倥偬，不善男女之间之事，更厌女色，还是请侠女另攀高枝，别寻他处吧！"

"大人！史大人！"侠女欲跪，史可法转身不再看她，冷冷地说："你若不去，别怪可法不再客气，可法可要唤人将你轰了出去！"

"史公，你就这么铁石心肠？"

史可法坚决摆摆手，背对白衣侠女，不再看她。

白衣侠女无奈，转身走向帐门，声悲意切地问："史大人，此生咱们就没缘分了吗？"

院外树下，史德威、史继州二人还在窃窃私语，议论着史公与侠女的事情："三娘、白衣侠女待史大人不薄，史大人正是用人之际，咱们去劝劝史大人，成全这桩美事怎么样？"史继州提议。

"好哇！我听夫人跟我念叨过，夫人也希望史大人再娶一房。"史德威同意，没走两步，他又停住脚步："不妥，夫人的意思，史大人不会同意的，史大人把名节看得比命都重要，这关节这时候，他不会做这种事情的，我看我们还是不要去捅这个马蜂窝。"

"这怎么叫去捅这个马蜂窝？我这是关心史公，这是为史大人物色人才，这是为他的生活起居着想！你不去我去！"史继州拨开史德威拉扯他的手，大步离去。

"继州，史公够烦的了，你不要再去给史公添乱！"史德威有些发急。

"我不！就去！"史继州很固执，他没有理睬史德威的劝阻。

史继州走近书房，听见里面静悄悄的，没有声音。

他放缓脚步，蹑步来到窗前，躲在暗处，注意谛听屋内的谈话……

屋内，面对侠女的温情问话，史可法木雕泥塑一般，没有反应。

"也罢……看来咱们是有缘无分啊。"白衣侠女长叹一声，缓步走向门口。

快到门口时，她转身又说："大人此去扬州，如遇高杰为难大人，大人可遣人去找高杰的妻子邢夫人，她与小妹至交，便说小妹要大人去找她，她是不会推辞的。"说完，白衣侠女蹑步走向门口，又轻问一声："大人，你就不可怜小妹吗？"

史可法考虑到目前的处境，只是低垂着头，一言不发。

白衣侠女见史可法铁石心肠，不为所动，只好辞别说："扬州此行，路途艰险，请大人保重！"

史可法一动不动站在那儿，像尊铜像般沉默。此时，他的内心却似一锅沸水，难以平静。

白衣侠女走出门外，站在门口长叹一声："此生无缘，大人保重！"一挑门帘，闪身而去。

躲在暗处的史继州，赶忙快步离去……

史可法听不见动静，追至屋门，隔着门帘的缝隙向外看，白衣侠女已不见踪影。

史可法快步来到院中，仰看夜空，一镰弯月西下，繁星渐西，天气渐凉。

举头望残月，史可法愁绪万千，细想刚才之事，又有一股懊悔之情油然而生。暗忖道："悠悠天地间，唯男女恋情，思慕之情长存，与日月同辉啊，其他都不过是过眼云烟啊！"

史继州由暗处转出："大人，您要是有反悔之意，小的马上去把白衣侠女追回。"

史可法摇摇头："动荡岁月，多事之秋，情何以堪？你我心系朝廷，明日之事，生死难以预料，何必再为男女之事，平添烦恼？"

"可大人，人家白衣侠女对您情有独钟，多次为您排忧解难，化解危机，大人您怎么铁石心肠？"史继州直言相谏。

"我这么做，是为她好。世上多为痴心女子负心汉，可法怎可苟同他人？"史可法说着，走向书房。

"可大人，机不可失，时不再来呀！"

"无需多言，忙你的去吧！"史可法甩出一句冷冰冰的话，走进屋内。

一弯残月，隔窗照进书房。

史可法再也看不下书，掩卷沉思，脑子里乱糟糟的。

史可法脑子里一会儿浮现妻子温顺的面孔，一会儿浮现三娘那刚毅的神态，一会儿浮现白衣侠女那明月般的脸庞……

他抚胸自叹："人生天地间，悠悠数十年，天地亦有温情在，何况人乎？"他仰面躺在椅子上，感叹一声："人活着，太累了！"他把书盖到脸上，迷迷糊糊地睡去……

翌日，史可法率兵直逼扬州。

他率督师之军，来到扬州城下一看，不由得倒吸一口冷气，更觉得触目惊心。扬州城头，旌旗林立，戒备森严，剑拔弩张，大有随时开战之势。

史可法命令："德威，把军队后撤，驻扎在离城三箭之遥的地方。"

"史公，江北四镇，为何都对扬州那么垂青？"

史继州在一旁抢先搭话："那还用问，扬州富裕呗。"

"就你知道！"史德威不满。

史可法："继州仅说对了一半呀。扬州，是通往南京的咽喉要道。守住扬州，南京可高枕无忧。扬州失守，南京北无屏障。犹如人嘴，唇亡齿寒。经济上，扬州处于南北交通枢纽位置，历代的漕运、盐运之利，商业繁荣，早在秦代，就被称富庶之区。所以呀，历来为兵家必争之地。"

史可法单身独骑，拍马向前，来到护城河的吊桥旁，抬头一看，不由得一惊。他忙勒坐缰，那匹坐骑"踏踏踏"倒退三步。

只见扬州城门紧闭，城头垛口，守城士卒弯弓搭箭，上堆火炮礌石，严阵以待。城下，护城河内外，死尸累累，离城二里之外的树林里，芦苇荡里，杀气腾腾，似有千军万马在运动，随时可能发生大规模的军事冲突，局势太严重了。

史可法早就听说，江北四将都对江北重镇扬州垂涎已久。但史可法做梦也没想到，这里对峙的局面这么紧张。他见远处旌骑挥动，攻城大战迫在眉睫，忙双手拢成喇叭形，对城上喊："喂，我是朝廷派来督师的史可法，快传你们的守城巡抚黄家瑞听话。"

守城士卒闻听史可法来了，不敢怠慢，忙跑下城墙前去禀报。

工夫不大，巡抚黄家瑞急匆匆赶来。

在城楼上，黄家瑞施礼后喊道："史大人，恕本官不能出城远迎！"

"黄巡抚，你何时才能打开城门，使百姓恢复生产，安定生活啊！"史可法高声询问道。

"只要城外军队后退二十里，我就打开城门。"

"言而有信！"史可法追问道。

"黄家瑞说话不算数，有如此箭。"黄家瑞说着，由背后的箭袋中抽出一支雕翎箭，一折两段，奋力抛出护城河。

　　这才是：赴国难新朝出意外，尚书深夜拒侠女。

　　　　　　化干戈史公辞新朝，扬州城下遭冷落。

　　欲知后事如何，请看下文。

第24章
闯虎穴史公会高杰
拯危局可法陷图圈

城外吊桥旁，史可法见黄家瑞把话说到这个份儿上，再也没有商量的余地，他用刀尖挑起折断的雕翎箭，拍马而回。

回到本营，史可法忙率所部，退到离城二十里的一个僻静村所。

如何加快消除四镇对扬州的威胁，稳定江北纷争的乱局？史可法左思右想，直到脑袋发痛，也没有找到良策。

史可法骑马来到堤岸上，看见一个牧童，正在赶一群羊过河，简易桥很窄，羊群都不敢过。这时，来了一个古稀老人，老人拿着一把青草，来到头羊近前，引诱着头羊上了简易桥，一步步过了河，羊群看到头羊过了河，也都依次上了桥……

史可法顿悟："先抓头羊，其他的羊就会乖乖上路了。"

找到方法，史可法精神大振，安好营寨后，他吩咐史德威："德威，传令将校，到帐内议事。"

"遵命。"史德威跑走。

他又喊过史继州，如此这般，吩咐一番……

大帐内，史可法高声道："各位，哪位愿随本督师前往高营，说服他罢兵扬州？"

"督师大人，我觉得此去太过鲁莽，还是从长计议为好。"史继州首先反对。

"为何？有什么理由吗？"史可法此举意在集思广益，鼓励手下继续说下去。

史继州近前一步："史公，在觊觎扬州的四镇中，高杰是最难驾驭的。末将明白，史公拿他开刀，意在杀鸡儆猴，敲山震虎。而此人以凶狠、强悍闻名，恐怕有些棘手。"

"你别危言耸听，未及开战，就长他人志气，灭自己威风，我们有新朝皇帝圣旨，怕他做什么？"史德威反驳。

史可法伸手相拦："德威，让继州把话说完嘛。"

"各位……"史继州见史公支持他说下去，又高声道："对高杰千万不可小觑，他是陕西米脂人，和李自成是同乡，原是李自成的先锋将领。据传此人没有出息，为些私利，竟与官军私通，被从前线调回来守内营。不久，又和李自成的小妾邢夫人暗中勾搭，受到杖责，害怕被处死，就偷偷带着邢夫人叛逃投明。"

"此乃吃里爬外的小人，卑鄙无耻。"将校中有人插话。

史继州继续说："据说高杰这小子挺能打仗的，他投奔我朝，当上明朝的副总兵之后，追随督师孙传庭与农民军作战，充当先锋，作战勇敢，多次取胜。在潼关打败敌方后，就带领手下十三名将官，号称兵马四十万，渡过黄河，大抢晋中，又大张旗鼓地南下，在（今江苏）泗州之间，占山为王，现在又欲图谋扬州。"

"史公，此外还听说高杰约束部下不力，高部沿途所至，大肆劫掠，杀人如麻，骚扰百姓，传闻当地有的百姓听到'高杰来了'后，就吓得魂飞魄散。连绿林豪杰都对他退避三舍。"将校中又有人插话，介绍自己了解到的情况。

"好！不错！大家讲得都很好，还有吗？"史可法边听边记又问。

"史公，我听一位好友讲，高杰率兵打到江苏淮安时，受到时任淮扬巡抚路振飞的阻挡，他便转而绕道凤阳，贿赂了当时的凤阳总督马士英，借路通过，直扑扬州。"将校中又有一位年长者插话，情绪激动。

他的话音刚落，后排又有人高声道："还有，传言他高杰暗中与马士英勾搭连环，悄悄来往。高杰曾上书，要朝廷弘光皇帝封他为'闻公'。在与其他三位总兵，刘泽清、刘良佐、黄得功前往南京，参谒新君时，马士英曾单独将他请到府上，设宴款待，并赠与重金，并暗中挑动他进驻扬州，给朝廷施加压力。"

"好！各位讲得都不错，本督师奖励你们，今晚每人猪肉一斤，酒管够！"

"多谢督师！"将校们齐声高喊。

第二天，史可法只带百十名士卒，沿着河堤路上行，前往高杰的大营。

一路上，他暗暗盘算，如何说服与自己没有任何渊源的悍将高杰，使他放弃进驻垂涎已久的富庶之地扬州的打算呢。

史可法深知，虽说昨天召集将校们开会，汇总了高杰的情况，对他了解得八九不离十，但对付这样暴戾无常的酒色之徒，该使用什么办法呢？史可法心里一直没有底。

直到望见高杰的大寨时，也没思虑出一个好的方案。"唉——骑马找马吧！我就不信，车到山前没有路。"史可法怀着这种有些茫然的心情，来到了高杰的营寨前。

史可法打马上前，一指营寨："前去通报。"

史德威催马上前，高声喊道："把守营寨的兵丁们听清了，大明朝兵部尚书、内阁大学士兼扬州督师史可法大人到，前来拜会高杰将军，快去通报。"

工夫不大，吊桥放下，侍卫们列队迎接。

史可法一挥手，带人步上吊桥。

史德威喝问："你们好大的胆子，高将军在做什么？督师大人来此，为什么不来迎接？"

"我们高将军正在进膳。"

"什么？你们一个小小的将军，也敢用'进膳'的词汇，这是违制，意欲谋反吗？"史德威高声断喝。

"对不起，小人说错了，不是进膳，是进餐。"

大帐内，高杰恰在进餐。这小子历来吃饭不与别人同桌，吃法也特别，不用筷子，伸手抓。而且不把菜与调料搭配好，而是先吃菜，最后再喝点调料，嘬一口盐，性喜吃半生不熟的肉。他的胃口极好，什么肉都吃。带着血丝的肉，别人看也不敢看，他放在火上烧一烧，拿剑一挑就啃。

他曾对别人说大话：世上的肉除人肉没吃过，剩下什么肉都吃过。并宣称早晚要吃一次人肉，以解平生凤愿。

正在大嚼大咽的高杰，忽闻朝廷督师史可法前来拜访，心中一惊，原想见又想不见，正在犹豫，拿不定主意时，见史可法已站在营寨门外，再也无法推辞，只得答应让史可法进来。

看见史可法走进来，他不得已忙站起，迎上前道："史大人，欢迎欢迎！"慌乱中，竟忘记将手里燎得黑不溜秋的羊腿放下，频频举着，表示亲热。

"史大人，什么风把您给吹来了？"

"什么风？你高杰在这里啃羊腿、喝美酒，却困住扬州，那里的老百姓都快饿死了！"史可法单刀直入，切中主题。

高杰一怔："不！不会吧！前天……昨天……"他有些语无伦次，对史可法，他早有耳闻，早在李自成手下时，他的老朋友老回回马守应就曾与史可法交过锋，遭到过失败。而且马士英也多次在他耳边吹风，要他防范史可法。今日见史可法突然而至，使他乱了方寸。他迎到帐门时，经手下的人暗示，才意识到手里拿着没吃完的羊腿，随手一扔，侍卫接住，他吩咐一声："愣着干什么，还不赶快给史大人搬座、上茶。"

史可法一摆手："你先吃饭吧！我在会客室等。"

"也好也好！"高杰显得有些尴尬。

史可法在会客室坐下来，侍从献上热茶，然后退出。

史可法仔细打量高杰，此人身宽体胖，身穿一件宽大的皂衣战袍，满脸的络腮胡须，其头如麦斗，其脸犹如一个头号大扁饼子，扁扁嘴，塌塌鼻。脸上肌肉纵横，或许是吃生肉的结果，大嘴唇油光光，双手也沾满油渍，不时地在锦袍上蹭着。

以往两军交战时，只是在马上远远见过面，离得很远，不是十分了解。近见如此相貌，却有几分彪悍之气。史可法打量高杰，暗想，人都言米脂的婆姨绥德的汉。看来也不尽然啊！米脂不是也有李自成这样坚毅的性格汉子，也有像高杰这样相貌魁伟的男人嘛！史可法没等高杰琢磨透他突然来此的目的，就抢先赞许道："高将军，人言将军相貌魁伟，果然名不虚传啊！"

"史大人，过奖了！末将只是不知大人骤至本营，有何贵干？"高杰试探道。

"本督师前来欣赏你的战功啊！你攻城多日，城下尸骸累累，田园荒芜。你功劳不小呀！"史可法开门见山，使个下马威，言简意赅，既亮明自己前来督师的身份，又一言击中高杰不服从朝廷的调遣，滥杀无辜的要害。

高杰是个粗人武将，战场上征杀，确有几下子，可不会动智慧，更不会要什么手腕，他把史可法翻了几眼，大大咧咧地问："史大人……你就是打败老回回马守应的史可法？"

史可法点点头，把胸脯一挺，头一仰。

高杰站起，上下打量史可法一番，低语道："个子不高，也不胖，只不过眼睛与众不同，犀利而深什么……"

一旁有人补充："深邃。"

"对！深邃！"高杰喝道，随即骂道："妈的，你插什么话！老子还不知道什么是深邃嘛！"

"是是！末将多嘴！"

"还不下去！"高杰发火。

"遵命！"被高杰呵斥的卑将，弓腰退出。

"哈哈哈……"史可法大笑。

"你笑什么？"高杰心虚地问。

史可法讥讽："就这水平，还当将军。"

"这水平，当将军怎么了，绰绰有余。"高杰大嘴一咧，眼露凶光。

"不怎么样？对手下兄弟，都这么暴戾，大声呵斥，似此带兵，上阵杀敌，如遇危险，可有几人舍命向前？"史可法讥讽道。

几句话，史可法点到高杰的软肋，一下子压倒他的狂傲、桀骜不驯的气势："史大人……这……"

史可法厉声喝问："高杰，你知罪吗？"

高杰一怔："啊——这个……未知末将有罪！"他内心空虚，说话声音很不自然，脸色惊慌，只觉得一股冷汗顺脊背淌下。

"高将军……你的脑袋还长在脖子上吗？"

帐外，高杰为防不测，早已悄悄布置好刀斧手，只待他摔杯为号，就要闯入大帐，拿人。今见史可法责问高杰，他们十分紧张，却不敢声张，但还是弄出声响，被史可法看出破绽。

帐内，史可法也很紧张，他担心高杰这样的亡命之徒，破罐子破摔，浑蛋不讲理，为抢先在气势上震慑高杰，不使他纳过闷来胡干，史可法站起，再次喝问："身为朝廷命官，不思报效朝廷，报答圣上知遇之恩，反而不听调遣，不服法度，难道你要造反不成？"

"我……"高杰虽说是一代枭雄，但在史可法威严的喝问下，往日嚣张的气焰灰飞烟灭。

为使高杰服软，史可法把口气放平缓些说："想你高将军乃出身贫寒，祖辈受苦，当知百姓的艰难。怎敢枉杀生灵。似此不忠不孝，何以面对九泉之下的父母？何以面对养着你的天地？"

"大人！我……"史可法几句话，叩动了高杰的心弦，他忆起苦难的童

史可法——铁血传奇

年，被饥馑夺去生命的父母，将头重重垂下。

史可法上前，将他扶起说："高将军，你以前的过失，本督师可以不再追究。你想想，将军之所以有这样显赫的声势和尊贵的地位，都是朝廷对你的任命，封爵的缘故。你食百姓的俸禄，不给他们做好事，反而加害他们，你对得起谁呀？"

"史大人，此次兵围扬州，并非都是末将之过啊！我本想早些撤兵，与郑元勋达成协议，托郑进士转告城里人：我进兵扬州并无他意，只想保扬州平安。在双方和解前，我先退兵十里，可扬州城内的浑蛋们，却将我的好友郑元勋杀了。这不是恩将仇报吗？再说，我高杰是仗义之人，朋友被杀，此仇不报，非丈夫也！"

"高将军，扬州人错杀郑元勋，固可治罪。可将军以个人恩怨，迁怒百姓，恐怕说不过去吧！"

"什么百姓？全是刁民。"

"刁民可以教化感染、教育为先，岂可以简单粗暴，一杀之了？高将军，还是撤兵吧！不然，将军抗旨不遵，强行占有不属于你的地方，新朝和各镇兵马岂肯善罢甘休，他们都会弯弓射你。"

"谁敢！"高杰瞪起牛眼，犯浑发狠道："跟我叫板，我高杰不把他们的卵子一个个抠出来，当泡泡踩，就不算是人！"

"将军。"一个侍卫匆匆走到高杰身边低语几声。

高杰随前来报信的侍卫走向大帐门外，隔着大帐篷布的缝隙，史可法看见，有两个太监模样的人鬼鬼祟祟站在帐外僻静处，他们见到高杰出来，忙赶上前施礼，断断续续听到什么："马总兵让奴才过来，是想……"

他们低语着，走向另一座帐篷。

帐内，史可法反复琢磨着听到的这几个字："马总兵让奴才过来，是想……"他心里一沉，暗想：不好！马士英又来搅和了，事情更复杂了。

史可法在帐内坐立不安，焦急徘徊，事情刚刚好转，又掀起新的波澜，事情如何发展，史可法拿不准了。

怎么办？走？可以保全性命！

留，可能招来杀身之祸！

可一走，满盘皆输，后果不堪设想啊！

不能走！自己身负重任，江北四镇一乱，刚刚建立的新朝就前功尽弃了，百姓横遭涂炭不说，史可法一世英名也将付之东流！想到此，史可法坦然坐下，一边喝茶，一边思谋对策。

不远处的树下，史德威远远窥视着高杰的大帐，心急如焚："史公，你怎么还不出来，再不出来，就走不了了。"刚才，他也看见几个太监模样的人，骑马来到高杰的营寨，见他们鬼鬼祟祟，见面后与高杰嘀嘀咕咕，好像在密谋什么，猜测他们一定没憋好屁，生怕他们加害史可法。

史德威暗中叮嘱手下："各位，我们人不多，但我们的职责是保护好史大人，你们暗中做好准备，一旦史公有危险，我们就冲进去，拼个鱼死网破！"

"史将军，你放心，我们就是拼死，也要救出史大人！"众侍卫表示。

"大家记住，不到万不得已，不要动手，要看史公的号令！"史德威再次叮嘱。

"我们明白！"

帐内，果然不一会儿，高杰气势汹汹掀帘而进，身后跟着一群侍卫，个个手持大刀，将史可法围在核心。

形势陡转，史可法正在猜疑高杰会玩什么鬼把戏，高杰跨前一步问："史大人，莫怪高某不讲义气，刚才给你机会，让你逃生。可你不走，非要硬顶我高杰的刀口，那就别怪我高某不客气了。"

"高将军，你什么意思？难道你目无法纪，不服从圣上的旨意？"

"非也！"高杰把一只脚踏到史可法面前的茶几上，骄横地责问："史公，我问你，你既负朝命，督师江北，调停四镇矛盾，为何单对我高杰下手？"

"说！"众侍卫喝喊一声。

"当啷"，个个举起大刀，成锅盖形，架在史可法头上，把他罩在刀山下，刀光闪闪，寒气逼人。

"哈哈……"史可法冷笑一声道："高将军，你这套把戏，吓唬三岁顽童尚可，对付老夫，你不觉得可笑吗？"他一把推开环绕的侍卫，冲出包围圈，抢步到高杰面前，一字一板地说："高将军，本督师向你晓以利害，做到仁至义尽。既然你不警醒，一条路走到黑，那就怨不得本督师了，咱们后会有期！"说着走向大帐门口。

"走！你说得轻巧。"高杰狞笑一声："恐怕你来得走不得！"他一挥手喝道："武士们，给我拿下！"

一声令下，手持大刀的武士逼向史可法。一个个像饥饿多日的野兽看见了猎物，将史可法围住，刀尖剑锋逼住史可法的要害部位。

"大胆狂徒高杰，你意欲何为？"史可法厉声喝道。

"没什么，只得委屈史大人几天了。"高杰狡猾地笑着，脸上呈现出得意的神色。

史可法没有想到，事情刚有转机，突见朝廷又派太监来到高杰大营，他猜测又是马士英从中作梗，做了手脚，使高杰态度突变。他见一时难以劝说高杰，回心转意，为防不测，正欲离去时，高杰派侍卫拦住史可法，意欲强行扣留他。

史可法再看帐外，所带兵马均被高杰部下困在核心。如他下令反抗，这百十人必死无疑，他忙喝住高杰道："高将军，老夫前来只是与你协商扬州撤兵事宜，并非用武，请高将军将我手下士卒放行，天下的一切大事，由老夫一人承担。"

"好哇！一人做事一人当嘛，我喜欢！"高杰一挥手，吩咐帐外的将士："把他们轰出寨门。"

"慢！"史可法伸手相拦："老夫有几句话要叮嘱部将。"他高声喊道："史德威过来。"说着，史可法不急不慌，来到帐外。

营帐外，史德威愤而推开横在面前的枪戟，走到近前说："史大人，我们不能离开您，跟他们拼了吧！"

"不！"史可法摇摇头。"咱们拼杀的对象在长城以北，是抢占大明疆土的清军，不是四镇的兵马，咱们和高将军的部下，都是同一种族的人，何必自相残杀？德威，这一百名士卒，你要一个不少地带回，少一个，我拿你是问！"

"大人！我们不能走，保您杀出重围。"史德威坚决地说。

"混话！高将军是本帅的部将，邀老夫住几日，有何不可？还不快走。"史可法挥着手吩咐。

"大人，我等愿同大人同生共死！"一百亲兵在不远处齐声吼道。

"快走！不走，老夫就撞死在你面前。"史可法真急了，生怕拖延下去，高杰一时杀心顿起，造成不必要的残杀。说着他撩起衣襟蒙住脸，做出要以头撞柱的样子。

史德威无奈，凄然作别："史大人保重。"

"回来！"史可法唤住已走出四五步远的史德威，叮嘱道："你返回军中，告诫诸位将军，严密防守营寨，不得轻举妄动。"

"哎——"史德威含泪答应。

"还有，没有本帅的命令，任何人不许出寨，更不许前来与高将军厮杀。"他转对高杰，大声说："高将军没有别的意思，只是留本帅小住几日，面商军机大事。他决不能亏待本督师。如有差池，此生不再与尔等见面！"

"就是嘛！我留史大人是当面讨教，让他面授机宜，多则五日，少则一两日，末将就护送史大人回营，要是哪个不服，我四十万人马，就将他踏成肉泥！"高杰顺势下坡，随口答音，从旁插话道。说后两句话时咬牙切齿，是说给史德威听的，以示恫吓。

"高将军，告辞了！史大人我交给你了，要是你亏待了史大人，三天之内，不抠下你的眼珠，我史德威的名字倒着写。"史德威也不示弱，针锋相对，犀利的目光像锋利的宝剑一样，直逼高杰，昂然大步离去。

史德威带士兵们走后，史可法被高杰押进土牢。名曰土牢，其实这土牢就是附近一家农舍，土墙土房，不过比较坚固罢了，但凭着史可法的武功，这所农家院落，是关不住他的。但史可法为争取高杰服从督师调遣，使他回心转意，报效新朝，决意不走。他要争取时间，创造机会，说服高杰，使四镇的争斗，化干戈为玉帛。

史可法被囚禁在土牢中久久徘徊。他看看墙壁、观察各个窗口，思考着走出土牢的方法。

中午，一名伙夫提着一个食盒来到土牢，送来饭菜。史可法打开食盒看看，虽说简单，却也干净。狱卒伙夫快人快语，一面摆放碗筷，一面问："您是史可法史大人吧？"

史可法点点头，走到餐桌前，坐下，看着狱卒盛饭，摆放碗筷，没有说话。

"史大人，您可别多心，我是他们抓来为您做饭、送饭的伙夫。"

史可法还是没有说话，默默拿起碗筷，准备吃饭。

"这年头什么世道哇，乡下都传说您不在南京享清福，高官不做，到扬州来调停四镇的矛盾，这是天大的好事啊，可他们却把您给关起来了，这是什么世道啊？"伙夫抱怨道。

不明对方身份来历，史可法谨言慎行，没有说话，默默吃饭。

"史大人，高杰将军扣留了您，这可乐坏了另一个藩镇……"伙夫又说。

"哦？"史可法眼睛一亮，表示愿意听下去。

"那就是杀人恶魔刘泽清啊。我跟您说，在江北四镇中，刘泽清是弯弯绕最多，也最狡猾。"

"你怎么知道？"史可法显得不经意地问，他怀疑，这个狱卒伙夫是高杰派来挑拨四镇关系的奸细，他就坡下驴，决定探问下去。

"听我慢慢说来……"伙夫一边盛饭，一边说。

大帐中，高杰与邢夫人正在进餐，高杰高跷着二郎腿，大嚼大咽。年轻貌美的邢夫人在一旁服侍。

邢夫人倒满一杯酒，端到高杰面前："夫君，史可法不是一般的人物，他是兵部尚书，东阁大学士，督兵扬州的督师，你怎么敢把他关进土牢？"

"什么兵部尚书，东阁大学士，督兵扬州的督师，在我高杰的眼里，都是一个样，囚犯。"

"夫君，以妾身看来，你这么做，似有不妥。"

"有什么不妥？"

"史可法是朝廷命官，持有新帝的圣旨……而且……"

"这事，你不要管，马总兵传来话，要我扣留史可法，我敢不扣？我部的粮草、薪饷都握在他的手里，他不签字，不拨粮草、薪饷，不过三天，我的四十万大军就得去喝西北风。"

"可咱们也不能昧着良心，去干缺德的事啊！"

"那我不管，谁给我银子，我就给谁办事！"

"你这叫见财忘义！"邢夫人把酒杯蹾在桌上，走向一旁。

"夫人，夫人……我知道分寸，不会亏待史大人的！"

"你说的当真？"

"骗你我是小狗，汪汪……"高杰逗笑了美人。

土牢内，史可法诧异道："你一个伙夫，怎么认识刘将军？"

"还刘将军，那家伙烧成灰，我都认识。他字鹤洲，山东曹县人。幼时，曾学习'举子业'。参加县里秋考时，因贪睡懒觉，耽误了考试的时间，监场的差役不让他进考场，他性起暴怒，一拳打死差役，从此逃匿绿林，闯荡江湖。"

"那后来呢？"史可法继续问。

"刘泽清这家伙命好。后来被官军招安，参加兵试时，他事先贿赂了考官，竟得'将才举天下第一'。这就使他更有些目中无人，骄横霸道了。其实，他却是个草包，将略无所长，唯声色获利是好，惯于投机取巧。"伙夫越说越痛快，抖出刘泽清许多不为人知的老底。

"还有吗？"史可法继续不动声色，引诱着伙夫说下去。

"刘泽清虽说是武将，但却贪生怕死，在与农民军交战中，从不敢正面交锋，只是尾随在后，以杀戮百姓冒功请赏，而且特别擅长搜刮民财。"

伙夫说的基本靠谱，史可法曾经与刘泽清交过手，他确实是这么一个草包武将。史可法点点头，又问："刘泽清怎么擅长搜刮民财了？"

"这家伙，有点狗屎运。据说有一次，一个财主在逃跑时，把一箱珠宝藏在粪坑里。他去大解，谁想厕所那块踏板腐朽了。他身子重，一蹲跌进粪坑，正踩在珠宝箱上。因祸得福，自此他大吹自己如何如何运气好，有火眼金睛。"

"哈哈……"史可法被伙夫讲的故事逗乐了，摆摆手："继续说……"

"自此呀，财迷心窍的刘泽清凡是打下一座城池，他都派上卒把大户人家的茅厕打捞一番。也还别说，真有那么几次，让他瞎猫碰上死耗子给碰上了。见到黄金、白银二物，他的大嘴岔子一咧，你多大的罪，他也能放了你。没有黄白二物，他的大鞭子说不定几时就落在你的头上。"

"是啊！这刘泽清不但以贪财、狡猾著称，也以残忍闻名。"史可法站起来，神情严肃，踱向一边，仰望窗外。

"这会儿，史德威他们该回到了营寨了吧？"史可法放心不下。

中午，史德威带领侍卫回到营寨，史继州迎上去，他俩目光相遇，史德威赶忙避开史继州的目光，不敢正视。

史继州打量队伍前后左右，不见史可法，忙问："史公呢？"

史德威不敢回答，转身欲走，史继州追上前："史公呢？史公怎么没有回来？"

手下侍卫："史大人被高杰扣下了，没有回来。"

"什么？史大人被高杰扣下了，没有回来？你们怎么回来了？你们这些人都是白吃饭的？"史继州怒喝。

众侍卫没有人说话，慢慢离去。

"史德威，你这个傻瓜、笨蛋！怎么把史公一个人丢在高营里，史大人要是有个三长两短，我们怎么向老夫人、夫人交代？"

"我……"史德威如遭电击，缓缓蹲在地上。

史继州上前怒喝："我说你小子脑袋进水了还是怎么了，跟随史大人这些年，咱们俩都没有离开过史大人，最不济时，也要有一个人在他的身边。可今天，你！还有你们……"史继州手指侍卫："你们都平安回来了，却把史大人一个人留在虎穴狼窝。史大人待我们如父子，亲如一家，你们这些贪生怕死的家伙。走！站着尿尿的老爷们，跟我杀回高营，救出史大人！"他挥手招呼。

"杀回高营，救出史大人！"众侍卫呼喊着，抄起兵器，各自上马。

史德威猛地站起，"当啷啷……"他拔剑在手，怒喝："谁也不许出兵营，违令者斩！"

土牢内，史可法还在与送饭的伙夫交谈。

"史大人，由于刘泽清纵容自己的军队抢掠百姓，当地流传着一首民谣：'寇敌掠我，军来杀我'。他的军队所到之处，能抢则抢，能掠则掠，不能抢，不能掠的焚烧一空。"

史可法激愤地问："那个刘泽清不仅对百姓如此，对朝廷的官员他也毫不留情吗？"

伙夫："那家伙手黑得很，令人闻名丧胆。传说新朝兵科给事中韩如愈催饷路过他的地盘，就因韩如愈曾上书弹劾过他的种种不法行为，刘泽清得知韩如愈要在他的防区路过，就日夜监查，侦得韩如愈的行踪后，就派兵把韩如愈劫杀了。为了杀人灭口，一行几百人，无一生还。"

"还有这等事？"史可法惊问。

"史大人，在明制中，劫杀朝廷命官，罪该灭门九族。可他刘泽清为什么能够逍遥法外？"伙夫责问。

史可法长叹一声："嘻……可能……还不是他买通马士英，在弘光皇帝面前，多次为他美言辩解吧。"

"这家伙手眼通天，据说他非但没有受到责罚，反而还升了官。你说怪不怪？"

"见怪不怪，林子大了，啥鸟都有啊！"史可法感叹。

伙夫点点头，又说："后来传说，他经马士英暗示，由宿迁绕道天长、门合，屯兵瓜洲，作为渡江南逃的立足点和争夺扬州的桥头堡。"

"此等势利小人，贪生怕死之辈，怎配带兵？"史可法愤然道。

"史大人，您知道吗？刘泽清还有一个特点。"

史可法问："什么特点？"

"此人笔墨不通，却爱好写诗作词，对不吹捧他诗句的部下也是极其惨无人道。"伙夫又说。

"还有这等事？"史可法摇摇头。

"有！有……"伙夫又说："前不久，他在南下途中，胡诌歪诗一首，仅因部将刘孔和不肯当众吹捧他，并讽刺他攀风附雅，那刘泽清丝毫不念多年征战的手足之情，就派刺客当夜把刘孔和装进麻袋里。"

"装进麻袋里？他要做什么？那可是他的部下，兄弟啊！"史可法惊叫。

"做什么？他们把刘孔和弄到野外，四匹战马，分四个不同方向站定，一匹马拴左腿，一匹马拴右腿，另外两匹马分拴左手右手，然后同时打马，向四个不同方向飞奔，把刘孔和拉杀致死，过后连具整尸都得不到了。"狱卒伙夫说着，淌下眼泪。

"残忍至极，禽兽不如！"史可法咬牙切齿。

高杰风风火火，带着几名骑卫赶来，在土牢门前跳下马，看见把守土牢的门卫，轻声问："史可法怎么样？"

门卫："高将军，一切正常，正在吃午饭。"

高杰摆摆手："走，咱们去看看。"他们走进土牢，高杰放缓脚步，站在窗口，往土牢里观察，听见伙夫正与史可法说话，高杰贴在墙根，注意偷听起来。

土牢内，伙夫还在述说着刘泽清的历史："史大人您不知道，此外，刘泽清还在自己的幕府中，饲养了两只猿猴，都取了名字，一喊便来，每有客人来，就喊来猿猴敬酒。"

"猿猴敬酒？这小子净走旁门左道。"史可法讥讽道。

"更新鲜的还有呢。一天，他宴请一个老朋友的儿子，特地唤来猿猴跪地敬酒。客人儿子年幼胆小，持筷不住，连连躲避。刘泽清不仅讥笑客人儿子胆小，还当即下令拉来一个被他关押的人，在阶下乱棒活活打死，命人剜出心脏和脑子，和在酒里，叫猿猴取来献上，他狼吞虎咽地大吃一顿，神情自如。由此可见，刘泽清凶残狠毒的程度，是多么令人发指。"

史可法上前，一把抓住伙夫的衣领，勒住他的脖颈："你……你到底是什么人？是不是高杰派来的奸细，前来离间四镇的关系？"

"不……不是……"伙夫被勒得喘不上来气，断断续续说："高将军不是那样的人，小的跟刘泽清是同乡，跟他一块儿长大，所以知道他的底细。可不成想，那家伙看上了俺媳妇，夺妻之恨，不共戴天，我就不干了，投奔到高将军部下，谋口饭吃！"

"你说的可是实话？"

"句句属实，如有半句假言，天打五雷轰。"

史可法松开伙夫，道歉说："今天错怪你了，还请见谅。"

此刻，站在土牢外偷听的高杰，猛然顿悟："啊哦，我说刘泽清为什么闻知史可法被我囚禁之后，送来重礼。敢情他是有所图，是借刀杀人，除掉心中大患啊！"高杰顿悟，暗暗摆手，轻步离开土牢。

门口，侍卫看到高杰，上前施礼："将军，您不去土牢里看看了。"

高杰摆摆手："不了，你们一定昼夜值班，加派人手，一定要保护好史大人的安全，如有差池，我要你们的脑袋。"

"属下明白！"

傍晚，高杰正在大帐内与部将商量攻打扬州的军务。

一名细作悄悄进来禀报："将军，刘泽清又送来重礼，询问……"

高杰挥挥手，制止他说下去："我知道了，告诉你家刘将军，我正在考虑此事，不宜着急，急则生乱！退下吧。"

细作躬身退出。

副将不解地问："将军，这刘泽清三天两头派人送来贵重礼物，他们要干吗？"

高杰一撇嘴："刘泽清奸诈，跟我玩心眼儿，要我高杰早些将史可法杀掉。"

"将军，史可法不能杀，刘泽清在让您背黑锅。"

"我知道，他刘泽清一撅腚，我就知道他要拉什么屎。要我高杰，他刘泽清还嫩着点。"

"将军，你不妨这样，他送他的礼，咱们照常收下，只是不提杀人之事。能拖就拖！"副将建议。

"是啊！要史可法命的人多了，马总兵、阮大铖、刘泽清……可我高杰所虑者：杀史可法，于己不利呀。"

"将军所虑，也是我们众将所担心的。咱们不能给别人当枪使，一旦杀了史可法，犯了众怒，好景也不可能长久。"副将表示。

"将军，我看不如这样……"站在一侧的军师低声建议，如此这般……

"这个主意好！福缘庵，是个好地方！"高杰喊道。

这才是：图小利乱世猛将听谗言，将军之谋受制他人。

再用计军师隔离好督师，福缘庵有缘识挚友。

欲知后事如何，请看下文。

史公祠内史可法坐像

史公祠

Ancestral Tempie Kefa

史公祠是纪念明朝末年抗清民族英雄史可法的著名历史遗迹。清张尔荩名联："数点梅花亡国泪，二分明月故臣心。"以带扬他的爱国热情。现为省级文物保护单位史可法祠墓所在地，省级爱国主义教育基地。

第25章
好督师被囚福缘庵
劝豪杰德宗进高营

新朝明军督师江北驻扎的营寨内，史继州、史德威还在与众将商量营救史可法的事情。

史德威："什么，你是说那高杰接到刘泽清的第七封要求杀掉史公的信了？"

史继州点点头："这是高杰的副将说的，信的内容高杰都让他看了。"

"那高杰怎么还没动静？"

"钓鱼呗。"

"钓什么鱼？"史德威没有明白。

"可能是希望刘泽清给他再送重礼呗！"

"有道理！"史德威站起，屈着手指算计："继州，史公已被高杰软禁七日了。可我们还没有想出搭救大人的办法。我们怎么这么笨？这么无用啊！"

"什么没有办法？这么笨？是你贪生怕死。依着我，那天就该杀进高营，救出史公。"

"我说，你站着说话不腰疼，你不想想高杰所部是咱们的几十倍，上百倍，我们这几千人，去攻击高营，那不是拿着鸡蛋碰石头？咱们死了不算，还饶上史公。史公是什么人，兵部尚书、东阁大学士、朝廷命官，身负调停四镇火并的重任，还没怎么着，调停刚开始，自己先杀起来，就是救出史公，也是失败，你懂不懂？整个木头！"史德威发火道。

"那你说怎么办？就这样让史大人白白被高杰那浑蛋关在土牢内？什么也干不成？什么也不干？"史继州满脸涨红高喊。

"谁说什么也不干了？有咱们在这里镇着，四镇打不起来，就是功劳。史公在土牢内，肯定比我们还着急，受的罪比我们多！"史德威发火道。

"报……寨门外有一放羊的老汉，说是送来史公的最新情报。"一名门卫进来禀报。

"一放羊的老汉会有什么情报？不见！"史继州吩咐。

"慢，也许是乔装而来的，请到中军大帐说话。"史德威发令。

中军大帐内，史德威把放羊的老汉引进中军大帐，待之以礼："老人家，请坐！"然后命人上茶。

老汉把大帐打量一番："请问将军，您是……"

"我叫史德威，是史可法史大人的副将，史大人现在不在，有什么话，您就跟我说吧！"

"知道知道，我们见过面。"

"见过面？"史德威有些疑惑。

"那天，您陪同史大人去高营，我们远远地见过，未曾说话。"老汉倒也爽快，直言相告。

"你是高营的人？"史德威更加警觉。

"史将军，不要多疑，我是高营里的伙夫，做饭的，每天给史大人做饭送饭。"

"哦……"史德威站起，急切地问："史公怎么样？身体还好吧？没有受什么罪吧？"

"没有没有，以前高将军虽说把史公囚禁在村子里的土牢里，但没有亏待史公。可昨天不知什么原因，高将军又把史公转到扬州南门外的福缘庵中，软禁起来，我这做饭送饭的也不用了。"

"福缘庵？谢谢你。"史德威站起，再次为送信之人倒茶。

老汉继续说："此庵原为一座尼姑庵，环境还算优美，地处僻静之处，很少为外人注意。高将军派人轰走尼姑，整修一番，又找来扬州城内有名的和尚德宗住进庵内，陪伴史公，并派人暗中监视，断绝与外界的联系。"

"高将军此举为何，意欲何为？"史德威不解。

"这个，在下不知。"

"那还有什么情况吗？"

"就是同时，高将军又在庵外派重兵把守，不像先前那样松懈，现在严加防范。不知何故？"

帐外，史继州不放心，站在隐蔽处偷听，他心急火燎，关心史公的安危。

这时，他暗自嘟囔："傻瓜、笨蛋？这还不明白？这还不明白……"史继州一掀帐帘，走进来。

史继州大声说："我说什么来着，要是早下手，趁高杰松懈时去救史公，保准成功。可惜，机会错过了。"

"你不要卖什么后悔药。营救史公，我的心里比你急！"

"那有什么用，机不可失，时不再来。"

"别说丧气话，先想想现在怎么办。"二人你争我吵，各不相让。

"好了好了，咱们现在说说高杰这家伙为什么转移了史公的关押地方吧？"

"那还不明白，意在以此恫吓扬州军民，朝廷命臣我都敢囚禁，你们谁敢抗拒我的命令？"

"有这个原因。不排除这个打算。"送信人点头，表示赞同。

"可一周过去了，高杰攻打扬州的部队，几次都败下阵来，白白损失几百条性命不说，还耗费了大量钱财。"史德威分析道。

送信人："对此，高将军也十分恼火，并对史公管制得更严。出入的文书，一律要经过他的审查，如有违犯，立即斩首。你们可要赶快想办法，救出史大人。"

"那你……"史德威问。

"高营我是不回去了。此处不养爷，自有养爷处。"送信人说着，脱去放羊汉的服饰："我归隐山林也。"

"继州，快去取一百两纹银。"

"一百两纹银……哈哈……"送信人大笑着，未等纹银取来，早已走出大帐。

福缘庵，是江北名城扬州，附近百里闻名的最大宗教场所，建造得十分壮观、气派，香火鼎盛时，香客络绎不绝，加之福缘庵名下，还有几百亩地，收入可观，小有名气。只是到了明朝末年，战乱不断，日渐衰落，到高杰把史可法转移到这里关押，已是门可罗雀，香火稀落了。故此，分为三进院子的福缘庵，显得冷冷清清，十分落寂。

囚禁中的史可法，被隔绝在小小的所谓的书房内，狭窄的天地里，度日如年。

他忆起白衣侠女的话，写了一封信，想请庵内德宗和尚带给邢夫人。

德宗和尚在扬州很有名，据说给人谈福祸凶吉，往往很灵验。高杰很信服他，可以随便出入高营。在史可法被囚禁在福缘庵的这几天里，他有空就前来和史可法攀谈。言谈中，他对史可法很是敬重，称他为菩萨。两人很是投机，谈起来海阔天空，天南地北，纵论古今，时时发表对明朝社稷前途忧虑的很多感慨。德宗和尚很有正义感，说起明朝衰败，清军入关，民族面临灭亡时，激动得泪洒衣襟，眼睛充血。

史可法观察数日，思虑再三，决心把德宗和尚找来，试探一下。他悄悄写好一封信，藏在衣袖里，转到大殿内。

大殿经房内，史可法装作参观的样子，漫步走进。

此刻，德宗和尚正在大殿一侧的经房内打禅念经。史可法轻轻走进去，等德宗念完经，忙唱个喏道："德宗方丈可好？"

德宗和尚睁开眼，见史可法拱手站在一侧，忙起身相迎："史大人，快请坐。"

史可法坐定后问："方丈，请问世间可有挚友？"

"当然！"

"那何为挚友？"

"挚友嘛，就是指志同道合，有福同享，有难同当。"德宗和尚不假思索地回答。

"那么，你我可为挚友？"

"这个吗……"德宗和尚听出史可法话里有话，迟疑一下把话截住，站起走到门边，向殿外巡视一番，掩上殿门，走到史可法近前问："史大人，您怕不是有什么事吧？如有需用老衲之处，请直言。"

"方丈所言正是。可法被高将军软禁在此，缚住手脚，望方丈能以江南社稷为重，为……"

"不！史大人错矣！"德宗摆手止住史可法的话说，"贫僧既为出家之人，四大皆空，不与世争，更不愿参与党争，只是见史大人刚直不阿，才与史公交往的。但君子动口不动手，绝不参与无谓的党争。"

"方丈，这不是党争！这不仅涉及大明社稷江山，而且还会危及一方百姓的平安。"

德宗和尚连连点头。

"方丈对世事可以不关心，若清兵杀来，方丈的福缘庵能保住吗？再者，出家人以慈善为本，宽大为怀。而眼下扬州城下正在交战，每日都有无辜的百姓惨死于刀下，难道方丈就没有丝毫的恻隐之心吗？"

"这个嘛，请恕贫僧力不从心。"德宗和尚稽首推辞。

"普度众生，是佛家追求的最高境界，高僧何以眼见而不管呢？"

"阿弥陀佛，我佛慈悲。"德宗和尚回答不出。

"对于我史可法，方丈可以不救不管，而方丈对于一方百姓的苦难，总不能无动于衷，视而不见吧！"

"啊……这个……"德宗语塞。

明军营帐内，史继州独自喝着闷酒，史德威进来见此，发着无名怒火："喝！喝！喝死算了！大人不在，你这老鼠变成猫了，整天喝酒！"

"喝酒？不喝酒，你要我干什么？"史继州的舌头发僵，他倒上一碗酒又说："我说去劫营，你不让！我说去偷寨，你不许！不喝酒，我还能干什么？"

"你就不兴动动脑筋，怎么救出史大人？"史德威抢白。

"救出史大人？没有别的办法，只有一个字——杀！"

"杀！杀！就知道杀，要靠智慧，史公带领我们与清军作战，哪次不是靠智慧取胜？光知道杀杀……那只是武夫，只有智勇双全，才算是英雄。懂不懂？"史德威敲着史继州的脑袋问。

"英雄？英雄在哪里？"史继州茫然地问。

史德威猛然想起什么："要不，咱们去找她？"

"找她？"

"她是谁？"

"这你都不知道？多次帮过你，救过史公的人。"

"白衣侠女……"二人齐声。

大殿经房内，史可法说到激动处，走到德宗和尚面前恳求道："方丈，你一生不杀生不吃荤、不贪杯、不近色，积德行善，不就图个日后寿终正寝，功德圆满吗？而这都是从私利出发，行小善，积小德。高僧如能拯救一方百姓于水火，早脱苦难，这才是积大德，行大善啊！"

德宗和尚似为史可法言语所打动，再也坐不住，他站起身来，看看殿外，担心守卫偷听。

史可法继续阐述自己的理念："方丈如若有恩于扬州城百姓，日后方丈百年之后，人们才会感念方丈的恩德，早日修成正果，这不也正是方丈多少年以来，梦寐以求的夙愿吗？"

　　"史大人所言确实有理，可贫僧历来与世无争，什么功名利禄，均被贫僧视为过眼云烟。多次拒绝朝廷的优厚聘请，连高杰将军让贫僧做他的幕僚，贫僧也多次谢绝。"

　　"高僧的人品众人皆知，可是扬州的百姓，现在陷于无法生存的水深火热之中，您还能无动于衷吗？"

　　"这个嘛，贫僧有难处，恐怕……"

　　"再难也要有人去做，佛祖释迦牟尼修行，甘愿放弃王子的地位，面壁十年……为的什么？不就是普度众生吗？"

　　"阿弥陀佛……"德宗和尚连连唱喏。

　　"大师，你还有什么顾虑的？为了扬州的黎民百姓，你就……"

　　"督师大人，你有所不知，贫僧能力有限。而今，冒昧答应史大人的邀请，有始无终，岂不被世人耻笑。"德宗和尚似乎心有所动，却还在推托。

　　"此言差矣！"史可法上前，揪着自己的前襟说："容老夫用句不恰当的比喻，鸟择林而栖，鱼择溪而游，臣择君而侍。可法虽非明主，可也算得上胸襟坦荡，一腔热血。与高将军相比，方丈自会有个掂量。况且，方丈所为，并非为哪一个人，而是为整个华夏江山的炎黄子孙，难道方丈不是龙的传人，轩辕的后裔吗？"史可法越说越激动，恨不得挖出自己的心来，让德宗和尚看个明白，是黑是白，是凉是热。

　　德宗和尚被史可法的精神所打动，他搬过一把坐凳，放到史可法的面前说："史大人，别说了，为史公，不！为扬州的一方百姓，我豁出去了，有什么事，请大人吩咐，贫僧听命。"

　　高营大帐内，高杰与邢夫人还在争吵。

　　邢夫人："你一个将军，总是囚禁新朝的督师，也不是办法呀。"

　　"我有什么办法？不是马士英让我这么做的吗？"

　　"他让你做的你就做？你是孩子呀？还是他的奴仆？你是带兵打仗的将军，做什么事情，也不多动动脑筋。"

　　"是啊，请神容易送神难啊！"高杰一脸愁苦样："现在，各镇态度不一，有要我杀掉史可法的，有要我放了史可法的，我左右为难，再找马总兵，他却躲着不见！你说气人不气人？"

　　"你这叫搬起石头，砸自己的脚……"

"对对，我这就是搬起石头，砸自己的脚。"

"那你还不赶紧把史可法这个烫手的山芋放了？"

"放了，现在还不是时候。"高杰连连摆手。

"那要等到什么时候？"

"马总兵的粮草、军饷，还没有批给我们，现在放了，就前功尽弃了。"

"嘻！你还信你那个什么马总兵、牛总兵？他说的话，你也信？"

"不信他，你给我们粮草、军饷？真是头发长，见识短！"

"不听我的，你早晚要吃亏、上当！"邢夫人提醒。

"怕什么？我有四十万军队。"高杰脖子一梗，高声喝道。

"没脑子、缺智慧，再多的军队也是乌合之众！"邢夫人甩出一句。

"滚……"高杰瞪起牛眼。

大殿经房内，史可法再次走到殿门前，观察一阵，见附近并无高兵监视偷听，转回到方丈近前，从衣袖中拿出那个纸条，低声说："把这封信，交给高杰的妻子邢夫人。"

"交给她？"德宗和尚一愣，不解地望着史可法。

"对！邢夫人性格刚毅，高杰最宠信她，如能让她说服高杰撤兵，效果会更好些。"

"这行吗？"德宗和尚还在犹豫。

"没问题，劫数应当如此。"史可法宽慰着德宗和尚。

"好吧！"德宗和尚答应说："明天，高杰还请贫僧去给他算卦呢？"

"算卦？"史可法闻言一喜，问："高杰信算卦？"

"信！可信了！"德宗和尚说到得意处，脸上绽出自豪的笑容："那是贫僧的拿手好戏。"

"那好，明天方丈就这么办……"史可法附到德宗和尚耳边，低声细语起来。

德宗和尚不时地点着头，眼里射出欣喜的目光。

福缘庵史可法临时囚房内，夜，静得出奇，听得见老鼠在墙角争食打架的声音。半夜时分，起风了，刮得庵里的松树呼呼直响。风头刚过，雨点就下来了，打得窗扇啪啪直响。

史可法在灯下读书，或是他近日来焦虑劳累所致，或是他暗自揣测托德宗和尚致书邢夫人有了眉目，心里略感宽慰，他竟伏案睡着了。

不知什么时候，他被窗外兵器的撞击声所惊醒。他抬起头，蜡烛早已熄灭。借着闪电的刹那间，他见面前的书案上扎着三把飞镖，与上次在恶松林刺杀他和高弘图的飞镖差不多，闪电虽只是一刹那，要是旁人，看见飞镖已属不易，更别说看清楚上面的标记了。而史可法身为武将，自是看得真切。

他闪身离开书案，抢步到窗子前，吐口唾沫，将窗纸阴湿，撕个窟窿，往院里窥看。

院中松树下，一男一女两个人影战在一处。夜色中，朦胧可见一个是身穿皂衣，脸罩黑纱的蒙面人；另一个是身穿白衣，脸罩白纱的夜行者。

只见两把剑上下翻飞，迅疾如冷风刮过，透人心寒，拼杀的双方似乎都怕让对方知道自己的身份，各不答言，自展武功。史可法观战中兀自纳闷，不知双方为何人，为何原因打起来，暗自着急。

悍斗几十个回合之后，个头矮小的一方渐感体力不支，逐渐处于下风。只有防守之力，没有了进攻的势头。忽听白衣夜行者急切地呼唤道："史大人，助我！"似是一个女子的声音，听得出，这是白衣侠女在求援。

"小贱人，又是你在坏你家爷爷的大事！"那蒙面人恶狠狠地骂道。出剑更狠更快。白衣侠女毕竟是女流，渐觉气力不佳，被逼得连连后退，生命岌岌可危。

书房内，史可法生怕白衣侠女有失，忙习惯地去摸宝剑，手到之处才顿感失望。他是被软禁之人，身边早已没有武器。

此刻，白衣侠女已气喘吁吁，连连后退，被逼到一个角落，生命岌岌可危。

"小贱人，看你今天还往哪儿跑，拿命来！"蒙面人从牙缝间挤出一句狠话，出手更快更狠。

史可法再想找兵器、招呼守兵已来不及，慌乱中，他回身抓起案上的砚台，照准蒙面人砍去。

那砚台携风带力飞出，足有三四斤重，一下子砸在那人的肩头。

"哎哟"一声，蒙面人手中的宝剑"当啷"一声落地，他一个趔趄，忙一个旱地拔葱，蹿上屋顶。

白衣侠女也飞步追上。站在房檐上，四下寻觅。

此刻，雨声正紧，远近流水声连在一片。

白衣侠女寻觅、谛听许久，也没有任何动静。

蒙面人真是好轻功，没有留下任何踪迹。

她下得房来，见史可法正站在身后，感叹地说："史大人，好险啊！姑娘我再晚来一步，大人的脑袋就保不住了。"

囚房内，史可法掌灯后发现，桌上那盏高脚灯已被击碎。

当时，他正趴在桌上，那盏灯摆在面前，飞镖被挡住，不然非扎在自己头上不可。史可法捡起扎在桌案前的飞镖，审视许久，也认不出是哪家哪派的飞镖。他转身交给白衣侠女。

白衣侠女掂着飞镖说："史大人，这是凤阳采花贼的飞镖。"

"凤阳采花贼？老夫与他无仇无恨，他何必数次欲加害于我？"

"史公，你怎么不想想，凤阳是马士英的老巢，他就不会是被马士英收买，前来杀你的？"

"有道理，有这个可能！"史可法还在分析。

"什么是有这个可能！就是这么回事。"

白衣侠女坐下来分析："可听声音又不像采花贼。我跟采花贼交过手，他右臂被砍伤，左手使刀。可这人使剑啊！"

"那此贼是谁？为何屡次加害老夫！"史可法不解地自语道。忽而，他像忆起什么，转身回问："姑娘，你为何深夜到此啊？"

"史大人，别问了！"白衣侠女边说边将书案上的书籍收拢到一起："扬州城内的百姓，得知大人被高杰扣押，十分焦急。史德威、史继州找到黄家瑞黄巡抚，他命我前来搭救大人。快走吧，外面还有人等着呢！"

"噢？好吧，快走！"史可法胡乱地抓起床上的几件衣物，拿起由院里捡回来的砚台碎块说："可惜呀！恩师送我的礼物，却毁在这里。"

福缘庵院内，白衣侠女奔到门外，仰望着细雨蒙蒙的夜空催促道："史大人！快些！"

史可法刚欲迈下台阶，天空中一道蛇形闪电划过，接着是一声炸雷在头顶隆隆滚过，他停住脚步，猛然意识到了什么，坚决地说："不！我不能走。走！恰好中了别人的圈套，给高杰留下攻打扬州城的口实。"

想到此，史可法又返回屋内，放下衣物。

白衣侠女站在院内，左等右等不见史可法出来，她忙又折身返回。久候不见史可法的人影，白衣侠女心急火燎地奔回屋内，她见史可法还坐在床上，稳如泰山，兀自发愁，不觉一怔。她发急道："史大人，火烧眉毛，你还犹豫什么？要是让守兵发现，就走不了了。快！趁着这会儿下雨，守兵麻痹，我们好走。"

"不……"史可法摇摇头道："姑娘，谢谢你的救命之恩，也感谢黄巡抚的好意。但可法思虑再三，不能走。这样一走，一是对调解四镇冲突没有半点益处，反增加互相猜忌，必再生战端；二是必让世人讥笑我史可法贪生怕死，不辞而别。要走，我就得堂堂正正地走，让高杰把我送回去！不能丢了面子。"

"哎呀！我的史大人，你都是人家的阶下囚了，还讲什么面子。再者，大人在此，随时都有生命危险，据传刘泽清三天两头送来厚礼，要高杰杀掉大人，马士英也频来密信。史大人危在旦夕，三十六计，走为上。别再犹豫了，本姑娘求您了。"女侠说着，上前去拉史可法。

"不不！"史可法连连摆手，往后躲着身子道："姑娘，你不懂，高杰迫于舆论压力，暂时不敢加害于我。调解四镇冲突，关键在高杰。"

"那又怎么样？那家伙，有奶便是娘。"

"不！高杰富有正义感，还不是不可救药之人。"

"大人对他还有幻想？"

"不是幻想，是希望。"

"希望什么？"

"他如能从扬州撤兵，其他三镇便好解决。眼下高杰没有加害我，证明事情还有转机，正在转化，如老夫一走了之，前功尽弃，岂不可惜；再者，如果今天坐失良机，那会遗恨终生。"

"史大人，不管你怎么说，也要跟我一块儿走！"白衣侠女急得脸冒热汗，连连跺脚，抢前几步，又欲去拽史可法。

"姑娘，你听我说嘛！"史可法围着书案转圈，不让白衣侠女接近自己。

他又解释道："姑娘想想，可法身为朝廷命官，怎能为苟活于世，而置社稷江山大局于不顾，苦于战乱的扬州百姓，他们盼星星盼月亮，就是在渴盼停战言和。眼下清兵即将南下，如四镇不早些停兵息戈，何以抗敌？你说，是史可法的命事大，还是扬州百姓休养生息事大？是抗清事大，还是可法苟且偷生事大。"

"哎呀——命都没了，还抗什么清？"白衣侠女发急道。

此刻，庵外不远处的树林里，史德威率领一群骑兵卫队，悄悄埋伏在这里，准备接应白衣侠女，他焦急地望着福缘庵。旁边的史继州手牵战马，也目不转睛地盯着前面福缘庵内的动静。

"我说白衣侠女势单力孤，一个人不成，你们非说她一个人成。进去这么长时间了，怎么还没有动静？会不会……"史继州边埋怨，边胡乱猜疑。

"你别瞎猜！"史德威拦住史继州的话："你进福缘庵？那么高的墙你能翻过去？你会轻功吗？"

"我说，打人别打脸，说话别揭短。明知道我不会轻功，还问我？"史继州小声嘟囔："人家不是担心吗？"

"大家准备好，看到信号，马上杀出！"史德威命令。

"明白！"隐蔽在树林里的卫士低声回答。

囚房内，史可法内心矛盾，痛切地请求道："姑娘，请你不要再逼我了！求求你了！"史可法说着抱拳拱手，给白衣侠女深施一礼。

"别……"白衣侠女见身为一朝宰相的史可法，为自己一个普通女子施礼，深感不安。她连连摆手，见史可法如此固执，确实有些出乎自己的意料之外。

她再次问一句："大人，你真的不走，不进扬州城？"

"请姑娘转告黄巡抚，高杰一天不撤兵，史可法就一天不进扬州城。我们已经折箭盟誓。"

时间一分一秒地溜过去了，雨声渐弱，东方发白。

白衣侠女见史可法态度如此坚决，知道不可强求。她又恐福缘庵外的人马等得焦急，恐怕生出什么意外。只得告辞道："史大人，人各有志，大人多保重，本姑娘告辞了！"说着，白衣侠女无奈转身出得屋门，眨眼间消失在雨夜里。

史可法送到门口，见白衣侠女飞檐走壁而去。

他站在院中，叹息一番，自回囚室。

后半夜，囚房内的史可法逐渐理清头绪，他正待入睡，却见书案上不知何时放着一封书信，忙翻身爬起，展开书信，轻声念道："兵部尚书史可法台鉴，末将黄得功致信史公，那高杰，乃势利小人……"这是一封列数高杰罪状的书信，史可法没有再念下去，他披衣下床，来到灯火前，仔细看下去……不禁又添几分忧愁。

他生怕守兵前来发现此信，忙在烛火上将此信点燃烧尽。

然后，史可法躺回床上，焦虑地在床上辗转反侧，双眼生痛，却再也睡不着。

史可法苦苦思索，也不知该怎样才能尽快止住四镇的无谓拼杀。

扬州城内的巡抚府，黄家瑞巡抚看完黄得功的来信，急得他像热锅上的蚂蚁，坐卧不宁，以手加额："怎么办？怎么办？这扬州老虎没有赶走，又来了一只狼，如何是好哇？"

这时，师爷走进来："大人，您找我？"

黄家瑞点点头："是啊！高杰扣留了朝廷督师史可法，气恼了一个人。黄得功来信说要带兵前来扬州，说是保卫扬州，解救史督师，这不是添乱吗？"

师爷："不会吧！黄得功是四镇当中爵位最高的，也是对新朝唯一上表忠心、服从的将领啊。"

"这我知道，黄得功字浒山，又作虎山。开原卫人（即今辽宁开原人）。此人号称三国老将黄忠的后代，相貌酷似。性情豪爽，粗猛不谙文义。且好酒使气，作战骁勇，绰号黄闯子，先帝崇祯曾封他为靖南伯。可眼下扬州不是正乱着吗？光高杰就够咱们挠头的了，黄得功再这么一搅和，扬州不是更乱了吗？"

"不至于吧？我听说清兵入关后，黄得功由江北进驻安徽泸州。路过凤阳时，马士英为笼络他，特选美女十名，好马百匹送去。以示亲近。黄得功将好马留下，美女送回。对马士英之流，他虽不反对，但对他结党营私，网罗权奸，把持朝政也不赞成。"师爷说道。

"不错，黄得功对马士英是敬而远之，保留一定距离。听说他去南京拜见弘光帝时，马士英曾拉他到家中饮宴，也被他多次拒绝。"

"是条汉子！"黄家瑞称赞道。

"据说此人狂放不羁，暗中对弘光皇帝也有不敬。新帝的诏书，他并不肯听从。传说圣旨所到，他从不跪接。有时还借酒撒疯，不点名地辱骂权奸。"师爷继续介绍。

"看来，黄得功也有可取之处啊！"

"就是，要是有人时时以国事劝诫黄得功，我看他也许能认错改过。"

黄家瑞也在分析黄得功的人品、功过。

师爷近前一步："巡抚大人，外面坊间都传说黄得功军纪严格，手下的兵士从不敢扰害百姓。"

"看来，他倒是带兵有方。"

"就是！"师爷补充道："一次，一个兵痞吃完百姓的杏就走，百姓追赶要钱，那兵痞不认账，还鞭打百姓，恰被黄得功撞上，他当即命侍卫挑开那兵痞的胸膛，张贴布告，以示惩戒。"

"这么厉害？治军严格呀！"黄家瑞称赞。

"自此，黄得功的军队所到之处，秋毫无犯。他驻扎过的安徽桐城、定远等地，还为他立过生祠，以彰显他的功德。"

"黄得功比起高杰来，好多了，可扬州就巴掌那么大的地方，仅高杰就好几十万人马，再加上黄得功的部队，怎么受得了啊！"黄家瑞抱怨。

"那么，他来扬州的目的是什么？"师爷问。

"表面是闻知'降贼'高杰，拥兵前来抢占扬州，又将朝廷督师史可法扣留，心生愤怒，自提本部兵马，以'讨高杰，救朝廷督师'为名，前来保护扬州，实际上还不是居功自傲，不甘心在较为贫困的四川泸州驻兵，抢占扬州富庶之地。"

"麻烦了，事情复杂了，扬州城危在旦夕了。"师爷感叹。

"黄得功的信上还说，他此次还致函史可法，约为内应，相机行事。"

"这就更复杂了！扬州古城危如累卵啊！"师爷情悲意切，仰天长叹。

"是啊，扬州局势本来已很紧张，黄得功再抱薪救火，火上浇油，兴兵前来，不是乱上加乱吗！"黄家瑞一脸愁苦，唉声叹气，没有良策。

"解铃还须系铃人，黄大人，现在，就看史可法史公能否转危为安，他的态度至关重要啊！"

"他身陷囹圄，还会有什么良策，就算是神仙也难以能够破解扬州的危局啊？"

"火烧眉毛顾眼前，快去打探福缘庵内史可法的安危！"黄家瑞吩咐。

"是！"师爷答应一声，快步离去。

此刻，囚房内的史可法也是心急如焚，清军迫近，四镇火并近在咫尺，迫在眉睫。他怎么能不着急呢？

躺在床上，他思前想后，直到德宗和尚把早饭送进囚室，他还眼望着乌黑的屋顶发呆，没有丝毫的困意。史可法听见脚步声，侧脸一看，见是德宗和尚进来，忙翻身坐起，招呼道："方丈早安。"

"史大人早安，夜里没受什么惊吓吧？"德宗和尚把饭碗、筷子，放在书案上，笑眯眯地问。

听德宗和尚的口气，夜里发生的事情，他似乎全知晓。史可法不便隐瞒，便说："可法在此一天，扬州城百姓就多受一天灾难。高杰如再不撤兵，将要有大难降临啊！"

"史大人，夜里的美貌小娘子真心相救，就连我这出家的和尚，在那样貌美侠女的诱惑下，也凡心思动，想要脱离寺规限制，欲想与她结为秦晋之好啊！"德宗和尚开着玩笑。

"方丈，又说笑话了，快说邢夫人那里怎么说。"史可法迫不及待地问。

这才是：巡抚府贤士无策忧战局，德宗巧暗喻指点迷津。

福缘庵高僧戏言男女事，尚书妙用计征服猛将。

欲知后事，请看下文。

第26章
巧斡旋情真感四将
化干戈义诚播三江

囚房内，德宗和尚一伸大拇指："史公料事如神，果然不出史大人所料，邢夫人慨然答应，说服高将军归顺史督师，此女不愧是知仁晓义的女中豪杰啊！"

史可法："这么说，师父见到邢夫人了？"

德宗和尚："如愿以偿。"

史可法："邢夫人怎么说？"

"你别急嘛。"德宗和尚坐下："邢夫人听贫道把史公的意思讲给她听后，当即答应说服高将军撤兵。唉——人生一世，要遇上个好女子，也算福气啊。"

史可法以手加额："苍天垂青，扬州百姓有救了。"

德宗和尚发起感慨："可惜呀，贫僧这辈子没有艳遇啊！不然何以出家，老僧下世为人，一定找个好女子，好好过过夫妻日子！"德宗和尚高兴，话就多，说出一些走板离谱的话，加上跟史可法熟悉了，竟也叹喟起人生来了。

"高杰高将军，方丈见到没有？"史可法心急如焚，哪有心思听德宗和尚穷唠叨这些，赶忙追问。他的心悬起来，恨不得尽快冲出樊笼，快刀斩乱麻，尽快早些解除眼下扬州城这些无谓的争战给这一方的百姓带来的苦难。

"莫急！莫急嘛！看样子高将军似有所动，一会儿他还会来福缘庵算卦。昨晚，我还给他留下一个扣子，吊吊他的胃口，今天再给他烧烧火，到时说不定他动了怜悯之心，也就放了史大人呢！"

"一会儿？"史可法眼一亮，追问："高将军一会儿来这儿？"

"大人所言正是！"德宗和尚笑眯眯地点点头，靠近史可法低声说："贫僧一会儿在经房给他算卦，大人可将那幅画撩开，穿过暗门，到那八角窗下，侧听一会儿。不过，千万不要让别人发现。"方丈说着，走到那幅落地的《春耕图》后一撩，后面竟是一道暗门。

史可法暗自懊悔，太粗心了，在此居住多日，竟没有发现是暗门。

此时，门外传来脚步声。德宗和尚赶忙放下《春耕图》，高声说："史大人快点吃！一会儿贫僧好收拾碗筷。"说着，他对史可法悄悄使个眼色，做个手势退了出去。

高杰仰靠在椅子上，邢夫人正在给他刮胡子。邢夫人温柔的动作，使高杰感到很是体贴，使他昏昏欲睡。邢夫人提醒："嗨——我说你别睡着了，一会儿还要去福缘庵哪！"

"去那里干什么？我就想像现在这样，在这里躺着，让你——我的小美人伺候我，哪里也不去，人生在世，有一美人足矣！"高杰说着，伸出大手，偷偷抚摸邢夫人性感的臀部。

"啪——"邢夫人打开高杰的手："瞧你的出息，夜里还没摸够，大白天的让将士们看见。"

"看见怎么了，你是我老婆，我是你的汉，怕啥？"

"真是难缠！"邢夫人靠上去，任凭高杰抚摸："我说，福缘庵你到底去不去？"邢夫人又问。

"你说，那老和尚算得准不准？"

"什么老和尚？是德宗高僧、德宗大师。"

"好好……是……是德宗高僧、德宗大师。不管他叫什么，怎么称呼，我是说，他算的卦到底准不准？"高杰说着坐起来。

"怎么不准？我看挺准的。高僧说你，一生必须有贵人相助，不然成不了大事，你想一想，多准啊，你就是个放羊的，先是有闯王提拔，才成为将军……"

"不要提他什么闯王？就是一个庄稼汉。"

"好好！不提他，抢了人家的媳妇，还不许提……"邢夫人转身收拾刮胡子刀具时，低声嘟囔。

"你说什么？"高杰没听清，高声问。

"我是说，孙传庭对你总有恩吧？要不你怎么有这么多的军队？"

"不要说那个草包，要不是他……"

"要不是孙传庭，你哪有今天的威风？"

"还威风呢？被困在扬州城外，进不是，退不是……"

"所以，你要有贵人相助！"

"你看马士英马总兵是不是贵人……"

邢夫人

"快别提他！恶心，那家伙贼眉鼠眼，一双小眼睛，色眯眯地总是盯着我，恨不得剥光我的衣服，更可气的是，动不动就手脚不老实……"

"什么，他摸你啦？"高杰瞪圆眼睛喝问："我砍断他的爪子！他妈的，我高杰的女人，他那个畜生能摸吗？"

"他想摸，我没让，躲开了。"

"好你个马士英，连我高杰的女人，你也敢摸。我高杰跟你不共戴天！"高杰气愤地对着南京的方向高喊。

"瞧你，还真生气，他不是想摸没摸着吗？以后离他远点就是了。"邢夫人说着，倒好一杯茶端过去："我看呀，史可法为人正直，是个贵人，他也许是你人生三步最重要的贵人。"

"夫人……你是说？"

"还是先听听高僧怎么说吧？一切天注定。"

"好！我去福缘庵。"高杰说着，霍然站起。

福缘庵囚房内，史可法吃罢早饭，刚刚捧起书本，听到福缘庵外传来马蹄声。

他再也看不下去，放下书，踱到窗前，就听到庵外传来说话声。隔着窗洞，史可法往外看去。

福缘庵大门前，高杰身穿将军服，率领十几名骑兵来到庵门前。

高杰翻身下马，把侍卫留在门外，只身而入。他又对把守庵门的武将说了几句什么，大踏步闯进福缘庵，高杰身宽背阔，走路昂首挺胸，真有点威武劲儿。

史可法见此，也不禁暗暗佩服。

高杰大步流星步上台阶，直奔经房。

此刻，德宗和尚已迎到门口，施礼相见后，二人步进经房。

史可法忙由窗前，转回《春耕图》前，果然有一扇八角小窗，他隔着窗望去，德宗和尚正在打坐，高杰跪在面前，两人相距很近。德宗和尚双掌合拢，置于胸前，微闭双目，板着脸，似在听高杰诉说什么。

高杰热切地望着德宗和尚，满脸虔诚的神色。低声问："方丈，弟子我生性粗野，杀人如麻，夺人妻室，罪孽深重，日后何以免灾除祸。"

德宗和尚沉吟半晌说："将军起大事于动乱之秋，后弃暗投明，成为大将，又封为伯爵。多次闯过生死关，这都是上天的垂青，我佛的庇佑。眼下这官阶、爵位，都不值得高将军看重，若将军追求善果，千古留名，需选明主，日后方可成就大业，造福子孙。"

"请方丈指点弟子迷津，眼下谁为明主，又到哪里去寻？"高杰往前跪爬一步急切地问。

"依贫僧所见，将军虽说能于万马千军中，驰骋无敌，拔旗夺帅，但眼下目光却被尘雾所迷。明主远在天边，却近在眼前啊！"

"方丈所指，莫不是史尚书史可法？"

"将军所言正是，史大人，儒家称为圣人；佛家称为菩萨。是目前第一明主。将军如欲成大业，名留史册，只有追随史尚书同心协力，方可有好归宿。否则，将军空问贫僧福祸如何，这是徒劳无益的。"

"方丈，我有一事不明！"高杰跪爬半步又问："邢夫人也劝我归顺史尚书，并说史可法日后可为社稷重臣，不知道方丈和夫人是不谋而合呢？还是二者所见略同？"高杰直言快语，坦言相问。

"啊——这个……"德宗和尚迟疑未答。

八角窗外，看到德宗和尚被高杰问得一时语塞，正在偷听的史可法可急坏了，生怕德宗和尚关键时刻一句答错，惹出事端，而坏了多日谋划的大事，前功尽弃。他的手心渐渐沁出一层凉汗，真恨不得抢步上前，帮助德宗和尚答上一句。

经房内，初始之际，德宗和尚被高杰一问，心里也是一惊，生恐他受史可法之托，暗中捎信给邢夫人之事，被高杰洞悉知晓，但很快镇静下来，咳嗽一声说："依贫僧所见，此乃天意啊！"

"天意？"高杰的眼一亮，放出欣喜的目光。

"不错，高将军，昨天，贫僧也为邢夫人算得一卦：从面相上看，邢夫人日后能做封王之妻，那'王'恐怕就是将军了。但依贫僧所见，将军勇武有余，而谋略不足，况且独木难以成舟。只有在明主统领下，方能建功立业，流芳百世啊！"

"方丈，领教了。"德宗和尚一席话，说得高杰眉开眼笑，一扫他心头上多日积聚的乌云。

高杰爬起来，抱拳拱手，深施一礼，转身就走，弄得德宗和尚一愣，忙爬起来直追："将军，前往哪里？"

高杰也不搭理，径直来到经房外，边向史可法住的屋子奔去，边高声呼喊："史公！史大人……"

史可法忙由八角窗后离去，穿过甬道，来到被软禁的囚房内。

他刚刚放下《春耕图》，掸净身上的灰尘，高杰就一步跨进来，大大咧咧地唱个喏道："史公、史督师、史大人受苦了。"

史可法却故作不知，坐回书案前，板起面孔，冷冷地说："高将军，这话怎么说？不是你高将军胆大妄为，派人把本督师保护起来，每天伺奉茶水、饭食的吗？何言受苦？"

"唉——史大人，请恕冒昧，末将知错了。"高杰上前深施一礼，满脸羞愧的神色说："末将一时糊涂，做了蠢事，恳求史大人发落。不行，史大人就砍下高杰的猪头！"说着，他拔出宝剑，放到书案上，做出引颈受罚的样子："史大人，末将愿听从督师发落！"

"哈哈。"德宗和尚大笑而入："庵里可是佛门净土，不是你们演出负荆请罪，将相和的地方啊！"

"啊，方丈……"史可法见德宗和尚前来打圆场，忙起身迎上前，用嘴呶呶高杰，示意让德宗和尚搭个桥，缓和一下二人的气氛。

德宗和尚早已会意，两手一摊，做出不解的样子说："史大人，你错怪高将军了。高将军知道史大人多日劳顿，让大人在此休息几日，不知……"

"哼！"史可法故作生气状，侧脸不语。

"咳……"德宗和尚早已领会史可法的意思，又唱起阴阳脸来："史大人，高将军为人耿直、忠义，但也有考虑不周之时，人言：千里马还有失蹄之时呢！人做事还能无过？高将军既然悔悟，依贫僧看来，大人就宽恕高将军吧……"

"不行！"史可法断然挥手道："老夫身为一朝宰相，受命督师，高将军无缘无故将本督师扣押多日，使本督师声誉扫地，本督师决意上书，要求圣上，严厉制裁那些蔑视朝纲的大胆狂徒！"

明军营寨内，史继州手挥扫把，狠劲儿扫地，烟尘飞扬。他在发泄心中的怨气、怒火。

史德威与一个副将走来，看见史继州的狂野劲儿，十分不解。副将问："将军，史继州这是在干什么？"

史德威撇撇嘴："他这是在撒怨气！"

史继州听见，大声呼喊："我就是撒怨气，就是撒怨气！"

史德威不满地问："你撒什么怨气？"

史继州满脸涨红，上前几步逼问："我就不明白，白衣侠女去救史大人，史公他为什么不愿回来？"

"你小点声，不要被高杰的细作听去！"

"听去就听去，怕什么？"史继州十分倔强。

"那会给白衣侠女带来麻烦的。"史德威走近低声训斥。

"我们给她带来的麻烦还少吗？可惜，有人不领情。"

他们正说着，白衣侠女飘然而至。看看史德威、史继州的神态，不解地问："你们在说什么？什么领情不领情的。"

史德威："侠女姐，你来了就好了，你快开导开导这个榆木疙瘩，他还在为那晚我们没有救出史公的事情，跟我生闷气。你知道，是史公不愿意走，也不是我们不救他，或者是我们不卖力！"

"继州，这事你不能怪德威，确实是史公执意不肯离开福缘庵的。"

"外面事情这么多，军情这么紧急。我就不明白史公为什么不赶快回来，你看看桌上的公文，堆了那么高，还有……"

"这——也许正是史公的高明之处。"侠女分析道："高杰自以为聪明，认为扣了史公，就万事大吉了，错！请神容易送神难，他不给史公赔礼道歉，磕头作揖，史公是不会饶恕他的，而一旦高杰服软，其他三镇的矛盾也许就会迎刃而解了……"

刚说到这儿，恰巧一只喜鹊飞来，落在一旁的树上，"喳喳……"叫个不停。

侠女面带喜色："怎么样，报喜的来了。你们赶快打扫军营，准备欢迎史公胜利归来。"

"真有那么神？"史继州不信。

"傻小子，你等好吧！"史德威划了史继州的头一下，相互笑了。

福缘庵囚房内，德宗和尚还在打着圆场，调解着史可法与高杰的关系："史大人，不要生气了，您大人大量。依贫僧之见，高将军固然有错，但决意悔改，大人就宽大为怀吧，不要计较将军之过了！还是给高将军一个立功赎罪的机会吧！"说着，他暗中悄悄捅高杰，示意他跪下。

高杰犹豫一下，"扑通"一声，像倒堵墙似的跪下恳求道："史大人，大人不计小人过，就给末将一个机会吧！要不您像老子打儿子，主人打狗那样，处罚末将。"往日骄横无常的高杰，今日竟温顺得像只绵羊，垂首于地，请求治罪。

德宗和尚暗使眼色给史可法，劝他见好就收，见台阶就下，免得绷断了弦，那样就更麻烦了。

史可法领会了德宗的眼色，在地上来回走了几趟，站定在德宗和尚面前说："算了，看在方丈的分上，本督师可以考虑不将高将军的劣迹上报朝廷，但要看高将军日后的表现，只是不知高将军日后打算怎么赎罪啊？"

"史大人，末将先抓捕扬州巡抚黄家瑞，捉拿打杀郑元勋的凶手。"

"这个不需高将军多言，史大人也不会袖手不管的！"德宗和尚见气氛又欲紧张，忙从中调和，抢先替史可法答应下来。

"高将军放心，老臣既为督师，是非自有公论，对各位将领自能一碗水端平，立功受奖，闹事受罚！"史可法坐回到书案旁，铺开纸说："本督师现在就写奏折，申明此事，同时，褒奖高将军深明大义的义举。"

"这个倒是不必，听说黄得功已兴兵前来讨伐我高杰，史大人认为末将是该回避呢？还是迎战？"高杰用请求的口吻问。

"此事请高将军放心，如高将军遵守诺言，从扬州城外撤兵，黄得功处本督师自会亲自走一趟，劝他罢兵言和。目前，国家正值动乱之秋，朝廷正是用人之际，尔等自当勠力同心，共御外敌，共同抗清，切不可兄弟自相残杀，为亲者痛仇者快呀！"史可法言语恳切，劝导着高杰。

"就依史公之言，我高杰所部愿在督师帐前听命。"

"好！高将军此举甚合贫僧之意。扬州罢兵言和，百姓之福哇！"德宗和尚欣喜地表示。

"史公，眼下需要我高杰干什么？请直言，末将当肝脑涂地，在所不辞！"

"眼下，四镇之中，高将军率先归顺朝廷，堪称模范。还有，刘泽清势单力孤，尚不足虑；黄得功也可晓之以理，使其回心转意；唯刘良佐棘手，乃朝廷心腹之患啊！"史可法又忧心忡忡地说。

"史大人不必多虑！"高杰近前一步道："那家伙没什么了不起的，酒囊饭袋而已。他的臭底末将知道：他是大同左卫人，字明辅。上炕认得女人，下炕认得鞋，贪财好色，纵酒淫乐。"

"不可大意！轻敌不得！"德宗和尚在一旁提醒。

高杰大手一挥："不是末将吹，两军阵前，他刘良佐如若在我的马前走上三回，我的名字高杰倒着写。"

高杰吹起牛皮，连比画带说，唾沫星子乱飞。他见史可法满有兴趣听他讲话，又说："那小儿刘良佐，绰号为'花马刘'。原来，我护内营他护外营，我事发叛逃，他怕吃罪，也脚底抹油，卷起被褥，溜之乎也。他再大的脾气，找两个女人给他送去，气也就全消了。末将给他带个信，他就乖乖撤兵。不然，我就揪下他的尿毛，让他当个秃毛蛋！哈哈。"高杰为表功，咧着大嘴岔子吹大话，说到兴奋之处，仰脸大笑。

"好！有高将军鼎力帮助，兴明复国的大事，一定可以成功！"史可法拍着高杰的肩膀，兴奋地说。

"怎么样？善哉！善哉！"德宗和尚笑问高杰道："贫僧为将军算卦，预卜吉凶祸福。史大人如此这样器重高将军，还不赏杯酒薄喝吗？"

"赏！"高杰大喊一声，震得窗纸"嗵嗵……"直抖。他冲一旁吩咐道："来人，准备酒宴！"

工夫不大，福缘庵院内树荫下，摆上一桌丰盛的酒席。德宗和尚，高杰并肩而坐。忽而，高杰指着德宗和尚大惑不解地问："方丈，出家人应滴酒不沾，更不吃荤开斋。方丈喝酒吃荤不是违犯寺规吗？"

"唉——"德宗和尚一摆手："将军有所不知，贫僧是半路出家，也算是花和尚，福缘庵内，我一人天下，道佛都不分，何虑其他。人言酒肉穿肠过，佛祖心中留。不吃荤，不饮酒，未必对佛祖忠信，吃荤喝酒，只要是积德行善，也可以修成正果，似将军半生拼杀，积怨太深，须积大德，行大善方可赎罪，死后免受皮肉之苦啊！"

"哦？言之有理。"高杰似乎明白了什么，把身子往前探探说："此话怎么讲，请问高僧，何为积大德，行大善呢？"

"高将军，此为天机，不可言之。言之恐有泄露。就不灵了。"德宗和尚回顾左右无人，蘸着酒渍在桌上写下八个字，"从始至终，德满受封。"

高杰探着脖子，刚欲看明白，史可法正由书房内走出，德宗和尚忙把字擦掉，故作神秘地嘱咐一句："天机不可泄露，如若被他人所知，将招致杀头之祸啊！"

懵懂中的高杰连连点头，对德宗和尚佩服得五体投地，真恨不得马上趴下给德宗和尚磕几个响头，报答他的点拨迷途之恩。

史可法走到桌前，扫了一眼，诧异道："嗬，这么丰盛？高将军，老夫与你喝三杯如何？"

"好哇！"高杰十分高兴。

史可法坐下后，高杰满上杯里的酒说："史大人举杯，这第一杯酒，是末将为您压惊、请罪之酒。"

"也为史大人、高将军，将相和干杯。"宗德和尚提议。

"好！更为高将军日后开疆拓土，建功立业，为德宗方丈功德圆满，干杯！"史可法脸泛红光，起身端起酒杯。

"干！"三人将酒杯同时举起，碰到一块。

恰在此时，树上飞下一枚石子："啪。"三个酒杯同时被击碎，酒洒了三人一胳膊。

三人吃了一惊，举目抬头一看，却见树上"嗖嗖……"跳下了七八个蒙面之人，手持利刃将酒桌围在核心。

"你们是什么人？想干什么？"高杰喝问。

来人也不答言，冲上前就奔史可法乱砍。院内的侍卫冲上来，与之厮杀在一处。只几十个回合，便被这伙人砍倒在地，倒在血泊中。

史可法猛地拍案而起，喝问："何人斗胆，敢来此福缘庵佛门善地骚扰？还不快快退下！"

"呸！"为首的一条黑大汉吐了一口唾沫，轻蔑地盯着史可法，出言不逊："史黑子，今奉我主之命，特来摘取你的项上人头，拿命来！"说着挥刀便砍，其他几个蒙面人，也争相杀向前来。

南京城马士英府邸书房内，马士英与阮大铖正在密谋："马总兵，不知道史黑子调停四镇矛盾的事情进展怎么样了？"

马士英喝下一口茶："还能怎么样？他呀，泥菩萨过河，自身难保呗。"

"我看不能再拖下去了，还是快刀斩乱麻，咔——"阮大铖做出一个杀头的手势："以免夜长梦多，再生变故。"

"你以为我马士英不想啊？史黑子活着一天，对你我就是个威胁。想起他史黑子，本总兵就恨得牙根痒痒。新帝耳软心活，保不准哪天他羽翼丰满，就会把我们踢球似的踢开，前朝魏忠贤就是例子。"

"是啊是啊！"阮大铖站起，在屋内不安地踱步："我忧虑的也是这一点。可依我看，你马总兵就知道动动嘴，怎么还不行动？等人家把刀架在咱们的脖子上，就什么都晚了。"

"这……你阮大人可就冤枉我了！你怎么知道马某没行动？我几乎天天给刘泽清施压，许以恩惠，要他给高杰送礼，杀掉史可法。可那高杰贪得无厌，只收礼不杀人，气煞老夫了。"

"那咱们就干瞪眼，没别的办法了？"

"有！怎么没有，这是文的，还有武的呢。"

"武的？"阮大铖眼睛发亮。

"这武的就是……"马士英凑近些，小声嘀咕起来。

阮大铖兴奋得连连点头："好……好……有马大人这一明一暗、一文一武的两手，史黑子就在劫难逃了。"

福缘庵院内，黑大汉前来刺杀史可法，这可气恼了高杰将军，他蚕眉倒竖，钢牙紧咬，眼喷怒火，他完全没有想到，在他重兵把守的神秘之地福缘庵内，竟然出现这等怪事，使他大丢脸面，就在蒙面人提刀砍向史可法之际，他一脚踢飞板凳，跳到史可法面前，大喝一声："大胆贼徒，何敢到此玩闹，尔等谁是头目，快站出来回话。"

众蒙面人一愣，互相对视一眼，不敢作答。许久，冲在最前面的那个黑大汉一拍胸脯："高将军，这里没你的事，留下史可法，自走无妨。"

"呔！胆怯小儿，既为舞枪弄棒之徒，何需藏藏盖盖，像小偷小摸一样不敢见天日。有种的报上姓名，跟你家高爷爷比试一番，如高爷爷输于你，你连老高的首级带史尚书的首级一并提走，邀功请赏，如自忖武功不及你家高爷爷，不如先自散去，以免在这佛门净地乱开杀戒，脏了这块净土。"

蒙面人见高杰出来挡横儿，忙将宝剑夹在腋下，抱拳道："高将军，咱们各为其主，你呢有事呢快去做事，没事呢闪在一旁。瞅空儿再偷闲去勾引人家妻室，别在此碍事，免得你家爷爷生气。"

"混账！"高杰气得火冒三丈，跨前一步，怒指蒙面人道："史尚书乃为朝廷命官。如昨天你来谋杀，我高杰不管。今天，末将已归顺史大人，他已为我部督师，焉有不管之理？"

"你管？你管得了吗？将军就不怕井水犯了河水？"蒙面人问。

高杰一挥手："咱们废话少说，如谁能一掌拍碎这块石头，一脚踢倒这棵松树，一掌砍断这条榆木板凳，就算赢了。不然，请留下吃饭的家什，躺着出去！"

"那请高将军先行吧！"蒙面人伸手相让。

"好！谁言而无信，谁是孙子！"高杰挽起袖子，搬起一块碗大的青石，左掌托住，运力右掌，"嘿！"怪叫一声，一掌劈下，掌中青石碎为八瓣，成"米"字形裂缝。

他托着碎石让众人挨个看过，随后将碎石抛向墙外。然后，他又走到一棵海碗粗细的松树前，回身道："方丈，今天我赢了，重建福缘庵，多栽松树；我输了，这把佩剑剑柄为纯金所铸，方丈可用它换些银两，修缮庵房。"说到此，他飞起右脚，一脚踢去，足着树干处，齐嚓嚓断为两截，松身倒在地上。

"好！"人们齐声喝彩。

高杰又将木板凳搬离酒桌，在空地上放好。他猛然挥起一掌，那掌举起时慢，劈下来时快，带着一股疾风，砍向板凳面。"咔嚓"一声，四寸厚的板凳面断为两截。

"好功夫！"众人又发一声喊。

蒙面人似赌徒一样，猛地扯下罩在脸上的面纱，抢步上前："来，让本人也亮一手！"他抓起一个碗大的青石，左手撮起，只用三个手指相托，暗中用力，右手缓缓压下，须臾，青石也碎成梅花状裂纹。

周围的兵丁们全傻了，也顾不上喝彩了，一个个伸着脖子傻看。

蒙面人又来到一棵腰身粗细的松树前，回身道："诸位，这棵松树少说也活了百八十年，一掌砍断，实在可惜，给它钻个眼留个纪念吧！"说着，他又开五指，往树身上一扎，就像捅在发面上一样。他拔出手掌，留下五个手指洞眼。

庵内静静的，人们都全神贯注地看着蒙面人的气功表演。只有德宗和尚独斟自饮，手托小酒壶，边吃边喝。

黑大汉用脚尖挑起一条榆木板凳，将板凳侧放在地，板凳面竖着，只用两个手指，用力砍下，竟也将板凳面砍为两截。

"我的妈呀，真是山外有山，能人外有能人啊！"高杰看到黑大汉的功夫，真傻了，他吓得跌坐在地上。

蒙面人高声："高将军，不要自恃自己有股蛮力气，可以唬住人。"

史可法手指坐在地上的高杰："德宗师父，高将军何以如此失态？"

德宗和尚："高将军自以为自己功夫了得，殊不知对方的功夫却在自己之上。就拿用两个手指头砍断板凳面来说，需要再练十年八年手指功，或许差不多。"

蒙面人走到高杰面前，讽刺道："高将军，你的人头是自己割下来呢？还是由我割下来呀？"

正在酒桌旁独斟自饮的德宗和尚"嘿嘿"冷笑一声："我说钟山鬼，你好威风啊！有本事跟清兵使去，在自家门前摆什么威风，抖什么骚？"

蒙面人听到有人叫出他的绰号，大吃一惊，抢步到德宗和尚面前，惊问："妖僧，你是谁？怎么知道我的绰号？"

德宗和尚端起小酒杯，又自己满上一杯，喝了一口，问："怎么？难道你钟山鬼这么健忘，连你家祖宗都不认识了。"

"你是……"钟山鬼胆怯下来。

"你也不问问贫僧是谁？就在此显露你的三脚猫功夫，那先让贫僧给你露一手，你就领教了。"德宗和尚说着站起来，一指前面五六尺远的一块青石说："你在青石上站好了，如你能经得住贫僧这口气，是死是伤就看你小子的福气啦，站上去吧！"他再一次催促道。

钟山鬼闻言神色骤变，声音有些发颤道："仙僧前辈，你既为出家之人，与世无争，何须费心多管人间闲事，还是好好当你的和尚吧！"

"放屁！"德宗和尚一瞪眼睛，竟大如铜铃一般，烁烁发光，直逼钟山鬼，斥责道："贫僧历来看不惯不平之事。史尚书廉洁奉公，为国为民可谓是鞠躬尽瘁，你却受雇于权奸，为金钱所诱惑，破坏佛规道法！还不快快受死，站到青石上去吧，不要啰唆！"

钟山鬼情知大事不好，遇见了劲敌，呼哨一声，拔腿就跑。

德宗和尚深吸一口气，见钟山鬼已逃到七八丈远的石墙前，正欲飞身上墙，忙吹出一口气，钟山鬼觉得像被人猛推了一把，被一股巨大的气浪冲撞，猛然贴在墙上，撞得口鼻流血。

史可法把这一切看在眼里，急叫道："方丈口里留下活口。"

德宗和尚嘴角一动，一股疾风转吹到墙上，石屑纷落，墙上出现一个足有三四寸深的坑。

高杰大喊一声："快截住！别让一个跑了！"

守在庵外的护兵拔出刀枪，经过一阵厮杀，将十几个蒙面人擒获。

福缘庵院中，高杰上前提起倒在地上的钟山鬼，拽到史可法面前一扔，厉声道："快说！是谁让你老兔崽子来的！"

"是……是……马总兵让在下来的！他还说，当着高将军的面杀了史可法，既可绝了高将军依附史大人的愿望，将来也可栽赃是高将军所为！最少也可治高将军一个保护朝廷督师不利的罪名！"

"气死我也！"高杰大叫一声，"呛啷"拔出身边一侍卫的腰刀，举刀就要杀死钟山鬼。

德宗和尚忙伸手相拦："高将军息怒，还是让史大人发落他吧！"

钟山鬼吓得捣蒜似的磕头，恳求饶命，哭泣着说："小人不来，马总兵就要抄斩我的全家！"

"那你小子就昧着良心做坏事！"高杰余怒未息，责问钟山鬼道。

"小的不敢了，小的不敢了！"钟山鬼磕头如同鸡啄米，不停地给德宗和尚、高杰磕头求饶。

"是史大人求情，才留你的一条小命，不然，你小子早变成腊肉，挂在墙上了！"高杰恨恨地说。

"谢史大人！谢史大人！"钟山鬼又转身给史可法磕头，交代说："史大人，恶松林那次行刺，也是马总兵指使小人干的！"

"杀了他！杀了他！"周围士兵齐声喝喊。

史可法站起，伸手平息了众人怒喊，说："诸位，他也是受人指使，为人所迫，看在老夫的分上，饶他去吧！"

"多谢众位，叩谢史大人不斩之恩！"钟山鬼边说边不迭地后退，正绊在那条破板凳上，闹个屁股墩，爬起来连滚带爬地逃跑了。

处理完这场意外的变故，高杰命人在大殿内重新摆上酒宴。

德宗和尚转问高杰道："高将军，福缘庵平日把守森严，怎么今日没发现有人进庵？"

"唉——"高杰内疚地长叹一口气，失悔地说："我说史大人已是主帅了，还监护什么，就撤了守护福缘庵的人马，谁知……谁知差点出了大错，要不是借助方丈的功力，今天我非栽了不可！"说到这儿，高杰眼一亮，问："方丈，你的气功是哪位仙长所授，什么时练的，末将怎么从没听说过。要是方丈恨谁，嗨——！从背后吹一口气，谁的小命就完了。"

"咳——"德宗和尚摆手道："高将军此言差矣，怎能这样想呢？人活一世，草木一秋，岂能心术不正。否则像钟山鬼那样，空有一身好武艺，受雇于人，没有自身的德行，还不是行尸走肉，枉为人身！"

"方丈言之有理！来！喝酒！"高杰举杯相邀，三人推杯换盏，边喝酒边叙谈。史可法喝下两杯酒，脸色红润起来，手举起筷子说："高将军，本督师已给黄得功、刘良佐、刘泽清三位将军修好书信，你可即刻选派得力亲信，火速送往三镇，要他们三日后，到扬州城内督师府内，共同面议防范清军进犯的方案。"

高杰挺身而起，躬身行礼道："末将遵命。"

史可法与宗德和尚对视一眼，会心地一笑。

当天下午，高杰选派可靠亲信前往三镇送信后，又自带一千精锐骑兵，吹吹打打，把史可法送回督师营寨。沿路上，二人并辔而行，一路走来，低声商讨着平定扬州之乱后，进取中原的设想。史可法暗自想道："眼下，已收服四镇中最强悍的高杰所部。看来，平定四镇纠纷，安顿扬州，长江后防，进取中原，是大有希望的。"

"愿听从史公调遣。"高杰表示。

"快走吧！他们可能已经等急了。"

"督师大人，末将早已派人前往营寨，知会史德威将军，督师即将返回。"

"好哇！"史可法十分高兴，打马疾驰。

此时，明军督师营寨内，高杰早已派快马到督师大寨中送信，听说史大人平安而归，全体将士欣喜异常，全寨人马倾巢出营迎接。

当离本部人马尚有一箭之地时，史可法与高杰揖手相别。

"高将军，军营事务繁杂，你不宜久离营寨，请回吧！"史可法拦住高杰的马头。

"史公，末将多有得罪，就请让我把督师送回营寨，向那里的兄弟们认个错，赔个不是吧！"高杰还欲再送，一直把史可法送回大营。

"唉——没有必要，送君千里，终有一别。前面就是我的营寨了，不必再送，日后，我们见面的机会有的是，何必客套！"史可法再次劝阻。

"也好！末将就遵从督师的意思，就此告别！"高杰勒住战马。

二人在马上就此揖手告别，相互施礼。

辞别后，高杰率领送行的人马，拨马而回。

史可法目送高杰率领人马返回，逐渐走远，这才拨转马头，赶回本部。

营寨前，史可法与众将相见，免不了一阵寒暄问候。在部将震南、震北、张虎，家将史德威、史继州等人的簇拥下，史可法策马缓缓由侍立在道路两侧的士卒们中间通过，士卒们向他欢呼、问候，有的竟淌下串串热泪。

史可法频频招手回礼，以示感谢。

回到营寨大帐内，史可法当即升帐，召集部将、幕僚，了解军中情况，并扼要介绍了争取高杰将军态度转变的过程。最后他说："各位，高杰将军的转变，对调停四镇火并，有极大的好处。本督师十分满意的是，部将没有轻举妄动，前往劫营。"

史德威听见史公表扬，十分兴奋，暗自捶了史继州一把。

史继州低垂着头，没有说话，深为此前的莽撞行为感到懊悔。

史可法大声道："本督师为表示对部将的嘉奖，决定拿出纹银一千两，绸缎一百匹，犒赏有功之臣。"

"谢史公！"帐内将士齐喝。

夜晚，营寨大帐书房内，蜡烛点亮，散帐后，史可法洗漱完毕，急忙处理起数日来积压的信函。他越看越急，越看越气，猛地挥拳擂在桌案上，愤而骂道："权奸当道，新朝何有宁日？"他在信函堆中发现姜曰广的来信，越看眉头皱得越紧，渐渐结成一个背向而立的"川"字，没看几页，就猛然站起，狂怒地在屋内走动，像一只暴怒的雄狮，寻觅着发泄的对象。

守候在大帐门外的史德威，隔着帐帘的缝隙，窥见主帅气愤神态，本想进帐劝解几句，手扶帐帘，却又不敢进帐，不去劝解吧，又于心不忍，只得暗暗躲在一旁，替主帅分扰。

史继州走来，欲进帐，史德威暗中对他摆摆手，二人走向一旁，悄悄向大帐内窥视。

史可法在烛光中来回踱步，桌案上放着姜曰广的来信，耳边响着姜曰广低沉的声音：

"史公，你忍辱负重，辞朝离京督师，苦斗在前线之际，不想短短几日，南京新朝的政局就发生了骤变。马士英等见掣肘他胡作非为的兵部尚书史公已被排挤出朝，胆子更壮。他一面派人暗中笼络江北四镇，封官许愿搬弄是非，给史公调解四镇的矛盾制造障碍，使史公无暇顾及朝廷内部之事；一面暗中搞党争，结党营私，卖官鬻爵，大肆中饱私囊，还引诱纵容弘光皇帝贪恋酒色，不理朝政。就在史公离京的第三天，马士英就挑拨刘孔昭首先发难，搅闹朝纲……

"那一日，吏部尚书张慎言正与群臣商洽北来诸臣任用之事，提议起用东林党人吴生、郑三俊等人。未能入阁的刘孔昭入朝前，先喝了几口烧酒，脸红得像鸡冠子花。他趔趔趄趄入朝，要求对他委以官职。张慎言严词拒绝：'勋贵不能入阁，早有定论。何你刘孔昭特殊，独以破坏祖宗的章法？'

"刘孔昭遭到抢白，恼羞成怒，借酒发疯，当即拔出佩刀去砍杀张慎言，被别的侍臣拦住。他躺倒在地，撒泼耍赖，又哭又闹，手指张慎言辱骂：'张秃子……'张慎言谢顶早，故而刘孔昭给他起此绰号。'张秃子！你排斥忠臣，非杀死你这老匹夫不可！'言罢，他又冲破众人的阻拦，去追杀张慎言。

"张慎言手无寸铁，只得绕柱而逃。其他对张慎言不满的勋贵，也在一旁起哄，呐喊助威。这样一来，就搅乱了朝班。

"直到弘光皇帝出面，才结束这场混乱。谁料弘光皇帝不仅对刘孔昭毫无半点责难之意，反而只是笑笑说：'朝中无以为乐，此乐耳！'

"此事，气得许多正直的大臣，好几天吃不下饭。"

此刻，被气得在书房久久徘徊的史可法，走到桌案前，再次拿起姜曰广的来信，愤愤不平："岂有此理，岂有此理啊？"

姜曰广低沉的声音又起："马士英见刘孔昭闹殿，弘光皇帝没有加罪，胆子更壮。几天后，马士英采用断然手段，请发中旨，不经廷议，就上书弘光皇帝，要求任命阮大铖入阁……

"待众臣知晓时，阮大铖已走马上任，身穿官服，坐着八抬大轿，出入皇宫内外了。

"那天，看到这一情景，站在一旁的新朝官员指指点点，许多人内心不平，议论纷纷。

"反复无常的阮大铖冠带入朝，使许多贤能之人，对新朝廷失去了信心。此人一用，势利小人或被前朝罢黜的阉党连续入仕，阉党势力日益膨胀。

"不仅如此，史公，为打击异己，马士英多次唆使刘孔昭等勋贵，参劾刘宗周等正派大臣，又恢复特务机构'东厂'，命锦衣卫指挥使冯可宗遣使官吏，缉拿各地反对阉党人士。马士英新瓶装旧酒，炮制了什么所谓的'三朝要典'，类似魏忠贤当年的'东林点将录'，按上面开具的黑名单，逐个迫害。更绝的是，阮大铖到宫中，对弘光皇帝暗吹风凉话道：'国家大仇要报，可父亲、祖母的仇也不能忘啊！'

"史公，你大概知晓：弘光皇帝祖母的仇，系指福王朱常洛和郑贵妃的案子，当年，他们曾因参与谋杀正宫，争夺立太子的活动，被东林党人弹劾，被逐出京城，发配受封洛阳。如此这样，阉党就从感情上离间了弘光皇帝与东林党人的关系。使弘光皇帝对马士英、阮大铖之流，暗中迫害东林党人的行为，充耳不闻，视而不见。使马、阮之流大兴'逆案'合法化，由此株连大批忠臣。张慎言等相继被革职查办，高弘图、刘宗周等愤而辞朝。

"史公，你在朝外，焉知这场党争的罪魁祸首是谁？祸害多大？时下，南京一些民间有识之士看得很清楚。一天夜里，在阮大铖日夜重兵把守的兵部衙门的大门上，有人写了一副对联：'闯贼无门，匹马横行天下。元凶有耳，一人浊乱中原。'

"这是拆字格，闯字去掉'门'字头，剩'马'字，指马士英；'元'字加耳刀旁，为'阮'字，指阮大铖。对联一针见血，骂得痛快。而这样一来，更激怒了马士英、阮大铖等阉党余孽对东林党人的报复。

"史公啊！你不知道，阉党之徒在攫取权力、爵位的同时，还逐步将新朝之初商定的内政大计和军事策略破坏殆尽。此外，马士英、阮大铖二人，还利用弘光皇帝'贪、淫、酗酒'的特点，诱惑圣上尽情享乐，置国事于不闻不问，成天浑浑噩噩，成为马士英、阮大铖的傀儡，他们两人玩弄昏君于股掌之上……"

"如何是好？如何是好……"史可法仰天长叹。

这才是：南京城内风云变幻，阉党余孽夺权渐成气候。

　　　　扬州城外营寨灯下，史可法夜闻逆案怒冲冠。

欲知后事如何，请看下文。

第27章
平四镇督师献丹心
斥贼叛可法拒诱降

史可法面对这种局面，痛心疾首，可他作为一个被排挤出朝，督师江北的被架空的兵部尚书，孤掌难鸣，又能如何？

史可法只粗略地翻看了几十封信函，情知朝廷已发生了令他伤心、忧愤难抑的变化。他再也坐不住了，挥臂猛然把桌上的书信推到书案下，奔到帐柱前，抓起剑鞘，拔出宝剑，冲出帐门。

夜色中，史可法双眼冒火，像只被激怒的猛虎，手提明光闪闪的宝剑，四下寻觅着发泄胸中忧愤的对象。

此时，四周寂静，田野上夜风阵阵，虫吟蛙鸣，多么静谧的夜晚啊！可他的内心却似燃着一把大火，烧着他的心，把他的五脏六腑烤得干干的，令他狂躁不安，他挥剑在帐外空地上独自练起功夫来。

人言怒生气，气生力。怒气糅杂一体，则为伤身之虎。此刻，史可法已失去常态，虽是自己独练，却犹如同强敌拼杀，那招招式式、一攻一守、一拼一杀、一挑一砍，都暗运神力，宝剑飞舞，犹如一道光环，把他笼罩在其中。此刻，哪怕就是泼上一盆冷水，也不会落在他身上一个水点，就是刮过一阵风，也吹不透他由剑光舞成的光环。

督师看剑

躲在暗处的侍卫史德威见此，不禁脱口喊道："好！"

这一声喊，犹如沸水锅里倒上一瓢凉水，再也开不起来，史可法顿时冷静

史可法——铁血传奇

378

下来，他像被人窥透内心隐秘似的感到很沮丧，收剑后，他喝问一声："谁在喊？"

"大人！是我们！"史德威率侍卫们由暗处闪出，走上前，他们见史可法大汗淋漓，额上冒出热汗，忙劝道："主帅，夜深了！快进帐吧！不然要受风的。"

"谢谢你们，你们也去歇息吧！"史可法走到史德威及侍卫们眼前，依次为他们扣上衣扣，拍着他们的肩头吩咐。

田野路上，星光下，绿浪如涛，可行走的人们没有心情赏景。史可法走在前面，史德威、史继州紧跟在后。

"史公，您素来爱兵如子，很少对士卒发脾气。这是为什么？"史德威问。

"可不，刚才这要是遇上别的将帅，正在兴头上被惊扰，轻则训斥一顿，重则抽上几鞭，可您不！什么原因？"史继州也是不解。

史可法："你们都应该了解士卒们的苦衷，人家十几岁、二十几岁，正是人生的宝贵时光，跟你出兵打仗，脑袋别在裤腰带上，说不定啥时就会身首异处，战死他乡。身为将帅再呵斥人家，还让不让人家活了？"

"确实如此。我们这些当兵的，多是贫家子弟，在家食不饱腹，无衣御寒，饱受豪绅大户欺压，是不得已才来当兵的。"史继州深有同感地说。

"如此，再受将帅的压迫，还有活路吗？"

"不把士兵当人看，战场上士卒怎么会为你拼命呢？"史可法说出自己的心里话。

"看来，爱兵如子，是为将为帅的根本啊！"史德威感叹。

营寨外，此时的史可法，表面平静，与下属和颜悦色说话聊天，其实内心却肝火正盛，他强压心火，和颜悦色劝士卒休息，自己却走向田野，到大寨的营门，查看守卫的情况。

他围着营寨走了一圈，值夜守卫森严，使他很满意。夜风吹着他火热的胸膛，撩拨着他的衣襟，吹拂着他的脸。他想了许多，母亲、妻子、弘光皇帝、马士英、阮大铖、姜曰广、张慎言……

看到一弦残月，还想到了她，白衣侠女。怎么会想到她呢？史可法不知道，他拍着前额，努力不去想她，但他失败了。此时，他最想见到的是她，白衣侠女。如她在这儿，也许自己不会这么孤单、忧愁，为什么？他也说不清。猛地，史可法又想起一个经常萦绕在脑际的人：三娘。

仰望着满天繁星，史可法暗自发问：三娘，你在天上可好？我在世上却很焦心呢！要是我史可法升天后，能遇见三娘多好。不知怎的，史可法无意中冒上这么个怪念头，他觉得脸上有些发烧。

他暗中抚摸着脸颊，自责道："真该死，自己怎么这么荒唐，想到这些乌七八糟的东西，孔夫子说什么来着？'男女授受不亲'！"他苦思冥想，只记起了这么一句话，再也找不出其他理由责备自己。

夜色中，史可法感到有些凉意，反身往大帐走。白衣侠女要在多好哇！我或许能向她谈谈内心的苦闷和焦虑，或许可派她回南京一趟，看看老母的腿好了没有？不知怎的，他再次想起白衣侠女。

侠女，你在哪儿？可法想你，他在心里呼唤道。猛地，他又忆起信中之事："童妃案""太子案""大悲案"，结果怎么样了？该不会牵连更多的人吧？

夜色中带着这些乱糟糟的念头，他疾步赶回营帐。

书房内，见灯光渐暗，史可法忙命人添上灯油，把散落在地的信函捡起，看过的放在一侧，没看过的放到案头之上。

整理完信函后，史可法又把灯芯挑大些，坐下来，一封封地看起来。每看一封，他的心就收紧一些，眉头就紧蹙一些，信中带给他的，都是些令人忧虑的消息。他感到，肩头上的担子越来越重，压得他喘不上气来。

看完所有信函，史可法心绪难平，他在帐内徘徊许久，转身命令侍从备好笔墨，当即展开奏折，奋笔疾书，上书朝廷，劝谏弘光皇帝。

他痛切地写道："……若新朝晏处东南，不思远略，贤奸不辨，威断不灵，老成头簪，豪杰裹足，祖宗怨恫，天命潜移，东南一隅未可保也。"史可法写到悲切之处，忧天怜人，眼含热泪，他辍笔凝神，仰天叹息，几次提起笔，均因手腕发抖，不能自抑，直到天色渐亮，他才结束了奏文："圣上，自古多有贤明之君，功垂千秋呀，切勿图乐一时，而置国家社稷于不顾，似此将会怅恨终生啊！望圣上虑之、察之、思之、慎之，再慎之啊！"

写到此处，史可法悲切不能自已，伏在奏折上，痛哭失声，泪水漫湿了那颗以赤诚之心写完的奏折。

天光大亮，史继州端着早餐走进寝室，放到餐桌上。

他扫一眼史公睡的床铺，不见史大人，暗中纳闷："史大人哪里去了？"巡视寝室内外，不见史公身影，扫一眼书房，看见桌案的烛火还在一明一暗地亮着，兀自摇摇头："这么不分白天黑夜地操心，怎么得了？"

史继州走出寝室，看见史可法还在忙碌，他轻步走过去……

书房内，史继州走进后，打量一下，诧异地问："史大人，您忙了一夜？"

"事情多。"史公答道，没有抬头。

"您再忙，也要休息呀！"史继州劝诫。

"我知道，可这上书朝廷，劝谏皇帝，还有写信给南京的诸臣，要他们克己忍让，不要因马士英、阮大铖的胡作非为，而畏缩不前，荒疏朝政。都是刻不容缓呀！"史可法奋笔疾书。

"大人，您还有尽力调停四镇兵马，使他们不要再发生火并的重任在肩啊。"史继州提醒。

"知道……知道……"史可法点点头，他一指桌上的文告说："这不，我在号召他们精诚团结，报效新朝嘛……"

正说着，史德威大步走进来，兴奋地说："史公，在您忘我精神的感召下，刚才探马来报：今晨高杰退离扬州城外。"

"好！"史可法十分高兴："他退我进，咱们今天进驻扬州，正式建立督师府。"

"史公，您真行，真情感动江北四将，巧计斡旋，免起战端啊。"史继州赞叹。

"哎——"史可法摆摆手："这不是我一个人行不行的事，是大家的功劳，包括你们俩……"

"可有些人，昨天还这样……"史德威学着史继州，做着苦瓜脸……

"德威，不许你再提，人家知错就改嘛！"史继州嗔怪道。

"对对！知错能改就是君子。"史可法劝解道。

"史公，咱们下一步怎么办？"史德威问。

史可法长舒一口气："这下好了，调停终见成果，暂时化干戈为睦邻了，下一步择日召开江北四镇联席军事会议。"

"史公，末将建议下一步，还是您先吹灯拔蜡睡大觉吧，您一夜没有睡了。"继州建议。

"对对，史公是该吹灯拔蜡睡大觉。"史德威、史继州说着，果真吹灯拔蜡，把史可法强行扶到寝室。

翌日，按规定的时间，四镇总兵黄得功、高杰、刘良佐、刘泽清相继来到扬州督师府门前，尽管这几位将军面和心不和，但表面上还嘻嘻哈哈，互相搭讪着。他们下马后，相互揖手行礼，站在门外，等候召见。

他们四人，过去虽然认识，站在督师府们前，各有小算盘，所以话语不多。

听到府内传出召见的呼唤声，刘泽清大嘴一撇，狠狠骂道："尿毛督师，也管老子。"

"诸位，咱们哥儿几个，都是将军，有的封了侯爵，有的封了伯爵，还要不要戎装庭参，向史大人行礼？"高杰问。

"穿什么戎装，行什么鸟礼，老子就这身行头进去！"刘泽清拍着胸脯喊。

"着哇！史可法不给银子，不给娘们，怵他个尿！"刘良佐也呐喊发泄怒气。

站在一侧的黄得功见刘泽清、刘良佐大呼小叫，发泄着不满，脸色阴沉。他整整自己的装束，对高杰说："有老规矩在，水再大也不能漫过桥去！"言罢，他披盔戴甲，穿戴整齐，大步而入。

前面有了榜样，刘泽清、刘良佐二人，大眼瞪小眼，不知该怎么办。高杰迟疑片刻，一拍大腿道："嗨！前头有车，后面有辙。"他也随着黄得功，步入督师府大门。

"得！"刘泽清见此，正在脱下盔甲的手停住，望了花马将刘良佐一眼说："别就咱老哥俩各色呀！得了呗，咱也戎装参见吧！"说着，他扎好腰带，不管刘良佐如何，兀自离去。

"唉——真他妈的草鸡！"花马将刘良佐一跺脚，也整整衣冠气哼哼地进了督师府。

此刻，端坐在督师府大堂帅案后的史可法，正为传出召见四将的帅令，而不见四将进来，暗自着急，忽见黄得功首先大踏步进来戎装参见，忙迎出帅案，招呼道："黄将军，久违了。"

"史大人可好？"黄得功抢先施礼道："主帅，末将黄得功参见史大人。"

史可法忙上前将黄得功扶起，正欲打问其他三位总兵为何不来庭参，却见紧随其后的高杰，一身戎装也来参见，忙迎过去，伸手招呼道："高将军，快请！"

三人正说着，外面又传来脚步声。史可法抬头一看刘泽清、刘良佐，相继而入。此刻，他们二人虽说内心各自打着小算盘，暗想四镇同来参见新督师，不管愿意不愿意，面子上的事得过得去，落在后面，日后万一被人嘲笑，或引起什么误会，新督师军饷银两少拨点，粮草少给点，到时候也是哑巴吃黄连，有苦说不出哇！这俩小子也鬼着呢，为消除以往留给史可法的不良印象，没有进帅堂，就先声夺人，高声喊道："史大人，末将参见督师来迟，请史大人多多包涵！"

史可法迎到门口，见他们二人也是戎装参见，这才长舒一口气，悬着的心才落下来。

众所不知：戎装参见，表面上是微不足道的小事，却关系到督师的威望，四镇戎装参见，证明他们已服从史可法的指挥，可以调遣他们的兵马了，史可法上前左手拉住刘泽清、右手拉住刘良佐说："二位将军，不要客气，屋内叙话！"

进到屋内，各分主次而坐。史可法身为督师，坐在正面，左为黄得功、高杰，右为刘泽清、刘良佐。

稍许寒暄客套后，史可法把话题转到正题，他由书案上捧起圣旨道："黄将军、高将军、二位刘将军，圣上知晓四位将军的拥戴之功，特命本督师前来传达圣旨。"

黄得功闻言率先跪地领旨，高杰、刘泽清、刘良佐也不敢怠慢，忙跪地听宣领旨。

史可法扫了四镇总兵一眼，宣旨道："奉天承运，皇帝诏曰：皇恩浩荡，恩及四海，高杰将军称兴平伯，驻泗水，辖滁四区；黄得功将军为南侯，辖滁和区，驻庐州；刘泽清将军为东平伯，驻淮北，辖淮海；刘良佐将军为广昌伯，驻临淮，辖凤寿区。各位将军，自守本辖区，共御清兵，不得违误。"

"谢主隆恩！"黄得功施礼毕爬起，退到一旁，其他三人没有作声，静默片刻，高杰跳起来问："扬州归谁？"

"鸟个伯，淮海区穷山恶水，让老子的数万人马喝西北风？"刘泽清一蹿老高，吹胡子瞪眼，用大驴嗓子吼道。他不管别人爱听不爱听地吼起来，发泄怨气。

"鸟个皇恩！"刘良佐也开口大骂道："临淮泼妇刁民，经常打杀老子的兵，城都进不去，怎么个辖法，除非都他娘的咔咔……砍光了！"他立着手掌，做出砍头的姿势，眼射桀骜不驯的凶光，直逼史可法。

"高将军，扬州乃兵家必争之地，由本督师亲自统领，作为四镇后援之地。至于各位所言，本督师也深晓所辖区域之苦，只是目前新朝刚立，困难重重，难以解决，如各位将军都欲驻军扬州，恐怕是僧多粥少，难以如愿。况且，如清兵南进，如淮海区、凤寿区不存，恐怕扬州也是唇亡齿寒。难道这些道理尔等都不懂吗？"史可法高声喝问："再则，各位将军既已受封，身为武将，岂有知苦不前，不遵帅令，不听朝命之理？如哪位不服，本督师即刻罢黜适才所封爵位，削职为民，永不起用！"言罢，史可法手握尚方宝剑，面沉似水，犀利的目光如炽电扫过每个人的脸。

"哪个敢闹事，老子不摘下他吃饭的家伙不姓史。"史可法怒喝。

此刻，刘良佐真像匹骚马蛋子，又抬蹄子又亮蹶子，谁也不服，寻衅地昂着头，像只好斗的公鸡："这不公平！为什么我不能驻守扬州？"

"高将军，你也不服从本督师的调遣吗？"史可法眼盯着高杰问。他知道，四镇当中，黄得功不会出什么难题，刘泽清、刘良佐胸无谋略，都看高杰的眼色行事，如能镇服高杰，二刘也不敢参刺，兴风作浪。

此时，高杰还在默不作声，暗暗琢磨分封得是否合理，听到史可法问他，他茫然抬起头，一时失语："史大人，末将……"他正在犹豫，蓦地忆起德宗和尚的劝诫，心里打个冷战，一咬牙道："末将一切听从史大人调遣！"

史可法得知高杰的态度，心里有了底，又转向刘良佐、刘泽清道："二位将军，如果不肯听命，那就请便！本督师即刻上奏朝廷……"

"不！别……"刘泽清有些慌了，连连摆手。

史德威、史继州率领着一班卫士，在大堂门外执勤。他们深知，屋内的这四位，都不是省油的灯，他们每个人都是久经沙场的将军，哪个都不好惹，个个武艺高强，他们真要造反，哪个都够扎手的。守卫在门外，他们心里十分紧张，但面子上还要镇定。

看到刘泽清在史可法的威慑下，一脸焦急的慌乱样，感到好笑。

"你看刘泽清的草鸡样，一说剥夺他的官职，看他急的！"史继州低声道。

"他们这些人，多年占山为王、打家劫舍惯了，被百姓骂为强盗土匪，今见封官授爵，有些喜出望外。"

"可他们为什么还闹哇？"史继州问。

"这些人，穷惯了，也穷怕了，一听分封的驻地多为贫瘠之地，虽说没有什么油水，可又不愿放弃。"

"人心无举，贪得无厌。"史继州愤然道。

"这些人，将来必为钱财所害！"史德威预言。

大堂内，刘良佐见高杰对他使眼色，也忙改口道："史大人，刚才末将一时气话，戏言，可别当真。恕罪！恕罪！"

至此，史可法才把悬在喉间的心放回胸膛，他脸色缓和下来，他手指座椅礼让道："各位将军请坐。"

待四人坐定后，他语重心长，又好言安抚道："各位将军的苦衷，本督师十分知晓，可有什么办法呢？人言巧妇难为无米之炊，眼下，本督师就是无米之妇啊！"

他苦笑一声，迅即板起面孔，疾声厉色道："然而，想必各位对本督师也有所耳闻，那就是奖惩分明。绝不姑息迁就。有功则奖，有过则罚。日后，不论在座的哪位将军，由清军手里夺得城池，即归谁统辖，盐税商利本督师概不过问。"

"好！这条好！"高杰竖指称赞，其他三人也频频点头，很是兴奋，低声议论。

"各位将军。"史可法提高声音说："联席会散后，你们速回本部，要严格约束士卒，不准再侵扰百姓！如再违反，论职追究，从重处罚。"

"遵令。"黄得功站起。

高杰、刘泽清、刘良佐也相继站起，躬身听令。

天色已近中午，史可法热情相邀道："各位将军，午间将近，本督师自备一顿便饭，请不要见笑就是了。"

"请！"他伸手相让。

督师府院中，前往饭厅的路上，听到督师请吃饭，刘良佐乐了："诸位，不怕你们笑话，我这人身高马大，饭量特殊，加之直肠子，能吃能拉，拉过还吃。"

"那你的肚子不是没良心，吃多少拉多少，不长肉白吃吗？"黄得功调侃道。

"没错，我这肚子，就是没良心。跟你们说，我长这么大，从没吃饱过。总感到肚子饥，饿不到时辰。"

"史公说备有便饭，这便饭是什么意思？"高杰问。

"便饭，别拣好听的说……"刘良佐想象着："督师请吃饭，再简单也得有鸡有鸭，有酒有肉，有菜有鱼啊。"

"瞧你那出息，刚说到这些，就流哈喇子了。"刘泽清讥笑道。

"没错……"刘良佐手指自己的嘴唇："你们看，我的唾液增多，口水都聚到嘴角了。"

"哈哈哈……"众人都被他逗笑了。

"你们笑什么，民以食为天，何况我这大肚汉。"

"哈哈哈……"人们再次被他的率直和天真逗笑了。

饭厅内，肚饥使刘良佐有些焦躁起来，他不时地伸脖子往外瞧，屁股再也坐不住。肚子咕咕叫，史可法说什么，别人答什么，他全没听清，抓耳挠腮地难受。当史可法问他"刘将军意下如何？"时，他竟闹出了笑话。"末将的意思是多上鸡鸭。"刘良佐脱口而出，逗得人们捧腹大笑。

"真的！真的！别笑，老子就爱吃鸡！爱吃鸭！"他板着面孔，认真地说："别人说，能吃飞禽一口，不吃走兽半斤。"

"哈哈。"人们笑得更欢了。

史可法竟笑出了眼泪。

猛然，刘良佐感到气味有些不对，伸着鼻子嗅了半天，也没闻见半点香味。饭菜摆上，坐到饭桌上时，刘良佐真傻了，桌上只摆四碟小菜，每人面前放个盘，素炒青菜，别说鸡鸭，连荤腥也没有。

饭菜刚端上来，刘良佐、刘泽清就站起："史公，我……我们肚子痛，就不在此叨扰史公了。"

二人说着匆匆站起，跑到外面酒馆里吃喝去了。

傍晚，史可法把四镇总兵送出扬州城外，依依惜别。

史可法："高将军，天将降大任于斯人也，还望恪守福缘庵的承诺，放眼未来，心想天下……"

"史公，这个自然。高杰不才，多有得罪，如苍天有眼，必助史公成就大业。高某愿效犬马之劳。"

史可法又来到黄得功面前："将军，咱们后会有期，希望将军为辅佐新朝，老当益壮，志在千里。"

"属下明白。"

史可法来到刘良佐、刘泽清门前："二位将军，你们都是英雄好汉，前半生也许风风雨雨，坎坎坷坷，但愿后半生功成名就，流芳千古！"

"谢了，史公的便饭……"刘良佐还在记恨此事。

"史公，在下谨记教诲了。"刘泽清抱拳。

史可法与四将揖别，而后，他在史德威的陪同下，策马返回督师府。

史可法、史德威返回督师府时，策马走到梅岭时，忽听远处的街巷深处传来一阵嘈杂之声，他忙勒住马，正待派人上前查问，忽见一年轻少女，敞衣露怀，披头散发从树林后跑出，身后两名官差模样的男子紧紧追赶。

紧追在其后的是名老妇人，哭天号地地撵上来，身后跟着许多百姓看热闹，几个上了年纪的老人，不时绕到官差面前，连声哀求："大人，大人，饶了那小女子吧，她才十四岁！"

"滚开！"官差推开挡在前面的老人，呵斥道："老子奉旨选美，又不是买娼、卖娼！"他一挥手，一伙人又乱哄哄地拥向前去。

史可法已明白了几分，见有人青天白日之下，打着圣旨的旗号，追赶良家少女，不免生疑，他用马鞭一指，对史德威吩咐道："去，问问是怎么回事？"

史德威答应一声，跳下战马奔上前。

史德威赶到街巷口，见那老妇人正抱住官差的腿，苦苦哀求。官差被拖住腿，见少女跑远，猛地扬起皮鞭，抽向老妇人。

史德威大喝一声："住手！"他抢步上前，一把攥住官差的手，喝问道："何人胆大妄为，敢在此撒野！"

此刻，官差的手腕虽被攥住，可鞭梢却已甩下，划成弧线，抽下来。史德威向里一掰官差的腕子，鞭梢正抽在官差的脸上，疼得那小子"哎哟"一声，原地捂住脸，像陀螺似的打转，腮帮上登时隆起一条蛇形肉棱。

"嗬！哪里冒出个野小子，吃了熊心豹子胆了，敢阻拦你家爷爷执行圣旨！"另一官差蔑视地上下打量了史德威几眼。猛地，一个黑蛇出洞，黑心拳打来，史德威侧身让过，肋下一夹，脚下一绊，那家伙站脚不住，夹得他杀猪般号叫。

史德威往前一搡，那家伙倒退两步，四仰八叉摔倒在地。史德威上前，喝问："你们是什么人？朗朗乾坤，强抢良家妇女，快说！"

"快说！"周围的人胆子也壮了，齐声发问。

"小的、小的……"这两个官差吓得抖成一团，战战兢兢答不出话，挨抽的那个忙撩起衣襟，亮出别在腰带上的铜牌。

旁边看热闹的一看这腰牌，有人就惊叫："哎呀——这不是前朝东西厂锦衣卫的标志吗？"

"就是，有这腰牌，就能想捆谁就捆谁，想抓谁就抓谁。"一个老妇人说道。

"可不！厉害的让人家活不见人，死不见尸。"一个上年纪的男人说。

"有这腰牌，无论大官小吏，文臣武将，没人敢惹这些腰挂铜牌的锦衣卫。"一个古稀老人抱怨。

史德威见他们亮出腰牌，也没了主意，抬起脚，那家伙从地上爬起，又横了起来，手握佩刀，气势汹汹地问："怎么样，这回知道你家爷爷是谁了吧！"

"知道怎么样？不知道又怎么样？"史德威不甘示弱，反问道。

"嗬！你小子是肉皮子发痒了吧？"另一家伙摆弄手里的皮鞭，恐吓道。他见史德威不吃那一套，翻动着一双老鼠眼想着主意、

"知道？知道就得让你家爷爷给你放放血。"被夹过脖子的那家伙，转动着脑袋，猛然间"唰"地拔出佩剑，逼向史德威。

众人见他们要杀人，事情要闹大，惊叫一声，闪向两边。另一家伙也提刀在手，挽着衣袖，寻找有利地形，他俩一前一后，把史德威夹在中间。

"住手！本督师在此，谁敢胡闹！"史可法久不见史德威回去报信，赶过来，挤进人群喝问道。

"史大人？他们……"史德威看见史可法过来，喊了一声，心里有了底。

"督师……莫非你就是史尚书史可法？"官差软下来，问道。

"正是，有何公干？"史可法手捻胡须回答。

"大人，小的奉旨选美，可这些刁民阻拦。"官差近前，审视着眼前这位个子不高，脸色黧黑的人低声说，像找到了娘家人似的。

"选美也不能骚扰地方百姓，搜街查巷啊！"史可法不以为然地摇摇头。

"大人有所不知，是圣旨所限日期太紧，小的无奈……"

"浑话！无奈就强闯民宅，逼夺民女，还有王法没有？来人！把这两人捆起，绑到路旁那棵树上，抽四十皮鞭！"

侍卫们听到召唤，一拥而上，三下五除二，将这两个官差捆起。

侍卫们把强抢民女的官差绑到树上，扒去上衣，噼里啪啦，好一顿苦揍，打得这两个小子哭爹喊娘，连叫唤声都变了。

扬州城的百姓闻听史可法把人人痛恨的东西厂锦衣卫捆在树上抽鞭子，纷纷前来看热闹。平时，百姓饱受这些倚仗官府势力狗锦衣卫的欺压，今

见他们的狼狈相，人们在官差面前经过时，气恨地往他们身上唾上一口口唾沫，以解心头之恨。

街道上的行人渐多，把史可法等人围在人群当中，争相诉苦，控诉豪绅的罪恶。许多人往前挤，想一睹史可法的尊容。史可法站到高处，挥手喊道："扬州的百姓们，你们就是我的衣食父母，欺扬州男子者，如欺可法兄弟；欺扬州女子者，如欺可法姐妹！可法绝不答应！"他还想再讲几句，鼓动人们的爱国热情，忽见史继州挤进人群，近前低低地说："史大人，巡城士兵又抓到一名清军奸细！"

"砍了！何须再问！"史可法挥手道。

"此人声称是清摄政王派来下书的。"

"清摄政王给本督师下书？"史可法闻言顿生疑窦，情知战况必定有变，脸色沉下来。

却原来，正是在史可法调停江北四镇纷争，固守江北防御，这么短暂的时间里，中国历史发生了巨大的变化。清廷已彻底打垮大顺农民起义军，又以闪电之势占领北京之后，乘胜南下，追逃李自成残部到湖北、湖南一带。义军残余躲进深山，为防南明死灰复燃，清军又派大军压境，逼向新朝首都南京。

闻听清摄政王多尔衮派人来给自己下书，史可法心里不由得"咯噔"一下，暗自琢磨，清军为什么会来给自己下书啊？他来不及细想，忙向四周的百姓招呼一声："父老乡亲们，你们要各自安居乐业，发展生产，有我史可法在，就有扬州城在！"

"多谢史大人！"乡邻们齐声答谢。

史可法简单向史继州交代一下对官差的处治和对民女安置的办法，告别乡亲们，急忙来到坐骑前，翻身上马，直奔督师府驰来。

进入州城后，史可法策马而行，街两侧的居民不断向他招手致意。为了解扬州城的风土民情，史可法没有急于赶路，他也边赶路边观察街景，摆着双手，答谢居民们的敬意。他一边赶路，一边暗自琢磨：什么意思？清摄政王多尔衮派人来给自己下书，这不合礼数啊？直到快到督师府时，史可法心里还在琢磨清使前来给他下书，这件不合礼节的事情的来龙去脉。

"德威，你说说，本督师与多尔衮从无瓜葛，他一个摄政王何必给一个小小的督师下书？如是公文按级别和礼数，也应当秉公报送朝廷啊！"

"大人，末将猜测，咱们两次打败清军，是不是多尔衮害怕史公，才来给您下书的啊？"

"嗯，有进步，知道动脑筋了。"史可法称赞。

"还有，还有可能是清廷知道大人成功调停四镇矛盾，慑于史公的威望呗！"

"不管这些，看看来函什么内容再说！"史可法果断地挥手道。

掌灯时分，史可法踏进督师府的台阶，刚进得前厅，一个身量不高，粗眉粗眼的男人迎上来招呼道："堂哥，你可回来了！"

史可法闻言一愣，不由得反问："你怎么来了？你这个史家的败类，史家的耻辱。"

"堂哥，你说话别那么难听嘛。"堂弟史可程摆摆手。

史可法虽然认出了堂弟史可程，却没有一点久别相逢，他乡遇故人的亲热，脸上冷冰冰的，形同陌路人一样，眼皮一垂问："你是何人，本官不认识你。"

"大哥，我是可程，你认不出我了？"史可程抢前几步，拍着脸表白道。其实，他哪里知道，史可法不但早已认出他，而且还听出他的乡音，只是不愿与他相认。因为，史可法此前听说了一些他降敌效命清军的情况。

"我那可程兄弟早死了，本官与你无缘无故，何以称兄道弟？"

"堂哥，你别不认我，我现在是大清国派来的信使……"

"哦——那好哇。"史可法插话打断堂弟史可程的话："眼下本官是新朝督师，你身为清兵来使，按家法，本官即刻命人把你这孽障砍了；按国法，视情况再定！"

史可法面无表情，他见史可程还欲再说什么，忙侧过脸，不再看史可程，吩咐一声："来人，这个歹徒冒充本督师堂弟，着实可恶，拉出去砍了！"

史可法话音刚落，两厢闪出四名武士，架起史可程，往外就拖，吓得史可程脸色蜡黄，打挺撒泼般地往后退缩，连连叫道："不！不！我是大清国摄政王多尔衮派来的枢密副使，有话讲给扬州督师史可法！"

史可法挥挥手，武士们放开史可程。

史可程惊魂未定，手脚发抖，不满地嘟囔道："什么兄弟，铁面石心，六亲不认，真是世间少有！"

"怎么？你还没啰唆够吗？"史可法逼问。

"啊！不！不！"史可程吓得连连摆手，强自镇定。他手指站在台阶上，正目睹这一场有别于一般的兄弟相认场面的一位清廷官员介绍说：
"来，我给二位大人介绍一下。"

史可程上前说："来！堂哥！啊！不！史大人，这位是清朝摄政王多尔衮派来的全权特使多尔朵。"

"这位是……"

"介绍本督师的职位……"史可法威严地说。

史可程闻言吓得一哆嗦："这位是大明朝兵部尚书、东阁大学士、督师史可法史大人……"

"哈哈。"相貌魁伟的多尔朵近前几步，仰天大笑一声，手捋胡子，竖起大拇指赞道："人言史可法刚直无私。今见果然名不虚传，佩服！佩服！"说着，他抢前几步，像见到老朋友似的上前施礼道："拜见史督师，祝大人身体康泰！"

"不敢！"史可法没有表示过多的热情，只是淡淡地摆摆手，以示回礼，问："本督师尚且不明白特使所来何意，是在此路过还是返回？"

"噢，我等奉摄政王之命，特来向史大人下书。"多尔朵眼珠一转，道明来意。

"摄政王位极皇尊，可法乃一区区村夫，何需摄政王如此屈尊，差人下书呢？"史可法冷言冷语，既没有礼让进屋，也没有命坐，更没有献茶。意在晾晾这位神态高傲的清朝特使，刺激他发怒，乱了方寸，从中窥探出他们此行的真正目的。

"咳——史大人，此言差矣，华夏疆域，三岁顽童尚知江南有个史可法，何况大清国的主宰呢？摄政王仰慕大人的威名，特命本官前来致意。"多尔朵说着掏出一封信，双手恭送到史可法面前。

史可法瞥了书信一眼，转身踱开，背对着清廷特使多尔朵道："人言摄政王为一代名将，可本督师却视为他不如三岁顽童。"

"此话怎讲？"多尔朵受到冷遇，非但没有生气，反而走到史可法身后，毕恭毕敬地询问。

"三岁顽童，尚知两国交战，往来信使应该对等。摄政王有事当下书皇帝。可法乃大明臣民，唯皇帝为尊，根本不认识什么摄政王。而可法与摄政王素昧平生，何以要以书信往来？再者，清人部落原系大明关外一蕃邦，向来臣服我朝，岁岁纳贡。而今不思皇恩，反自立旗号，树为'大清'，以下犯上，侵我大明国都，占我大明国土，大明与贼寇誓不两立，难共日月。交战双方，如需下书，理应前往南京，面奏我朝圣上，怎么屈尊前来一弹丸之地扬州，下书我这个小小的督师……"

"史大人，这是摄政王看得起你！"史可程不待史可法说完，抢先插话，在一旁敲着边鼓。

"住嘴！没有骨头的东西。"史可法呵斥道。他继续说道："历来交战双方书信来往，当有章法可循。摄政王下书，代表清廷；老夫虽为一朝宰相，却不能代表朝廷，如像摄政王一样书信往来，屈尊致下，岂不乱了章法，辱没了摄政王的身份，被天下人耻笑。"

史可法一席话，把多尔朵说得面红耳赤，哑口无言。

他倒退两步，手里拈着那封信也垂下来。"啊！这个……"他万没想到史可法简单的几句话，就把他思虑许久，快要背下来的言辞给噎回去了。他手摸脸颊，一时也想不出主意来，显得极为尴尬、窘迫："史大人，咱们还是屋内说话为好。"

"对对……屋内说话吧！"史可程一挥手招呼道："把大清国送给大明朝兵部尚书的礼品抬进来。"

这时，几个站在院中的侍卫，不由分说，抬进几只大红木箱，史可法没有拒绝，也没有说话，只是脸色更加阴沉地看着他们。

"史大人，这是摄政王与大人私人的信件，不代表清廷。人间重友谊，写给私人的书信，总该不会论什么章法吧？"史可程在一旁见多尔朵没了话语，很是焦急，忙上前解围。

一句话提醒了多尔朵，他又找到了新的突破口，他重新把信件平托到齐胸高，上前两步说："啊！史大人，此信是摄政王写给您私人的，不涉国事，纯属私交，这该不会乱了节度和章法？皇帝也管不着吧！"

"你这个可恶的东西！"史可法暗骂史可程一句。他正为难住多尔朵，拒受摄政王的书信而高兴，想不到自己的堂弟为虎作伥，从中插了一杠子，破坏了他的计划。他不好再拒绝，又追问一句："此信果真是摄政王写给本督师私人的信函吗？"

"千真万确。"多尔朵指着信封上的名字说。

史可法无奈接过信，在手掌里掂掂，转身交给身旁的侍从说："二位特使，信函本督师收下，余暇阅后再做回复！送客！"

"慢！"多尔朵伸手相拦，道："史大人，摄政王嘱我二人，必讨得大人的亲笔回信，方可回去复命，如无回书，我二人如何面回摄政王，依我等之意，在扬州城暂住几日，大人修好回书后，再回不迟！"

"对！摄政王交代过，礼尚往来，大哥，别错过机会！"史可程劝诫道。

"住口！你这个多嘴的东西！"史可法的肝火又旺起来，喝住了史可程。他在屋内踱了几步，思虑片刻说："也罢，你们二人暂在城内住下，但不许擅自走动，如违约定，生命不保！"

"我抗议！"多尔朵不服道。

"抗议！那就请出！"史可法语气严厉，没有任何商量余地。

"好吧！"多尔朵软下来，又追问一句："那史大人何时回书？"

"多则三五日，少则一二日，必有回书。"史可法说完，转对一旁的侍卫吩咐："去，侍候多尔朵去客栈休息。"他又一指史可程道："可程留一会儿，本督师有话说。"

侍卫带多尔朵走向门外，屋内只剩下史家兄弟。史可法骤然变了脸色，命令侍卫道："把史可程捆起来。"

史公缚弟

侍卫上前架住史可程，几下把他捆起，史可程挣扎着问："为何捆我？"

"论家法我是兄长，对没有出息的兄弟有权处治。论国法，你是卖身投靠清军，是国贼，人人当诛。家法国法，我都有权处治你，你还有什么话说吗？"

事到此时，史可程吓得脑门子的汗早已淌下来，哪还敢说半句横话，他哭泣着说："大哥，我死别无他求，只求与伯母见上一面，是她老人家一口水一口汤把我养大。"

"呸！你还有脸提起伯母！"史可法恶气不出，吐口唾沫，挥手道："带下去，押进囚房！"

侍卫架住史可程准备拖下去，史可程哀求道："大哥，救救我，饶了兄弟吧！看在伯母的情分上，不要杀我……"史可程哀求的声音渐远了。屋内，史可法想起与史可程童年的件件往事，也是神情黯然，眼睛潮乎乎的，心里很不是滋味。他走到院子里望着黑幽幽的天空，默默地站了许久。

"大人，时候不早了，该吃饭了！"侍卫进来低声提醒道。

史可法抹去泪痕，转身步向屋内，刚迈上台阶，转身吩咐道："快！快派人去请扬州巡抚黄家瑞来督师府议事！"

"遵命！"侍卫答应一声，转身跑走。

心里有烦事，吃饭也不得其味，思谋着摄政王多尔衮前来下书的目的，史可法用罢晚饭，放下碗时，竟然不知吃的是什么，是菜？是汤？是馍？是饭？他一概说不清，只觉得肚子胀胀的。

他放下碗筷，命人撤去餐具，顾不得漱口，就急急回到书房。

窗前，史可法焦急地踱步，等待扬州巡抚黄家瑞的到来。

黄巡抚刚踏进门槛，史可法忙迎上前："黄大人，请。"

"史大人晚安！召家瑞前来，怕不是有什么紧急公文吧？"黄巡抚忙上前施礼问。他四十五岁，生得斯文、白净，儒士打扮，看相貌不像掌管偌大扬州城的巡抚，倒似个教书的先生。此人对史可法很是敬重，视为密友。特别是史可法说退高杰围城之兵，安顿四镇之后，对史可法更是另眼相待。

史可法进驻扬州后，无论大事小情，他都要跟黄家瑞商量，有什么话从不撂在肚子里，两人成为无话不谈的挚友。所以，今晚见史可法满脸焦急的神色，刚见面后，来不及落座，就开门见山地询问道。

"黄大人，请坐下来再谈！"史可法亲自搬过一把椅子，放到黄巡抚面前。黄巡抚坐下，侍从献上茶，史可法屏退左右，拿出清摄政王多尔衮的那封书信说："黄大人，清摄政王多尔衮下书于我，不知何意。现可法请黄大人来，一是为老夫谋划处置办法，再者也做个见证，以免日后，小人搬弄口舌时，无以为证。"

"多谢史大人器重！"黄巡抚站起，接过那封还未曾拆启的书信，在灯下审视一遍后说："史大人，本官也收到一封信，是汉奸文人李雯、清廷新任命的秘书院大学士范文程写来的，信中也谈及摄政王给史大人写信之事。适才本官还不相信，如此看来，这是经过一番周密策划的大阴谋了。"

"啊！"史可法暗自一惊："看来，今天多亏把黄巡抚请来，如果自己不是如此处理，而是头脑发热，基于气愤，真把来信毁掉、杀死来使，那自己就是有八张嘴也难以分辩，跳进黄河也洗不清啊！"

史可法拿过信，拆开封印道："黄大人，咱们共同欣赏多尔衮的奇文，看看他葫芦里卖的什么药。"他把蜡烛移近些，轻声念道："史尚书台鉴：予向在沈阳，即知燕京物望，咸推司马，后入关破贼，得与京都人士相见，识介弟于清班，曾托其三劝平安，奉致衷绪，未审何时得达？"

"怎么？下书人是史公的亲人？"黄家瑞疑问道。

"是我那没有出息的堂弟史可程，他先前曾给本官写过信，对我劝降，被老夫骂了一顿，今天又以副使的身份，前来下书。"

"啊，何不请来一见？"

"现已被老夫关进死牢！"

"准备如何处置？"

"绑送南京，交刑部处罚。"

"此举甚为得体，只是你们兄弟情义就此断绝了。"

"他已降清，老夫与他势不两立，何有兄弟情义？"

这才是：扬州城内，官差仗势欺人抢民女。

督师府内，可法大义秉公惩堂弟。

欲知后事如何，请看下文。

梅岭瘦西湖一景

书房内，史可法咳嗽一声，继续念道："比闻道路纷纷，多谓金陵有自立者，夫君父之仇，不共戴天。《春秋》之义，有贼不讨，则故君不得书安葬，新君不得书即位；所以防乱臣贼子，法至严也。大顺李自成称兵犯阙，荼毒君亲，中国臣民不闻加遗一矢；平西王吴三桂界守东陲独效包胥之哭，朝廷感其忠义，念累世之凤好，弃近日之小嫌，爰整貔貅驱除枭獍。入京之日，首崇怀宗帝后谥号，卜葬山陵，悉如典礼，亲郡王，将军以下一仍故封，不加削，勋戚文武诸臣咸在朝列，恩礼有加。耕市不惊，秋毫无扰，方拟秋高气爽，遣将西征，传檄江南，连兵河朔，陈师鞠旅，勠力同心，报乃君国之仇，彰我朝廷之德，岂意南州诸君子，苟安旦夕，弗审事机，聊慕虚名，顿忘实害，予甚惑之！"

"卑鄙！"史可法念到此，气冲斗牛，猛地把书信拍在书案上，将蜡烛震得直抖。他站起愤愤地踱着步，左手叉腰，右手怒指北方，骂道："多尔衮老匹夫，你欺人太甚，待我誓师北伐之日，抓住你这老贼，非抽你筋扒你皮不可！"

黄巡抚站起，咳嗽一声，拿起信件，抖抖信纸，继续念道："国家之抚定燕京，乃得之于闯贼，非取之于明国也，贼毁明朝之庙主，辱及先人。我国家不惮征缮之劳，悉索敝赋，代为雪耻。孝子仁人，当如何感恩图报，兹乃乘逆贼稽诛王师暂息，遂欲雄据江南，坐享渔人之利，揆诸情理，岂可谓平。将以为天堑不能飞渡，投鞭不足断流邪？"

"强盗！"史可法抢步上前，夺过来信就要撕毁，却被黄巡抚一把攥住："史大人，使不得！使不得！"

此刻，侍立门外，随时听候招呼的史德威、史继州，听得屋内二人激愤的声音，以为他们之间发生了争吵。

他们疾步来到门口，探头往里一看，又不似二人不和，发生争吵的样子，好像在商量什么事情。

二人疑惑地对望一眼，只得住步，隔着门窗，往书房内观看……

书房内，史可法从胸膛中发出一声长叹："唉——"全然不顾屋外史德威、史继州的反应，也没有顾念他们的举动，颓然跌坐在椅子上。

黄巡抚将揉皱的信纸抚平，将椅子向蜡烛前移，又一字一句地读下去："夫闯贼但为明朝崇耳，未尝得罪于我国家也。徒以薄海之仇，特伸大义。今若拥号称尊，便是天有二日，俨为敌国，予将简西行之锐，转旆东征，且拟释彼重诛，命为前导。夫以为中华全力，受困横池，而欲以江左一隅兼支大国，胜负之数无待蓍龟矣。"

"予闻君子之人爱人也以德，细人则以姑息。诸君子果识时知命，笃念故主，厚爱贤王，宜劝令削号归藩，永绥福禄。朝廷当待之以虞宾，统承礼物，带砺山河，位在诸王侯上，庶不负朝廷伸义讨贼，兴灭继绝之初心。至南州群彦翩然来仪，则尔公尔侯，列爵分土，有平西王之典例在，唯执事实图利之！"

"啊呸——怎么？多尔衮让我史可法效仿吴三桂，卖国求荣，认贼作父？"史可法听到这儿，猛地跃起，破口大骂："吴三桂是什么东西，不念先君对他知遇之恩，不思报国为民之本，不顾千古唾骂，背祖叛宗，世人耻之！多尔衮真是瞎了狗眼，也要我堂堂大明忠臣，效仿什么狗屁平西王吴三桂之例，呀呀呀呸！"史可法气愤填膺，愤然站起，手指北方，高声怒骂，以泄心头之恨。

他见黄巡抚又将烛火拨亮些，展开另一张纸，上前道："黄大人，让老夫自己念一念，我倒要欣赏多尔衮网罗的所谓御用文人，究竟有什么文才，能够颠倒黑白？"

史可法读道："晚近闻士大夫，好高树名义，而不顾国家之急，每有大事，辄同筑舍。昔宋人议未定，兵已渡河，可为殷鉴。先生领袖名流，主持至计，必能探维终始，岂容随俗浮沉？取舍从违，应早审定。兵行在即，可西可东；南国安危，在此一举。愿诸君子同以讨贼为心，毋贪一身瞬息之荣，而重蹈故国无穷之祸，唯善人能受尽言。敬布腹心，伫闻明教。江天在望，书不尽意。"

"气死我也。"史可法手举信函，高举双臂，仰天吼道。他脸色铁青，猛地把信纸团到一起，拍到书案上，端起桌案上的凉茶，一气喝干，希冀给熊熊燃烧的心火降降温，但他仍不觉解气，把茶盏蹾在桌上，激愤地在屋内急促地徘徊。

望着史公在屋内来回走动的身影，屋外的史德威再也忍不住，他端起一壶热茶，走进屋内，依次给史可法、黄巡抚斟满。小心劝解："大人，请喝口茶，败败火，大热天，遇事要冷静，不动气，更不发火。"

史可法嘴唇翕动几下，强压怒火："老夫冷静，不动气，更不发火，可能忍得住吗？"

"史公……"史德威想说什么，却没有说出。

黄巡抚拿过那团揉在一起的信纸，展开再想看一遍，想从中悟出些潜在的东西。

史可法转身吩咐："德威，你们去休息吧，老夫和黄大人还要商量一些事情。"

"好唻！"史德威答应，出屋前再次叮嘱："史公记住：冷静，不动气，更不要发火！"

"老夫知道，你们去睡吧！"史可法把史德威劝退出书房。

"史公的手下，真有几个不错的将才。"黄巡抚称赞。

"他们几个，十几岁就跟着老夫，老夫把他们当作儿子看待。"

"好哇！打架亲兄弟，上阵父子兵嘛！"黄巡抚脱口赞道。

正在走向门外的史德威，听见身后传来史可法与黄巡抚的对话，心里一热，精神抖擞，十分高兴，快步离去。

书房内，史可法忙着整理桌案。忽而，他听到黄巡抚惊叫道："史大人，快来看，这儿还有几行小字。"说着，他把信纸递过来。

史可法一听，忙抢步上前，接过信纸，凑到烛亮前一看，果不其然。下面真有几行蝇头小字。细细看之为：如有密信回复，可托信使转交当面，此为心腹之人，可信赖。又及，如有义举或高策，可再差心腹复命。还有两行隔三岔五地抹个黑疙瘩。史可法认了半天，也看不清是什么字，不知何意，这几行蝇头小字，笔法无章，字迹潦草，犹如孩童所书，与前面正文的字迹和笔力相比，迥然不同，判若两人。他又横竖看半天，也不明白最后两行的文意，史可法又拿给黄巡抚，暗自问道："这两行字写的是何意？为何不写清楚呢？"他的眉头又渐渐紧皱起来。

黄巡抚揣摩许久，也没有看懂，不解地自语道："多尔衮玩的什么鬼把戏呀！"

史可法呆呆地发愣。蓦地，他眼睛一亮，一拍大腿道："这是多尔衮的离间之计。三国时，曹操为疏间马超和韩遂的叔侄关系，用的就是这个方法，此为离间计。"

"毒哇！"黄巡抚被史可法一语点破，也醒悟到。他站起踱了两步说："多尔衮居心叵测，意在一箭三雕。"

"唔？"史可法闻言一惊，侧目倾听黄巡抚的高见。

"据老朽看来，书信出自李雯、范文程之手。他二人在给老朽的信中已有所透露。而下面这几行小字，倒似多尔衮所为。他不善汉字，所以与上面文字相比，显得文采既差，字迹又劣。"

"有道理！"史可法点头赞同黄家瑞巡抚的分析："那么，多尔衮的意图何在呢？"

黄家瑞倒背着手，在书房内边溜达边分析："多尔衮之意，不外有二：一为史大人为新朝首辅，执掌朝政，威望和职权都是举足轻重的人物，加之大人又是抗清的主要支柱，如能把大人争取过去，无疑是兵家不战而屈人之兵的上策……"

"那第二呢？"史可法急切地询问，欲知多尔衮的全部阴谋诡计。

"第二嘛，这封信如被大人拒绝，多尔衮这封信就意在离间史大人和皇帝的关系。众所周知：史大人在迎立福王时，持有异议，多尔衮见缝插针，不给皇帝写信，不按外交途径办事，如皇帝知晓他给史公写信，不按礼数给南朝皇帝写信，必起嫉妒心，再有中间小人进谗言挑拨，皇帝必生疑心，无端对史大人乱生猜忌之心。"黄家瑞不愧为见过世面的官宦人才，一席话说得史可法连连点头，表示赞赏。

"那多尔衮最终的目的是什么呢？"

"他的狼子野心就是离间史公和新朝的关系，使皇帝对督师或分权处之，或不再重用史大人，或加害史大人，三个目的达到一个，就正中多尔衮下怀，达到借刀杀人的目的。"

黄巡抚不愧为博古通今的饱学人士，合情入理地分析，说得史可法不断领首赞同。他的心情沉重了许多。他掂量着那封信函，似有千斤。自语道："老夫猜测，多尔衮可能还有另外的目的。目前，他正派兵遣将，追杀李自成，无暇南顾，似有拍猫吓虎，暂稳我新朝人心之意。而一旦反过手来，就将挥戈南下。"

"那他这是一箭四雕了，多尔衮真是老奸巨猾啊！"黄巡抚惊叫。

厨房内烟火升腾，史继州手脚忙乱，他倒上些许食油，把葱切丝，放入锅内。

史德威走来，看见史继州在忙碌，近前问："继州，深更半夜的不睡觉，你忙活什么？"

"德威呀，快来帮把手，添点柴火。史大人整整忙了一天，中午没吃好，晚饭又没吃，我想给他做碗热汤面……"史继州一边忙活，一边说。

"好哇！没想到你小子长得五大三粗，心倒挺细。"史德威说着，走到灶口，帮助往灶里添柴。

"德威，你说史公这么好的一个人，怎么老是这么不顺，一事接着一事，没完没了。我都为史公着急、生气。"

"就是，你看马士英、阮大铖之流，老跟史大人过不去，给他设坎，要他办不成事，你说要不是史公给他们在江北支着，南京他们能够活得那么自在吗？"

"就是，他们这些家伙就是知恩不报的小人。"

"我看史大人活着真累，老是为别人想，为朝廷想，就是不为自己想。现在，又把堂弟抓起来了，也不知怎么处置？"史继州一脸愁云。

"嘻——别瞎想了，汤面熟了，快盛上端过去吧。"史德威吩咐。

书房内，史可法与黄家瑞还在操心新朝的政务，分析错综复杂的战局："黄大人，这多尔衮是清廷的核心人物，千万不可小觑！"史可法忧心忡忡，彰显着自己对南廷的关心。

"史公所言正合我意，只是眼前该怎么应付这封信呢？多尔衮下书史大人这事，恐怕他早已大肆宣扬，掩盖怕是不行，那又当如何处置呢？"黄巡抚不无忧虑地说。

"怕什么，老夫坐得直、行得正，把这封信和下书人一块儿转给圣上处治。不就能证明我的一片忠心了吗？"想到此，史可法心情倒坦然了些。他相信，只要做到光明磊落，皇帝就不会生疑心，多尔衮离间他与皇帝的诡计，就会竹篮打水，枉费心机。

"依下官之见，史大人可选派文人名流，复书多尔衮，给他也来个'以其人之道，还治其人之身'，杀杀他的锐气，使他不敢小觑南朝，视江南无贤能儒士！"黄巡抚建议道。

"此意甚好！只是史可法初来此地，对江浙名士知之不多……"

"这个不妨，老夫有几名好友，虽算不上当今才子，也可谓是佼佼者。如安徽人何亮工、江西乐平人王纲、河商商丘人侯方域，笔头都很有功力。老夫写封信，他们都会应召前来的。"

黄巡抚热心举荐，让史可法很受感动。他又为黄巡抚沏上茶说："此事宜速不宜迟，老夫连夜上书圣上，明晨即可将书信和老夫堂弟史可程押送南京。请求圣上发落。"

"堂弟也一并送去吗？"黄巡抚惊问道。

继州送汤

门外台阶前，史继州端着热面汤兴冲冲地走来，在窗口听到书房内的对话，不由自主地停住脚步，暗自诧异："什么，史公要把堂弟史可程押送南京，请求圣上发落？不行，我得跟史德威说一声，想个办法。"

史继州想着，一闪身，没有走进书房，端着汤碗，走向史德威的住处。

书房内，史可法专注地与黄家瑞商量着明天的具体事宜，没有注意门外手下史继州的举动。他上前沉痛地说："黄大人，史可程的出现，这是史家的不幸。此次，他是作为送信的副使前来，被老夫扣押。可法思量，多尔衮让他来下书，也有所企图，信开头已言明。如老夫放他回去，授柄于权奸。如不将其上移南京，必为圣上所恼。所以，老夫只好将他也一并押往南京。将两军交战，不斩来使之责，归咎于老夫。失信于天下这一次，以彰可法对新朝拳拳心迹。"

"史大人，此事是否再考虑一下，堂弟送往南京，必死无疑，是不是……"

史可法挥挥手道："别无他策！"他把多尔衮的书信送到黄家瑞面前说："黄大人的书法精熟，就请黄大人将此信再复抄一份，以后备用。明晨，可法将派人把原件送往南京。"

"好吧！"黄巡抚看看史可法满脸憔悴的神色，不便推脱，只得应允。

偏将寝室内，史德威脱衣准备睡觉，史继州一撩门帘，端着热汤面进来。

"史大人不吃，你吃了得了，干吗还给我送来？"史德威不明事情的原委，低声说。

"给你送来？瞧你美的。"史继州放下热汤面，近前低声道："德威，你知道不？史公要把堂弟史可程押送南京，请求圣上发落。"

"你怎么知道？"史德威翻身坐起问。

"刚才，我刚要进书房给史公送去热汤面，在门口，史公说给黄大人时，我无意当中听到的。"

"这——不可能吧？史公这么做，不是正中马士英、阮大铖的下怀，授柄于他人吗？"

"我是听史公亲口说的。"

"黄大人怎么说？"

"黄大人要史公三思。"

"此事是要三思，莽撞不得。"

"要不，咱们去找找史公，劝劝他？"

"走！"史德威翻身而起。

黄大人拿起那封信，告辞而去，史可法一直把黄巡抚送到督师府大门口，才依依惜别："黄大人，让您受累了。"

"别客气！谁让我们同朝为官，自幼饱读圣贤之书呢？"

"说得好，为人臣，就要尽臣责。既为新朝官员，食朝廷俸禄、民脂民膏，就要鞠躬尽瘁，死而后已。"史可法热血沸腾，十分激动。

"国家兴亡，匹夫有责！"二人紧紧握手辞别。

目送黄巡抚走远，史可法径自走向厨房……

院中，史德威、史继州匆匆走来，快到门口，史继州忽然停住脚步："坏了坏了……"

"怎么了？咋咋呼呼的？"史德威问。

"我忘了端那碗热汤面了，瞧我这记性！"史继州连连跺脚。

"还不快去端，再磨蹭，就凉了。"史德威提醒。

史继州转身就往回跑。

史德威半开玩笑："你小子，什么时候长大呀，省钱费饭多操神！"

史可法来到厨房，吩咐伙房班头："你们不要睡了，烧几道菜，油煎鸡蛋、红烧鱼、麻辣豆腐、红烧鸡块，备好一碗汤，一壶酒、一只杯、一双筷子，一会儿送到书房。"

"好嘞！"厨师们爽快地答应一声，以为是史可法多日劳累，需要营养，做得格外精细。

史德威走进来时，史可法已回到书房。他看一眼书房问："史公，黄大人走了？"

史可法点点头。随后史继州端来热汤面，史可法一看，就明白了什么。笑问："这是谁的主意？"

史继州看看史德威："史公，我们俩。"

"好哇。你们知道关心老夫了？没白疼你们。"

"史公，您趁热吃了吧！吃完我们有一事相求。"史德威说。

"有事就说嘛，干吗还要等到吃完热汤面，还要什么相求？自家人，客气什么？"史可法显得少有的温和。

"不！您吃完后再说！"

"好吧！"史可法也不客气，端起热汤面，大口大口地吃起来。

刚刚吃完，伙房班头端来刚刚做好的饭菜。史德威、史继州一看，就犯开嘀咕，史公刚吃过热汤面，又做这么多的菜看干什么？

他们刚要问什么，史可法发话了："德威，继州，你们有什么事情赶紧说，一会儿，你们还要随同我到牢中看望一个人。"

"去牢中看望一个人？谁？史公……"史德威不解。

"您在扬州这里没有亲人，也没有故友哇，您去看望谁？"

"嘻——还有谁？老夫那不争气的堂弟史可程呗！"

"史公，这么说，你准备不把堂弟送往南京，交刑部惩处了？"

"谁说的？老夫这是为他送的断头酒、断头饭！"

"史公，我们求您……"

"打住，你们给我做热汤面，就是这个目的吧？"

"史公，你可要三思啊！"

"住嘴！"史可法面沉似水。

史德威、史继州只得退后一旁，不敢再吱声。

"来人，把饭菜端到后院去……"史可法吩咐："德威、继州你们作陪，也随同我前往后院。"

灯火昏暗，督师府后院十分寂静，史可法一行默默走路。

"史公……"史德威还要再说什么。

史可法沉默不语，史继州拉拉史德威的衣袖，示意他不要再说什么。

后院靠东侧院墙，有两间小厢房，就是临时改建的牢房。房内的柱子上，捆着史可程。守卫看见史可法带领几个人过来，赶忙打开牢门。史可法进屋后，命人掌上烛火，又命人为史可程解开绑绳，对侍卫说："你们都出去吧！"

侍卫们退下去，史可法把托盘移近些，满上一杯酒，端到跪缩在墙角的史可程面前说："可程兄弟，哥为你饯行来了。"

史可程身子一震，似乎看到什么希望："怎么？明日哥哥放了我？咱们一起走吧，我带你去见多尔衮……"

"住嘴！"史可法厉声道。

"那你为我饯行是什么意思？"史可程追问。

"哥明天将命人把你押送南京，交刑部处治。"

"这是真的？"

史可法点点头。

"为什么？"

"可程啊！这非是为兄心狠，是你太不争气啊！"

"哈哈……"史可程揉揉捆得发麻的手脚，盯着史可法冷笑一声："你是黄鼠狼落泪，假充慈悲。你要真心疼兄弟，念昔日一丝情谊，何必如此待我？"

"唉——"史可法端着酒壶长叹一声："兄弟，国法难容啊！上次你写信与我，就险些把愚兄我气个半死。你为何贪图一时富贵，忘记祖宗遗训，而屈膝于清兵，难道你忘记你的父母均死于清兵之手，忘记你家一套院落、三十多间房子被清兵付之一炬，叔叔婶婶还有小妹都葬身火海了吗？"

"我……"史可程似为所动，欲言又止。

"可程兄弟，哥哥后悔呀，是愚兄害了你。想当初，我若不把你荐举给吴三桂，你也许不会有今天，生活或许会好些。"史可法失悔地叹道。

"大哥，告诉你，少提平西王吴总兵，人家待我不薄，哪像你穷酸相，徒有虚名，全不念骨肉之情！"史可程气恨地别过脸，一把推开史可法递过来的酒杯道："你是大尚书，我是阶下囚，我不稀罕你赐的酒，更不愿意再听你的啰唆，是杀是剐，由你处治！我的史尚书、史学士、史督师、史大人！"他讥讽着史可法，声音一声比一声高。言罢，背转身，面对墙壁不再看史可法。

史可法受到史可程的一顿抢白、奚落，心里很不是滋味。他又上前移近一步说："可程，你可以骂我、打我，可你不该冤枉我。我们史家，世代清白，你总不能为自己一时贪图享受，而毁了祖宗的名声吧！"

"哼——"史可程嗤之以鼻，转身以背面对史可法。

"可程，你姑且不念咱们兄弟幼时之交，不念我俩同堂共窗多年之谊，不念你我同饮一井之水的情分，可总该念一笔写不出两个史字，该念九泉之下叔叔婶婶在天亡灵，喝下这杯酒吧！"史可法说到动情处，眼睛发潮，泪水盈满眼窝，伸手扶住史可程的肩头。

"我不喝！我谁也不念，就念谁给我官做，谁给我钱花，谁给我女人，我就念谁的好！不然，就是阎王老子我也不念。"史可程说罢，一把打开史可法扶住自己肩头的手，走离两步，与史可法保持一定的距离。

"也罢。"史可法的心像被人用刀剜着，一窝一窝地疼。他把酒泼在地上说："你不喝，这杯酒算是祭奠我那亡故的叔叔婶婶吧！"他又满上一杯说："这第二杯酒，就算愚兄我为祭祀你之酒，到南京如刑部判你死罪，为兄远离，不能为你祭祀天地，这杯酒就算是为你饯行吧！祈祷天地之酒吧！"

"出去！出去！我不稀罕你的可怜！"史可程狂怒地吼道。他眼睛血红，脸色铁青，扭曲得十分可怕，脸上的肌肉拉成沟沟道道。在烛光的映照下，煞是难看。他手指牢门："你走开，我不想再看见你！"

史可法见不能劝说史可程，只得作罢。

他起身走向门外，低声说："可程，如你不愿意与愚兄说话，这几道菜，你就留下填填肚子吧！"

史可法走出牢房，侍卫锁上屋门。身后传来摔碎器皿的响动，那是史可程踢翻托盘的声音。

史可法强忍快要溢出眼窝的泪水，默默离去，在房前屋檐下走路。

此刻，月亮似温柔的新娘，披上淡淡纱衣，隐进云层里，天地间一片朦胧。

史可法的心情犹如被云层遮住的月亮，灰蒙蒙的，说不出是什么滋味。

暗夜中，传出他一声如怨如诉的叹息："一个人怎么说变就变了呢？可程小时候不是这样啊！"

月光下，他脚步蹒跚，心情沉重，不小心被什么东西绊了一下，险些摔倒。

翌日清晨，史可法正端坐在书案前，拟定回复多尔衮书信的提纲，忽听见门外一阵脚步声，史德威、史继州等家将一齐进来，史可法抬头望望他们，不解地问："尔等不去做事，来此做什么？"

"史大人。"他们相继跪下，史德威俯首在地，瞟了左右一眼，怯怯地恳求道："我们请求史公法外开恩，饶恕史可程，原谅他也是史家骨血……"

"啪！"史可法掷笔在桌，愤然而起，怒道："糊涂！都给我退下，如再有求情者，按清军奸细论处。"

众人见史可法怒火冲天，不好再说什么，面面相觑，只得起身躬身退下。

房屋中央，只有史继州跪地不动，史可法脸色拉长，喝问："继州，你还不知趣退下，难道还有什么话要说吗？"

"史大人，小人有一事不明！"史继州壮胆而问。

"何事不明？

"我问大人，史可程他是作为清国信使，还是作为私人关系前来扬州的？"

"这……"史可法一时语塞，沉吟片刻说："当然是作为清国信使而来。"

"既为清国信使而来，何以要治罪？人言：两军交战，不斩来使。而今扣留史可程，欲送交南京治罪，恐怕不大妥吧？史大人此举，明白人知道你是清正廉明，不徇私情。不知道内情的人，当史大人出卖亲情骨肉，邀功买赏，博取功名！小人恐怕大人此举有失天下人之心，斗胆直言。"

史继州的话语，犹如一记闷棍，重重地敲在史可法的头上，他脑袋一阵昏厥，猛地站起，勃然变色道："胡说！来人，把他拉下去，重责二十鞭子！"

侍卫们奔进，欲拖继州下堂施刑，史继州挺身而起说："别动，我自己会走！"走到门口，他又回过头高喊："史公，你这样孤情寡义，是要后悔的。"

"再加二十鞭。"史可法气坏了,紧咬着嘴唇,他冲出门外喊:"史德威……"

"末将在——!"史德威躬身而进。

"你挑选二十名骑兵,即刻出发,一定把史可程送交刑部。"他把桌上刚写好的书信封好,递给史德威道:"这封信,你亲自交给刑部尚书,他自会明白。"

俩人正说着话,家人进来,走近史可法低声道:"史大人,这是黄巡抚命人送来的东西。"说着,家人递上一个密封的信袋。

史可法看见信件,情知黄巡抚已连夜把原信复抄了一遍,他在纸袋内又加进自己的一封信,用火印封好,交给史德威道:"这封信关系重大,千万小心,一定要面交高弘图高大人。"

"遵命!"史德威连声应道。

院子里传来侍卫行刑时抽打史继州的皮鞭声,声音像抽在自己的身上,使史德威一惊一乍的,恨不得早些离去。

"德威,你要小心为是!"史可法把史德威送到大门口,反复叮嘱道。

"大人放心!卑职将尽力而为。"史德威说着,跨上战马,与史可法揖别,离开督师府。

史可法正待转身,却见高杰将军披挂整齐大步而来,他赶忙迎出门外。

高杰大步走来,他今天盔明甲亮,脸刮得精光,粗犷中透着几分英气。

史可法忙迎上前:"高将军,请书房内一坐!"

"不了,史公,我是来向大人辞行的!"

"屋内请。"史可法再次伸手相让。

"不了,史大人,我思虑几天,决意带兵出征。大丈夫志在建功立业,岂能独居一地,贪妻恋子,而不思进取呢!末将准备移兵江淮以北,做南京的第一道防线,以防清兵直逼扬州。"

"好哇!"史可法拍着高杰的肩膀说:"高将军,有你这样的猛将,清兵岂敢小觑新朝?收复中原、光复大业,指日可待啊!"他拉住高杰的手说:"高将军,府内请,还有什么困难吗?"

高杰欲言又止,见史可法用坦诚的目光,热切地望着自己,迟疑一下说:"史大人,营中所缺无非是粮草,可大人的处境末将深知,提出要求反使大人为难，不如自己解决吧！此次北进，也确实为粮草所困，史大人请留步吧！"

"高将军还有什么事相托吗？"史可法今见高杰主动请缨北上，深为所动，再次相问。

高杰走了几步，停住脚步，踌躇片刻说："末将北进中原，只有一事难于启齿，不知当讲不当讲？"

"高将军书房请，屋内坐……"史可法再次相让。

史可法、高杰相继走进书房。史可法命人献茶，然后屏退左右："高将军但讲无妨！"

史可法见高杰左顾右盼，难于启齿的样子，情知他心中必有难言之事，决心助他一臂之力。他又补充一句："高将军，你我既为将帅关系，你的困难，就是本督师的困难，你提出要求，只要是本督师能做到的，决不推辞！"

"史大人，末将决心以身许史公，率军北进，征程劳顿，辗转他乡，不宜带妻小，而如今妻子、小儿，尚住扬州城外，如宿旷野，末将尚有后顾之忧啊！烦请史大人，让她们母子住进扬州城内，这是末将最后一点要求，不知……"

"区区小事，不需费心。高将军，扬州城内一时也难以找到合适的住所，这样吧，本督师决定：把督师府后院让给将军妻小住如何？"

"那，史大人您……"高杰有些不肯。

"本督师家小在南京，后院暂无人居住。把后院让出即可！"史可法手指督师府后院说。

"若能如此，史大人真如高杰再生父母。史公知遇之恩，容当后报！末将告辞。"高杰言罢，抱拳拱手，转身大步而去。

史可法把高杰将军送至督师府大门口，久久凝视着他逐渐远去的背影，直待高杰策马扬鞭，渐渐远去，消失在街角。史可法回想自己与高杰相识、相知、相交的一幕幕往事，不由得赞道："是匹好马，训练得法，可为国家栋梁之材啊！"

转瞬秋季已至，公元1644年农历九月十五日，史可法调停完四镇纷争，命高杰、刘良佐、刘泽清、黄得功各回防区，布置妥扬州、长江防线的防

史可法——铁血传奇

务，这才心情稍安。

这一天，史可法正在督师府内的书房内批阅公文，听见脚步响。抬头一看，却见扬州巡抚黄家瑞悄悄走进来，一脸喜色。史可法赶忙放下笔，站起来迎上前。

"史大人，家瑞没有通禀，悄悄而进，想必不会怪罪吧！"

"哪里话，咱们一家人嘛！"史可法忙搬过椅子，让黄巡抚坐下，微笑着问："黄大人，此来面带喜色，怕不是有什么好消息告诉我吧？"

"您猜对了。"黄巡抚由随身携带的信函袋中，取出一沓信纸说："史公，你命本官回复多尔衮的复信草稿已拟出，请大人过目定稿。"

"哎啊哦——？"史可法眼一亮，接过扫了一眼，提起笔，把"清摄政王多尔衮台鉴"几个字划掉，在复信题头上开具全称头衔：大明兵部尚书兼东阁大学士、扬州督师史可法顿首谨启大清国摄政王殿下：

"好！这样好！"黄巡抚脱口称赞道："采用国书格式，既显郑重，也避免有私信往来之嫌！"

史可法手持狼毫细笔，边念边改，复信的内容为："南中向接好音，法随遣使问讯吴大将军，未敢遽通左右，非委隆谊于草莽也，真不啻从天而降也。循读再三，殷殷至意。"史可法逐字逐句地审视、斟酌，哪怕连一个语助词，也不放过："若以贼尚稽天讨，烦贵国忧，法且愧且惧左右不察，谓南中臣民偷安江左，意忘君父之仇，敬为贵国一详陈之。"

"这开头还不错，写得有文采，虽说有些孤僻，但这样也好，国书就应如此啊！"黄家瑞表示。史可法点头赞可，顿了一下又念：

"我大行皇帝敬天法祖，勤政爱民，真尧舜之主也，以庸臣误国，致有三月十一日之事。法待罪南枢，救援莫及，师次淮上，凶问遂来，地坼天崩，山哭海泣。嗟乎，人孰无君，虽肆法于市朝，以为泄泄者之戒。亦奚足谢先皇帝于地下哉！

"尔时，南中臣民，哀恸如丧考妣，无不拊胸切齿，欲悉东南之甲，立剪凶仇；而二三老臣，谓国破君亡，宗社为重，相与迎立今上，以系中外之心。

"今上非他，神宗之孙，广宗犹子，而大行皇帝之兄也。名正言顺，天与人归，五月朔日，驾临南都，万姓夹道欢呼，声闻数里。群臣劝进。今上悲不自胜，让再让三，仅允监国。迨臣民伏阙屡请，始于十五日正位南都。从前凤集河清，瑞应非一，即告庙之日，紫气如盖，祝文升霄。万目共瞻，欣传盛事。大江涌出楠梓数十万章，助修宫殿，岂非天意也哉！"史可法看到此处，微皱浓眉，面带为难之色。黄家瑞见此忙问："怎么？史公，这段不合您意吗？"

"强奸民意，言过其实啊！"史可法不以为然。

"要不，让他们再去改改？"黄家瑞赔着小心问。

扬州前往南京的大路上，史德威带着一队骑兵，押解着囚禁着史可程的木笼囚车，粼粼而行。

木笼囚车内的史可程披头散发，一脸愁苦。

蓦然，他看见史德威骑马过来，心头一喜，侥幸求生的欲念，壮起他的胆子，高声喊道："骑马者可是史德威史将军？"

"便是，你有什么事？"史德威冷冰冰回答。

"史将军，念你我故交，一笔写不出两个史字，可否法外开恩，放可程一马？"

"不可！似尔等官员，食朝廷俸禄，不思回报，而去降敌，难道不该惩处？不该杀吗？"

"嘻，兄弟呀！我这也是不得已而为之嘛，如将军放过我，日后发达，骏马任骑，高官任做，美女如云，豪宅任住！怎么样？我们做个交换如何？"史可程鼓动三寸不烂之舌，滔滔不绝，诱惑着史德威，乞望着逃生的机会。

"我放过你可以，你的良心能饶过你吗？大明百姓会饶过你吗？"史德威高声责问。

史可程被问得哑口无言，暗自叹道："我们史家，怎么竟是堂哥和你一样的死拧筋？栽到你们手里，我是倒了大霉了。我完了，完了，什么都完了……"史可程说着，号啕大哭。

"全速前进，天黑之前，到达南京！"史德威命令。

这才是：甄字别句回书清廷，妙手才子研讨文章。

可程求命法外开恩，德威正气严词拒绝。

欲知后事如何，请看下文。

督师府书房内，史可法面沉似水，心里似打翻了五味瓶：苦辣酸甜咸，说不出是什么滋味，他长叹一声："唉！不瞒黄大人，当时迎立福王，实非可法之意，也实出于无奈啊。可今日事已至此，只好这么说了，随他去吧！"

言罢，史可法面带苦笑，又继续念下去："越数日，遂命法视师江北，刻日西征。忽传我大将军吴三桂借兵贵国，破走逆贼，为我先皇帝发丧成礼，扫清宫阙，抚辑群黎，且罢薙发之命，示不忘新朝。"读至此，史可法拿起笔，删去"新"字，改为"本"字。

黄家瑞在一旁赞道："改得好，'新'字容易给人留下歧义，'本'字更有力量，更有底气。"

"黄大人过奖，老夫觉得，用'本'字，更加理直气壮，显得咱们是正宗，名正言顺。"

"对对……"黄大人连连点头。

史可法继续读道："此等举动，震古烁今，凡为大明臣子，无不长跪向北，顶礼加额，但如明谕所云'感恩图报'已乎！谨于八月，缮治筐篚，遣使犒师，兼欲请命鸿裁，连兵西讨。是以王师既发，复次江淮，乃辱明诲，引《春秋》大义来相诘责。善哉言乎，然此为列国君薨，世子应立，有贼未讨，不忍死其君者立说耳！"

俗话说：君子坦荡荡，小人常戚戚，此时此刻南京新朝大殿内，南明新帝朱由崧在内侍的服侍下，正在与马士英、阮大铖等人欣赏歌舞。

弘光皇帝侧脸问道："马总兵，你说咱们君臣在此歌舞升平，史可法在干什么？"

马士英听见弘光皇帝的问话，故作不语，装作没有听见。

"马总兵，江北防御情况如何？"弘光皇帝又问。

马士英还是不语，似乎他在专注地观赏着舞女的身姿和丰满的胸部。

弘光皇帝有些发火，屈身上前欲问。

一旁的阮大铖一扯马士英的衣袖，大声道："马尚书、马内阁，圣上问你话！"

"啊？什么？"马士英装聋作哑。

阮大铖大声说："圣上问你话啦！"

马士英故作不知："问谁？"

弘光皇帝："问你，马尚书、马内阁……"

"圣上有什么旨意？"马士英装傻。

弘光皇帝："朕问马尚书、马内阁，江北防御情况如何？"

"啊？这个……本尚书只负责南京及皇宫的安全保卫，江北防御由史可法、史黑子负责。"

弘光皇帝不满："你现在不是吗？不是阁僚吗？"

阮大铖眼珠一转："圣上，马总兵——啊——不——马尚书、马内阁正在制订一部详细的江北防御计划，只是这种场合……"他一指周围翩翩起舞的歌女，指指耳朵，辩解说："军事秘密，不便说出啊！"

"圣上，请放宽心，一切均在老马的掌握之中，您只要安享清福即可。"

"你们看吧！朕去后宫歇息去了。"弘光皇帝说着，哈欠连天，在内侍的服侍下，走向后宫。

马士英、阮大铖送走弘光皇帝，相互对看一眼，得意地哈哈大笑："这天下、这朝廷……是你我马阮做主的天下了。"

马士英一挥手："上酒。"

阮大铖高喊："姑娘们，把舞跳得再热烈些！"

书房内，清茶一杯，史可法字斟句酌，推敲着回复多尔衮信函的内容："若夫天下共主，身殉社稷，青宫皇子，惨变非常，而犹拘牵不即位之文，从昧大一统之义，中原鼎沸，仓促出师，将何以维系人心，号召忠义？紫阳《纲目》踵事《春秋》，其间特书，如莽移汉鼎，光武中兴，丕废山阳，昭烈践阼，怀愍亡国，晋元嗣基；徽钦蒙尘，宋高缵统，是皆于国仇未剪之日亟正位号。"

"等等，这段怎么这么晦涩难懂，是不是扯得太远了？"黄家瑞提出质疑。

史可法点点头："老夫子写文章，就爱东拉西扯，显示什么文采。"

"文人骚客，就是喜欢这些酸味，懒婆娘裹脚布，又臭又长。"黄家瑞发着感慨。

"还是不要一口否定，我看还是有可取之处的。"史可法沉吟片刻说。

"那史公的意思是……"

"咱们通篇看完再说。"

"也好，史公继续念吧！"

史可法接着又读下去："《纲目》未尝斥为自立，率以正统予之。甚至如玄宗幸蜀太子即位灵武，议者疵之，亦未尝不许以行权，幸其光复旧物也。"史可法读到此，眉飞色舞，脱口赞道："这段文字写得好，好文采，谁言江淮没有能人？"

黄家瑞："看来此文足可与奸人李雯、范文程来信媲美了。"

史可法："那当然，有此人才，大明有望！"

黄巡抚见史可法高兴，忙端来一杯香茶，史可法也不谦让，端过喝了一口，放置一边，又急急看起来。

"本朝传世十六，正统相承，自治冠带之族，继绝存亡，仁风遐被，贵国昔在先朝，凤膺封号，后以小人构衅，致启兵端，先帝深痛疾之，旋加诛戮，此殿下之所知也。今痛心本朝之难，驱除乱逆，可谓大义复著于《春秋》矣。"

"有道理，言之凿凿，看多尔衮手下的文痞怎么回复！"黄家瑞插话。

史可法："若我国运中微，一旦视同割据，转欲移师东下，而以前导命元凶，义利兼收，恩仇攸忽，奖乱贼而长寇仇，此不惟孤本朝借力复仇之心，亦甚违殿下仗义扶危之初志矣。"

批改到这一段，史可法转身招呼黄巡抚，手指信稿道："这段不错，口气和缓。柔中带刚，既坚持原则，又没有刺激对方，却也言之有理。"史可法舒展一下酸痛的腰腿，坐下来继续批改信函。

"昔契丹和宋，止岁输以金缯；回纥助唐，原不利其土地，况贵国笃念世好，兵以义动，万代瞻仰，在此一举。若乃乘我蒙难，弃好崇仇，规此幅员，为德不卒，是以义始而以利终，为贼人所窃笑也。贵国岂其然乎。"

"文采尚可，还是有些晦涩难懂。"史可法摇摇头。

"往昔，先帝轸念潢池，不忍尽戮，剿抚互用，贻误至今。今上，天纵英武，刻刻以复仇为念；庙堂之上，和衷体国；介胄之士，饮泣枕戈；忠义兵民，愿为国死。窃以为天亡贼闯，当不越于斯时矣。语曰：树德务滋，除恶务尽。今逆贼未伏天诛，谍之卷土西秦，方图报复，此不独本朝不共戴天之恨，亦贵国除恶未尽之忧。"

"言之有理，驳斥得有力有理！"黄家瑞忍不住再次插话。

偏将卧室，军医正在给史继州疗伤，疼得他龇牙咧嘴。

军医："将军，这打得也太狠了。"

史继州："不怪史大人，全是我自找的。"

军医："这史大人真是的，干吗把堂弟押送到南京，送刑部处治，在扬州，还不是他一句话，说杀就杀，说放就放。"

史继州："史大人这是在尽臣子之责。"

"那你，明知道为史可程求情会受到责罚，甚至会丢了性命，为什么还要冒险？"

"我这是尽副将之职，我不如此，何以成全史大人？更何以显示督师威信？同时，也昭告天下，我们是有军纪的，警戒部下，哪些事情可以做，哪些事情不可做。"

"这么说，你不记恨史大人？"

"怎么会？不记恨！"史继州摇摇头："我受的是皮外伤，可是史大人受的是内伤，他心疼，内心的煎熬，他比我苦多了。"

军医："明白了，这就是'仁'和'义'呀！"

上完药，军医要走，轻声安慰："史将军没事，过几天就好了。"

"军医，史公在做什么？"史继州不放心地问。

军医迟疑一下，看看左右。见没有什么可疑之人，低声道："我刚才路过书房的时候，听见史大人正在和黄巡抚，好像在商量如何回复多尔衮劝降书的事情……"

"嘻……又是一块难啃的骨头啊！"史继州感叹道，一翻身，又疼得龇牙咧嘴起来。

书房内，黄巡抚感叹："这真是一块难啃的骨头啊！一道大难题啊！"

"再难的题，我们也要解开，不能让清廷笑我中原无人！"史可法坚定表示，他又继续念道："伏乞坚同仇之谊，全始终之德，合师进讨，问罪秦中，共枭逆贼之头，以泄敷天之忿。则贵国义问，照耀千秋，本朝图报，唯力是视。两国世通盟好，传之远穷，不亦休乎！"

史可法——铁血传奇

414

"史公，休息一会儿再念！喝口茶吧！"

"黄大人，休息不得，我看咱们还是一气呵成为好，不然内容前后就联系不上了。"

"也好也好！"黄家瑞连连点头。

史可法："至于牛耳之盟，本朝使臣，久已在道，不日抵燕，奉盘盂从事矣。"史可法看完最后几句，摇摇头，提笔划掉，在空白处写道："法北望陵庙，无涕可挥，身陷大戮，罪应万死！所以不即从先帝于地下者，实为社稷之故。传曰：'竭股肱之力，继之以忠贞。法处今日，鞠躬致命，克尽臣节而已。即日奖率三军，长驱渡河，以穷狐兔之窟；光复神州，以报今上及大行皇帝之恩。贵国即有他命，弗敢与闻，唯殿下实昭鉴之。"

"结尾好！有理有力有节。"史可法刚写完最后一个字，侍立一旁的黄巡抚不禁拍案喝彩："这样的结尾，既彰显我朝的大度，又有文采，观点立场也阐述得很明确。"

"黄大人，你为此立了大功，不知复信出自何人之手啊？"史可法活动着麻木的腿脚问。

"江淮一流才子侯方域、王刚、何亮工，他们几夜没睡，才赶写出这封复信的。"

"哦？黄大人，请你转告他们，辛苦了。有空儿，我史可法一定请他们吃饭。"

"史大人，您别再许诺了！您忙得黑夜都当白天用了，哪儿还有时间请人吃饭？"黄巡抚笑笑道："还是由我代大人请客，补上这份人情吧！"

"也罢！日后本督师加倍补偿吧！"史可法卷起信稿，递交给黄巡抚道："黄大人，即刻将此信一式三份誊清，一份奏明圣上，一份留底，一份请清朝特使带回。"

史可法送黄巡抚走向大门。

突然，门外传来悲切的哭泣之声，史可法正在诧异，却见高杰的妻子邢夫人领着儿子，披麻戴孝哭奔而来。离此老远，就行报丧大礼："史大人，你可要为我们孤儿寡母做主啊！"

史可法一惊，赶忙迎上前，惊问："夫人，有话慢说！怎么回事？"

"史大人，我爹在睢阳，被叛将许定国……诱杀了。"高杰不满十岁的儿子哭泣着说。

"啊！这怎么可能？"史可法闻讯一怔，呆愣在门口，犹如被人重重地击了一闷棍。他赶紧扶住一棵树，才没有倒下。

一旁的黄巡抚关切地询问："史公怎么样？史大人，没有什么事吧？"

史可法摆摆手，许久才缓过气来。继而，脸颊上两行热泪潸然流下，独自悲叹道："完了！完了！可法失去高将军，如断左膀右臂，恢复中原，难矣！"

得知高杰将军被害的噩耗，史可法犹如闷雷轰顶，顿时脑袋变大，耳朵轰鸣，眼冒金花，如不是手扶着树干，险些栽倒。

黄巡抚得知此信，也唏嘘喟叹不已。他与高杰虽有前嫌，而一旦在抗清爱国的基点上联合起来，就已视为自己人，把昔日的恩怨，早已淡忘，忙上前扶住史可法："史公，你要保重，不要过度悲哀！更不必过分着急啊。"

史可法略微定定神，吩咐手下："来人，把邢夫人、高公子请进堂屋。"

堂屋内，史可法为安抚邢夫人，好言相慰道："夫人，高将军既是为国殉身，当名垂千古，可法将要上奏朝廷，封侯封爵，以彰忠烈。"

"——唉！他走了，剩我们孤儿寡母的可怎么办呢？"邢夫人说着，又失声痛哭起来。

"夫人，切莫悲伤，有我史可法在，就不能亏待你们母子！"史可法好言相劝，又面对北方，咬牙切齿怒道："许定国，你这个忘恩负义的小人，我史可法一定不会放过你，抓住你，一定五马分尸！"

高杰将军的妻子泪水涟涟，不谙世事的孩子也哭成泪人。

史可法最担心的事情，还是发生了，那次初见高杰，看到他对部下那么粗暴，就已点化他，要爱兵如子，对待部下，要关心备至。不然，何以凝聚人心？要是我早些提醒他，防患未然，也许这样的悲剧就不会发生。可事到如今，说什么都晚了。史可法在内心懊悔自责时，还要温言细语，安抚高将军的孤儿寡母："邢夫人，你放心，本督师发誓，一定兴兵为高将军报仇！"史可法一番安慰，这才止住邢夫人的哭声。

史可法又转对黄巡抚道："黄大人，本督师以私人名义，向你借银两千两，作为高杰将军的抚恤金如何？"

"好——没问题。"黄巡抚爽快答应。

史可法写好字据："夫人，请你节哀，这是朝廷给你的抚恤金，不多，你先维持生活，日后，朝廷不会亏待你！"史可法把借据交与邢夫人："夫人，你随时可持此据到扬州巡抚黄大人处领取，你先回去休息去吧！"

邢夫人知道史可法的艰难，也没有再说什么，领着儿子给史大人、黄大人行礼谢恩，二位大人赶忙还礼。

史可法招呼一声："继州，你带几个人，把邢夫人母子送回后院。"

侍从："大人，继州将军鞭伤未愈，还是属下前往吧。"

史可法闻言心里一沉，暗道：继州那里，自己还欠着一笔债，他受鞭伤，自己也没有时间去看看。然后，他叮嘱侍卫："也好，你们一定要精心，夫人有什么困难，一定要帮助解决，有什么要求，尽力满足。解决不了的，赶快回来禀报。"

"遵命！"侍卫答应一声，招呼邢夫人走出。

黄巡抚站起："史公，您先忙，我累了，也先回去给邢夫人筹备银两。"

"好好！谢谢黄大人。"史可法忙不迭地说，他又把黄大人送出门外。

屋内静了下来，史可法茫然四顾，顿觉失去依靠，仰天长叹："高将军，你为何走得这样早哇？"史可法跌坐在椅子上，眼泪又流下来……

晚上，史可法与黄巡抚商量完复书多尔衮之事，送走黄巡抚，浑身像散了架，刚想躺下歇一会儿，突然，他想起高杰被害，防区出现空缺，再也躺不住，翻身坐起，来到书案前，摊开地图，琢磨起来。

"高将军被害，许定国叛敌，江淮以北出现大片防区空白，南下的清军可以长驱直入，直逼江北重镇扬州，威胁南朝首都南京，这如何是好？"史可法寝食不安。

"派哪位将军率兵前去堵上这个空缺哪？又到哪里抽调四十万重兵呢？"史可法犯开了愁，苦思许久没有结果。

"哐当"一声，书房门被推开，烛火晃一下，险些熄灭。

史可法一惊，却见史德威风风火火地进来，他脸上的热汗流成一条一道，奔到门口，再也迈不动步。史德威手扶门框、桌角，艰难地挨进屋，张嘴说了一句话："史……史大人……"话没说完，"扑通"一声，像面袋一样倒地。

"德威，你怎么了？"惊得史可法赶忙上前，扶进口吐白沫的史德威，只见他双眼紧闭，呼吸急促，史可法忙喊："来人，快拿热水来。"

侍从们进来，赶忙灌下半碗热水，史德威这才缓过气来，急切地从贴身胸中掏出一封信，吃力地说："史公，圣上召大人速回京师。"

"所为何故？"史可法闻言大惊，急问道。

"史大人，一言难尽啊！"

史可法挥挥手，侍从们退出。

在侍从的搀扶下，史德威步履艰难，挣扎来到书房，喝下一杯热茶，见屋内除了贴身侍卫，并无别人，讲述说："史公，大事不妙。"

"此话怎么讲？"史可法追问。

"就在大人离京的那天，发生两件事。"

"两件事？什么事快说！"

史德威喝下几口水又说："那天，崇祯皇帝的皇太子慈烺流浪到南京，被东西厂锦衣卫发现，密报马士英，转奏皇帝后，被秘密抓起来了。"

"现在如何？"史可法示意侍从关上屋门。

"关进死囚牢，至今生死不明。"

"那第二件事情……"

"还有就是童妃，就是皇帝在开封府结识的一名宫女，挺着大肚子前来认夫，也被抓起下了死囚牢。"

"还有什么情况，一并说来。"史可法催问。

"此外，还有安徽休宁人大悲和尚，他本姓朱，在苏州出家时，曾与潞王常芳相遇，认作本家。前不久，他到南京化缘，马士英、阮大铖却视他为奸细，诬陷他到南京来，是为潞王刺探情报，把大悲和尚抓起来，下了死牢，罗织成死罪。这就是南京最近发生的所谓'三大疑案'。"

"什么三大疑案，这与圣上命我回朝有何联系？"史可法不悦道。

"史大人啊！你只知其外，不晓其内啊！"史德威急切地挣扎站起来，说："大悲案就牵扯到史大人您啊！"

"牵扯到老夫？"史可法满头雾水，有些不解，疑惑地说："老夫已出京多日，哪里认识什么大悲和尚、大慈和尚的？"他猛然起身，独自离开书案，暗生闷气，以为史德威在说玩笑话，或是在欺骗他，说胡话。

"史大人有所不知，大悲案榜首第一个名字就是史公啊！"

"怎么，榜首第一名是老夫？"史可法指着自己的鼻子惊问。

史德威点点头，道："马士英、阮大铖与党羽孙振密谋，编造'十八罗汉''五十三参''七十二菩萨'的名目，作为'奸僧'的有高弘图、张慎言、姜曰广、刘宗周、祁彪佳等人。据传在刑部审讯大悲案时，阮大铖派人密写大人您的名字和高、姜、张、刘、祁几位大人的姓名，硬塞入大悲和尚的衣袖中，强令他诬供。大悲和尚死也不肯，被折磨得死去活来。"

"无耻至极！"史可法愤然。

史德威："大人有所不知，您在扬州，马士英、阮大铖鞭长莫及，顾不上来，其余如高大人、姜大人、刘大人，都被他们排挤出朝廷了。"

"哦——？原来如此啊，怪不得这些日子，没有接到他们的书信了。"史可法顿悟，沉思片刻又问："那么，现在大悲和尚案怎么处治了？"

"他们已把大悲和尚按妖僧处斩了。"

"欲加之罪，何患无辞，卑鄙小人！"史可法切齿痛恨道。

"高大人让小人转告大人，要多加防范。"

"怎么，你见到高大人了？"史可法关切地问。

"高大人听老夫人、夫人说，小人回到南京，特地把小人秘密找去的。"

"高大人现在如何？"

简陋的偏将住室内，史继州光着膀子，已经在军床上坐起，军医正再次给他的后背敷药。

军医："史将军，你的身体素质真不错，这么几天鞭伤就好了。"

"穷人穷命。没别的，就是吃嘛嘛香，好养活！"

"好哇！有这一条，就是福气。"军医羡慕地说。

"啥福气？傻小子睡凉炕，就凭火力壮。"

"我觉得跟着史大人就是福气。"军医说。

"哦？有什么理由吗？"史继州穿好衣服问。

"史大人待部下和气，从不打骂，还与士卒同甘共苦，不克扣兵饷，还有嘛……"

"还有……就是史公是仁义之人。"史继州补充。

"史德威将军也不错，小伙子机灵、憨厚，武功也高强。"军医称赞。

"那是我的好兄弟，也不知道他去南京回来没有？"

"回来了。不过，我看见他刚才进督师府时面色不好，好像十分疲惫，进屋就晕倒了……"

"快带我去看看。"

"那你的伤？"

"没事！"史继州说着往外就走，疼得他龇牙咧嘴，身体晃了几晃，多亏军医扶住，才没有摔倒。

书房内，史德威还在介绍有关新朝南京的情况："高大人辞官后，闲居在家，可小人看他并不自由，高宅门外，似有锦衣卫监视。高大人让我转告大人说，'明枪易躲，暗箭难防'。"

"老夫人、夫人怎样？"史可法思念母亲、妻子，急于想知道家里的近况，转过话题问。

"老夫人的伤腿已渐好，只是还不能下地走路。夫人自那日离别后，神志恍惚，病卧在床。多亏高大人派人伺候，老夫人才不至受罪。小人辞别老夫人、夫人时，她们叮嘱小人，千万不要把实情告诉大人。是小人不忍欺瞒大人，故此只得以实情相告。"

"这就对了。"史可法闻知母亲、妻子平安，心里略微安慰了些，他点头称是，赞许史德威的坦诚相告。继而，他催促道："快讲讲圣上让本督师回兵京都的缘由吧。"

史德威："史大人，您不知道，太子案披露后，朝野大哗，人心浮动。"

"天灾人祸，怎么得了啊？"

"各地纷纷上书皇帝，要求制裁马士英、阮大铖及制造此案的元凶。"

"好哇！各地都有什么反应？"

"镇守武昌的宁南侯左良玉，早就对马、阮二人克扣粮饷不满，闻知此事后，自率八十万大军，乘大批战船，浮江顺流东下。"

"人心不可欺！够马士英、阮大铖这伙人喝一壶的了。"

"就是！传说左良玉将军乘坐的帅船两侧。分竖两面大旗，左旗上写'清君侧'，右旗上书'定储位'，意欲逼迫圣上将马、阮治罪。"

"活该！谁让他们作恶多端！"

史德威摆摆手："可……可谁知圣上视马、阮为掌上明珠，不肯依法惩治，特命钦差把小人宣至皇宫，要小人火速赶回扬州，把这封信面呈大人，即刻班师，回援南京。"

"糊涂！糊涂啊！"史可法仰天长叹。

"史公，圣命难违啊！"

"这真是屋漏偏遭连阴雨，这怎么可能？这如何是好？……"史可法拆开信函，读过后以手扶额，连连自语："高杰将军刚刚遇害，黄河防线已失守，清兵又已进逼淮河一线，大敌当前，情况紧急，怎能撤退江防之兵，北开门户而南下呢？"

他在屋内踌躇许久，别无良策。只得说："德威，你暂且先去休息、吃饭，待本督师修书一封，你再急速赶回南京，向圣上言明不能回兵之理。"

"也好。"史德威见主帅难成这样，情知扬州城并无兵将可调，其他三镇兵马，又远在外地，远水解不了近渴。他虽劳累多日，累得骨软筋麻，不愿再动，却也不好推诿，恩公托付之事，再难也得应承。

他答应一声，迈着沉重的脚步走出。

院中，史继州在军医的搀扶下，蹒跚走来，恰与史继州迎面而遇。

"德威……"

"继州……"

二人像是分别许久的亲兄弟，相互拥抱。

"你的鞭伤……"

"好了！放心吧"

"听说你晕倒了……"

"小菜一碟！"

二人相互搀扶，走到廊下。

"继州，那天受鞭刑的应该是我！"史德威愧疚地说。

"不！你的责任重大，我应该受到责罚。"

"那天，我没有为你向大人求情，你不会怪我吧？"

"怎么会呢？南京情况怎么样？"

"嘻，说来话长啊。"

书房中，站在窗口的史可法把院中史德威、史继州二人相逢后的喜悦看在眼里，他眼含热泪，感慨万千："多么好的孩子，多么好的部将啊，那天，我怎么这么不冷静，还责打了他，继州，对不起了，请你原谅老夫的过错吧！"

史可法转身离开窗户，他来到书案前，铺好信纸，侍从已准备好笔墨。他沉思许久，挥笔写道："吾皇万岁，所赐书信，下人已转至微臣。内情深为圣上忧虑，本该厉兵秣马，马不停蹄，回兵京都，以保龙体圣安。然法以为，左将军挥戈东进，不过欲清君侧之奸，没有与君为难。如尽撤江防之兵，倘若清军骤至，则社稷可虞！"

史可法写到此处，止住笔，站起身来，徘徊许久，他紧皱眉头斟酌字句。封建社会，臣给君写信，称为奏折，为臣上书圣上，讲究甚严，从谋篇布局到遣词用句，都有一定严格的章法，如有疏漏，历史上因一词一字一句话的失误，而遭杀身之祸的比比皆是。

史可法思虑片刻，又走回书案前，继续写道："圣上，北兵南来，则历历有据，高杰将军殉国，无疑城倒墙塌，失我战将，毁我防线。此正江北需兵用将之际，岂能他顾。清兵声势震荡，远近惶骇，万一长江淮河不守，直抵江边，沿江一带，无一坚城，其谁能够御敌，为圣上分忧。不知圣上被马、阮，何以蒙蔽至此，请圣上再三思之，虑之！"他换上一页信纸又写道："圣上勿虑，左良玉处，微臣可写信，向他晓谕大义，罢兵而归，以释圣上焦虑之心……"

史可法刚刚写至此，忽听外面高喊："报……"

侍卫慌慌张张跑进，一声呼喊，打断史可法的思绪，侍卫话不连声说："史、史大人，圣旨到。"

史可法忙把没写完的奏折收起，起身接旨。他刚迎到门口，护送圣旨的钦差正步上庭院的台阶。这几个官差脚步匆匆，正与史可法撞个对面，看官服，钦差认出谁是史可法，高声喊道："史可法接旨。"

史可法忙将这几个钦差迎进屋内，跪倒在地，恭首听命。

钦差宣读圣旨，都失去了往日的派头，抹了一把汗，展开圣旨道："弘光皇帝圣谕，宣兵部尚书、东阁大学士、督师史可法急率扬州本部人马，火速回援南京，不得有误，违令者斩。"

"谢旨。"突然而至的圣旨，使扬州督师史可法一时没有来得及转过弯来，听到违令者斩，他脑袋"轰——"的一下，发起蒙来，后面钦差又说了些什么，他也没有听清楚，直到钦差读完圣旨，转身而去，他这才谢恩站起。

史可法爬起，一面揉着发疼的双腿，命人款待传旨的钦差，一面传令升帐，点兵遣将，准备班师。

第二日，扬州城外的校兵场上，旌旗飘动。

史可法亲点三万精兵，辞别扬州巡抚黄家瑞等人的送行。

策马长鞭，疾驰南京。

一路上，史可法率队晓行夜宿，避镇绕村，急急赶路。

这一天，史可法率部来到燕子矶。此地离南京城只有十几里，遥遥可见钟山的轮廓，此处既是长江岸上的一个渡口码头，又是扼守南京的战略要地。

部队再赶一程路，就可抵达南京。史可法正催马赶路，忽见一骑快马打箭而来，近前高喊："史大人，小人是黄得功将军的信使，黄将军让小人转告史大人，左良玉在江上战船中，突得暴病身亡。长子左梦庚所统率的军队，也被黄大人击溃。"

"好哇！"史可法松了一口气，转对信使说："请你转告黄得功大人，就说史可法感谢他，并向他致意。"

"知道了。"信使答应一声，掉转马头，疾驰而去。

史可法传下命令，部队暂停。他暗自琢磨左良玉病死，南京已告平安，还回不回南京呢？

思虑片刻，史可法决定：回去！老夫要面见圣上皇帝，弹劾马士英、阮大铖一伙的误国罪行。还有一个重要任务，就是催促粮草，起码给马士英敲敲警钟，我史可法还在带兵遣将，不要肆意胡为。

再者，年迈老母腿伤在床，结发妻子重病多日，早该看上一眼。再说，许多将士的家眷也多在南京，分别多日，也该让他们团聚一番。再别而去，又不知何日团圆？想到此，史可法一举马鞭，吩咐："上马，向南京进发。"

史可法率队急行，走了十五六里，已遥遥可见南京城的北门楼，回家心切，将士们的心浮动起来，各自议论，猜测家里的情况。

恰在此时，由城门方向驰来四匹快马，来到史可法近前，信使翻身下马，在史可法马前单膝点地道："报史大人，皇帝圣旨，命史尚书不必进京，立刻率师回防！"

将士们听完，早已按捺不住怒火吼道："龟孙子，为何不让我们进城？连日劳累，马还得喂草添料呢？"

史可法也很生气，厉声责问："究竟是怎么回事？"

"小人不知，只知早上探马来报，说是清兵已渡过淮河，每日推进五十里，情势紧迫，圣上急得直骂娘，所以，马总兵给圣上出主意，传谕让史尚书即刻回兵！"

史可法闻言默无他语，众将也不再争吵。

清兵逼近，国破将至，谁还有心思回家？史可法把几名主要战将召集到一起，言明情况。众将从史可法那阴郁的脸色上，看出了事态的严重性，齐说："史公，末将愿听从史大人的调遣。"

史可法心里沉重，很不好受。他沉吟许久说："众位将军，老夫对不住你们了，传令三军，速返燕子矶。在此埋锅造饭，每人一斤肉，二两酒，饱餐战饭后，挥师回返。"

"遵命！"众将答应一声，各回本队，后队变前队，背向南京城匆匆而去，不少将士一步一回头，声声呼唤着妻儿老小的名字，挥泪而别。

傍晚，史可法率领大队人马在燕子矶扎住营寨，炊烟袅袅，时而传出士卒思念家乡、亲人的叹息声。

身为主帅的史可法腰佩宝剑，身披战袍，伫立在长江北岸高高的堤坡上，遥望烟雾缭绕的钟山，俯视大江，江面波涛汹涌，一泻千里。浑浊的江水湍湍而下，泛起一个个不规则的水涡。

他思古忧今，感慨万端，任凭江风吹拂着清瘦的脸颊，他的一抹胡须也随风摇曳，头盔上的红缨也在摆动，面对浩渺无际的江面，史可法内心犹如狂风暴雨中的江面，难以平静。

西北的天际阴沉着，远处雷声阵阵，大雨将至。

侍卫近前，低声道："史大人，晚饭得了。"

"端到江边来。"史可法没动，低声吩咐。

史可法徘徊在长江北岸，侍卫端来酒菜。

史可法转身上前，轻轻地走到江水边。把杯里的酒斟满，缓缓高举过头，然后慢慢洒入江中，眼含热泪倾诉道："母亲，恕孩儿不孝吧！"

他又满上一杯酒，再次洒入江中："父亲，孩儿祭奠你了！"

他又满上第三杯酒，端起一口喝干，泣泪道："母亲，为孩儿壮胆饯行吧！"言罢，将酒杯、酒壶抛入江中。

水面上，酒杯、酒壶随波翻腾，跳跃了几下，就没入滚滚东去的江水中不见了。

史可法泪流脸颊，吟诗抒怀道：

"来家不见面，

咫尺犹千里。

矶岸洒清泪，

滴滴沉江底。"

吟完诗，史可法仰脸面对苍天，空怀悲切，零星的雨珠在他的脸上，伴着泪水流下。

许久许久，他返回堤坡上，扑通一声，跪倒在江北大堤上，向南京方向三拜后爬起，拍去膝上的尘土，大步回营。

黎明时分，燕子矶上空响起三声炮响。

史可法率队起营拔寨，点兵出发，重新赶赴抗清前线。"帅"字旗下，史可法扬鞭跃马，走在三军的前列。

弘光元年四月初十，史可法率本部人马离开燕子矶，驰援扬州。

军情紧急，一路上探报走马灯似的驰来，不断报告清军挺进扬州的情况。

两天后，史可法率本部大队人马赶到天长。人未吃饭，马未添料，骤然得知玉台已被清兵包围，史可法急令黄得功、刘泽清、刘良佐派兵向两淮驰援，自己则率领部队，火速回援扬州，马不停蹄，人不离鞍，冒雨率部出发。

此时，正是江淮梅雨季节，江淮四月，阴雨绵绵。雨时大时小，像挣不脱扯不断的绒线，下个没完。道路泥泞难走。行军赶路的部队时有马匹摔倒。至于步兵，那就更苦了，人人弄得土地爷一般，难辨肤色。

史可法率队将近玉台，细雨中正在赶路，急得探报："报告督师大人，玉台守将已降清兵，援将侯方岩全军覆灭。"

史可法一怔："玉台已失，前进不得！传令部队，拨转马头，奔向泗州。"

部队前行，赶往泗州途中，一骑快马迎面驰来："报……泗州守将李遇春叛变，泗州已陷清兵之手。"

史可法勒住坐骑，他看看左右："德威，还有多少兵马？"

"大人，多日急奔，步兵早已被甩在身后，现在……"史德威看看"帅"字旗下，估摸道："只有千余骑相随。"

史可法站在路边，望着雨雾中又饥又寒，疲惫不堪，艰难跋涉的将士，心如刀绞。

将士们盔甲淋得透湿，人人脸色灰白，没有血色。刚令停下来，士卒个个就由马鞍上滚下，歪倒在路旁泥水里，倒地便睡。

路边树下，史可法见此情景，火速召集部将史德威、震南、震北、张虎将军聚到一起，商议道："诸位，眼下事急，如停下休息三五日，难以行动，到那时，清军已占扬州，我等将死无葬身之地。所以，本督师责令，各部冒雨急行，拼死也要赶到扬州，路上跟上多少是多少。一定要抢在清军之前，赶回扬州。各位将军，如难从命，可另择他路，本督师不怪！"

"我等愿誓死追随史大人！"四将齐答。

"上马！"史可法怒吼一声，一把抹去脸上的雨水，跃上马背，猛加一鞭。泗州至扬州，行程两百多里，历时一天一夜，这哪是在行军？在策马飞奔？而是在爬、在滚……

扬州城外，弘光元年四月十四日晨，当在雨雾中望见扬州城门楼时，史可法回顾左右，只有十七骑相随。他在坐骑上又加上一鞭，想快些奔进扬州城。孰料，那匹跟随他多年的战马，疲劳已到极点，前腿一软，栽倒在泥水里，把史可法摔出好几尺远，顿时昏迷过去。

史德威等人赶忙下马，扶起史可法，急切地呼唤道："史公，扬州到了。"

"扬州到了？"史可法听到这四个字，挺身坐起，站起来，跌跌撞撞地走向扬州城，催促道："快！快进城！"他的腿犹如灌了铅，脚步艰难，浑身泥水，气力将尽。

众将们的眼泪，再也忍不住，流着热泪，急步相随。

那匹战马菊花青，弥留之际，见主人弃它而去，挣扎几下，想去追赶主人，最后，重重地跌进泥水里，再也没有爬起来。

将近扬州城门吊桥前时，史可法暗吃一惊，那颗心又提到了嗓子眼。城墙上已无旗帜，也无守兵，城门大开。逃难的人群蜂拥出城，如炸窝的蚂蚁，四下逃散。莫非，莫非清军已进扬州城？

史可法勉强支撑着，扶住一棵树，截住一位老太太盘问："老人家，扬州城里发生了什么情况？你们为什么匆匆离城啊？"

那老人恰是不久前，史可法搭救少女时认识的那位老妇人，老人战战兢兢，回答不出。

一旁的那位少女，女扮男装，混在人群中正欲出逃。当她认出面前这位衣服不整，浑身泥渍的官人，就是扬州督师史可法时，"扑通"一声，跪倒在地，急切地说："史大人，快走吧！清兵快来了。"

这才是：水波未平新浪起，解去旧烦添新忧。

扬州城池如危卵，少女恳求现民情。

欲知后事如何，请阅下文。

扬州城外吊桥边,史可法安慰道:"姑娘别急!有话慢慢说!"

"听说,清兵派多铎为主帅,杀害高杰将军的汉奸许定国为先锋,带兵十万,已由泗州杀奔扬州而来。好家伙,说那马蹄跟小面盆似的,大刀门板似的,谁挡得住啊!"

"姑娘,你是如何听说的?"史德威在一旁问。

"都贴榜了,看那告示!"那姑娘手指城门旁被风雨打湿的一张白纸说:"听说守将都跑了,这不,连城门都没人守啦!"

"那……那黄巡抚呢?"史可法没想到他刚离开扬州城这么几天,就发生了如此意想不到的变化,急切地询问。

"听说!听说皇上派他去和清兵讲和去了!"姑娘正说着,邻居的小姐妹抱着一个包裹赶来,催促道:"姐姐,快走吧!不然一会儿就赶不上船了。"

"哎——"姑娘答应着,走了两步又回头说:"史大人,您是好人,可独木难支大厦,一石难填大河呀!还是快跑吧!"说着,她裹裹破旧的褰衣,扶着老妇人的手,汇入逃难的人流之中。

史可法率军刚刚赶到扬州的快乐心情,犹如被兜头泼了一盆冷水,面对扬州混乱的局面,火热的心情顿时冷下来。

但史可法毕竟征战几十年,有着丰富的作战经验和决断能力,临此危急关头,他没有惊慌,而是迅疾扫视周围一眼,果断传令:"快!传本督师令,速关四门,如无本督师亲笔批示,任何人不许进城!"

"遵命!"部将纷纷上马。

"你们四人,速速前往扬州各个城门,严防死守,不得有误!"史可法吩咐身旁的史德威、震南、震北、张虎四将。

四将情知军情危急,也不答言,忙策马奔向扬州的四座城门。

史可法赶回督师府，府里一片狼藉。

院内散落着许多衣物、纸张、鞋袜、桌椅，他命人守定大门，即刻奔进书房，铺开纸张，书写安民告示。

他刚把告示草稿拟好，黄巡抚就风风火火疾步跑来，不待史可法招呼，进屋一屁股坐在椅子上，神情沮丧地叹道："史大人，新朝完了。新朝完了！"言罢，以衣袖掩面痛哭起来。

"黄大人，怎么回事？"史可法忙放下笔，奔过去问。

"哎呀！"黄巡抚擦去一把老泪说："史大人，你刚离开扬州，圣旨就宣我和左樊第、马绍愉、陈洪范四人，出使清廷讲和。本官不想去，因大人临行时，曾把扬州托付于我，我怎么能撒手不管，拍屁股走人呢？可一来圣谕难违啊，二来本官也不放心那封回复多尔衮的书信让别人带去，只得前往。可谁想，可谁想……"黄巡抚"啪啪啪"地抽打自己的脸，恨恨地说："耻辱啊！耻辱！人家清廷根本不把咱当使节看待，像打发狗似的对待大明出使清廷的人。白白送去白银十万两，黄金一千两，缎绢一千匹啊！"

"那么，清廷也没有什么表示吗？"

"唉——，亡国奴做人直不起腰来，比什么都难受哇！"黄巡抚深有感触地说："陈洪范受马士英、阮大铖的秘示，要他通过吴三桂的关系，要求与清讲和。除礼物外，还答应割让山海关以外地、城，岁币十万两，国号随意等项。可清廷侵占中原，蓄谋已久，岂肯答应这些条件呢？"

此时，史德威、史继州守在门外，看见史公如此焦灼，二人心急，如同热锅上的蚂蚁，团团转，却苦于没有良策。

这时，震南、震北、张虎三将，布防四门后，纷纷回来复命，刚欲进屋，被史继州拦住："各位将军，史公正忙于与黄大人商讨军务，稍候再进吧！"

震南、震北脾气暴躁："不行！军情紧急，我们要马上面见史公。"

"二位，非是我等不与将军禀报，而是史公正面临重大抉择，还是暂时不要干涉他为好。"

"这……军情如火，耽误下去，史公怪罪下来，由谁担当？"张虎上前逼问。

"各位，求求你们了，史公与黄大人商量的事情确实十分重要，请你们稍候片刻。"

三将看见史德威、史继州焦虑的神态，得知此事非同小可，只得停住脚步，被引进侧屋休息。

书房内，史可法与黄家瑞面对扬州防守的危局和如何应对清军南下的棘手难题商讨着对策。为探清清军的底牌，史可法又问："那、那清廷究竟要怎么办呢？"

"多尔衮说：'大清觊觎的是大明的全部江山。要弘光皇帝投降'，除此之外，其他条件，概不应允。"

闻知清廷狼子野心，史可法怒从心头起，怒喝："可恶！可恨！可憎！可气！可恼哇！"史可法钢牙咬碎，双拳紧握，眼喷怒火，胸膛起伏，气得浑身乱抖。

"更可恶！更可恨！更可憎！更可气！更可恼的事还在后面呢？"黄巡抚再也忍不住，跳起来，手指北方骂道："陈洪范这条老狗，见和谈不成，卖身投清，泄露南都许多真实情况，劝诱清兵南进江南。清军这次兵发江淮，就是根据陈洪范提供的情报，用我们新朝送去的银两做军饷，发兵南下的。"

"真……真……气……气杀我也！"史可法大吼一声，挥起一掌，将面前的书案拍为两截，愤而骂道："卖国求荣，猪狗不如！"

"史公，你知道，新廷许多事情不好办，老受外族人的气，主要是自己不争气呀！朝廷里有陈洪范这样的大汉奸，地方上还有许多小汉奸呀！"黄巡抚感慨万千道："就拿许定国这个败类来说吧！他从前只是个杀猪宰羊之徒，后来高杰收容了他，待他不薄，为他娶妻封将。可在金钱利诱面前，忘恩负义，背主投贼，杀害高杰将军不算，还自愿引导清兵前来，攻打扬州。"

"攻打扬州？"史可法惊问，浑身气得瑟瑟发抖，多亏史德威进屋扶住他，才强撑着站住。

"对！就是这家伙引兵而来的。起初，清朝遣将，慑于史公的神威，谁也不愿南下，只好抓阄，多铎抓阄江淮，因他曾两败于史大人手下，畏惧史公神威不敢前来。后军令催他发兵，无奈之际，他临行前与妻室作别，要家人为他准备棺椁。迟疑了多日，他才敢发兵，据说是许定国这个卖国贼三进谗言说：'取江南易如反掌，乘左良玉发兵南京之机，史公回防南京，江北防务空虚，可一鼓作气，拿下扬州。'并称他愿充当先锋，多铎才答应出征南下的啊。"

"猪狗不如！世上竟有如此卖国求荣之人？"史可法怒问。

"多铎仍心有余悸，深恐搭上性命，行动迟缓。又是他，这个吃大明王朝饭，不拉大明王朝屎的无耻之徒，向多铎献计，说攻取扬州，比直接攻取南京重要。攻南京恐为史大人断了后路，而拿下了扬州，史大人不是战死，就是被朝廷治罪。史大人这根擎天柱一倒，新朝就完了。这样，多铎才决定直扑扬州，造成如此混乱局面。"黄家瑞介绍情况说。

一席话激怒侧屋内的几员大将。书房内史可法、黄大人说话声音较大，加之扬州庭院房间相连，距离很近，这个季节，没有关闭门窗，震南、震北、张虎三将，将史可法、黄大人的谈话听得清清楚楚，他们怒从心中起，再也忍不住，大步出屋，走向书房。

忽听书房内传出黄家瑞急切的呼唤声："史公，史大人……"

震南、震北、张虎三将隔窗看去，见黄巡抚搂着史公，缓缓抚胸、急切呼唤。

再看史可法，脸色黄纸一样，双目发直，摇摇晃晃，像棵被锯倒的大树，站立不稳。他们赶忙停住脚步，犹豫不决，不知进屋还是停步……

书房内，黄巡抚忙一边扶住史可法，一边呼唤，抚胸捶背。

"气死我也，哇——！"史可法一张口，一口鲜血喷出，软软地坐在椅子上。黄巡抚不停地抚胸，捶背，史德威、史继州赶忙进屋，上前帮忙，把史可法抬到床上，这时，军医赶到，掐人中，活动胳膊、双腿。

许久，史可法才换上一口气，猛然站起，手指北方，咬牙切齿地发誓道："小人许定国，本督师不扒了你的狗皮做鼓面，枉为人杰！"

黄巡抚扶住史可法坐下，流着泪道："史大人，眼下该怎么办呢？光生气总不是办法呀！"

"黄大人。"史可法定定神，缓上一口气说："可法抱定一个宗旨，扬州城存，可法与存；扬州城亡，可法与亡！"他强撑病体，跟跄着到书案前说："黄大人，我即刻修告急文书一封，烦黄大人即刻赶往南京，要圣上火速调集江南各镇援兵，驰援扬州。如果扬州不保，南京犹如危卵，旦夕不保哇！"

"也好！"黄巡抚点头，含泪而答。

史可法把狼毫笔在端砚内润好，铺好宣纸，刚要写，猛然扔下笔，一口咬破手指，用血迹愤而写道："血书寸纸，驰报圣上，扬州不保，南京危矣，速调精兵，火速增援，扬州臣民，望穿秋水，切务切务……"他还要写下去，黄巡抚再也忍不住，一把攥住史可法的伤手，痛哭起来："史大人，

史可法——铁血传奇

够了！这就够了！"

"黄大人，我的贤弟。"史可法痛切地呼唤一声，二人抱头痛哭，泪洒一处。

此刻，二人心急如焚，即将为亡国臣子，犹如丧家之犬，思前虑后，心如刀绞，怎不伤心呢？

"史大人放心，只要我姓黄的还活着，还有一口气，就要恳求圣上发来救兵。如若不然，老夫就碰死在龙柱上。"黄巡抚哽咽着安慰着史可法。

"有黄大人如此相助，本督师据守扬州也就安心了。"史可法拭去泪痕，又展开纸张说："我即刻修书，要黄得功、刘泽清、刘良佐诸镇兵马前来相援。"说着，他又要用伤手写血书。被黄巡抚抱住胳膊，恳求道："史大人，如此耗费血力太多，史公还需保重身体，守城尽忠事大啊！"

"黄大人，不如此，何以感动诸镇将领，要他们效力杀敌啊！"

"不！史大人。请听我一劝：人言躯体乃父精母血所为。除父母所需，当无偿奉献。忠臣视朝廷为父母，史公仅此已尽忠心。"黄巡抚托着史可法那只伤手，情真意切说："至于其他将领，尽忠的见令则行；卖国的，别说史公写一封血书，就是八封、十封，也未必能感动其势利之心。史大人如不依我，那——前往南京的信使只得另择他人，另请高明吧。"

史可法见此，只好作罢。他拿起笔来，唰唰写起告急文书，食指咬破的伤口还未曾愈合。写字时，手指用力，伤口破裂，鲜血如泉涌出，滴滴洒在文书上，与墨迹相染，血迹斑斑。

史可法在用鲜血，书写着中国历史上最独特的告急文书。

门外，震南、震北、张虎三将，早将史可法泣泪写血书的情景，看得清清楚楚，他们的心在痛、在流血，他们再也忍不住，大步进屋。

震南、震北、张虎三将齐唰唰跪地，高声请求："督师，请您保重！"

史德威、史继州、军医跪地情真意切道："史公，请您保重！"

府内侍卫、杂役跪地："史大人，请您保重！"

夜色中，这个声音在督师府中久久回荡，飘向夜空……

一旁的黄巡抚目睹此情此景，泪水像断了线的珠子簌簌流下，他悄悄掖起血书，蹑步退出，狠劲捂住自己的嘴巴，不使自己哭出声来，以免惊扰史可法。

院中，他牵出战马，带领两名侍卫，奔进茫茫雨夜里。

子夜时分，雨声渐小。

史德威、震南、震北、张虎将军分别来报，关闭四门后，经晓谕史大人已回，准备死守扬州城后，一些准备逃难的人留下来，表示愿意参加守城。只有少数富商大贾，还吵吵嚷嚷着搬家逃命，现在也被阻隔在城内。

史可法见他们个个筋疲力尽，忙命他们去歇息。无论何事，明日再说。

四将退下后，史可法将灯盏内续上油，灯芯挑亮些，继续抄写告急文书，一封写给黄得功、一封写给刘泽清、一封写给刘良佐。三封书信写好后，史可法疲劳得连腰都直不起来。一不小心跌坐在地，顽强地爬起来，他佝偻着腰，努力坚持着，强忍着倦意，书写《告扬州人民书》，写完最后一个字，他连站起来的力气都没有了，往书案上一趴，就睡着了。

也不知过了多久，黎明时分，史可法被人们叽叽喳喳的议论声吵醒。

他睁眼一看，见屋内院外站满前来请愿，要求出城逃难的富商大贾，一个士绅模样的人正低声念着《告扬州人民书》"……人言，狗不嫌家贫，儿不嫌母丑，中华大好河山，虽因奸佞误国，已失之半壁，但凡有良心者，血气方刚之士，岂能坐视扬州城，拱手送敌……"

"好！写得好！"人群中有人高喊。

绅士摆摆手，止住议论，继续念道："本督师晓谕，凡爱国者，当不论妇幼贫富，均应拿起武器，为拒清兵，守扬州，捍大明江山而一战！为保卫祖坟，洒上一滴鲜血，当青史流芳。如贪一时苟安，避风躲险，弃家而去，实愧对父老，愧对后辈儿孙，愧对养育自己的故土。夫亡国之民，实为猪狗不齿。如背水一战，或可置之死地而后生……"

那人正念到此，史可法醒后缓缓站起，揉着红肿的眼睛问："诸位，你们来此找本督师有何事？"

"史大人，我们……"近前的几个商人畏缩着不敢说，相互对视着往后退。

"史公，我们这些人，大都是昨夜被关在城内，准备出城逃难的富商大贾，推举出来的代表，我们是来找史督师请愿要求出城的。来时，见烛火熄灭，大人劳累得伏在书案上就睡着了，又见书案上放着《告扬州人民书》，就轻声念起来了。"

"啊！请坐！"史可法站起施礼。头晕眼花，身子一晃，险些跌倒。

一位青年上前扶住史可法，让他坐在督师椅子上。

"史公，初来时，我等仅几个人。来人多了，无意中窥见当朝首辅史可法、史督师一身汗水湿透的征衣，正伏案而眠，浑身湿辘，食指已咬破，伤口往外渍着血水，书案上放置的文书纸上，字里行间还有斑斑血迹，我等均为史公勤政廉洁、鞠躬尽瘁的精神所感动，不忍心惊醒你……"人群中，一位古稀老者坦言。

"史公，怎么说呢？今见史大人盘问，我等更觉惭愧，反而不好意思再提出城之事。昨晚积得的怨恨、满肚怨言，一时竟不知跑到哪去了。"一胖乎乎的商人说着，竟然不好意思地笑了。

"笑？有什么好笑的？"古稀老者申斥道。

"惭愧……"胖商人低头躲进人群。

史可法扫了他们一眼，已知这些人所来的目的。他起身相让道："诸位请坐！有话慢讲。"他转对门外喊："来人，倒茶。"

侧房内，听见招呼，史德威等人这才惊醒，揉着惺忪的眼皮进来，猛地见屋内聚了这么多人，吓了一跳。多日征战劳乏，屋内进了这么多人竟不知道。今见史大人招呼，以为要他们拿谁绑谁，立时瞪起眼珠子问："喂，你们是怎么进来的，也不通报一声。"

"德威，不得无礼！这是本督师请来的客人，快上茶！"史可法热情招呼，又和蔼地问："各位，找本督师具体有什么事？请直言！"

"史公，是这样……"一位以往认识史可法的商人说："我等原想出城避难，特来向史大人请愿开城门的。今见史大人为守扬州操心费力，耗费心血，我不走了。"

"就是嘛，谁愿就这样拱手把扬州城让给清兵！"

"史大人，我们要求参加保卫扬州之战！"

"谁再想走，谁就是草包，软蛋！"人们喝喊着，表示抗清的决心。

"史大人……"一个白发苍苍的老者挤上前说："我老了，打不了，老朽现有三千两银子，捐出来。"

"我捐两千两。"

"我捐一千两。"

"我捐二百两。"

扬州城这些热血男儿的抗清激情，被鼓动起来，群情激昂，纷纷挤上前，表白着抗清的决心。史可法也没想到会出现如此激动人心的场面。他兴奋起来，抱拳拱手道："老少爷们，兄弟们，本督师在此谢谢你们了。我史可法感谢大家的好意，朝廷感谢你们解囊相助，扬州人民感谢你们！"

"不！史公，我们应当感谢您，是史大人为我们指点迷津。不然，今天我们悄悄走了，日后我们还有什么脸面，再回扬州城？"

"众位，你们知道，我史可法一个人是守不住扬州城的！守扬州不只是我史可法的事，更是大家的事，是扬州百姓的事，大家应该有钱出钱，有人出人！你们说对不对呀！"

"对！"众人应和着。

"史大人，我们听你的。"众人争相表示，议论着走向门外。

史可法走到院中，站在房檐前种花的矮墙上，高喊："乡亲们，诸位回去后，多动员年轻人上城墙，布置城防，本督师把这里安顿一下，就马上赶上城墙，和大家一块儿并肩去修筑城墙上的防御工事。"

"好哇！我们誓死保卫扬州。"

史可法把这些前来请愿的人送到门口，热情道别。转回来时，正巧遇上史德威。他不解地问："德威，怎么回事，我喊献茶，怎么不见动静？"

"大人，烧水的都跑光了，用什么沏茶？这里又哪里有什么茶叶。"史德威凄楚地回答。

"哦——？瞧我这记性。"史可法苦笑一声，失悔地拍着前额，急匆匆往屋里走。

"大人，"史德威上前，低声说："督师府该多加几名侍卫，像早晨这样，进了一屋子人都不知道，万一有刺客……"

"唉——"史可法不以为然地摇摇头道："人言，死生有命，富贵在天。如失人心，多加侍卫，也是枉然。"

他步上台阶时，停步对史德威吩咐："你即刻招几名士卒来，让他们把《告扬州人民书》贴到各路口，繁华处所。"

"遵命！"史德威点点头，疾步而去。

回到书房，史可法活动一下手脚，又准备去写没有署名的《告扬州城人民书》，他刚写完最后一个字，一名探报风一样刮进："报，据泗州来的溃兵讲，十万清兵，由多铎率领，已杀向扬州而来。"

"知道了。"史可法挥挥手，探马退下。

史可法卷起《告扬州人民书》，收拾好笔墨，准备上城墙，忽见案角插着一把飞刀，扎着一封信。

他惊异地四下巡视，却不见人影，他展开信读道：

"史大人，据传刘泽清在淮安正秘密与清军接头，准备降清；刘良佐也借入京'勤王'之机，择机南逃；而黄得功在芜湖正与左良玉残部激战。三镇兵马均指不上，扬州抗清之事，请史大人早定对策。

关心你的人"

"关心我的人？这会是谁呢？"史可法来不及细想。他刚刚平静的心情，又不安起来。三镇援兵指不上。那保卫扬州城靠谁呢？阻挡多铎的十万精兵又靠谁呢？

史可法顿觉心情沉重。继而他又想，此信必为道听途说，或为离间之计，不足为信，更不足虑。本督师待三镇不薄，他们何以负我？

他微微一笑，将那封信锁入抽屉，不再理会，兀自忙起其他事来。

草草吃罢早饭，史可法带领史德威、震南、震北、张虎将军，步上扬州城头。举目眺望，美丽扬州尽收眼底。

站在扬州城头，史可法踌躇满志，他对四将介绍说："你们不知道吧？这扬州，是浩浩长江北面第一名城，南京的门户。"

"史公，何谓江北第一名城？"

"这个嘛，自有它的道理。"史可法手捻胡须，沉吟片刻："扬州不仅建城史可上溯至公元前486年，有着源远流长的历史，而且扬州人杰地灵，有着丰厚的文化渊源。扬州古代有时作'木易杨'的杨州。她的名称，最早见于《尚书·禹贡》：'淮海维扬州'。这是古人心目中的一个广泛的地理概念，包括了今淮水以南、黄河、长江广大地域内的江苏、安徽、江西、浙江、福建等省。据唐代杜佑《通典》所载，在古扬州地域内，早在唐代，就设有三十九个郡府，一百九十六个县。是大明朝以前著名城市之一。"

"史公，这里还有这么深的学问？"震南将军问。

"扬州，春秋时称'邗'，为周代的方国之一，后被吴所灭，秦、汉时称'广陵''江都'等，东晋、南朝置'南兖州'，周时称'吴州'。汉武帝时，在全国设十三刺史部，其中有扬州刺史部，东汉时治所在历阳，末年治所迁至寿春、合肥。三国时魏、吴置扬州，西晋灭吴后，治所仍在建邺。隋开皇九年改吴州为扬州，但总管府仍设在丹阳（今南京）。唐高祖武德八年（625

年），将扬州治所从丹阳移到江北，从此广陵才享有扬州的专名。"

"妈呀，扬州的学问这么深呢？"震北将军赞叹。

城墙上，史可法带领四将，巡视扬州城防，恰巧遇上黄巡抚，赶忙上前相问："黄大人，南京城，你怎么没去？"

黄家瑞摆摆手："我担心史公对扬州不熟，守城势单力孤，就留下来助史公守城，上奏朝廷的书信，我已选派可靠之人，连夜送往南京。"

史可法上前拉住黄巡抚的手，连声说："这样也好，这样也好！"

二人见面，自是十分亲热。自昨晚分别，虽是时间不长，可也如士别三日。史可法采取一系列有效措施，稳住扬州混乱的局面。此时，黄巡抚的心情也好了许多。

史可法见号召扬州百姓自守的方法有了效果，心里也稍微平静了一些。

他一指黄巡抚："我初来扬州不久，对扬州知之不多，你们还是请黄大人给你们讲讲扬州的历史吧，他可在此任职多年，这里是他的第二故乡。"

黄巡抚一笑："史公所言不差，这里确实是我黄某的第二故乡。说起扬州，我就话多，唐太宗贞观元年，分全国为十道，扬州属淮南道。玄宗天宝年，改扬州为广陵郡。肃宗乾元元年，广陵郡复改扬州。唐末，江淮大乱。昭宗天复二年，淮南节度使杨行密在扬州受封吴王。天祐十六年，杨渭正式建南北朝，以江都为国都，改扬州为江都府，改元武义。吴天祚三年，南唐灭吴，以金陵为国都，以扬州为东都。南唐保大十五年，后周改江都府仍为扬州。"

"黄大人，他们都是武将，你给他们讲古，难以接受，就来些通俗易懂的吧。"史可法提议。

黄大人一笑："也好！宋太宗淳化四年，分全国为路、道，扬州属淮南道。太宗至道三年，又分全国为15路，扬州属淮南路。神宗熙宁五年，分淮南路为东、西两路，扬州属淮南东路。高宗建炎三年，高宗南渡后，江都县析出广陵县，扬州增领广陵、泰兴2县。"

"明朝之前的元世祖至元十三年，设置扬州大都督府。次年，改大都督府为扬州路总管府，领高邮府和真州、滁州、通州、泰州、崇明五州，并直领江都、泰兴二县。"黄家瑞一副夫子气，谈今论古，滔滔不绝："元惠宗至正十七年，明太祖率军占领扬州，改扬州路为淮南翼元帅府，后又改淮海府，属江南行中书省。大明二十一年，淮海府改维扬府。六年后，改称扬州府。扬州府领高邮州、通州、泰州三州，及江都、泰兴、仪真、如皋、海门、宝应、兴化、六合、崇明九县。"

今天，黄家瑞可找到一个卖弄学问的机会，也不管四位将军爱不爱听，眉飞色舞，介绍起扬州源远流长的历史："明太祖洪武元年，罢黜江南行中书省，设置京师（后改南京），扬州府属之。明二十三年，分六合属应天府，崇明属苏州府，扬州府领三州七县，并直辖江都、仪真、泰兴县，高邮州领宝应、兴化县，泰州领如皋县，通州领海门县。"

"黄大人，您就别说那么远了，就说眼下怎么保卫扬州吧？"张虎将军早就有些不耐烦，直言道。

"这个老夫子，总是说不到正题！眼下都到什么节骨眼了，还给他们讲古？"史可法暗想，他接过话茬："诸位将军，由此可见，扬州历来为兵家必争之地，历史上屡经战火。你看，扬州城墙也越修越高，在旧城之外，又筑座新城。虽是年久失修，如加紧抢修一番，也还算一座江北拱卫南京的比较坚固的城池。你们有没有信心守住扬州城？"

"有！"史德威、震南、震北、张虎四将齐声答道。

城门楼上，史可法、黄家瑞率史德威、震南、震北、张虎将军四将，边走边察看扬州城防，城墙多处残缺，许多地方已塌落，急需抢修加固。转罢四门，史可法心情沉重，他转向四将询问："诸位，依你们看来，清兵会首先攻打哪座城门呢？"

"史大人，恕我直言，依末将之见，清兵从西门进攻扬州城的可能性大。西门外地势高，而城门低矮。对面又有墓地上的松林掩护，地域开阔，便于运兵。而南门，需绕过扬州，才能把重兵运至，而清兵恐为我截断后路，必不可为。"

"还有吗？"史可法考验着手下战将分析把守扬州城的能力。

"东门外有宽阔河面，城墙坚固，易守难攻，清兵没有战船，不习水性，也必不可为。而北门地处阳关大道，城门楼高大，城外又有土城，实为内外城堡。清兵虑我重兵把守，攻北门的可能性不大。而西门……"震北将军手指城外，停住话头，观察主帅的脸色。

史可法频频点头，说："将军所言，甚合我意，本督师所虑者，也是西门。"

"大人，请看对面土山上的那片松林，树荫森森，坟茔累累，日后必是清兵隐身之地。末将愿带三百士卒，将松林尽快伐尽！"史德威请求道。

"哎呀！那可不可，那片坟茔，是多少扬州商户富贾的阴宅，若如此，必遭他们反对！"黄家瑞反对。

"砍树多费劲儿，不如放一把火，烧他个秃孙！"张虎挽袖子捋胳膊道。

"咳——大可不必！"史可法阻拦道："那片松林，乃为明朝阁臣，兴华人李春芳的墓葬。松柏已有几百年，今如毁之你我之手，恐遭后人唾骂，还是留着吧！"

"那！史大人，这是扬州城西唯一高地，如被清兵占据，居高临下，袭击城里，会给西门造成严重的威胁。清兵从泗州、天长方向来，势必前进到这一地段。清兵若在此屯扎重兵，又当如何！"震北将军不解地问。

"谋事在人，成败在天。砍一片松林，实对抗清大业无足轻重！"史可法忧郁地说。

"大人……"四将齐声而道，还欲再请求什么。

史可法摆摆手，转身面对城外道："我意已决，不必再多言。"他往城堞口走了两步，单脚踏在堞石上，回身说："震南将军，本督师将北门交与你把守如何？震北将军，本督师把东门托付于你怎么样？张虎将军，南门由你扼守没有问题吧。史德威，你与本督师亲守西门，有信心吗？"

"听从史公调遣！"四将齐声回答。

"黄某愿率扬州百姓作为后援。"黄家瑞得知史可法没有砍伐西门外坟茔松树的计划，十分高兴，大声表示。

"史大人，末将愿守西门。"震南将军请求道。

"史大人，我等……"震北、张虎将军也上前请战，被史可法果断的手势，把后半句话截住。

史可法催促道："诸将，速回各门吧，不必再争了。四门安，扬州安，一门失，扬州也不保，责任重大呀！"他骤然变色道："本督师既将四门托付各位将军，军令只一句话：人在城门在。不然，别怪本督师军法无情！"

"遵命！"四将叉手，应声而去。

史可法等将军来到城墙马道上，正欲再巡视一番，忽见城墙马道上涌来一群人，呼喊着要找史大人，他忙迎身上前。史可法近前一看，来者是早晨到督师府请愿出城的那些扬州富商大贾，身后还有数百名年轻人，为首的呼喊道："史大人，我们前来协助守城，要求史大人收留我们。"

"欢迎！欢迎！"史可法连声说。忽然，他在人群中看到一位身穿孝

（侧栏）

史可法——铁血传奇

438

衣，鹤发童颜的老者，忙上前问："敢问老先生尊姓大名？"

"老夫为退职武将樊大纲。"老者垂泪而答。

"哦？久仰久仰！"史可法忙上前施礼，"老将军，为何穿戴孝衣啊！"

"唉，老夫九旬老母，她……"樊大纲泪流满面，泣不成声。

"史大人，樊将军老母为激励樊将军抗清守城，免去他的后顾之忧，今晨已一头碰死在石碑上了。"旁边的退职文官张伯鲸插话道。

"啊——！"史可法深为感动，对樊大纲深施一礼道："樊将军老母乃巾帼英雄，名垂千古啊！"

"史大人，从现在起，老夫就是大人的部下了，一切听从史公调遣！"樊大纲挥泪表示道。

"我们都愿听从史大人调遣！"众人齐声道。

"好！"史可法转身往高处台阶上跨了两步，高声宣布道："现在，本督师任命樊大纲为守城大国师，协助守城具体事宜的安排、调遣。张伯鲸为军师，负责把自愿守城的各界壮士登记造册，册分三等，一等为年轻力壮者，编队上城参战；二等是年纪大些的，负责巡逻报警，协助兵士巡城查哨，严防奸细；三等为妇女、儿童，负责搜集砖瓦、石块、石灰、刀枪、弓箭，为守战将士们烧火煮饭。总之，每个人都应该为保卫家乡，保卫扬州出力！同仇敌忾，共御清兵。"

"好！"众人欢呼。

"现在，诸位都赶快回家，看看家里有木板没有？没有木板，门板、麻袋、口袋也成，要把口袋里填上土，用于加固城墙，能够架炮！"史可法尽力动员大家，全力守城。他见众人渐渐散去，又转对樊大纲、张伯鲸说："樊将军、张先生，让你们费心了。"

"应该的，这关口保家卫国不出力，还算人吗？"樊大纲表示道。

正说着，史继州跑来，呼喊道："史大人，快回督师府，驻守白洋河的左都督刘肇基将军，带领四千精兵来援，正在督师府等待史大人回去。还有乙邦才、庄子固、楼挺等将领，也引本部兵马，到达扬州城东门，听候史大人召见。"

"苍天有眼啊！"史可法闻讯后，长叹一声，心里宽慰了些许，他以手加额叹道。尔后，他辞别樊大纲、张伯鲸，顺着城墙的马道急急走下。

史可法刚到城门下，史德威由城门洞奔出，近前说："史大人，清兵先锋已抵近郊，许多百姓怕被清兵滋扰，要求进城躲避。"

"打开城门，快放他们进城。"史可法步都没停，果断地挥手道。

"那城内人多，粮草怎么办？"史德威追问道。

"你派人赶快驰报附近各乡村民，要他们进城时，坚壁清野，把家里能搬能拉的，全部搬到城里，特别是粮食，一粒不留。拉不走的放火烧光，一点也不留给清兵。"

"这，这主意好哇！"史德威顿悟道。

史德威随史可法来到城门内，街道旁拴马的马棚前，见几名马夫正在给马饮水。他眼一亮说："史大人，末将建议，将离城二十里以内的水井全部填死，水源、河道也投上毒，使清兵不能就近饮水。"

"这个不妥吧……"史可法闻此一愣，思索片刻说："投毒要量少，最好是真真假假，迷惑敌兵，使之心疑便可。不然，日后百姓再用时，尚需花费很大力气。"

"遵命！"史德威暗暗佩服史可法处事周全，棋高一着。既于当前抗敌有用，又有远虑。

他答应一声，转身欲走，却又猛然回身，见史可法已解开马缰，翻身上马，忙急赶几步问："史大人，多放百姓进城，倘若清兵奸细混进城怎么办？"

史可法正着急要走，见史德威又来追问，就有些不耐烦，生气地说："这还需多问，严加盘查就是了。"说完一挥马鞭，催马而去。

史德威被呵斥一顿，非但没恼，反而笑了。望着史可法的背影，他喃喃自语道："这个史大人，真是怪老头，既让人敬，又让人怕。"

史可法赶回督师府，见门口已汇集了许多穿着各色衣饰，打着各种旗号的队伍。他们的将领见史可法来了，纷纷迎上前，请求道："史大人，我们是礼贤馆的贡生，要求参加守城。"

"史大人，我们是高杰将军所部，现听命史大人。"

"欢迎！欢迎！"史可法近前，与他们依次施礼相见。聚集在这里将士，有他认识的，也有不认识的，今天，能在国家面临危难之际，云集而来，报效朝廷，史可法备受感动，心里热乎乎的。见到这些热心保家卫国的将士，他觉得格外亲切。忽而，他见后面靠墙站着两位风尘仆仆的武将，很是面生，怕一时冷落他们，忙上前询问："二位将军，你们是？……"

"我是甘肃总兵李栖凤，他是监军副使高岐凤，末将二人率四千人马，前来扬州，听候史尚书差遣。"其中一位头如麦斗、面如重枣、脸如面盆的大汉回答。

"辛苦！二位将军辛苦！"史可法说着，一招手道："诸位，别在外边站着说话，请到督师府内叙谈。"

众将领随史可法来到书房内，史可法拱手相请，忙命人献茶备饭，加以款待。

席间，他对前来的诸位末将，逐一进行了了解，也把城内兵力如实相告。眼下的情况使他又喜又忧。喜的是守城的人比原来预想的多了，总数已近万人；忧的是这些来自不同地方、各个派系的乌合之众，能否密切配合，舍死向前，担起守城重任？这个问题使他惴惴不安。

安置好众位来将，又已是深夜。史可法送走众位客人，刚在临时卧榻上迷糊一会儿，又像忆起什么，猛然站起，他端着蜡烛，来到扬州城布防的地形图前，又把各城门的兵力布置及武将配置仔仔细细审视一遍，这才转回到书案前。

多日劳累，已使史可法疲惫不堪，加之吃饭没有规律，饥一顿、饱一顿，营养不良，他渐感不支，狠狠地掐着大腿，使自己强打起精神，铺好纸张，决心再一次上书，劝谏弘光皇帝，要他幡然醒悟，尽快发兵，驰援扬州。

史可法提笔写上《请进取疏》四字后，轻悬手腕，慢展笔锋，饱含真挚情感地写道："……夫吴越相争，各在成败。而早已为历史明鉴。越王勾践年轻时，曾纵欲酒色，不理朝政，遂有亡国之祸。但他能慎思守志，卧薪尝胆，十向年如一日，志在复国，而吴王却重蹈覆辙，荒淫无度，终至国灭，骂名千载，为后人耻笑。而圣上正值年轻气盛，乃建功立业之时，岂可阻塞言路，听信奸佞之言。老臣看来，圣上有远贤臣近小人之患，故无大的建树，老夫日益忧虑啊！念圣上老夫忧，念社稷老夫忧！念百姓老夫亦忧，远也忧，近也忧。日夜难以安寝，实恨没有回天之力，不能与圣上分忧，不能为百姓解愁，乃实愧之悔之！羞之矣！"

桌案上烛火明暗，史可法放下笔。缓缓走到烛台前，把烛火拨亮些，他又抓起笔写道："依老臣愚见，皇上若沉湎于上，诸臣必逸于下。将见曲肥马，事业或随堕于梦醉；美色幸御，精神半付于蛾眉，君忘中原矣。"

书写至此，史可法情怀激烈，思古忧念，泪水再次盈满眼窝。他强忍住泪，仰天长叹一声，又挥笔道："新亭之血泪渐干，东山之丝竹日盛；臣忘中原矣。望使徒恸于高丽，拜诏不呼于河湟；民忘中原矣。始矜壮志于马上，谓黄龙之直抵有期；终耗雄心于跨驴，谓西湖之行乐可老！将若史，俱忘中原矣！"

史可法的泪如雨下，再也止不住，滴滴热泪洒在墨迹未干的《请进取疏》上，浸湿一片片信纸，他猛然抹去泪水，一挥而就："诚如是也，将祖宗之幽恨何时舒？先帝之深仇何日复？进取不说，则守御必不坚，臣愿皇上与诸臣发一猛省，亡羊补牢，犹未晚也！"

写罢《请进取疏》，史可法辍笔在桌。此时，孤灯摇曳，夜深寂静，望着那支快要燃尽的残烛，史可法心情凄楚。征战半生，孤灯相伴，孑然一身，备觉孤寂。

多日来，史可法没有好好休息过，睡过一次踏实觉，他像匹难以负重的老马，四肢发痛，浑身像生锈一般难受了。白天，他咬牙硬撑着。还不觉怎地，一旦夜静，就更加疼痛难忍了。他挪动着笨拙的双腿，来到柜橱前，取出酒盏、酒壶，满上一盏，扬首喝下，这才觉得心里热乎乎的，周身又充满活力。

喝起这盏酒，再次勾起史可法对这坛老酒来历的记忆……

那一年，清兵南犯，直入江苏。他奉命率队到达白洋河岸御敌。当时，正值严冬。整个腊月，长期阴天。难见天日，天气特别阴冷，夜间更甚。为防清兵偷袭，他和将士们都穿着冰冷的铠甲睡觉，时刻准备投入战斗。

日子长了，他就患了风湿病，难以行动，随军郎中特为他配制了药酒，喝下酒后，双腿疼痛果然减轻许多。他命郎中按药方多多配制，供随军将士们饮用。士兵们喝下此酒后，风湿病也轻了许多。自此，人们管这种特制的产自苏北的洋河酒叫"史公酒"，名传江淮。

史可法心情郁闷。他不明白：自己一生与清军几次交战，数败清军，可清兵反而日强，打到江南，这是什么道理？

莫非！莫非大明江山真的气数尽了？他不敢再想下去，又喝了一杯，不知何时，他竟坐在书案前，迷迷糊糊地睡着了。

一线阳光投射到窗棂上，鸟儿在院内的枝头上雀跃鸣叫。

史可法还伏在桌上沉睡着，书房门口聚集了好多人，等待史可法批审公文。樊大纲站在门口，捂嘴摆手，示意人们脚步轻些，不要吵醒史可法，他悄悄地对众人说："今夜，史尚书难得这样睡一会儿，不要惊了他，就再等一会儿吧！"

恰于此时，一位老更夫值更回府，从此路过。樊大纲忙上前说："老人家，史尚书为扬州人民耗尽心血，你就再打一次更，让史大人好好歇息歇息累乏的身子吧！"

老更夫近前，见史可法正伏身在书案上，满脸倦色。他不忍回绝樊大纲的请求，点头应允。他悄悄掏出梆子，又打一次四更的梆点。

不想此刻，史可法猛然惊醒，见天光大亮，与梆点不符，不禁大怒。喝问："何人斗胆在此乱打更点，违我军令，乱我军心！"他起身抢步来到门口，断喝一声："来人，把更夫拉出去砍了。"

樊大纲一见，赶忙上前解释说："史大人，不是更夫之过，是老夫见史公劳累，伏桌沉睡，想让大人多睡会儿，故此让更夫打了梆点。要治罪就治老夫的罪吧！"

"史大人，是卑职等让更夫打的梆点！"书房外，来此办事的文武官员一齐跪倒，请求道。

此时，老更夫早已吓得不知如何是好，浑身瑟瑟发抖，鸡啄米似地点着头，说不上一句完整话。

得知真情，史可法的火气这才消了些，摆手道："诸位请起吧！今后，绝不可因私爱而破坏军纪！"他转身进屋，拿出酒盏、酒壶说："今日之错，是本督师夜间饮酒所致，不怪诸位，现本督师当众盟誓：自此，决不饮酒！"

言罢，他将酒盏、酒壶高举过顶，"啪啪"两声，摔碎在台阶上。

这才是：秉夜办公赴桌沉睡，史公误酒怒摔酒杯。

更夫心软错敲更声，当众盟誓彰显决心。

欲知后事如何，请看下文。

书房内众人见史可法口气和缓，樊大纲忙对老更夫说："还不快谢史大人不斩之恩！"

"感谢督师不杀之恩！"老更夫再次跪倒，欲给史公磕头。

史可法上前相扶："老人家，不必了，辛苦一夜，快去歇息吧！"

老更夫走后，史可法刚欲请众人进屋内叙话，忽见一探报飞步而来："报，史德威将军向史大人报告，夜间，清兵已将斑竹园侵占。城西门外松林里发现有清兵旗帜。"

众人闻听大惊，一时议论纷纷，如一锅开水鼎沸一般。

史可法却极为冷静，对探报道："请转告西门守军，严加防守。再探再报！"

"是！"探报答应一声，起身飞步而去。

史可法笑吟吟道："诸位不必惊慌，这是清军的先头部队，本督师估计，清军主力需两日后才能到达，我们还可以赢得一些时间，修补、加固城墙。请！屋内坐！"

众人刚要进屋，另一名探报飞步而来："报告督师，北门外发现清骑兵。"

众人又是一惊。樊大纲上前道："史大人，依老夫之见，还是去城头上议事吧！那里或可方便些。"

"也好！"史可法转对众位幕僚说："诸位，谁有急事谁先说，有待商量的事，到西城门楼去说。"

"史大人，北门外的敌兵怎么办，张虎将军请求出击！"探报还未起身，俯首听令。

"不！你马上速回北门，转告张将军，此为清军疑兵。无我帅令，不得擅自出战！应养精蓄锐等待时机。"

"遵命！"探报应诺后，起身离去。

见史可法忙成这样，许多只有鸡毛蒜皮小事的人，不愿再打扰他，悄步而退了。

史可法把府内的事安置一下，率领众文官武将，直奔西城门而来。

此时的扬州城头，已被动员起来的数千市民、士兵正在抢修加固城墙。

坡形马道上，搬石运石的人流，排成长蛇阵，男女老幼，络绎不绝。

为加快进度，防止马道少，路窄，石料运不上去，沿着城墙还搭了许多隔层跳板。所谓跳板，是指靠城墙埋上四根木桩，半人高搭上一块木板，往外再埋两根矮木桩，也搭上木板，逐层渐低。运料时，每层两人，由地面上传至城墙上。这样一来，城墙上人多，不至拥挤，也不至窝工，加快了修补城墙的速度。

樊大纲手指城墙上正在参加修筑城墙的百姓说："史大人，城内凡是能走动的百姓，除老幼病残孕之外，都来筑城了。如果时间允许的话，多则一二日，就可将城墙全部修复完毕。"

"不错！"史可法黑瘦的脸上，出现了多日来的第一次笑容。他感慨万端道："人言水可以载舟，也可以覆舟，今日民众的力量，果然如此，百姓是社稷的根本啊！"

史可法视察来到城墙上，见史德威正与众将商议城防之事，忙走过去。

众将见主帅来了，纷纷起身相迎。史可法笑问道："各位将军，防守扬州城，有什么想法吗？"

"史大人，众将的意见，是想新城旧城，隔层防守，新城守不住，就退守旧城，旧城守不住，展开巷战、街战，誓把扬州城变成清兵的坟墓。"史德威代表众将表示道。

史可法听罢，笑笑说："主意不错，众位将军，还有什么上乘之策吗？"

"大人，末将认为，当乘清兵立足未稳之时，冲杀出城，灭灭清军的气焰。"副将军李栖凤建议道。

"德威将军之见呢？"史可法有意问史德威，想考考他，看他可以不可以堪为扬州西门守城主将。

"大人，末将认为不可。一是两军交锋，当藏其锐气。如未见仗，先使敌人窥透我方实力，于日后守城，反而不利；二是知己知彼，方能百战不殆。眼下，清兵虽是初至，但清兵连战皆捷，攻州克镇，未曾遭遇任何阻力，锐气正盛，如我方仓促出城交战，人少不能取胜，人多则消耗守城实力。虽可能有小胜，但如被敌兵续部队拖住也会因小失大。所以，依末将之见，眼下还是以逸待劳，谨慎防守为是。"史德威侃侃而答，有理有据的分析，博得周围不少将士点头赞同。

"将军所言极是！"史可法赞道："本督师认为，锐气不轻试，握起拳头方能打人。锐其锋以待敌弊，方为上策啊！"

"哼！什么上策下策。"高岐凤见好友的建议被否决，大为不快，在一旁讥讽道。李栖凤见有人支持自己的观点，胆子更大了，低声嘟囔道："将熊熊一窝。"言罢，竟欲拂袖离去。

史德威见他二人出言不逊，有损主帅声望，极为恼怒。"当啷"拔剑出鞘，欲要赶上前，手刃这个不知天高地厚的家伙，却被史可法拦住，低声喝道："德威，不得无礼！"看见他们二人远去的背影，史可法的心头又蒙上一层阴影。

"咳！便宜这两个小子了！"史德威愤愤不平，把宝剑插入鞘内。

众将正欲再商议军情，忽听城外有呼喊之声。

史可法等人奔到城墙堞口一看，见护城河外吊桥边，站着一匹黄马，马上端坐着一人，正手成喇叭形向城内呼喊："喂，扬州城守将听着，我是泗州守将李遇春，多铎元帅派我来给史大人送信来啦。"

他一边呼喊着，一边手里晃动着一封信。

史可法闻言怒骂道："呸！无耻反叛之徒，何敢在此苟活，还不如早早死去！"

"史大人，您好哇！"李遇春不羞不恼，反而满脸堆笑喊："史大人，多铎元帅十分器重您。只要您服个软，可官至一品，入爵封侯不算，还可封妻荫子。"

"你这奸贼！不思朝廷对你的厚遇之恩！反而见利忘义，趋炎附势。把泗州拱送敌手，你良心何在！"

"史大人，别提什么良心。"李遇春死皮赖脸地说："要说良心，谁也没有史大人良心好！天下人都知道史大人的忠义名声。但是朝廷不相信你！奸佞之徒不信任你，先是把大人排挤出朝，又卡住军粮不发！马士英、阮大铖之流，什么东西，他们把持朝政。对史公有什么好处？难道是忠臣前方流血，让奸臣后方享乐不成！"

李遇春的一席话，竟把史可法问得默无他语。史可法深恐他继续卖弄唇舌下去，会蛊惑一些守城将士的军心不稳，忙断喝一声："住嘴！无耻叛将，岂容你在此斗嘴耍贫!将士们，开弓放箭!"

主帅有令，守城将士们弯弓搭箭，"嗖嗖嗖"几箭飞下，吓得李遇春抱头鼠窜而去。

"史大人。"随着呼喊声，张虎将军领着两名彪形大汉，沿着城墙快步走来，离十几步外，就兴奋地跑过来。

史可法回头一看，吃了一惊，面前这两位大汉，身高丈余，犹如两尊铁塔一般，一般人只到他们齐胸高，需仰视可见。

张虎将军指着两位大汉介绍说："大人，他们是从泰州来的亲哥俩，老大叫刘铁臂，老二叫刘铁锤，都能力举千斤、怒拔柳树，是有万夫不当之勇的好汉。他俩都愿投效史大人，抗清杀敌!"

"好样的!"史可法上前拍着他俩的胸脯称赞道。

"史大人，他们在来扬州的路上，闯进清军兵营，自夺两匹战马，还俘虏两名清兵!"张虎将军在一旁眉飞色舞地称赞着二位前来抗清的亲兄弟。

"英雄!英雄!"史可法连声称赞，转对史德威吩咐道："传令嘉奖刘家兄弟二人，每人绸缎一匹，白银百两，并记载战册之上，日后论功行赏!"

说话间，刘铁臂抓起门前的石狮子高举过顶。

"好……"士兵们欢呼雀跃，为刘氏二兄弟高兴。

刘铁臂、刘铁锤却沉默不语，什么也说不出，连句感谢的话也没有，除嘿嘿憨笑外，只是将胳膊绷起，绽起一块块疙瘩儿的腱子肉。

刘铁臂发誓道："清兵龟儿，若犯在你家爷爷手里，非捏个粉身碎骨不成!"说话间，暗用臂力，那胳膊，手掌骨节叭叭直响。

这时，张虎走到史可法近前，附在他的耳边轻声说："史大人，末将把他们送来，是想让他俩给史公做保镖，不然乱军之中，恐有突变!"

壮士举石狮

"嘻——"史可法摇摇头，不以为然道："北城门正是用人之际，虽说刘肇基将军带去几千人，可兵力还是不强！他俩还是归属你的营下，听从差遣吧！"

"大人……"张虎还欲再劝说几句，史可法已踱开，走向别处。

张虎将军只得作罢，暗自担忧："看来，史公丝毫没有把自己的安危放在心上，还是属下为他操心吧！对！不如这么办……"

粗中有细的张虎将军，暗暗盘算起如何保护史可法的办法来……

史可法离开城西门，沿着城墙向北行。不料，他正欲再巡视一遍，忽听前面的城关处传来呼喊之声。他忙赶过去，见许多士卒，正伸脖子、探脑袋地往城外看。

他奔到堞口前，见城外护城河边，两位清军打扮的人边呼喊"别放箭，我们是清军信使"边脱下衣服，高举过顶，下到护城河里，游到对岸，穿上衣服，奔到一城墙根处。蓦然，史可法见其中一名信使似有些眼熟，却不敢相认。就招呼身后的史德威说："快派人找个大柳筐来，兜住底，把清军信使吊上来，看看他们又玩什么鬼花招儿！"

史德威得令后，派人找来一个抬筐，用绳子拴牢，兜住筐底，放到城下，一名清军信使坐进柳筐内，守城士卒用力，叫着"一二三……"，把他们依次拉上城墙。

等士卒把第二名清军信使拉上来，史可法定睛一看，来者不是别人，正是堂弟史可程。

"奇怪了，是不是碰见鬼了？"史可法兀自纳闷，史可程已被他送往南京刑部治罪，怎么又成了清军信使？

史可程抱拳一笑："大哥，别来无恙乎？"

他见史可法感到不解、吃惊，更加洋洋得意："没想到吧！你昔日的阶下囚，又成了堂堂大清国的信使。"他在原地倒背双手踱了两步，一拍胸脯，炫耀道："大哥，你该不会想到吧？你把小弟送往南京'享福'，可惜小弟无功受禄，马士英马大人又暗中放了我，赠小弟银两。这样的好事，打着灯笼也难找哇！"

说到得意处，史可程小脖梗着，胸脯腆着，脸上笑着，像只斗架得胜的小公鸡，趾高气扬。他又卖关子道："这叫大难不死，必有贵人相助啊！"

他转对史可法说："大哥，多铎元帅待你不薄，你可千万不要执迷不悟，而错失良机呀！清军的红衣大炮，炮筒有水桶那么粗，炮弹一个人抱不动。一炮下来，这城墙甭瞧这么厚，也得塌一半。"他唾沫星子乱飞地说着，并把一封清军主帅多铎的信函递给史可法。

忽而，史可程双腿开始战栗了，脸上的汗也流下来，他那细眯的眼睛，窥视着史可法，他见史可法脸色越发严峻，嘴角紧抿，颏下的胡须微微抖动，透着一种潜在的杀机。

史可程恐惧地步步后退，双腿发软。"扑通"一声，瘫坐在地，惶恐地抱住头："不！大哥！饶兄弟一命吧！小弟是被清军逼着来的呀！"

史可法双眼一瞪，转身呼唤："刘铁臂何在！"

"啊！"刘铁臂一惊，不知怎么答应。旁边的张虎推了他一把，提醒道："快答小人听令！"

"把这两个家伙，给本督师扔下城去！"史可法断喝一声，转身而去。看也不看堂弟史可程一眼。

"好唻！刘爷爷又有事干了！"刘铁臂答应一声，大步上前，左手抓起史可程，右手抓起那名清军特使，跨到城墙边，喊了一声："找你龙爷爷去吧！"像扔泥鳅似的，把这两个家伙扔向城下四五丈之外的护城河内。

史可程和那名信使嚎叫着，在空中挣扎几下，成抛物线落进护城河内，水面上溅起两朵高高的水花。

城墙上传来兵民的欢呼声。史可法转对众将吩咐："加紧修城，如再有送信劝降者，给我乱箭射回！"

"得令！"众将答应一声，各自督促本部抢修城防工事去了。

史可法带领几名亲信随从，沿着城墙，急步走去。他要遍巡扬州四门，检查城防和修复城墙的进度，不然，他难以放心啊！

夜晚，督师府内，一钩弯月西沉，喧嚣的扬州城早已静下来。劳累一天的人们再难以抗拒睡魔的诱惑，沉入梦乡。扬州城内，除城墙上巡哨的士兵还在警觉地监视着城墙外四郊旷野中的茫茫黑夜，无人走动，万籁俱静。除了镰火偶尔闪烁之外，唯有督师府内史可法的书房里灯光明亮。

史可法正伏案办公，书案上堆着一摞各地探报送来的敌情报告，史可法逐次审阅。他深晓，身为督师，稍有疏漏，就会给守城带来重大损失。而这大量情报，也是虚虚实实，需从中辨别真伪，挑拣有价值的消息。

蓦地，他的眼前闪现出白天的一幕，叛将李遇春的话语："忠臣在前方浴血奋战，难道就是为让奸佞之徒马士英、阮大铖之流在朝中享乐吗？"

"对！还有圣上弘光皇帝，他是贤明的君主吗？值得舍命保他吗？"

想到这些，史可法眼看着公文，面前的文字却渐次跳跃，模模糊糊起来。他感到一阵头疼，"咳——"他一声长叹，双手抱头，靠在椅背上，苦思冥想起那些缠人的问题。

清兵久围扬州，援兵不来怎么办？城内数万将士和居民的口粮怎么解决？还有城中的守军，纯系乌合之众，怎么统一起来？他越想越头疼，只得站起，踱到窗前。

窗前，史可法望见那弯残月，想起年迈的老母，她已年过七旬，恰如这弯残月，还能有多少时间呢？还有……还有自己也已四十有四，膝下无儿，别再老死无人奉养。如若战死沙场，又有谁来为自己收尸呢？难道只有弃尸郊外，狼咬狗扯不成？

史可法心绪杂乱，踱步一阵后，想写一些什么，他备好笔墨，打开随行行囊，找出以往书写心迹的典册，逐一看起来：

《偶成》

逸兴豪情岂易降，试评今古有谁双？

近来学得持雌诀，镇日无言独对江。

这是前不久在拒绝清廷诱降后，率师出征保卫南京时写的一首七言诗，虽说对仗不那么工整，却也表述了自己的心情。

他又接着往下看：

《忆母——时督兵白洋河》：

母在江之南，儿在江之北。

相逢叙梦中，牵衣喜且哭。

还有一首《燕子矶口占，时奉诏剿左兵》：

来家不面母，咫尺犹千里。

矶头洒清泪，滴滴沉江底。

看到这两首诗，史可法潸然泪下："母亲，孩儿不孝了……"

侧屋内，史德威、史继州远远看到孤灯影下，史可法潸然泪下这一幕，二人齐声感叹："史公心里太苦了。"

"继州，史公打你，你记恨他吗？"史德威低声问。

"什么话？史公待我如父，我为有这样的父亲感到骄傲，为自己此生能够遇到史公而自豪！"

"好样的！"史德威带泪捶了史继州一拳："我没白认你做兄弟！"

"德威，史公膝下无儿，你还不认史公为义父？"史继州提议。

"我也曾有过这个想法。可……可……不知够不够格？史公太完美了。他在我等心中是世界上少有的伟丈夫。"史德威含泪而答。

"是啊，在史公面前，我也总是感到低矮，总需仰视。就那天，秋菊姑娘找到史公报告春红投江遇难之事，我这自称铁石心肠的人，都动了情，可史公硬是不为所动。独守自己的信念，保持自己做人就做君子的品质不变。这样的人难道不值得敬佩吗？"史继州述说着自己的心声。

"值得敬佩……"史德威连连点头："继州，你看史大人内心多么凄苦？我们要是能安慰安慰他，为他分忧解难就好了。"

"可惜呀，我们智疏才浅，无能为力呀！"史继州捶胸顿足。

"走吧！在这里我们也是干着急无能为力，看着心疼。咱们巡城去吧！不要让清兵钻了空子。"史德威提议，二人悄步走出。

窗前月光下，史可法喃喃自语，面对天空中的那轮皓月，他暗自袒露心迹："母亲，如今孩儿独守扬州，生死前途未卜，而您——我的老母亲，和我的妻子，却远在数百里之外的南京，你们还有银子买米买菜吗？老母亲的伤腿好了吗？世道乱成这样，你们婆媳平安吗？"

史可法转回到书案前，抓起笔，喃喃自语："母亲，孩儿想给你写封信，可手头繁杂，孩儿感到茫然，不知该写些什么。眼下扬州被清军所围，前途生死未卜，写了，又怎么送出去？"

想到这些，史可法又无奈地放下笔，灯下独自徘徊几步，又翻看起自己戎马生涯的诗作《六安署病中感怀》：

待理犹繁苦抱疴，公余侧枕唤如何。

民饥由嗟艰食，兵悍逢人欲弄戈。

抚字无能先布德，催科宁忍复为苛。

白云交瘁燕山下，国手谁怜妙剂多？

还有《寿彭云举先生九十》：

传经伏氏齿相当，系出钱铿世更长。

岭外政成垂雨露，淮南书就挟风霜。

生同文佛初临日，居是回仙四至乡。

教得梨园歌舞艳，坐看人代变沧桑。

《寿某》：

流星园内岁华垂，鹤发双双进寿卮。

种秫有田堪啸咏，扶藜无事任委蛇。

齐眉笑指山容老，绕膝惊看国士奇。

最喜恩波春似海，辉煌紫诰下彤墀。

《送管城斋少宗伯同年归里》：

长干秋老落潮初，一棹秦淮碧玉蕖。

独向新亭挥泪别，江南惟有管夷吾。

看到这几则诗作，史可法感慨万千，征战数十年，除浑身病痛之外，什么也没有剩下，只有征战中写下的这一首首信手拈来的诗作，伴随着自己。虽说这几首诗不算什么佳作，也够不上名篇，但却是自己感情的真实写照，是自己人生心路历程的流露。

"母亲，孩儿向您汇报，其实法儿在颠沛劳顿的征战中，写的诗作何止这么几首？可是有的毁于战火，有的遗失，有的散落不知去向了，但这能埋怨谁呢？"

侧房窗前，史继州一捅史德威："你小子，不是号称诡计多端吗？快去劝劝史大人，要他不要伤心，不管到什么关头，咱们俩是誓死追随他的。"

"可我不敢呀！"史德威止步不前。

"为什么，千军万马的战场，你冲锋陷阵，取上将的首级如探囊取物，怎么让你去劝劝史大人，就不敢了？腿软了？"

"我……我也说不上，就是心里发怵……"史德威说着，不敢近前："要不……要不……继州，你的手巧，做的热汤面好吃，香喷喷……"

"你什么意思，是不是……？"

"是……是……"

"你是说，让我再给史公做一碗热汤面？"史继州做着端过去的手势。

"对对！就是这个意思。"

"你小子，怎么不早说？这有何难？"史继州一拉史德威："走！"

"干什么？干什么？"史德威惊问。

"给本大厨烧火去！"

书房内，悲愤中的史可法自问自答。突然，他见行囊中还有一卷纸，打开一看，却是自己几年来写的几则自题联集，他一一看过。

首联为：千里过师从席枕；
　　　　一身报国托文章。

其次为：忠孝立身真富贵；
　　　　文章行世大神仙。

再其次为：古砚不容留宿墨；
　　　　　旧瓶随意插新花。

还有其为：斗酒纵观廿四史；
　　　　　炉香静对十三经。

最为得意的是：自学古贤临静节；
　　　　　　　唯应野鹤识高情。

还有就是：洞雪压松多偃仰；
　　　　　岩泉滴石久玲珑。

最后这联，也许正是当下他心情的真实写照。看到自己的诗作、联作，史可法的心绪安定了许多，人生天地间，有了自己的事业和追求足矣！身为男子汉，留史丹青足矣，至于寿命的长短，吃苦受罪，又有什么关系？

史可法正在思虑后事，忽闻院内传来一阵急促的脚步声。

史可法抬头望去，只见夜色中，黄巡抚披头散发，满脸焦急，跌跌撞撞地闯进来。史可法忙迎出去，迫不及待地问："黄大人，圣上怎么说？粮草何时到？援兵几时来啊？"问话时，他早把心提到嗓子眼。

"史、史公，老夫有辱使命！愧对大人呢！"黄巡抚边说边打自己的嘴巴。

"黄大人莫急，有话慢慢说，有我们在，天大的事又有何惧？"史可法安慰着黄巡抚。

"史大人，我黄某太笨太蠢啊！"黄巡抚自责地叙述道："老夫自那日与史公与将军们谈古论今后，不放心手下办事是否可靠，又快马追上家人，带着史公的血书，星夜前往！赶到南京，京都已吊桥高挂了，我言明说是史大人所差，前来搬兵，守城官兵仍不开城门，只让把信用箭射进城，谁知等了半天也没动静。老夫站在城外，边哭边喊，想以此感动他们。谁知那些家伙铁石心肠，直直等了两天，马士英才在城头上露面。你猜他怎么说？"

"他怎么说？社稷危亡之际，他总该摒弃前嫌，为朝廷江山着想吧？"史可法猜测道。

"哪里呀？那……那小子，他……他这狼崽子说，你回去吧！京都吃紧，无兵可派，无粮可送，史可法身为兵部尚书，该给京都多派些兵来，送些粮来，老马我正需要呢。"

"这是什么话？我们扬州是前线，是南京的屏障，是南京的门户。这里不守，南京就无险可守了。"

"史大人，我黄家瑞是笨蛋呀，我没有搬来救兵，也没有拉来粮草哇！"说到伤心处，黄巡抚的眼泪又流下来，"史大人，这可怎么办呢？这可怎么办呢？老夫想想临行前的话语，真想一死了之啊，可又怕大人得不到实信，望眼欲穿啊！"

"哈哈哈，也罢！"听罢黄巡抚的哭诉，史可法仰天狂笑。至此，他对新朝、对皇帝，对马士英、阮大铖彻底失望了。

史可法笑罢，收敛了脸上凄苦的笑容，安慰黄大人道："黄大人，事已至此，看来我们只有自救了。靠天天塌，靠树树倒。圣上、朝廷、四镇谁也靠不上，就靠扬州的百姓，靠我们自己，还有扬州百姓的力量抗清吧！"

"靠扬州的百姓！这行吗？"黄家瑞没有信心。

"行也得行！不行也得行！天上是不会掉馅饼的!看来，我们扬州只有自救了。"

"自救。自己救自己？"

"怎么救？"

"活人不会让尿憋死！车到山前必有路。"

"有路？路在哪里？"

"黄大人，清醒吧！千万不要把生存的希望，建立在别人的施舍上！"

"有道理。说得好哇！也罢！"黄巡抚自语着，渐渐止住泪水，他看看快要熄灭的烛火道："史大人，您歇息吧！有话明天再说，老夫也该回家看看去了！"

"也好！"史可法见黄巡抚已疲惫至极，也想让他早些休息，忙起身相送。

二人刚刚来到院中，忽见从暗中闯进两条黑影，杀气腾腾，手持宝剑，大步而来。

史可法一愣，厉声道："来者何人？"

"史大人，末将是李栖凤、高岐凤。"这两个家伙高声而答，抢步上前，以迅雷不及掩耳的速度，抽出锋利的宝剑，一人逼住史可法，一人逼住黄巡抚。二人步步紧逼，一直把他俩逼得步步后退，经过台阶，退回屋内。

"你们想干什么？造反吗？"史可法喝问道，紧紧盯着寒光闪闪的宝剑。

事出突然，史可法也有些心慌。

"干什么？"李栖凤一笑："明说了吧！我们哥俩不愿再拿鸡蛋撞石头。要史大人传令，打开城门，归顺大清！"

"软骨头！"史可法轻蔑地吐出这三个字，反而以胸去迎剑锋。

"别动！再动我就动手了！"李栖凤恐吓着。

"你们想骂名千载吗？你们这两个大明的败类！"史可法拍着胸脯，逼得李栖凤连连后退，语气严厉地说："告诉你们，扬州城就是本督师捐躯的地方，你们想干什么？卖国求荣吗？"

"史大人，末将这全是为史大人好。扬州城内，兵微将寡，粮不过十天，何以抗拒十万清兵？"高岐凤见史可法、黄巡抚不惧生死，有些心虚，边用剑尖逼住他俩，边厚着脸皮劝说道。

"你们贪图富贵，就请二位自便吧！何必强史大人所难！"黄巡抚生恐史可法强硬的态度，招致李栖凤的毒手，在一旁规劝道。

"人各有志，不得强求！你们不愿守城，就请退出扬州城吧！"史可法的口气放缓和一些说。

"走，也得带着史大人你！至少官加三级！"李栖凤不知天高地厚，反而蹬鼻子上脸，大言不惭地说。他的剑尖已触到史可法的大红袍，轻轻一划，划出一条尺来长的口子。

恰在危急关头，却见两道白光一闪，李栖凤、高岐凤二人手中的宝剑"呛啷"一声落地。白衣侠女飘至李栖凤与史可法两人之间，大喊一声："大人闪后，看我拿这两个叛贼的项上人头来。"

史可法也非一般武将，乘此机会，往后一仰，一个后空翻立起。

此刻，白衣侠女已与李栖凤战在一起。黄巡抚却被高岐凤抓住衣领，勒得喘不出气来。史可法忙跳过去解救，一个黑虎掏心，直向高岐凤要害打去。

高岐凤见势不妙，忙松开黄巡抚，与史可法拳打脚斗起来。

屋内两对敌手，各展本领，都欲尽快置对方于死地。

却原来，李栖凤身为甘肃总兵，武艺也是上乘，虽手中没有武器，白衣侠女只有招架之功，没有还手之力。而高岐凤的武功也是身手不凡，史可法只能打个平手。又因多日劳累，忙于军务，竟也气喘，有些慌乱。

"主帅莫急！末将来也！"窗外一声大吼，震得窗棂纸直抖。

却是张虎将军率领刘铁臂、刘铁锤兄弟俩赶来。

三人闯进屋，两名叛贼白日已知刘氏兄弟的厉害，先自胆怯了三分。未经几个回合，刘铁臂伸出虎钳似的巨手，猛地抓住李栖凤的手腕，用力一拧，只听"咯嘣"一声，骨断筋折，疼得李栖凤惨叫一声，跪倒在地。

高岐凤见同伙遭此下场，情知不妙，抢到门口，夺路欲逃，被刘铁锤一个追风掌打在背后，往前一扑，栽倒在门槛上，上牙硌下牙，咬断半截舌头不算，还磕掉三个门牙。

刘铁锤追至院中，一步抢上前，一脚踏住高岐凤的后腰，举起碗口大的拳头，高喊："史大人，要死的？要活的？"

"报！督师府门外已被李栖凤所部包围，口口声声呼喊杀进督师府！"门口侍卫慌慌张张跑进来呼喊，急得嗓音都变了。

"史大人，杀了这两个狗东西！"黄巡抚怒喊。

"不能轻易放过这两个败类！"白衣侠女提剑在手，挥剑便刺，一道寒光闪过，直奔李栖凤咽喉而来。

恰在此时，白衣侠女的玉手却被史可法一把攥住："姑娘慢来！"

史可法在院内踱了几步，思忖片刻道："黄大人、张虎将军，杀此二人易如反掌，但甘肃兵在城内尚有三千余人，占城内守军总数五分之一，如他们部下闻知二人被杀，必不会善罢甘休。此时此刻，扬州城内，如其发生内讧，必对清军有利。依本督师之见，不如放他们去吧！"

"史大人，这可使不得！适才大人险些命丧这二贼毒手，眼下岂能轻易饶过他们！"黄巡抚摇头反对道。

"杀此二人，留此二人，都于守城无益。适才老夫言道：人各有志。随他去吧！"史可法上前将李栖凤、高岐凤扶起说："二位将军，以前你们二人，不辞辛苦前来投奔本督师，尚对老夫有些好感。眼下你二人见可法穷途末路，也可请二位自便！况且鱼择溪而游，鸟择林而栖。可法愧对二位，来去自由，请吧！本督师命人打开东门，放你们出城，但切记不可助纣为虐，为虎作伥啊！"

"史大人……"李栖凤、高岐凤一齐跪倒在地，痛哭流涕道："大人，末将也不愿走，誓守扬州城。是手下的士卒恋家，不愿在此苦守哇！史大人既宽待末将，放小人一条生路，我俩就此辞别。大人不杀之恩，容当后报！"李栖凤被史可法的胸怀所感动，用一只手按地，边说边给史可法磕头，感谢不杀之恩。

史可法扶住他，催促道："二位快走，不然天快亮时，就不好走了。"

李栖凤、高岐凤起身走向门外。史可法急忙拦住："二位将军且慢！"

他们二人正欲走向门口，忽见史可法上前阻拦，心里一惊，以为史公又变了卦，不放他们走了。忙转身跪地，泣泪相求："难道，难道史大人食言，又不愿放末将一条生路了吗？"

"哎——"史可法转身回屋，从橱柜内取出两锭白银，走到他们面前说："二位将军说到哪里去了？君子一言，驷马难追！老夫身边别无他物，只有这两锭白银，是本督师这几个月的一点儿薪俸，仅做一点心意，二位将军既然追随老夫一场，就权做薄礼，为二位将军饯行吧！"

"不！史大人……"李栖凤、高岐凤连连摆手。

二人被史可法的义举感动得热泪盈眶，抬起头来，自责地打着嘴巴："小人该死，不是人！我们愧对史大人，猪狗不如啊！"

督师府外传来陕西口音，士卒吵嚷嘈杂的吵闹声。

"史大人，末将不走了，愿追随大人保卫扬州，抗清到底！"李栖凤表示道。

"这倒不必，抗清在哪儿都可以。只要你们记住自己是大明的将领就行了，快走吧！不然四门守军闻知，包抄过来，又要发生激战了。"史可法将两锭白银分送二人手里，转身而去。

李栖凤、高岐凤满脸愧色，但见事已至此，只得把银子收起，冲史可法深施一礼，转身挥泪而去。

"唉！史大人，你怎能就这样放走这两个狗东西呢？"张虎拍着膝盖说，遗憾而痛悔地坐在台阶上。

"天要下雨，娘要嫁人！随他们去吧！"史可法沉吟片刻，吩咐道："张将军，你速赶往东门，让震北将军放他们出城，不得为难他们。同时，命各城门将校以上军官，天明之后速来督师府议事。"

张虎坐着没动，史可法脸色一沉："还不快去，速去速回，迟了要你的脑袋。"

"遵命！"张虎见主帅生了气，不敢再说什么，答应一声，招呼刘氏兄弟一声，奔出督师府大门。

　　史可法见院内静了下来，转对白衣侠女说："感谢侠女姑娘，多亏你及时赶来搭救。不然，可法此命休矣！"

　　白衣侠女嫣然一笑说："大人不必谢小女子，是黄大人要小女暗中保护大人的，只是来迟一步，惊了史大人。"

　　"噢？"史可法幡然醒悟，上前拉住黄巡抚的衣袖，说："黄大人，上次已在福缘庵相救，这回再次解危，你对老夫之情可谓深矣！"

　　"君子之交嘛。"黄巡抚摆摆手说："史公，天色渐明，老夫还得回家看看，让侠女姑娘陪史大人待会儿吧！"说着，他起身走向门口。

　　史可法、白衣侠女起身相送，在门口被黄大人拦回："请留步！"边说边带上了院门。

　　史可法、白衣侠女回到书房，屋内只剩下史可法和白衣侠女二人。

　　侠女走近油灯，添足灯油，把灯芯拨亮些。

　　刚才的激战，使她亢奋，在灯光的映照下，她的脸颊绯红，犹如三月的桃花。

　　经过近日来的颠沛流离，生生死死的磨难，史可法的思想发生了许多变化。此刻，史可法忆起多日来对侠女姑娘的思恋，想说几句温存的话，却又不知从何处开口。生死骤然转换，情感一时难以转过弯来。屋内，气氛有些压抑，一时二人感到有些尴尬，都不知道该说些什么好。俩人沉默一会儿，侠女姑娘微仰春面，期待地望着史可法，盼望他说点什么。

　　史可法有些发窘，悄悄转过脸，避开侠女姑娘那火辣辣的目光，咳嗽一声说："姑娘，扬州城乱，恐难保全，你还是快些离去，躲开这个是非之地吧！"

　　"大人，你对小女子就没有什么别的话吗？"侠女怯怯地问，话音有点发颤，她春心怦然，情窦绽放，一时间脸色更红了，脸颊烧起两片云霞。

　　"啊！这个……"史可法一时语塞，向前走两步，迟疑一下，又退回来说："姑娘，说句让你笑话的话，可法时常思念一个人。"

　　"思念一个人，此人是谁？"侠女明知故问，欲探知史可法心中的秘密。

　　这才是：扬州城外军情急，重兵压城城欲摧。

　　　　　　督师府内倩影来，危情时刻思念谁。

　　欲知后事，请阅下文。

夜深更静，书房内面对侠女的追问，史可法内心对心仪自己多年异性的思念之情，一时不好出口："姑娘，除去老母、结发之妻，可法最想的是……"

"是谁……"

"唉——"史可法长叹一声："不说也罢！姑娘，有些话还是藏在心里，不说的好哇！"

他缓缓走到侠女姑娘面前，轻轻地抚摸着侠女丰腴而有弹性的胳膊说："姑娘，你对可法的情义我知道，可法何尝不想如此呢？"

"可你，像木头一样。"姑娘微嗔道。

史可法摇摇头："侠女错矣，人活一世，草木一秋。男子汉大丈夫，孰能无情？可说句实话，像可法现在这样官位的人，许多人都是妻妾成群，明娶暗宿屡见不鲜。况且，可法之妻也多次让我另有所爱。但可法不能那样做啊！可法自幼饱读史书，又受名师教诲。骨子里都是三纲五常，遇有男女之事，多有退缩。说是为名声、功利也好，说是受道德约束也好！可内心之苦，只有天知、地知、你知，可法自知啊！"

"那你为……为什么，一而再，再而三地不理会人家的心意？"侠女追问着，流下眼泪。

史可法："姑娘有所不知，如是社会平定，可法或许与姑娘早结秦晋之好了。可目前社会动荡，新朝刚立，百废待兴，可法无暇他顾，加之老夫已四旬有余，新朝根基不稳，社稷岌岌可危，可法如果再沉溺酒色，岂不被世人耻笑？姑娘，可法……不能害你呀！"

"大人，你别说了。"侠女猛地扑在史可法怀里痛哭起来："大人，小女七岁被大人从雪中救起，又托师父教习武艺，小女已盟誓，决心非大人不嫁，定要以身相许，以报救命之恩，我把身子给你吧！大人。"

史可法摸着白衣侠女的秀发，婉拒道："姑娘，不能这样！可法救你，是出于人的本性，善良，并不希图什么。你如对可法有情，可法托你一件事，不知能否应允？"

"大人请讲，小女如能办到，决不推辞！"

"姑娘，可法有一爱将，姓史名德威，如此次扬州城保卫战之后，侥幸脱难，你俩就结为伉俪吧！可法已决心将他收为螟蛉义子，以代可法日后为老母送终，也好为可法捡拾白骨于疆场。"

屋外，史德威查哨回来，又与史继州做好热汤面，端着热汤面，急匆匆走向书房。

突然，他听到屋内有女子的说话声音，忙悄悄停住脚步，又转身冲身后赶来的史继州暗暗摆手，示意他脚步轻些，不要惊扰屋内的谈话。

他们轻声轻步走到窗前，二人站在院中花丛后，隔窗悄悄地往书房内观看……

书房内，侠女嗔怪："史大人，你胡说什么？"白衣侠女上前伸手捂住史可法的嘴，含泪泣道："今生今世，除史大人，小女不愿再嫁！"

"那、那……这么说，你拒绝可法的请求了？"

"大人，小女子实难从命！"

"姑娘，老夫年过四旬，膝下无儿，香火不继，难道你就忍心史家断后，可法尸弃荒野不成？"

"乓乓……"外面传来四更天的更鼓声，史可法急得团团转，猛地一拍脑门，叹道："只得如此了。"

"大人同意了？"白衣侠女惊问一声，扑向史可法，却被史可法的双臂架住了，难得近身。

姑娘微闭双眼，如痴如醉，期待着史可法的爱抚。

等了许久，待她睁开双眼时，却见史可法跪在他的面前，热泪流淌，正仰着头渴望地看着她，白衣侠女一惊问道："大人，您这是……"

"姑娘，可法一生，别无他事求于你。只此一事，难道你就不能应允？让可法赴疆场而不宽心吗？"史可法哽咽道："人言不孝有三，无后为大。可法准备为朝廷尽忠，却不能对生母尽孝。姑娘不答应，难道是欲置可法于不忠不孝之地吗?若如此，倘若可法战死沙场，九泉之下，可法的灵魂何以能安息呢？"

"史大人，快起来，小女子受不起史公这一拜呀！"侠女赶忙去搀扶史可法。

史可法拉住姑娘的双手，恳求道："今天，姑娘若不答应，可法就长跪于此，不再起来。"

"大人！大人何必以此相逼……"白衣侠女着急地去拉史可法，几次没拽动，自己反倒累得呼呼直喘。万般无奈，白衣侠女掩面哭泣道："史大人请起吧，小女子答应，小女子从命就是了！"

说着，白衣侠女一捂脸，抓起桌上的宝剑，冲出屋门。

屋外，花丛后，史德威惊呆了，木木地站着。

史继州："太感动人了，世间少有的真情啊！"他一捅史德威："发什么呆呀！还不把热汤面端进去！"

"我不去！你去吧！"

"你去！"

"你去！"

二人谦让，争让中，不小心热汤面的托盘落地，面碗落地，"啪——"一声，发出清脆的响声。

史德威、史继州面面相觑，各自一指对方："你——"

二人看见史可法走出，赶忙退向暗处。

黎明时分，史可法洗把脸，急匆匆赶到督师府内的聚将大厅。

他来得太早，厅内还没人。他巡视了聚将大厅一遍，然后，命人将厅正面帅柱后的那张虎皮摘下，挂上老母所赐的文天祥绣像。在佛像前供桌上，摆上香炉，插上几根清香点燃，做完这些事情，厅外传来话语声。

各门守将已纷沓而至，见此情景，人们都鸦雀无声地站立一旁，用胆怯、疑惑、探寻的目光望着主帅，揣摩着会议的内容。

史可法坐到帅位上，断喝一声："中军官传令，擂鼓升堂，将校各自按序入列！"

"咚咚咚……"战鼓敲响，号令传下，除震南、震北、张虎、史德威四位迅即站到列班外，其余各将神情沮丧，懒懒散散地走进聚将厅，与往日相比，大不相同，人少了近三分之一。

震南将军："怎么回事？今天与昨天相比，怎么少了许多人？"

震北将军："你不知道？听说李栖凤、高岐凤出城，带走城内不少人马，将校也带走十几名呢！"

张虎将军："真是晦气，昨天就应该宰了他们！"

史德威："史公仁义呀！"

看到聚将厅内这种情况，许多将士垂头丧气，默默无语。

此刻，扬州城外清军大帐内，统帅多铎坐在虎皮帅椅上，居高临下，阶前站着两列校尉，正在商讨攻占扬州的战略和方法。

多铎高声："诸位，攻打扬州的方案，就这么定了，史可法就被困在扬州，我们该报仇雪耻了！想去年，史可法先是用迷魂阵，大败我军于大清河北岸；后又用火烧芦苇荡，大败我军于雨落宽河。史可法是水命，那是他会利用水运、地势，什么大清河、雨落宽河。而今天，形势不同了，这水命的他被困在扬州木门这个弹丸之地，援兵没有！粮草没有！守城士兵逃的逃，散的散，前有我十万大军，后有长江，史可法插翅难飞！"

"好！好好！"将校们欢呼雀跃。

"主帅，扬州城墙坚厚，而且还有新城、旧城两道城墙，易守难攻啊。"有人提出异议。

"怕什么？我们有红衣大炮，可把扬州夷为平地！"多铎满怀信心。

"报——前去扬州谈判的特使回营复命。"帐外传来呼喊声。

多铎一挥手："进——"

史可程和另外一名清军信使，浑身湿漉漉、落汤鸡一样来到大帐内。

刚一进帐，史可程"扑通"一声跪倒在地，如丧考妣一般哭号道："主帅，你可要为我们做主哇！"

多铎一惊："史可法什么态度？是否投降？"

"主帅，史可法冥顽不化，不仅把我们臭揍一顿不说，还扔到护城河里。"副使抢先回答。

"史可法没有回书吗？"多铎问。

"哪有什么回书，只是把主帅臭骂一顿。"副使与史可程一唱一和，上演着双簧，欺骗主帅多铎。

"他还说：要什么抽你的筋，扒你的皮，把你下油锅，剁成馅……"史可程添油加醋，胡编乱造，诬陷着堂哥史可法。

"啪——"多铎一拍帅案，气得脸色发青："这还了得？本帅对史可法施之以礼，动之以情。多次致函，晓之以理，要他认清天下大势，降清以保一方平安。孰料史可法非但不识时务，反而辱骂本帅。本帅岂可一忍再忍，来呀！下令攻城！杀他个片甲不留！"

"对！杀他个片甲不留！"史可程咬牙切齿，吼叫着。

督师府聚将厅内，史可法一拍帅案，喝道："众将官听令。这几日军情紧急。江都、淮安已经相继失守，清军大兵压境，兵临扬州城下。本督师决定，顺从民意，扼守南京江北门户扬州城，不知众将可有什么高策拒敌？"

帐下将校们听罢，群情哗然，议论纷纷。顷刻，厅内像涨潮的海面，难以平静。史可法猛击帅案道："诸位知晓，扬州如有差池，南京难保，新朝大厦将倾，切望众将勠力同心，决死一战。本督师要求各部：不分昼夜，严密防守！"

"守什么啊！城内只有这么几个士卒。"

"主帅，为什么放李栖凤、高岐凤出城呢？"

将校中有人泄气，有人提问题，乱成一团。

史可法起身高声道："众位，李栖凤、高岐凤虽已出城，这并非坏事。倘若两军激战之中，他二人叛变献城，岂不坏了大事。眼下抗清不坚决的走了，剩下的铁心抗清，更能众志成城。"

"就是嘛！别让李栖凤这样的软骨头坏了大事，一粒耗子屎，坏了一锅汤。"震南、震北将军赞同道。

史可法见聚将厅内安静下来，又说："本督师切望众将，尽心尽力，誓死保卫扬州！眼下，如有胆怯者，趁战事未开，速速离去，本督师绝不责怪！"

"啊？有这事？督师也太仁慈了吧？"部将们甚感惊奇，议论纷纷。

史可法又大声道："老夫知道，你们之中多为人夫、人子、人父，有儿有女，其中可有不愿守城，回家抱孩子者？有贪生怕死者？有家中独子者？有老母高堂无人孝敬者？有妻子怀孕者？如有速速离去，本督师绝不阻拦！"

聚将大厅鸦雀无声，无人应答。过了许久，史可法咳嗽一声，威严地拍了一声帅案："人活天地间，七尺男儿，当效命朝廷，建功立业，封妻荫子，不能卖国求荣，骂名千载。众位既然不愿离开，就是视同愿意誓死抗敌，就应该将听帅令，校听将令，尉听校令，卒听尉令，不得各行其是。大将军宁死阵前，绝不苟且偷生。"

“生当做人杰，死亦为鬼雄。”史德威带头喝喊，表示决心。

史可法见士气已被鼓动起来，稍稍放了心。

他再次一拍帅案，高声喝道：“战事一开，如果有胆敢造谣生事、惑乱人心者，惜命不前者，杀敌退缩者，本帅定斩不饶！”他拿起一支令箭，喝问：“哪位将军愿领令，带三千人马，去守北门外旧城？”

问话之后，屋内无人应声。

果不其然，清军看中扬州城西门外那一处高地的松树林，清军抢占后，立即在高岗上架设红衣大炮。士卒们忙忙碌碌，有的推炮，有的挖工事，还有的搭建帐篷。

多铎身穿战袍，在侍卫的簇拥下，走进树林。他站住脚步，眺望远处的扬州城，暗中叹道：“不错，这里地势高，红衣大炮完全可以轰到城里。可是不知史可法这么一个名扬远近的军事家，事先怎么不把这片松林砍掉呢？果如此，将为我军增加不少的困难，倘若再在这里埋伏一支军队，坚守此处高地，我们的红衣大炮就发挥不了什么作用了。”

军师上前：“主帅，据报史可法手下部将曾经有此建议，但史可法认为，这里是坟茔，阴气重，不宜用兵。”

“哈哈哈……你们汉人被落后文化捆住手脚，所以总打败仗。坟茔怎么了？兵家说：因势利导，为我所用嘛！这个都不懂，怎么打仗？怎么打胜仗？”多铎朗声大笑后，嘲笑道。

“是是是……”军师点头如同鸡啄米。

多铎吩咐：“去！把那个没有脊梁骨的史可程喊来。我问问他扬州城内布防的情况。”

“喳——”一名侍卫跑走。

山雨欲来风满楼，黑云压城城欲摧。十万清军包围了孤零零的扬州城，数倍于城内明军，加之守军多为散兵游勇，战斗力不强。虽说还没有攻城，单是这条消息，就如千斤重石，压得人们喘不过气来。

此刻，聚将厅内鸦雀无声，厅内的将士心里都明镜似的：领三千人马去守北城门外的旧城，无疑是凶多吉少哇。清兵大军压境，区区数千人马，何以阻挡清军十万铁甲？

史可法又号令一遍，众将你看我，我看你，继而垂首不语，仍无人应声。史可法见部分将领惧死不敢前往，拍案而起："谁愿领令？"

大厅内仍无人应声。史可法见尚未见仗，有的将校就惜命不前，如此胆怯，何以拒敌？他急火攻心，不禁放声大哭："弘光皇帝啊，你的命运怎么这么不济呀！把守扬州城北门都没将军愿意去呀！"

大厅内群情顿时黯然，将校们个个垂眉敛目，侍立两厢。

"主帅勿悲，末将愿往。"史德威挺身上前。

史可法摇摇头道："西门防守艰巨，本帅所以分兵三千守北门外旧城，实为疑兵之计，意在使清兵以为北门为防守重点，他们必全力攻西门。这样，北门就可减轻压力，本帅也可尽全力守西门，给清军以大量杀伤。"

震南、震北二将闪出列班："主帅，末将也愿前往。"

史可法再次摇头道："二位将军分守南门、东门，担子也很重，要谨防清军主力绕道偷袭，倘若南门、东门无重将把守，本帅也放心不下啊！"

"除此三将之外，谁愿领兵五千前往北门？"史可法又问一声，仍无人领令。史可法痛切地问道："值此国家用人之际，竟无人敢捐躯报国吗？"

松树林内，清军搭起临时简陋的瞭望台。多铎在副将陪同、多名侍卫的保卫下，走进瞭望台。他手举单筒望远镜，悄悄观察着扬州城墙上的布防情况，他仔细观察一番，不由得暗自感叹："好！好！这扬州城，真不愧为历史名城，新旧两层城墙，而且这么高、这么厚、这么坚固！固若金汤，果然名不虚传。"

史可程气喘吁吁地跑来："主……主帅……您找我？"

多铎一挥手："那边坐。"

"谢主帅！待我等为上宾。"

清军大帐内，多铎坐在帅案后，看一眼史可程，吩咐手下："赐史可程大人坐。"

侍卫搬来座位，放在史可程身后。史可程卑躬屈膝，连连摆手："卑职不敢，没有寸功，不敢落座。"

"你们汉人，怎么那么多的礼节？让你坐，你就坐，别给脸不要脸！"

史可程闻言，看见多铎脸上不高兴的神态，他流下汗来，屁股轻轻沾在座位上，不敢坐实。

多铎："史大人……"

"啊——不敢，卑职史可程……"

多铎："史可程，本帅得感谢你呀！"

史可程："感谢我？卑职无能，没有能够劝说堂哥史可法，向大清纳降称臣，何来感谢？"

多铎："你就是一块试金石啊，有你才显出史可法的人品，才知道他的才德……"

"啊……这个……"史可程感到很尴尬，知道多铎在嘲笑他，却也无奈。

"好了……"多铎大手一挥："你说说扬州城防守的情况吧？"

史可程："主帅，扬州城防务空虚，没有多少兵将，多是一些老百姓……"

"老百姓？……"多铎一惊："老百姓也能抵抗我的十万大军？"

"还有，扬州城内没有火炮！弓箭也不多，只有一些砖瓦、石块……"史可程继续介绍。

"砖瓦、石块？……"多铎大惑不解："史可法就用这些不是武器的武器，抗御我的十万精兵？"

史可程无语，只是脸淌热汗。

"笑话！简直是笑话！"多铎高喊。

聚将厅内，史可法朗朗说道："不错，就是笑话！我们就是要让笑话变成神话，我们军民协力同心，共守扬州城。哪个愿往北门外扼守旧城？"

"末将愿往！"厅外传来一声喝喊。众人将目光转向门口，却见一北方大汉大步踏入厅内，史可法听此人声音耳熟，可一时又想不起在哪见过，忙起身问道："请问壮士何人？"

"启禀史大人，末将乃李自成帐前神镖张。今听史大人扬州抗清，特来投奔，请大人收下。"

"哦？"史可法顿时想起此人以及多年来，两军对垒的恩恩怨怨，但今天见他在民族危亡的紧急关头，能够挺身而出，以往的恩怨也就一笔勾销。忙命人道："快请坐！"

"不了！史大人。夜间我们进城时，发现清军已把一种重达七八千斤的大炮架在城外，恐怕攻城迫在眉睫，还是早做准备为好！"

"只是壮士初来，水没喝、饭没吃，就去城头参战，实让本督师于心不忍啊！"

"嘻——！一家人就别说两家话了。史大人，快下令吧！"神镖张躬身请求。

"壮士，本督师与你三千士卒，前往北门外扼守旧城！军令只此一句话，人在城在，人亡城亡。"史可法拿起令箭，神镖张上前接过："得令！"转身往外就走，没走几步又回身，从怀中掏出一张纸说："史大人，这是史继州带给大人的信件。"

史可法接过，扯开抽出信纸一看，泪水流了下来。信中写道："史大人，小人自那日鞭刑后，卧病不起，没有能够服侍大人，请谅！昨天，又偶感风寒，现在我父处养病，愈后，当赴史大人身边，抗清杀敌！"

"继州，老夫错矣！"史可法忆念史继州跟随他数十年，出生入死的日日夜夜，今见字如面，心如刀绞，自责地埋怨自己："可法，你真糊涂啊！怎能因一时气盛，就重责自己的爱将呢？此生之过，莫大于此啊！"

"咚。"督师府内一声巨响，火光闪过之后，院内腾起一股浓烟，房屋地震似地摇晃几下。众人一惊，心里明白，这是清军的红衣大炮，开始向城内试射开炮了。

聚将厅内，史可法忙收起思绪，板起面孔道："众将军，你们可把兵士分为三部分，一部分迎敌，一部分守城，一部分巡查！"他站起身离开帅位，走到众将前，斩钉截铁地说："本督师的军令是："人在城在，人亡城亡。战事不利，守城！守城不利，巷战！巷战不利，短兵相接！短接不利，自尽！"

"主帅放心！末将誓死效命！"将官们齐声而答。

"咚咚……"城内连珠般地落下炮弹，火光冲天。

"各将速回！"史可法果断地一挥手。

督师府门口，浓烟烈火中，将官们冲出督师府，纷纷翻身上马，驰向各自防守的城墙。扬州城内外一声声沉闷的炮声，轰破了南明小朝廷偏安一隅的美梦，这是清军进攻扬州的信号。

自此，轰轰烈烈、闻名古今的扬州城保卫战开始了。

西城门楼，一身盔甲的史可法奔上西城门楼时，守城士卒正在血战，他们已打退清兵的一次进攻。

城外，护城河内外，留下清军的一片死尸。

史可法爬到最高处，由阁楼的窗户向城西远眺，他看到，一夜之间，清兵在西城门外，已布营列阵完毕，连绵十几里，一眼望不到边。

近处的清军盔甲明亮，布阵森严。远处的土岗之上，果有帅旗飘动，松荫下，隐隐地可窥见清军的炮兵阵地，再远处，尘土飞扬，似有清军在运动。

清军的大炮渐次缩短射程，由城内转向城墙。

城墙上硝烟弥漫，士卒们有的在擦拭刀枪，准备弓箭，有的在修复被清军炸塌的城墙。附近的马道上，一群人正吵嚷着抬上来几十门土制大炮：大抬杆。这些土制火器，炮筒多是用榆木掏成，用铁皮箍上，炮弹多是些铁砂子、犁铧片，城墙上，远近稀稀拉拉，虽说也摆有十几门铁铸大炮，但与清军的红衣大炮比起来，威力就差远了，只能打近，不能打远。

"轰隆。"又是一声巨响，在城墙上空滚过，清军的大炮击中扬州城西门楼，炸下一个角。

垛口前，爆炸的气浪把史可法掀倒在地。他划拉一下脸上的尘土，猛然爬起，奔下城门楼，跑到城墙上刚架设的火炮前，怒吼道："开炮，瞄准清军的炮兵阵地，瞄准松林中的帅字旗开炮！"

"咚。"一声闷响，震得人们耳鼓发麻。再看那炮弹，只打出十几米，在护城河里溅起一片水花，射程不够。

史可法气愤地一掌把装弹药的士卒推开："废物！我来！"他往炮膛里狠狠地装上药，狠狠地说："瞄准帅旗，放！"

士兵划火点燃药捻。"嘶嘶……"药捻燃烧，划出一条火花。

"咚——"一声闷响，瞬间把城门楼附近的人吞噬在烟雾里。史可法被震晕，爬起一看，周围血泊里倒下好几名士卒。炮弹炸膛了，他脸上、身上受了好几处伤，多亏身前的士卒挡住了纷飞的弹片。

史可法抱起一名被炮弹炸膛炸倒、血肉模糊的士卒，痛切地呼唤："好兄弟！是老夫害了你们呀！"他见那名受伤的士兵只是眼珠会动，嘴角抽搐，却说不出话来，更加悲愤，仰天长叹："天啊！大明朝怎么样样不如人呢？自己发明的火药，却让别人来打自己！"

附近的士卒跑来，扶起史可法，劝慰道："史公！大人，清军的第二次攻城开始了！您快下去躲躲！"士卒说着，架起主帅，搬开死尸，在此又架上一门土炮。几个热血沸腾的中华男儿，又继续开始倒下士卒们未竟的事业。

清军的第二次进攻，比上次更加凶猛，炮弹连珠般地在城墙内外爆炸。

大批清军在炮火的掩护下，如水似潮，抬着木板，云梯冲向城墙。

清军的人太多了，他们或用簸箕端着，或用土筐抬着黄土，奔到护城河边，把土倒入护城河内。工夫不大，竟在宽有三四丈、深二丈余的护城河里垫出几条甬道。尔后，大批清兵，呼喊着冲过护城河，抬着云梯，接近城墙，开始爬城。

扬州守城的明军士卒没有远射火器，为数不多的土炮，射程太近，奈何不得蜂拥而至的清兵，只有待他们开始爬城时，士卒们才以弓箭、石块、砖头、白灰迎击。

霎时，城内城外杀声震天，人喊马嘶，刀枪相击，鲜血进溅，演奏着人间最惨烈、最壮观、最野蛮、最残忍的战争乐章。

扬州城西门外，松林高岗瞭望台上，亲自指挥作战攻打扬州西门的多铎，再也坐不住了，他手举望远镜，久久观察着攻打扬州战事的进展……

仅一个上午，西城门守军就打退清军的四次猛攻。城墙下，清军死伤士卒累累，未燃尽的硝烟里飘散着难闻的焦煳味和血腥气。

城墙上，明军士卒也损伤惨重，城墙被炸塌多处，像一条百孔千疮的巨龙，仍成为扬州的屏障，顽强阻挡着清兵的进攻。

史可程踉踉跄跄跑来："主帅……"

看见史可程，多铎大怒，一把抓住他的衣领，逼问："你不是说扬州城兵力空虚吗？你不是说他们没有大炮吗？你不是说他们没有多少弓箭，只有砖瓦、石块吗？你看看，我们大清军死了多少人？护城河的水都染红了！"

"主帅……主帅，我被史可法欺骗了，他是军事家，我是什么？只是个忠心耿耿的奴才……您饶过我，我给您支一高招儿，保证拿下扬州城。"史可程摇尾乞怜，为多铎出谋划策。

"快说！你支什么招儿？"多铎显得有些不耐烦。

"主帅，你听扬州西门、北门杀声震天，证明西门、北门，是明军防守的重点，而您听南门、东门没有什么声音，证明是明军防守的薄弱之处，主帅何不绕过他们防守严密的西门、北门，攻打南门、东门，主帅四面夹击，明军自顾不暇，扬州不就是囊中之物了吗？"

"你小子，还真有些鬼点子！"多铎笑道。

史可程："谢主帅夸奖。"然后，史可程手指扬州城："史可法，我让你能，堂弟这壶醋，够你喝的了！"

扬州城头，史可法的脸多处负伤，被包扎后，他不顾疼痛，又返回城墙上，沿城巡视，鼓舞士气。

史德威得知后，奔走多处，找到史可法，诈言道："史大人，督师府有人找，让大人速返。"

史可法一时焦急，绊在尸体上，趔趄两步，险些摔倒。史德威上前扶住，命身旁的两名士卒道："快！快扶住史大人回督师府！"

两名士卒也不搭言，上前架住史可法，顺马道奔下城来，欲把主帅送回督师府。路上，史可法回头见史德威没有来，仰脸召唤道："德威，你下来，回督师府，本督师有话说。"

史德威不敢抗命，与守城将士交代几句，快步奔下马道赶上来，一块儿帮助士卒把史可法护送回到督师府。

一路上，史德威内心惴惴不安，欺瞒主帅，主帅该怎么处治自己呢？

督师府书房内，史可法屏退左右，屋内只剩下史可法、史德威二人。

见众人退下，史可法掩上屋门，坐下来养养神，用异样的目光打量着他心爱的部将。史德威发毛了，脸上的虚汗冒出来，惶恐不安地抚弄着手掌。

"德威，老夫待你怎么样？"

"恩重如山！"史德威不知史可法何意，忙跪倒在地，史可法起身上前将他扶起。

"那你对老夫是否忠诚？"

"大人，小人知错了！小人是见大人身体多处受伤，多次劝说让您休息，您不肯，才谎称督师府有人找您的。实为好意，并非真心欺瞒大人啊！"史德威再次跪倒，诚惶诚恐，不敢抬头。

"这个我知道，你是个诚实的孩子，不会说谎，从你的目光里，老夫一眼就看出你在骗我。"

"大人，原谅小人一次，下次再也不敢了。"史德威见自己的小伎俩被史可法点破，哭泣着哀求道。

"德威，此事老夫不怪罪你。"史可法迟疑着，推敲着词句："只是，只是老夫另有一心事，讲出不知你是否应允。"

此刻，史可法话到嘴边，又有些迟疑。此时，他生怕贸然提出自己许久以来的心事，会有些不妥。

"大人，凡是末将能做到的，就是上刀山、下火海，也在所不辞！"史德威以为史可法会派给他什么重任，坚决地表示。他见史可法神态迟疑，还似乎有些什么心事难以启齿，又说："大人，没有您，就没有我史德威的今日，小人早已抱定与大人同生共死的决心。"

"德威呀！"史可法拉住史德威的手，亲切地呼唤一声，眼泪又要流下来："老夫临死之前，有……有一事相求。"

"末将是史公的部下，您有什么事情吩咐就是了，属下万死不辞，怎么说是求呢？"

"不！不是这样的！"史可法摆摆手："德威呀，想老夫半生戎马生涯，身后无嗣，多次欲收你为义子，都没有机会说明。今天，到了危急关头，再不说明，恐怕就没有机会了。"

"主公，您说吧，德威在听。"

"孩儿啊，收你为义子：一为老夫一旦血洒疆场之时，有人收殓尸骨；二为史家后继有人，不至断绝香火。"

"史公、大人……"史德威膝行数步，仰起头来说："大人，德威追随大人多年，如果大人为国捐躯，德威义当从死，怎敢偷生啊？"

"如此说来，你是不答应了？"史可法有些失望，他泪如泉涌，一颗颗老泪，顺着脸颊淌下。

"史公，你要小人的脑袋，德威绝不说半个不字，只是……只是……这事不是小人能做主的，没有父母之命，怎敢自作主张，为人后代？"

"若如此，可法为国捐躯，难道连个收殓尸骨的后人都没有吗？"史可法上前搂住史德威的头，恳切地说："孩子，日后若老夫为国而亡，你为史家继后宗嗣。老夫说将老太太、夫人的后事托付与你，还是不要推辞了吧！"

院中门口，伫立着一位前来请命的刘肇基将军。他来到门口，见门没有关，屋内传出说话声，就停止脚步，正待报号请示进门之际，正巧看到、听到屋内这感人的一幕和史可法的肺腑之言。他实在忍不住，就在门外高声插话道："史将军，你就应允了吧！不要再伤史大人的心了。"

刘肇基将军哽咽的声音，犹如一记重锤，敲在史德威的心上。尔后，刘肇基大步进屋，又说："督师大人，末将是来督师府报告军情的。在门外，偶然看到这一切，末将实在不忍心惊扰屋内这凄凉的一幕，就悄悄站在门外，观察许久，才搭话相劝的。"

史可法点点头，赞许刘肇基将军的插话。他迟疑片刻，又说："德威啊，可法决心不负朝廷，难道你就忍心负老夫不成吗？"史可法说到情悲意切之处，难以自持，踉跄一下，跌坐在椅子上，以手掩面，泣不成声。

"义父，折杀孩儿了。"史德威俯首于地，泪洒前襟。

刘肇基上前，扶住史可法道："史大人，德威将军已应允，快接受义子的跪拜吧！"

史德威爬起，搬把椅子，放在屋中央，让史可法坐下。

他整整衣服，退后几步道："义父在上，受孩儿一拜。"

史可法忙上前相扶道："吾儿起来！快起来！"他转身从衣橱中取出一个黄缎子包裹，从中取出

排兵布阵

"岳母刺字图"双手托着，来到史德威面前说："我儿，义父一生节俭，没有什么积蓄，也没有财产，对你无有所赠，这幅图是你奶奶赠给老夫的，眼下，老夫转赠给孩儿，望孩儿以此为基点，作为做人的标准吧！"

"谢义父！"史德威再次双膝跪地，高举双手接过。

这时，城外炮声骤剧。

刘肇基上前扶起史德威，转对史可法说："大人，城上的土炮，弹药不多了，得快想办法再搜集一些才好！"

"刘将军，你先去西门督阵，本督师这就前去。同时，请火速派人晓谕城内居民，动员各家各户，把凡是生铁铸的，除饭锅之处，一律砸碎，运上城墙。"史可法一把抹去泪痕，果断地吩咐道。

"遵命！那末将就先走一步了。"说着，刘肇基领命转身急步而去。

目送刘肇基将军远去，史可法又说："德威，义父还为你定下一门亲事。"

"亲事？"史德威更感诧异。

史可法："你可曾知道，在史家庄搭救咱们父子的那个白衣侠女，年已二十有余，虽说比你大几岁，可人品相貌，无可挑剔，她未曾婚配，老夫已为你俩搭上鹊桥，日后相遇，可言明依照义父之命，结为夫妻，生个三男二女，也不枉老夫栽培你俩一片苦心呢！"言至此，史可法的泪又要流下来。

　　"大人，不！义父，再受孩儿一拜吧！"史德威又给史可法重重地磕个响头，爬起后说："义父，您好好歇息吧！孩儿走了！"

　　"慢！自今日起，本督师决定，把督师府办公地点搬到西城门洞里，清兵一日不退，一日不回督师府。"

　　"义父不可，西城门危险，这……"史德威刚欲阻拦，史可法已冲出屋门喊道："来人！"

　　侍卫近前，垂首听命："大人有何吩咐？"

　　"把笔墨纸砚收起，送到西城门洞！"

　　这才是：临危托付史公收义子，效法岳母刺字豪杰男儿。

　　　　　　　不惧清军主帅守西门，火线办公彰显英雄本色。

　　欲知后事如何，请阅下文。

书房内，内侍抢步而入："是！"答应一声，忙着收拾起来。

"义父，西城门有孩儿把守，你还是据守督师府，全面指挥扬州城防务为好啊！"

"德威，还不快去守城！在此啰唆什么？"史可法厉声喝道。

史德威还欲再劝说几句，见史可法已步下台阶，命令难以更改，只得作罢，相跟着奔出督师府。

整整一天，扬州四门都在鏖战之中，各门的告急文书，雪片似的飞来。

果然，史可法将书案搬至西城门门洞里，在此布阵遣将，处理军务，以示将帅勠力同心，誓死抗清的意志。

将士们见主帅不畏生死，士气大振。虽然守军只有不足两万人，加上城内临时组织的青壮年，也不过三万人，却扛住了清军一整天的进攻。

时至傍晚，扬州城墙，岿然不动。

指挥清军总攻扬州城的豫亲王多铎，见久攻扬州城不下，而清军攻城时留下的尸体却逐渐增多，急得他脑门子直冒火。他几乎失去理智，下令强行进攻，一次比一次投入的兵力大，一次比一次进攻得凶猛，并亲自站到山上松林中的炮兵阵地上，指挥红衣大炮轰击。

夕阳西下，扬州城傲然挺立，成为清军侵占扬州不可逾越的屏障。多铎见士气衰落，攻击难以奏效，只得传令暂停攻击，明日再说。

他预计扬州城不堪一击，唾手可得的梦想，破灭了。

史可法等率将士，再次来到城门楼上，遥望扬州城外，清军营寨连绵数十里的篝火，心情沉重。

黄家瑞赶来抱怨："史公，扬州城如再无援兵，城破只是早晚的事了。"

史可法："是啊，南京不发兵，三镇兵马杳无音信。事已至此，还能到哪去搬救兵呢？"

"都是白吃饭！不是说养兵千日，用兵一时吗？几十万、几百万明军都哪里去了？"黄家瑞发着牢骚。

"黄大人，这你还看不出来吗？这清军进攻扬州势头这么猛。别说守城只有这些老弱病残，就是有三五万，即使明军再多些，也难以抵抗清军的进攻啊！眼下，多数明军已成惊弓之鸟，又有谁肯冒死前来解救扬州之围呢？"史可法忧心忡忡。

"那你说咱们的希望在哪里？援兵又在哪里？"黄家瑞气急追问。

"高弘图、吕大器、张慎言、姜曰广已不在朝内，无权派兵。马士英、阮大铖能派兵来吗？借清军除掉自己的政敌，或正是这帮势利小人求之不得的梦想呢！"史可法分析道。

"悲哀呀悲哀，这些人难道不知道，扬州是南京的防守屏障。扬州不守，南京就完了。他们怎么能见死不救呢？"

"黄大人别发感慨了，你去南京，难道没有听说街面上的传言吗？"史可法劝解。

"什么传言，我去也匆匆，回也匆匆，哪有时间听街上什么传言？"黄家瑞解释道。

"那就算了，不知道也就罢了，省得知道后堵心。"史可法摆摆手。

"流传什么？快说说！"黄家瑞似乎很感兴趣。

"黄大人，据京都回来的探马汇报，传言南京街上，早已流传着一首歌谣：'扫尽江南钱，难塞马家口。职位贱如狗，督师满街走。相公爱钱财，皇帝但吃酒'。这样的朝廷能派兵来吗？"

"新朝危矣！"黄家瑞满脸愁云。

"冰冻三尺，非一日之寒，大明朝病入膏肓啊！"史可法深有同感。

"唉——"黄家瑞长叹一声，"或许是我们自己太迂腐了，要是史公你抢先立潞王，或者把马士英抓起来，那就好了。那样……那样……"

"倘若如此，时局也许不会如此衰败，可法悔恨莫及啊！"他呼出胸中一口闷气，长叹一声："晚了！一切都晚了！"

"大人，这里风凉！"刘肇基轻步移近，轻声提醒道。

史可法收回思绪，问："刘将军，城内伤亡情况如何？"

"禀大人，东门、北门没有查清，仅西门，已有千人阵亡。"刘肇基轻声而答，生怕周围的士卒听见，影响士气。

"你快去传令下去，对伤者一定要多加照顾，尽力抢救，让他们吃饱吃好，切不可怠慢他们。"史可法心情沉痛，轻声吩咐道。

"遵令。"刘肇基答应一声，转身而去。走了几步，又回头提醒道："大人，你们也下去吧！天晚了。"

"哎！"史可法应了一声，步下城楼。

送走黄家瑞，史可法回到城门洞临时书案前，坐下后，他将油灯捻亮些，扫一眼案头上已写的上奏朝廷的遗表，装入信袋内封好。铺好纸，开始给母亲、妻子写遗书。

信文如下：

恭祝太太、夫人万安。

清兵于十八日围扬州城，至今尚未开攻。然法看来，人心已去，恐难收拾。法早晚必死，不知夫人肯随我去否，如此世界，生亦无益，不如早早决断也。

太太苦恼，须托四太爷、大爷、三哥大家照管，前信谈起收养义子，炤儿之事，好歹随他去罢。书至此肝肠寸断矣！

四月二十一日寄

写至此，史可法肝肠欲断，泪洒家书，以衣袖掩面，痛哭不已。

后人有诗赞道：

且喜家书在，银钩字数行，

凄凉招命妇，婉转托高堂。

墨淡知和血，篇中说断肠，

当时濡笔际，光景莫思量。

这是后话不提。

史可法刚刚写到这里，这时，史德威端着一碗热气腾腾的鸡蛋羹近前说："义父，孩儿给您做了一碗鸡蛋羹，您趁热吃了吧！"

"孩儿啊，老夫吃不下，你吃了吧！"史可法推让道。

"不！义父，孩儿已吃过，还是您吃吧！明天还要恶战呢！"史德威说着，把碗恭恭敬敬送到史可法面前，并递上筷子，用恳切的目光，期待地望着他既熟悉又陌生的义父。

史可法接过筷子，刚要吃，抬头望了史德威一眼，他的模样吓了史可法一大跳，脸上被烟熏得黑一块，紫一块，颧骨上有蹭伤。盔甲多处破损，肩肘处有个烧焦的大洞，浸有斑斑血迹。史可法忙放下碗筷，抚摸着史德威的胳膊问："孩儿，你受伤了？"

"没有，只是让火燎了一下，伤了一层皮。"史德威说着，忙欲躲开，却被史可法一把攥住劝说："别动，让我看看。"无奈，史德威只得凑近些。

史可法端起油灯，爱怜地看着义子受伤的胳臂。伤口是炮弹片划伤的，少了巴掌大的一块皮，血肉模糊，浸着血渍。

"孩子，疼吧？"史可法看罢，哽咽着问。

"义父，不碍事。今天，我斩了好几个清兵的头。"史德威怕义父心疼，故作轻松地说，并有意岔开话题。

"好！孩儿，别动，让义父为你包上！"

"没事！这样更凉快！"史德威挣脱史可法的手，跳到一边说："义父，您快吃吧，一会儿就凉了。"

月光下，史可法、史德威沿着城墙走来。

史可法看看左右无人，低声说："德威，义父托你两件事。一是这儿有五封遗书，一给老太太，一与你义母，一致你三叔及堂兄弟，一封赠你。日后你带上这封信去南京，找到老太太和你的义母，把信给她们就知道了。还有一封信，是本督师写给多铎的，让他破城之日，一是不要为难你，二是不要为难扬州城内的百姓。同样的书信已存有副本，老夫已转交差人交史书家收藏，恐怕城破之时有失啊！"史可法说罢，由怀里掏出五封信，颤巍巍地交给史德威。

史德威在战袍上狠劲儿蹭蹭手，躬身上前，恭敬地接过，装进贴身衣袋中。

"德威我儿，义父另有要事相托，老夫死后，当葬于南京明皇帝陵旁；如无法办到，就葬于扬州城梅花岭。如有可能，还需在北京大兴县史家庄为老夫立个碑，以示可法思乡之情。"

"义父，不要这样想啊！"史德威劝诫道。

"孩儿，义父殉国之意已决，除非清兵退走，不然义父绝无生还之理啊！拜托了！"史可法说至此，抱拳拱手，不像在吩咐义子什么，倒像是在与老朋友诀别。

史德威："义父，时至今日，孩儿有一事不明。"

"但讲无妨！"

"为什么……为什么您多次拒绝白衣侠女呀？侠女姑娘可是好人哪。"

"不要说了，义父还有一事相托。走！回城门洞。"史可法挥挥手。

史可法与史德威来到城门洞，他搬出一只旧木箱，打开又拿出一个木匣，启开，从中取出一枝已经干枯的梅花，放在掌心，托到灯前，仔细观赏。

像是自言，又像是在说给史德威听："梅花瑰丽，离根而枯。君子别世，魂之不散啊！"言罢，史可法将那朵梅花，放在灯芯上，一股蓝烟升起，梅花燃着小火舌，化为灰烬。

史可法的脸色在火舌的照耀下，越发坚毅，犹如铜铸一般。

"义父，孩儿遵嘱便是！"史德威见史可法为国捐躯之意已决，忙跪倒在地，泣泪盟誓："我史德威此生若负义父史公，天地不容！"他见史可法凄苦地一笑，起身上前，把那碗鸡蛋羹再次端起："义父，您吃些吧！"

拜托完后事，史可法心情释然了些，他接过饭碗，举到嘴边，刚要吃，就听城外一声巨响，山摇地动，城门洞的墙壁瑟瑟掉土。史可法一惊，那碗鸡蛋羹掉在地上，饭碗摔得粉碎。

史可法惊起，忙起身走向帐外，却见一名士卒皮球一样滚进，"报！清兵偷袭城墙，用炸药把城墙炸塌一个缺口，清兵正在攻城。"

此消息犹如当头一棒，把史可法打得有些发蒙："夜间偷城，攻打扬州，清军这是不惜血本了。"

得此消息，史可法急火攻心，刚走两步，双腿一软，摔倒在地。史德威上前搀扶，却被史可法一把推开："快去！你快去城头督战！"史可法急火攻心，老毛病又犯了。一气一急，头一晕，软软地倒了下去。

"义父。"史德威惊叫一声，上前扶起史可法，搀坐在椅子上，轻轻地为他掐着人中。

许久，史可法才缓缓睁开眼，游丝一般的气息回归本窍。他见史德威还在眼前，怒喝道："孽子，还不快走！一人死事小，抗清事大！"

史可法横眉立目，极似当年他去探监，恩师左光斗斥责他时的那副模样，高声严厉喝道，责怪着史德威。

史德威万般无奈，只得含泪退出，恰与一个急跑而来的探报撞个满怀。

那人一屁股跌坐在地，大声地喊道："报……史……史大人，北门吃紧，要求火速派兵增援！"

史德威上前，一把提起那名探报，怒吼道："浑蛋！快回去转告张虎将

史可法——铁血传奇

军，让他死命抵抗！援兵一会儿就到！"

"是！"那名探报转身就跑。

扬州危急，久待援兵不至，史可法仰天大呼："苍天啊！我史可法何以至此？扬州城何以至此？大明朝何以至此？援兵在哪儿？援兵在哪儿？"

史德威忙将义父史可法交给别的侍从照顾，自己赶赴出事地点。

史德威快步赶来，他奔跑在城墙上，远远地就听见叮叮当当的刀枪撞击声和喊杀声。近前一看，密如蚂蚁的清兵，正由四五丈宽的豁口爬上城墙，两侧的守城明军拼命死守，纷纷以乱箭射杀爬上来的清兵，并投以石块、砖头，但却不能阻止清兵的进攻。

清军孤注一掷，投入的兵力越来越多，被杀退一批，又冲上来一批，犹如涨潮时的海浪，一浪比一浪凶猛。守城的明军却如沙土筑成的堤坝，在猛烈海浪的冲击下，一块块塌落。清军前队冲锋，后队往城上仰射，箭如蜂蝗。中箭的明军犹如割倒的麦捆，纷纷栽下城去。攻城的清兵终于爬上城墙，两军为争夺豁口，浴血苦战。

明军士卒渐少，情况万分危急。

史德威赶至，大喝一声，舞动大刀，率领赶来增援的士卒，杀入敌阵。

拼杀中，他刀快手狠，暗夜中就听喊里喀嚓，如砍瓜切菜一般，杀出一条血路。可后续的清兵仍然不退，仍如洪水一样冲上豁口。城墙上射出的弓箭越来越稀，石块、砖头越来越少。西城守军渐处弹尽粮绝的境地，岌岌可危。

史可法在城门洞暂息一会儿，缓缓喝下一杯温水，闻听城西北角的杀声更烈，十分放心不下。

他强撑病体，顺马道奔向城墙，赶往激战处。侍从多次阻拦，他也不听，执意上前。将近豁口处，史可法遇见樊大纲率众人抬着几大桶桐油急匆匆赶来。

樊大纲见史可法冲向豁口，忙奔上前阻拦："史大人，您千万不能去。那里危险，主帅有失，城防交于何人指挥？"

"樊将军，人言覆巢之下，岂有完卵？再说瓦罐难免井台破，将军难免阵中亡。值此危难关头，本督师不舍命向前，何以号令将士。"

不顾劝阻，史可法挣脱侍从的阻拦，向北急走。樊大纲急步赶上，恳求道："史大人，你就听末将一句吧！"

"军情紧急，无须多言！"史可法头也不回。

"全城百姓和将士求您了！"说着，樊大纲"扑通"一声跪倒在地，泣泪相求。

史可法浑身一震，忙止住脚步，急返身上前扶起樊大纲说："樊将军，不必如此，本督师自知该怎么处置！"蓦地，他瞥见后面一群士卒抬着的那几桶桐油，不解地问："你们抬油桶做什么？"

"做火把蘸油用啊！"

"好！快！樊将军。"史可法拉起樊大纲，催促道："快把木柴蘸上油，点燃扔向城下，或可烧退清兵。"

"好！这主意好！"

樊大纲飞快地爬起，抬起胳膊，呼喊道："弟兄们，快！把油桶抬到豁口处去。"

樊大纲气喘吁吁，率领着一群士卒，个个一脸热汗，抬着几只大油桶，奔到城破处豁口近前，按史可法吩咐的去做，将桐油泼在木柴和滚木上，点燃后，抛下城墙。正在爬城墙的清军突然见城上飞下来带火的木柴、滚木，纷纷惊叫，正不知如何对付，犹豫间衣服已着火，扑不灭，抓不熄，烧得哇哇大叫，前面的往后滚，后面的往下退，着火的士兵犹如火球滚下城墙，那些爬城用的木板、云梯也见火就着，将正爬到半空的清兵摔下城去，一时乱了阵脚。

清军立足不稳，冲上城墙的清军心慌，被后援而至的守城明军一拥，败退下去。史可法来到豁口处，见此处尸积如山，血流成河，忙命人拖开明军尸体，在炸塌的城墙坡上，打上几根木桩，建成木板墙，用砖瓦土块填实，堵上了豁口。

此时，天已渐亮，清军的大炮更加猛烈地轰城。史可法挺立城头，眺望城外清军营寨，只见旌旗飘动，人喊马嘶，烟尘蔽日。他知道：扬州城保卫战，更为残酷的白天来临了。

他回望扬州城内，见城上城下，有许多军民正在紧张地搬运着砖瓦木石，用于防城。他内心感慨万端，不禁叹道："兵民，社稷之本也。"

他离开城墙，走向西城门楼，恰见张伯鲸扛着几块床板奔上城头，忙喊住他："张先生，快写几块通令牌，传告扬州全城百姓，宣谕：一旦破城，敌方问罪，均由史可法一人当之，不要连累百姓。"

"史大人，您真是个好人，正人君子啊！"张伯鲸闻言扔掉木板，给史可法深施一礼，转身而去。

史载，扬州军民在外无援兵，内无粮草的情况下，以微弱的兵力，抗拒清兵的进攻，一连数日，使得十万清兵在扬州城前，碰得头破血流，死伤累累，终不能越雷池一步。

扬州城西门外高岗处松林里，多铎眼睛血红，犹如一匹嗜血成性的饿狼，虎视着硝烟弥漫的战场。夜间，清兵偷袭扬州的计划泡汤，目的未遂，白白丢了几百清军士兵的性命，多铎气恼，连斩二将，死令全力攻城。

军师上前："主帅，这是您入中原以来，最为激烈、最为残酷的作战啊。"

多铎点点头："本帅大意了。上了史可程的当了。开始，本帅以为，扬州这一弹丸小城，兵力空虚、缺少粮草，没有救兵，史可法装装样子，我们攻一下，他守一守，或者南逃，或者投降，就万事大吉了。没想到哇，我多铎在这里，碰得头破血流不算，还吃了大亏……"

"这一仗，我们还有必要打吗？"军师有些犹豫。

多铎："骑虎难下，但很有必要！这一仗如果不打，或者打不胜，江南广大国土，就无法归顺清廷。还有，我军如不能迅速扫清江北、扬州这道南京的最后屏障，就无法攻占南京。过些日子，到了雨季，清军骑兵的作战优势，就会在长江流域密如蛛网的水乡消失殆尽。"

"是啊！主帅，还有啊，现在攻占扬州，如同鸡肋。攻占，就要付出惨重代价，不攻，前功尽弃，后果不堪设想啊。"

"去！把史可程找来，这个妖言惑众的家伙，他把本帅害惨了！"

"报——我军援军开来……"探马来报。

多铎一挥手命令："开始四面围攻扬州，以免守城明军互相支援。"

"喳——"

史可程跑来："主帅，您找我？"

多铎喝问："你小子怎么搞的，竟敢谎报军情？你不是说史可法是水命，善于用水，我看他玩火也不错呀，上次芦苇荡，他火烧我的骑兵；今天，他又用火，烧毁云梯，烧死、烧伤我的许多将士，你有什么办法，破了史可法的火龙阵吗？"

"主帅，我当您找我有什么大事呢？小事一桩。"史可程牛皮吹上天："主帅，可传令士卒，将盔甲战袍在水里浸泡，将木板、云梯也在水里浸泡，阴湿后，火燃不着，史可法的火龙阵，不就派不上用场了吗？"

"对呀！你们汉人的金木水火土，相生相克，就是这个道理呀！"多铎一挥手："来呀！命令所有大炮，集中轰击西门。"

史可程建议："还有，炮声不停。一边轰城，大军一边就可攻城。"

军师："史可程，你小子可够损的，这得死多少人啊！"

史可程摊摊手，做个鬼脸："无毒不丈夫，我不是也被逼得没有办法吗？"

多铎一挥宝剑："本帅亲自督阵。所有将校、士卒，如有胆怯退缩者，立斩不赦。"

兵听将令草听风，清兵见主帅红了眼，谁还敢退缩不前，为前程和保活命，个个奋勇争先。

攻城的清军如潮似水，如云似雾，呼喊着，铺天盖地，杀向扬州城。

血雨腥风的扬州城，笼罩在一片烟雾之中。史可法跪倒在城墙上，祷告天地，他仰望苍天："老天有眼，保我史可法杀退清兵，保我扬州，城固民安！"拜罢，他一挥宝剑，怒指城外蜂拥而至的清兵，吼道："瞄准清兵，放！"

几十门土炮隆隆作响，虽不及清军红衣大炮那样厉害，却也打得清兵一片片倒下，犹如秋风扫落叶一般。

"好！好哇！"史可法孩子般地雀跃欢呼。

"轰"一声巨响，清军的一颗炮弹在史可法身边爆炸，烟雾将他吞噬了。

"史公……"众人惊呼着奔过去。

此刻，史可法已倒在血泊里，史德威扶起血肉模糊的史可法，悲切地呼唤："史大人，义父……"

史可法昏迷不醒，他身上多处负伤，鲜血汩汩流出，血染征衣，那大红帅服更加鲜艳。

史德威一挥手："快!快把主帅抬到城门楼里去。"

两名士卒抛下刀枪，上前一个抱头，一人抱脚，小心翼翼地把史可法抬进城门楼。

史德威站到了史可法倒下的位置，指挥大炮继续轰击攻城的清兵。

城门楼内，史可法许久才缓过一口气来。他躺在一张临时搭成的木板床上，缓缓地睁开眼，大梦初醒似的巡视左右，侧耳倾听附近的炮声和喊杀声，急切地问："这是哪儿？本督师这是在哪儿？"

士卒刚要去扶住他，他猛然翻身坐起，跑到城楼的窗口前，却见西城门外，炮声如雷，硝烟滚滚，浓烟如云似雾，一阵阵飘过，不时将城门楼吞没。

城门楼两侧，远近一片火海。在清军大炮的猛轰下，城墙一块块崩塌。

护城河外，清军主帅多铎亲自督战，指挥士卒架梯攻城。

城墙上，守城明军一步不退，投下的石灰、瓦块、石头如同飞蝗骤雨，落在清军头上。

不久，扬州城墙西北角再次被炸开一个豁口，守城明军来不及堵塞，不等将令，个个奋勇冲向豁口，挺身相迎，两军展开近战肉搏，一次又一次地把清兵杀退。

鏖战许久，双方损失严重。城墙的豁口越来越多，城下的尸体堆积得越来越高，后续的清兵踏着同伴的尸体登上城头。

清军已不惜血本，犹如蜂拥蚁聚，一批倒下又冲上来一批。

在大批清军凌厉的攻势下，扬州西城门眼看不可守，援兵不济，弓箭不多，何以守城？

"报！北城门的张虎将军、神镖张已阵亡，请求赶快支援。"一个传令兵浑身血迹，像是从乱尸堆中爬出来的，摇摇晃晃跑近，喊完这几句话，扑通倒地而亡。

史可法由窗口回过头来，哈哈一笑，自语道："支援？拿什么支援……"没走两步，往前一扑，险些栽倒，幸被侍从扶住。

这时，史德威满脸鲜血，浑身是伤，一步三晃地奔进来。"义父，西城门将破，孩儿前来保护义父杀出重围！"

"不！孩儿，一旦城破，就请你把老夫杀掉，我宁死自己人刀下，决不当俘虏！"

此时，清军已突破城墙，杀进城来，已经渐近，可以听得见喊杀声和脚步声。

"快！快护送史大人前往东门！"情况万分危急，史德威命令侍从，架起史可法往外就走。

史可法挣扎道："本督师不走！杀了我吧！"

不容分说，侍从架起史可法冲到马道上。此时，清兵已冲上城头，多亏两侧的明军死命阻拦，组成一条人墙通道，清军才不得近前。史可法双手扒住城砖，伸着脖子呼喊："德威，快！快把义父杀了吧！史德威你个胆小鬼！"

史德威也不答言。此刻，他情知史可法已抱定必死的决心，与扬州城共存亡，并已狂怒得失去了常态，只得随他呼喊。

他将史可法半架半拖护送到西门城下。

史可法破口大骂："史德威，你既为吾儿，为何不孝，不听父命，真是孽子！"

史德威也不答言，护卫着史可法，来到西城门内拴马处，他放下义父，去解马缰绳。

趁此机会，史可法迅即拔出侍从腰间的佩刀自刎，却被史德威与旁边的侍卫一齐上前，死死抱住。

然而，刀刃已割破脖颈，鲜血涌出，喷淋战袍前襟一片血红。

史可法怒目斥责："德威，快杀老夫一刀，杀一刀吧！"

史德威眼含热泪，夺下史可法手中的腰刀，强扶着他爬上战马，吩咐几名士卒，各分左右架住他。他飞步跨上战马，手持大刀，在前面开路，杀向东城门。

史德威保护史可法，杀开一条血路，将近东城门时，忽见前面街道上突然涌入一群清兵，史德威情知东城门已失，赶忙又转身杀向南城门。

此刻，扬州城已破多处，多铎踏着血迹、尸体走向吊桥。

军师："主帅，扬州城破，我们该如何处置史可法？"

多铎一回身问："史可程，如果我们抓到你的堂兄，该当如何处置？"

"听从主帅的命令！"史可程垂眉敛目，不敢正视多铎。

"哎——"多铎一摆手："我是在征求你的意见嘛。"

"碎尸万段，方解我心头之恨。"

"你们汉人，就爱记私仇，还爱窝里斗。"多铎不以为然。

军师揣度道："主帅的意思，如果史可法肯归顺我大清，清廷还是会重用他的，人才难得嘛。"

"可史可法多次拒降，而且还辱骂将军……"史可程煽风点火。

"骂我、赞我，只是语言的不同音符而已。"多铎很大度，一副大人不记私仇的样子。

"那参与抗清的明军哪？"军师又问。

"史可程，你的意见呢？"多铎再次点将。

史可程咬牙切齿："一个不留！"

此刻，扬州城多处被攻破，已有多路清兵冲进扬州城，搜查寻找明朝官吏和守城的将士。清军骑兵发现史可法等人的踪迹，急急追赶，不断放箭射杀史可法身边的侍卫。

追随史德威突围的许多明军，相继中箭落马，侍卫不断减少。

史德威拼命厮杀，护送史可法刚拐过一条街，低声请求："义父，清兵追赶紧急，请大人脱去帅服，以避清军耳目。"

"不！本督师生不更名，死不改姓！临阵脱袍，岂不被后人耻笑。"

恰在此时，前面又涌来一队清兵，为首的一员将官，史德威觉得面熟，猜测可能是多铎。轻声道："义父，前面那人，可能是多铎！"

"多铎？"史可法猛地仰起头，挺胸提马上前，对清兵大声喊道："呔，尔等听清，史可法在此！"

簇拥而来的清兵，忽然听到一声"史可法在此！"的喝喊，犹如耳边炸响一声巨雷，几员胆小如鼠的偏将，被吓得一惊，肝胆破裂，"扑通扑通"连声栽下马去，被惊吓得胆破而亡。

相随的清兵一怔，也如羊群猝遇猛虎，"唰——"退向两旁，街中闪出一条通道。

史德威机敏地上前，抽了史可法的坐骑一鞭，后面的骑兵一拥，便冲过清军阻拦的街区，快速远去。

待明军跑远，傻站着的清兵才纳过闷来。

清军头目张鹰，失悔地一拍脑门骂道："妈的，刚才过去的是谁？"

"好像是史可法。"队伍中有清兵回答。

"那——混账东西，你们还傻站着干什么？还不快去追！"他一拍战马，率先跃出，率领清军如狼似虎地猛追上去。

骁勇善战的史德威在前面开路，他于乱军激战中，抢开战刀，一气杀到南城门。恰遇震南、震北将军，惊喜之余，正想兵合一处，保护史可法杀出扬州城。回过头来再找主帅时，史可法已不在身后，不知何时走失。

史德威寻觅左右、身后，不见史可法的踪影，急得他大叫一声："不好！"他又返身，率军杀回城内。

史德威左冲右突，见兵杀兵，遇将斩将，犹如狂怒的雄狮，在扬州城内的大街小巷遍寻史可法，却不见史可法的身影。

城内的清兵越聚越多，史德威的刀越砍越没有力气，胳膊酸疼，连抬刀的力气都没有了，他纵马驰向西门，着急地呼喊着："史大人，义父……"

史德威刚奔到淡水桥边，却见德宗和尚疯疯癫癫，半呆半傻而来，边笑边举刀乱砍，口中念念有词：

"大明三百养士朝，

胆怯文武尽皆逃。

唯我扬州史公在，

杀兵斩将官求饶。

纲常留在人世间，

和尚羞存命一条。"

德宗和尚说着，抛刀就要投水，却被史德威用大刀挡住，高声探问："德宗和尚，史督师何在？"

"史督师，哈哈！"德宗和尚大笑不止，摇头摆手道："罢了！罢了！一切都罢了！史相公归去了！"

言罢，德宗和尚一头栽进河里，投水身亡。

这才是：写遗书督师夜托义子，返沙场德威遍寻义父。

战孤城主帅自报大名，抗清兵德宗怅恨苍天。

欲知后事如何，请阅下文。

史可法——铁血传奇

第34章
断头台可法斥多铎
梅花岭含笑赴黄泉

扬州城破，清军报复杀人，乱成一锅粥，到处是火光，到处是硝烟，到处是尸骸，到处是鲜血……

街道上，史德威率领重新杀回的一支明军，苦苦寻找着史可法。

"史公……"

"督师……"

"史大人……"

明军士兵一声声地呼唤着。

"义父！"史德威痛切地呼喊着。此刻，他悲愤已极，毛发竖立，眼珠血红，返身杀向冲上来的清兵，抡起大刀，一阵乱砍，所遇清兵，枪碰枪飞，刀遇刀断，无人抵御，犹如虎闯羊群，杀得围上来的清兵如潮水一般退下。

其实此刻，史可法并没有死，刚才他在两名侍卫的扶持下，跟随史德威一阵冲杀，奔向扬州南门。但奔跑中的他因劳累多日，身负多处重伤，渐感气力不支，神志恍惚，加上失血过多，渐渐落在后面。

两名侍卫也不知何时被流矢射中，相继阵亡。

史可法暗自忖道：似此拼杀，很难杀出重围。与其都死，不如自己面见多铎，承担扬州之战的重责，或可说动多铎的怜悯之心，以免清军屠戮城池，届时玉石俱焚，殃及黎民百姓，给扬州人民带来巨大灾难。想至此，他乘史德威不注意，悄悄拨转马头，避入一条小巷内。

小巷内，史可法茫然四顾，正在辨别方向，确定自己的位置。

突然，一声熟悉的喊声由小巷内传来："史公……"

史可法一看，却是史继州带领手下庄子固、许谨等一拨人马杀来，众将看见史公，马上围上来，保护史督师。

史可法心中一喜："继州，你不是在你父亲那里养病吗？怎么来了这里？"

"史公，那天，我看见守城将士太少，就去找我父亲搬兵，神镖张他们就来帮助史公守城了。我家一脉单传，父亲怕我有什么闪失，不让我回来，就谎称我有病发烧，把我捆绑起来，不许出屋。可继州知道，大人待我恩同父子，扬州保卫战这么激烈，史公正是用人之际，我怎么能够安下心来做局外人呢？末将不才，就聚集一部分义军，赶回来参加扬州保卫战了。"

"好样的，没白费我史可法栽培你的一番苦心！"史可法拍拍史继州的肩头。

"史公，您受伤了？"史继州发现史可法胸前的血迹。

"没什么，只是扬州守城明军势微，可法无力回天啊！"史可法仰天长叹。

"史公，德威将军呢？他怎么不在您的身边保护您？"

"嗨——是老夫不愿苟活，所以……"

"史公，没关系，我们保护您杀出扬州，去找史德威！"庄子固高喊。

"对！我们保护史公杀出重围！"史继州身后的将士们齐声喝喊。

"不了！"此时，史可法因劳累、失血过多，连马也骑不住，滑坐在街道旁的台阶上，气喘吁吁。

史继州跳下马，抱住史可法："史公，你坚持一下，我们马上杀出去。"

史可法浑身发软，气喘吁吁："继州，那日责打你，你不会怪罪老夫吧？"

"不会！那是史公对继州的爱护，是父亲责打儿子啊！"

"知道就好！知道就好！继州，你跟随老夫这么多年，老夫没有给你们留下什么，官职没有，房产没有，金银珠宝也没有，老夫惭愧呀！"

"史公，您不要这么说！没有您的收留，我史继州早就冻饿而死了，您把我养大成人，又教给我怎么做人。我和德威一样，都是您的儿子呀！"

"中听！中听！"史可法虽说气喘吁吁，听得史继州发自肺腑的真言，却也连连赞许："我有两个儿子了，多铎，老夫告诉你，我史可法不怕你，我有两个儿子了，还会有十个孙子、二十个重孙子，我们大汉民族生生不息，是杀不完的。"

"史大人，我们快走吧！清军马上就杀过来了。"一旁的许谨催促。

"史公，这里不是久留之地，我们还是赶快出城吧！"史继州听着渐渐而近的喊杀声，心急如焚，催促道。

"你们走吧！我不走了，扬州就是我史可法最后的归宿了。"

"史公，你不要这样，您曾多次教导我们：留得青山在，不怕没柴烧！"史继州发急道。

"继州！不要管我！你日后如有生机，千万到南京秦淮街十八号去找秋菊姑娘，与她结为秦晋之好，那姑娘对你印象不错，你对她也有意思。那天，老夫就看出来了，只是……只是……没有机会成全你们……"史可法精疲力竭，说话的声音越来越低……

"史可法在那里！"清军呼喊着，远近的清军向这里聚集。

"杀——"巷尾巷内，史继州的手下与清军战在一处，喊杀声震天，刀枪相碰，乱成一团。

"史公……快走吧！"史继州再也顾不得什么，一挥手与士卒一起，把史可法扶上战马，簇拥而去。

巷口混战中，伏在马背上的史可法，渐渐支撑不住，他一拨马头，躲到街旁树下。

史可法眼含热泪，目送史继州带领士卒越杀越远。

待清兵追过，史可法一催战马，跃出巷口，拦在街道中央，在清军后面高喊："前面的清军听清楚，你们不要追了，老夫便是史可法，快带本督师去见多铎。"

"史可法？……"正在追赶明军的清兵听见喊声，忙回过身来，紧张观望。

清军标营张鹰拍马上前，骑马围着史可法转了两圈，上下打量此人，见长相确似传说中史可法的相貌，不觉大喜，提马上前，挂上大刀，抱拳拱手道："史督师可好，多铎主帅命小人来请史督师清营一叙。"

他一挥手吩咐："快！愣着干什么？快把史督师保护起来。"令出兵动，一群清兵骑兵拥上前，如铁桶般地把史可法围在核心。

此刻，多铎在军师、副将、侍卫的陪同下，正站在南城门上巡察城内的战况，在为扬州城破没有抓到史可法恼火。眼下，多路清军攻破扬州，城墙虽破，可各街巷明军还在顽抗，逐街逐巷、逐院逐户地跟清军争夺，使清军屡遭重创。

为了活捉史可法，他上午派兵猛攻西、北、东三门，唯留下南城门，只是喊杀鼓噪而已，意在逼史可法南撤，城外早已埋下伏兵，准备活捉史可法。

谁料三门城破，没有一名明军南逃，史可法却率人进行巷战，城内城外，城左城右，四下夹攻，南城门很快失守，被清军占领。

战火洗礼后的英雄城市扬州城的街道上，一队清军簇拥着史可法走向南城门楼上，去见清军统帅多铎。

史德威看见，率队冲上去……

史继州看见，一挥手："杀……"

乞丐们见史可法被俘，在帮主的率领下，舍身上前相救："史公……"

受伤的士卒们奋力站起，冲向清军："爷爷跟你们拼了。"

扬州城内，杀声震耳，烽火连天……

夺下南城门，多铎仍不见史可法的音信。他正焦急间，急听有人来报："史可法抓到了！"他大喜过望，跑下城门楼询问左右："谁认识史督师？"

"问问他！"张鹰一眼瞥见刚刚赶来的明臣李遇春，上前把他由墙角处拉出来，一把推到多铎面前。

多铎一瞪眼："去！认认那位穿红袍的是不是史可法。"

此时，骑在马上的史可法，毫无惧色，傲然挺胸，高声道："多铎，不必浪费时间了，可法挺身而来。是要明明白白地死，怎么谈得上作假！"

多铎近前几步，兴奋地搓着手，他见周围的清兵，如临大敌，虎视眈眈，都用刀枪逼住史可法，怒喝一声："混账！对史督师能如此无礼吗？"

他喝退士卒，躬身上前："史督师，手下多有不敬，请恕本帅失礼！"他一横眼，斥责旁边的侍从道："还愣着干什么，快扶史督师到城门楼去坐！"

几名清军校尉上前，像奴仆侍奉主人似的把史可法扶下马。

清军半扶半架地把史可法带到南城门楼内。

多铎忙命看座，并上前温和地说："史督师，本帅久仰史公大名，今日在此相会，幸会幸会啊！"他命人端过香茶，并亲手送上说："史公，你我相见恨晚呢！以前，本人连给史督师写好几封信招请……"多铎知道史可法忌讳"降"字，改降为请，以示礼节，不想，却被史督师一一回绝，"这本帅不怪你，你我都是为君之臣，知道各为其主的艰辛嘛！"

史可法接过香茶，喝了一口，觉得一股馨香直透肺腑，心里热乎乎的，他没有理睬多铎的唠叨，微闭双目，思虑着对付多铎的策略。

"快续茶！"多铎见史可法喝茶，似乎还有求生的愿望，见有门儿，忙招呼侍从续茶。

续上茶后，多铎也搬过一把椅子，紧挨着史可法坐下，像老朋友叙家常似的，委婉地说："史督师啊，近一年来，你我各为其主已见三仗，你胜二负一，够意思了。世上能够打败我多铎的，屈指可数，你是大明朝的这个。"多铎竖起拇指称赞。

史可法低头喝茶，仰头看天，不为所动。

多铎继续说："现在，你输了，扬州城被我攻下来了。但本帅从心里，佩服你史可法，尊你为英雄。"

史可法还是不理不睬，孤傲地望着屋顶。

"史督师，你现已为明朝尽了忠心了，不算负国。如你能为本帅收抚江山出力，大清不惜委你重任，位及首辅如何？本人以脑袋担保……"

"多铎元帅，你不觉得你说得太过啰唆了吗？老夫乃大明忠臣，岂肯苟且偷生，做万世罪人。"史可法猛地把手中的茶碗摔在地上，铿锵有力地说："可法头可断，心不可辱！愿速死，从先帝于地下！"他怒目圆睁，红肿的眼睛内射出两道灼人的目光，直逼多铎。

"啊——"多铎一惊，往后一仰，椅子险些翻倒，却被侍卫扶住。

他起身将椅子拖远些："你……你……不要执迷不悟。"

"少啰唆，来个痛快的。"

多铎手扶椅背，站在椅后继续劝降说："唉——史督师，这是何必呢？蝼蚁尚且贪生，何况人乎？史公难道没看见洪承畴的例子吗？他现在位及将相，三妻四妾，归顺大清则可富贵矣！"

"哼！"史可法鄙夷地哼了一声："洪承畴算什么东西，猪狗不如，老夫岂肯与他为伍。"

一旁的张鹰气恼不过，一把抓过李遇春，推到史可法面前："去！你去劝劝他！"

李遇春惊恐万状，浑身发抖跪爬几步，头伏于地乞求道："阁部大人，您就忍一忍，救救百姓吧！"

"闭上你的臭嘴！"史可法愤而站起，手指李遇春斥责道："你父亲不过是个区区知县小官，尚且能为朝廷死节，你如此懦弱，配做你父亲的儿子吗？"

李遇春被骂得再也抬不起头来，被多铎一脚踢开："史可程，你躲哪里去了？"

史可程蹑手蹑脚，缩头乌龟一般走近前："主帅……"

多铎一指史可法："去！劝劝你的堂哥！"

史可程哆哆嗦嗦近前，声言发颤："堂哥……"

"住嘴！"史可法一声断喝："称呼我的头衔……"

史可程哆嗦一下："大明朝兵部尚书、东阁大学士、督师史可法……"

"闭嘴！你是谁，我不认识你。"

多铎插言："他是你的堂弟史可程……"

"我们史家没有这个人，也不应该有这么患软骨病的人！"史可法鄙夷地挥挥手，此刻，史可法歇息片刻之后，觉得有了力气，他缓缓站起："多铎，咱们俩单独谈谈可以吗？"

"单独谈谈？"多铎看看左右，吩咐一声："你们都出去！"

史可法又坐下来，平心静气地说："多铎元帅，你我相见，算这次共三次。第一次在大清河北，你被老夫用四面埋伏迷魂阵，杀得落荒而逃，捡得一条性命；第二次，在雨落宽河芦苇荡之役，那是老夫纵你而归，意在使你传谕老夫的厉害。果不其然，听说你此次出征之前，与妻儿哭别，预先买好棺木，准备收殓尸骨；攻打扬州，你又多次动摇，贪生怕死，几次欲罢兵而归。"

"你再得意，今天不是也兵败被俘了吗？"多铎面带得意之色。

"其实，你应该知晓，我史可法不是被你打败的。你十万清军，我林林总总，加起来不过一万守军。你嚣张什么？又有什么值得骄傲的？"史可法意在激怒多铎："说实话吧，都是大明贼子在你耳边鼓唇弄舌，出卖灵魂，才致今日扬州城破的。"

"你……你……"多铎被气得嘴唇直哆嗦。

史可法继续抢白道："所以，你不敢承认事实吧？老夫并非败在你的手下。"

"此话怎么讲？"多铎不解。

史可法："这个你都不懂，枉为什么先锋啊！"

"本帅不愿跟你斗嘴，愿闻其详。"

史可法："我呀，是败在自己人手里。像他们……"史可法一指史可程、李遇春等人："还有，还有……不说也罢。"他仰天长叹："大明啊大明，君臣不贤，才有亡国之恨啊。"

"就是！史公既然知道明朝君臣不贤，何故还为此效力，不如……"

"多铎……"史可法未容多铎再说下去，高喊一声，打断他的话："老夫今日为阶下囚，对元帅只有一求，不知元帅肯否应许？"

多铎先是被史可法揭了老底，脸上一红一白，待劝说史可法投降时，又被猛然一喝，先是一怔。忽听史可法还有一事相求，以为还有转机，忙答："史督师但说无妨，本帅当酌情处理。"

"扬州之役，可法当负此全责，与扬州百姓无关。今本督师不愿贪生，身入虎穴，意在听从元帅发落，是杀是剐，请元帅自便。但请你不要难为扬州的百姓。"史可法说着，从怀中掏出一信，递给多铎说："本督师深恐难于面见元帅，曾事先做一书，以明此意，今面交元帅，以彰可法保护扬州军民之心。"

"此事，极易。"多铎接过那封信，看也没看，便交给身边的侍从。他来回转了两圈，站定在史可法面前说："本帅可以答应你的要求，但本帅对督师也有一小小的请求，不知督师可应允否？"

"元帅不必讳言，本督师静听！"史可法又微微合上双目，静待发落。

"史督师若降清，一切听便。"

"老夫若不降呢……"

此时，多铎已知史可法并无降意，而是在戏耍他，气得骤然变脸。他抽出宝剑，对准史可法砍来，发狠道："不降，不降本帅就杀了你！"

史可法见剑锋逼至眼前，猛地站起，以头迎剑，惊得多铎"噔噔……"倒退数步，连声叫道："好男儿！好男儿！"

"报——！"一名清军探报连滚带爬地跑进来，语不连声地禀报："有……有一股明军，保护着史可法，已由东城门冲出扬州。"

"报——！"又有一名探报奔来，由马背上跳下，奔上城墙马道，高喊："主帅……"探报飞步到多铎面前："史可法已杀出重围，率兵夺回泗州，断了我军的后路！"

"报——！"又一名探报单膝点地，急声高喊道："瓜洲告急，史可法正率所部向瓜洲进攻，有偷袭我粮仓，断我给养的企图。"

"史可法？又是一个史可法！"多铎惊叫，他被探报接踵而至的消息闹得六神无主，连连地甩着手。他一摆手，呵斥探报道："瞎了眼吗？没见本帅正与史督师喝茶吗？"

探报们抬头一看，身穿大红袍帅衣的史可法就端坐在面前，吓得他们呆若木鸡，如木雕泥塑般地怔在那里。

张鹰一挥手道："咋咋呼呼，成何体统？还不快快退下。"

探报们再也不敢多言，弯腰曲背，灰溜溜地退下。有个家伙，边溜走边回头看，不想脚下被没有来得及清理的尸体一绊，摔了一个狗啃屎，逗得一旁士兵们哈哈大笑。

手下出丑，多铎见此，脸上挂不住了。他大声呵斥："混账！笑什么笑？"多铎转对史可法说："史督师，这回你不会是再用分身术，给本帅再摆迷魂阵吧？"他在史可法面前徘徊了几步，思虑许久，最后，他站定到史可法面前，逼视着史可法的眼神恶狠狠说："史督师，你既然是忠臣，索性我杀了你，成全你的名节吧！"

"好哇！"史可法猛然站起，挺身向前，毫无惧色。

史可程惊叫："堂哥，你……你难道就不为年过七旬的伯母想想？"

"住嘴！我死后，自会有人赡养她老人家，不需你操心！"史可法截住他的话。

"史公……"李遇春上前："只要你服个软，就位及首辅，一人之下，万人之上，享不尽的荣华富贵……"

"像你一样，跟狗一样生活……"

"你……你……"李遇春被呛得翻着白眼，半天说不出话来。

史可法豪迈地说："告诉你们，与扬州城共存亡，是可法的夙愿。即使把老夫碎尸万段，也心甘如愿，死而无怨。但是，多铎！可法告诫你一句，扬州的百姓却不可随意杀害。不然，失民心者难存，清朝的下场比大明好不了多少！我们大明，有着近三百年的基业，你们即使得了天下，江山也长不了。大明，永远是大明！"

"胡言乱语，拉出去砍了！"多铎头上青筋暴涨，狂怒地挥手喊道。

侍卫们蜂拥上前，欲架史可法。

"走开！"史可法猛然推开清兵，傲然走下扬州城的南城门楼，深切地眺望着硝烟弥漫的古城扬州。

此时，清兵在城内已开始烧杀，扬州城笼罩在一片硝烟火海之中。

历史的如椽巨笔，浓墨重彩隆重记下：公元1645年五月二十五日，年仅四十四岁的史可法迎着清兵刽子手的屠刀走去，他壮烈殉国。由此，在民族英雄史册上，又镌刻上一个伟大的名字：史可法。后不久，南明隆武帝授予他"忠靖"谥号，清高宗改赐为"忠正"。

后人写诗赞道：

烽火扬州创痛深，千秋死切壮军心，

竹帛千篇书大节，英雄百战显忠魂，

时穷之节见男子，人言危难炼真金，

血洒城堞无所怒，留名丹青传后人。

失去理智的多铎，站在扬州城城门楼上，眼珠血红，似嗜血成性的野兽，撕去了劝降史可法仁慈的假面具，耳畔鸣响着史可法告诫他的话："失民心者难存，不然，大清的下场比大明好不了多少。"

他沿着城墙走去，却被一具死尸绊得重重摔了一跤，正趴在一具清军的尸体上。那具尸体残缺不全，眼珠被抠出，鼻子被刀砍去一块儿，弄得他满手是血，他爬起来跌跌撞撞往后退，又跌坐在一具清军士卒的尸体上。

他不禁怒从心头起，大吼："谁管孙子们的事！先杀个痛快再说！"

他抽出腰间的佩剑，狂乱挥舞着："给我杀！给我烧！给我屠城十日！"

自此，惨绝人寰、震惊中外的扬州十日大屠杀开始了。

书到此处，本当结束，然作者痛心疾首，难以辍笔，现拂去岁月的尘埃，摘引一段震撼人心的史料，以飨读者。并以此告慰那些扬州保卫战和屠城十日的死难者和没有死去，在本书提及和没有提及的将士的灵魂……

史可法殉国后，他的部下仍在苦战中，刘肇基率所部敢死队四百人，杀敌千余，全部巷战死；

还有副将乙邦才、楼挺、江云龙，参将陶国祚、冯国用，游击将李大忠、孙丹忠等，都以巷战被围，力尽战死；

本司员外郎何钢城破战败，投井死；

参军吴尔熏，守新城，城破投井死；

扬州知府任民育，城破后，衣官服、握官印，端坐堂上被杀，全家投井死；

淮扬总督卫胤文，城破投水死；

岁贡卢渭，纵身钞关河中溺死；

两淮盐运使杨振熙、扬州府同知曲从直、江都前任知县周志畏、新任知县罗伏龙、监饷知县吴道正、县丞王志瑞、训导李自明，随从侍卫家人、史官等难以计数的官员将士都以不屈被杀……

文武官吏壮烈殉难的在两百人之上；扬州市民当时殉难难以统计，见于史籍记载的有原兵部右侍郎张伯鲸，城破夺敌兵佩刀自刎死；

退休虎将樊大纲，巷战时，背靠墙壁拒降被乱箭攒身死；

诸生高孝瓒，书"首阳志，睢阳气，不二其心，古今一致"于衣襟。清兵至，在学宫内自缢死……

够了！够了！停笔吧！仅此就足以显其视死如归，大义凛然的民族气节了。

清兵攻破扬州，死伤数万人，付出惨重的代价。

进城后，差不多在每一条街道，每一条小巷，每一座院落，每一间房屋，清军都遭到伏击抵抗。毫不夸张地说："扬州抗清，是清军入关以来，首次遇到兵民一体的抵抗。"

清军为对扬州人民进行报复，多铎下令屠城十日，扬州军民惨遭杀害的逾三十万人，这一暴行，就是我国有史以来最著名的"扬州十日"大屠杀惨案，清廷统治者不顾史可法的告诫，乱杀无辜，加剧了民族仇恨，导致了数百年间，抗清复明延续不断，二百多年后，清朝重蹈了大明灭亡的覆辙……

后续的动人故事：

六月七日，在清军统帅多铎下令封刀之后，史可法义子史德威在伤口尚未痊愈的情况下，立即冒死进城，寻找义父史可法的遗骸。

那一日，史德威拼命厮杀，历尽千难万险，多次险些被俘，幸亏巧遇震南、震北将军，合兵一处，这才杀出重围，留得了青山在。

震南、震北将军后与史德威泣别时，立誓兴兵抗清，为史可法报仇，誓雪扬州之仇，二人引兵撤向江南。

史德威没有忘记史可法的嘱托，为完成义父的遗嘱，只好暂时隐居起来，保住性命，这才得以在清军封刀之后混进扬州城，为收殓义父尸骨，他遍寻城内大街小巷，也没有找到史可法的尸骸。

此时，距史可法被害之日已十二日，棺木上又没有做上任何标记，天气渐热，扬州城尸山血海，恶臭熏天，哪里去辨认腐烂的义父遗体呢？

经此扬州保卫战一役，史德威苍老了许多，形骸枯瘦，站在淡水桥边，举目无亲，睹物思情，神情凄然，他默默流泪，心如刀绞，哭天喊地，万般无奈。

忽而，他见一白衣女子悲悲切切而来，那女子上前道个万福，问："烦问一声，尊下可是史德威将军？"

"姑娘是……"史德威擦掉眼泪问。

"小女子是侠女，也是来寻史大人遗体的。奔波一日，毫无收获，我苦命的人啊！"白衣侠女说着，低声啜泣起来。

猛地，史德威忆起义父生前做媒嘱托之事，只是此刻不好道破。此情此景，他哪有心思谈情说爱啊！他移步上前，劝解道："姑娘，义父遗体恐难找到了，依末将之见，只好葬一个衣冠冢吧！"

"大人衣冠可有？"白衣侠女低声问。

"义父藏有先帝所赐战袍一身，现存在旌忠寺，或许可能找到。"史德威哭泣道："现在只好这样，暂做处理，日后如能寻找到大人的衣服或尸骸，再重新埋葬吧。"

白衣侠女听完史德威的建议，别无良策，只得同意。他们二人前后相随，直奔旌忠寺而去。

夜色中的旌忠寺，已是一座残破不全的古庙。因饱受战火的摧残，残垣断壁，烟熏火燎后，散发着呛鼻的气味。庙内，烛火摇曳。暗夜中，史德威、白衣侠女持剑走来，他们步上台阶，来到大殿内。

史德威观察片刻，摸黑来到佛龛后，取出一个包裹。

这时，惊动了守庙的清兵。

"谁？"

史德威也不答言，拔剑上前，狠命拼杀。

清兵涌出，一阵厮杀之后，史德威、白衣侠女冲出大殿。

月色朦胧，扬州城广储门外的梅花岭上，远近听得见野狗争夺死尸的号叫声。

重孝打扮的史德威挖好一个深五尺、长六尺、宽四尺的深坑，他打开放在土坑一侧的一具棺木，解开一个红布包，将一领大红战袍和饰有尚书官级标志的帽子放在里面，钉上棺盖，对站在一侧的白衣侠女说："姑娘，帮我一把。"

二人各抬一头，将棺木缓缓放在架在坑沿的横杠上，然后用绳子，将棺木缓缓沉到坑底，撤出横杠。

史德威走到棺木前，招呼道："姑娘，让我俩最后一次参拜义父的亡灵吧！"

"史将军你先参拜吧！我俩不宜合行参拜之礼。"姑娘说着，弯下身子，将怀里的一束梅花枝撒在坑内棺木盖上，口中喃喃自语，暗自祷告。

史德威只身跪下，磕了三个头之后，又将一些纸钱撒入坑内，回头寻找铁锹，准备填土。

蓦然，史德威却见白衣侠女正在几步之外挖坑，他大感不解地问："姑娘这是……"

"史将军，恕小女子直言。"白衣侠女姑娘边抹眼泪边挖坑说："史大人生前曾经是把小女子许配给你。可小女子人世间所爱之人，并非将军，而是……"姑娘说着，蹲在地上，悲痛地耸动着双肩，许久才止住哭声，断断续续地说："小女子不忍史大人孤身一人，独宿荒郊，情愿葬身梅花岭，日日夜夜陪伴史大人。"

"姑娘的心，我懂了。"史德威含泪而答。此刻，他能说什么？他还能再说什么呢？他拿起铁锹一锹一锹往坑里填土，堆完坟头后，将刻有"明大司马史公之墓"字样的石碑竖在坟前，默站一会儿，转身便走。

"将军……"白衣侠女呼唤他，并语气坚定地叮嘱："小女子死后，请将军把小女子埋在史大人墓侧七步之外，小女子不配做史大人的眷属，就以养女的礼节安置吧！"

史德威点点头，答应了白衣侠女的恳求。

侠女平静地说："将军保重，侠女走了。"言罢，以衣袖遮面，蓦然转身，一头撞在石碑上。

翌日，梅花岭的早晨，史公墓侧，又多了一座新坟。

公元2015年，370年之后的春天，清明时节，梅花岭梅花盛开，万紫千红，分外迷人。史可法纪念碑前，走来络绎不绝的瞻仰者，人们纷纷献上鲜花、花圈，古稀之年的史可法纪念馆馆长的声音，久久回荡在美丽的梅花岭上：自那年以后，那坟茔上也与史可法的墓一样，遍长梅花。说来也怪，那娇艳的梅花，总向着史公墓的方向盛开，被风吹转后又自转过来。

还有人说："夏日，常有一对蝴蝶在两座坟墓上飞绕、嬉戏，像一对恋人那样亲密无间。"

满头白发的本书作者，刘俊杰前往衣冠冢献花……

海外华侨献花……

史可法后辈儿孙献花……

清明节，红领巾献花……

至于是否确有此事，笔者不可妄言。敬请读者想象去吧！后人有诗赞道：

梅花岭上艳奇梅，

不羡春光敬史碑。

两只蝴蝶绕墓走，

情侣依恋展翅飞。

生前未能遂心愿，

死后化为梅魂配。

劝君少酌一樽酒，

读史为镜热泪挥。

如今，矗立梅花岭上的史公祠——史可法纪念馆，年年修葺一新，每每迎接中外游客，人们来此观光，游览扬州的锦绣佳色，凭吊忠烈，以励后人。

说不定，说不定……您如有幸，也可能再次看到那对比翼双飞的蝴蝶呢！

一对飞舞的彩色蝴蝶，化为一群美丽的孩子。

这才是：化蝶并非梁祝情，梅花岭上有坟茔。

自古浓墨鸳鸯事，丹青史册镌美名。